慈禧全傳典藏版 3

玉座珠簾

【下】

高陽—著

〈代序〉神交高陽

二月河

《康熙大帝》四卷書出齊時，我已小有名氣。有一天，一位讀者問我：『先生讀沒讀過高陽的書？』我一下子笑起來，高陽的書豈但『讀過』，且是見一本買一本，買一本讀一本。我自家作品中頗多技巧性的做法，還是拜賜了老先生的作品啓發。他的前後慈禧傳、《玉座珠簾》，以及後來才讀到的《乾隆韻事》，其中對皇帝對后妃的心理及行爲的描摹，和我所讀史的印證，也有頗多的溝通。我算是高陽先生不錯的一位神交呢！次後的日子裏，台灣一家文學機構多次邀我赴台一訪。就我的心情，即使見一見高陽，去一趟也是値得的，卻因俗事冗繁未能成行。忽然有一天，台灣『二月河讀友會』的盧淦金先生來電話，說『高陽先生今天去世了……』一驚之下一陣悵然，轉思人世緣分無常，心中又復悲淒。從茲失一神交，無法彌補渴見情懷了……

辛亥革命清室鼎謝。當時的口號裡有『驅逐韃虜，光復中華』的話頭。其實這口號還可以按時序上溯，直至皇明甲申之變。滿洲人入關殺漢人，入主中央執天下太阿，漢人幾百年沒有服氣過，也沒有停止過這種民族反抗。盤踞台灣的鄭家政權，朱三太子，還有吳三桂興的『三藩之亂』以及次後難以數計的小大起義，義軍會口號都和這個話頭差不多。錯話說幾百年說一千遍，似乎成了對話。其實只要靜心一想就明白了。『韃虜』也好、『夷狄』也好，難道不是『中華』之一部分？這口號自相矛盾了。實際這只是漢人極狹隘的情緒弘揚——也不能說全然沒道理，畢竟滿人入關嘉定三屠、揚州十日殺戮慘烈，眞的仇深似海。但從歷史的角度，從整個文明的角度審視，這口號是大可挑剔的。由於後來的革命變遷、人事轉換，人們又去想更新的事了，所以這口號的毛病也不大有人提起了。

然而當下的文化徵候還在繼續流播。反滿的文化傳統並未受到傷損。這種傳統影響到史學界，雖無法迴避這二百多年的『正統』，但對其研究中帶了『排滿』便言語失卻公允。這還只是少數人的事，帶到文學界，帶進民間口傳文學，這個因喪權辱國給民族帶來奇恥大辱的清室統緒，簡直是『洪桐縣中無好人』了。

高陽的多部作品都是反映晚清風貌風情的，連同近來三聯書店推出的《大野龍蛇》，風格都是那麼一致，那麼『如實』，不事誇飾，那麼娓娓綿綿情懷寬博和平，讀來如同剪燭良宵對友長談，就我的經驗，如無絕寬的襟懷，無絕大的學問作底蘊，無論怎樣的才華橫溢都是決計做不來的。

文學當然是觀念形態的東西，是人本位的張揚，每一個作者自己的政治、理想形態肯定要在他的作品中自覺或不自覺地流露。我以爲：既然如此，何必故意做張做智？比如說極峰之作《紅樓夢》，裡頭如果串上一段黃世仁楊白勞的情節，況味若何？一些非常了不起的作家，因了力氣去圖解自家的意識形態立場，結果如何？我常笑讀，心中想『這寫的眞是聲嘶力竭，氣急敗壞』。

看遍高陽的書，沒有這樣的玩藝。即使寫很慘酷、很壯烈激切的情事，也沒有張牙舞爪、歇斯底里的『作家意識』。我很疑這先生是舊八旗子弟，那份聰穎從容學不來。後來盧淦金先生告訴我，居然這是眞的。他的書讀起來平中有奇，有的處則寓平於奇，有點像與作者牽手而行於山陰道，由他指點譬話，評說侃語——這不是寫作的本事，這是天分了。

淦金先生和高陽是朋友，和我也是朋友，他曾約我到台北和高陽『一道兒喝老燒刀子』，可惜了沒這緣分。但高陽的書還在，不是麼？還可以侃下去的。

二〇〇一年五月下浣

權閹亂制

敬事房的總管太監，到內務府來求見明善，屏人密談，說是安德海已經跟他說過，奉慈禧太后懿旨，到江南公幹，要帶幾個人走。

『喔！』明善問道：『他的話到底是怎麼說的？是傳懿旨，還是來跟你商量？』

『既不是傳懿旨，也不是跟我商量，彷彿就是告訴我一聲。』

『那麼，你現在來告訴我是甚麼意思？是跟我說一聲呢，還是怎麼著？』

『太監不准出京。現在小安子胡鬧，我不能不跟明大人回一聲。』

『好，我知道了。』明善答道：『小安子告訴你一聲，你聽聽就是了。你現在來跟我回，我也是聽聽。』

『這——！』那總管太監很老實，有些莫名其妙，『明大人，』他著急地說：『這要出事的啊！一出事，吃不了兜著走，怎麼行呢？』

『沒有甚麼不行！』明善看他老實，教了他一著，『小安子說奉懿旨，你就「記檔」好了！』

那總管太監明白了，一記了檔，將來不出事便罷，一出事就有話好說，安德海是翊坤宮的人，來傳慈禧太后的懿旨，還能不遵辦嗎？

於是他如釋重負地笑著，給明善恭恭敬敬請了個安：『多謝明大人指點。』

『你懂了就行了。回宮告訴你的同事，小安子的靠山硬，少說他的閒話。』

『是。我馬上告訴他們，就裝作不知道有這回事兒。』

『一點都不錯。』明善又問：『他到底哪一天走啊？』

『挑的是七月初六。宜乎長行的好日子。』

『好日子！對，對，好日子！』明善冷笑著；停了一下又問：『萬歲爺知道這回事兒不？』

『那倒不清楚。我沒有跟萬歲爺回；大概小李總會說吧！』

『嗯。』明善隨隨便便地說：『我託你捎個信給小李，有空到我這兒來一趟，我有點小玩意，進給萬歲爺。』

敬事房總管辭出內務府，回到宮裡，第一件事就是叫小太監取過『日記檔』來，把安德海的話當作『傳懿旨』，據實筆錄。然後坐下來細想經過；他人雖老實，卻頗持重，心想太監之中，十個有九個與安德海不和，但也有些是他一黨，如果自己把明善的話，跟大家一說，必定有人會去告訴他。他可能會想，說這話的意思何在？如果他聰明的話，必定會想到，這是唯恐他出京不速，顯見得不懷好意。這樣心生警惕，安德海必定有比較妥善的安排，甚至打消此行；而不論如何，他一定會設法報復。那一來豈非弄巧成拙，自招禍害？

想通了這其中的關鍵筋節，他覺得裝糊塗最妙。反正只要自己將來有卸責的餘地，安德海的一切，大可不管。於是他甚麼話都不說，只叫人把小李找來，悄悄告訴他說，明善要見他一面。

『大叔，』小李問道：『明大人找我，總還有別的事吧？』

『沒有聽說。』

『那麼，大叔，』小李又問：『小安子的事兒，你總知道了吧？』

『我知道。』總管太監神色自若地反問一句：『咱們得尊敬主子是不是？』

怎會說出這句話來？小李細想一想，明白了他的態度；連連答道：『是，是！怎麼能不尊敬主子？那不遭天打雷劈嗎？』

談到這裡，不必再多問甚麼。第二天一早，等皇帝上了書房，小李興匆匆地趕到內務府求見明善。請安站起，只見明善開了保險櫃，取出一具裝飾極其精緻的小千里鏡，交到他手中說：『剛得的一個小玩意，託你進給萬歲爺。』

小李答應著，當時就把千里鏡試了一下；明善的影子，在他眼中忽大忽小，十分好玩。

『這個給你。』錚然一聲；明善把一塊金光閃亮的洋錢，往桌上一丟。

小李大喜，笑嘻嘻地先請安道謝，然後取過金洋來看；只見上面雕著個雲鬢高聳、隆鼻凹眼的『洋婆子』的腦袋，便即問道：『明大人，這是誰啊？』

『是英國的女皇帝。』明善又說：『英國金洋最值錢，你好好留著玩兒，別三文不值兩文的賣掉了，可惜！』

『不會，不會。明大人的賞賜，我全藏著。』

『我問你，』明善放低了聲音問道：『小安子的事，萬歲爺知道不知道？』

『知道。』

『萬歲爺怎麼說？』

小李不即回答，很仔細地看了看窗外，然後伸手掌到腰際，併攏四指往前一推，同時使了個眼色。

『喔，這個樣！』明善想了好一會又說：『打蛇打在七寸上，要看準了！』

『是，我跟萬歲爺回奏……』

『不，不！』明善使勁搖著手說：『你不必提我的名字，你心裡有數兒就行了。我知道萬歲爺少不了你。』

這句話把小李恭維得飄飄欲仙；同時也助長了他的膽氣，覺得他應該替皇帝拿主意。但是這個主意怎麼拿？倒要請教明善。

『明大人，你老看，甚麼時候動手啊？「出洞」就打，還是怎麼著？』

這一問，明善煞費思量。他昨天回去就跟他兒子商量過——文錫的手腕圓滑，聲氣甚廣，當夜就打聽到，山東巡撫丁寶楨，早就對人表示過，如果安德海膽敢違制出京，不經過山東便罷，經過山東，可要小心。以丁寶楨清剛激烈的性情來說，此言可信。而安德海如果從天津循海道南下，則又無奈他何；現在從通州沿運河走，山東是必經之路，無論如何逃不脫丁寶楨的掌握，只要疆臣一發難，軍機處便有文章好做。拿這話說給小李聽，自然可以使他滿意；就怕他年紀輕，得意忘形洩漏出去；或者皇帝處置不善，爲慈禧太后所覺察，都會惹出極大的禍事。想來想去，總覺得是不說破的好。

於是他這樣答道：『沉住氣！這條毒蛇一出洞，又不是就此逃得沒影兒了，忙甚麼？』

看樣子明善是有了打算，不過不肯說而已。小李也不便再打聽，回到宮裡，把那小千里鏡進給皇帝，又悄悄面奏，說就怕安德海不出京；一出京便犯了死罪，隨時可以把案子翻出來殺他。又說恭王和軍機大臣必有辦法，勸皇帝不必心急，靜等事態的演變。

『好！』皇帝答應了，『不過，你還得去打聽，有消息隨時來奏。』

於是小李每天都要出宮，到安家附近用不著打聽，只在那裡『大酒缸』上一坐，便有許多關於安德海的新聞聽到。到了七月初六那天，親眼看見十幾輛大車，從安家門前出發，男女老少，箱籠什物，浩浩蕩蕩地向東而去。

『小安子走了！』

『眞的走了？』皇帝還有些不信似地，『眞有那麼大膽子？』

『小安子的膽子比天還大。』小李答道：『好威風！就像放了哪一省的督撫，帶著家眷上任似地。』

『還有家眷？倒是些甚麼人哪？』

小李不慌不忙地從靴頁子裡取出一張紙來，『奴才怕記不清，特意抄了張單子在這兒。』接著便眼看紙上，口述人名：『有他花一百兩銀子買的媳婦兒馬氏，有他叔叔安邦太，族弟安三，有他妹子和姪女兒——名叫拉仔，才十一歲。外帶兩名聽差，兩名老媽子。』

『哼！』皇帝冷笑，『還挺闊的。』

『聽說到了通州，還得雇鏢客……』

『甚麼？』皇帝問道：『甚麼客？』

『鏢客。』小李接著解釋鏢局子和鏢客這種行業，是專爲保護旅客或者珍貴物品的安全，『小安子隨身的行李好幾十件；聽說都是奇珍異寶，所以得雇鏢客。』

『喔！』皇帝問道：『他眞的帶了人到江南去做買賣？是些甚麼人？』

『陳玉祥、李平安……。』小李唸了一串太監的名字。

『這還了得？』皇帝勃然動容：『非殺了他不可！』

小李想奏勸忍耐，但話到口邊，突然頓住；在這一剎那，他的想法改變了，安德海一出京，罪名便已難逃，皇帝就這時候把他抓回來砍腦袋亦無不可。所以他的沉默，意味著並不反對皇帝這麼做。

但是，皇帝卻只是一時氣話，並不打算立刻動手；實際上他也還不知道如何動手。有慈禧太后在上，不容他自作主張；安德海所以有恃無恐，道理也就在此。

皇帝一直到這時候才發覺，這一關不設法打破，要殺安德海還眞不易。想來想去，只有跟慈安太后去商量。

『皇額娘，』他說：『宮裡出了新聞了！』

慈安太后一聽就明白，先不答他的話，向玉子努努嘴，示意她避開；然後問道：『你是說小安子？』

『是！』皇帝很堅決地表示：『這件事不嚴辦，還成甚麼體統？甚麼振飭紀綱，全是白說！』

慈安太后不作聲，心裡盤算了好一會，始終不知道如何才能讓皇帝滿意。

『皇額娘，』皇帝憤憤地說：『這事兒我可要說話了。』

『你別忙！』慈安太后趕緊答道：『等我慢慢兒琢磨。』

『琢磨到哪一天？』

『你急也沒有用。』慈安太后陪著聽了八年的政，疆臣辦事的規矩，自然明白：『他不是說要到江南嗎？兩江地方也不能憑他口說要甚麼，便給甚麼，馬新貽或是丁日昌，總得要請旨。等他們的摺子來了再說。』

這句話提醒了皇帝，他找到了癥結，『摺子一來，留中了怎麼辦？』他問；這是可以想像得到的，如果有這樣的奏摺，慈禧太后一定會把它壓下來。

『對了！』慈安太后說：『我就是在琢磨這個。辦法倒有，不知道行不行？等我試一試。』

她的辦法是想利用慈禧太后最近常常鬧病的機會，預備提議讓皇帝看奏摺，一則使得慈禧太后可以節勞休養；再則讓皇帝得以學習政事——慈禧太后不是常說，皇帝不小了，得要看得懂奏摺？而況現在書房裡又是『半功課』，晝長無事，正好讓皇帝在這方面多下些功夫。

慈禧太后深以為然，當大就傳懿旨：內奏事處的『黃匣子』先送給皇帝。不過慈禧太后又怕皇帝左右的太監，會趁此機會，從中舞弊，或者洩漏了機密大事；所以指定皇帝在翊坤宮看奏摺。這樣，她才好親自監督。

皇帝這一喜非同小可。每天下了書房就到翊坤宮看摺子；打開黃匣，第一步先找有無關於安德海的奏摺。十天過去，音信杳然，皇帝有些沉不住氣。

『怎麼回事？』他問小李，『應該到江南了吧？兩江總督或是江蘇巡撫，該有摺報啊！』

『早著吶！』小李答道：『小安子先到天津逛了兩天，在天齊廟帶了個和尚走……』

『哪兒又跑出個和尚來了？』

『那和尚說要回南；小安子很大方，就帶著他走了。』小李又說：『到通州雇鏢客又耽誤了一、兩天。這會兒只怕剛剛才到山東。』

小李料得不錯；安德海的船，那時剛循運河到德州，入山東省境。

德州是個水陸衝要的大碼頭，安德海決定在這裡停一天。兩艘太平船泊在西門外，船上的龍鳳旗在晚風中飄著，獵獵作響，頓時引來了好些看熱鬧的人，交相詢問，弄不明白是甚麼人在內？

『大概是欽差大臣的官船。』有人這樣猜測。

『不對！』另一個人立刻駁他，『官船見得多了，必有官銜高腳牌；燈籠上也寫得明明白白。怎麼能掛龍鳳旗？』

『那必是宮裡來的人。』有個戲迷，想起『法門寺』的情節，自覺有了妙悟，極有把握地說：『對了！一定是太后上泰山進香。』

『你倒不說皇上南巡？』另一個人用譏笑的語氣說：『如果是太后到泰山進香，辦皇差早就忙壞了！趙大老爺也不能不來迎接。』

『你知道甚麼？』那戲迷不服氣，『不能先派人打前站？你看，』他指著船中說：『那不是老公？』

『老公』是太監的尊稱。既有老公，又有龍鳳旗，說是太后進香的前站人員，這話講得通，大家都接受了他的看法。

『咱們還是打聽一下再說。』有人指著從跳板上下來的人說。

那人是安德海家的一個聽差，名叫黃石魁，撇著一口京腔，大模大樣地問道：『你們這兒的知州，叫甚麼名字？』

『喔！』想要打聽消息的那人，湊上去陪笑答道：『知州大老爺姓趙，官印一個新字，就叫清瀾，天津人。』

『你們的這位趙大老爺，官聲好不好啊？』

『好，好，很能幹的。』

『既然很能幹，怎麼會不知道欽差駕到？』黃石魁繃著臉說：『還是知道了，故意裝糊塗？他是多大的前程，敢端架子！』

『那一定是趙大老爺不知道。』那人大獻殷勤，『等我去替你老爺找地保來，讓他進城去稟報。』

『不用，不用！』黃石魁搖著手說：『看他裝糊塗裝到甚麼時候？』

『請問老爺，』那人怯怯地問道：『這位欽差大人，是——？』

『是奉旨到江南採辦龍袍。』黃石魁又說：『除非是皇太后面前一等一的紅人，不然派不上這樣的差使。』

『是，是！請問欽差大人的尊姓？你老爺尊姓？』

『我姓黃。我們欽差大人，是京裡誰人不知的安二爺。閒話少說，』黃石魁問道：『這兒甚麼地方能買得到鴨子，要肥，越肥越好！』

『有，有。我領黃老爺去。』

『就託你吧！』黃石魁掏出塊碎銀子遞了過去，『這兒是二兩多銀子，買四隻肥鴨；多帶些大蔥。錢有敷餘，就送了你。』

錢是不會有敷餘的，說不定還要貼上幾個；那人自覺替欽差辦事，是件很夠面子，可以誇耀鄉里的事，就倒貼幾文，也心甘情願，所以答應著接過銀子，飛奔而去。

黃雀在後

這時在知州衙門的『趙大老爺』，已經得到消息——丁寶楨下了一道手令，叫德州知州趙新注意安德海的行蹤。

手令上說得很明白，安德海一入省境，如有不法情事，可以一面逮捕，一面稟報。因此趙新早就派出得力差役，在州治北面邊境上等著，一發現那兩條掛著龍鳳旗的太平船，立即馳報到州。及至船泊西門，黃石魁託人去買鴨子，旁邊就有人聽得一清二楚，也是立刻就報到了趙新那裡。

『怎麼叫「不法」呢？』趙新找他的幕友和『官親』來商議，『按說掛龍鳳旗就是不法。憑這一點就能抓他嗎？』

『抓不得！』姓蔡的刑名老夫子，把個頭搖得搏浪鼓似地，『這個姓安的太監，當年誅肅順的時節，立過大功；恭王都無奈其何！東翁去抓他，眞正叫「雞蛋碰石頭」！』

『話是不錯。』趙新問道：『對上頭怎麼交代？』

『也沒有甚麼不好交代，姓安的並無不法情事；連鴨子都是自己花錢買的，並未騷擾地方，何可謂之「不法」？』

『不然！』有個『官親』是趙新的遠房姪子，人也很精明，『他們自己花錢買鴨子，正見得他們沒有「勘合」。』

『勘合』是兵部所發；凡奉准出京的官兵，每到一個驛站，必須繳驗勘合，證明身分，同時取得地方的一切供應。所以出示勘合，不但是應盡的義務，也是應享的權利，如果安德海有勘合，吃兩隻鴨子就不必自己花錢了。

大家都覺得他的看法不錯，只有蔡老夫子獨持異議：『就算沒有勘合，也不能證明他不法；誰敢說他沒有懿旨？你又不能去問他！』

趙新決定不抓安德海了，但是，『稟報總得稟報啊！』

『也不行！』蔡老夫子又搖頭，『丁宮保剛介自許，做事顧前不顧後；倘或根據東翁的稟報入奏，太后只說一句：一路都沒有人說話，何以那趙某無事生非？東翁請想，丁宮保聖眷正隆，而且是據稟出奏，不會有處分；東翁可就做了太后的出氣筒了！』

這話說得很透徹，趙新深以爲然，但也因此遇到了難題，這樣不聞不問，雖不會得罪宮裡的太后，卻要得罪省裡的巡撫；不怕官只怕管，得罪上司，馬上就會丟官。因而趙新皺著眉在那裡蹀來蹀去，不知何以爲計？

幕友們不能眼看東家受窘，悄悄商量了半天，總算有了個結論；稟報一定要稟報的，只看用甚麼方式？有人提議上省面稟，蔡老夫子認爲這萬萬使不得；倘或丁寶楨當面交代一句：把安德海抓了起來！不奉令不可；奉令辦理則出了事口說無憑。那就糟得不可救藥了！

『我倒有一計，』仍舊是趙新的姪子出的主意：『用「夾單」如何？』

下屬謁見上司寫履歷用『紅手本』，有所稟報用『白手本』，但有些事不便寫明在手本上，譬如孝敬多少銀子作壽禮之類，就另紙寫明，附在手本內，稱爲『夾單』；夾單不具銜名，所以向來由上官隨手抽存，不作爲正式公文。

蹀了半天方步的趙新停住腳說：『我剛才琢磨了半天，把道理想通了；上頭要出奏，大坍下來自有長人頂，禍福不見得與我有關。就怕不出奏，留個稟帖在那裡，不曉得哪天翻了出來，我非受累不可。用夾單這個主意，好就好在可以不存案。準定這麼辦，不過，也不必忙；這不是甚麼捻匪馬賊到了，用不著連夜飛稟。』

『東翁說得是。』蔡老夫子答道：『不妨再看看，等他們動身那一刻再稟報，也還不遲。』

『對，對！送鬼出了門，就沒有我們德州的事了。』趙新的姪子附和著。商量停當，各自散去。趙新總覺得還有些不放心，把他姪子和蔡老夫子找了來，提議換上便衣，悄悄到西門外去窺探一番，到底是何光景？

蔡老夫子比較持重，認爲多一事不如少一事，但『姪少爺』年輕好奇，全力慫恿；拗不過他們叔姪，蔡老夫子也就答應了。

三個人都只穿著一件紗衫，各持一把團扇，用作遮臉之用。到了西門外運河旁邊，只見岸上在看熱鬧的，總有三、五百人之多。那天是七月二十，月亮還沒有上來，岸上一片漆黑，但船上卻是燈火輝煌，船窗大開，遙遙望去，艙中似乎女多於男，正在品竹調絃，玩得很熱鬧。

『怎麼，還弄了班女戲子？』

趙新剛問得一聲，一陣風過，果然聽得弦索叮咚；只是他怕人發覺眞面目，站得太遠，聽不眞、看不清，便叫他姪子去細看一看。

擠到人叢前面一看，非常好玩，八個濃妝豔抹，二十來歲的女子，團團坐著，有的彈琵琶，有的拉胡琴，有的吹笛子。一樣樂器，兩個人侍侯，彈琵琶的自己只用右手輕攏慢撚，另有個人替她按弦；那個人一手按弦，另一隻手又拉著自己的胡琴；又有另一個人替她按弦。這樣交錯爲用，居然並未糾纏不清。把岸上的人都看得傻了。

趙新的姪子，卻是另外有所矚目：看到上首正中坐著個太監，二十來歲，生得白白淨淨，一張帶些女人氣的臉；另有些男女老少，圍坐在他左右。心想這就是安德海了，看樣子不像個壞人，怎會如此膽大妄為？

『你瞧見沒有？』他聽見旁邊有人指著船上說：『那裡掛著件龍袍！』

『對了，看見了。』

『聽船下的人說，明天是安二爺生日，要讓大家給龍袍磕頭……』

『這是甚麼規矩？』有人在問：『老公生日，給龍袍磕頭幹甚麼？』

『就是啊，我也奇怪。一問，據說安二爺是這麼說的：你們大家替我拜生不敢當。為人總要不忘本，我有今天，全是太后和皇上的恩典，你們朝龍袍磕頭行禮，也算替我盡了孝心了。』

這算甚麼禮數？無非挾龍袍以自重而已！趙新的姪子想，這就是大大的不法！於是趕緊又擠了出去，把所見所聞都告訴了趙新。

『那兩個人侍候一件樂器的玩意，叫「八音聯歡」，現在少見了。』蔡老夫子說。

甚麼『八音聯歡』，都是閒話。趙新心裡在想，看這樣子，安德海出京，到底奉了旨沒有？著實難說。於今只巴望他不生是非，早早離境，否則這場麻煩不小。所以回到衙門，立即找了捕快來，吩咐一面監視那兩條太平船；一面在暗中保護，如果安德海手下的人，與當地百姓發生了甚麼糾紛，務必排解彈壓，不要鬧出事來。

第二天一早，派去監視的人，回來報告，說安德海的船走了。所報的情形與趙新昨夜所見，又自不同；船上有兩面大旗，一面寫著『奉旨欽差』，一面寫著『採辦龍袍』；兩面大旗上又有一面小旗，畫的是一個太陽，太陽下面一隻烏鴉，這隻烏鴉樣子特別，是三隻腳。

『啊呀！』趙新失聲說道：『只怕眞的是奉懿旨的欽差了！』

『這……』蔡老夫子不解地問道：『東翁何所見？』

趙新是舉人出身，肚子裡有些墨水，『老夫子，』他說：『《春秋》上有句話，叫作「日中有三足烏」，你記不記得？』

蔡老夫子細想了一會，想到了：『啊，啊，原來是這麼個出典！』

『還有個出典。』趙新吩咐他姪子，『你把「史記」取來。』

取來《史記》，翻到〈司馬相如傳〉，趙新指著一處給蔡老夫子看：『幸有三足烏爲之使』；下面的註解是：『三足烏，青鳥也，爲西王母取食，在崑墟之北。』

『看見沒有？』趙新很得意地說：『這就很明白了，「爲之使」者欽差；「西王母」者西太后也！』

『還有這樣深奧帖切的出典，』趙新的姪子笑道：『看來他倒是經高人指點過的。』

腹笥是趙新寬，腦筋卻是辦刑名的蔡老夫子清楚，當時冷笑一聲：『哼，一點不高！就憑這隻三隻腳烏鴉，此人就罪無可逭了！』

趙新一楞：『這是怎麼說？』

蔡老夫子看一看周圍，把趙新拉到一邊，悄悄說道：『東翁請想，爲「西王母取食」，不就是說，奉西太后的懿旨來打秋風，來搜括嗎？明朝萬曆年間這種事很多；本朝哪裡有這種事？就算有其事，如何可以掛出幌子來？誣罔聖母，該當何罪？眞正是俗語說的，要「滿門抄斬」了！』

『啊——！老夫子，』趙新兜頭一揖，誠心悅服地說：『你比我高明。照此看來，他這個欽差還是假的。慈禧太后十分精明，就算教他出來打秋風，絕不會教他把幌子掛出來。明明是安德海的招搖。』

『東翁見得是。事不宜遲，趕快稟報。這面小旗比那些龍鳳旗更關緊要。現在不必用夾單了，用正式稟帖；三足烏這件事一定要敘在裡頭，不過不必解釋；丁宮保翰林出身，幕府裡名士又多，一看就懂，一懂就非殺安德海不可！殺了還要教慈禧太后見情；因爲這是替「西王母」辨誣。』

趙新自然受教，當時就由蔡老夫子動筆，寫了一個稟帖，即時交驛站遞到省城。

安德海卻是懵然不知，拜過龍袍，吃過壽麵，過了他自出娘胎以來最得意的一個生日，然後揚帆南下，當天到了直隸的故城縣；由此往西的一段運河，出名的彎曲，本地人稱爲『三彎三望』，十里路走了一天，到達了一個極大的鎮甸，名叫鄭家口；兩岸都是人家，防捻匪的圩子高得跟城牆一樣，也是個水陸衝要的大碼頭。

泊舟吃飯，安德海剛端起酒杯，只見黃石魁走來說道：『二爺，果不其然，到臨清就過不去了。』過不去是因爲運河水淺——咸豐五年，銅瓦廂決口，黃河『神龍掉尾』，由南甩到北，在壽張、東河之間，沖斷了運河；山東境內的運河原靠汶水挹注，自從分成兩截，汶水到不了北運河，而黃河挾泥沙灌入，以致河床日久淤積，只有春夏間水漲時，可通輕舟。最近天旱水涸，從臨清到張秋這一段河道，成了只有尺把水的陰溝了。

『那就起旱吧！』安德海說：『除了「逛二閘」，我從來就沒有坐過船，還眞嫌它氣悶。』

他是輕輕鬆鬆的一句話，黃石魁卻上了心事。這麼多人，這麼多行李，從京裡到通州，陸陸續續忙了兩、三天才走完；這時一下子要找二、三十輛大車，著實吃力。

『怎麼啦？』安德海不解地問。

黃石魁不即答話，轉臉看著他的一個同事問：『你看呢？』

這個人小名叫田兒，也是安家的聽差；他是山東人，所以黃石魁向他問計。但田兒也是皺著眉，苦著臉；想了好一會才說：『要能「抓差」就好了。』

『爲甚麼不能抓？』安德海立即接口，聲音很大，顯得有些生氣似地，『你們倆就是我的「前站官」！』

『對！』有個太監李平安說：『你們倆就照二爺的吩咐去辦。』

看樣子不辦不行；同時也怕一時辦不好，安德海會生氣，因而黃石魁出了個主意：『這樣吧，船還是照樣走；咱們到臨清起旱。我跟田兒沿路抓車，抓到了在臨清等。』

『這倒可以。』安德海點點頭。

黃石魁還要說甚麼，田兒悄悄拉了他一把；於是兩個人走到船頭上去密密商議，田兒埋怨他說：『你也不弄弄清楚，隨便就答應了下來。這個差使麻煩得很，弄不好會闖大禍！』

黃石魁嚇一大跳，急急問道：『闖甚麼禍？』

『你只看這個，』田兒指著圩子說：『就知道這裡的老百姓不好惹。散兵游勇如果不安分，不是給活埋了，就是砸碎腦袋，扔在河裡。』

黃石魁越發心驚，但也有些不信：『那不是沒有王法了嗎？』

『哼！』田兒冷笑道：『這還算好的，離臨清四十里地的油房鎮，去年一下子就殺了六、七百官兵。』

越說越玄了，黃石魁疑心他有意嚇人，便故意問一句：『那麼，你說應該怎麼辦呢？差使已經攬下來了，也容不得你打退堂鼓！』

田兒楞了好一會，無可奈何地答道：『也只好往前闖了。不過得找那五個鏢手一起去。』

『這個主意不錯，就算擺樣子也用得著。』黃石魁說了這一句，轉身又回中艙去作商量。

安德海還沒有表示，隨行的有個六十歲的老太監郝長瑞，先就面有難色。黃石魁心裡明白，他們帶著許多珠寶，需要保護；鏢手一走，放不下心。

『你老看，』黃石魁指著岸上的圩寨說：『這一帶家家有火槍，地方最平靜不過。而且掛著「欽差」的旗子，誰瞎了眼敢到太歲頭上來動土？』

『對！』安德海深以為然，斷然作了決定，『你們把老韓他們帶去好了。』

老韓叫韓寶清，是他們五名鏢手的頭腦。當黃石魁去雇他們保鏢時，他就提出疑問，說既是奉旨出京，沿途自有官兵護送，何用雇人保鏢？黃石魁笑而不答，只拿出一張一千兩的銀票交了過去。每人二百兩銀子的酬勞，算是很優厚的，而且保的是不起眼的『暗鏢』——誰也不會想到，太監會帶上那麼些值錢的細軟，絕不會出事；因此，是不是眞的奉旨，也就不必去管他了。

由於有這樣的默契，所以黃石魁和田兒冒充『前站官』去抓車，韓寶清也就不以為怪；好在抓車還是『給官價』，麻煩不大。那五名鏢手的主要用處，是對付關卡上的小官兒，如果有人表示懷疑，想盤問底細，韓寶清便領著他的同事，一擁而上，揎臂握拳，作出預備揍人的樣子；這一下便能把對方嚇得縮項噤聲，放他們揚長而去。

一路走，一路抓，抓了有二十多輛大車，聲勢浩蕩地直奔臨清南灣；等安德海一到，捨舟登岸，打發走了那些『女戲子』，還有三十多人，坐車沿著乾涸的運河南下。

飛章入奏

這時在濟南的丁寶楨，已經接到了趙新的密稟；處置的辦法，跟幕中名士，早已商量妥當。一看安德海入網，雙管齊下，一面拜摺，一面緝拿。緝拿的原因很簡單：有安姓太監『自稱奉旨差遣，招搖煽惑，眞僞不辨』。他的幕友，在敘引趙新的原稟之後，用連慈安太后都可以看得懂的淺近文字稟道：

『臣接閱之下，不勝駭異。伏思我朝列聖相承，二百餘年，從不准宦官與外人交結；亦未有差派太監赴各省之事。況龍袍係御用之衣，自有織造謹製；倘必應採辦，但須一紙明諭，該織造等立即敬謹遵行，何用太監遠涉糜費？且我皇太后、皇上崇尚節儉，普天欽仰，斷不須太監出外採辦。即或實有其事，亦必有明降諭旨，並部文傳知到臣。即該太監往返，照例應有傳牌勘合，亦絕不能聽其任意遊行，漫無稽考。尤可異者，龍鳳旗幟係御用禁物，若果係太監，在內廷供使，自知禮法，何敢違制妄用？至其出差攜帶女樂，尤屬不成體制！似此顯然招搖煽惑，駭人聽聞，所關非淺。現尚無騷擾撞騙之事，而或係假冒差使，或係捏詞私出，眞僞不辨。臣職守地方，不得不截拿審辦，以昭愼重。現已密飭署東昌府知府程繩武，暨署濟寧州知州王錫麟，一體跟蹤，查拿解省，由臣親審，請旨遵行。』

用僅次於緊急軍報的『四百里』驛遞，拜發了奏摺以後，丁寶楨立刻又用快馬分下密札，其中一通送聊城，給東昌府署理知府程繩武，命令他馬上抓安德海。

程繩武字小泉，是江蘇常州人；剿捻時正當山東單縣知縣，因爲守城有功，保升到道員。但軍功所得的功名，過於浮濫，所以道員的班子，僅得署理東昌知府，有山東第一能吏之稱。

能員之能，就在甚麼棘手的差使，都能辦得妥妥帖帖、漂漂亮亮。未接巡撫密札以前，他就已得到安德海起旱南下的消息，大車二十餘輛，隨從三十餘人，一個個橫眉怒目，歪著脖子說話，就知道不大好惹，所以只派人跟在後面，密密監視，把他送出東昌府，便算了事。

等接到巡撫的密札，他第一個就去找駐紮東昌府的總兵王心安。此人是湖北襄陽人，曾當過多隆阿的部下，後來在胡林翼那裡；調到山東爲那時的巡撫閻敬銘所賞識，以後丁寶楨繼閻敬銘的遺缺，對他倚重如故。李鴻章剿捻時，淮軍跋扈異常，丁寶楨和王心安的所謂『東軍』，受盡了李鴻章和淮軍的氣。淮軍大將劉銘傳的部隊，現在由他的姪子劉盛藻代領駐張秋，所以丁寶楨讓王心安駐東昌，彼此隔了開來，才可以相安無事。

『治平大哥，』程繩武向王心安說：『宮保下令，不能不辦；辦也不難，但只要有句閒話落在外面，我這趟差使就算辦砸了。』

『你凡事都有個說法。』王心安笑道：『你說你的，我聽著。』

『第一、安德海到底是不是奉了懿旨，實在難說得很。宮保清剛勤敏，聖眷正隆，我做屬下的，無論如何不能替他闖禍——這件案子一出奏，面子上是一定好看的；但西太后心裡是怎麼個想法，不能不顧慮。』

『這話說得透徹。』王心安問：『你總還有第二吧？』

『不但有第二，還有第三。』程繩武說：『第二是我愛惜你的威名，不想請你派兵抓太監。』

『承情之至。』王心安又拱手、又搖手，『出隊抓太監，眞正是勝之不武，一傳出去，劉省三他們還不當作笑話講？』

程繩武不願動用王心安的軍隊，又怕王心安心裡不舒服，一番招呼打過，反教王心安見情，這就是能吏之能；這時便接著又說：『不能仰仗麾下，於是就有第三，安德海的鏢手不少，要抓他未必肯就範，兩下動手，必有死傷。傳了出去，人家說一聲：程某人連個太監都治不了！這個面子我丟不起。』

『你與眾不同，人家不算丟面子的事，在你就算丟面子了。那麼，你現在是怎麼個打算呢？』

『我的打算是寧願智取，不必力敵。我自己帶小隊跟了下去，見機行事。今天來跟治平大哥商量的是，好不好借我幾枝短槍？』

『那還用得著「商量」二字？你要多少，派人來說一聲，我還能不給嗎？』

其實，程繩武有自己的親兵小隊，一共二十多人，每人一枝火力甚強的『後膛七響』。他特意跟王心安借槍是有意套親近；當時寫了張借槍八枝的字據，面交王心安。等他回到衙門，已有一名把總將槍送到，額外有兩百發『子藥』，說明是王心安所奉送。程繩武派人點收，厚犒來使。然後查問安德海的行蹤。

『已經打過尖，走了。』為他帶領親兵的一名姓余的千總告訴他。

『出東門，還是出南門？』程繩武問。

『出東門。』

由東昌府南下有兩條路，出南門是走陽穀、鄆城。出東門則又有兩條路，一條是正東，經平陰、肥城到泰安，折而往南，為自古以來的南北通衢；一條是東南，由東阿、東平、汶上，經兗州入江蘇。不知道安德海走的是哪一條？

『大人！』躍躍欲試的余千總問道：『是不是要抓那一幫太監？』

程繩武微微一驚，要逮捕安德海是個絕大的機密，如何消息已經外洩？但他深有經驗，已洩漏的機密，越是重視，傳播得越快，最好的辦法是淡然處之，因而他用信口答話的語氣問道：『是又如何，不是又如何？』

『如果不是，就該護送他出境；倘或是——是要抓這一幫太監，殺雞焉用牛刀，今天夜裡就可以一網打盡。』

『喔！』程繩武的臉色變得很『正經』了；他覺得這個余千總，不能視之爲老粗，便有意跟他作個商量，於是問道：『護送是大可不必。我先問你，你怎麼知道要抓這幫太監？』

『有人從濟南來說——很靠得住的一個人，說宮保大發雷霆，非抓這個人不可。』

『哪個人？』程繩武的話聲十分峭急。

『是，是個姓安的總管太監；說是太后面前的紅人。』

程繩武不答話，只點頭；過了好一會才說：『不必護送，也不必抓他，不過差使比抓還難，我不知道你辦得了辦不了？』

這是激將法，余千總當然要上當；滿臉不服地說：『大人的差使還沒有派下來，如何就說人辦不了？』

『別人辦不了，你當然能辦。』程繩武慢條斯理地說：『他們中午在這裡打的尖，今晚必宿桐城驛；由此分途，所以要到明天，才知道他們是投正東，還是往陽穀？你今夜就走，把他們的行蹤打聽清楚，連夜趕回來告訴我。』

『是！』余千總答道：『我馬上就走，明天天一亮一定趕回來稟報大人。』

『好！』程繩武又問：『你是怎麼樣子去打聽？』

余千總想了想答道：『我不帶人。就我自己，換上便衣，到桐城驛一問那些腳伕就知道了。等打聽清楚，即時回來；大人明日起身，就有確實消息聽見。』

『就這麼說。等事情完了，我保你換頂戴，不然就託王總兵給你補實缺。你快走吧！明天一早，我等你的消息。』

第二天一早，消息果然來了，安德海是往東阿的這條路走。程繩武是早就準備好的，穿便衣、戴涼笠，帶著十幾個人追了下去；臨行之前，先上一通密稟，說明情況。

在烈日下跟蹤了兩天，突然發覺安德海的行程變了，由汶上縣動身，本應直下兗州，卻折而往東到了寧陽，又往北走。程繩武派人去一打聽，才知道安德海興致不淺，要迂道去一遊泰山，再由泰安南下。

就這時候，王心安奉到丁寶楨的命令，帶著一小隊人，趕了下來，追著程繩武，彼此商量。照王心安的意思，就要動手；而程繩武依然力主慎重，說泰安知縣何毓福極其能幹，一定有辦法可以『智取』。否則就等安德海從泰山下來，派兵攔截，也還不遲。

王心安同意了他的辦法，密密商量了一番，特爲遣派余千總，持著程繩武的親筆信，搶先到了泰安。等安德海的車隊一到，天色將晚，進了南關，先投客店；最大的一家，字號叫作『義興』，巧得很，正有兩個大院子空著，等安德海歇了下來，剛剛撣土洗臉，坐著在喝茶，黃石魁進來告訴他說：

『泰安縣派了人來。見不見他？』

一路都不大有人理，不想這裡與眾不同，安德海似乎很高興，『見，見！』他說：『怎麼不見？』

於是領進來一個穿藍布大褂、戴紅纓帽的『底下人』，向安德海請了安，自己報名：『小的叫張升，敝上特爲叫張升來給安欽差請安。敝上說，本來該親自來迎接的，因爲未奉到公事，不敢冒昧；不過曉得安欽差是奉太后差遣，也不敢失禮……』說著，打開隨身攜來的拜匣，取出一張名帖，雙手捧上。

『喔！』安德海看了看名帖，『原來是何大老爺！』

『是！』張升說道：『敝上叫張升來請示，敝上備了一桌席，給安欽差接風；想屈駕請過去。如果不使，就把席送過來。』

這是有意帶些激將的意味，安德海一聽就說：『沒有甚麼不便！既然貴上知道我的身分，倒不能不叨擾他一頓。』

『是！安欽差賞臉。』張升請了個安說：『還有幾位老爺，也請一起過去。』

『好！你等一等。』

於是安德海找人來商量了一下，決定帶著陳玉祥、李平安，一起赴席；黃石魁隨行侍侯。由張升帶路，坐車直奔泰安縣衙門。請到花廳，張升退了出去；另有個聽差，拿個托盤，捧來三杯茶——不是甚麼待客的蓋碗茶；安德海一看，臉色就變了。

『黃石魁，黃石魁！』他大聲喊著。

外面沒有回音，黃石魁不知道到哪裡去了？安德海親自走到廊下來看；只見迴廊上、假山邊，影綽綽好幾條人影。

『怎麼回事？』陳玉祥趕了過來，小聲問說。

『豈有此理！』安德海發脾氣罵道：『這算是甚麼花樣？』

『別是……』陳玉祥剛說了兩個字；便有人拉了他一把，回身看時，是李平安在向他搖手。

彼此面面相覷，好半天，安德海才說了句：『沉住氣！』

所謂『沉住氣』實在是束手無策。很顯然地，安德海此時最要緊的是，依舊擺『欽差』的架子唬人，所以拉起京腔，大發牢騷。但陳玉祥、李平安卻眞是嚇壞了，一見有人持燭進來，趕緊上去抓住他的手問道：『何大老爺說請我們吃飯，怎麼人面不見？』

那聽差皮笑肉不笑地答道：『總快出來了吧！』說著，把蠟燭放在桌上，管自己退了出去。

『你們少說話！』安德海板著臉說，『凡事有我。』

教太監不說話是件很難的事，陳、李兩人到底忍不住了，躲在一邊，悄悄低語，不時聽得怨恨之聲。這當然會把安德海搞得很煩，在花廳磚地上來回走著，一有響動，便朝外看，當是何毓福到了。

何毓福終於到了——他在等著程繩武和王心安商量處置辦法；『義興』棧那兩座大院子，原是特意命店家騰出來的，一入陷阱，往外封住，加以『蛇無頭不行』，那些鏢手不敢自討沒趣，乖乖地守在院子裡，不敢胡亂行走。等處置好了這些人，程、王二人也到了；就在『義興』棧商量停當，程繩武仍回東昌；王心安分一半人駐守『義興』棧，他自己帶著另一半，護送安德海到濟南。

於是何毓福趕回縣衙門，一進花廳便抱拳說道：『失迎，失迎！東城出了盜案，不能不趕了去料理。以致說給安欽差接風，變成口惠而實不至。』他接著便大喊一聲：『來啊！』

還是那持燭的聽差，對主人態度自然大不相同，進了門垂手站著，聽候吩咐。

『快擺酒！』他說：『只怕欽差已經餓了，看廚房裡有甚麼現成的點心，先端來請貴客用。』

『喳！』那聽差答應著，退出去時，還給『貴客』請了個安。

這一下搞得安德海糊里糊塗，不辨吉凶；反正伸手不打笑臉人，替陳玉祥、李平安引見以後，坐下來跟何毓福寒暄，先是請教功名，然後便說如何奉慈禧太后懿旨，到蘇州採辦龍袍，接下來大談宮內的情形，自然都是外面聽不到的祕辛。

談了一會，席面鋪設好了，聽差來請主客入座；安德海大概心裡還有些嘀咕，酒也不敢多飲，怕醉後失言；陳玉祥和李平安卻是沒腦子的人，看何毓福的態度，疑慮一空，開懷暢飲。

『老爺！』聽差走來向何毓福說道：『省裡有人來。』

『誰啊？』

『是撫台衙門的「戈什哈」。說有緊要公事，跟老爺面回。』

『喔！』何毓福說道：『安欽差不是外人；你把他請進來。』

王心安的衛士所扮的戈什哈，進來行了禮，拿出一封程繩武所寫的信，遞了上去；何毓福匆匆看完，隨即揚臉說道：『安欽差，得請你連夜上省。』

安德海臉色一變，強作鎮靜地問道：『怎麼啦？』

『省裡送信來，說內務府派了人來，有要緊話要跟你當面說。』

安德海和陳、李二人的臉色，都不再是那麼又青又白地難看了，『必是京裡有甚麼消息。』陳玉祥自作聰明地說。

『當然是傳消息來！』安德海微微瞪了他一眼，示意他少開口；自己又接著自己的話說：『必是兩位太后，傳辦物件。不知道信上說明了沒有，是內務府哪一位？』

『你看！』何毓福把信遞了過去。

他接信一看，上面寫的是：

『分行東昌府、泰安州、濟寧州暨所屬各縣：頃以內務府造辦處司官，馳驛到省，言有要公與出京採辦欽使面洽。奉憲台面諭：飛傳本省各縣，轉知其本人；並迅即護送到省。毋忽！合函錄諭轉知，請惠予照辦爲盼。』

下面蓋著一個條戳，字跡模糊不清，細看才知是『山東巡撫衙門文案處』九字。

『信上催得很緊，當然也不爭在這一晚。』何毓福說：『安欽差儘管寬飲，等明天我備車送你去。』

『不！』安德海是雖沉著，但很重視其事的神情，『還是今夜就走的好。白天坐車，又熱，灰沙又多，實在受不了。』

『悉聽尊意，我馬上叫他們預備。』

於是把聽差找了來，當面吩咐備車；車要乾淨，馬要精壯，反覆叮嚀著，顯得把安德海眞的奉爲上賓。

『你們倆呢？』安德海問他的同伴，『也跟我走一趟濟南，去逛一逛大明湖吧？』

聽他有邀陳、李作伴的意思，何毓福便慫恿著他們說：『一交了秋，濟南可是太好了，「一城山色半城湖」。兩位反正閒著也是閒著，有機會爲甚麼不去逛一逛？』

『好啊！』陳玉祥向李平安說：『咱們跟著二爺走。』

『那麼，』何毓福緊接著說：『回頭就從這兒走吧。安欽差也不必回店了，我會派人去通知。』他看著安德海問：『有甚麼話要交代？我一定給說到。』

安德海有些躊躇，照理應該回去一趟；但想想回去也沒有甚麼話，無非說要到濟南一行，很快就會回來。就這樣一句話，託何大老爺轉達也是一樣。

於是他說：『沒有別的話，就說我三、兩天就回來。』

『是了，我馬上派人去通知。』

『勞駕，勞駕！』安德海放下酒杯說：『請賞飯吧！』

吃完飯，安德海又改了主意，『不必麻煩了。』他說：『我還是自己回店去一趟。』

一回店，底蘊便盡皆洩漏；何毓福是早就籌劃妥當的，毫不遲疑地答說：『都聽安欽差的意思。回頭上了車，先到南關彎一彎，也很方便。』

等上了車，先是往南而去，然後左一轉，右一轉，讓安德海迷失了方向；八月初二沒有月亮，夜色沉沉，不易辨識東西南北。但有一點是很清楚的，車子已經出城了。

『喂，喂！』他在車中喊道：『停一下，停一下！』

不喊還好，一喊，那御者揚起長鞭，『刷』地一響，拉車的馬潑開四蹄，往前直衝，跑得更快了。接著，聽得蹄聲雜沓，有一隊人馬，擎著火把，從後面趕了上來，夾護著馬車，往西而去。

權閹落網

初秋氣爽，正是『放夜站』的天氣，而且大亂已平，百業復甦，所以這條路上，晚上亦是商旅不絕；一望見燈籠火把，軍隊夾護，都當是甚麼顯宦，不知因爲甚麼要公，星夜急馳，誰也沒有想到是丁宮保捉『欽差』。

天一亮，名城在望；王心安一馬當先，直入南門，要投巡撫衙門。這個衙門很有名，原是前明洪武年間所建的齊王府，其中許多地方，沿用舊名，二堂與上房分界之處，就叫『宮門口』；因此，『宮保』亦幾乎成了山東巡撫專用的別稱──巡撫恩賞了『太子少保』的『宮銜』，都可稱爲宮保，不過總不如有宮銜的山東巡撫，喚作宮保來得貼切。

丁宮保已經在半夜裡接到程繩武專差送來的密稟，知道安德海將在泰安落網；計算途程只百把里路，一早可到，所以早就交代撫標中軍的緒參將，派人在南門守候，等王心安把安德海押到，立即帶著他去見丁寶楨。

王心安是丁寶楨的愛將，特假詞色，親自站在簽押房廊前迎候；等他一進『宮門口』，先就喊道：『治平，你辛苦了！』

總兵巡撫品級相同，但巡撫照例掛兵部侍郎的銜，以便於節制全省武官。因而王心安以屬員見『堂官』的禮節，疾趨數步，一足下跪，一手下垂請了個安說：『心安跟大人交差。』

『人呢？』丁寶楨一面說，一面往裡走，『進屋來談。』

『一共四個人，安德海，一陳一李兩個太監，還有個安德海的跟班。都交給緒參將了。』

接著是緒參將來回稟，說把那四個人看管在轅門口，請示在何處親審？

『不忙！』丁寶楨說：『等我先聽一聽經過情形。』

於是王心安盡其所知，細細陳述。談到一半，聽差來報，泰安縣知縣何毓福趕來稟見；隨身帶著一隻箱子，是安德海的最要緊的一件行李。

『請進來，請進來。』

連人帶箱子一起到了簽押房，打開箱子一看，裡面是簇新的一件龍袍和一掛翡翠朝珠。

『該死！』丁寶楨這樣罵了一句，『眞的把宮裡的龍袍偷出來招搖。這掛朝珠也是御用之物，疏忽不得。』他向緒參將說：「加上封條，送交藩司收存。』

這就該提審了。丁寶楨吩咐把文案請了來，說明經過，邀請陪審；有個文案看了看他的同事說：『我們還是迴避的好！』

『是，是！理當迴避，請宮保密審吧！』

這一說，丁寶楨明白了；他們是怕安德海在口供中，難免洩漏宮禁祕密，不宜爲外人所聞。便點頭說：『既如此，我回頭再跟各位奉商。』

『大人，』何毓福站起來說：『我先跟大人告假，回頭來聽吩咐！』

『好！你一夜奔波，先請休息。午間我奉屈小酌，還有事商量。』丁寶楨說到這裡，拉住王心安的手，『你別走！』

於是，只剩下王心安一個人，在撫署西花廳陪著丁寶楨密審安德海。

緒參將說把安德海看管在轅門口，其實是奉爲上賓，招呼得極其周到，只是行動不能自由而已。

等丁寶楨傳令提審，緒參將親自帶人戒備，從轅門到二堂西面的花廳，密佈親兵，斷絕交通，然後把安德海『請』了進去。

他很沉著，也很傲慢，微微帶著冷笑，大有『擒虎容易縱虎難』，要看丁寶楨如何收場的意味。同時也彷彿有意要摔一番氣派，那幾步路走得比親王、中堂還安詳，橐橐靴聲，方步十足，威嚴中顯得瀟灑自如，眞不愧是在宮裡見過世面的。

『安德海提到！』在丁寶楨面前，緒參將又另有一種態度；掀開簾子，這樣大聲稟報。

『叫他進來！』

由聽差打起簾子，安德海微微低頭，進屋一站；既不請安，也不開口，傲然兀立。

王心安忍不住了，怒聲叱斥：『過來！你也不過是個藍翎太監，見了丁大人，怎麼不行禮？誰教你的規矩？』

『原來是丁大人。』安德海相當勉強地讓步，走過來垂手請了個安。

丁寶楨把他從頭到腳打量了一遍，方始用他那口一板一眼的貴州口音問道：『你就是安德海？』

『是的。我是安德海。』

『哪裡人哪？』

『直隸青縣。』

『今年多大歲數？』

『我今年二十六歲。』

『你才二十六歲，』丁寶楨說：『氣派倒不小啊！』

『氣派不敢說。不過我十八歲就辦過大事。』

那是指『辛酉政變』，安德海奉命行『苦肉計』，被責回京；暗中與恭王通消息那件『大事』。

丁寶楨當然明白，卻不便理他，只問：『你既是太監，怎麼不在宮裡當差；出京來幹甚麼？』

安德海唸著那兩面旗子上的字作答：『奉旨欽差，採辦龍袍。』

『採辦龍袍？』丁寶楨問：『是兩宮太后的龍袍，還是皇上的龍袍？』

『都有！』安德海振振有詞地答道：『大婚典禮，已經在籌辦了。平常人家辦喜事，全家大小都得製一、兩件新衣服，何況是皇上大喜的日子？』

『你說得有理！不過，我倒不明白，你是奉誰的旨？』

『是奉慈禧皇太后的懿旨。』

『既奉懿旨，必有明發上諭；怎麼我不知道？』

『丁大人不知道，我也不知道。』安德海很輕鬆地答道：『那得問軍機。』

『哼！』丁寶楨冷笑，『少不得要請問軍機。你把你的勘合拿出來看看！』

安德海的臉色變了，『又不是兵部派我的差使，』他嘴還很硬，『哪裡來的勘合？』

『沒有勘合不行！』丁寶楨直搖頭；彷佛有些蠻不講理似地。

安德海軟下來了，『丁大人，』他說：『你老聽我說。』

『你有啥子好說的？儘管說嘛！』丁寶楨又補了一句：『總要說得像話才行。』

『丁大人！』安德海雙手一攤，作出無可奈何之狀，『這就說不到一處了。我說奉了懿旨，你老跟我要兵部勘合。這是兩碼事嘛！』

『怎樣叫兩碼事？你歸內務府管，譬如內務府的官員出京辦事，難道就像你這個樣，兩手空空，甚麼也沒有，只憑你一句話？』

『這……丁大人，我說句不怕你老生氣的話，你老出了翰林院，就在外省，京裡的情形不熟悉。』安德海把臉仰了起來，說話的神氣，顯得趾高氣揚，『內務府的人，不一定能當內廷差使；就是內廷差使，也還有講究，有「內廷行走」，有「御前行走」。不奉聖旨，哪怕是王爺，也到不了內廷。』

他賣弄的就是慈禧太后面前，管事的太監這個身分；丁寶楨心想，到此刻這樣的地步，他的神態、語氣，還是如此驕狂，那麼，平日是如何地狐假虎威？可以想見。這樣轉著念頭，反感愈甚，打定主意，非要問他個水落石出不可。

『我是外官，不懂京裡規矩。我倒問你，御前行走怎麼樣？憑你口說欽差就是欽差嗎？』

『憑我口說？嘿，丁大人，我算得了甚麼？不都是上頭的意思嗎？』安德海振振有詞地說：『你老請想，如果不是上頭的意思，我出得了京嗎？就算溜出京城，順天府衙門，直隸總督衙門，他們肯放我過去嗎？』

『對了！就是這話，在我這裡就不能放你過去。』

『那麼，』安德海彷彿有些惱羞成怒了，『丁大人，你預備拿我怎麼樣？難道還宰了我？』

一聽這話，丁寶楨勃然大怒，但他還未曾發作，王心安已經憤不可遏，搶上前去，伸手就是一個嘴巴，把安德海的腦袋打得都歪了過去。

『混帳！』王心安瞪著眼大喝：『你再不說實話，吊起來打！』

看樣子安德海是氣餒了，捂著臉，好久才說了句：『何必這樣子？有話好說嘛！』

『跟你說好的你不聽，偏要歪纏；不打你打誰？』

『哼！』丁寶楨冷笑著接口：『你別想錯了，你以爲我不敢宰你？』

『聽見沒有？快說。』王心安揎一揎臂，又打算著要揮拳。

『要我說甚麼呢？』

『說實話！』丁寶楨問道：『你是怎麼私自出京的？』

『我不是私自出京。』安德海哭喪著臉說：『我在慈禧太后跟前當差，一天不見面都不行，私自出京，回去不怕掉腦袋？』

這話實在是說到頭了，但丁寶楨無論如何不能承認他這個說法，『你說來說去就是這一點，』他駁得也很有道理，『在慈禧太后面前當差的人也多得很，像你這樣，全成了欽差了，那還成話嗎？再說，太監不准出京，早有規矩；慈禧太后有甚麼差遣，甚麼人不好派，非得派你不可？』

『丁大人明見，』安德海緊接著他的話答道：『宮裡這麼多人，爲甚麼不派別人，單單挑上我？這有個說法兒，上頭有上頭的意思，不是天天在跟前的人，就說了也不明白……』

『慢著！』丁寶楨終於捉住了他話中的漏洞，毫不放鬆地追問：『原來你也不過是揣摩皇太后的意思！啊？說！』

安德海依然嘴硬：『上頭交代過的。還有許多意思，我也不便跟丁大人明說。』

『你還敢假傳聖旨？』丁寶楨拍著匟几，厲聲說道：『你攜帶婦女，擅用龍鳳旗幟，難道這也是上頭的意思？』

『這，這是我不對！』

『還有那面小旗子，上面畫的那玩意；我問你，那是甚麼意思？也是上頭交代過的？』丁寶楨有些激動，怒聲斥責：『你一路招搖，驚擾地方；不要說是假冒欽差，就算眞有其事，也容不得你！你知道你犯的甚麼罪？凌遲處死，亦不爲過！』

直到這地步，才算讓安德海就範，他的臉色一陣青、一陣白，終於認罪了：『我該死，我該死！求丁大人高抬貴手，放我過去吧！』說著，人已矮了一截。

下跪亦無用，丁寶楨大聲喊道：『來啊！』

站在廊下的戈什哈有四、五個，聞聲一起進屋；最後是緒參將趕了過來，直到丁寶楨面前，請個安聽候指示。

『搜他！』

『喳！』緒參將答應著，回身把手一招；上來兩名戈什哈，一個如老鷹抓小雞似地，捏住安德海的衣領往上一提；另一個就解開他的衣襟，亮紗袍子裡面，雪白的一件洋紗襯衣，小襟上有個很深的口袋，摸出一個紙包，隨手交給緒參將。他捏了一下，發覺裡面是紙片，便不敢打開來看，轉身又呈上丁寶楨。

『哼！』丁寶楨看完那兩張紙片，冷笑著說：『太監不准交結官員，干預公事；憑這個，就是一條死罪！』說完，他把那兩張紙片揣入懷中，誰也不知道上面寫的甚麼。

『跟大人回話，』緒參將報告：『他身上別無異物。』

『先押下去，找僻靜地方仔細看守。不准閒人窺探。』

『是！』緒參將又揮揮手，示意把安德海押下去。

『丁大人！』被挾持著的安德海，盡力掙扎著，扭過頭來說道：『是眞是假，你老把我送到京裡一問就明白了。』

丁寶楨不理他，等他出了花廳，才向王心安低聲說道：『這傢伙在做夢，還打算活著回京裡！』

『大人！』王心安喊了這一聲；遲疑著似乎有甚麼逆耳之言要說。

『你不用說了，我知道。』丁寶楨又對緒參將說：『把另外兩名太監提上來！』

陳玉祥、李平安都是面無人色，瑟瑟發抖，一進花廳，雙雙跪倒，取下帽子，把頭在青磚地上碰得鼕鼕作響，然後自己報著名，只是哀懇：『丁大人開恩！』

『你們說實話，是誰叫你們跟著安德海出來的？』

『是！』年紀大些的李平安說：『是安德海。』

『你們倆都歸他管嗎？』

『不歸他管。』

『既然不歸他管，他怎麼能指揮你們？叫你們出京就出京？』

『回丁大人的話，』李平安怯怯地，但謹愼地回答：『安德海是慈禧太后面前最得寵的人，他的話，我們不能不聽。』

『那麼，他爲甚麼不找別人，偏要找你們倆呢？』

『不止我們兩個，』陳玉祥插嘴答道：『一共是五個人。』

『爲甚麼單找你們五個？』丁寶楨問：『總有個緣故在內。』

『這……』李平安遲疑地說：『想來是我們平常很敬重他的緣故。』

那就不用說，都是安德海的同黨了。丁寶楨又問：『你們一起來的，共有多少人？』

『總有三十多個。』

『都是些甚麼人？』

於是李平安和陳玉祥查對著報明各人的身分，除了安德海的親屬和下人以外，從車伕、馬伕，到剃頭、修腳的，品流甚雜。這些人將來都可以發交屬員去審，丁寶楨就懶得問了。

押下那兩個太監，又提審黃石魁。宮裡的情形，他不會清楚；問到安德海出京的經過，卻答得很詳細，道是早在四月裡，就有出京之說，但一直到六月下半月，才忽然忙了起來，那些跟隨的人，大半都是黃石魁去找來的。

『安德海爲甚麼要帶這麼多人？』丁寶楨不解地問。

『因爲，』黃石魁答道：『小的主人，喜歡鬧氣派。』

丁寶楨認爲他答得很老實。不安分的人，多喜歡來這一套：包攬是非、招搖跋扈，即由此而起。接著，他又問起黃石魁如何假充前站官抓車，所得到的答覆，也能令人滿意。初步的『親審』，到此結束。

這時臬司潘霨、濟南府知府、首縣歷城縣知縣，都已聞信趕來侍候。丁寶楨只傳見了首縣，把安德海等人發了下去，嚴加看管。其餘臬司和濟南府一概擋駕，因爲他在沒有跟文案商量妥當以前，不便對掌理一省刑名的臬司有何表示。

回到『宮門口』簽押房外的廳上，已設下一桌盛饌；但丁寶楨無心飲啖，把文案們都請了來，說明案情，徵詢各人的意見。

『宮保，』有人這樣答道：『我在屏風後面聽著，有一層疑義，提出來跟宮保請教。安德海的隨從中，有天津的一個和尚，說是願意回南，安德海喜歡招搖，帶著他一起走，也算是做好事，這在情理上講得通；然而，何以有綢緞舖和古董舖的掌櫃，而且各帶一名夥計隨行？其中怕有隱情。』

『這話說得是。』丁寶楨深深點頭，『我還覺得安德海帶那些太監，必有作用；他本人膽大妄爲，跟他來的那五個太監，總有明白事理的，難道不知道太監不准出京，犯了這個規矩，非同小可，就不顧自己的禍福，貿貿然跟了他來？』

『是啊！』王心安建議：『我看還得嚴加拷問，眞相才會大白。』

『問不妨問，無需用刑。』丁寶楨這樣表示；隨即派了一個差官到歷城縣下達口頭的命令，設法問明實情具報。

歷城縣的知縣也很能幹，把陳玉祥、李平安二人隔離開來，個別詢問；話裡套話，終於摸到了底蘊，劉同意和王堦平都是跟著去做買賣的，只是性質正好相反，一個賣，一個買。有珠寶要帶到江南去賣，所以帶著古董舖的人去估價，以免吃虧；又想從蘇杭等地，買一批綢緞運到北方銷售，這自然要請教綢緞舖的掌櫃。

珠寶是從哪裡來的呢？陳、李二人雖不肯說明，但從話風中可以推想得到，是竊自宮中。丁寶楨接獲報告，大起戒心；他只要殺安德海，不願興起大獄，現在牽出一件宮中的大竊案，可能是幾十年的積弊，如果認眞究辦，株連必廣，而未見得會有結果，於公，非大臣持重處事之道；於私，只會惹來麻煩，徒然挨罵。

因此，丁寶楨決定把這陳、李二人的這一段口供，連同從安德海身上搜出來的那兩張紙片，一起銷燬。但木本水源，推論到底，無非安德海的罪狀，益見得此人該死！

說。』

『安德海罪不容誅！』他神色凜然地說：『絕不能從我手上逃出一條命去。我想，先殺掉了他再

這眞是語驚四座了，彼此相顧，無不失色，『宮保，』有個文案提醒他說：『不論如何，安德海絕不會無罪。等朝旨一下，他就是欽命要犯了，交不出人，可不是開玩笑的事。』

『我就是不願意交人。地方大吏，像這樣的事，該有便宜處置之權。』

『說得是。不過出奏的時節，有「請旨辦理」的話，既然如此，就不能擅自處置了。』

丁寶楨略一沉吟，慨然說道：『我豁出去了，就有嚴譴，甘受無憾。』

大家都認爲犯不著爲了安德海，自毀前程；苦苦相勸，丁寶楨執意不從。談到後來，泰安縣知縣何毓福，越眾出座，向上一跪說道：『大人，我有幾句話，請鑒納。』

『有話好說，不必如此，請起來！』

何毓福長跪不起，『大人，』他說：『照我的看法，安德海一定處死。到了該明正典刑的時候，卻提不出人來，綁到刑場，這是莫大的憾事。』

這一層，丁寶楨不能不考慮，同樣一死，逃脫了『顯戮』，便是便宜安德海了。

『而且，可能有人不以大人此舉爲然，只是義正辭嚴，不得不依國法處置；如果大人不依律辦，豈不是授人以柄，自取其咎。』何毓福又說：『大人，恕我言語質直！』

這一層，尤其說中了要害，都道他說得有理，但口頭上不便明說，『不以此舉爲然』的人，自然是慈禧太后；正好抓住丁寶楨擅殺欽命要犯的錯處，爲安德海報仇，那不是太傻了嗎？

『爲此，務求大人鑒納愚衷，請再等兩天，看一看再說。』

『你是說等朝旨？』丁寶楨說：『不殺安德海，我無論如何不甘。』

『宮保必能如意。』居於末座，一個素以冷峭著稱，爲丁寶楨延入幕府的朱姓候補知縣，慢條斯理地說道：『人在歷城監獄，宮保要他三更死，不敢留人到五更。』

語氣涉於詼謔不莊，卻眞正是一語破的！朝旨下達，安德海處死，自然最好；不然，擅殺欽命要犯是嚴譴，違旨擅殺一樣也不過是嚴譴。而且在處分以外，還有個說法：『因爲朝廷不殺，我才殺他。』否則，有人問一句：『是不是疑心朝廷會庇護此人，所以迫不及待地先動手？』這話會成爲『誅心而論』；倘或言官參上一本，降旨『明白回奏』，還眞無以自解。

『好！』丁寶楨親手扶起何毓福，『諸公愛我，見教極是。我不能不從公意，就讓此獠延命數日。』

密旨處決

延也延不久了。當丁寶楨作此決定時，四百里加緊的奏摺，已遞到京城；皇帝一個月的奏摺看下來，已摸著竅門，對各省的形勢，也有了個了解，安德海一路南下，先過直隸，後經山東，然後入江蘇。但臨清到張秋水路不通，可能會繞道河南，所以有關他行蹤的消息，必出於這四省的摺報，至多再加上一個漕運總督衙門。此外各省的奏摺，絕不會提到安德海三字。

當然，照行程計算，最該留心的便是山東、江蘇兩巡撫和兩江總督衙門，所以他每天等內奏事處將黃匣子送到，首先就挑這幾個衙門的奏摺看。

『好啊！總算等到了！』皇帝看完丁寶楨的摺子，在心中自語；多少日子以來要辦的大事，到了能辦的時候，他反而不急了——這時急於要辦的一件事，是找小李商量；偏偏小李又不在跟前。

怎麼辦？他在想，首先不能讓慈禧太后知道，這樣轉著念頭，他立即發覺自己該怎麼辦才妥當。回身望了一下，沒有太監或宮女在注意，機會正好；他匆匆忙忙把那通奏摺往書頁中一夾。對母后來說，這是偷了一個摺子，忍不住怦怦心跳，好久才能定下神來。

爲了要表示從容，他依舊端然而坐，把奏摺一件一件打開來看；但看了第一行，一下會跳到第三、四行，看了半天，不知道說些甚麼？只好從頭開始。這一下，自然慢了；幸好這天的奏摺不多，勉強對付完畢，叫人把黃匣子送了上去，偷偷兒取出丁寶楨的那通摺子，藏在身上，傳諭回養心殿。

『小李呢？』他在軟轎上問。

『到書房裡，替萬歲爺收拾書桌去了。』張文亮這樣回答。

『快找他來，』皇帝又說：『回頭你也別走遠了！』

『是！』張文亮看一看皇帝的臉色問道：『萬歲爺今兒個彷彿有點兒心神不定似地？』

皇帝不理他。等到了養心殿，就站在廊下等，等到了小李，隨即吩咐：『快找六爺，帶內務府大臣進宮。』說著把手裡的摺子一揚。

『喳！』小李喜在心裡，臉上卻板得一絲笑容都沒有，『奴才請旨，在哪兒召見？』

『就在這兒！』皇帝向地面指了一下，意思是在兩宮太后常朝的地方。

『喳！』小李心想：偏有那麼巧，每天都跟在皇帝身邊，就今天離開了一會兒，恰好事情發作，到底是誰上的奏摺，怎麼說法？皇帝看到奏摺，可曾告訴慈安太后？這些情形都得弄個清楚，才好著手，因而走上兩步，躬身問道：『請萬歲爺的旨，可是跟兩位太后一起召見六爺？』

『你怎麼這麼嚕囌？』皇帝不耐煩地，『甚麼事兒都得驚動兩位太后嗎？』

『喳！喳！』小李一疊連聲地答應，『不宜驚動兩位太后。』

『你也知道！那還不快去？』

『奴才這就去了。』小李緩慢地答道：『奴才騎馬去，先到內務府明大人家，讓他到六爺府裡等；然後奴才去找六爺傳旨，侍侯六爺一塊兒進宮。這一來一往，至少得一個時辰。』

小李是有意細說，好教皇帝心裡有個數，然後才能沉著處置。他最怕的是，九轉丹成的這一刻，有風聲漏到翊坤宮；只要慈禧太后出面一干涉，那就像推牌九似地，掀出一副『至尊寶』來，就眞正是『一翻兩瞪眼』了。

因而，他又加了一句：『萬歲爺請回屋子裡坐著，唸唸詩甚麼的，不用急！奴才盡快把六爺找來。』

『知道了！』皇帝頓著足罵：『混帳東西，你是存心氣我還是怎麼著？你再嚕囌，我拿腳踹你。』

『這不就去了嗎？』小李極敏捷地請了個安，轉身就走。

一出養心殿，他猶有片刻躊躇。這件事辦得妥當，不但去了個眼中釘，而且以後在皇帝面前，說甚麼是甚麼，有一輩子的舒服日子過；搞不好則雖不至於掉腦袋，充軍大概有份。是禍是福都在這一刻，不能亂來。

細想一想，自己先得把腳步站穩；安德海就因為自恃恩寵，行事不按規矩，才出了這麼大一個紕漏。前車之鑒，即在眼前，豈可視而不見？

因此，他急匆匆找到了張文亮，哈著腰低聲說道：『張大叔，我跟你老透個信，小安子快玩兒完了！剛才萬歲爺叫我上去吩咐，馬上找六爺進宮，事情是萬歲爺當面交代我，你老很可以裝糊塗；萬一出了事，我也認了，是我一個人倒楣，絕沒有甚麼牽扯。不過，萬歲爺是你老一手抱大的；今兒這件事，萬歲爺蓄心多年了，你老瞧著辦吧！』

張文亮知道他說的是甚麼，心中大驚，緊閉著嘴，想了半天，咬一咬牙說：『好吧！小子，你算是個腳色。我只好跟著走！你快去，越快越好；這裡我來維持。』

所謂『維持』，就是接應。有了張文亮這句話，小李可以放心，笑嘻嘻地請了個安，出宮而去。未出神武門，他又變了主意。一個人先到明善家，再到恭王府，迂道費時，所以抓了個靠得住的人，叫他到明善家通知，說有旨意，趕快進宮在隆宗門外等候；然後他自己找了一匹馬直奔大翔鳳胡同鑑園去見恭王。

小李也知道，恭王對太監一向是不假詞色的，求見未必就能見得著，因此他早就盤算好了，到鑑園門口一下馬，就向王府護衛說明，來傳密旨，得要親見恭王。

這一著很有效，恭王正約了文祥、寶鋆和總理各國事務衙門的官員，在商談俄羅斯商船停泊呼蘭河口，要求與吉林、黑龍江內地通商的事。聽說是傳密旨，便單獨出見。等小李請過安，他站著問：『甚麼事？』

小李不便眞擺出傳旨的款派，哈著腰說：『六爺請坐，有兩句話跟六爺回。』一面說，一面左右張望，怕有不相干的人聽了去。

『喔！』恭王坐了下來，揮揮手把捧茶來的丫頭擋了回去，『你說吧，這兒沒有人。』

『是！』小李輕聲說道：『不知道哪兒來了一個摺子，是奏報小安子的事；萬歲爺叫讓六爺帶同內務府大臣，立刻進宮。』

恭王瞿然抬眼，略想一想問道：『在哪兒見面？』

『養心殿。』小李又說：『我怕耽誤功夫，另外找人通知明大人直接進宮，在朝房等六爺。』

『我就去。』恭王起身又問：『兩位太后，知道這件事兒不？』

『東邊不知道怎麼樣？西邊大概還不知道。』

恭王把臉一沉：『下次不許這樣子說話！甚麼東邊、西邊的？』

『是！』小李誠惶誠恐地答應著。

『來啊！』

恭王一喊，便有個穿一件漿洗得極挺括的洋藍布長衫的年輕聽差，走了進來，很自然地在他側面一站，聽候吩咐。

『拿二十兩銀子賞他。』

於是小李又請安道謝，同時說道：『我侍侯六爺進宮？』

『不必！』恭王想了想又說：『你先跟皇上回奏，請皇上也召見軍機。』

『是！我馬上回去說。』

等小李一走，恭王立刻把文祥和寶鋆請了來，悄悄說道：『小安子快完了！必是稚璜有個摺子來；上頭立等見面。等我下來，大概軍機還有「一起」，你們先跟我一塊兒走，我再派人通知蘭蓀和經笙。』

文祥很沉著，寶鋆則是一拍大腿，大聲說了一個字：『好！』

『你們看，』恭王又問：『還得通知甚麼人？』

『內務府啊！』寶鋆很快地接口。

『已經通知了。』

『我看，趁這會兒風聲還不致走漏，先通知榮仲華預備吧！』文祥慢條斯理地說。

恭王懂他的意思，安德海一定會得個抄家的罪名；所謂預備，是派步軍統領衙門左翼總兵榮祿，先派兵看住安家。這是很必要的處置，不但是爲了防止安家得到消息，隱匿財產；而且要防他們湮滅罪證——別人猶可，要治安德海的罪，非有明確的罪證不可。

『你的思慮周密！』恭王點點頭表示嘉許，『這麼樣吧，就是你辛苦一趟，辦妥了趕快進宮。我跟佩蘅先走。』

於是恭王更換公服，傳轎與寶鋆進宮；明善已先在軍機處等候，一見面便疾趨而前，低聲說道：『上頭催了好幾次了。六爺，到底甚麼事啊？』

『小安子的事兒犯了！』恭王低聲答道：『回頭你少開口。』

『是！』明善順勢請了個安，『六爺，甚麼事兒都瞞不過你；你老得替內務府說句公道話。』

恭王未及答話，只見小李氣喘吁吁地奔了來，一面請安行禮，一面以如釋重負的聲音說道：『六爺可到了！快請上去吧；脾氣發得不得了啦！』

一聽這話，恭王倒還不在意，明善心裡卻嘀咕得厲害。但此時也不便向小李多問甚麼，只是一路盤算，皇帝會說些甚麼話，自己該如何回答？光是應付皇帝的脾氣還好辦，無奈礙著位慈禧太后在內。看樣子討了皇帝的好，會得罪『上頭』；此中利害關係，得要有個抉擇。

抉擇未定，人已到了養心殿，進東暖閣兩宮太后常朝之處；只見皇帝已坐在御案前面的黃椅上。等恭王和明善行過禮，他首先就衝著明善問道：『小安子私自出京，你知道不知道？』

明善心想，賴是賴不了的，只好硬著頭皮答道：『奴才略有風聞。』

『甚麼叫「略有風聞」？』一開口就是這種想推卸責任的話。』

迎頭就碰了個釘子，明善眞是起了戒愼恐懼之心；皇帝年紀不小了，不能再當他『孩子』看──年輕的人，都喜歡說話爽脆；他便很見機地老實答說：『奴才知道。』

『既然知道，爲甚麼不攔住他？』

這不是明知故問？安德海出京，皇帝也知道，爲甚麼又不攔住？這樣一想，明善懂了，皇帝也是爲了在慈禧太后面前有所交代，存心唱一齣戲；那就順著他的語氣答話好了。

『是奴才的錯。』他這樣答道：『因爲安德海跟人說，是奉懿旨出京，奴才就不敢攔了。』

『他是假傳懿旨，你難道不知道？你不想想，兩位皇太后那麼聖明，事事按著祖宗家法來辦，會有這樣子的亂命嗎？』

恭王暗暗點頭，皇帝這幾句話說得很好，抬出『祖宗家法』這頂大帽子，不但慈禧太后不能說甚麼庇護安德海的話；臣下有『祖宗家法』四字準則，也比較好辦事了。

看明善低頭不答，恭王便接口說道：『臣還不知道是怎麼回事？請皇上明示緣故，臣等好商議辦法，奏請聖裁。』

『你看吧！』

恭王接過摺子來，爲了讓明善也好了解，便出聲唸了一遍，然後繳上奏摺。

『你們說，本朝兩百四十多年以來，出過這麼樣膽大妄爲、混帳到了極點的太監沒有？』

『請皇上息怒。』恭王奏勸：『這件事該如何處置，得要好好兒核計。』

『還核計甚麼？像這樣子的人不殺，該殺誰？』

皇帝要殺安德海的話，明善不知聽說過多少次了，但此刻明明白白從他口中聽到，感覺又自不同，不由得就打了個寒噤。

『怎麼著？』皇帝眼尖看到了，氣鼓鼓地指著明善問：『小安子不該殺嗎？』

『奴才不敢違旨。不過……』他沒有再說下去，卻跪了下來。

『怎麼？』皇帝問道：『你是替小安子求情？』

『奴才不敢。不過小安子是聖母皇太后宮裡管事的人，請皇上格外開恩。』

皇帝氣得幾乎想踹他一腳！明明他心裡也巴不得殺了安德海，偏是嘴裡假仁假義；這話傳到慈禧太后耳中，豈非顯得自己不孝順？

轉念到此，皇帝怒不可遏，俯下身子，一隻手指幾乎指到明善鼻子上：『你既然知道保全聖母皇太后位下的人，爲甚麼不早勸勸小安子別胡鬧？爲甚麼不攔住他，不教他犯法？太監不是歸內務府管嗎？你管了甚麼啦？』說到這裡，他轉臉向恭王又說：『六叔！先辦安德海，再辦內務府大臣！』

這番雷霆之怒，把明善嚇得連連碰頭。皇帝冷笑不理，恭王恨他多嘴，也裝作視而不見，只這樣答道：『安德海違制出京，自然要嚴辦；臣對這方面的律例，還不大清楚，臣請旨，可否召見軍機，問一問大家的意思？』

『這一來，』皇帝有些躊躇，『這會兒去找他們，來得及嗎？』

『來得及！』恭王答道：『臣已經通知他們進宮候旨，這會兒大概都到了。』

『那好。讓他們進來吧！』皇帝轉回頭說：『明善！下去。我這裡用不著你！』

『是！』明善跪安退出——雖然碰了個大釘子，心裡卻很妥帖；安德海必死無疑，而慈禧太后那裡，可告無罪，裡外兩面都佔住了。至於皇帝不悅，不妨以後再想辦法哄他。

及至軍機四大臣進見，先由恭王說明經過，然後皇帝逐一指名徵詢；寶鋆和沈桂芬都表示『遵旨辦理』，文祥和李鴻藻則另有陳奏，一個認爲藉此可以整肅官常，一個則痛陳前代宦官之禍，意思中都支持皇帝的意思。自然，沒有一個人提到慈禧太后。

『師傅，』皇帝問李鴻藻，『那「三足烏」是甚麼意思？』

李鴻藻知道皇帝是明知故問，因爲『青鳥使』的典故，他清清楚楚地記得，翁同龢曾爲皇帝講過，如果此刻再講一遍，必定又牽涉到慈禧太后，所以他這樣回奏：『臣請皇上，不必再追究這一層了。』

皇帝點點頭，聽了師傅的勸；卻又冷笑：『小安子平日假傳懿旨，也不知道摟了多少昧心錢！他家一定也還有違禁的東西，趁現在外面還不知道，先抄他的家！』

『是！』恭王答道：『臣立刻就辦。』

『小安子呢？』

恭王不願從自己口中說一句殺安德海的話，便轉臉說道：『佩蘅，你跟皇上回奏。』

寶鋆略想一想說：『這有三個辦法，第一、拿問到京；第二、就地審問；第三、就地正法，也不必問了，免得他胡扯。』

『對了，還問甚麼？』皇帝斷然裁決：『就用第三個辦法，馬上降旨給丁寶楨。』

於是一面由文祥通知榮祿，當晚就抄安德海的家；一面由寶鋆執筆擬旨，怕安德海聞風而逃，密旨分寄山東、河南、江蘇三巡撫和直隸、漕運兩總督。

旨稿呈上，皇帝有種興奮而沉重的感覺；這是他第一次裁決『國政』，而且完全出於自己的思慮，心頭意化作口中言；口中言化作紙上文，哪怕勳業彪炳，鬚眉皤然的曾國藩，亦不能不奉命唯謹。這種滋味是他從未經驗過的；此刻經驗到了，才知道這滋味是無可代替的。

因爲如此，他特別用心看旨稿；看過一遍，有把握可以把它斷句，他才輕聲唸了出來：

『軍機大臣字寄直隸、山東、河南、江蘇各省督撫暨漕運總督：欽奉密諭，據丁寶楨奏：「爲太監自稱奉旨差遣，招搖煽惑，眞僞不辨，現飭查拿辦，由驛奏聞」一摺，據稱「本年七月二十日訪聞有北來太平船二隻、小船數隻，駛入山東省境，儀衛煊赫，自稱欽差，並無傳牌勘合，形跡可疑；派人密訪，據稱係安姓太監。或係假冒差使，或係捏詞私出，眞僞不辨，現已飭屬查拿，解省親審，請旨遵行」等語，覽奏曷勝駭異，該太監擅離遠出，並有種種不法情事，若不從嚴懲辦，何以肅宮禁而儆效尤？著丁寶楨迅速派幹員，於所屬地方，將該藍翎安姓太監，嚴密查拿；令隨從人等，指證確實，毋庸審訊，即行就地正法，不准任其狡飾。如該太監聞風折回直境，或潛往河南、江蘇等地，即著曾國藩等飭屬一體嚴拿正法。其隨從人等，有跡近匪類者，並著嚴拿，分別懲辦，毋庸再行請旨。將此由六百里各諭令知之。欽此！』

皇帝老氣橫秋地點頭：『寫得挺好。不過得加一句。』

『是！』恭王一面答應；一面看著寶鋆向御案努一努嘴。

寶鋆會意，傴僂著身子，從御案上取來一枝硃筆，雙手奉上。

『還是你寫吧，』皇帝吩咐：『加這麼一句：「倘有疏縱，惟該督撫是問。」』

『是！』寶鋆複誦一遍：『「倘有疏縱，惟該督撫是問。」』

臣子不能動御筆，寶鋆將那枝硃筆放回御案；然後接過旨稿，又回到廊下，把那句話加上，回入殿中，捧呈御覽——這時就不是旨稿，而是『廷寄』了。

『甚麼時候可以到山東？』皇帝指著手中的廷寄問。

恭王未曾出過直隸省境，不甚了了，便由文祥答奏：『明天晚上，一定可以到濟南。』

『好！』皇帝特別叮囑：『告訴兵部，明天晚上，一定得遞到。』

『是！』恭王答應一聲，欲言又止地遲疑著。

『六叔！』皇帝關切地問：『你還有甚麼話？』

『臣請皇上，這會兒就給聖母皇太后去請安；婉轉奏陳這件事。』

這話提醒了皇帝，不由得便微微皺眉。殺安德海倒痛快，要去跟慈禧太后奏聞此事，卻是一大難題。

想一想，像這樣的事，也不便跟恭王商量，便說一聲：『知道了。沒別的話，你們就下去辦事吧！』

等恭王等一退出養心殿，皇帝立刻就找小李商量如何應付那難題。

一見了皇帝，小李先笑嘻嘻的磕了一個頭。御前太監，熟不拘禮，平時只是請安；遇到比較鄭重的時候，才磕頭，譬如皇帝小病初癒，那時請安便得磕頭，這有『喜占勿藥』的意味在內。所以，小李磕這一個頭，意思是向皇帝賀喜。

『你跑到哪兒去了？』皇帝問道。

『奴才在外面打聽消息。』

打聽的自然是安德海的消息，皇帝又問：『小安子的家，抄了沒有？』

『早就在抄了。』小李答道：『聽說六爺跟文尙書早就有了預備，進宮之先，就派人把他家看住，一隻耗子，都跑不掉！』

皇帝覺得很痛快，大爲讚賞：『好！很會辦事。』接著又問：『是派的甚麼人？』

『榮總兵。』

皇帝知道，說的是榮祿；於是他腦中立刻浮起一個很鮮明的影子，從儀態、服飾到言語，無不漂亮——榮祿雖無『內廷行走』的差使，但爲皇帝『壓』過一回馬；就那一回，皇帝便把這個人，深印在腦中了。

『小李啊，』皇帝的笑容一斂，『事情是辦過了，對上頭得有個交代。你看，這話該怎麼說啊！』

問到這一層，小李精神抖擻的答道：『萬歲爺，別煩心，奴才已經給萬歲爺打算好了；包管聖母皇太后不會生萬歲爺的氣。』

『那好！』皇帝很高興地，『你快說吧！』

『萬歲爺沉住氣，先不理這個碴兒；等聖母皇太后問起來，就這麼回奏……』

小李已經到內務府請高人指點過了；當時俯著身子，在皇帝耳際，密密陳奏了一番。只見皇帝愁容一解，點頭說道：『行！就這麼辦！事情完了，我有賞。』

於是小李又跪了下來，『萬歲爺要賞奴才，奴才先謝恩。』磕完頭接著說：『萬歲爺不用賞別的，把小安子的好玩兒的東西，賞奴才幾件。』

『行！』皇帝說道：『傳膳吧！今兒我的胃口大開；到玉子那裡看看，有甚麼好吃的，給我要兩樣來。』

小李答應著到長春宮的小廚房，要了兩樣皇帝喜歡吃的菜，侍候著傳過了膳，正在喝茶；慈禧太后派人來召皇帝。

小李機警，把來傳懿旨的太監引到僻處，悄悄一問；果然，慈禧太后已經得到安德海被抄家的消息，特召皇帝，自然是問這件事。

『上去吧！』小李極力鼓勵皇帝，『聖母皇太后就發脾氣，也不過像春天打雷那樣，一下子就過去了。』

『嗯，嗯！』皇帝實在有些怕慈禧太后，但事到如今，唯有硬著頭皮照小李的話去做，所以自己激勵自己，挺一挺胸，昂一昂頭，作出理直氣壯的樣子。

母后震怒

慈禧太后聖躬違和，正靠在軟榻上；皇帝從門外望進去，只見病容加上怒容，臉色非常難看。心中畏懼，腳步不由得便慢了。

『萬歲爺來給主子問安來了。』有個宮女向慈禧太后說。

『哼！』慈禧太后冷笑一聲，把臉轉了過去。

皇帝當然看到了這情形，略一遲疑，依然強自鎮靜著，用從容的步伐走到軟榻前面，一面請安，一面像平常一樣，輕輕喊一聲：『皇額娘！』

慈禧太后倏然轉過臉來，額上青筋，隱隱躍動，配著她那雙不怒而威的鳳眼；和本來就高，又因生病消瘦而愈顯凸出的顴骨，形容異常可怖。皇帝從未見過她這樣的神色，不由得就有些發抖，但內心卻有種奇妙的支持力量，發抖管發抖，臉卻反而向上一揚。

這彷彿是反抗的神情，慈禧太后越發生氣，厲聲問道：『你翅膀長硬了是不是？』

皇帝也發覺了，自己應該低頭，卻反揚臉，太亢了些，於是趕緊往地上一跪，帶著張皇的聲音說：『皇額娘幹嘛生這麼大的氣？身子不舒服……』

他還沒有說完，慈禧太后冷笑打斷：『哼！我知道就是趁我生病想氣我。別癡心妄想了！我死不了。』

語氣嚴重，而且不專指著皇帝罵，更有弦外之音；皇帝聽得出來，卻不敢對此有所解釋，只是連連喊道：『皇額娘，皇額娘，兒子哪兒錯了，儘管教訓，千萬別生氣！』

這樣一味求饒，慈禧太后的氣略略平了些，『我問你，』聲音依然很高，卻無那種凌厲之氣了，『你作主把小安子的家給抄了，是不是？』

有了那番疾風勁雨，霹靂閃電的經歷，皇帝的膽便大了，聲音也從容了，『是！』他慢慢答道：『我本來不敢讓皇額娘知道。小安子一路招搖，無法無天，丁寶楨上了個摺子。哼，』皇帝特意作出苦笑，『小安子才眞能把人氣出病來！』

『摺子呢？』

皇帝遞上摺子，宮女挪過燈來，慈禧太后才看了幾行，果然怒不可遏；額上金星亂爆，又像無數鋼針在刺，頭目暈眩，無法看得下去，閉上眼說：『你起來，唸給我聽。』

『是！』皇帝答應著，起身揉一揉膝蓋。

『給皇上拿凳子！』慈禧太后側臉吩咐宮女。

於是宮女取過來一張紫檀矮凳，皇帝坐著把丁寶楨的摺子唸了一遍。

慈禧太后閉目聽著，額上的青筋，躍動得更厲害了。聽完她問：『甚麼「日形三足烏」？那面小旗子是甚麼意思？』

『小安子忘恩負義，罪該萬死，就是這一點。』皇帝切齒罵著，意思是替慈禧太后不平；接著，他把青鳥使爲『西王母取食』的典故，簡單扼要地講了一遍，然後又說：『這個典故很平常，不說正途出身的地方官全明白；唸幾句書的百姓也全懂。主子這麼寵小安子；小安子在外面替主子掛這麼一個打秋風的幌子。想想眞叫人寒心！』

慈禧太后臉色白得像一張紙，睜開眼來，眼睛是紅的；『聽說你召見軍機，』她問：『怎麼說啊？』

『六百里的廷寄已經發出去了，不論哪兒抓住小安子，指認明白了，不用審問，就地正法。』

語聲剛完，只見燈光一暗，有人失聲驚呼。

是慶兒失手打翻了一盞燈，從太后到宮女，這時都把視線投注在她臉上，只見她手掩著嘴，一雙眼瞪得好大，不知是驚懼、失悔還是根本就嚇傻了。

一陣錯愕，接著而來的是省悟，每人心裡都明白，慶兒是聽說她『乾哥哥』安德海已爲皇帝處死，一驚失手。在宮裡當差，這就算犯了極大的過失；而且正當慈禧太后震怒的當兒，所以宮女們都替她捏了一手心的汗。

皇帝倒很可憐她，但看到慈禧太后的臉色，他也不敢開口了——慈禧太后緊閉著嘴，斜睨看著慶兒；經過一段死樣的沉默，突然間爆發了。

『叉出去！』她急促地喝道：『叫人來打；打死算完！』

慶兒張嘴想哭，卻又不敢。皇帝好生不忍，勉強作出笑容，喊一聲：『皇額娘……』話還不曾說，慈禧太后大聲攔著他說：『你少管閒事！』接著把眼風掃了過來。

被掃到的宮女，無不是打個寒噤；也無不是來『叉』慶兒。她似乎還想掙扎著走回來叩求開恩；那些宮女卻容不得她如此，有的推，有的拖，有的用手捂住她的嘴。弄到門外，又有太監幫忙；慶兒越發沒有生路了。

慈禧太后似乎因爲一腔無可發洩的怒氣，適逢其會地在慶兒身上發洩，因而神色緩和了——也不過是神色不那麼叫人害怕；臉仍舊板得像拿熨斗燙過似地，『不錯，小安子該死！』她向皇帝說：『不過，你該告訴我啊！誰許了你私自召見軍機？』

『我本來想跟皇額娘回奏，實在是怕皇額娘身子不爽，不能再生氣。所以想了又想，寧願受皇額娘的責罰，也得暫時瞞著。』

『哼！看不出你倒是一番孝心。』

皇帝又往下一跪，『皇額娘這麼說，必是我平日有不孝順的地方。』皇帝說道：『皇額娘說了，我改過。』

到底是母子，慈禧太后想了半天嘆口氣說：『你起來！我再問你，這件事你跟那面回過沒有？』『那面』是指慈安太后，皇帝很快地，也很堅決地答道：『沒有！』

這讓慈禧太后心裡好過了些，『你六叔怎麼說？』她問。

皇帝想了想答道：『六叔的意思，彷彿是他一個人作不了主；要讓大家來一起商量。』

『原來召見軍機是你六叔的主意。』慈禧太后又問：『文祥他們怎麼說？』

『說是兩位皇太后苦心操勞，才有今天這個局面；不能讓小安子一個人給攪壞了。』這句話多少是實情，下面那句話就是小李教的：『又說，小安子私自出京，猶有可說；打著那面「三足烏」的幌子，就非死不可。不然，有玷聖德。』

『這也罷了。』慈禧太后說：『小安子是立過功的人，所以我另眼相看。誰知道他福命就那麼一點兒大；「自作孽，不可活」，我心裡一點兒沒有甚麼！』

『皇額娘這麼說，兒子可就放心了。』皇帝是眞的如釋重負。

『你回去睡吧！明兒上書房，別跟師傅們提這件事。』

皇帝答應著，跪安退出。來時腳步趑趄，去時步履輕快，心裡十分得意；同時也有些驚異，居然會把這一場風波應付下來，連自己都有點不大能相信。

當然，皇帝沒有忘掉小李，論功行賞，就值得給他一枝藍翎；不過這話不必當著大家說，所以只讓小李扶著軟轎轎槓，緩緩回歸養心殿。走到半路，忽然想到，應該給慈安太后去報個信，於是急急拍著扶手喊道：『慢著，不回養心殿；上長春宮。』

小李覺得要避形跡，回身彎腰答道：『今兒晚了，母后皇太后大概歇下了，明兒一早去請安吧！』

『天也不過剛黑透，晚甚麼？』皇帝說道：『我請個安馬上就走。』

拗不過皇帝，只好轉到長春宮，迎面遇見玉子，她笑嘻嘻地請了個安說：『萬歲爺今兒胃口大開！』

『對了！妳那碗火腿冬瓜湯眞好。』皇帝很高興地說：『明兒個我賞妳幾樣好玩兒的東西。』

於是玉子又請安謝恩；還未站起身來，只聽得慈安太后的聲音：『是皇上來了嗎？』

『是！』玉子高聲答了這一聲；疾趨上前，推開剛掩上的殿門，引導皇帝入殿。

『皇額娘！』皇帝說話一點都不顧忌，『剛過了一道難關；過得還挺漂亮的。』

安德海的消息，由小李在飯前來要菜時，悄悄告訴了玉子；玉子又悄悄回奏了慈安太后，她既喜亦憂，憂的是怕皇帝對慈禧太后不好交代。現在聽他這一說，自然明白。但寬慰之餘，也有不滿；只爲皇帝有些得意忘形，因而用責備的聲音說道：『甚麼難關不難關的！有一點兒事就沉不住氣了。』

慈安太后哪怕是訓斥，臉上也總常有掩不住的笑容，所以皇帝一點都不怕；端個小板凳坐在她膝前，自言自語地說：『明兒晚上就遞到濟南了。』

『甚麼呀？』玉子語焉不詳，慈安太后這時才明白：『敢情是丁寶楨上的摺子？我還以爲是曾國藩奏得來的呢！』

『曾國藩膽子小，怕事。丁寶楨是好的，將來……』

『將來！』慈安太后打斷他的話，語重心長地說：『將來等你一個人能作主的時候再說；這會兒擱在心裡就是了。』

皇帝深深點頭，受了慈安太后的教。接著，便低聲把召見恭王和軍機，以及去見慈禧太后的經過說了一遍。

一個講得頭頭是道，一個聽得津津有味，母子倆都忘了時間；卻把個小李急壞了。因爲宮門一下鑰，便得到敬事房去要鑰匙，這一下就得記日記檔，而慈禧太后每隔三、五天總得『閱檔』，發覺有這段記載，心裡就會想得很多，所想的必是管束皇帝的法子，連帶大家不得安寧。

最後仍然要借重玉子，『有話留著明兒說吧！』她找個空隙插嘴，『萬歲爺今兒也累了。』

這一來慈安太后才發覺，『唷！』她微微失驚，『都快起更了。回去好好兒睡吧！』

皇帝猶有戀戀不捨之意，經不住傳轎的傳轎，掌燈的掌燈，硬把皇帝架弄出長春宮。

軟轎行到半路，只見數名太監避在一傍，候御駕先行，他們手裡提著舖蓋、梳頭匣子，以及女人所用的什物；皇帝不免奇怪，隨即問道：『這是幹甚麼呀？』

『奴才去打聽了來回奏；時候不早了，請聖駕先回養心殿。』說著，小李匆匆去了。

也不過皇帝剛剛回殿，小李跟著便已趕到。一看就能發覺他神色抑鬱；這天的小李，格外得寵，所以皇帝很關切地問道：『你是怎麼了?哭喪著臉！』

這下提醒了小李，趕緊在臉上擠出一絲笑容來：『奴才沒甚麼！』

他不肯承認，也就算了，皇帝只問：『剛才是怎麼回事？』

『是……』小李很吃力地說：『是替慶兒挪東西。』

『喔，』皇帝自以爲明白了，『必是把慶兒給攆走了。』

『不是，』小李木然答道：『處死了！』

皇帝大驚：『眞的？』

『聖母皇太后的懿旨，誰敢不遵？』

皇帝沒有作聲，愀然不樂。慶兒是個好女孩，只是仗著她乾哥哥的勢，有點兒驕狂。皇帝不相信慈禧太后肯下這樣的辣手；必是總管太監誤信了她氣頭上的一句話，眞個『打死算完』。早知如此，當時拚著再受一頓責備，也要救慶兒一救。

轉臉看到小李的神色，他愈感歉然。他的抑鬱何來？到這時自然明白；小李一向喜歡慶兒，就不爲她本人，爲了小李，也該把慶兒救出來。

如今一切都晚了，皇帝微微頓足：『唉！都只爲我那時候少說一句話。』

小李懂他的意思，不知是感激、惋惜，還是怨恨；反而安德海被定了死罪這件大快人心的事，因爲這個意外事故而變得不怎麼樣令人興奮了。

但外廷的觀感，完全不同。從知道安德海抄家開始，就不知有多少人拍手稱快。當然也有人去打聽消息，但竟連軍機章京，都不明內情。

『是寶中堂親自擬的旨。沈總憲、李師傅幫著分繕，即時封發。不知道裡頭說些甚麼？』沈總憲是沈桂芬，這時已升任左都御史了。

由軍機章京的答語，愈顯得案情的神祕，也愈有人多方刺探。到了第二天下午，內廷行走的官員，除了軍機章京，另外三個消息最靈通的地方：弘德殿、南書房、上書房，對於案情都相當明瞭了。於是，話題也便由安德海轉到了丁寶楨身上。

有的說，丁寶楨秉性剛烈，安德海遇著他，合該倒楣；有的說他在剿東捻時，受夠了李鴻章和淮軍的氣，此舉是有激使然，藉此立威收名。丁寶楨居官雖清廉，但跟沈葆楨一樣，對京中翰林，頗有點綴，因而這一下博得了清議的熱烈讚許；似乎一夕之間，丁寶楨的聲光凌駕曾侯、李伯相、左爵帥而上之了。

但是，在濟南的丁寶楨卻正焦灼不堪。八月初二的奏摺，計算日子，摺差應該回來了，至今不到，莫非其中有變？在所有的變化中，最要防備的是，慈禧太后可能會承認這回事，安德海的身分由曖昧而明確，事情就棘手了。

因為這時安德海在泰安縣的從屬，已有一部分押解到濟南，丁寶楨親自提審安邦太，多方盤詰，約略瞭然安德海的出京，是得到慈禧太后默許的；而『採辦龍袍』不過是一個題目，實際上的任務，正如那面『三足烏』的幌子所顯示的涵意。此外，還要到江南採訪物價，作為將來備辦大婚物件，審核的根據。

照此看來，慈禧太后或許會追認其事；等假欽差變成眞欽差，再要殺安德海，罪名可就嚴重了；為此，丁寶楨一直不安，等待諭旨，眞如大旱之望雲霓。

撫標中軍緒承是早已準備好了的，知道皇命一到，就要開刀；預先在歷城縣衙門和巡撫衙門都派了兵在等。到了夜裡，撫署轅門外，燈籠火把，照耀得如白晝一般。

在官廳上，臬司潘霨和濟南府知府、歷城縣知縣，亦都衣冠整肅地在侍候著；自鳴鐘已打過十下，正當神思困倦，都想命隨侍的聽差，在匟床上鋪開被褥，預備躺一會時，只聽鑾鈴大振，由遠及近，於是無不精神一振；各人的聽差，不待主人吩咐，亦都奔了出去，打聽可是京裡的驛馬到了。

果然，是兵部的專差星夜趕到。緒承親自接著，問明了是『六百里加緊』，那不用說，必是這一案的上諭，隨即親自到簽押房來通知丁寶楨。

恭具衣冠，開讀諭旨，丁寶楨不曾想到，朝廷的處置如此明快！躊躇得意之餘，竟有些感激涕零的模樣，不由得激動地對他屬下說道：『眞正聖明獨斷，欽佩莫名。』

『是！也見得朝廷對大人的倚重。』潘霨乘機奉承了一句，緊接著請示：『如何遵旨辦理？請大人吩咐了，司裡好預備。』

『諭旨上說得極其明白，即刻提堂，指認確實，隨即正法；此刻就辦，一等天亮，我就要拜摺覆奏。』

『是！』潘霨轉身對歷城縣知縣，拱拱手說：『貴縣辛苦吧！』

歷城縣的縣大老爺，奉命唯謹，疾趨回衙；把刑房書辦傳了來，說明其事。提審倒容易，半夜裡『出紅差』，卻是罕見之事，不免有些莫知所措。

『怎麼回事？』

『半夜裡「出紅差」，只怕「導子」不齊……』

『嗐！』縣大老爺打斷他的話說，『半夜裡出導子，出給誰看？要出，也要出撫台的導子。你只要找到劊子手侍侯刑場就行了。』

這就好辦了，刑房書辦一面派人通知劊子手，一面親自去找掌管監獄，俗稱『四老爺』的典吏，辦了提取寄押人犯的手續，把安德海、陳玉祥、李平安、黃石魁一起提了出來。

『怎麼著？』安德海的神色，青黃不定，『半夜三更還問話嗎？』

『聽說聖旨到了。』刑房書辦這樣告訴他。

『喔！』安德海急急問道：『怎麼說？』

『聽說要把你們幾位連夜送進京去。』

『怎麼樣？』安德海得意地，『我就知道，準是這麼著。』

也不曾替安德海上綁，典吏很客氣地把他領出了縣衙側門；已有撫標派的兩輛車和一隊兵丁在等著。

『上哪兒呀？』安德海問。

『先到巡撫衙門，丁大人還有話說。』

兵丁護送，典吏押解，到了巡撫衙門一看，內外燈火通明，安德海的神氣便又不對了，但他似乎不願示弱，昂起了頭直往裡走。

重重交代，一直領到西花廳。廳裡匟床上，上首坐著臬司潘霨，下首坐著撫標中軍緒承。廳裡廳外，除卻潘霨『噗嚕嚕』抽水煙袋的聲音以外，肅靜無譁。陳玉祥和李平安兩人，神色大變，渾身發抖，安德海卻依舊是桀驁之態，輕聲呵斥著他的同伴：『別這個鬆樣！』

一語未畢，簾子打開，接著有人使勁在他身後一推；安德海踉踉蹌蹌跌了進去，再有個人順勢往他肩上一按，不由得就跪下了。

跪下卻又掙扎著想起身，那人再一按，同時開口訓他：『好生跪著！』

這一下，安德海眼中的恐懼，清晰可見；張皇四顧，不知要看些甚麼。

『你叫甚麼名字？』潘霨慢吞吞地問。

『我……我叫安德海。』

『是從京裡出來的太監，安德海嗎？』

『是啊！』安德海不斷眨眼，彷彿十分困惑似地。

『把那三個人提上來！』潘霨吩咐。

陳玉祥、李平安和黃石魁，卻不敢像安德海那樣託大，一進了花廳，都乖乖兒悚伏在地；有問即答，一個個報明了姓名、身分。

『你們是跟安德海一起出京的嗎？』

『是。』三個人齊聲回答。

『就是他嗎？』潘霨指著安德海問。

『是，就是他。』

『好了！把他們帶下去吧。』等那三個人被帶走；潘霨向緒承看了一眼，轉臉向下，用很平靜的語氣說道：『安德海！今天晚上奉到密旨，拿你就地正法，此刻就要行刑了。特爲告訴你清楚，免得你死了是個糊塗鬼！』

語聲未終，安德海渾身像篩糠似地抖了起來，『潘大人，』他顯得非常吃力地喊：『我有話說……』

『晚了！』潘霨有力地揮一揮手：『奉旨無需審訊，指認明白就正法。除非你不是安德海；是安德海就難逃一死。拉下去吧！』

等人來拉時，安德海已癱瘓在地，但照舊上了綁，潘霨親自批了斬標，由撫署西便門出衙，押赴刑場，在緒承監臨之下，一刀斬訖。

濟南府的老百姓在睡夢中，只聽得『嗚嘟嘟』吹號筒，第二天起身，聽說殺了一個太監；奔到街上，只見鬧市中、城門口都貼了告示，才知道殺的就是一路招搖，煊赫非凡的安德海。更有好事的人，趕到刑場，但見安德海的屍體尚未收殮，用床蘆蓆蓋著；膽大的便走過去掀蓆張望，只是不看上身看下身，意思是要看看太監到底如何與人不同——當然，他們是失望了，褲子外面是看不出甚麼來的。

在京裡的慈禧太后，因為安德海性命既已不保，也就無所顧惜，認為不如趁此機會，雷厲風行辦一辦，反倒能落得一個賢明的名聲。所以，當丁寶楨第二次奏摺到京，召見軍機，當面指示，除了陳玉祥、李平安二人以外，還有幾名太監，交丁寶楨一起查明絞決。黃石魁到底如何冒充，也要審明法辦。

接著，又特為召見內務府大臣，責備他們對太監約束不嚴：說是要振飭紀綱，下一道明發上諭，申明朝廷的決心。於是恭王承旨，根據慈禧太后所說的那番義正辭嚴的話，擬旨發出；前面敘明事實經過，後面申述態度：

『我朝家法相承，整飭宦寺，有犯必懲，綱紀至嚴，每遇有在外招搖生事者，無不立治其罪。乃該太監安德海竟敢如此膽大妄為，種種不法，實屬罪有應得。經此次嚴懲後，各太監自當益知儆懼，仍著總管內務府大臣，嚴飭總管太監等，嗣後務將所管太監，嚴加約束，俾各勤慎當差。如有不守本分，出外滋事者，除將本犯照例治罪外，定將該管太監，一併懲辦。並通諭直省各督撫，嚴飭所屬，遇有太監冒稱奉差等事，無論已未犯法，立即鎖拿，奏明懲治，毋稍寬縱。』

京中官員無不頌讚聖明；而事先知道將有這回事發生的人，回想一下，亦無不因爲有此圓滿結局而深感意外。

當然，最得意的是丁寶楨；奉到上諭，先遵旨將五名太監『絞立決』。然後審出黃石魁、田兒和通州雇來的那些鏢手，冒充前站官，徵發騾馬的情形，以『幫同招搖、恐嚇居民』的罪名，請出『王命旗牌』，就地正法。其餘安德海的家屬，以及那些不相干的隨從，夾的夾、打的打，懲罰過後，作成口供清單，請旨治罪。

除了人犯，還有行李。箱籠衣物，編成『金、木、水、火、土』五個字號，共計三十九件，連同徵發來的牲口車輛，派兩名旗籍的候補州縣，解交內務府。整整忙了一個月，丁寶楨才算辦結了這件大案。

這該內務府忙了。慈禧太后和皇帝對於安德海和『私逃出京』的那五名太監的遺物，都很注意，特別是『金』字號的箱子，裝的都是珠寶珍玩；所以內務府不敢怠慢，原封交進。打開來一看，好些東西似曾相識；原是從宮裡偷出來的，但此時無可究詰，也就不會發回原主。慈禧太后自己挑了些精品，其餘的分賜妃嬪——當然，皇帝也取了好些，分賞小李和張文亮等人，作爲酬庸。

有人得意外之福，也有人受意外之禍。通州的那些鏢手，還可說是咎由自取，另有些人卻眞是無妄之災，第一個是天津的和尚演文，第二個是安德海花錢買來的妻子馬氏，都被充軍到黑龍江『給披甲人爲奴』。

最後是替安德海看家的王添福。慈禧太后有天忽然想了起來，認爲此人亦不能輕饒，下令由內務府捆交刑部絞決。

民教相仇

發往各省的上諭，第一個看到的是近在畿南的曾國藩，實在是聽到；曾國藩事必躬親，加以寫字看書之外，還要圍棋一局，目力大傷，右眼已到了昏蒙不能辨物的地步，經他的家人幕友力勸，每日閉目靜坐的時候居多，一切公事，都是幕友唸給他聽。

唸到丁寶楨拿獲安德海，奉旨正法的明發上諭，曾國藩瞿然動容，睜開眼來，『稚璜眞是豪傑之士！』他說：『聽了這個消息，我好像目中浮翳一去。』

『這事原在意中。』他的幕友薛福成說。

曾國藩想起來了：這年四月，薛福成應邀到保定，路過濟南，因爲他的弟弟在丁寶楨幕府中，所以有半個月的勾留；當時就聽丁寶楨親口說過，接到京中的信，安德海有出京之說，倘或經過山東，一定饒不了他。薛福成曾把這話告訴過他。

『雖在意中，還是難能可貴。相形之下，我應該慚愧。』

曾國藩已引咎自責，幕友們就不便再談這件事了。接著再唸別的公文，然後又唸各處的來信。第一件是李鴻章從夔州寄來的——有人參了四川總督吳棠一本，說他貪瀆，鑿鑿有據；恭王礙於慈禧太后的關係，不能認眞，但又不能不辦，幾經斟酌，奏請派湖廣總督李鴻章就近查辦，因爲李鴻章最會做官，一定了解其中的奧妙，會替吳棠把大事化小，小事化無；而且湖北靠四川以鹽課接濟，每年有上百萬銀子之多，以『公誼』來說，李鴻章亦不能不替吳棠遮蓋。

由於往返需要四、五個月，所以李鴻章是奉旨『帶印出省』的；舟車所到之處，就是湖廣總督的行署，照樣有全班幕僚替他辦理文牘。這封寫給曾國藩的信，除了問候以外，便是替吳棠解釋。唸完一段，曾國藩擺一擺手，示意暫停，他要把李鴻章的話，先辨一辨意味。

在平常，這些信是不容易爲幕友看到的；李鴻章的言外之意，也只有他一個人在心裡體會。現在既已公開，不妨進一步談一談，於是他喊著薛福成的號問：『叔耘！少荃未到成都，似乎已經成竹在胸，照你看，他這些話，何必先告訴我？』

『這也是尊重師門的意思。而且……』薛福成苦笑道：『少公的處事，爵相深知，何勞下問？』

曾國藩點點頭，心裡在想，李鴻章常常有話自己不肯說，善借他人之口；這封信的意思，是要自己先爲吳棠辯白幾句，爲他將來替吳棠開脫作伏筆。此事不急，擺著再說好了。

『請唸下去。』他說：『不知道他去看了春霆沒有？』

鮑超是夔州人，蓋了一座極大的宅子，家居養病，已有兩年；李鴻章自然沒有不跟他見一面的道理。『下面正就是談春霆，』薛福成看著信笑了，『春霆有復出之意，爵相，你猜春霆想幹甚麼？』

曾國藩沉吟了一會問道：『莫非想開府？』

『爵相眞正是知人之明！』薛福成笑道：『霆帥想當雲貴總督，未免匪夷所思。』

這確是有些匪夷所思。歷來封疆任用漢人，在資格上雖不比部院大臣那麼嚴，通常都須兩榜進士，吏、禮兩部更非翰林出身不可；但督、撫下馬治民比上馬治軍的時候多，不通文理，無法勝任。現在的雲貴總督劉嶽昭，是曾國藩的同鄉，以軍功起家，業績多在四川、雲南、貴州一帶，他能夠做到總督，雖多少是靠官運亨通，畢竟也還是秀才的底子。至於鮑超，除了自己的姓名以外，幾乎不識甚麼字，想當總督，未免太不自量。

只是曾國藩涵養功深，爲人忠厚，而且飽超是他的『愛將』，所以不肯露一點誹笑的神色，『這也無非是想以遺功自見。』他說：『其志可嘉！』

可嘉之外，就是可笑可憐了！薛福成知道曾國藩不喜歡聽刻薄話，便笑笑不言，繼續往下唸李鴻章的信。

信中談到四川酉陽州的教案，朝命李鴻章就近查辦，已有和平了結的希望；他特爲告訴曾國藩，也就是期望『老師』對他支持——曾國藩以大學士兼領直督，國家重臣，且又近在京畿；朝廷遇有大政，亦往往諮詢他的意見，如果問到酉陽州的教案，有了李鴻章所提的辦法，他就易於作答了。

聽完信，曾國藩不勝感慨地說：『洋務不難辦，難在辦教案；教案亦不難辦，難在自己人的意見太多。』

這已是含蓄的話，『意見太多』四個字，實在是指倭仁那班天下之大，不知中國之外，還有外洋的道學先生；是眞道學也還罷了，還有徐桐那班聽見『洋』字便要掩耳疾走的假道學。薛福成和他在曾國藩幕府中的同事，通達的居多；這時便因爲曾國藩的感慨，引起了一番冗長的議論。

教案之起，由來已非一日；康熙初年，天主教盛極一時，這是因爲聖祖的祖母孝莊太后，就篤信天主教，她的『教父』是個德國人，華名叫作湯若望，明朝天啓年間到中國來傳教，由徐光啓的舉薦，入翰林院供職。崇禎二年五月初一日蝕，用『大統曆』、『回回曆』推算時刻，統通不準；只有徐光啓用西法推算，有如預見，於是特開『曆局』修新曆，由湯若望參與工作。他又會修『火器』；所以崇禎十七年正月，李自成逼近京師，輔臣李廷泰督師剿賊，特地把湯若望帶入軍中管槍炮。

入清以後，湯若望一面傳教，一面做官，做的就是專門掌管天文曆法的欽天監監正。孝莊太后和世祖母子對他極其信任；聖祖能正儲位，就因爲湯若望一句話，說他已經出過天花，可保無虞。順治十八年，世祖因出痘駕崩，越顯得湯若望有先見之明。因此，聖祖對他亦異常尊信；修明曆法，提倡天算，天子躬親倡行。這也就是天主教能在中國大行其道的緣故。

到了世宗即位就不對了！閩浙總督滿保首先於雍正元年上疏，說『各省起天主堂，邪教偏行，聞見漸淆，人心漸被煽惑，請將各省西洋人，除送京效力人員外，餘俱安置澳門。天主堂改爲公廨。誤入其教者，嚴行禁飭。』世宗准了滿保的奏請，給了半年的限期來遷移，同時命令沿途地方官照料。這還都是因爲聖祖崩逝未久，他仰體親心，格外寬厚之處。到了雍正三年，更嚴禁入『西洋教』；這個禁令，過了一百二十年才撤消。

道光十九年發生的鴉片戰爭，先勝後敗；結果訂了賠款割地的『江寧條約』，開廣州、福州、廈門、寧波、上海『五口通商』，這『五口通商事務』由兩江總督兼理，兼授的官銜，稱爲『南洋通商大臣』。

英國人一心想通商，法國人注重在傳教——道光二十四年，在黃埔的一條法國兵船上，簽訂了三十五條的『中法商約』。接著，法國公使克勒尼，向兩廣總督耆英提出交涉，要求取消雍正三年的禁令。耆英據情轉奏，禮部議定，准在五個通商海口，設立天主教堂，但『不許姦誘婦女，誆騙病人眼睛』，——洋教士爲人治病，有時會動刀，所以民間有洋人挖眼睛的傳說；朝廷亦信有其事，因而特別申明約束。

自此以後，信教的人漸漸又多了，此輩被稱為『教民』；教民只知上帝，不祀祖先，此事從士大夫到老百姓，無不深惡痛絕。『忘本』就是亂臣賊子，人人可得而誅；同時教民中亦難免有莠民，仰仗洋人勢力，欺壓鄉里，益增民教的仇恨。小則群毆，大則殺教士、燒教堂的『教案』，層出不窮，沒有一個地方官聽見『教案』二字不頭痛。

到了咸豐十年，英法聯軍內犯京師，文宗倉皇逃難到熱河，訂了城下之盟；由恭王出面所訂的中法條約，准許大清臣民自由信教，法國教士得在各省租買田地，起造教堂。這一來，『教案』越多；朝廷正有洪楊的腹心大患，不敢再跟洋人起釁，同時中法條約中又規定地方官『濫行查拿』教民，須加處分，因此，遇到『教案』，總是教民佔上風。民教相仇，積漸成了難解難分之勢。眼前就有貴州遵義和四川酉陽州兩起，遷延日久，使得法國公使羅淑亞無可忍耐，竟自稱『外臣』上奏；而總理各國事務衙門，居然亦為他代遞『外臣』的奏摺。兩國的交涉，變成內部的糾紛，好像部院之間，各有主張，唯待軍機議奏、皇帝裁決。為此，把文祥氣出一場病來；亦為此，加派沈桂芬在『總署』行走，免得董恂再胡鬧。

曾國藩的幕友，議論教案到此，無不浩歎。由董恂又談到崇厚——他是咸豐十年新開的北方三個通商口岸：天津、牛莊、登州的『辦理三口通商大臣』，在旗人中算是洋務好手；但他辦洋務，只是一味媚軟，縱容得洋人氣燄甚高。大家都認為這不是好現象，總有一天因為洋人的『欺人太甚』而激出變故來。

『民教相仇，亦不能全怪洋人；民智未開，誤會益深，這才是隱憂。』

曾國藩接著便舉了個例，從他到任以來，好幾次有人攔輿告狀，說有小孩走失，是為天津教堂拐了去『挖眼剖心，採生配藥』，請求伸冤。

『這是野番兇惡之族都不忍爲的事；西洋文明各國，如何會有此殘忍的行爲？以理而論，絕無其事；然而你跟百姓說不清楚，如之奈何？』

但是，天津一帶，不斷有孩子走失，那是事實；曾國藩接到狀子，除了嚴飭地方官查拿『拐子』以外，不能再有甚麼處置。雖然有好些狀子中，指控天津東門外，運河西岸的『慈仁堂』，收養孤兒、棄嬰，不懷好意；曾國藩卻未肯輕信。只是有個打算，等有機會要親自去看一看，究竟是怎麼回事。

這個機會很快地到了，這年十月間，出省勘察永定河濬深的工程，到了天津；總督出巡，煊赫非凡，天津的道、府、縣，一起隨著三口通商大臣崇厚，把曾國藩接上岸，駐節在長蘆大鹽商查氏的水西莊。查勘了鹽政、校閱了崇厚所統率的洋槍隊和洋炮隊，然後清查獄訟。

這是他到任以後，決心要辦好的一件事。曾經親手編寫了一篇『清訟事宜』，通飭各州縣，限期將積案辦理清楚；遇到重大的案子，提省親自審閱，每次出巡，亦必定要親臨州縣衙門，查核辦理積案的情形。在天津，他最注意的，就是告教堂拐孩子的狀子。

因爲右眼昏蒙不明的症狀，越來越重，他依舊只能聽，不能看；聽完天津縣知縣劉傑的『面稟』，他說：『拐走孩子的狀子，有二十幾案，一案未破，其故何在？總有個說法，我倒要聽聽。』

『回中堂的話，實在慚愧。』劉傑滿臉惶恐地說：『盜案都破了，就這拐案不能破；卑職也困惑得很，唯有嚴飭差役，加緊緝捕。只是其中有一層關礙，卑職跟崇大人回過，崇大人一再吩咐要慎重，事情就不免棘手了。』

『噢，是何關礙？你說！』

『拐了孩子去，總有個著落，男孩子賣給跑江湖的，用鞭子打出一身功夫，用來斂錢；眉清目秀的女孩子，賣入娼家，長大了好作搖錢樹。』劉傑加重了語氣說：『卑職派人明查暗訪，就是沒有這樣事；這就不能不疑心到慈仁堂了。』

『不錯，慈仁堂！』曾國藩很注意地，『我正要問慈仁堂，是個育嬰堂是不是？』

『慈仁堂也是教堂，規模大得很，有唸經的、有讀書的、有看病的，也有育嬰堂，收容的也不盡是嬰兒；五六歲、七八歲的孩子都有。雖說是做好事，不過，花錢買好事來做，就不大近人情了。』

『「花錢買好事來做」，此語甚新；我倒有點想不明白。』

『是這樣，凡有人送孤兒棄嬰到堂，堂裡的洋尼姑發錢獎賞。中堂請想，不管育嬰堂、養濟院，送進一口人去，總要說好話，才肯收容；博施博眾，堯舜猶病，洋尼姑買好事來做，豈非不近人情？』

『這也不盡然。』曾國藩想了想說：『你是說拐子拐了人家的孩子，是當作孤兒、棄嬰，送到慈仁堂去領賞了？』

『正是！』劉傑答道：『卑職跟幕友商量過不知多少次，想來想去，只有慈仁堂是個可疑之處，倘或能入堂搜一搜，眞相或可大白。不過崇大人……』

他雖沒有再說下去，曾國藩心裡明白，是崇厚怕此舉引起交涉，不准劉傑這麼做。

『進堂搜查，自有不便。你派人在堂外稽查，遇見形跡可疑的，加以盤詰，有何不可？』

劉傑何嘗不知道這麼做？只是慈仁堂每天進出的人，不知凡幾，一入堂門，便成禁區；遇有形跡可疑的，要想盤詰，亦有不能。不過這話要照實而言，便變成與『中堂』抬槓，所以劉傑這樣答道：

『是，卑職原也這樣辦過，只以差役不力，未有結果。現在既奉憲諭，卑職再著力去辦。』

這些懸案，對劉傑的督飭，也只能到此為止。但在高一級的層次上，曾國藩另有打算；他想親自到慈仁堂去看一看，因為民教相仇，癥結就在百姓對教堂的誤解，到底這誤解何由而生？非親身體察，不能明白。明白了，然後可以對症發藥，逐漸消弭。

他跟崇厚談了這層意思，崇厚極力勸他打消此意；認為以他的身分，不宜輕臨非堯舜孔孟之教所許的西洋教堂，否則，一定會有言官，以『大臣輕率，有傷國體』的話頭，上奏參劾。曾國藩一向憂讒畏譏，想想不錯，聽了崇厚的勸。

等回到保定，因為舟車勞頓，公事又多，曾國藩的眼疾，越發重了；而歲尾年頭，不如意的事，紛至沓來。先是貴州剿治土匪不利，朝命李鴻章帶兵入黔。李鴻章萬分不願，以貴州多山地，不便馬隊馳騁，必須『改馬為步』，重新編練步營；又說『苗疆軍務，雍正、乾隆、嘉慶三朝，皆未能克期底定，今蹂躪更久而廣，餉源更狹而絀』，必須先籌餉運糧為藉口，遲遲不肯出省。這些令人煩心的事，李鴻章都要寫信給『老師』發牢騷。

不久，甘肅的軍務，又受大挫；老湘營的名將劉松山，陣亡金積堡。朝廷怕左宗棠支持不下，改了主意，降旨命李鴻章赴陝援剿，這一下李鴻章越發不願；他最頭痛的事，就是跟左宗棠打交道，因而仍舊在『馬、步』之間做文章，說已將馬隊撤改為步營，如今奉命西征，身邊竟無一騎，何以平亂？而能征善戰的劉銘傳馬隊，則要留著拱衛京畿。這樣藉故拖延著，希望『老師』從中斡旋，朝廷能夠收回成命。

然而最使曾國藩煩憂莫釋的，還是兩江的情形。戡平大亂，急流勇退，曾國藩當時首要的舉措，就是裁撤湘軍。他自覺這件事做得很乾淨，但湘軍在江寧的無數，剛剛被裁時，手裡都有些從戰亂中得來的財貨，而曾國藩又頗討厭湘軍回湖南去求田問舍，所以在江寧落戶的很多。日子一久，坐吃山空，不免有流爲盜匪的；而馬新貽居官，最看重的就是地方秩序，對散兵游勇，約束極嚴；尋常盜匪，還可以照例一層層審問，如果是散兵游勇搶劫，一經被捕，責成『該管道府，就地正法』，這是奏明在案的。

爲此，被裁的湘軍，對馬新貽大爲不滿；在他們的想法，『九載艱難下百城』，江寧的克復，洪楊的被滅，都是曾家和湘軍的功勞；曾國藩當兩江總督都『太細了』，既然朝廷要調他爲疆臣之首的直隸總督，那麼兩江總督應該仍舊歸湘軍領袖接充，最有資格，也是最理想的人選，自是『九帥』。不得已而求其次，讓李鴻章來當，也還說得過去，因爲他跟湘軍關係很深。誰知會落到一向在安徽做官的馬新貽身上，這是從何說起？

本來就心懷不平，加上馬新貽的處置過於嚴峻，因此在江寧的湘軍舊人，跟這位籍隸山東，身在教門的總督，感情搞得很壞；不斷有人來向曾國藩訴苦。他除了勸慰以外，不願再有甚麼表示，其實也是無法有甚麼表示，人已離開兩江，再去過問兩江的事，不但爲情理所不容，而且也犯朝廷的大忌。這一來，五中憂煩，右眼失明，而且得了個暈眩的毛病，唯有在黑頭裡閉目靜臥，人才覺得舒服些。

於是，各方所薦的醫生，紛至沓來；文祥薦了一名七世祖傳的眼科，崇厚也薦了一名洋人來看。用藥各異，但有個看法是相同的，曾國藩必須好好調養。因而在四月間，奏陳病狀，請假一個月調理；期滿又續假一個月，他的打算是，這樣續假幾次，便要奏請開缺，縱使不能無官一身輕，回湘鄉安度餘年，至少可以交出直隸總督的關防，回京去當大學士，位尊人閒，在昌明西學、作育人才上，好好下一番功夫，那才是自己的『相業』。

天津民變

誰知就在拜摺續假的當兒，天津起了軒然大波；五月二十五日深夜遞到一件廷寄，曾國藩起床聽人唸道：

『崇厚奏：津郡民人與天主教起釁，現在沒法彈壓，請派大員來津查辦一摺，曾國藩病尚未痊，本日已再行賞假一月，惟此案關係緊要，曾國藩精神如可支持，著前赴天津與崇厚會商辦理。匪徒迷拐人口挖眼剖心，實屬罪無可逭。既據供稱：牽連教堂之人，如查有實據，自應與洋人指證明確，將匪犯按律懲辦，以除地方之害。至百姓聚眾，將該領事毆死，並焚燬教堂，拆毀慈仁堂等處，此風亦不可長，著將爲首滋事之人，查拏懲辦，俾昭公允。地方官如有辦理未協之處，亦應一併查明，毋稍迴護。曾國藩務當體察情形，迅速持平辦理，以順輿情，而維大局。原摺著抄給閱看。欽此！』

唸了崇厚的原摺，恰好天津道周家勳亦專程來稟報此事，才知道事起於天津知縣劉傑，抓住了兩名拐子；同時天津的團練也抓住了兩個，名叫武蘭珍、安三。安三是個教民，而武蘭珍雖非教民，口供中卻說他的『迷藥』是從天主堂一個司事王三那裡領來的。也就在這時候，慈仁堂的孤兒，因爲瘟疫死了好幾個；掩埋得不夠深，讓野狗拖了出來，『胸腹皆爛，腑腸外露』。天津的百姓認爲這就是洋人挖眼剖心的明證，所以天主堂外，聚集了許多人，其勢洶洶，眼看有衝突發生。

於是三口通商大臣崇厚，向法國駐天津的領事豐大業提出交涉，要勘查慈仁堂，提訊王三。慈仁堂裡，固然看不出甚麼挖眼剖心的跡象；王三跟武蘭珍對質的結果，亦證明了武蘭珍只是胡說。但百姓不信，總以爲崇厚袒護洋人，因而仍舊聚集在教堂附近，辱罵騷擾。天主堂跟三口通商大臣衙門相距不遠，崇厚正要派官兵去彈壓，法國領事豐大業興師問罪來了。

豐大業十分鹵莽，掛兩把手槍，一進客廳就破口大罵，接著不分青紅皂白開一槍，嚇得崇厚趕緊躲入簽押房；豐大業就在客廳摔茶碗、拍桌子，咆哮不止。

這時取名『水火會』的天津民團，已聚集了數千人，群情鼓譟，大罵教士、洋人；崇厚怕激出事故，重新又出來勸豐大業，有話好講，不必如此。又告訴他，外面情勢不妙，最好躲一躲，不要出去，否則怕有危險。

通事把話傳譯了過去，豐大業怒氣沖沖地答道：『我不怕中國百姓！』說完，帶了他的祕書西蒙，掉頭就走。

崇厚不放心，派了馬弁護送。衙門外面的百姓，都是怒目而視，已有一觸即發之勢；偏偏冤家路窄，遇著天津縣知縣劉傑，正從天主堂彈壓回來，預備去見崇厚回話。豐大業一見，不問青紅皂白，拔槍就放；這一槍沒有打中劉傑，打傷了他的一名家人。

『打！』不知道誰厲聲一喊；於是人潮洶湧，淹沒了豐大業和西蒙；等散開來時，只見地上躺著兩具屍首。

動亂不過剛剛開頭，水火會鳴鑼聚眾，號召了上萬的人，先到通商衙門東面的天主堂，殺了兩名教士，放火燒房子；再往東面就是法國領事館，殺了豐大業的另一名祕書湯瑪生夫婦。最後出東門，打入慈仁堂，殺了十名『貞女』，把貞女教養的一百多孤兒放了出來，跟著又是一把火。

於是崇厚和天津道、府、縣，一面彈壓，一面救火，但人多勢眾，無濟於事，整個天津城像沸了的油鍋，一直到天黑才慢慢靜下來。事後調查，另外又殺了兩個法國人，是在天津經商的一對夫婦；還有三個俄國人，被誤認爲法國人而遭了池魚之殃。同樣地，英國和美國的六座教堂，也因爲老百姓分不清甚麼是基督教、天主教而被燬。至於教民死得更多，總在三十以上。

曾國藩閉目靜聽，一言不發；他平日的修養，重在『不動心』，以爲唯有如此才能保持湛然的神明，應付任何危疑震撼。但天津百姓闖了這麼一場大禍，眼看咸豐十年，洋兵內犯的災難，又有重演的可能，如何能不動心？所以口雖不言，神色已變；右眼下不斷抽風，額上筋脈躍動，靜臥多日，好了十分之七八的暈眩毛病，又已發作。可是，他硬撐著，只喊著他的第二個兒子說：『紀鴻，把燈移開些！』

曾紀鴻趕緊將他面前的一盞洋燈挪開，同時勸他躺一躺，說有事明天再商量。

『不要緊！』曾國藩慈愛地說：『我還得有幾句話問。』他問周家勳：『法國水師的提督，就駐紮在大沽口，可曾上岸？是何態度？』

『自然上岸了。』周家勳答道：『態度當然也很壞；不過不曾派兵上岸。』

『別國的洋人呢，有何表示？各國領事，可曾有甚麼話？』

『在天津的洋人，自然都害怕。聽說，英國的李領事，要組團自保。』

曾國藩不作聲。好半天才說：『你回去告訴崇侍郎，我料理料理就到天津來。只要可以爲國家免禍，一己榮辱，非所敢計。現在只有我跟他是局中人，禍福相共；我一定替他分謗，請他立定宗旨，沉著應付。』

周家勳明白，言外之意，還是要委曲求全；不過曾國藩願意分謗，崇厚是不是願意受謗，卻成疑問——當然，這只是他心裡的想法，不便說也不必說，只把曾國藩的話，轉達到就是了。

等周家勳辭出督署，直隸按察使錢鼎銘已經得信趕到；此人籍隸江蘇太倉，是個舉人，咸豐年間辦團練有名，李鴻章『用滬多吳』，就出於他的創議和奔走，處事幹練明快，極得曾國藩的信任。這時，就不爲他掌理刑名的職司，以私人的情分，也該爲曾國藩分憂分勞；所以等不到第二天一早，就先要來報到，一則示關切，二則備顧問。

曾國藩幕府中，也有洋務長才，一個是黎庶昌，字蒓齋，貴州遵義人；再一個就是薛福成。當錢鼎銘來謁見曾國藩時，他們正在各陳所見，未有結論；等錢鼎銘一到，便得從頭談起。

看完廷寄，錢鼎銘指著崇厚的摺，憤憤說道：『崇地山一味媚洋，激出民變；明明是中外交涉事件，他請旨由直督查辦，說是「以靖地方」，輕描淡寫地把責任往地方上一推，不太豈有此理嗎？』

『調甫！』曾國藩反倒勸他，『現在不是論追責任的時候，更不是生氣的時候。剛才我跟蒓齋和叔耘在談，緝兇賠銀，自然是免不了的；我跟崇地山要挨罵，也是免不了的。只是禍雖闖得這麼大，恐怕民憤依然未平；要應付內外兩方面，事情著實棘手，你看該怎麼辦？』

『這件案子，是通商二十年來所未有。能夠做到緝兇賠銀，便算了結，已是上上大吉。至於內外之間，如何能夠面面都有交代，要看案情而定；如果其曲在我，則辦得嚴些，百姓亦無話說。倘或錯在洋人，那個交涉自然就好辦了。』

『然則曲直是非，如何區別？』

『在武蘭珍口供的虛實。』錢鼎銘答道：『武蘭珍究竟是否王三所指使；王三是否教堂所雇用；挖眼剖心之說，是謠傳還是確有其事？照此層層嚴訊，悉心推求，則眞相大白，曲直自明。』

『一語破的！』曾國藩不斷頷首，『我到天津查辦，就從這個關鍵上著手。』

『中堂，』黎庶昌比較了解洋人辦事的規則，『這一案交涉的重心，還是在京裡；像這樣的大案，朝廷原該指示宗旨，是委曲求全，還是據理力爭？這在查辦的時候，出入關係甚大，廷寄只說「體察情形，持平辦理」，又要「順輿情」，又要「維大局」，都是些活絡門閂的話。且不說將來責任都落在中堂雙肩，眼前沒有一個定見，案子即無歸趨。』

『我亦有這樣的看法。』薛福成接口也說：『設或中堂在天津持平辦理，而總署對法使羅淑亞一味遷就，彼此分歧，這個交涉一定辦不好。如今恭王在假，文尙書丁憂回旗穿孝，百日期滿，又請病假兩個月，人在奉天；總署中，聽說是「董太師」一把抓，而軍機變成寶中堂爲首，所以才有這樣不負責任的上諭。中堂頂石臼做戲，吃力不討好，固無論矣，不過這齣戲總要做得下來才好！』

於是黎庶昌和錢鼎銘也勸曾國藩，說他病體未痊，尙在假中，廷寄中也有『精神如可支持』的話，可見並不勉強；既然如此，大可撒手不管。即使要管，只管地方，不管對外交涉。錢鼎銘自告奮勇，願意到天津去揭開『迷拐幼孩』的底蘊。至於這一案涉外的教案，或者奏請另簡大員辦理，或者請旨責成崇厚，自己設法了結。這才是於公於私，兩有裨益的事。

曾國藩與僚友談文論事，總是要讓人盡量發揮意見，到了言無不盡之後，他才肯說話；所以那三人在苦口婆心勸他明哲保身時，他只是手捋花白鬍鬚，閉目靜聽，到聲音靜了下來，他才張目開口。

『諸公愛我太切，未免言不由衷；如果我能撒手不管，於私，自有裨益；於公，則未必盡然。要教崇地山自己去了結此事，更是緣木求魚；他如能善了，也就不至於激出這一場變故來了。』

三個人聽他這一說，雖感失望，並不覺得意外；如果他能袖手，也就不成其爲曾國藩了！因而面面相覷，不知還能有甚麼話說？

於是，侍立在曾國藩身邊的老二紀鴻說話了：『三位老世叔，剖析利害得失，已經十分明白；如果總署的意見跟爹相左，則治絲愈棼，倒不如不管的好！』

『我已經答應周家勳，不日到津，何能不管？』曾國藩答道：『至於總署的意見，可以想像得之，無非息事寧人而已。我當然也要申明交涉的宗旨，奏請朝廷准許，或者告訴總署，那就表裡一致了。』

『然則請教中堂，』錢鼎銘問道：『中堂心裡是怎麼個宗旨？』

『我總立意不跟他開釁。』

『法國人要開釁呢？』

問到這話，曾國藩不斷點頭，慢吞吞地答道：『一個字：挺！』

『中堂的挺經有十八條，』錢鼎銘帶些調侃的語氣說：『這一次不知道要用哪一條？』

雖有些玩笑的意味，其實是極嚴重的事；曾國藩遇到疑難之際，一身硬挺是出了名的，現在要如何挺法？首先曾紀鴻就關心萬分，因而與黎庶昌和薛福成，口雖不言，卻都直著眼看他，是作何話說？

『這一條麼？』曾國藩的聲音顯得很蒼涼，『是頂頂管用的一條。我此刻不說，將來你們就知道了。』

別人開釁，會在兵船上用『後膛螺絲開花』炮，朝岸上轟；這一身硬挺是怎麼個挺法？還說『頂頂管用』，實在有些莫測高深！因而他的幕友和兒子，你一言、我一語，旁敲側擊地一定要逼他說。

『那我就說了吧！』曾國藩終於慢條斯理地答道：『這一條叫作：我死則國生。又叫：置之死地而後生。這件案子，曲直是非，現在還不甚分明，但法國人死了好幾個，教堂燒了好幾座，他沒道理也變做有道理了。緝兇、賠銀、賠不是，能依的我件件都依。如是還要開釁，就只好我來挺，法國人要開炮，我就站在他炮口對準的地方。我想法國人也是講道理的，難道眞的開炮打死我？果眞如此，各國一定不齒法國所爲，得道多助，我們的交涉也就好辦了！』

曾國藩的神態和心情，都跟從容就義的志士一樣。但六十老翁，衰病侵尋，說出這樣的話來，做兒子的第一個就忍不住，眼圈一紅，趕緊悄悄背過身去，拭去眼角的淚水。

他的僚友們則更有深一層的想法，動業彪炳，封侯拜相的朝廷柱石，如今爲了洋人霸道，委屈求全到情願挨打不還手，不惜一身相殉，務求達成和議，想想也眞可悲！上上下下如果再不奮發自強，替國家爭口氣，那就太對不起曾國藩的苦心了。

『那麼請示中堂，』錢鼎銘不再勸曾國藩卸責，問他啓程的日期：『哪天動身，應該作何準備？不知道中堂定了主意沒有？』

『那倒不必太急，謀定後動，庶乎無悔。我還要料理料理，總在月初才能動身。調甫，』曾國藩又說：『你看看候補道當中，可有腦筋清楚，言詞便給的人，挑這麼兩員，用我的名義發箚子，委他們到天津，會同府道，先辦理緝兇事宜。』

『是！』錢鼎銘看著黎庶昌和薛福成問：『還有奏稿，由我這裡辦，還是署裡辦？』

『我這裡辦。』曾國藩接口回答，『今天也晚了，明天再說。我想，明天總還有上諭，把朝廷的意向弄清楚了再動手，也還不遲。』

果然，第二天又奉到上諭，崇厚自請治罪，並建議將地方官分別嚴議革職；而朝命先將崇厚和天津道、府、縣周家勳、張光藻、劉傑等人，『先行交部，分別議處。』等曾國藩到了天津，『確切查明，嚴參具奏。』

督署之幕僚們，對這道上諭都覺得很滿意，認為朝廷不允崇厚所請，將天津地方官革職，而必留待曾國藩查明了『嚴參』，是倚重授權的表示。照這樣看，曾國藩將來可以放手辦事，不必憂慮掣肘。

曾國藩的看法也相同，但覺得朝廷的委任既專，自己的責任愈重。於是親自口授，寫呈第一通覆奏，除了指出挖眼剖心一說的眞、假為本案關鍵所在，決定由此著手，『悉心研鞫，力求平允』以外，又說：『諭旨飭臣前往，仍詢臣病。臣之目疾，係根本之病，將來必須開缺調理，不敢以病軀久居要職；至眩暈新得之病，現已十愈其八，臣不敢推諉，稍可支持，即當前往。』

這個奏摺到京，寶鋆才算放心；他一直在擔心他這位老同年，怕他病體難支，力不從心，不肯出任艱巨。但是曾國藩到了天津，只能保得當地可以無事；法國的『兵頭』在他安撫之下，不致操切魯莽，另生枝節，而整個交涉，還得總署跟法國公使羅淑亞來辦。

這個交涉是移樽就教的時候多；羅淑亞的脾氣很暴躁，平常遇到各省發生教案，總是其勢洶洶，有一番很嚴厲的指責，這一次反倒不大著急，每次都說，案情重大，一定要等他國內的指示，目前不敢干預。這顯得事有不測，寶鋆深為擔心；請羅淑亞請不動，把他的翻譯官德薇理亞請到總署，奉為上賓，向他探詢法國方面的態度。德薇理亞倒不擺架子，把羅淑亞的看法都告訴了寶鋆。

羅淑亞認爲這一案非同小可，最嚴重的是拉毀法國的國旗；其次是殺了豐大業和他的祕書；再次是殺了他的僑民多人；最後才是焚毀教堂。所以他不敢作主，一面向法皇請示，一面要看中國如何辦理。

『那麼，』寶鋆問道：『請問貴翻譯官，敝國應該如何辦理，貴國始可滿意？』

『不能答覆。』德薇理亞很快地說，接著便起身要走；怎麼樣也留他不住。

寶鋆和董恂、沈桂芬面面相覷，都在心裡把德薇理亞的話想了又想，總覺得凶多吉少，看來不免要動武。

『曾滌生說，抱定宗旨，不跟他開釁，我看難免開仗。』寶鋆說道：『經不經得起打，且不說，光是軍費就不得了。「西餉」還是胡光墉替左季高借的洋債；現在就算有甚麼稅課作擔保，跟洋人開仗，就借不到洋債。馬上大婚還要多少銀子來花。眞正是，唉！』他頓足長歎，『把人急得想上吊！』

『佩翁！』沈桂芬倒還沉著，『急事幸可緩辦，羅使不是說要向他國內請示嗎？一來一往，最快也得個把月的功夫；儘有從容應付的餘地。』

想想不錯，寶鋆不再那麼想上吊了，『走！走！』他把大帽子抓在手裡，『上翔鳳胡同去。』

到了大翔鳳胡同鑑園，恭王在病榻前接見；商量了好半天，還只有用『以夷制夷』的老套，不過這個『制』不是制服，是節制，想勸出各國公使來約束法國，不叫他動武。當然，這有一套說法，主要的是發揮這麼一層意思：倘或決裂，必於各國通商，大有關礙。換句話說，要想跟中國做生意，就不能讓法國跟中國打仗。

於是『董太師』盡斂威風，低聲下氣地向各國公使去游說；經過兩天的奔走，總算有了結果。寶鋆在每日養心殿照例晉見時，面奏請召見董恂，聽取交涉經過。

『各國使臣的意思都差不多，他們也曉得如果法國開仗，對各國商情都有關礙。不過中國倘無妥善辦法，似乎要居間調停，也很難措詞。羅淑亞的性情很暴躁，法國的那個水師提督，脾氣更壞；萬一失和，各國亦難阻止。所以說來說去，還是要中國先盡道理。』

『甚麼叫先盡道理？』慈禧太后有些不耐煩，『你們爽爽快快地說吧！』

『各國使臣的意思，最好請特簡大員，親國書，到巴黎覲見法國皇帝，先盡中國友好的道理。』

『這也沒有甚麼不可以，』慈禧太后問道：『不過，國書上說些甚麼呢？』

國書上自然應該表示道歉。這話董恂卻不敢說，只拿眼望著寶鋆。『自然是敦睦邦交這些話。』

寶鋆又說：『聖意可行，就請旨派人吧！』

『你們看呢？』

『臣等與恭親王商量，覺得不如就叫崇厚去，倒也合適。』

慈禧太后心裡明白，這是他們幫崇厚的忙，讓他跳出天津這個火坑；叫曾國藩去受罪。想想有些不公平；不過崇厚辦了多年洋務，禮節嫻熟，認識的洋人也多，而且正在壯年，遠涉重洋，也還不在乎，確是個很適當的人選。

『那就讓他去吧！』慈禧太后又問：『崇厚留下來的那個缺呢？』

『奴才幾個公議，想請旨派大理寺正卿成林署理。』

『成林？』慈禧太后詫異，『不是說病得快死了嗎？』

『病已經好了。』寶鋆答道：『好在眼前有曾國藩在那裡；等這個教案了結，成林再到任，也不要緊。』慈禧太后有些遲疑，她也知道，『三口通商大臣』管理海關，是個肥缺，寶鋆要安插私人，但此刻不能到任，便幫不了曾國藩的忙，似乎不妥。

她把她的意思說了出來，寶鋆不慌不忙地答道：『天津教案，責成曾國藩一個人辦理，反倒易於收功。人多口雜，意見分歧，最容易壞事。以奴才想，就是成林到了任，也不能教他插手教案；他只管他的三口通商事宜好了。』

說得像有道理，慈禧太后很勉強地點了頭。接著又問起恭王和文祥的病況；文祥是身子虛弱，恭王是痧症爲庸醫所誤，錯服了大涼劑，汗閉不出，幾乎一命嗚呼。不過眼前總算已轉危爲安，僅需調養而已。

『唉！偏偏就都病了。』慈禧太后自己也是從安德海死後，一直鬧病；這時抬手在太陽穴上揉了兩下，轉臉問慈安太后說：『妳有甚麼話要問？』

慈安太后只有一句話吩咐：『天津的老百姓，也是看洋人蠻不講理，胡亂開槍，才動了公憤。說起來也是義民；得饒人處且饒人！』

寶鋆心裡在想，慈安太后對外面的情形，一點都不明白；就算緝兇抵命，法國人也未見得肯善罷干休，還說『得饒人處且饒人』！跟她沒有甚麼好說的，只有敷衍，『是！』他這樣回答，『奴才等仰體聖心，盡力去辦。』

等退出養心殿，立即擬旨，派崇厚充『出使大法國欽差大臣』，同時也發佈了成林的任命。一面又發廷寄，獎許曾國藩奏稱的『案中最要關鍵等語，可謂切中事理，要言不煩』；催促他早早啓程到天津。

諭旨到時，曾國藩已定了六月初六動身，這幾天他一直在料理他自己的『後事』——他已經反覆考慮過，認爲豐大業能夠對崇厚和劉傑開槍，現在事情鬧得這麼不堪設想，而法國的水師提督，又是出了名的脾氣壞，那就更可能拔槍相向；果眞有此決裂的場面，他不肯像崇厚那樣避走，決定挺胸承當。或者洋人的交涉倒辦妥了，天津的老百姓卻又要鬧事，他也決定挺身而出，先爲洋人當災，免得又起風波。

爲此他要留下一篇遺囑，瞞著親人，獨自在燈下寫道：

『字諭紀澤、紀鴻兩兒：余即日前赴天津，查辦毆斃洋人、焚毀教堂一案。外人性情兇悍，津民習氣浮囂，俱難和葉。將來構怨興兵，恐致激成大變；余此行反覆籌思，殊無良策。余自咸豐三年募勇以來，即自誓效命疆場；今老年病軀，危難之際，斷不肯吝於一死，以自負其初心；恐邂逅及難，而爾等諸事無所秉承，茲略示一二。』

以下第一條就寫他自己的『靈柩』，由水路運回湖南，『沿途謝絕一切，概不收禮。』

接下來說他歷年的奏摺和文稿，不可『發刻送人』，因爲奏摺『可存者絕少』；而古文則『志亢而才不足以副之』。處分了這些事務，便是長篇大論的『遺訓』，教子孫不忮不求，克勤克儉，自道交卸兩江總督時，想不到存下兩萬銀子的『養廉』；又頗自慰於『初帶兵之時，立志不取軍營之錢，以自肥其私，今日差幸不負始願。』最後教子孫以孝友，他是這樣寫的：

『孝友爲家庭之祥瑞，凡所稱因果報應，他事或不盡驗，獨孝友則立獲吉慶，反之則立獲殃禍，無不驗者。吾早歲久宦京師，於孝養之道多疏；後來輾轉兵間，多獲諸弟之助，而吾毫無裨益於諸弟。余兄弟姊妹各家，均有田宅之安，大抵皆九弟扶助之力。我身歿之後，爾等事兩叔如父；事叔母如母；視堂兄弟如手足。凡事皆從省嗇，獨待諸叔之家，則處處從厚；待堂兄弟以德業相勸，過失相規，期於彼此有成，爲第一要義。』

寫完一看，意有未盡；但一時又哪裡說得完？只覺得不忮不求的意思，必須說得再透徹些，於是做了兩首五言詩，附在一起，自覺身後家事可以放下了。

放不下的是公事。獨坐沉吟，果眞以身相殉，直隸總督出了缺，一面要辦洋人的交涉，一面要撫循地方，細細想去，還眞只有一個李鴻章可以接替。當然，那時候是不是來得及具『遺摺』保薦，大成疑問；但估量情勢，朝廷亦必出之於調李鴻章繼任直督這一途；師弟多年，禍福相共，此時不可不明告心跡，讓他心裡先有個數。

於是他找出李鴻章的來信，作了覆函，表示『臨難不苟免』，在自誓以外，亦有期望李鴻章不可退縮的言外之意。寫好加封，交驛遞専送正帶領郭松林的人馬、進駐潼關的李鴻章。

等到六月初六從保定動身，八抬大轎，緩緩行去，走了四天才到天津。天津百姓對他如大旱之望雲霓，在西門以外，遠遠就有父老跪香，夾道歡迎；這些景象，使得曾國藩的心情，益爲沉重。天津的情勢，他了解得很透徹；崇厚媚洋過分，大家都認爲他『護教』。此刻天津人對他的期望，就是一反崇厚的作風，由『護教』而『護民』；因而才有這樣的愛戴之忱。

然則，將來對天津百姓如何交代呢？曾國藩心想，生死可置度外，榮辱之際要能無動於衷，卻是一件難事；此來不但對內對外，都不易安排，而且先要克制自己，就是件很吃力的事。

接到三口通商大臣衙門駐節，天津的大小官員，都具手本接見。曾國藩一概擋駕，唯一的例外是崇厚。

『地翁！』曾國藩一見便說：『你我有禍同當，有謗同分。』

『是！全要仰仗中堂的德望。』崇厚很快地就激動了，『這都是地方官平日不能預事防範，養成這樣的禍患！』接下來便滔滔不絕地痛責天津知府張光藻和知縣劉傑；對天津道周家勳自然亦無好感。

崇厚唾沫橫飛地數盡了天津府縣的不是，接著便要求撤換張光藻和劉傑；曾國藩一口拒絕，『是非尚未分清，府縣究竟失職到如何程度，亦待考查。』他說：『而且張光藻素有循聲，是個好官。』

『就是張光藻頑固不化，平日辦理民教糾紛，偏見甚深；以致仇教之事，層出不窮。』

『既如此更不宜輕言撤換，否則天津百姓的反感，豈不更深？』

崇厚語塞。停了停問道：『然則中堂此來，總已定下宗旨。可能見示？』

『當然，當然！』曾國藩屈著手指，說道：『第一、挖眼剖心之說，一定要求個水落石出，才能破惑，不但此案的是非曲直，由此而判，於各省辦理教案，亦有關係；第二，誤傷俄國人，誤毀英、美教堂，要設法分開來辦。在法國人，自然要聯絡俄、英、美諸國，壯其聲勢，我們對症發藥，就是要孤他的勢。』

『高明之至！』崇厚乘機討個輕鬆差使，『俄、英、美的交涉，請中堂的示，是不是我馬上去辦？』

『甚好，偏勞了！』曾國藩拱拱手說：『明天我就「放告」。』意思是暗示他，地方上的事，不必過問。

但不用放告，已有無數稟狀，遞到行轅，另外還有許多在籍官員，以縉紳的身分，送來條陳說帖。曾國藩不敢輕忽，請幕友們一件一件唸給他聽，有的建議憑藉天津百姓的義憤，盡驅洋人出大沽口；有的認爲應該聯絡俄、英、美三國，專攻法國；有的痛斥崇厚，請曾國藩上奏嚴劾，以伸民意；還有的大聲疾呼，速調兵勇入衛，以爲應敵之師。總而言之一句話：都要跟洋人開仗。

『民氣如此，著實可慮。』曾國藩憂心忡忡地說：『我看要出張佈告。』

幕友們都不肯輕易發言，因爲都覺得這張佈告很難措詞，既不能獎其忠義，又不能責以不是，頗難有兩全之計，倒不如不出爲妙。

『中堂！』錢鼎銘提醒他說：『醇王六月初一上了個摺子，陳奏「思患豫防，培植邦本」四條，第一條一開頭就說：「津民宜加拊循，勿加誅戮，以鼓其奮發之志」；我連日也接到京裡的信，指肇事的人，「捍衛官長，堪稱義民」，清議如此，中堂不可不顧。』

『我寧可得罪於清議，不敢貽憂於君父！』曾國藩的語聲平靜，意志卻顯得極堅決，『如今是山雨欲來的局勢！洋人只講利益，不講是非；兵力愈多，挾制愈甚，今天他在大沽口，只有兩條兵船，凡事還好說話，如果他從別處再調來幾條，有恃無恐，則已有的成議，一定藉故推翻，別生枝節。所以交涉愈早了結愈妙；要想早了結，就不能不自己先壓一壓，才能息事寧人。我這番苦心，亦不求人諒，但求能爲國家免禍。只是……唉！』他搖一搖頭，不肯再說下去了。

『我看這樣，』錢鼎銘提出一個折衷的建議，『請中堂再派定幾位承審委員，儘三、兩日之力，務必先把迷拐幼孩、挖眼剖心的眞相弄清楚，再談其他。』

大家也都認爲先問案情，後出佈告，措詞的輕重分寸之間，比較有把握，力勸曾國藩接納錢鼎銘的建議，他也就答應了。

在錢鼎銘主持之下，派出候補州縣官當承審委員，事實眞相，很快地明瞭了。挖眼剖心之說，純粹是因爲不了解教堂內部的情形而起的誤會；譬如教堂裡面有堆放雜物的地窖，天津人不知道洋式房屋本有此規制，只拿水滸上描寫黑店的情形來比附，以爲那就是開膛破肚的地方。至於被『義民』所釋放的一百五十多小孩，傳訊他們的親屬，亦都供稱自願送堂收養，並非迷拐。

倒是慈仁堂的司事王三和教民安三，確有可疑，但供詞反覆莫衷一是。曾國藩爲了怕法國人疑心中國官府鍛煉成獄，決定先押起來再說；同時親自擬一張佈告，刻印了幾十份，以『欽派太子太保雙眼花翎武英殿大學士直隸總督世襲一等毅勇侯曾』的銜頭，蓋上紫泥關防，張貼城廂內外，通衢鬧區。佈告中宣佈朝廷懷柔外國，息事安民的本意，對天津『義民』，不但沒有一句嘉獎的話，而且看來官腔打得十足：『嚴戒滋事！』

這一下天津的紳士百姓，大失所望。他們本就不相信沒有挖眼剖心及迷拐小孩的事，並對王三和安三的被押監候訊，認爲是袒護法國人的表示；再看了這張佈告，越發憤懣驚詫，都說想不到曾侯跟崇厚沒有甚麼分別！

消息傳到京中，自不爲清議所容，紛紛上疏，都以『民心向背』作立論根本；比較平止通達的一派，亦有『和局固宜保全，民心未可稍失』的話，認爲應該部署海防，免得萬一決裂無所措手。

這時法、英、美、俄、比、西和普魯士七國駐華公使，已經聯名向總理衙門提出抗議的照會；同時法國與英國的兵船，紛紛集中天津大沽口和山東煙台兩地，形勢極爲緊張。而總理衙門夾在洋人與清議之間，左右不敢得罪，唯有採取敷衍的辦法。羅淑亞看著不是路數，親自跑到天津來跟曾國藩直接交涉。京裡的空氣不利和談，到了天津更不利；羅淑亞觸目所及，都是仇視的眼光。相反地，亦有媚外的教民，到他那裡去密控哭訴；這一下，羅淑亞的態度便更加不同了。

他去看曾國藩，提出四個要求：賠修教堂、埋葬豐大業、查辦地方官、懲辦兇手。前兩個條件，曾國藩一口答應；懲辦兇手，亦可同意；至於查辦地方官，先要查明地方官是否失職才談得到。

等羅淑亞辭出不久，崇厚急急忙忙趕了來，一見曾國藩的面，便氣急敗壞地說：『壞了，壞了！洋人要大起波瀾了！』

曾國藩和他的幕友們，無不詫異；及至崇厚轉述了羅淑亞的話，更覺詫異——羅淑亞認為這一次的教案，是出於天津知府張光藻、知縣劉傑和路過天津的記名提督陳國瑞所主使，因此要求以這三個人抵命。『這成甚麼話？』一向喜怒不現於形色的曾國藩，使勁擺頭，『萬萬不可！』

崇厚也知道羅淑亞的要求，過分無禮，是再也辦不到的事；但他也絕不能因為曾國藩的峻拒，便偃旗息鼓。好在他原是打了主意來的；只是本來想用個『晴天霹靂』把曾國藩嚇倒，然後迂迴曲折，水到渠成地引出最後的一句話，此刻看看嚇不倒曾國藩，就唯有開門見山，直抉本題了。

『崇大人！』在座的錢鼎銘，有意要教他心煩，『你可別忘了，陳國瑞現在神機營當差，是醇王的愛將，無憑無據的事，得罪醇王犯不著！』

『我又何嘗願意得罪親貴。實在是事出有因……』

事出有因是不錯的，大家都聽說當豐大業斃命時，路過天津的陳國瑞，不無煽動的情事。民間又紛紛謠言，說法國人迷拐小孩挖下來的眼睛有一罈之多，已經讓陳國瑞帶進京去了。照羅淑亞的調查，這就是陳國瑞自己傳播的謠言，以誣陷為煽惑，所以要他抵命。

『抵命的話，羅淑亞不是說說的，真有那麼個想法。中堂，我看，我們得先站穩腳步，好封他的嘴。』

『喔！』曾國藩說：『站穩腳步這話我要聽。我們的腳步是如何站法，他的嘴是如何封法？』

『不必等他提出正式照會，我們自己先辦。地方釀成如此巨案，到底是因爲地方官不能化導於平時，防患於未然。拿道、府、縣先撤任，聽候查辦，亦是情眞罪當的事。』

曾國藩不斷搖頭：『我雖不惜得罪清議，這樣的事也還不敢做。』

『中堂……』

『地翁！』曾國藩打斷他的話說：『這件事難商量。』

口風中水都潑不進去，崇厚不得要領而去。到了第二天，羅淑亞又來見曾國藩，嘰哩呱啦說了一大套，通事怕他生氣，於病體不宜，當場不敢照譯。但羅淑亞詞氣神色的兇悍，卻是有目共睹的；而且走後不久，接著就送來一件正式照會，另附中文譯本，居然眞的就提出要張光藻、劉傑和陳國瑞抵命，以及嚴拿兇犯，立即正法的要求。

『戰機一觸即發。』黎庶昌壓低了聲音對薛福成說：『我們先想個保護中堂的辦法出來，再把照會送上去。』

『沒有別的辦法，只有把銘軍飛調到津再說。』

銘軍大部駐紮在山東與直隸交界的張秋一帶，另有三千人由劉銘傳的部將，記名臬司丁壽昌統帶，駐紮保定；要調就只有調這三千人。

等商量停當，才把照會拿了上去；曾國藩有此沉不住氣了！對於黎、薛所建議的調丁壽昌所部，移駐天津附近的靜海，他亦認爲有此必要；不過他不是爲他自己著想，主要的是拱衛京師，免得洋人長驅直入——擋不擋得住是另一回事，擋總得要擋；不然對任何一方面都無法交代了。

『你們讓我靜下來想一想。』等幕友退出，曾國藩一個人繞室徬徨，通前徹後考慮大計，口中不斷在自問：『拿甚麼來打？』

其實這已經考慮過不止一次，早已拿定主意，無論如何不與法國人開釁，但事到如今，有難以控制之勢，他不能不重新估量後果。

很自然地，曾國藩想到了十年前的英法聯軍，那時有僧王和勝保當前敵；恭王和桂良主持撫局；文祥辦理軍需供應以及京師城防，猶不免一敗塗地。如今只得丁壽昌三千人馬，擋一擋也不過爲兩宮太后和皇帝騰出一、兩天功夫，便於再一次『逃難』而已。

若是打到京城，還是要和。英法聯軍入京，一把火燒掉了圓明園，先帝雖爲此急怒攻心，病勢加重而『棄天下』，但圓明園畢竟是離宮別苑，英法聯軍不曾毀傷宗廟社稷，還可以和得下來。而這一次果然讓法國兵打到京裡，爲了報復起見，在大內放起一把火，連太廟一起燒掉；那時再要說談和的話，無異辱及先人而默然忍受，不但爲清議所不容，而且對後世亦難交代。這樣和不下來，就只有明知不可爲而爲之，一直打下去，打到天下大亂，盜賊起，內憂外患，交相煎迫，終於亡國爲止。

轉念到此，曾國藩眩暈的毛病又發作了，只覺得天旋地轉，頭重腳輕；趕緊扶著桌子，摸索到床上躺下。

於是多少年來的感觸，又梗塞在他心頭了；一切不如人，說甚麼都是空話，唯有忍辱負重，奮發圖強。接著便想起洪楊平定以來的諸般新政，沈葆楨所經理的福建船政；規模龐大的上海製造局；京師的同文館等等，總算是可以安慰的一些成就。

就因爲有這些成就，曾國藩越覺得非和不可；此時忍辱，將來才有報仇雪恥的機會，否則剛創下的一點基礎，浪擲在戰火之中，不知何年何月，才得重起爐灶？於此可知，自己立意不與法國開釁的宗旨，眞正是萬不可移。如今只要挺得下來，任何犧牲，在所不惜。

因此，當第二天崇厚又來談天津道、府、縣一概撤任，聽候查辦這件事，他居然同意了。決定委記名臬司丁壽昌署理天津道；府、縣兩缺，由崇厚保舉一個姓馬、一個姓蕭的署理，據說這兩個人對天津地方，極其熟悉，辦理緝兇，非此兩人不可，曾國藩也同意了。

他和崇厚會銜的奏摺尚未到京，總理衙門已經接到法國公使提出強硬照會，以及羅淑亞在天津與他們的水師提督頻頻會商的消息；看樣子戰端隨時可啓。寶鋆急得食不下嚥，只怨自己運氣不好，偏偏恭王和文祥都在病假的當兒，出現了這麼棘手的局勢，而且軍機上三個人還不能協力同心——李鴻藻力主『民心不可失』之說；他後面有醇王和清議的支持，發言頗有力量。看來撫局難成，戰火要起，這副千斤重擔，怎麼挑得下來？

『我也知道，這副擔子你挑不下來。』慈禧太后聽得寶鋆的陳奏，斷然作了處置：『現在只有一面催文祥趕快銷假；一面讓恭王進宮來看摺子，國家到了這個地步，他不能不力疾從公。』

以私人的交誼，寶鋆不忍把這副重擔放在病骨支離的恭王肩上；但情勢所迫，無可奈何，只得遵旨傳諭。

『鬧教案不想鬧成這個樣子！』慈禧太后神色抑鬱地說：『這一陣子，我們姊妹愁得都睡不著覺；打是不能打，民心也要緊，都不知道該怎麼辦了？總得有人切切實實出個主意才好。不知道各省是甚麼個意思？』

『丁日昌給奴才來信說，總宜保全和局爲是。』

寶鋆的話一完，李鴻藻接口便說：『丁寶楨也給臣來信，其中有兩句話，臣請上達聖聽。』接著，他用極清朗的讀書的調子唸道：『倘或其曲在彼，釁非我開，則用兵亦意中之事。』

這江蘇、山東的兩丁，是巡撫中頂尖兒的人物，寶鋆和李鴻藻針鋒相對，各引以爲重，於是第三者的沈桂芬說話了。

『現在就是先要辨個是非曲直。曾國藩的頭一個摺子，已經說得很明白。以臣愚見，局中人見聞較切，這一案既已責成曾國藩查辦，不能不多聽聽他的意見。』

這番話看來平淡無奇，其實是放了李鴻藻一枝冷箭。李鴻藻也跟倭仁一樣，雖受命在總理衙門行走；卻從未視過事，『局中人見聞較切』就是指他身在局外，不足與言洋務——總理衙門的大臣都跟李鴻藻格格不入，只是沈桂芬秉性以陰柔出名，不似董恂那樣近乎粗鄙，所以他跟李鴻藻的暗鬥，不爲人所注意。

三個軍機大臣，寶鋆、沈桂芬站在一邊，自然佔了上風。同時李鴻藻也不是不了解局勢的人，他並不主戰，只是覺得有責任爲『義民』說話而已；話說過了，責任就盡過了，所以明知沈桂芬話中有刺，隱忍不言。

只要不抬槓，兩宮太后都樂意他們多說話；於是慈禧太后便又問起朝中和民間對此事的看法，大致慷慨激昂的居多，敢替洋人說話的甚少；這對兩宮太后來說，多少是一種安慰。

但等曾國藩和崇厚會銜的奏摺一到京，這份安慰便變成極沉重的負擔了。奏摺中爲洋人雪冤，指出『教民挖眼剖心，戕害生民之說，多屬虛誣』，列陳所以『致疑』的原因五點，奏請『佈告天下，咸使聞知，一以雪洋人之冤，一以解士民之惑』，這已經是要從長計議的事；又要將天津道、府、縣三員撤任查辦，以及派兵彈壓，並俟『民氣稍定，即行緝兇』，那就絕不能輕許了。

不許怎麼樣？寶鋆和董恂不知說過多少遍了，不依洋人，就會開仗。是和是戰，兩宮太后無法作任何決定；慈禧太后還覺得這事也不能只聽少數人的意見，於是召見病起第一天進宮看摺的恭王和軍機大臣，面諭召集御前會議。

御前會議

養心殿地方太小，太后又不能出臨外朝，決定在乾清宮西暖閣集會。奉召的一共十九個人，區分爲四個部分，第一是親貴，惇王和孚王。第二是重臣，官文、瑞常、朱鳳標、倭仁四相，以及恭王爲首的軍機四大臣。第三是近臣，御前大臣醇王、景壽、伯彥訥謨詁，弘德殿行走的將相，翁同龢、桂清、廣壽。第四是掌管洋務的總理大臣，董恂、毛昶熙。除了孚王以外，其餘十八個人都在近午時分到了乾清宮，由惇王帶班，進殿行禮。軍機大臣和總理大臣跪在東邊，其餘的跪在西邊。

乾清宮是天子的正寢，在康熙以前，皇帝臨軒聽政，歲時受賀賜宴，以及日常召見臣工，都在這裡；是內廷中規制最閎偉的一座宮殿，廣九楹、深五楹，象徵『九五之尊』。中間三楹設寶座，楣間有塊順治御筆的匾：『正大光明』；自從康熙末年鬧出『奪嫡』糾紛以後，從雍正開始，廢除了立儲的制度，皇位的繼承，由皇帝御筆書名，錦盒密封；這個錦盒就藏在『宮中最高之處』的『正大光明』匾額後面。

左面三楹爲東暖閣，原名『抑齋』，自從高宗因爲得了絕世奇珍王羲之父子的三通帖，珍藏在此，所以又題名爲『三希堂』；右面三楹就是西暖閣，題名『溫室』，高懸高宗御製的一篇『乾清宮銘』，其時正當全盛，高宗又享大年，所以銘中最後一段是這樣六句話：『五福敷錫，萬國咸寧，敢恃崇居，惴惴矜矜，益愼體乾，惟皇永清。』現在，兩宮太后及十五歲的皇帝，就是坐在這篇銘文之下，爲了『一國不寧』，召見『惴惴矜矜』的親貴重臣。

分班行了禮，所有的太監都奉命退出殿外，這時慈禧太后才用低沉的聲音說道：『天津的教案，沒有想到鬧得這麼厲害！現在法國人蠻得很；曾國藩的摺子，想來你們都在軍機處看過了，要辦地方官，要拿殺洋人的百姓，這件事該怎麼辦？我們姊妹倆想不出主意，所以找大家來商量，有話，你們儘管說！』

這樣的場合，第一個說話的應該是惇王，他是早就預備好了的，片刻沉默以後，開始發言：『曾國藩不是不講理，不體恤下屬的人，他這個摺子，也是大不得已。不過民爲邦本，民心一失則天下解體。所以這件事要愼重。』

這幾句話說了等於沒有說；在他肩下的醇王就不同了，一開口就顯得很激動，『民心宜順！』他大聲說道：『天津的地方官也沒有罪，張光藻跟劉傑，平時的官聲很不錯；他們當然不能偏袒教民，討洋人的好。事情鬧開來，全怪那個豐大業太野蠻，拿槍就打，這還成話嗎？如果說中國的使臣，在他們法國也是這樣子蠻不講理，槍擊職官，不也一樣要犯眾怒嗎？至於陳國瑞路過天津，說了幾句嘉許義民的話，正見得他忠勇性成。在法國看，他們有罪；在中國看，何罪之有？他們的罪，是總理衙門給安上的。咱們自己還在查辦，總理衙門倒先替天津的義民認了罪的。給法國公使的照會，說甚麼天津的「舉事者」，等於我「大清仇人」，這種措詞太失體了！還有人說，天津的百姓，無緣無故殺法國人，不過借此搶劫擄掠。誣責義民，於心何安？』

那段話是寶鋆說的，他不能不申辯：『啓奏兩位太后跟皇上，七爺的責備，奴才不能受！燒教堂的時候，有人大搶特搶，是有案可稽的。』

『趁火打劫，總是有的。』慈禧太后爲他們排解，『這一層，現在不必再提了。』

『臣有申辯。』董恂接口高喊。

『好！你說吧！』慈禧太后告誡：『就事論事，別鬧意氣。』

『是！』董恂用含冤負屈的聲音答道：『臣等奉旨與洋人交涉，事事以宗社爲重。洋人脾氣多很壞，臣等受氣也不是受了一天；局外人不諒，嬉笑怒罵的也很多，臣等總想著受辱負重四個字，能夠爲朝廷「求全」，自己「委屈」一點兒，算不了甚麼。這一次教案，原是相激而成；如果地方官實心爲國，知道現在還不是可以跟洋人開釁的時候，平日多加化導，就不致於教民相仇。老百姓也應該體諒國家，平長毛、滅捻匪，現在陝甘還在用兵，國力凋敝。明明惹不起洋人而偏要惹他，惹出這樣一個局面，不就等於跟大清爲仇？』

董恂一口氣說下來，上了年紀，不免氣喘，所以得停一停；而醇王不容他往下再說，接口便駁：『說百姓與朝廷爲仇，是斷斷不會有的事！這話在自己都不能說；何況說給洋人，形諸文字？試問，洋人誤信百姓與我大清爲仇，不更以爲朝廷孤立無援，越發得寸進尺，沒有個完結？求和反不得和，不但失體，而且失策！』

『原是說委屈求全。』董恂的再度辯解，就顯得有些軟弱了，『措詞當然要不同些。』

『怎麼個不同？』

看醇王咄咄逼人的神態，慈禧太后心想，倘或引出主戰的論調來，今日一會，便難收場了；得要想個辦法，先教大家死了不惜一戰的那條心，專就『撫局』上去研究，如何能夠議和而不太吃虧才是正辦。因此，她搖一搖手：『不必在這些細故上爭執。』接著，擺出不勝悲憤的神情說道：『道光、咸豐兩朝，咱們中國都吃了大虧；洋人是咱們的世仇，你們如果能想一條計策，把洋人滅掉，我們姊妹倆就死也甘心！』

這番話說得群臣動容，都覺得語氣嚴重，不敢輕易奏對。

慈禧太后細看西面那一班從領頭的惇王，到末尾的翁同龢的臉色，知道自己這兩句話把他們『鎮』住了，於是又用緩和的聲音說：『皇帝還沒有成年，諸事要從長計議；你們都是國家的重臣、近臣，休戚相關，跟外頭不一樣，總得要擱下成見，多替國家著想。』

醇王是主戰的一方，既無徹底滅洋人的長策，就不敢再多說；軍機和總理衙門，除了李鴻藻以外，是主和的一方，聽出慈禧太后暗中支持的意思，便不必再多說。彼此沉默之下，作爲清議領袖的倭仁，就不能不發言了。

『臣愚昧，』他說：『張光藻、劉傑兩員，既然官聲甚好，不宜加罪。』

『是的，不宜加罪。』瑞常和朱鳳標同聲附和。

因爲這三個人的位高望重，寶鋆等人不便說話，只有恭王起而相駁，但他病後虛弱，無力多言，只說得一句：『不依曾國藩所請，此案不能善了。』

於是又出現了僵持不下的沉默；翁同龢覺得這是個給自己講話的機會，便提高了聲音說道：『臣有愚見。曾國藩所請兩事，皆天下人心所繫，亦是國法是非所繫。請再申問曾國藩，洋人此後如無別項要求，尙可曲從；倘無把握則宜從緩。似乎不必在倉促間定議。』

這是折衷的論調，也合乎慈禧太后『從長計議』的指示。在主戰的一方，認爲不得已而求其次，至少該這麼辦；而主和的一方，覺得以此作爲讓步的表示，亦未始不可。只有一個董恂，聽得翁同龢的話，心裡就冒火。

董恂久爲清議所指摘，而他亦對朝士抱著極深的反感，最使他痛恨的是替他安上一個『董太師』的外號，臣子擬於董卓，如在雍正、乾隆朝，憑這個外號，就可斷送一輩子的功名富貴。因此，他總認爲那些以講學問務聲氣的名流，徒尙空言，不負責任；所發的議論，成事不足，敗事有餘，如眼前的翁同龢就是——曾國藩的摺子，或准或不准，可否之間只憑慈禧太后一句話就可裁決；反對的人雖多，但上有慈禧、下有恭王，仍可如願以償；不想翁同龢節外生枝，要搞亂了垂成之局，豈不可恨？

於是，他抬臉衝著翁同龢說道：『這時候天津不知道是甚麼局面？哪裡容得你往來問答？』這句衝口而出的話，成了危言聳聽，兩宮太后首先就悚然心驚——董恂的意思中是表示，即在這廟堂籌議大計之時，也許大沽口的外國兵船，就已經在開炮了。戰端既然隨時可啓，往來問答，稽延時日，必致誤了大事。這一下原來以爲翁同龢有道理的，便覺得他的話亦不免迂腐了。

於是慈安太后微喟著說：『有僧王在，他的馬隊，還可以把洋人擋一擋。現在，也還得要調一支兵進京保護才好。』

『是！』恭王答道：『臣等商議，預備再調駐張秋的銘軍九千人入京。等商議好了，請旨辦理。』

『李鴻章呢？』慈安太后又問：『他此刻在甚麼地方；這件案子，他怎麼個說法？』

『李鴻章此刻在潼關。他給臣寫信，也說「斷乎不可用兵」，只能跟洋人「一味軟磨」。』

惇王聽得這一說，算一算督撫中預備開仗的，只有一個丁寶楨；但『東軍』全靠一個總兵王心安，那兩、三千人要拿曹州一帶的土匪，根本就不能調進京；看樣子已非得依從曾國藩的意思不可，那就只有在『討價還價』上打主意，因而接著恭王的話說：『曾國藩所請辦地方官、緝兇這兩件事，既不得不從；那麼，法國人迷拐孩子，也不能不嚴辦。』此又是董恂出的主意，認爲嚴拿拐子，刺激洋人，應該從寬；所以惇王這麼說。

這一說勾起了醇王的牢騷，發了好大一篇議論，說素日無備，而臨事則以『無可如何』四字塞責，從咸豐十年以來，試問『所備何事』？這是指責當國十年的恭王。說到最後，他亦是『無可如何』，只好在文字上要求了，『此次綸音，如果仍有措詞失體之處，』他很起勁地說：『臣等仍當糾正。』

慈禧太后點點頭，看著恭王說道：『那種「大清仇人」甚麼的，是有點兒不像話！』

『是！』恭王病後體力不支，急於完事，便敷衍著醇王說：『軍機擬旨如有不妥之處，醇王等人儘管糾彈，臣等虛心接受。』

恭王這樣給面子，醇王不便再發牢騷，於是御前會議到此結束。時間太長，無不汗透重衣；上了年紀的倭仁等人，甚至因爲跪得太久，站不起來，得要太監來攙扶。

雖然如此，卻還不能回家；都在朝房裡等著看軍機處所擬的旨稿，如有與廷議不符之處，像醇王所說的，『倘有措詞失體之處』，便可當時『糾正』。

軍機章京的筆下都快，但這天擬旨，要把群臣所發，面奉裁可的意見，都包括進去；而遣詞用字的多寡輕重，與發言者的名位又有關連，因此斟酌損益，費了三個鐘頭，才把兩道明發、兩道廷寄的稿子擬好，邀請大家去看。

兩道明發，是摘敘曾國藩的原摺，爲洋人辯解『教民挖眼剖心、戕害生民之說，多屬虛妄』；以及譴責天津地方官辦事不力，革職查辦。兩道廷寄，一道分寄沿海各省督撫，嚴密戒備；一道專寄曾國藩，指示大計，自然最關緊要，所以大都爭著先看這一件，只見寫的是：

『曾國藩、崇厚查明天津滋事大概情形一摺；另片奏請將天津府縣革職治罪等語，已均照所請明降諭旨宣示矣。曾國藩等此次陳奏各節，固爲消弭釁端，委屈求全起見；惟洋人詭譎性成，得步進步，若事事遂其所求，將來何所底止？是欲弭釁而仍不免啓釁也。該督等現給該使照會，於緝兇、修堂等事，均已力爲應允，想該使自不至再生異詞。此後如洋人仍有要挾恫嚇之語，曾國藩務當力持正論，據理駁斥，庶可以折敵燄而張國維。至豫備不虞，尤爲目前至急之務。曾國藩已委記名臬司丁壽昌署理天津道篆，其駐紮張秋之兵，自應調紮附近要隘，以壯聲威。李鴻章已於五月十六日馳抵潼關，所部郭松林等軍亦已先後抵陝，此時竄陝亂民，屢經官軍剿敗，其燄漸衰，若移緩就急，調赴畿疆，似較得力。著曾國藩斟酌情形，趕緊覆奏，再降諭旨。日來辦理情形若何？能否迅就了結，並著隨時馳奏。總之和局固宜保全，民心尤不可失！曾國藩總當體察人情向背，全局通籌，使民心允服，始能中外相安。沿江沿海各督撫，本日已有寄諭令其嚴行戒備。陳國瑞當時是否在場？到津後即可質明虛實；已令神機營飭令該提督赴津聽候曾國藩查問矣。將此由五百里各密諭知之。欽此。』

這道廷寄，實際上照曾國藩及總理衙門的意思辦理，而表面上對主戰一方重視民心的議論，亦已完全採納，所以大家都沒有甚麼話說。

再看那兩道明發上諭，摘引曾國藩的原奏，文氣不順，近乎支離；翁同龢心裡在想，如果照此明發，一定會引起指摘，還得重新斟酌。但看看窗外日色，已經偏西，還要清稿，還要『請起』，面奉兩宮太后認可，時間侷促，絕無再細作推敲的功夫，因而也就一忍了事。

等恭王入見，又費了三刻功夫，才算妥帖；廷寄即刻飛遞，明發由倭仁帶回內閣去處理。出宮時刻，已快下鑰，卻有一騎快馬，飛奔而來，天津的摺差，遞來崇厚的一個摺子，說是曾國藩病重，請另簡大臣赴津主持。

藎臣憂國

曾國藩的病是又重了些，但神明不衰，未到臥床不起，無法治公的地步。就是病勢增重，也是受崇厚所逼，而間接是受英國公使威妥瑪所逼。

當教堂被焚之初，英國駐天津的領事李蔚海，就聯絡各國領事，組織了一支『自衛隊』，名爲保僑，其實是有意要反襯出中國官府不能維持地方。及至羅淑亞到天津，老奸巨滑的威妥瑪自告奮勇，陪著他同行，在幕後全力煽動；起先是提出拿天津府縣及陳國瑞抵命的要求，以後又透露口風，賠償損失最少得數百萬銀子；殺人放火的兇手，至少要正法三、四百名。上海來的『申報』又載著英國人的議論，說是必須用武，儆戒中國官民。同時崇厚打聽到，羅淑亞不僅每天與法國水師提督會商，而且已有兩千洋兵開到；大沽口和煙台的外國兵船，亦日有增加。

這些消息把崇厚嚇得膽戰心驚，萬一開仗，朝廷主戰的一派得行其志，那時追究責任，第一個就會把他殺掉，至少也是充軍的罪名——這是不可避免的，兵敗議和，則殺主戰的大臣；和議決裂，不惜一戰，則必殺主和最力的人來激勵士氣民心。為此，他一天幾次去見曾國藩，反覆申說，必須答應羅淑亞在照會中所提出的要求，否則大禍就在眼前。

曾國藩撤張光藻、劉傑的職，奏請治罪，已覺內疚神明，痛悔不止，如何再肯聽崇厚的話？最後被逼不過，他半眞半假地表示了態度。

『洋人亦須適可而止。』曾國藩依然保持著他那平靜舒緩的語聲，『莫以為我立意不開釁，便是怕事不設防！我已密調各路軍隊到津，軍械由上海製造局航海趕運；軍糧呢，福建採辦的兩萬石米，可以奏請截留。眞的逼得人不得過，也就只好跟他周旋了。』

崇厚驚愕莫名，『中堂，』他囁嚅著說：『我竟不知有這些部署！』

『現在你知道了。』曾國藩閉眼捋鬚，接著又說：『我自募勇剿賊以來，此身早已許國。幸賴聖祚綿長，將士用命，蕩平巨寇；百戰名將，如今凋零雖多，也還有李少荃、左季高、彭雪琴、楊厚庵，哪個不是念切時艱，心存君國？就算我衰病交侵，不久人世，繼起亦復有人，不見得跟洋人打都不能打！』

這番話一說，崇厚無法再談得下去；而且心裡驚疑不止，他無法判斷曾國藩的話，是眞是假？他也知道，曾國藩處事一向愼密，又有一班極能幹的幕友，暗中調兵遣將，非無可能。看這樣子，說不定曾國藩眼前的一意主和只是緩兵之計；等軍隊開到，又是一樣說法，那就非把大局搞決裂了不可！

這樣一想，他覺得曾國藩在天津，有害無益，苦於無法把他請走。誰知事有湊巧，曾國藩因為崇厚一味媚敵，逼人太甚；心境大為不快，眩暈的毛病越發嚴重，以致當客嘔吐，臥倒在床。崇厚靈機一動，趁此機會，飛奏曾國藩病重，不能任事。這是非常不禮貌的舉動，但照崇厚的想法，這一來不但是救他自己，也是救了曾國藩，讓他能把一副千斤重擔卸下來，回保定安心養病。

在同一個奏摺中，崇厚又說，法國公使已提出職官抵命的最後限期，如果在拜摺第二天下午四點鐘，還未有確實答覆，法國兵船就要派兵上岸，殺向京城；而大沽口的各國兵船，就在這一、兩天內開到了九艘之多。

這個摺子遞到京城，正就是崇厚拜摺第二天的下午四點鐘。如果說已經決裂，則事已無及；而期限過於迫促，亦反令人有不近情理，純爲空言恫嚇的感想。因此，奉旨進宮看摺的恭王，對這一層倒不怎麼擺在心上。

然而曾國藩的病倒在床，卻不能不重視。恭王和總理大臣們都知道，崇厚對外則資望不足，爲敵所輕；對內則輿情不洽，動輒獲謗，已經無法再在天津立足，所請『簡派重臣』，實在有此必要。爲難的是這個能辦洋務的『重臣』到哪裡去找？

『這是個火坑，派誰誰倒楣！』寶鋆苦笑著說：『和議成不成是另一回事，先就得讓那班「清流」罵個夠！』

他的話一半是牢騷，一半也是實情；沈桂芬則比較沉著冷靜，心想寶鋆的話一傳出，更難找人，於是緊接著說道：『話雖如此，事情也得兩面看；這時候誰要肯挺身而出，把曾爵相都未能辦成的撫局辦成，必享大名。再說，爲國家建了大功，朝廷亦必不薄待。』

『對了！』恭王許了願心，『誰要是把這副擔子挑了下來，我一定保他，或是換頂戴，或是調劑差使；兩宮太后不能不依。』

有此一句話，立即便有人自告奮勇，那就是以兵部尚書奉派在總理衙門行走的毛昶熙。他是河南人，也是咸豐初年投筆從戎的翰林之一，一向在他家鄉辦團練，比起曾國藩、李鴻章戡平大亂的勳業來，自有天淵之別。但正如俗語所說的，『沒有功勞有苦勞』，在慈禧太后和恭王眼中，是個肯爲朝廷出力的人。毛昶熙本人則在京朝大僚中，以知兵自名；把那些以翰苑起家，循資升爲尙書、侍郎的大臣，都看作書生。這時因爲法國公使以兵船脅迫，他認爲以兵部尙書、總理大臣的雙重資格，該去看一看虛實，因而毅然請命；打算著能夠化干戈爲玉帛，是一件名利雙收的好事。

有他肯不避艱險，且又是總理衙門的人，深知朝廷的意向和全案的首尾，恭王自然接納。但與寶鋆、沈桂芬密商的結果，認爲辦洋務的長才，第一推丁日昌；如果眞的和議決裂，則拱衛京畿，又非李鴻章不可。此外託詞臥疾，遙領直隸提督銜名的劉銘傳，亦該徵召。商定了這些辦法，立刻進宮請旨定奪。

那幾天因爲承恩公惠瀓的夫人病歿；作爲親生長女的慈禧太后，哀痛不已，養心殿的常朝暫免。這時，只有恭王一個人『遞牌子』，兩宮太后在御花園欽安殿召見，自是一奏就准，當天就下了諭旨。名義上仍舊尊重曾國藩，讓他主持天津的交涉，但以『該督抱恙甚劇，恐照料或有未周；諭令丁日昌迅速赴津，幫同辦理。又以丁日昌航海前來，須在旬日以外，先派毛昶熙前赴天津會辦。』同時『諭令李鴻章，帶兵馳赴畿疆，候旨調派。』

於是毛昶熙帶著四名隨員，由京師星夜趕到天津，預備與『洋官』會議。

毛昶熙的四個隨員是，翰林院侍講吳元炳、刑部員外劉錫鴻、總理衙門章京陳欽、惲祖貽，算是京裡一等一的洋務長才。其實只有一個陳欽是好手；他在總理衙門的章京中，稱爲『總辦』，就好比軍機章京的『達拉密』，內務府的『堂郎中』，是司官的首腦。曾國藩對毛昶熙知之甚深，並不重視；

倒是對這四個人，一談之下，讚歎不絕，許為『難得之才』。

難得的也還只是一個陳欽。在與法國公使羅淑亞、英國公使威妥瑪的會議席上，他據理力爭，侃侃而談；引證各國通行的公法，指出豐大業應負激發衝突的責任，同時表示修堂、賠銀以外，天津府縣撤職交刑部查辦；緝兇事宜正由新任天津地方官辦理；安三、王三兩名禍首已經照羅淑亞的要求釋放，中國所應該做到的，不但已經做到，而且已經過分，不能再有所讓步。

羅淑亞被駁得無話可說，一味堅持職官抵命的要求，變成無理可喻；威妥瑪自然也就挑撥不起來。等會議不歡而散，羅淑亞與威妥瑪大概覺得還是總理衙門比較好對付，隨即便離津進京。

崇厚一看這情形，正是脫身之時。一則交卸了三口通商大臣的職司，便解除了天津交涉的責任；再則怕羅淑亞在天津未能討得便宜，會跟總理衙門去找麻煩，他得從中去說好話，以排解見功。所以拿『奉使法國請入都陛辭』的理由，拜摺即行，跟在羅淑亞後面，匆匆趕進京去。

崇厚一味媚外，凡事看不清楚；曾國藩卻是神明未衰，自己知道，這樁交涉，壞在誤聽崇厚的先入之言，一上來失之於太軟弱，讓法國人步步進逼，搞得槍法有些亂了。靜下來細想一想，覺得羅淑亞的態度奇怪，如照起初那樣的強硬，則會議決裂，接著便是法兵登岸；何以一無表示，悄然進京？

這個疑團，很快地就被打破了。從英國通到印度孟加拉省首邑加爾各答的『電氣報』，傳來消息，說是普魯士跟法國開了仗，起因於西班牙發生革命，女王被廢，預備迎立普魯士王的一個親族為西班牙王；法國的皇帝，老拿破崙的姪子，稱為『拿破崙第三』的，表示反對。於是普魯士王遣大將毛奇，領兵進攻法國。在大沽口的法國水師提督，就因為國內正有戰事，必須待命行動，所以拒絕了羅淑亞的要求，怎麼樣也不肯開釁。

『天佑吾華！』曾國藩大大地鬆了口氣；知道仗是打不起來了，至少限度可以說，要法國國內再派援兵，是不會有的事。

『中堂！』薛福成說：『法國既有內顧之憂，我們這裡何妨乘機利用？』

『不然，不然！』曾國藩大爲搖頭，『你莫想到《戰國策》上的話！普、法兩國的國情形勢，幾乎一無所知；而想利用重洋萬里以外的戰局，如何可以！這個論調發不得，一發助長了主戰諸公的虛驕之氣。爲今之計，正宜把握良機，奏請慈聖，執持定見，促成和議。請你去擬個奏稿來；普法開仗的事，隻字不可提！』

『是的！』薛福成心誠悅服，『中堂這才是老成謀國！』

這個奏摺由曾國藩和毛昶熙會銜拜發，主旨是『請中外一體，堅持定見』，絕不用兵，但兵可不用，不可不備；本打算著『投荒萬里之行』，有幾年苦頭可吃的李鴻章，忽然得此際遇，精神抖擻地星夜帶兵入衛，一路行軍，一路不斷上奏，同時行文軍行所經各地督撫，要求供應軍需。曾國藩是替他辦慣了糧台的，將福建船政局購辦的『京米』，截留了兩萬石，存放在天津，專等李鴻章和劉銘傳來領。

除了李鴻章，丁日昌亦已奉旨北上，他也是來『跳火坑』的；啓行之前，先上個奏摺，說『自古以來，局外之議論，不諒局中之艱難，然一唱百和，亦足以熒聽聞而撓大計，卒之事勢決裂，國家受無窮之累，而局外不與其禍，反得力持清議之名』，自道『臣每讀書至此，不禁痛哭流涕』；因而提出看法『現在事機緊急，守備則萬不可缺；至於或戰或和，應由宸衷獨斷，不可爲眾論所搖』。這番話的意思，與曾國藩一樣；都是請兩宮太后『謀畫必須決斷』，抱定主旨，絕無更改。言外之意，都指醇王、李鴻藻、倭仁那些人的話，萬不可聽。

因爲如此，沒有人再發主戰的議論，但一口怨氣不出，都發洩在曾國藩頭上。有的公然指責，有的寫信質問，大致以前罵崇厚的話，現在都用來罵他；態度最激烈的則是他的同鄉，甚至要把他懸在湖廣會館的那塊『道光戊戌科會試中式第三十八名進士、殿試三甲第四十二名，賜同進士出身』的匾額撤除。

以曾國藩的德高望重，尙且被罵得如此不亦樂乎；總理衙門和涉及到這件教案的部院，自然深具戒心。曾國藩挨罵最厲害的一件事，就是官聲甚好的張光藻、劉傑撤任，解交刑部治罪；如果刑部眞的治了罪，必然又受清議攻擊，變成替人受過。刑部尙書鄭敦謹，當然不會這麼傻，所以當直隸臬司錢鼎銘將此兩人解送刑部時，主管的直隸司郎中，拒絕收領。接著，軍機承旨，發了一道上諭：『羅淑亞無理要挾，所請府縣抵償一節，萬無允准之理。傳諭錢鼎銘將張光藻等解赴天津，並令曾國藩等，取具該府縣等親供，以期迅速了結。』既不說治罪，亦不說免議，不知『如何迅速了結』？使得錢鼎銘深感爲難。

在曾國藩，明知刑部有意推卸責任，不但沒有甚麼不快，反覺欣然，認爲補過的機會到了；聽張光藻和劉傑要請病假，一口答應。於是張、劉二人，當天離開天津，躲到外縣去『避風頭』。

緝兇的事，他一樣也不起勁。毛昶熙看看情勢不妙，曾國藩口說『不惜得罪清議』，又說『眼前事大，千秋事小』，其實既畏清議，亦惜千秋之名。他新補了崇厚的遺缺，兼署『三口通商大臣』，會辦交涉職責所在，不得不天天催曾國藩『拿辦兇手』。

一拿拿了三十多名，都是『水火會』中人；由新任天津知縣蕭世本審問，因爲聽審的百姓極多，蕭世本不敢不愼重，這樣便又拖延下來了。

江督被刺

就在這時候，江寧發生了一件清朝開國以來，從未有過的怪事：兩江總督馬新貽被刺——馬新貽在江寧練了四營新兵，規定每天操演兩次，專習洋槍、抬炮、長矛；每月二十五校閱，主要的是看新兵用洋槍打靶，地點就在新建總督衙門未完工前，暫時借用的江寧府署西面的箭道。他對新兵用洋槍的『準頭』如何，看得很認眞；好在出了署西一道偏門，就是箭道，走了來，走了去，不費甚麼事，所以每一次都是親臨校射。

七月二十五又逢校閱之期，因爲下雨，延遲一日。第二天一早，依例行事；到了九點多鐘看完，馬新貽亦同往常一樣，步行回署。後面跟著負責警衛的督標中軍副將喻吉三，和替總督傳令的武巡捕葉化龍，還有兩、三名馬弁。走近偏門，只見有個中年人，用馬新貽家鄉，山東荷澤的口音喊道：『大帥！』接著便跪了下來，雙手捧著一封信，高舉過頂。

馬新貽認識這個人，一見便問：『你還沒有回去？』

『回大帥的話，盤纏用完了。今天特爲來求大帥……』

『不是給過你兩次了嗎？』馬新貽的神色顯得頗不耐煩。

『是……』

正當那人囁嚅著不知何以爲詞時；右面又有人高聲喊道：『大帥伸冤！』接著也跪了下來。等馬新貽回頭來看時，那人突然從衣襟下取出一把雪亮的短刀，左手拉住馬新貽的手臂，右手往上一遞，刀已插入右胸。

『扎著了！』馬新貽大喊一聲，接著便倒在地上。

於是喻吉三和葉化龍等人，一擁上前抓住了刺客和告幫的那個山東人；同時將馬新貽抬回上房，找醫生來急救。

這樣一件大事，立刻傳遍全城，無不驚詫萬分。於是將軍魁玉、署理藩司孫衣言、臬司梅啓照，還有學政殷兆鏞，一起趕到督署，只見馬新貽奄奄一息，已無法說話；他的兩個已入中年的姨太太嚎啕大哭，跪在魁玉面前，口口聲聲：『請將軍替我家老爺伸寃！』

魁玉知道，話中是要請他緝拿指使的正兇。但是魁玉自己也在害怕；在他看裁撤的湘軍，個個都像是指使的正兇。這話不能說；說了保不定連他都會挨一刀。

因此，魁玉除了好言安慰以外，不敢說甚麼擔當的責任的話；只巴望能保得住馬新貽一條命。無奈刺中要害，群醫束手，延到第二天中午，終於嚥氣了。

這時，江寧知府孫雲錦和上元、江寧兩知縣會審兇手的供詞，亦已呈送到魁玉那裡；兇手名叫張文祥，河南汝陽人，做過長毛李侍賢的裨將。供詞離奇不經，魁玉看了，只是不斷搖頭，連稱『荒唐』。

『出缺的原因，怎麼說？』魁玉問臬司梅啓照，『這麼荒唐的供詞，怎麼能出奏？』

『是！』梅啓照緊皺著眉說：『主使的人，其心兇毒，不但要馬制台的命，還要毀他的清譽。好在兇手還在審訊之中，只好先含糊其詞。』

於是以『行刺緣由，供詞閃爍』的措詞，飛章入奏；到京城那天是八月初二。總督的權柄極重，威儀極盛，居然會在官兵校射的地方被刺，這件事不但令人驚駭，而且無不詫異。因此也沒有一個人不懷疑張文祥後面有主使的人；只是主使的人是誰，目的何在？卻只有極少數人能夠看出一個大概；這少數人中便有恭王在內。

慈禧太后正有喪母之痛，身體也不很好，但仍力疾視朝。恭王怕嚇著了兩宮太后，不敢多說被裁湘軍流落在兩江的種種不法情事，只在嚴訊兇手優恤馬新貽外，談到兩江總督懸缺，認爲非曾國藩回任不可。

就不爲鎭撫兩江的散兵游勇，曾國藩回任也是公私並顧的好安排。論公，曾國藩沒有把天津教案辦妥，只是他爲此心力交瘁，大損清譽，朝廷既不忍責備，更不便把他調開，另外派人主持和議，現在有此順理成章的機會，是再好不過。論私，曾國藩回兩江，駕輕就熟，正好休養病體。所以兩宮太后同聲准奏。

於是直隸總督便落到李鴻章身上。這也是順理成章的事，一則他有『精兵』可拱衛京畿，再則他也是辦洋務的第一把好手，正好讓他接替曾國藩未能辦成的和局。

這一下便宜了李鴻章的長兄李瀚章。李鴻章奉旨帶兵援左宗棠西征，朝廷特命浙江巡撫李瀚章署理湖廣總督，替他『看守老家』；現在李鴻章調爲直督，卻不便叫李瀚章回任，因爲署理浙江巡撫楊昌濬，雖是曾國藩的小同鄉，卻是左宗棠的『嫡系』。浙江是左宗棠克復的，一直被視作他的『禁臠』，前後巡撫蔣益澧、楊昌濬都是左宗棠所力保，這兩個人的報答便是替他在浙江籌餉。陝甘軍務正吃緊之際，一動楊昌濬就會影響西征的『協餉』；既然楊昌濬不能動，李瀚章就不能回任，由署理而眞除，則淮軍的『協餉』，亦仍可取給於湖廣，是件一舉兩得的事。

李家雙喜臨門，馬家則是禍不單行。張文祥除了信口侮蔑馬新貽以外，對於行刺的原因，是否有人指使，堅不吐實。地方官會審時，態度桀驁不馴；將軍魁玉親自審問時，他只說了一句：『我爲天下除了一個通回亂的叛逆，有何不好？』馬新貽雖是回教家世，但從洪武初年由武昌遷居山東曹州府，到馬新貽已傳了十八代之久，是道道地地山東土著，與陝甘回民風馬牛不相及，可知張文祥此話，完全誣蔑。

但問來問去，到底有句要緊話漏了出來！『養兵千日，用在一朝』；見得他是被買出來的兇手，而且早有密謀。就因爲這一句話，署理藩司，曾受馬新貽知遇的孫衣言，堅持要求刑訊；但是臬司梅啓照和江寧府、上元縣、江寧縣三地方官都不敢。他們心裡都很清楚，有人巴望著能在這時滅張文祥口，一用刑說不定就會在獄裡動手腳，把欽命要犯報個『刑傷過重，瘐死獄中』，這個責任誰也擔不起。

張文祥本人只有離奇的片段供詞，但在江寧城內，卻有兩種首尾俱全，枝葉紛披的傳說：一種是說馬新貽與陝甘回亂有關；另一種是說他負義漁色，陷害患難之交。當然，後一個傳說更能聳動聽聞。

傳說中的馬新貽，在安徽合肥署理知縣時，曾經爲捻匪所擒；擒獲他的就是張文祥。但張文祥久有反正之心，所以捉住了馬新貽，不但不向捻匪頭腦張洛行等人去報功，反而加意結納；爲他引見了兩個好朋友，一個叫曹二虎，一個叫時金彪，四個人拜了把子，然後悄悄放馬新貽回去，跟撫台說妥當了，再來接他們投降。

事情非常順利，張、曹、時三個人都拉了部隊，投向官方。上頭委任馬新貽揀選降眾，編設兩營，因爲馬新貽號穀山，所以稱爲『山字營』；他的三個把兄弟都當了『哨官』。馬新貽就憑這兩營起家，一路扶搖直上，升到安徽藩司。

洪楊平定，大事裁軍，山字營遣散；張、曹、時三人都隨著馬新貽到藩司衙門去當差。據說，這時候的馬新貽，已有些看不起貧賤患難之交的意思了。

因此，曹二虎準備去接家眷時，張文祥就勸他一動不如一靜，但曹二虎不聽，把他的妻子從家鄉接了出來，住在藩司衙門裡。既來了，不能不謁見馬夫人；恰好馬新貽也到上房，一見曹二虎的妻子，驚爲絕色，就此起意，勾搭上手，只是礙著本夫，不能暢所欲爲；於是，馬新貽經常派曹二虎出差，而每一趟的差使，總有油水可撈，曹二虎樂此不疲，馬新貽亦得其所哉。

這樣不多日子，醜聞傳播得很快，張文祥不能不告訴曹二虎；他起先還不肯相信，暗中去打聽了一番，才知眞有其事，便要殺他妻子。

張文祥勸他：『殺姦須雙，光是殺妻，律例上要償命，太犯不著。大丈夫何患無妻？你索性就把老婆送了他；也保全了交情。』

曹二虎想想也不錯，找了個機會，微露其意；誰知馬新貽勃然大怒，痛斥曹二虎侮蔑大僚。曹二虎回來告訴張文祥；張文祥知道他快要有殺身之禍了。

這樣過了些時候，曹二虎又奉命出差；這次是到安徽壽州去領軍火。張文祥防他此去有變，約了時金彪一起護送。途中安然無事，曹二虎還笑張文祥多疑；張文祥自己也是爽然若失。

於是第二天曹二虎到壽春鎭總兵轅門去投文辦事；正在等候謁見時，中軍官拿著令箭，帶著馬弁，來捉拿曹二虎，說他通匪。等一上了綁，總兵徐鶤戎裝出臨；不容曹二虎辯白，就告訴他說：『馬大人委你動身後，就有人告你通捻；預備領了軍火，接濟捻匪。已有公文下來，等你一到，立刻以軍法從事。你不必多說了。』

曹二虎被殺，張文祥大哭了一場。他跟時金彪表示，一定要爲曹二虎報仇。時金彪面有難色；張文祥便指責他『不夠朋友』，願意獨任其事。於是收了曹二虎的屍體埋葬以後，張、時二人，就此分手——在這一段傳說中，唯一眞實的是，時金彪確有其人，現在在山西當參將。

傳說中的張文祥，被描畫成《史記》〈刺客列傳〉中的人物。據說，他用精鋼打造了兩把匕首，用毒藥淬過；每天夜深人靜後，勤練刺擊的手勁，疊起四、五層牛皮，用匕首去刺，起先因爲手腕太弱，貫穿無力；這樣兩年，練到五層牛皮，一刃洞穿。他這樣做的用意，是假定嚴冬有下手的機會，哪怕馬新貽身著重裘，亦不難一刀就要了他的命。

自從練成這樣一番功夫，張文祥暗中跟蹤了馬新貽幾年。一次相遇於杭州的城隍山，因爲巡撫的護從太多，無法下手；直到如今，始能如願。又有人說，馬新貽被刺時大喊一聲『扎著了！』其實是『找著了』；意思是說冤家路狹，終於被找到了。還有人說，馬新貽被刺，看清兇手是張文祥，說一聲：『是你啊！』接著便吩咐左右：『不要難爲他！』

這些傳說，繪聲繪影，言之鑿鑿，民間即令是腦筋很清楚的人，亦不能不相信；因爲，不然就會發生這樣一個疑問：張文祥刺馬，到底是爲了甚麼？同時官場中知道張文祥沒有甚麼詳細口供的人，卻又諱莫如深，頗有談虎色變之概，因而越發助長了這些傳言的流播；不久連京城裡都知道了。

但替馬家不平的，也大有人在；只是有的膽小，不敢多事，有的與湘軍素有淵源，不便出頭。只有安徽巡撫英翰，身爲旗人，不涉任何派系，由於跟馬新貽私交甚厚，因而上奏，在表揚賢勞以外，『請嚴詰主使之人，以遏詭謀。』京裡又有個給事中王書瑞，奏請『添派親信大臣，徹底根究』；摺子中『疆臣且人人自危』以及『其中或有牽掣窒礙之處，難以縷析推詳』的話，意在言外，連慈禧太后都動了疑心。於是以五百里加緊的上諭，指派漕運總督張之萬，『馳赴江寧，會同魁玉，督飭司道各員，將該犯設法熬審，務將其中情節，確切研訊，奏明辦理』。此諭剛發，接著又發密旨，說『此事案情重大，斷不准存化大爲小之心，希圖草率了事。』

張之萬是個狀元，也是個『磕頭蟲』，他的獨得之祕的強身之道，是每天臨睡以前，磕多少個頭，說是起拜跪伏，可以強筋活血。爲人深通以柔克剛的黃老之學，所以也是個『不倒翁』；這時接到朝命，大起恐慌，如果遵旨根究到底，一定會成爲馬新貽第二。果然，不久就接到了間接的警告，勸他不可多事；這一下，張之萬越發膽戰心驚，一直拖延著不肯到江寧。

無奈朝旨督催，魁玉又行文到清江浦，催『欽差』快去，張之萬只好準備動身，把漕標的精銳都調了來保護，數十號官船，在運河中連翩南下；他自己一直躲在艙裡不露面。

風聲鶴唳

其時正值深秋，紅蓼白蘋，運河兩岸的風光頗爲不惡；這天由河入江，到了瓜州地方，張之萬在船裡悶了幾天，想上岸走走，走了一陣，忽然內急，就近找了個茅廁方便。野外孤露，四無隱蔽，倘或此時遇到刺客，是件非常危險的事，於是漕標參將，親自帶領兩百親兵，拿槍的拿槍，拿刀的拿刀，團團將茅廁圍住；正在收割稻子的老百姓，大爲驚異，不知道那裡出了甚麼事？

跑去一打聽，才知道是『漕帥張大人』上茅廁。於是張之萬人還未到，他的笑話先到了江寧；魁玉一見了面便拿他打趣，『天下總督，漕帥最闊；拉場野矢都得派兩百小隊守衛。』他喊著張之萬的號說：『子青，你眞正是前無古人，後無來者！』

張之萬唯有報以苦笑，『玉公，』他說：『我是奉旨來會審的，一切都要仰仗。』

『不然，不然！』魁玉搖著手說：『你是特旨派來的欽差，專爲查辦此案，當然一切聽你作主。』

兩個人一見面先推卸責任，但彼此有關，誰也推不掉，那就只有『和衷共濟』商量著辦了。當夜魁玉爲張之萬設宴接風，陪客有署理藩司孫衣言、臬司梅啓照、候補道袁保慶。孫衣言也是翰林，比張之萬只晚一科；他的兒子叫孫詒讓，功名不過舉人，官職不過主事，但聲名極盛，對『墨子』的造詣極深，父子二人都是經師，所以張之萬另眼相看。

袁保慶是袁甲三的姪子，他跟孫衣言於馬新貽都有知遇之感。尤其是袁保慶，被委爲營務處總辦，平日抓散兵游勇，頗爲嚴厲，因此爲馬新貽帶來殺身之禍，更是耿耿於懷；在席間與孫衣言兩人，極力主張對張文祥用刑，非要追出主使的人來，才肯罷休。

張之萬抱定宗旨，只聽不說，唯唯否否地敷衍著；等席散以後，魁玉把他和臬司梅啓照留了下來，這才談到正事。

『孫、袁兩公的話，絕不可聽。』梅啓照這樣說道：『他們爲報私恩，不顧大局，難免激出大亂子來。如今江寧城裡，人心惶惶，安份守己的人家，都閉門不出；袁篤臣家就是如此。』袁篤臣就是袁保慶。

張之萬吸了口氣：『照此說來，江寧竟是危城！』

『也差不多。』魁玉答道：『但盼滌相早早到任，讓我交出了總督關防。』

『滌相還在請辭，辭是當然不准他辭的，但天津的案子未結，還要入京陛辭請訓，這一耽擱，起碼兩個月功夫。』張之萬說：『我們就想辦法拖它兩個月！這一案只有等滌相來料理。』

『要拖也容易。』梅啓照說：『張文祥不肯供，只有抓他的親屬來問，這樣就拖下來了。』

『他的家屬在哪裡？』

『在浙江湖州府德清縣新市鎮。』

『行文浙江，逮捕到案。』張之萬又問：『還有甚麼遠些地方的人好抓？』

『有個時金彪。』梅啓照說：『張文祥曾供過這個人，也是捻匪那裡投降過來的，現在山西當參將。』

『那就行文山西，逮捕到案。』

『是！』梅啓照問道：『請示欽差大臣，哪一天提審？』

『我審也無用。』張之萬說：『這一案到最後如何定讞？該有個打算。打算好了我們就照這條路子去走。』

梅啓照深深點頭，看著魁玉，魁玉也點點頭，示意梅啓照提出商量好的辦法。

辦法是替張文祥想好的一套口供，一要顯得確有深仇大恨，完全是張文祥個人處心積慮，必欲得而甘心，藉以搪塞『嚴究主使』的朝命和清命；二要爲馬新貽洗刷清譽，而且要隱隱含著因爲公事認眞，致遭小人之怨的意思，這樣，馬新貽之死，才能有殉職的意味。

這套假口供是如此說法，張文祥本是李侍賢手下的裨將，洪楊平定，他逃到了浙江寧波，與海盜有所勾結，同時開了個小押當，隱姓埋名，苟且度日。

等馬新貽調了浙江巡撫，海盜爲患，派兵剿治；在浙江象山、寧海有一處禁地，名叫南田，向來爲海盜所盤踞，馬新貽捉住了其中的頭目邱財青，處以死刑；另外又殺了海盜五十餘名，其中頗多張文祥的朋友，平日常受他們的接濟，這一下等於斷了張文祥的財路，因此他對馬新貽恨之刺骨。

這以後又有一連串的怨恨，張文祥開小押當，而馬新貽因爲押當重利盤剝小民，出告示查禁，張文祥生計頓絕，便起了報復的心。又說，張文祥的妻子羅氏，爲人誘拐潛逃，讓張文祥追了回來，但人雖未失，捲逃的衣物爲奸夫帶走了，一狀告到巡撫那裡，馬新貽認爲此是小事，不應煩瀆大憲，狀子不准。不久，羅氏復又潛逃，張文祥追著了，逼她自盡。至此人財兩空，認爲馬新貽不替他追贓，以致他的妻子輕視他，於是立志報仇。

這裡面當然也有片段的實情，像張文祥的妻子，背夫潛逃，即有此事。但從整個供詞看，疑竇甚多；然而除此以外，別無更好的說法，也就只有自己騙自己，信以爲眞了。

『不過，』張之萬只提出了這樣一個指示：『一定要兇手自己畫供；有了親供才可以出奏！』不論案情大小，定罪的根據，就是犯人的口供，這一點梅啓照當然不會疏忽。回去以後，立刻傳見負責主審的江寧知府和上元知縣，傳達了欽差張大人的意思，要他們設法勸誘張文祥，照此畫供。但既不能用刑迫供就範，便只有慢慢下水磨功夫，一拖拖了個把月，尙無結果。

這時的曾國藩，請辭江督，未能如願，已經交出了直隸總督的關防，正預備入京請訓；天津教案總算已化險爲夷，殺了兩批兇手，也辦了張光藻和劉傑充軍黑龍江的罪，毛昶熙和丁日昌，亦已分別回任。大局已經無礙，加之曾國藩曾有奏疏，痛切自陳，舉措失機，把張光藻和劉傑辦得太重，『衾影抱愧，清夜難安』，因而亦能見諒於清議。而朝廷爲了慰撫老臣，特旨賜壽，由軍機處派人送來御書『勳高柱石』匾額一方；御書福、壽字各一方，以及紫銅佛像、嵌玉如意、蟒袍衣料等等。他這年是六十整壽，生日正在慈禧太后萬壽後一天；兩湖同鄉，就在不久前要把他點翰林的匾額撤除的湖廣會館，設宴公祝。

就在他出京之前，張之萬和魁玉會銜的奏摺到了，說張文祥挾仇『乘間刺害總督大員，並無主使之人』；同時定擬罪名，凌遲處死。消息一傳，輿論大譁，給事中劉秉厚、太常寺少卿王家璧紛紛上奏，認爲審問結果，不甚明確，要求另派大臣，嚴究其事。

不但輿論不滿，兩宮太后及朝中大臣，亦無不覺得封疆大吏死得不明不白，不但有傷國體，而且此風一開，中外大員心存顧忌，會不敢放手辦事，否則就可能成爲馬新貽第二。同時就照魁玉和張之萬的奏報來說，前面說張文祥懷恨在心，又以在逃海盜龍啓澐等人，指使他爲同夥報仇，因而混進督署行刺，『再三質訊，矢口不移』；後面卻又說：『其供無另有主使各情，尙屬可信』，由『尙屬』二字，可見魁玉和張之萬並未追出實情，所以無論從哪方面來看，這一案不能就此了結。

還要嚴辦的宗旨是大家都同意了的，如何辦法？卻有不同的主張；有人以爲應該撇開曾國藩，另派欽差查辦；有人以爲曾國藩在兩江總督以外，還有大學士的身分，此案應歸他主持。兩宮太后召見軍機，仔細商量結果，決定兼籌並顧；一方面尊重曾國藩的地位，一方面另派大員到江寧，重新開審。同時爲昭大公起見，決定用明發上諭：

『馬新貽以總督重臣，突遭此變，案情重大！張文祥所供挾恨各節，暨龍啓澐等指使情事，恐尙有不盡不實；若遽照魁玉等所擬，即正典刑，不足以成信讞，前已有旨，令曾國藩於抵任後，會同嚴訊，務得確情；著再派鄭敦謹馳驛前往江寧，會同曾國藩將全案人證，詳細研鞫，究出實在情形，從嚴懲辦，以伸國法。隨帶司員，著一併馳驛。』

鄭敦謹是刑部尚書，湖南長沙人。道光十五年乙未科的翰林；這一榜是名榜，人才濟濟，在咸豐初年，紅極一時。鄭敦謹的官運卻不算太好，翰林散館，當了刑部主事；外放以後，一直調來調去當藩司，但頗有政績。直到同治改元，才內調爲京堂，升侍郎、升尚書——刑部尚書他是第二次做；第一次當刑部尚書在三年前，恰好西捻東竄，山西巡撫趙長齡防剿不力，帶兵的藩司陳湜，是曾國荃的姻親，本人性喜漁色，部下紀律極壞，慈禧太后得報震怒，大年三十派鄭敦謹出京查辦。結果按查屬實，趙長齡和陳湜得了革職充軍的處分；而鄭敦謹鐵面無私的名聲，也就傳了開來。

因此，上諭發抄，輿論都表示滿意，期待著鄭敦謹也像那次到山西查辦事件一樣，必能將這樁疑案辦得水落石出，河清見魚。

鄭敦謹卻是心情沉重，因爲他是湖南人，而江寧是湘軍的天下。但又不願藉詞規避——他已經六十八歲，又是歲暮雨雪載途之際，如果說憚於此行，起碼恤老尊賢的恭王會同情他的處境；然而他終於還是在刑部各司中挑了幾名好手，馳驛出京，逕赴江寧。

一路上歷盡辛苦，走了二十多天才到；到的那天正是除夕，曾國藩把他接到督署去守歲，長談竟夕。這一談，鄭敦謹才深悔此行；因爲曾國藩說了實話，禦外必先安內，天津教案剛剛結束，洋人不盡滿意，如果再激出甚麼變故，那是授人以隙；倘或第二次開釁，洋人絕不會像這一次似地，雷聲大、雨點小，所以明知有指使的人，爲保全大局，不宜追究。

曾國藩與鄭敦謹不但是同鄉，而且都是道光十四年湖南鄉試的舉人。鄭敦謹春闈聯捷，第二年就成了進士；曾國藩則道光十五年正科、十六年恩科，連番失利，到十八年戊戌科才得如願以償。所以論科名，鄭敦謹雖是前輩，亦是同年，交情一向深厚；但論到公事，各有作爲。鄭敦謹清勤自矢，執法錚錚，張光藻和劉傑第一次解交刑部治罪，被拒絕收受，就是他的主張。誰知迫於朝命，終於還是辦了罪——多少年來的規矩，或是內閣會議、或是吏部議處、或是刑部治罪，覆奏時一定擬得重，留待旨意減輕，以示開恩；張光藻和劉傑原擬革職發往軍台效力，已經過分；而兩宮太后聽了寶鋆、崇厚的話，以張、劉二人『私往順德、密雲逗留，藐玩法令』的理由，再加重罪名改爲充軍黑龍江。

爲此，鄭敦謹耿耿於懷；這時聽了曾國藩意見，越覺得滿懷抑鬱難宣，不由得就發了牢騷。

『不該辦的非辦不可，該辦的卻又不能辦。』他說：『讀書六十年，眞不知何以爲懷！』

曾國藩的牢騷更多，但養氣的功夫，他比鄭敦謹來得到家；所以不動聲色地答道：『相忍爲國而已！』

能忍是一回事，辦案又是一回事。鄭敦謹那個年過得很不是滋味，大年初一還好；年初二一早，馬新貽的胞弟，浙江候補知縣馬新祐，領了他的過繼給馬新貽的兒子毓楨，跪在欽差大臣的行轅門口，放聲痛哭，請求伸冤。好不容易給勸了回去，接著便是袁保慶來拜；鄭敦謹跟他的叔叔袁甲三是會試同年，所以袁保慶稱他『老世叔』，爲他指出張文祥供詞中，種種不合情理的疑竇，要求嚴辦。袁保慶向來心直口快，對曾國藩和魁玉都有批評；張之萬更爲他隱隱約約指責得一文不值——江蘇巡撫丁日昌丁憂開缺；張之萬奉旨接任，朝命一到，忙不迭地趕往蘇州，催丁日昌交卸，膽小怕事到如此，頗爲袁保慶所譏評。

『還有人居然在馬制軍被難之後出告示，說「總督家難，無與外人之事。」老世叔請想，疆臣被刺，怎能說是「家難」？』

鄭敦謹也聽說過這件事，出告示的人就是梅啓照；『這當然是失言！』他說：『我奉旨跟滌相會辦此案，凡事亦不能擅專。等稍停幾日，我再約諸公細談。』

過了初五，鄭敦謹會同曾國藩約集江寧的司、道、府、縣會談案情；別人都不講話，只有孫衣言侃侃而談，說指使的人倘能逍遙法外，則天下將無畏懼之心，又何事不可爲？所以這一案辦得徹底不徹底，對世道人心，關係極大。又說，民間謠諑紛傳，上海戲園中甚至編了『張文祥刺馬』這麼一齣新戲開演；明明是誣蔑馬新貽的荒唐不經之談，而竟有朝中大臣，信以爲眞，做一首詩，說甚麼『群公章奏分明在，不及歌場獨寫眞』，馬新貽含冤而死，復蒙重謗，天下不平之事，哪裡還有過於這一案的？

上海丹桂茶園編演『刺馬』新戲，轟動一時，連遠在安慶的安徽巡撫英翰，都有所聞，特爲諮請上海道涂宗瀛查禁；以及孫衣言所提到的那兩句詩，鄭敦謹無不知道——那首詩出於喬松年的手筆，鄭敦謹跟他雖是同年，也覺得他做這樣的詩，實在有傷忠厚。

不過喬松年家世富饒，雖做過大官，不脫紈袴的習氣；養尊處優，深居簡出，跟恭王是倡和的朋友，一時覓不著詩材，信口開河，不足爲奇。所以鄭敦謹這樣答道：『喬鶴儕的話理他幹甚麼？清者自清，濁者自濁，馬端愍的清譽，總有洗刷的一天。』

曾國藩也深深點頭，用馬新貽的謚來譬解：『端愍之端，即是定評。至於民間好奇的流言，事定自然平息；此時倒不必亟亟於去闢它！等定讞以後，我自然要替馬端愍表揚。』

鄭、曾二人作此表示，使得孫衣言的氣平了些。當時決定正月初七開審，照例由首縣辦差，定製了簇新的刑具，送到欽差行轅，就在二廳上佈置公堂；一共設了五個座位，除去鄭敦謹和隨帶的兩名司員以外，另外兩個座位是孫衣言和袁保慶的。

這是那兩名司員想出來的主意，因爲此案的結果，已經可以預見，怕他們兩人將來不服，會說閒話，甚至策動言官奏劾，別生枝節；所以建議鄭敦謹用欽差大臣的身分，札委孫衣言、袁保慶參與會審。

接到委札，孫衣言特爲去看袁保慶，要商量如何利用這個機會，追出實情。袁保慶因爲曾國藩接任後，仍舊被委爲營務處總辦，公事極忙，經常在各營視察。替他料理門戶的是他過繼的一個兒子，名叫世凱，字慰庭。袁世凱這時才十三歲，矮矮胖胖，因爲常騎馬的緣故，長了一雙『裡八字』的羅圈腿，貌雖不揚，腦筋極好，已脫盡童騃之態，很像個成年的樣子；凡有客來，如果袁保慶不在家，都歸他接待。

『慰庭！』孫衣言把手裡的公事揚了揚，『令尊也接到委札了吧？』

『是！今天一早到的。』袁世凱答道：『家父昨天下午到六合查案去了，委札還不曾過目。』

『你拆開看了沒有？』

『看了。怕是緊要公事，好專差稟告家父。』

『令尊甚麼時候回來？』

『臨走交代，今天下午一定回來；正趕得上明天開審。』

『我要跟令尊好好談一談。奉委會審的，就是我們兩個人。』孫衣言說：『此案不平的人極多，無奈不在其位，不謀其政；要想講話也無從講起。所以我們兩個人的責任特重，等於要為所有不平的人代言。等令尊回府，請你先把我的意思轉達，今天晚上我在舍間專候，或是令尊見訪，或是給我一個信，我再來。無論如何要見一面。』

『是！老伯的吩咐，我一定告訴家父。不過——』袁世凱笑了笑又說：『我想放肆說一句，不曉得老伯容不容我說？』

『說！說！你常多妙悟，我要請教。』

『不敢當！』袁世凱從容答道：『我勸老伯不必重視其事，更不必有所期望。照我看，鄭欽差不過拿這委札塞人的嘴巴而已！』

幾句話把孫衣言說得楞在那裡，作聲不得。好半晌才用無窮感慨的聲音說道：『我的見識竟不如你！不過……』他把下面的那句話嚥住了，原來是想說：欽差的用心，連個童子都欺不住，何能欺天下人？

『老伯是當局者迷，總之，是太熱心的緣故。』袁世凱老氣橫秋地說：『我勸老伯大可辭掉這個差使。』

『這也是一法，但不免示弱。』孫衣言很堅決地說：『明知其不可為而為之，我不辭，我要爭！』

這種擇善固執的態度，袁世凱再聰明亦不能了解；而袁保慶是了解的，當夜去回拜孫衣言，表示也要據理力爭。

第二天一早，欽差行轅外，聚集了好些百姓；有些純然是來看熱鬧，有些則是來替張文祥『助威』的。當然，欽差大臣奉旨審問如同大逆的要犯，跟地方官審理案件不同，警戒嚴密，不得觀審；百姓只能在一府兩縣差役的彈壓之下，遠遠站在照牆邊張望。

此外從欽差行轅到上元縣衙門，一路也有百姓在等著張文祥。他一直被寄押在上元縣監獄，獨住一間死刑重犯的牢房；但睡的高舖，吃的葷腥，有個相好，釣魚巷的土娼小金子，偶爾還能進去『探監』，所以養得白白胖胖，氣色很好。這天一早，紮束停當，飽餐一頓，然後上了手銬，在重重警戒之下，被押到欽差行轅。看到夾道圍觀的人群，不由得滿臉得意；看的人也很過癮，覺得張文祥為兄報仇，不但義氣，而且視死如歸，頗有英雄氣概，恰恰符合想像中的俠義男兒的模樣。

孫衣言和袁保慶是早就到了，在花廳裡陪著鄭敦謹閒談，談的是天津教案。正在相與感歎，國勢太弱，難禦外侮之際，督署派來當差的武巡捕來報，說張文祥已經解到，請欽差升堂。

等坐了堂把張文祥帶了上來，鄭敦謹看他一臉既兇且狡的神色，心裡便有警惕，所以問話極其謹慎，而張文祥其滑無比，遇到緊要關頭，總是閃避不答；那兩名司員因為已經得到指示，也是採取敷衍的態度，一句來一句去，問是問得很熱鬧，卻非問在要害上面。

於是袁保慶開口了，他是問起一通奇異的文件；在馬新貽被刺以前幾天，督署接到一封標明緊急機密的公事，封套上自然蓋著大印，但印文模糊，不知是哪個衙門所發？打開來一看，裡面是一張畫，畫的一匹死馬；文案上趕緊叫人逮捕那投文的人，卻已不知去向。這張意示警告的畫，究竟是誰弄的玄虛？袁保慶要問的就是這一點。

照袁保慶想，如果張文祥真的為了私仇，處心積慮，非置馬新貽於死地而後快，則行蹤愈隱密愈好；豈能事先寄這麼一張畫，讓馬新貽好加意防備？這是情理極不通之處。

而且，反過來看，果真馬新貽有過那種不義的行為，則此畫的涵意，在他是『啞子吃扁食，肚裡有數』，也會特加防範，何致漫不經心，自取其禍？

『王書辦！』袁保慶說：『把那張畫取來！』

王書辦是上元縣的刑房書辦，張文祥一案的卷牘證據，都歸他保管；知道他指的是那張『死馬』的畫，當即取來呈堂。

『張文祥！』袁保慶把那張畫提示犯人：『這張畫你以前見過沒有？』

他問得很詭譎，因爲這張畫以前沒有提出來問過；是最近欽差到了江寧，有人突然想起，這張畫來路可疑，特爲撿了出來歸案。袁保慶疑心張文祥根本不知其事；但如說了緣由，他必定一口承認，眞相就難明了。所以故意這樣套他一句，如果張文祥不知就裡，一口回答『不曾見過』，則送畫的自另有人，追出這個人來，就可以知道指使的是誰。

然而他失望了，張文祥看了看答道：『見過的。』

『你在哪裡見過？』

『是我送給老馬的。』

『咄！』有個司官拍案叱斥：『豈有此理！你對馬制台，怎麼能用這樣無禮的稱呼？』

張文祥把雙三角眼翻了翻，甚麼表示也沒有。

『我問你，這張畫是你親自送到總督衙門的嗎？』袁保慶又問。

『是我自己送的。』

『你爲甚麼要這麼辦？你不想想，這一下有了防備，你還能有僥倖一逞的機會？』

『明人不做暗事！先給他個信，教他小心！』張文祥答非所問地，但彷彿強詞奪理，很難駁詰。

袁保慶也感覺到了，張文祥實在難對付！凡是犯人，或者想脫罪，或者想避重就輕，企求著堂上筆下超生，絕不敢胡扯惹問官生氣；而張文祥不同，本性既兇狡，又根本沒有打算活命，若說他有些微畏懼之心，無非怕吃眼前虧，可是堂上定了絕不用刑的宗旨，那就連這一絲忌憚都沒有了！因此信口雌黃，想怎麼說就怎麼說，拿他毫無辦法。

好在目的是要追指使的人，袁保慶便不理他那套大言不慚的話，仍舊在那幅畫上追根。

『那麼，這張畫，是你自己畫的？』

『這也沒有了不起，反正一匹「死馬」！』

『哼！』袁保慶冷笑一聲，又喊：『王書辦！』

『喳！』王書辦趨前聽命。

『拿紙筆給他，開去手銬，叫他照樣畫一張！』

王書辦依言照辦，把那張畫鋪在張文祥面前，再取一副筆硯，一張白紙，一一擺好；然後指揮差役開去手銬，把枝筆遞到張文祥手裡。

就在提筆要畫的那一刻，他忽然將筆一丟，搖搖頭說：『我畫它不像！』

袁保慶一聽這話，立即拍案喝道：『說！這張畫是誰畫的？』

突如其來地這一聲，大家都嚇一跳；張文祥彷彿也是一驚，楞了一下，立即恢復正常，很隨便地答道：『我也不知道是誰畫的。』

『這一說，是個甚麼人交給你的。是不是？』

旁敲側擊地套了半天，終於把意向說明白了；袁保慶是在套問指使的人。張文祥卻是彷彿早就看出他的用意，不慌不忙地答道：『也沒有甚麼人交給我。』

『那麼，這張畫難道是天上掉下來的不成？』袁保慶連連擊桌：『說，說！』

張文祥絲毫不爲所動，『倒不是天上掉下來的。』他說：『是我在地上撿到的，想起正好寄給他，當個口信，便這麼做了！』

這樣回答，跡近戲侮，袁保慶大怒，『好刁惡的東西，眞正十惡不赦！』急怒之下，不暇考慮地下令：『看大刑！』

大刑就是夾棍，看看三根木梃，幾條繩子，卻不知多少好漢過不了這一關。鄭敦謹也是不主張對張文祥用刑的，此時便想開口阻止，卻讓一名司官用眼色阻止住了——鄭敦謹也明白，一說阻攔的話，便是當眾糾正了袁保慶；逢他盛怒之際，說不定拂袖而起，甚至即時出言挺撞，豈非大失體統？好在那司官既有眼色遞過來，自然必有打消他這個命令的辦法；且等著看！

上元縣的差役無不明白，張文祥絕不會上刑；簇新的刑具是欽差審問，照例定製，不過擺擺樣子而已。此時看見欽差不作聲，而袁道台的面子不能不顧，於是響亮地應一聲：『喳！』身子卻站在那裡不動。

袁保慶越發惱怒，剛要出言責備，只聽一名司官——是向鄭敦謹使眼色的那個人，拉開嗓子喊道：『來啊！拉下去打！』

『喳！』差役們又是響亮地答應。

『問得太久了，』那人趕緊轉臉向鄭敦謹說：『請大人暫且退堂休息吧！』

鄭敦謹出了翰林院就當刑部主事，這些問案的『過門』，無不深悉；因而一面起身，一面向袁保慶和孫衣言看了看說：『兩位老兄請花廳坐吧，這裡讓他們去料理。』

經過這一番周折，袁保慶怒氣稍平，方始領悟到那司官是替他圓面子的手法；可想而知的，張文祥也絕不會『拉下去打』。

等他們回到花廳，兩名司官接著也到了，擦臉喝茶抽水煙，亂過一陣；在等候開飯的那段休息的時間內，少不得又要談到案情。

『鄭大人！』這趟是孫衣言先說話，『今日一審，洞若觀火。張文祥雖奸狡無比，但別有所恃者在；倘無所倚恃，就不致於如此頑惡！』

『喔，倒要請教，所恃者何？』

『所恃者，堂上不用刑！』孫衣言說：『鄭大人兩綰秋曹，律例自然精通；倒要請教鄭大人，如何才能教張文祥吐實？』

『說起來我是三進刑部，不止兩綰秋曹。』鄭敦謹說：『大清律例嘛，如今年紀大了，只怕記不周全；三十年前剛分部的時候，背得極熟。教犯人吐實，自然也有辦法，無奈不能用！』

『想來鄭大人是指的刑訊之制。』孫衣言特為搶在他前面說：『凡命案重案，男子許用夾棍；女子許用拶指，這是律有明文的。』

『不錯，律有明文。』鄭敦謹答道：『然而仍舊不能用。這個犯人在堂上的情形，老兄已經親見，刑用得輕了，熬刑不供，無濟於事；用得重了，怕有瘐斃的情事出現，那時我擔處分是小事，不能明正典刑，豈非更對不起馬端愍？』

『在法言法。』袁保慶幫著爭辯，『夾棍既爲律之所許，自然應當用，用過了無濟於事，事後就無遺憾了。』

『老兄只知其一，不知其二。』鄭敦謹搖著頭說：『「三木之下，何求不得」？倘或誣服，隨意供出幾個人來，說是幕後指使，請問，又將爲之何？』

『自然依法傳訊。』

『傳訊不承，難道又用刑求？』

『未曾傳訊，安知其不承？』

兩個人針鋒相對，展開激辯；一場舌戰無結果而散，反倒耽誤了這天的審問。到第二天，接得消息，說有一營新兵，因爲長官苛虐，有譁變之虞，袁保慶不能不親自去料理；剩下孫衣言一個人參加會審，自更不發生作用。而從這天審過以後，鄭敦謹又鬧病，中間停了幾天事實上審與不審，幾無區別；孫、袁二人，爭既爭不過，鬧亦鬧不起來，照例陪坐而一籌莫展，以致變得視會審爲一大苦事。

在此期間，有好些人來游說解勸，多云張文祥死既不怕，便無所畏；刑訊之下，倘或任意胡攀，使得案子拖下來不能早結，則各種離奇的謠言，將會層出不窮，愈傳愈盛，使得馬新貽的清譽，更受玷辱。倘或張文祥竟死在獄中，則成千古疑案，越發對馬新貽的聲名不利。

還有一些人則比較說得坦率，而話愈坦率，愈見得此案難辦；他們向孫衣言、袁保慶提出一個難題：張文祥在刑訊之下，據實招供，是湘軍某某人、某某人所指使，說不定還會扯上江南水師提督黃翼升的名字，請問辦是不辦？到時候說不定軍機處會來一道廷寄，轉述密旨，以大局爲重，不了了之；則欲求此刻所得的結果，將張文祥比照大逆治罪，或許亦不可得。再有少數人的措詞，更玄妙得叫人無法置答，說是倘或因嚴追指使而激出變故，地方受害，只怕反令公忠體國的馬新貽，在九泉之下不安。這樣，孫、袁二人的執持，反倒是違反死者的本意了。

就這樣川流不息地爭辯著，搞得孫衣言和袁保慶筋疲力竭，六神不安。最後有了結果，認爲張文祥的行兇原因，與魁玉、張之萬的審問所得，完全一樣。

供詞已經全部整理好，即將出奏；會審的人照例都該『閱供』具名，表示負責。孫衣言和袁保慶，使出最後一項法寶，拒絕具名。

『這是無法勉強的事。』鄭敦謹苦笑著說：『案子總得要結，只好我跟滌相會銜出奏。反正兇手是張文祥，定擬了「比照謀反叛逆，凌遲處死，並摘心致祭」的罪，對馬端愍也算有了交代了。』

在會銜覆奏時，曾國藩特別附了一個夾片，陳明『實無主使別情』。他是個重實踐的人，與那些三天一奏、五天一摺，喜歡發議論以見其能的督撫，純然兩路，無事不上奏，所以上奏格外有力，附這樣一個夾片，雖不免『此地無銀三百兩』的痕跡，但確有用處；意思是知會軍機，此案到此就算結束，再也問不出別的來了。這樣，倘或還有言官不服，要想翻案，軍機處就會替他擋在前面，設法消弭，不致再別生枝節。

當然，馬新貽的家屬、舊部，還有些秉性正直的人，心有不甘；但也只能發發牢騷，無可作爲。朝廷重視此案，兩派欽使；而且對馬新貽的恤典甚厚，總算仁至義盡，這口氣還能叫人嚥得下去。至於案子的辦得不徹底，細細想去，也實在有些難處；再加上曾國藩的『面子』，就只有忍氣吞聲。不過孫衣言是個讀書人，有筆在手，可以不爭一時爭千秋，他爲馬新貽所撰的墓誌銘，秉筆直書：

『賊悍且狡，非酷刑不能得實；而叛逆遺孽刺殺我大臣，非律所有，宜以經斷用重典，使天下有所畏懼；而獄已具且奏！衣言遂不書「諾」。嗚呼！衣言之所以力爭，亦豈獨爲公一人也哉？』

這篇文章一出，外界才知別有隱情；對鄭敦謹的聲名，是個很大的打擊——他本來就有難言的委屈，從結案以後，就杜門不出；欽差在辦案期間，關防是要嚴密的，一到結案，便不妨會客應酬。而魁玉邀遊清涼山，曾國藩約在後湖泛舟，鄭敦謹一概辭謝，只傳諭首縣辦差雇船，定在二月初回京覆命。

尚書掛冠

於是曾國藩派了一名戈什哈，去送程儀，兩名司官每人一百兩；這在『曾中堂』，出手已經算很闊的了。送鄭敦謹的是二百兩；附了一封曾國藩親筆寫的信，說這筆程儀，是致送同年，不是餽贈欽差，同時表明，絕非公款，是從他個人的薪給中分出來的，請鄭敦謹無論如何不可推卻，否則就是不念交情。

鄭敦謹還是『不念交情』，斷然謝絕；到了二月初六，攜帶隨從，上船回京，一路悶悶不樂，每每終宵長吁短歎。這樣到了清江浦，便得起旱換車北上；新任漕運總督張兆棟把他接到衙門裡去住，留他盤桓數日，鄭敦謹無可無不可地答應了。

不久，從江寧來的消息，鄭敦謹和曾國藩會銜的奏摺，已奉上諭批准；馬新貽『著再加恩，照陣亡例賜恤，並於江寧省城建立專祠，用示篤念藎臣，有加無已至意。』而張文祥也就在上諭到達的第二天伏法；行刑的地點在江寧城北小營，曾國藩親臨監視——兩江總督親蒞刑場，監視正法，是從未有過的事；因而引起許多揣測，說倘非如此，或者會有意想不到的變故，唯有曾國藩親臨坐鎮，才得安然無事。

鄭敦謹又聽到消息，說馬家的報復甚酷；定製了一把刀、一把鉤，交給劊子手作行刑之用。凌遲重刑，數十年難得一見，有人說只『扎八刀』，有點巒割的意思就行了；有人說要用『魚鱗剮』，一片片細切。而張文祥則是介乎其間；用定製的鉤子扎住皮肉往上一拉，快刀割切，鉤一下，割一下，自辰至未，方始完事；張文祥始終不曾出聲。

於是鄭敦謹以一種奇怪的、豁達的聲音對張兆棟說：『我的責任已了！該回去了。』

『春寒料峭，起早苦得很；何不再玩些日子？』張兆棟說，『反正案子已了，回京覆命就晚些也不要緊。』

『我不回京。』鄭敦謹搖搖頭說：『我回家。』

張兆棟愕然，想了一下說道：『想來老前輩出京時就已請了假，順道回籍掃墓？』

『「田園將蕪胡不歸」！』鄭敦謹朗聲唸了這一句，又黯然搖頭：『九陌紅塵，目迷五色，我眞的厭倦了。』

張兆棟大爲詫異：『老前輩聖眷優隆，老當益壯，著實還有一番桑榆晚景；何以忽有浩然歸去之志？』

『早歸早好。』鄭敦謹說：『滌相是抽身不得，以致於不能克保全名；像我，駑馬戀棧，只恐眞如滌相所說的，「名既裂矣，身敗在即！」歸去，歸去！岳麓山下，白頭弟兄，負暄閒話，強似千里奔波來審無頭命案！』

這一說張兆棟才知是爲馬新貽一案，受了委屈；先還當他是發發牢騷，解勸了一番，也就丟開了。誰知第二天一早，鄭敦謹親自來跟張兆棟要求，派一名專差爲他遞告病的奏摺；同時請張兆棟替他雇一隻官船到長沙，竟眞個要辭官回里了。

『老前輩何必？』張兆棟說：『就要告病，等回京覆了命再奏請開缺，也還不遲。』

『那就辭不成功了。』鄭敦謹說：『士各有志，老兄成全了我吧！』

說到這話，張兆棟不便再勸，當天就派了專差，爲他遞摺；接著又傳淮安府首縣的山陽知縣辦差，派了一隻大號官船，床帳衾褥，動用器具，一律新置，作爲對這位刑部尙書的敬意。

那兩名司官，自然也要苦勸，而鄭敦謹執意不聽。問他辭官的原因，他答了八個字：『外慚清議；內疚神明。』說唯有辭了官，才能消除對馬新貽和他的家屬，以及孫衣言、袁保慶等人的疚歉之感。

『此案外界閒言閒語很多。大人這樣子一辦，見得朝廷屈法；恐怕上頭會不高興。』

『那也是沒有法子的事，』鄭敦謹說：『只怕不高興的不是朝廷；是我們湖南同鄉。然而我也顧不得了！屈法是無奈之事。若以爲屈法是顧全大局，以此自寬自解，恬然竊位，豈不愧對職守？』

說到這話，那兩名司官心裡也很難過；原來是打算著辦這件名案可以出一出風頭，就像總理衙門的章京陳欽辦天津教案那樣，雖然費心費力，到底名利雙收；誰知年前衝寒冒雪，吃盡辛苦到江寧，落得這麼個窩囊的結果，除了曾國藩的一百兩程儀以外，甚麼也沒有撈到！

於是吃了一頓張兆棟特備的，索然寡味的離筵，水陸異途，各奔前程；鄭敦謹趁一帆東風，過洞庭湖回長沙，兩名司官走旱路回京覆命。一到部就爲同事包圍，都要知道鄭尙書辭官的眞相。

最後連恭王也知道了，特地傳諭，叫那兩名司官到軍機處去見他，詢問鄭敦謹倦勸的原因；那兩名司官不敢隱瞞，照實答覆。於是恭王也就據實陳奏兩宮太后；因爲兩宮太后也覺得事出突然，頗爲懷疑，曾經一再問起，恭王不能不奏。

『我說呢，鄭敦謹年紀雖大，精神一向很好，怎麼一下子就告了病。原來其中還有這麼多隱情！』慈禧太后停了一下又說：『不過他就是告病，也該回京覆了命再說；就這麼擅自回籍，也太說不過去了。』

聽她的語意不滿，恭王怕惹出『交部議處』的話來，會引起各方的揣測，又生是非，因而趕緊爲鄭敦謹進言：『這一案，鄭敦謹勞而無功，不免覺得委屈。臣等叫人寫信勸他銷假；請兩位皇太后，暫時不必追究了。』

既然恭王爲他乞情，慈禧太后也就算了，『最好讓他銷假。』她說：『不然，面子上不好看。』這話就算說得很重了，恭王不敢再多說甚麼，只答應一聲：『是！』

『倭仁的病，怎麼樣了？』慈安太后問。

『不行了！』恭王微微搖頭，『不過拖日子罷了。』

『那是先帝敬重的人。』慈安太后看著右面，用徵詢的語氣說：『給他一個甚麼恩典，沖沖喜吧！』

『也好！』慈禧太后看著恭王問：『你們倒看看，怎麼辦才合適？』

問到這一層，恭王恰好可以陳奏擬議中的辦法——大學士本以官文爲首；他已在正月裡病故，這是個滿缺，該由瑞常以協辦大學士坐升；瑞常空出來的一個缺，照例由六部之首的吏部尚書升任，而文祥是在同治六年就已調任吏部，等著拜相，此時順理成章地得了協辦。但是四位大學士，兩殿兩閣，需要重新安排；官文所遺的文華殿大學士，為殿閣之首，依慣例應該由曾國藩以武英殿大學士改授，但入閣是倭仁在先，科名亦是倭仁早，因此，倭仁以文淵閣改為文華殿，亦未始不可。

等恭王把這番周折奏明以後，兩宮太后一致認可，以倭仁為文華殿大學士。這是名義上的『首輔』；說到做官，算是『一人之下，萬人之上』，無以復加的高官。但是沖喜沒有能把倭仁沖好，到四月裡假滿，再賞假兩個月，並頒賜人參；這就再無銷假之期了。師傅的恤典，一向優厚；加贈太保，入祀賢良祠，賜諡第一個字自是『文』字，第二個不出大家所料，是理學大臣專享的『端』字。

這一下又出一個大學士缺，應該由文祥坐升；以他的聖眷，兩宮太后應該早有交代，但一直不提，就知道事情有變化了。

一打聽，是兩廣總督瑞麟的兒子，刑部主事懷塔布在替他父親活動入閣；瑞麟是內務府管銀庫出身，家資豪富，兩廣總督又是有名的肥缺，加以瑞麟於慈禧太后娘家有恩，文祥已知道爭他不過。果然，等瑞麟為大婚進貢的珍品一到，兩宮太后親臨檢視以後，慈禧太后有話下來了。

『倭仁的遺缺，該誰補啊？』她這樣問。

問到這話，即是不願讓文祥升任的明確表示；好在恭王已跟文祥商量過，所以答奏得很漂亮。

『照規矩，該由文祥升補。』恭王手指著說：『不過文祥已經跟臣說了，受恩深重，不敢再邀非分之榮，而且剛得協辦不久，資望還淺，應該多歷練歷練。倭仁病故，空出來的大學士一缺，請兩位皇太后另簡資深望重的大臣接補。』

『嗯，嗯！』慈禧太后深為滿意，轉臉向慈安太后問道：『妳看，叫瑞麟補，怎麼樣？』

慈安太后因為瑞麟對『大婚傳辦事件』，相當巴結，表示同意：『講資望，瑞麟也夠了。他是哪一年進的軍機？我記得是咸豐三年。』

『是！』恭王是跟瑞麟一起進軍機的，記得很清楚：『咸豐三年十月裡。』

『那就叫瑞麟補！』慈禧太后覺得對文祥有疚歉，便看看他說：『你就讓他一步吧！』

聽得這話，文祥趕緊跪下答道：『聖母皇太后的話說重了，奴才惶恐之至。奴才自覺蒙天恩補了協辦，受恩已經逾分，實在不敢再作非分之想。日前大婚費用浩繁，除了戶部的正項以外，全靠各省督撫感恩圖報，共襄大典。瑞麟對傳諭交辦的活計、洋貨，都能敬愼將事，如期辦妥，爲昭激勵，應該讓他補這個缺；兩位皇太后的聖裁極是！』

『話雖如此，瑞麟到底太便宜了一點。』慈禧太后停了一下又問：『你今年五十幾？』

『奴才今年五十四。』

『喔！』慈禧太后點點頭說：『那總還可以替朝廷辦二十年的事。』

這意思是來日方長，不必爭在一時。文祥便又磕頭謝恩。接著慈禧太后談起洋務——連恭王在內，軍機五大臣，倒有四個兼了總理衙門的差使；而事無巨細，盡皆參與的是沈桂芬。文祥是他的薦主，寶鋆在辦理教案那一段期間，深得他的助力，而恭王雖以軍機領袖，照規矩御前召對，只有他一個人發言，但近年來凡屬於照例的陳述，都讓他人奏對，所以此時爲了培植沈桂芬，不約而同給了他一個在兩宮太后面前顯露才具的機會。

沈桂芬跟李鴻藻一樣，說話都極有條理，但李鴻藻還不免有正色立朝，直顏犯諫的味道。而沈桂芬則是煦煦然，娓娓然，如巨族管家對女主人回話的那種神態，所以慈禧太后覺得格外動聽。

首先談教案，他說崇厚到了巴黎，因爲法國『內亂』；法皇拿破崙第三爲普魯士皇威廉第一所俘虜，竟找不到一個可以接受大清國修好致意的君主。而『法相』仍舊堅持羅淑亞所提出來的要求，由張光藻、劉傑爲豐大業及被殺教士、修女抵命；同時要崇厚就在巴黎定議。

『崇厚告以無權開議。這個答覆很妥當；不過崇厚寫信回來，要總理衙門奏請兩位皇太后准他回國。臣等以爲斷斷不可。』沈桂芬接著又說：『法國現已戰敗，自顧不暇，此是國家之福，這一案正好趁此了結。臣等以爲崇厚必得在巴黎撐著；一回來就會別生枝節，說不定前功盡棄。』

『對啊！該這麼辦！』慈禧太后深爲滿意。

接著沈桂芬又面奏直隸總督李鴻章主持交涉的中日商約辦理情形，以及曾國藩與李鴻章會奏的，選取聰穎子弟赴泰西『肄習技藝』一案——依照中美商約，招選幼童，委派刑部主事陳蘭彬和江蘇同知容閎帶領赴美，學習軍政船政。原奏的辦法是由陳、容二人『酌議章程』；經費由江海關洋稅項下，按年指撥，經總理衙門核議章程，請旨辦理。沈桂芬此刻便是面奏章程大要，聽候裁斷。

『發憤圖強是要緊的，就怕把子弟教壞了！不過，美國總算還好，天津教案沒有夾在裡頭起鬨。』慈禧太后想了想又說：『這件案子是早就談過的，曾國藩、李鴻章在洋務上經驗得多，他們這麼提議，總理衙門又說該這麼辦，我們姊妹倆，自然得依。就怕事情還沒有辦，先就自己鬧意氣，像那一年開同文館，惹出多少無謂的是非！現在倭仁也故世了，我不願意再說他甚麼；只望大家體諒朝廷，自己委屈一點兒！別儘顧著自己掙名聲，教朝廷爲難。』

這話在李鴻藻聽來，很不是味道；他也像倭仁一樣，絕口不談洋務。洋務不是不可談，但內如董恂，外如崇厚，彷彿以爲中國人生來就該怕洋人，只好把洋人敷衍得不找麻煩，便已盡其辦洋務的能事；而凡有保舉，總理衙門的人，總是優先；各地的海關道，總理衙門更視爲禁臠，好像除了他們，就沒有人懂得如何跟洋商收稅，其實不過藉機把持而已。這些爲清議所不齒的行爲，使得李鴻藻看不起辦洋務的人，因而抱定有所不爲的宗旨，不沾洋務。當然也就對在洋務上特別巴結的沈桂芬，懷有反感了。

因此，這天君臣們談得越投機，李鴻藻越如芒刺在背。等退了朝，卻又不得休息，有個應酬非去不可——上年慈禧太后老母，承恩公惠澂夫人病故，開弔那天，方家園車馬喧闐；只有李鴻藻沒有理這回事，慈禧太后爲此大不高興；前車之鑒，這一次可不能疏忽了。

醇王得子

這一次是喜事，醇王府添丁，賀客盈門，熱鬧非凡。醇王已有一個兒子，新生一子雖是行二，但爲嫡福晉也是慈禧太后的胞妹所出；這在身分上就大不相同了，他是皇帝的嫡堂弟兄，也是皇帝的嫡親的姨表弟兄，皇帝的堂兄弟很多，而姨表兄弟眼前卻只有這麼一個。

這個剛降世的皇孫，跟皇帝一樣，應該是『載』字輩；取名第二個字應該是水字旁；宗人府是由醇王府所在地的太平湖得到了啓示，從康熙字典裡找了個很特別的『湉』字；取義於左思的〈吳都賦〉：『澶湉漠而無涯』，照註解，湉是安流之貌；所以杜牧之的詩：『白鷺煙分光的的，微漣風定翠湉湉』，正切『太平湖』的涵義，更合載湉出生地，醇王府槐蔭齋前面那一片紅蓮翠葉，波光如鏡的景致。看起來這位小皇孫是個天恩祖德，享盡榮華，風波不起，安流到頭，有大福分的人。

這位小皇孫不但天生金枝玉葉，身分尊貴；出世的年月也很好，正趕上醇王聲光日盛之時——他的聲光一直爲恭王所掩，近年來先劾惇王管理宗人府攬權自大；其次在天津教案中，主張保護好官和『義民』，爲守舊派的正人君子，視爲錚錚然的正論。在御前會議中，指責總理衙門辦理對外交涉失體，以及當國者自咸豐十年以來『所備何事』？駸駸然有與恭王分庭抗禮之勢；令人意會到醇王已大非昔比，廟堂之上，獨樹一幟，有他自己的不能不爲兩宮太后和恭王、軍機大臣所重視的主張和聲勢了。

爲此，載湉滿月，早就有人倡議祝賀；到了日子，一連宴客三天，由步軍統領衙門左翼總兵，新補了工部侍郎的榮祿，負提調的全責。榮祿人漂亮，辦事更漂亮，把太平湖畔的一座醇王府，裡裡外外，佈置得如一幅錦繡的圖畫；在原有的戲台以外，另外又搭了兩座，一座是三慶、四喜兩個班子合演的皮黃，一座是醇王府自己的『小恩榮』科班的戈腔，一座是以『子弟書』爲主的雜耍，九城聲色盡萃於此。因此轟動了大小衙門——各衙門的堂官，自然送禮致賀，一定作座上客。以下就要看人說話了，第一種是南書房、上書房的翰林和翰、詹、科、道中的名士，以及軍機章京，醇王派人先打了招呼：不收禮，但儘管請過來飲酒聽戲。第二種是各衙門的紅司官，來者不拒。此外就得有熟人帶領，才能進得去；不過找個熟人也很容易，所以那三天的醇王府，就像廟市那樣熱鬧。

當然，賓客因爲身分的不同，各有坐處，王公宗室成一起，部院大臣又成一起；這天李鴻藻也到了，以軍機大臣的身分，自是上賓，但他不願夾在寶石頂子和紅頂子當中，特地與一班名士去打交道。

名士的魁首算是潘祖蔭，再下來就是翁同龢；然後是張之洞、李文田、黃體芳、陳寶琛、汪鳴鑾、吳大澂，還有旗人中的寶廷，正聚在一起，談一個前輩名士龔定庵。

談龔定庵也算是本地風光。醇王府的舊主是道光年間的貝子奕繪，奕繪的側福晉就是有名的詞人西林太清春；傳說中，與龔定庵有一段孽緣，定庵詩中『一騎傳箋朱邸晚，臨風遞與縞衣人』，就是這座朱門中的故事。

『現在有個人，跟定庵倒像。』張之洞問潘祖蔭：『他也是好聽戲的，今天不知來了沒有？』

『沒有見他。』

在座的人，都知道張之洞和潘祖蔭一問一答所指的是誰，只有李鴻藻茫然，『是誰啊？』他問。

『李慈銘。』潘祖蔭說。

『喔，是他。』李鴻藻問道：『聽說今年他也下場了？』

『是的。』潘祖蔭說：『去年回浙江鄉試，倒是中了；會試卻不得意。』

『那自然是牢騷滿腹，試官要挨罵了。』李鴻藻笑道：『龔定庵會試中了，還要罵房官；李慈銘不中，當然更要罵人。不曉得他「薦」了沒有？』

『居然未罵，是不足罵。』張之洞笑道：『他的卷子落在霍穆歡那一房；這位考官怎麼能看得懂李蒓客的卷子？』

『怪不得！』李鴻藻說：『這眞是「場中莫論文」了。』

『內務府的人，也會派上考差，實在有點兒不可思議。』潘祖蔭又說：『今年這一榜不出人才，在三月初六就注定了。』

本年會試的考官是三月初六所放，總裁朱鳳標，副總裁是毛昶熙、皀保，和內閣學士常恩，都不是善於衡文的人；十八房官中，得人望的只有一個御史邊寶泉，霍穆歡以內務府副理事官也能入闈，尤其是怪事。因此這張名單一出來，眞才實學之士，先就寒心了。

『蘭公，』張之洞問道：『聽說狀頭原是四川一個姓李的，可有這話？』

『有這話。』李鴻藻說：『「讀卷大臣」定了前十本，奉懿旨，交軍機核閱，誰知第一本用錯了典故，而且還有兩個別字，只好改置第九。』

『我看了狀頭之作，空疏之至；探花的原卷也有別字。文運如此，非國家之福。』潘祖蔭大搖其頭。

『蘭公，』翁同龢忽然說道：『三月初四那天，飯後未見你到弘德殿，我以爲蘭公你要入闈了呢！』

『果然蘭公入闈，必不致有此許多笑話。』

於是大家你一言，我一語地接著張之洞的話，議論掄才大典，不可輕忽；同時也隱約有這樣一種看法，自倭仁下世，在朝講『正學』的，只有李鴻藻一個；接承衣缽，當仁不讓。

李鴻藻對這些話不能無動於衷，他心裡在想，自己以帝師而爲樞臣，提倡正學，扶植善類，責無旁貸。目前的風氣，以柔滑工巧爲貴，講求急功近利；如果能培養一班持正不阿的敢言之士，足以矯正時弊，這也是相業之一。自己在軍機的資格雖是最淺，但年紀還輕；轉眼『門生天子』親了政，絕不會再出軍機，像明朝的『三楊』那樣，在政府三、四十年，不足爲奇，眼光儘不妨放遠些，讓沈桂芬去搞洋務，自己在作育人材上，該好好下一番功夫。

然而，在眼前自是以『啓沃聖學』爲第一大事——想起這件事，他的心情就沉重了；慈禧太后責望過高，而皇帝偏偏又不爭氣，——也不能怪皇帝，倭仁的滯而不化，徐桐的自以爲是，先就把皇帝向學的興致打掉了一半；甚麼叫『循循善誘』，那兩位『師傅』全不理會。倭仁已矣，卻還有徐桐，是個『既不能令，又不受命』的腳色，如何得了？

倭仁一死，弘德殿自然不必再添人；怎麼樣能把徐桐也請走？事情就會好辦得多。但是久有此心，卻始終沒有善策；最苦的是不能在兩宮太后面前說一句歸咎徐桐的話，否則一定被人指責爲故意排擠。原來還希望他會有外放的興趣；最近跟翁同龢一起升了『內閣學士』，要不了一、兩年就會當侍郎，然後便是尙書，這條終南捷徑，在徐桐是絕不會放棄的。

然而自己又何嘗不然？眼前就快有一個尙書出缺了——鄭敦謹第二次『賞假兩個月』快要到期，這一次奏請開缺，必可如願；徐、翁二人既已獲得酬庸，那麼這一次是該輪著自己升官了。

李鴻藻的想法，一點都不過分；等鄭敦謹『病難速痊，奏請開缺』的摺子一到，慈禧太后看了發交軍機處以後，兼著吏部尙書的文祥，立刻提出擬議，以左都御史龐鍾璐調任刑部尙書，李鴻藻由戶部侍郎升補龐鍾璐的遺缺。

這就是『官居一品』了！但李鴻藻憂多於喜，憂的是怕無以上答慈恩！臣子感恩圖報，全在寸心，哪怕危疑震撼，至艱至險的境地，抱定『臨危一死報君王』的決心，足了平生；唯有當到師傅，若論報稱，自己作不了自己的主。有人說過笑話，世俗以爲『天要落雨，娘要嫁人』是萬般無奈之事；而照『弘德殿行走』的人來說，還要加上一項：皇帝不肯用功！因爲既不能罰跪，又不能打手心；甚至還不能罵一句『蠢材』；至多說話的聲音硬點兒，板起了臉，就算『頗有聲色』了。

然而兩宮太后並不知道他的難處。旗人把西席叫作『教書匠』，弘德殿的諳達，就大致是這樣一種身分；對授漢文的師傅已算是異常尊敬，而在李鴻藻已經覺得相當委屈；最教他傷心的是，慈禧太后說過這樣一句話：『恨不得自己來教！』這簡直就是指著師傅的鼻子罵飯桶。當然，聽到這話難過的，不止他一個，至少還有一個翁同龢，不過翁同龢未曾親聞，是聽他轉述，感受又自不同。

『怎麼得了呢？』慈禧太后痛心疾首地，『今年十六了！連《大學》都不能背。明年大婚，接下來就該『親政』了，可是連個摺子都唸不斷句！說是說上書房，見書就怕，左右不過磨功夫！這樣子下去，不是回事！總得想個辦法才好。』

『稽察弘德殿』是醇王的差使，因此，遇到兩宮太后垂詢書房功課，恭王總覺得不便多說，只拿眼看著李鴻藻，示意他答奏。

李鴻藻是爲皇帝辯護的時候居多，不過說話得有分寸；既不能痛切陳詞，便只有引咎自責。

『按說，皇帝是六歲開蒙，到現在整整十年了。十六歲中舉的都多得很，皇帝怕連「進學」都不能夠。』慈禧太后停了一下又說：『你們總說「腹有詩書氣自華」，看皇帝那樣，幾乎連句整話都不會說。讀了十年的書，四位師傅教著，就學成這樣子嗎？』

『兩宮太后聖明！』李鴻藻答道：『皇上天資過人，卻不宜束縛過甚。臣等內心慚惶，莫可名狀，唯有苦苦諫勸。好在天也涼了，目前書房是「整功課」，臣等盡力輔導。伏望兩位皇太后，對皇上也別逼得太緊。』

『天天逼，還是不肯用功；不逼可就更不得了。』慈禧太后又說：『別的都還在其次，不能講摺，就是看不懂摺子，試問，哪一年才能親政？』

照她的意思，似乎垂簾訓政，著實還要幾年。也許這就是慈禧太后的本心，但也是有隙可乘。如果皇帝婚後還不能親政，言官一定會糾參師傅；十年辛苦，倘或落這樣一個結局，那可是太令人不甘心了。

爲此，李鴻藻爲皇帝授讀『越有聲色』，無奈皇帝不是報以嘻笑，便是鬧意氣，令人無可措手。因爲慈禧太后曾說過，皇帝連『大學之道，在明明德』都背不出來，李鴻藻覺得這話未免過分；皇帝講奏摺有囫圇吞棗的地方，作論時好時壞，往往通篇氣勢，不能貫串；作詩要看詩題，寫景抒情，常有好句，需發揮義理的題目，不免陳腐，甚至不知所云。拿這些歸咎於師傅未曾盡心教導，猶有可說，說是《大學》都背不出來，不免離譜，令人不能甘服。

因此，李鴻藻挑了一天，打算爲皇帝溫習《論語》。這是他爲皇帝在熱河『避暑山莊』開蒙的一本書；當時皇帝只有六歲，唸來琅琅上口，曾邀得先皇喜動顏色，連聲嘉許。倏忽十年，應該愈益精熟，所以先拿這本書作個試驗。

『皇上近來讀宋史，總記得趙普在家常唸的那本書吧？』

『不是說他「半部論語治天下」嗎？』

『是！《論語》。』李鴻藻從容說道：『「溫故而知新」，臣請皇上默誦一章。』

皇帝一聽這話，便喊：『小李！』

自從張文亮因病告退以後，小李越發得勢，儼然是大總管的派頭，經常侍侯皇帝上了書房，便溜到茶房裡去休息，所以此時是一個姓崔的太監，進殿侍侯。

『小李呢？』皇帝不高興地問。

『皇上且莫問小李。』李鴻藻對崔太監說：『取《論語》來！』

『是！』崔太監輕聲答應，從書架上把一函《論語》取了來，略略拂拭灰塵，打開封套，把其中的兩本書放在李鴻藻面前。

隨手一翻，是『爲政』篇，李鴻藻便指定背這一篇。皇帝茫然不知；就像提起兒時的游伴那樣，說是怎麼樣的一個小太監，他可以記得起；若問某人是甚麼樣子，皇帝就根本無從置答了。

『子曰……子曰……』皇帝期期艾艾地，一個字都想不起；甚至提他一個頭，亦都無用。

這一下，李鴻藻的傷心、失望和自愧，併作一副熱淚，流得滿臉都是。

這是皇帝第二次看見師傅哭，第一次是倭仁爲恭王所擠，奏請兩宮太后派他在總理衙門行走，固辭不獲，在授讀時，不知怎麼，忽然悲從中來，老淚縱橫；把皇帝嚇一大跳，不知他爲何傷心。但這一次李師傅的哭，皇帝卻是了解的，內心愧悔，要想一、兩句話來安慰，卻不知如何措詞？同時也恨自己，何以開蒙時就唸過的書，會背不出來？因而悄悄把那本《論語》移了過來，要看個究竟。

一眼看到『君子不器』那句話，皇帝突有靈感：『師傅！這句話怎麼講？』

李鴻藻擦一擦眼淚，定睛細看，只見皇帝一隻手掩在書上，把『器』字下面那兩個『口』字遮住，成了『君子不哭』四字；不由得破涕爲笑，差一點沒有罵出來：淘氣！

『皇上聰明天縱，上慰兩宮，下慰萬姓，只在今日痛下決心！』

皇帝對這位啓蒙的師傅，別有一份敬憚之意，當時便在詞色中表示了『受教』的意思。李鴻藻退出弘德殿又把小李找了來，一面威嚇，一面安撫，恩威並用的目的，是要責成他想法子阻勸皇帝，玩心不可太重，把精神都放在書本上。

自從張文亮因病告退以後，小李在皇帝左右的地位，顯得更重要了。他雖一心只打算著討皇帝的歡心，但近來慈禧太后爲了皇帝的功課不好，一再遷怒到『跟皇帝的人』，挨罵是常事，吃板子也快有分了；於今李師傅又提出嚴重警告，裡外夾攻，不能等閒視之，所以就在這天晚上，跪在皇帝面前，苦苦哀求。

『萬歲就算體恤奴才，下功夫把那幾篇書背熟了它；只要萬歲爺咬一咬牙發個狠，奴才們的日子就好過了。』

『扯淡！』皇帝不悅，『別人不知道，難道你也不知道？一早上書房，回來有「引見」的召見，該哪兒行禮的行禮；午正又上書房，讀滿書，溫熟書，講摺子，總得到申時過後才能完事。一回宮又要視膳。整天忙得個臭要死，還嫌這嫌那！如今索性連你都來教訓我了！』說著，便是一腳踹了過去。

小李被踹倒了又爬起來，依然跪在皇帝跟前，『萬歲爺的苦楚，奴才怎麼不知道？』他說：『聖母皇太后萬壽快到了，好歹把這幾天敷衍過去；兩位皇太后誇獎萬歲爺，奴才也有面子，奴才情願此刻挨打挨罵，不願意看聖母皇太后責備萬歲爺！』

這兩句話把皇帝說得萬般無奈，嘆口氣說：『光是背熟了書也沒有用；要逢三逢八能敷衍得過去才行。』

逢三逢八是作文的日子，一論一詩，由翁同龢出題和批改。詩倒還好，寫景抒情的題目，跟皇帝的性情對路；作論就很難說了，不是空空泛泛，沒個著手之處，就有堯天舜日，典故太多，無法安排。小李也知道，三八之期就是皇帝受熬煎的日子；這時忽然想到了一個辦法，便悄悄說道：『聽說翁師傅出的題目，都是頭一天想好了，寫在紙片兒上，夾在書裡；書是由他的聽差拿著，奴才想法子把題目早一點兒弄出來，萬歲爺也好有個準備。』

『這……』皇帝有點心動，但終於斷然決然地拒絕：『那怎麼可以！這不就像翰詹大考舞弊一樣嗎？不行，還是我當場現做。』

『那就再好都沒有了。』小李非常見機，『師傅們都誇萬歲爺聰明，只要把心靜下來，甚麼事不管，專心對付，一定對付得下來！』

裡裡外外都是激勵之聲，把皇帝逼得無可逃避，只有照小李的說法，『咬一咬牙發個狠』，專心去啃書本。

說也奇怪，只一轉念間，難的不覺得難，容易的覺得更容易；這天翁同龢出了一個論題，叫作『禹疏儀狄』，那是出在《戰國策》上的典故：『昔者帝女令儀狄作酒而美，進之禹，禹飲而甘之；絕旨酒曰：「後世必有以酒亡其國者。」』題旨極其明白；皇帝靜一靜心，先把古來以酒亡國的帝皇一個個想下來，等想到東漢靈帝，意思便很多了，不必再往下想。

材料夠了，只看如何安排？這時便想到了『帝鑒圖說』中每一篇所附的論贊；這本書有畫有故事，皇帝從小就喜歡，也背得很熟，把其中談到好酒誤國的幾篇，撿出來看了一下，掩卷細思，很快地有了第一段的意思。就這樣邊想邊做，一段五百字的論文，不過一個多時辰，就脫稿了。

窗課交到翁同龢那裡，一看便覺驚奇；因爲一開頭便覺不凡：『夫旨酒者天之美祿』；欲貶先揚，不但蓄勢，且有曲折，而『天之美祿』這四個字，亦有來歷，出於宋史，是宋太祖對王審琦所說的話，皇帝能引史傳成語，雖用典故，卻如白描，見得學力確有長進，翁同龢非常高興。看完這篇『禹疏儀狄』，果然文氣暢順，曲折有致，便密密地加了圈，又寫評語。

詩題是皇帝早有預備的，最近做過『薊門煙樹』、『瓊島春陰』，一定還是在『燕山八景』中出題目，不脫『太液秋風』、『玉泉垂虹』之類。等出了題目，是做『玉泉垂虹』，限了很寬的『一先』

的韻，皇帝毫無困難地交了卷。

兩本卷子拿回來，有圈有評，頌揚備至。這下皇帝臉上像飛了金一樣，視膳的時候，挺胸抬頭，顧盼自如，不再像平常那樣，畏畏縮縮，總是避著慈禧太后的眼光，深怕她來查問甚麼似地。

慈安太后是最了解皇帝心事的，知道他今天一定有說出來很露臉的事，不教他說，憋在心裡，自然難受；所以閒閒問道：『今天上了甚麼生書啊？』

『今天不上生書，做論、做詩。』皇帝說，聲音很爽脆，微揚著臉，彷彿做了件很了不起的事。

『喔，對了，今兒初三。』慈安太后說：『文章做得怎麼樣？一定是滿篇兒的「槓子」！』

『「槓子」倒沒有。』皇帝矜持地說：『略微有幾個圈！』

『那可難得！』慈安太后故意這樣笑道：『不過我可有點兒不大相信，拿你的文章來我看！』

於是皇帝便問：『小李呢？』

只問得這一聲，宮女太監們便遞相傳呼：『叫小李！取萬歲爺做的文章！』

小李是早就預備好的，捧著皇帝的一論一詩兩篇窗課，得意洋洋地走進殿來，直挺挺往中間一跪，雙手高舉過頂；宮女從他手裡接過詩文稿，呈上膳桌。

慈安太后一看，喜動顏色，『還眞難爲他！』她看看在注視的慈禧太后說：『翁師傅很誇了幾句。』接著便把稿子遞回給皇帝：『拿給你娘去看吧！』

慈禧太后不懂詩；這種議論文的好處，因爲奏摺看得太多，連夾縫裡的意思都明白，讀皇帝這篇『禹疏儀狄』，聲調鏗鏘，筆致宛轉，也覺得很高興，但不願過分獎許，怕長了他的驕氣，便淡淡地說道：『長進是有點兒長進了，不過也不怎麼樣！』

皇帝滿懷希望，以爲必有幾句讓他很『過癮』的話可聽；結果是落得『不怎麼樣』四個字的考語，頓時覺得一身的勁都洩了個乾淨，用功竟是枉拋心力！

姊弟情深

過不了幾天就是慈禧太后的萬壽，因爲籌辦大婚正忙，而且明年是她四十整壽，必有一番大大的熱鬧，所以這年爲示體恤，並無舉動。話雖如此，福晉、命婦，照常入宮拜壽；由升平署的太監，侍侯了一台戲，只少數近支懿親，得以陪侍入座。

皇帝這兩天比較高興，因爲第一，萬壽前後三天不上書房；第二，有了一班遊伴——都是跟他年紀相仿的堂弟兄和至親，惇王的兒子載濂、載漪；恭王的兒子載澂，載瀅；僧王的孫子也是醇王的女婿那爾蘇；榮安公主的額駙苻珍；獨獨不見榮壽公主的額駙，就是『六額駙』景壽的長子志端。

『怎麼？』皇帝悄悄問小李，『大格格的女婿，怎麼沒有見？』

『今兒聖母皇太后大喜的日子。』小李單腿下跪答道：『萬歲爺別問這檔子事吧！』

皇帝既驚且詫：『出了甚麼亂子？怎麼沒有聽說？』

看看不能攔著他不問，小李便即答道：『榮壽公主額駙，病得起不了床了。』

『啊——』皇帝失聲問道：『甚麼病？這麼厲害！』

『吐血！一吐就是一痰盂。大夫已經不肯開方子了。』

皇帝聽了，半晌作聲不得，怒然跺一跺腳說：『我跟兩位太后去回，我得去看一看！』

『使不得，使不得！』小李把另一條腿也跪了下來，亂搖著手說：『沒有這個規矩。萬歲爺一去看了，就非死不可。』

這個規矩，皇帝也聽說過，懿親重臣病危，皇帝有時親自臨視；這是飾終難遇的榮典，也就表示此人已經死定了。高年大臣還無所謂，志端只有十八歲，他家還抱著萬一的希望，皇帝如果臨視，就像乾隆年間，于敏中蒙御賜陀羅尼被那樣，不死也得死！豈不是太傷『六額駙』和榮壽公主的心？

『再說，』小李怕皇帝不死心，又加了一句：『都說是癆病，要遠人；兩位皇太后絕不能讓萬歲爺去。』

這就無法了！皇帝想到十八歲的榮壽公主，年紀輕輕就要守寡，心如刀絞，無論如何也排遣不開。

『你看看大格格在哪兒，我要問問她。』

『不介！』小李大有難色，『今兒是甚麼日子？說得榮壽公主傷了心，哭哭啼啼的，多不合適。』

『大格格最懂事，我也不會惹她傷心。不要緊，我在重華宮等。你悄悄兒把她去找來。』

小李無奈，只好這樣轉念，榮壽公主是慈禧太后面前最得寵的人；又是姊弟相聚，就算讓上頭知道了，也不是甚麼罪過！便答應遵旨去找。

榮壽公主正坐在兩宮太后身後，陪著聽戲；只見有個宮女悄悄塞過來一張紙條，上面歪歪斜斜寫著一行字：『萬歲爺在重華宮召見，問額駙的病。』

稱『萬歲爺』便知是皇帝的近侍傳旨。她一看這張紙條，心就酸了；一方面為她丈夫的病傷心，一方面也為皇帝的垂念姊弟之情而感動。但這時候絕不能掉一滴眼淚，強忍著把心定下來，然後等一齣戲完，才託詞溜了出來，只見小李迎上來請了個安，卻未說話。

雖未說話，卻有暗示，微微一頷首，意思是跟著他走。

榮壽公主向來講究這些氣派、過節，所以雖已會意，卻渾似未見，只揚著臉一直往前；小李也很乖覺，疾趨而前，側著身子從她身旁趕了上去，遠遠地領路。

一進重華宮，榮壽公主便看見皇帝的影子；自然，皇帝也看見了她。這就不需小李再引路了，姊弟兩人都往前迎；走到相距五、六步的地方，榮壽公主蹲下身去，先給皇帝請安，照例說一句：『皇上好！』

皇帝沒有答話，怔怔地看著榮壽公主，彷彿千言萬語，不知說哪一句好似地。榮壽公主當然了解他的心境，除了感動以外，也不能說甚麼，因爲她不能反過去來安慰皇帝。

『志端怎麼啦？』皇帝終於說了這麼一句，『聽說病很重！』

榮壽公主的淚水在眼眶裡，就像一碗滿到碗口的水，經不起任何晃盪，只要一晃，必定會溢出來；這時趕緊背過身子去，手扶著門框，心裡不斷告訴自己：不能哭，不能哭！就這樣盡力自制，畢竟還是流了一陣眼淚。

『聽說志端的病，跟阿瑪的病一樣。』皇帝在她身後嘆口氣：『怎麼會得了這個病？』

榮壽公主覺得皇帝的話，非常不中聽；志端雖跟先帝一樣，得了癆病，但漸致不起的原因卻不同；先帝是用醇酒婦人遣愁，有了病自己不知道愛惜保養，志端卻是婚前就有了病，百藥罔效，逐漸地病入膏肓。

於是她說：『志端的身子，本來就弱。』

『是啊！』皇帝正要說這句話：『當初誤了妳！皇額娘不該把志端指給妳！』

『皇上！』榮壽公主倏地轉過身子來，神色鄭重地說：『我沒有絲毫怨聖母皇太后的心，皇上也千萬不用如此說，皇上待我的情分，我哪裡有不知道的？如果爲了我，惹出些是非來，那可就罪不容誅了。我實在是誰都不怨，包裡歸堆一句話，就怨我自己福薄！』

『誰都不怨』這四個字，正見得她怨的人多，第一個太后就不該把個癆病鬼『指婚』；第二是爹娘，應該爲女兒打算、打算——當然，等懿旨下來，已是無可挽回，但事前談論多日，只要肯去想辦法，必能打消；第三是『六額駙』，也該想想他兒子的病，不該害人，何況害的是自己的嫡親的內姪女！

最後榮壽公主也要怨自己，當初不該曲從；只說一句：『我不嫁，願意侍侯皇額娘一輩子！』那就是絕好的遁詞。女兒守著娘不嫁，誰也不能逼迫；榮安公主不是因爲捨不得麗貴太妃，雖已指婚，至今還在宮裡？

就因爲如此，榮壽公主早就咬一咬牙認命了。雖有一肚子委屈，卻不宜在皇帝面前傾吐，因而換了個話題：『皇上大喜啊！』

皇帝一楞，『妳指的甚麼？』他問。

『這一陣子聖學猛進，說那天在兩位太后面前，很露了一回臉。』

提到此事，皇帝現在有些傷心了；不過當然不能答說：用功也是白用，沒有人知道。因而笑笑不答。

姊弟倆心裡的話多得如一團亂絲，抽著一個頭緒，可以滔滔不絕地談下去，一中斷了，又得另覓頭緒。在片刻沉默以後，皇帝忽然問道：『載澂呢？在家幹些甚麼？』

『哪兒有回家的時候？一下了「上書房」就在外面胡鬧。』榮壽公主說：『我可不愛理他！』

皇帝聽得這話，心裡很舒服，因爲如不是拿自己當最親近的人看，她就不會罵她一母所生的胞弟。然而皇帝卻眞羨慕載澂，能一下了上書房，便在『外面』，何必還要『胡鬧』？就逛逛看看也夠了！

『載澂甘趨下流，皇上見了他，好好兒訓他。』榮壽公主又說：『我每一趟進宮，都聽兩位太后談皇上的功課；皇上將來是太平天子，總要想到千秋萬世的基業，大清朝的天下，都在皇上一個人身上，在書房裡吃苦，就算是爲天下臣民吃苦。我常常在想，皇上的功課，我替不了，能替得了就好了，也省得聖母皇太后一想起來……唉，我也不說了，反正聰明不過皇上；天下做父母的苦心，還有甚麼不明白的。』

這一段話是勸皇帝用功，說得委婉懇切，皇帝不勝內慚，除卻連連點頭外，無詞以答。

『今兒母后皇太后告訴我，說定在明年二月裡選皇后，要讓皇上自己挑；皇上可得好好兒放眼光出來。』

說到這一層，皇帝不免略顯忸怩。轉念一想，正是一個絕好的時機；這件事不能跟師傅去談，更不能問計於小李，現在跟榮壽公主商量是再也適宜不過了。

於是他說：『大姊，我倒正要問妳，妳看是誰好啊？』

未來的皇后，一選再選，這年二月裡選得剩下十個候選的；在八旗貴族中私下談論，大都認爲崇綺的長女，氣度高華，德才俱勝，足以母儀天下。榮壽公主自然也聽到過這些話，但她最識大體，像這樣立后的大事，絕不可表示意見，因爲這也像擁立皇帝一樣，是件身家禍福所關的事，福是談不到，已經是固倫公主了，尊貴無比，還想甚麼？這樣，便只有禍沒有福；再笨的人也不會幹這種傻事！

『這是第一等的大事，總得皇上自己拿主意。誰也不敢胡說。』

『我就是沒有主意才問妳。這兒也沒有人，我也不會把妳的話告訴誰。說句實話，這件事除了妳，我沒有第二個可以商量的人。』

最後一句話激發了榮壽公主的做姊姊的責任，然而依舊不便明言，只這樣答道：『尋常人家有這麼一句話：「娶妻娶德，娶妾娶色。」立皇后總以德行最要緊。』

『那麼留下的那十個人，誰的德行好呢？』

『皇上別問我。』榮壽公主搖著手說：『我不知道，知道了也不能說。』

皇帝還想再問，只見小李匆匆奔了過來，知道有事，便看著他問：『是兩位太后找我？』

『是！』小李跪下答道：『快傳膳了，聖母皇太后在問榮壽公主，上哪兒去了。』

『咱們走了去吧！』

在太監面前，榮壽公主不肯疏忽對皇帝的禮數，請著安答一聲：『是！』

等她抬起身子來，兩下打個照面，皇帝見她淚痕宛然，隨即問道：『大姊，妳帶著粉盒子沒有？』

榮壽公主懂他的意思，想起粉盒子由伴同進宮的嬷嬷帶著，一時不知哪裡去找她；就能找著，也太耽誤功夫，不由得有些爲難了。

小李機伶，立刻說道：『榮壽公主若是不嫌髒，後面丫頭們住的屋裡，就有梳頭盒子。』

『遠不遠？』

『不遠。』

『好吧，你在前頭走。』

小李在前面引路，皇帝陪著榮壽公主，由一群小太監簇擁著，繞到重華宮西北角，有個小小的院落，裡面有兩排平房，就是宮女們的住處；這天慈禧太后萬壽，都當差去了，院子裡空盪盪地，晾著些亂七八糟的衣服，榮壽公主一看這樣子，不是至尊臨幸之地，便側臉說道：『請皇上在這兒站一站吧！我將就著勻一勻臉，馬上就來。』

『榮壽公主也不必進去了。』小李指著一間空屋子說：『請在那屋坐，我去找梳頭盒子。』

『也好，你可快一點兒。』

『是！』小李答應一聲飛快地去了。

果然很快，小李找了個梳頭盒子來，侍候著榮壽公主，對鏡勻臉，掩蓋了淚痕，然後回出來，陪著皇帝一起到了兩宮太后身邊。

『妳到哪兒去了？』正在用膳的慈禧太后問。

『皇上召見。』榮壽公主不願撒謊，而且也覺得根本不需撒謊，『在重華宮說了一會兒話。』

慈禧太后不再問了。她也知道，皇帝一定是問志端的病情——慈禧太后也爲此煩心，很想問一問，又怕一問惹得榮壽公主傷心，此時此地，大不相宜，所以話到口邊又嚥了下去。

但這一下，慈禧太后聽戲的興致大減。好在戲也不多；到了下午三點鐘便已完畢。福晉命婦，跪送兩宮太后及皇帝離座，各自出宮；榮壽公主卻有些躊躇，不知是隨著大家一起離去，還是稍待片刻，怕慈禧太后會找。

就這時有個太監匆匆而至，特來召喚。等榮壽公主出殿，只見慈禧太后站在軟轎前面在等；一見她便說：『我本想留妳，又怕妳心掛兩頭。妳還是回去吧！』

『是！』榮壽公主忽有無限悽惶，『只怕有好幾個月不能來給皇額娘請安。』

這意思是說，如果志端一死，穿著重孝，便不能進宮；慈禧太后自然懂她的意思，趕緊安慰她說：『妳也別難過！年災月晦，過了這一陣子就好了。等志端稍微好一點兒，我打發人來接妳！』

榮壽公主聽這一說，自然強忍眼淚，磕頭辭別。慈禧太后對志端的病情，也十分關心，每天派人去問；一天好，一天壞，問到第六天上，說是志端死了！

這個消息很快地傳到養心殿，皇帝正在用膳，一聽便擱下了筷子，儘自發怔；隨便小李如何解勸，皇帝只是鬱鬱不歡。

『唉！』皇帝忽發感慨，『人生朝露！』

小李聽不懂他那句話，只知道皇帝傷心得厲害；上書房無精打采，惹得李師傅又動聲色。心裡非常著急，不知怎麼樣才能把皇帝哄得高興起來。

小李試過許多方法，比較見效的就是談到宮外的情形；皇帝一年總有幾次出宮的機會，但出警入蹕，在明黃轎子裡拉開轎簾，偷偷看上一會，也不過幾條大街上的門面市招，買賣是怎麼做法；居家過日子是不是也像宮裡那樣有許多繁瑣的規矩？總不明白。至於市井俚俗，如何熱鬧有趣，那就更只有從『清明上河圖』上去想像了。

因此，聽到小李講廟會、講琉璃廠、講廣和居、講大柵欄的戲園子，皇帝常常能靜下心來聽，問東問西，有不少時間好消磨。但是除了廟會和戲園，皇帝問起琉璃廠的書、崇效寺的牡丹，以及翁師傅他們在酒樓宴客的情形，小李就無法回答了。

『有澂貝勒陪著萬歲爺上書房，那就好了！』

小李無意中的一句話，引得皇帝的心又熱了；他心目中最嚮往，甚至最佩服的就是載澂。不說外面的情形他懂得多，就在書房裡有他在一起，一定也十分有趣。他聽小李講過載澂在上書房淘氣，捉弄他授讀的師傅林天齡的許多笑話，最讓他忘不掉的是學林天齡的福建京腔；光聽載澂學舌，雖也能叫人發笑，但還不知他的妙處；直到林天齡升侍郎謝恩召見的那一天，聽他那種用大舌頭在咽喉頭使勁發音的腔調，想起載澂學他的聲音，皇帝差一點笑出聲來，只能用大聲咳嗽來掩飾，惹得軍機大臣相顧愕然，慈禧太后大爲不快。

於是他跟慈安太后要求，下懿旨派載澂在弘德殿伴讀。

『這件事怕難。』慈安太后答道：『載澂不學好，你六叔一提起來，就又氣又傷心。照我看，你娘就不會答應。』

『他不學好，難道我就跟著他學？那是不會有的事！而且弘德殿的規矩，比上書房嚴，說不定還把載澂管好了呢！』

『話倒是有你這麼一說。不過……』慈安太后沉吟了一下，『看機會再說吧！』

這個機會是指跟慈禧太后商量；卻想不到有個意外的機會，年底下翁同龢的老母病故，照例奏請開缺。這個在翁同龢『哀毀逾恆』的變故，爲兩宮太后及恭王、文祥、李鴻章帶來了極大的難題，皇帝的功課正在緊要關頭，而三位師傅中，徐桐根本不受重視，只爲尊師重道起見，不便撤他的『書房差使』，他也就賴在弘德殿，儼然以帝師自居；李鴻藻則因軍機事繁，不能常川入值，最得力的就只有一個翁同龢，偏偏就是他不能出力。

於是只好將上書房的師傅林天齡到弘德殿行走，而載澂也就順理成章地跟到弘德殿去伴讀。

立后之爭

一過了年，上上下下所關心的一件大事是立后；兩宮太后，各有心思。

慈禧太后所預定的皇后，才十四歲，明慧可人，她是刑部江西司員外鳳秀的女兒；鳳秀姓富察氏，隸屬上三旗的正黃旗，他家不但是八旗世家，而且是滿洲『八大貴族』之一。乾隆的孝賢純皇后就出於富察家，在康、雍、乾三朝，將相輩出，煊赫非凡。到了傅恆、福康安父子，疊蒙異數，更見尊榮。鳳秀的女兒，論家世、論人品，都有當皇后的資格；慈禧太后已經盤算了不少遍，慈安太后凡事退讓，皇帝不敢反對——而且，她也想不出皇帝有反對的理由；唯一的顧慮，就是外面都看好崇綺的女兒，則一旦選中別人，或許會引起許多閒話，叫人聽了不舒服。照現在恭王的話看，大家都能守住本分，不敢妄議中宮；則自己的顧慮，似乎顯得多餘了。

西邊的太后這樣在琢磨，東邊的太后也在那裡盤算。她的想法正好跟西邊相反；看中的是崇綺的女兒。這是眞正爲了皇帝，她自己不雜一毫愛憎之心；但是，她也想到，如果皇帝不喜此人，則雖以懿旨，不得不從，將來必成怨偶，所以她得找皇帝來問一問。

『二月初二快到了，』她閒閒問說：『你的意思怎麼樣啊？』

『我聽兩位皇額娘作主。』

『這是你的孝心。不過我覺得倒是先問一問你的好；母子是半輩子，夫婦是一輩子。我是爲你一輩子打算！』

皇帝感激慈愛，不由得就跪了下來：『皇額娘這麼替兒子操心，選中的一定是好的。』

『看這樣子，那十個人，在你個個都好。既然如此，我自然要替你好好兒挑。』慈安太后想了一會說：『庶出的當然不行！』

皇帝聽出意思來了，這是指賽尙阿的女兒，崇綺的幼妹，——阿魯特家，姑姪雙雙入選在十名以內；說做姑姑的不合格，自然是指姪女兒了。

『就有一點，怕你不願意。』慈安太后試探著說：『崇綺家的女孩子，今年十九歲。』

皇帝今年十七歲，慈安太后怕他嫌說娶個『姊姊』回來；而皇帝的心思卻正好不同，他經常獨處，要擔負許多非他的年紀所能勝任的繁文縟節，有時又要獨斷來應付若干艱巨，久而久之，常有惶惶無依的感覺，所以希望有個像榮壽公主那樣的皇后，一顆心好有個倚託。而且聽說崇綺的女兒，端莊穩重，詩書嫻熟，閒下來談談書房裡的功課，把自己得意的詩唸幾首給她聽聽，就像趙明誠跟李清照那樣的生活，就可以製一副楹聯，叫作『天家富貴，地上神仙』；這副楹聯，就叫皇后寫——久聽說崇綺的女兒寫得一手很好的大字；本朝的皇后，還沒有深通翰墨的，這副對聯掛在養心殿或者乾清宮，千秋萬世流傳下去，豈非是一重佳話？

想到這裡，皇帝異常得意，『大一、兩歲怕甚麼？』他不暇思索地說：『聖祖仁皇帝不就比孝誠仁皇后小一歲？』

皇帝不以為嫌，那眞是太好了！慈安太后非常高興；於是為皇帝細說她看中這位『皇后』的道理，她是怕皇帝親政以後，年紀太輕，難勝繁劇，而兩宮太后退居深宮，頤養天年，不便過問國事，就幫不了皇帝的忙，所以得要一位賢淑識大體，而又能動筆墨的皇后，輔助皇帝。

這跟皇帝的想法，略有不同，但並不相悖，而是進一步的開導，皇帝一面聽，一面不斷稱『是』。

『你娘的意思，還不知道怎麼樣？』老實的慈安太后，直抒所感，『有時候聊起來，總是挑人的短處；也不知道她是有意這麼說，還是眞的全看不上？』

全看不上也不行，按規矩一步一步走，最後唯有在剩下的十個人中，挑一個皇后出來；所以全看不上，也可以說是全看得上；換句話說，慈禧太后並無成見。這樣，就只要慈安太后把名字一提出來，事情便可定局。

母子倆有了這樣一個默契，言語都非常謹愼；順理成章的事，就怕節外生枝，所以保持沉默，是最聰明的態度。皇帝雖有些沉不住氣，卻至多跟小李說一句半句。小李在這兩年已學得很乖覺，每一句話的輕重出入，無不了解；似此大事，連恭王都說『不敢妄議』，何況是太監？而且他又受了皇帝的告誡，越發不肯多說；有太監、宮女為了好奇，跟他探聽『上頭』的意思時，他總是這樣回答：『等著看好了。二月初二不就一晃兒的功夫嗎？』

雖說一晃的功夫，在有些人卻是『度日如年』四個字，不足以形容心境；其中自以賽尙阿、崇綺父子的日子最難過。一家出了兩個女孩子在那最後立后的十名之列，這件事便不尋常；賽尙阿閒廢已久，回想當日蒙先皇御賜『遏必隆刀』，發內帑二百萬兩以充軍餉，率師去打長毛的威風，以及兵敗被逮，下獄治罪和充軍關外的苦況，恍如隔世。誰知兒子會中了狀元，如今孫女兒又有正位中宮之望，即使『承恩公』的封號，輪不到自己，但椒房貴戚，行輩又尊，大有復起之望；不出山則已，一出則入閣拜相，都在意中。

倘或姑姪倆雙雙落選，又將如何？榮華富貴，果眞如黃粱一夢，則來也無端，去也無憑，寸心悵惘於一時，也還容易排遣；如今是八旗世族，特別是蒙古旗人，無不寄以殷切的期望，到了那時候，紛紛慰問，還得打點精神，作一番言不由衷的應酬，最是教人難堪。而且，科舉落第，慰問的人還可以代爲不平，罵主司無眼，說是大器晚成，三年之後還有揚眉吐氣的機會；選后被擯，替人家想想，竟是無可措詞，眞正是件不了之事。

日子愈近，得失之心愈切；崇綺自比他父親更有度日如年之感——講理學的人，著重在持志養氣，要教人看起來有『泰山崩於前而色不變』的修養；那年中狀元的時候，興奮激動得大改常度，頗爲清議所譏，好比苦修多年的狐狸，將要脫胎換骨的刹那，不自覺地把條毛茸茸的尾巴露了出來！就這一下，自己把自己打掉了五百年道行。前車之鑒，觸目驚心，自誓這一次無論如何要學到曾國藩的『不動心』三字，所以謹言愼行，時時檢點，一顆心做作得像繃得太緊的弓弦，自己知道快要控制不住了。

就在這樣如待決之囚的心情之下，聽到一種流言，使得崇綺眞的不能不動心了！這個流言是說他的女兒，絕無中選之望，因爲出生的年份，犯了慈禧太后的大忌。他的女兒生在咸豐四年甲寅、肖虎；而慈禧太后生在道光十五年乙未、肖羊，如果肖虎的人入選，正位中宮，慈禧太后就變成『羊落虎口』，這沖剋非同小可；一定得避免。

這話不能說是無稽之談。崇綺知道慈禧太后很講究這些過節；皇帝是她所出，而且正掌大權，只要有此顧慮，愛女定在被擯之列。這眞正是『命』了！崇綺憂心忡忡了一陣子，反倒能夠認命了。然而這話也只能擺在心裡，說出去傳到宮中，便是一場大禍；所以表面照常預備應選，到了『二月二，龍抬頭』的那一天，昧爽時分，親自伴送幼妹和愛女到神武門前候旨。

這天的宮中可眞熱鬧了，近支的福晉、命婦，紛紛奉召入宮，襄助立后的大典；地點還是在御花園的欽安殿。老早就有內務府的官員，進殿鋪排，一張繫著黃緞桌圍的長桌後面，並列兩把椅子，那是兩宮太后的寶座；東面另設一椅，則是皇帝所坐。御案上放一柄鑲玉如意，一對紅緞彩繡荷包；另外一隻銀盤，放著十支綵頭籤，同治皇后就從這十支綵頭籤中選出來。

鐘打八下，皇帝侍奉兩宮太后，由惇王福晉爲首的一班貴婦人扈從著，臨御欽安殿；侍候差使的內務府大臣行過了禮，隨即奉旨，將入選的十名秀女，帶進殿來。八旗中靈氣所鍾的女孩兒，都在這裡了，一個個都是絕世的丰神；行動舉止，穩重非凡，加以前一天先已演過了禮，所以進得殿來，不慌不忙地站在應該站的地位上，分成兩排，從從容容地行了大禮；只聽得慈禧太后說道：『都站起來吧！』

十個人列成兩排，依照父兄的官階大小分先後，第一次還算是覆選，兩宮太后已經商量停當，先自十中選四──只要是在最後的四名之列，那就定了長別父母，迎入深宮的終身；就像殿試進呈的十本卷子那樣，三鼎甲、傳臚，都在其中，至不濟也是『賜進士出身』的二甲。這最後四名，將是一后、一妃、兩嬪，而此時所封的妃，只要不犯過失，循序漸進，總有一天成爲皇貴妃；同樣地，此時所封的兩嬪，亦必有進爲妃位的日子。

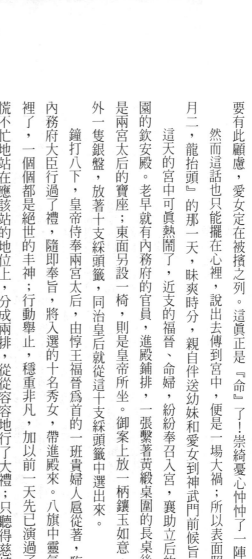

慈禧太后胸有成竹，不慌不忙地拿起第一支綵頭籤，唸給慈安太后聽：『阿魯特氏，前任副都統賽尙阿之女。』賽尙阿自充軍赦還後，曾賞給副都統的職銜，那是正二品的武官，品級相當高了，所以他的小女兒排在第一位。

『留下吧？』慈禧太后問。

『好！』慈安太后同意。

於是賽尙阿的小女兒跪下謝恩。以下就一連『撂』了三塊『牌子』。『撂牌子』也得謝恩；而事實上在有些秀女及她的父母來說，這是眞正的開恩，因爲，在他們看，選入深宮等於送入監獄。

第一排最末一名，是個知府崇齡的女兒，姓赫舍哩；論貌，她是十個人當中的魁首。在這片刻中，特邀皇帝的眷顧，視線繞來繞去總停留在她臉上，所以此時看見慈禧太后拿著她的那支綵頭籤躊躇時，恨不得拉一拉慈安太后的衣袖，讓她說一句：『留下！』幸好，就在他想有所動作時，兩宮太后交換了一個同意的眼色，總算不曾再撂牌子。

崇綺的女兒和鳳秀的女兒站在一起；崇綺的職稱是『翰林院日講起注官侍講』，跟鳳秀的刑部員外，都是從五品，但翰林的身分比部里的司員高得多，所以排列在前；當慈禧太后還未把她那支綵頭籤唸完時，慈安太后就開口了。

『這當然留下！』

慈禧太后沒有不留的道理。但心中突生警惕；所以接著選上了鳳秀的女兒以後，又說一聲：『先都帶出去吧！回頭再傳。』

她已經看出不妙，自己的如意算盤不容易打。因此在漱芳齋休息時，借故遣開了皇帝；揮走了宮女太監，要先跟慈安太后談一談。

『姊姊！』她原來想用探詢的口氣，問慈安太后屬意何人？話到口邊，覺得還是直抒意願的好，所以改口說道：『我看鳳秀的孩子，倒是福相，人也穩重。』

『年紀太小了。』慈安太后搖搖頭，『皇帝自己還不脫孩子氣，再配上個十四歲的皇后，不像話！』

慈安太后論人論事，很少有這樣爽利決斷的語氣；慈禧太后大出意外，一時竟想不出話來駁她。

『我看是崇綺的女兒好！相貌是不怎麼樣，不過立后在德、在才，不在貌。再說，比皇帝大兩歲，懂事得多；別的不說，起碼照料皇帝唸書，就很能得她的益處。』

慈禧太后不便說『羊落虎口』的話；從來選后雖講究命宮八字，但只要跟皇帝相合就行，與太后是不是犯衝？不在考慮之列，所以她只勉強說得一句：『那就問問皇帝的意思吧！』

於是兩宮太后傳懿旨，召皇帝見面。由於關防嚴密，料知有所垂詢，必不脫中宮的人選，皇帝心裡已有預備；但話雖如此，卻以憚於生母的嚴峻，始終去不掉心中那份忐忑不安的不自在的感覺。

而出乎意外的是，進殿一看，慈禧太后的神情，溫和慈祥；反倒是慈安太后面無笑容，大有凜然之色。皇帝一時弄不清是怎麼回事？但也沒有功夫去細想，請過了安，垂手站在一旁，等候問話。

『立后是大事，』慈禧太后徐徐說道：『我們選了兩個人在這裡，一個是鳳秀的女兒富察氏，一個是崇綺的女兒阿魯特氏；大清朝從康熙爺到如今，沒有出過蒙古皇后，后妃總是在滿洲世家當中選，你自己好好兒想一想吧！』

這明明是暗示皇帝，不可破兩百年來的成例；應該選富察氏為后。皇帝不願依從，但亦不肯公然違拗生母的意旨，便呑呑吐吐地說道：『還是請兩位皇額娘斟酌，兒子不敢擅作主張。』

這語氣就不妙了！慈禧太后正在琢磨，皇帝是眞的聽不懂，還是有意裝傻？就這沉默之際，慈安太后先給了皇帝一個鼓勵的眼色，然後開口說話。

『那兩個人，我們看都好，就是斟酌不定，才要問問你的意思。』慈安太后又略略提高了聲音說：『那是你們一輩子的事，你自己說一句吧！』

這到了圖窮而匕首見的那一刻，反正只是一句話，硬起頭皮說了就可過關；這樣一想，皇帝不暇再思，跪下答道：『兒子願意立阿魯特氏爲后。』

話一說完，接著便是死樣的沉寂；慈禧太后的惱怒，比三年前聽說殺了安德海還厲害，胸膈間立刻血氣翻騰，陣陣作疼——她的肝氣舊疾，馬上又犯了！

『好吧！』她以傷心絕望到不能不撒手拋棄一切的那種語氣說：『隨你吧！』說完就要站起身來，眼睛望著另一邊，彷彿無視於慈安太后和皇帝在一旁似地。

『妹妹！』慈安太后輕輕喊了她一聲，『外面全等著聽喜信兒呢！』

這是提醒她，不可不顧太后的儀制；立后是普天同慶的喜事，更不可有絲毫不美滿的痕跡顯露，引起內外臣民的猜疑。慈禧太后當然聽得懂她的意思；轉回臉來，換了一副神色，首先命皇帝起身，然後說道：『回欽安殿去吧！』

於是仍由皇帝侍奉著，兩宮太后復臨欽安殿，宣召最後入選的四名秀女；依然等待皇帝親選皇后。

『皇帝！』慈禧太后拿起如意說道：『現在按祖宗的家法立后，你要中意誰，就把如意給她！』

『是！』皇帝跪著接過了如意，站起身來，退後兩步，才轉身望著一排四個的八旗名媛。

第一個是賽尚阿的女兒，自知庶出，並無奢望；如果姪女兒被立爲后，日朝中宮，侍侯起居，那是甚麼滋味？因此眉宇之間，不自覺地微帶幽怨，襯著她那件紫緞的袍子，顯得有些老氣，在四個人中，相形遜色，皇帝看都沒有看她，就走了過去。

第二個就是赫舍哩氏，生得長身玉立，膚白如雪；一雙眼睛就如正午日光下的千丈寒潭。見她穿一件月白緞子繡牡丹，銀狐出風的皮袍，袖口特大，不止規定的六寸，款式便顯得時新可喜。她是經過父母再三告誡的，儘夠美了，就怕欠莊重，所以這時把臉繃得半絲皺紋都找不出來；但天生是張宜喜宜嗔的臉，就這樣，仍舊讓皇帝忍不住想多望兩眼；望得她又驚又羞，雙頰浮起紅暈，雙眼皮望下一垂，長長的睫毛不住閃動，害得皇帝都有些心旌搖搖，幾乎就想把如意遞了過去。

踏開兩步站定，正好在引起兩宮太后爭執的那兩個人中間；皇帝是先看到鳳秀的女兒富察氏，圓圓的臉，眉目如畫，此刻看來嬌憨，將來必是老實易於受擺佈的人。皇后統攝六宮，也須有些威儀，這富察氏在皇帝看，怎麼樣也不像皇后。

像皇后的是這一排第三個。崇綺的這個女兒，貌不甚美，但似乎『腹有詩書氣自華』，在皇帝面前，神態自若，謙恭而不失從容；一看便令人覺得心裡踏實，是那種遇事樂於跟她商量的人。

這就不必有任何猶豫了，『接著！』皇帝說；同時把那枝羊脂玉的如意遞了過去。

『是！』崇綺的女兒下跪──穿著『花盆底』不能雙膝一彎就跪；得先蹲下身去請安，然後一手扶地，才能跪下；她不慌不忙，嫻熟地做完了這個禮節，然後接過如意，垂著頭謝恩：『奴才恭謝兩位皇太后和皇上的天恩。』

乾坤已定，慈禧太后隱隱然存著的，皇帝臨事或會變卦的那個渺茫的希望，亦已粉碎，所以沉著臉不響；而慈安太后是早就預備好了的，已經把一個紅緞繡花荷包抓在手裡了。

『這個，』她回頭對恭王福晉說，『給鳳秀的女兒富察氏。』

『是！』恭王福晉接過荷包，笑盈盈地走到富察氏面前，拉過她的手，把荷包塞了給她，輕聲說一句：『恭喜！』又提醒她：『謝恩。』

也虧得她這一聲，這位未來的妃子才不致失儀；等她謝過恩，慈禧太后站起身來，甚麼人也不理，先就下了御座。

慈安太后看這樣子自然不舒服，但大局不能不顧，跟著慈禧太后出來，先就吩咐：『到養心殿去吧！』

這一說，慈禧太后不能自己走自己的；到了養心殿，只見以恭王爲首，在內廷行走的軍機大臣、領侍衛內大臣、御前大臣、南書房翰林，還有弘德殿的師傅和諳達，都在那裡站班，望見兩宮太后和皇帝駕到，一起跪下磕頭賀喜。

然後就是召見軍機——這一路上慈禧太后想通了，已輸了一著，不能再輸第二著！倘或自己怏怏不樂，凡事由慈安太后開口，顯得皇帝大婚是她在主持；給臣下有了這樣一個印象，就是自己大大的失策。因此，她隱藏了不快，言不由衷地宣佈：『崇綺的女兒，端莊穩重，人品高貴，選爲皇后。你們擬旨詔告天下吧！』

旨稿是早就預備好了的，只要填上名字和封號，就可『明發』；恭王便先取出一通『奏片』呈上御案，說明是內閣所擬的封號，請硃筆圈定。

妃子的封號，脫不了貞靜賢淑的字樣；嬪御較多，有個簡單的辦法，就像大家巨族的字輩排行那樣，從康熙字典的『玉』字部去挑，只要與前朝用過的不重複就行。慈禧太后提起硃筆，圈了三個字：慧、瑜、珣。慧是慧妃，富察氏的封號；瑜、珣兩字就得有個交代了。

『崇齡的女兒是瑜嬪，賽尚阿的女兒是珣嬪。瑜嬪在前，珣嬪在後。』慈禧太后轉臉問道：『這麼樣好不好？』

已經獨斷獨行，作了裁決，還問甚麼？而且這也是無關宏旨的事，慈安太后自然表示同意。

『臣請旨，』恭王又問：『大婚的日子定在哪個月？好教欽天監挑吉期。』

這是早就談過了的，未曾定局，此時要發上諭，不能不正式請旨。慈禧太后不願明說，看看慈安太后，意思是讓她發言。

『總得秋天。』慈安太后說：『早了不行，晚了也不好，八月裡怎麼樣？』

恭王躊躇了一會說：『八月裡怕侷促了一點兒。』

『那就九月裡，不能再晚了。』

這是慈安太后用心忠厚的地方，趕在十月初十以前辦喜事；這樣，今年慈禧太后萬壽，就有皇帝皇后，雙雙替她磕頭。恭王當然體會得到其中的用意，答一聲：『臣等遵旨。』

『六爺，』慈禧太后特意加一句：『大婚典禮，還是你跟寶鋆倆主辦。在上諭上提一筆，省得不相干的人，從中瞎起哄。』

這不知指的是誰？恭王一時無從研究，只答應著把三道旨稿交了給沈桂芬，在養心殿廊上塡好了名字封號，呈上御案，兩宮太后略略看了一下，吩咐照發。

喜訊一傳，崇綺家又熱鬧了，特別是蒙古的王公大臣，倍感興奮，無不親臨致賀。崇綺早有打算，這時強自按捺著興奮無比的心情，作出從容矜持的神態，周旋於賓客之間；但他的父親與他不同，不斷以感激涕零的口吻，歌頌皇恩浩蕩；表示他家出了狀元，又出皇后，不僅是一姓的殊榮，實由於朝廷重視蒙古使然，有生之年，皆爲圖報之日。賓客自然附和他的話；還有些宦途不甚得意，而與賽尙阿有淵源的人，便在私下談論，殿大學士官文、倭仁，相繼病故，老成凋謝，朝廷更會篤念耆舊，賽尙阿還有復起之望，所以此刻最要緊的是讓兩宮能夠看到他的名字，想起他這麼一個人。

最後是賽尙阿自己想出來的主意，吩咐聽差把『大爺』叫了來說道：『你替我擬個謝恩的摺子！』

『是！』崇綺答道：『兩個摺子都擬好了；我去取了來請阿瑪過目。』

『怎麼？』賽尙阿大聲問道：『怎麼是兩個？』

怎麼不是兩個？立后該由崇綺出面；封珣嬪該由賽尙阿出面，定制如此，不容紊亂。崇綺便即答道：『一個是小妹妹的，一個是孫女兒的。』

『嗐！』賽尙阿不以爲然，『都具我的銜名，何必兩個摺子？一個就行了！』

崇綺大爲詫異，不知他父親何以連這規矩都不懂？便吞吞吐吐地說道：『這怕不行吧？』

『怎麼叫不行？你說！』

『家是家，國是國。』崇綺囁嚅著說：『立后的謝恩摺子，一向由后父出面……』

話不曾說完，賽尙阿大發雷霆，放下鼻煙壺，拍桌罵道：『忤逆不孝的東西！你在放甚麼狗臭屁？甚麼后父不后父的；沒有后祖哪來的后父？國有國君，家有家長；我還沒有嚥氣，你就不把我放在眼睛裡頭了！眞正混帳，豈有此理！』

一見老父震怒，崇綺嚇得不敢說話；但不說也實在不行，只得硬著頭皮開口：『阿瑪息怒。兒子是請教了人來的……』

『甚麼？』賽尚阿越發生氣，『你爲甚麼不來請教我？』他把臉氣得潔白，眼睜得好大，直瞪著崇綺；突然揚起手，自己拿自己抽了一個嘴巴，頓足切齒：『該死，該死，生的好兒子！怪不得要倒楣；打自己兒子這兒就先看不起自己老子。』

這番動作和語言，把一家人都嚇壞了！崇綺更是長跪請罪，而賽尚阿餘怒不息，把湖南兵敗、革職充軍的那些怨氣，都發洩在兒子身上；痛斥崇綺不孝，責他空談理學，甚至說他中狀元，也只是朝廷看重蒙古旗人，並非靠他的眞才實學。

旗人家規矩大，家法嚴，崇綺的妻子，榮祿同族的姊姊瓜爾佳氏，看『老爺子』發這麼大的脾氣，領著幾個兒子，在丈夫身旁環跪不起。而賽尚阿因爲撫今追昔，心裡很不是滋味，所以牢騷越發越多。最後把未來的皇后請了出來，也要下跪，這才讓賽尚阿著慌收篷。

當然，謝恩的摺子需要重擬，兩個併成一個，是賽尚阿率子崇綺，叩謝天恩。遞到御前，正碰上慈禧太后心境惡劣，召見軍機時，冷笑著把賽尚阿狠狠地挖苦了一頓；連帶便談到后族的『抬旗』。

皇后身分尊貴，照理說應出在上三旗，但才德俱備的秀女，下五旗亦多得是；或者出身下五旗的妃嬪，生子爲帝，母以子貴，做了太后，則又將如何？爲了這些難題，所以定下一種制度，可以將后族的旗分改隸，原來是下五旗的，升到上三旗，名爲『抬旗』。賽尚阿家是蒙古正藍旗，照京城八旗駐防的區域來說，應該抬到上三旗的鑲黃旗。

『不能一大家子都抬，那算甚麼呀！』慈禧太后說：『賽尚阿用不著瞎巴結，承恩公輪不到他，抬旗自然也沒有他的分兒！』

這些地方就要看『恩典』了，如果兩宮太后對賽尙阿有好感，恭王又肯替他講話，則『一大家子』抬入上三旗，也未始不可。照此刻的情形，賽尙阿求榮反辱，結果只有崇綺本支抬入鑲黃旗；賽尙阿和他另外的兩個兒子，仍隸原來的旗分。

兩宮太后對立后曾有爭執，外面已有傳聞，但宮闈事祕，頗難求證；等看到崇綺本支抬旗的上諭，見得后家所受的恩遇不隆，似乎證實了立阿魯特氏爲后非慈禧太后本意的傳說。當然，這種傳說一定會傳入慈禧太后耳中，使得她頗爲懊惱，越發眠食不安；左右的太監和宮女，無不惴惴然，不知道甚麼時候，爲了甚麼原因會觸犯了她的脾氣，所以舉止語言，異常謹愼。

痛失元勛

因此，這天半夜裡，內奏事處的總管太監孟惠吉來叩長春宮的宮門；坐更的太監便不肯開，隔著門說：『還有一個時辰就開門了；黃匣子回頭再送來。』

『這是江寧來的「六百里加緊」的摺子，耽誤了算誰的？』孟惠吉在門外大聲答道：『你找你們有頭有臉的來說一句，我就走。』

這一下，坐更的太監不能不開門。接過黃匣子來不敢看，也不敢問，直接送到寢宮；於是那裡的宮女可就爲難了。

『剛睡著不多一會兒；我不敢去叫。』

『妳瞧著辦吧！我可交給妳了。』那太監說：『我勸妳還是去叫的好！大不了挨一頓罵；耽誤了正事，那就不止於一頓罵了。』

想想不錯，那宮女便捧著黃匣子，到床前跪下，輕聲喊道：『主子，主子！』

聲音越喊越大，喊了七八聲慈禧太后才醒，在帳子裡問道：『幹嘛？』

『有緊要奏摺。』

『是甘肅來的嗎？』在慈禧太后的意中，此時由內奏事處送來的奏摺，必是最緊要的軍報；不知是左宗棠打了大勝仗，還是打了敗仗，哪個城池失守？所以這樣問說。

『說是江寧來的。』

一聽這話，慈禧太后頓時清醒，霍地坐起身來，連連喊道：『趕快拿燈，趕快拿燈！』

掀開帳門，打開黃匣，慈禧太后映著燈光，急急地先看封口『印花』上所具的銜名，看是江寧將軍，倒抽一口冷氣，失聲自語：『壞了！曾國藩出缺了！』

京外奏摺，只有城池光復或失守，以及督撫、將軍、提督、學政出缺或丁憂才准用『六百里加緊』馳奏；江南安然無事，而如果是他人出缺，必由曾國藩出奏，現在是江寧將軍具銜，可知定是兩江總督出缺。

不會跟馬新貽一樣吧？慈禧太后這樣在心裡嘀咕著，同時親手用象牙裁紙刀拆開包封，一看果然是曾國藩死了，當然不是被刺，是病歿——二月初四下午中風，扶回書房，端坐而逝。

『唉！』慈禧太后長歎一聲，兩行熱淚，滾滾而下。

宮女們相顧失色，但誰也不敢出言相勸；只絞了熱手巾來替她擦臉，同時盡力擠著眼睛，希望擠出兩滴眼淚，算是陪著『主子』一起傷心。

慈禧太后當時便叫人把摺子送到鍾粹宮。慈安太后想起曾國藩的許多好處，建了那麼大的功，做了那麼大的官，卻不曾享過一天的福；爲了天津教案，顧全大局，不肯開釁，還挨了無數的罵，想想眞替他委屈，忍不住痛哭了一場。

這時外面也得到了消息；消息是由兩江的摺差傳出來的，江寧駐京的提塘官，送了信給兵部尙書沈桂芬，於是軍機大臣全都知道了。這是摧折了朝廷的一根柱石，足以影響大局，料知恭王急著要跟大家商量『應變』的處置，所以紛紛趕進宮去。

『想不到出這麼個亂子！』恭王愁容滿面，『哪裡再去找這麼個負重望的人，坐鎭東南？』

『王爺，』沈桂芬人最冷靜，提醒他說：『一會兒「見面」，就得有整套辦法拿出來；此刻得要分別緩急輕重，一件一件談。』

『談吧！』恭王點點頭，『我的心有點亂。先談甚麼，你們說！』

『先談恤典。』文祥說：『第一當然是謚法。』

擬謚是內閣的職掌，而在座的只有文祥一個人是協辦大學士，所以恭王這樣答道：『這自然該你說話。』

第一個是『文』字，不消說得；第二個『少不得是忠、襄、恭、端的字樣。不過，』文祥把視線繞了一周，徐徐說道：『有一個字，內閣不敢擬；要看六爺的意思。』

大家都懂他的話，文祥指的是『正』字；向例謚『文正』必須出於特旨，內閣所擬，至高不過一個『忠』字。文祥是建議由恭王面奏，特謚『文正』。

『這可以。不過內閣的那道手續得要先做。馬上辦個諮文送了去。』

於是一面由軍機章京備文諮內閣，請即擬諡奏報；一面繼續商談恤典——主要的是諡法，既諡『文正』，自然一切從優，決定追贈太傅，照大學士例賜恤，賞銀三千兩治喪。賜祭一壇，請旨派御前侍衛前往致祭。此外入祀京師昭忠祠、賢良祠；在原籍及立功身分建立專祠，生平史蹟，宣付史館立傳，以及生前一切處分，完全開復，都是照例必有的恩典。至於加恩曾國藩的後人，那是第二步的事。

談到繼任的人選，可就大費躊躇了。兩江總督是第一要缺，威望、操守、才幹三者，缺一不可；文祥怕京裡有人活動，徒然惹些麻煩，所以首先表示，兩江的情形與眾不同，非久任外官，熟悉地方政務的不能勝任，主張在現任督撫中，擇賢而調。

恭王同意他的見解。一切大舉措，經此二人決定，就算決定了。於是先從總督數起，首先被提出來的是直隸總督李鴻章；這固然是適當的人選，但直隸總督的遺缺，又將如何？而且李鴻章正以『全權大臣』的身分，與日本外務大臣柳原前光在天津交涉簽訂『修好規條』及『通商章程』，事實上亦無法抽身。同樣地，陝甘正在用兵，左宗棠亦絕不在考慮調任之列。此外資望夠的操守不佳，人亦顢頇——四川總督吳棠，兩廣總督瑞麟，絕不能調到兩江；況且川督、粵督也是肥缺，更是一動不如一靜。

於是話題便移到了巡撫方面——人同此心，心同此理，都是首先想起山東巡撫丁寶楨，但第一念如此；再轉個念頭，便都不肯輕易開口了。

就在這相顧沉吟的當兒，只見御前大臣伯彥訥謨詁，出現在軍機處門口；因為他也是王爵，所以連恭王在內，一齊都站了起來，他無暇寒暄，匆匆一揖，隨即向恭王說道：『上頭教問：曾國藩死在任上，是不是該撤引見？是幾天？』

『啊！』恭王被提醒了，看著文祥問：『該輟朝吧？而且一天好像還不夠。』

『應該三天。』

『既然是三天，』沈桂芬說：『該奏結的案子，今天得趕一趕！』

『對了。』伯彥訥謨詁說：『上頭快「叫起」了，各位快進去吧！』

這一下搞得大家手忙腳亂，一面傳懿旨，撤去『引見』，讓各衙門等候召見的官員，回去候旨；一面催問軍機章京，把必須奏結的案子，都理出來。反把原來在商量著的，兩江總督繼任人選的那件大事忘掉了。

這裡還未忙完，養心殿已傳旨『叫起』；將出軍機處，恭王擺一擺手說：『慢著，到底是誰去兩江？咱們還是得先談一談。』

『這會兒來不及了。先照規矩辦，第一步再說。』文祥又加了一句，『得好好兒商量，今天不宜輕易定局。』

恭王站定腳，沉思了一會，突然抬頭說道：『好！走吧！』

到了養心殿，只見兩宮太后和皇帝都是眼圈紅紅地；君臣相顧，無限憂傷，慈禧太后嘆口氣說：『唉！國運不佳！』

這句話大有言外之意，恭王不敢接口，只是奏陳曾國藩的恤典；提到謚法，恭王這樣說道：『曾國藩老成謀國，不及絲毫之私，應該謚忠；戡平大亂，功在社稷，應該謚襄；崇尚正學，品行純粹，應該諡端；不過臣等幾個，都覺得這三個字，哪一個也不足以盡曾某的生平。是否請兩位皇太后和皇上恩出格外，臣等不敢妄行奏請。』

其實這就是奏請特諡『文正』，不過必須如此旁敲側擊地措詞；兩宮太后都懂他的意思，皇帝不甚明白，開口問道：『是不是說，該諡「文正」啊？』

『皇上聖明。』

『我也想到了！』慈禧太后不容皇帝再發問，緊接著恭王的話說：『曾國藩不愧一個正字，就給他一個「文正」好了。』

『是！』恭王又說：『如何加恩曾某的子孫，等查報了再行請旨。』

『好！』慈禧太后想了想又問：『曾國藩生前不知道有甚麼心願未了？倒問一問看；朝廷能替他了的，就替他了啦吧！』

『兩位皇太后這麼體恤，曾某在九泉之下，一定感激天恩。』恭王又說：『河南巡撫錢鼎銘在京裡，他替曾國藩辦糧台多年，一定知道曾國藩有甚麼心願未了，等臣找他來問明了，另行請旨。』

『曾國藩的遺疏，怕還得有兩天才到。』慈禧太后問道：『不知道他保了甚麼人接兩江？』

這一問，自恭王以次，無不在心裡佩服；慈禧太后眞是政事嫻熟，才能想到遺疏舉賢，不過，『曾國藩是中風，』恭王說：『不能有從容遺囑的功夫；遺疏必是他幕府裡代擬的。再說，依曾國藩的爲人，一向不願干預朝廷用人的大權，所以，臣斷言他不會保甚麼人接兩江。』

『那麼，誰去接他呢？這是個第一等的要緊地方，一定得找個第一等的人才。』

『是！兩江是國家的命脈；不是威望才德俱勝的人幹不了。臣等剛才商量了半天，在現任總督當中，竟找不出合適的人，想慢慢兒在巡撫裡面找。』

『丁寶楨怎麼樣呢？』

想不到是慈禧太后先提及此人！連慈安太后在內，無不有意外之感。自從安德海伏法，她提起丁寶楨，總說他識大體，肯實心辦事；大家一直以爲她是故意做作，從未把她的話當眞。照現在看，竟是眞的賞識！這雅量卻實在難得。

因爲如此，不免微有錯愕；恭王方在沉吟時，看見對面的寶鋆，馬蹄袖下的手在搖著，意思是表示反對，卻不知他反對的原因何在？便越發無從回答了。

『寶鋆！』慈禧太后發覺了他的動作，『你有話說？』

『是！』寶鋆從眼色中得到了恭王的許可；預備侃侃陳詞，但剛說了句：『大婚典禮，兩江有傳辦事件……』立即爲慈禧太后打斷了話。

『啊！這不行！』

這是說丁寶楨不宜當兩江總督。大婚典禮的經費，名爲戶部所撥的一百萬兩銀子，其實在『天子富有四海』的大帽子下，各省都有報效，或者說是勒派；兩江、兩廣是富庶之地，所派最多，而又不是勒派現銀，是採辦物品，以助大婚，名爲『傳辦事件』。兩廣被『傳辦』的是木器與洋貨；兩江被傳辦的則是『備賞緞疋』。

『備賞緞疋』一共開了三張單子，總値二百萬兩銀子，此時正在討價還價。而丁寶楨一直以剛健廉潔著名；如果調到兩江，對『傳辦』事件，不能盡心盡力，有所推託，所關不細。所以作爲戶部尙書的寶鋆，不能不事先顧慮，而慈禧太后，亦不能不改變主意。

『沈葆楨呢？』慈安太后說：『他丁憂不是快滿期了嗎？』

這當然也是一個夠格的人選，但是，『沈葆楨跟曾國藩不和。』恭王遲疑著說：『似乎不大合適。』

『是不合適。』慈安太后收回了她的意見：『我沒有想到。』

再下來就只有安徽巡撫英翰了。在旗人中，他算是佼佼者，兩宮太后也很看重他；但是，他一直在安徽做官，對兩江地方雖很熟悉，卻跟湘軍的淵源不深，或者會成為馬新貽第二，所以不是理想的人選。

這也不行，那也不行，眼前就只有先命江蘇巡撫何璟署理，倒是順理成章的事。兩宮太后接納了恭王的建議，隨即降旨。

兩道上諭，一道是震悼曾國藩之死；一道是派江蘇巡撫何璟署理兩江總督。經兩宮太后裁決，立刻送交內閣明發，頓時震動朝野；也忙壞了那些善於鑽營的官兒，都想打聽一個確實消息，何璟署理是長局還是短局？倘是短局，那麼，到底是甚麼人接兩江？能搶在上諭未發之前，先去報個喜信，便是進身之階；如無淵源，亦可早早弄一封大人先生的『八行』，庶乎捷足得以先登。

打聽的結果，恭王除卻在找一個人以外，別無動靜；這個人就是河南巡撫錢鼎銘。以他的資望，絕不可能升任兩江總督；但此人是個有名的能員，而且一向為曾國藩和李鴻章所賞識，因此有人猜測，他將從河南調任江蘇。這就不用說，現任的江蘇巡撫何璟署理江督是個長局。何璟字小宋，是廣東香山人；走門路就要從他的廣東同鄉中去設法。當然，錢鼎銘就在眼前，求遠不如求近，所以他下榻之處的江蘇會館，一下子熱鬧了起來。

錢鼎銘本人卻還根本不知其事；這天是『花朝』，他應了同鄉京官的約請，一大早策驢出西便門，到『西山八大處』訪杏花去了。留在會館的聽差，聽說是恭王在軍機處立等相見，立即帶著衣包，趕到西山，尋著了錢鼎銘一說經過，方知曾國藩死在任上；知遇之感，提攜之恩使得他不能不臨風雪涕。好不容易讓同遊的同鄉勸得住了哭聲；隨即趕進城去，在西華門內一家酒店暫且歇足，請人進去打聽，說恭王還未回府，便即換了公服，到軍機處謁見。

相見自有一番欷歔哀痛，錢鼎銘聽說輟朝三日，諡為『文正』，油然而生感激之心；以曾國藩親信僚屬的資格，替恭王磕頭，作為道謝。

『調甫，』恭王這才說到正題：『兩位太后對曾侯還有恩典。你也是從他幕府裡出來的，可知曾侯生前有甚麼未了的心願？如能成全，我好奏請加恩。』

這一層關係甚大，錢鼎銘先答應一聲：『是！』然後仔細想了一會，方始答道：『曾文正不慕榮利，生前以持滿為戒，所以齋名「求闕」；如說他有不足之事，就是老二紀鴻，至今不曾中舉。』

『可曾入學？今年多大？』

『是剛入學的附生。』錢鼎銘想了想又說：『紀鴻今年二十五了。』

『這容易。』恭王點頭答道：『不過也只能給他一個舉人，一體會試。如嫌不足，再給一個；曾文正有幾個孫子？』

『三個。都是紀鴻所出。』錢鼎銘說：『長孫叫廣鈞。』

『這都等何小宋查報了再說。』恭王看著其餘幾位軍機大臣問道：『你們有甚麼話要請教調甫的？』

『曾文正過去了；有件事我們可以談了。』文祥問道：『黃昌期這個人怎麼樣？』

黃昌期就是長江水師提督黃翼升，他跟曾家的關係不同，黃翼升的妻子奉曾夫人為義母，算是通家之好；曾國藩一度置妾，就是黃翼升經手辦的『喜事』。如果說曾國藩有『私人』；這個人就是黃翼升。所以此時錢鼎銘聽文祥這一問，便知大有文章，不敢輕率答話。

『請文中堂的示，是指黃昌期哪一方面？』

『自然是說他的治軍。』文祥又說：『調甫，此處無所用其迴護；亦不必怕負甚麼責任。』

這兩句話使錢鼎銘悚然而警，憬然而悟，軍機處為大政所出之地，一言一語，都須實在；而自己名為約請，實在也等於傳喚作證，說了實話，沒有責任，倘有不盡不實之處，立刻就可能傳旨『明白回奏』，惹上不小的麻煩。

因此，他的答話很謹慎，『黃昌期治軍，失之寬柔，盡人皆知。』他說：『不過文中堂知道的，當初創設水師，就是為了安插立功將弁……』他覺得下面的措詞不易，索性不說下去了。

『立功歸立功，將弁到底是將弁。』文祥話中充分流露了對長江水師將官的不滿：『立功則朝廷早有酬庸，將弁則不能不守紀律。曾侯在日，還能約束此輩；今後怕就很難了。』

錢鼎銘聽出話風，黃翼升的那個提督靠不住了！然而要動他也還不易；操之過急，說不定就有人會成為馬新貽第二。不過這想法只好擺在心裡；看看別無話說，等恭王一端茶碗，便即起身磕頭告辭。親王儀制尊貴，跟唐宋的宰相一樣，『禮絕百僚』，恭王安然坐著受了他的頭；但此外就很謙和，一直送他到軍機處門口，方始回身入內。

『先回家再說。』恭王打了個呵欠，『好在輟朝三日，明天後天都不用進宮；明兒中午在我那裡吃飯，儘這兩天功夫，咱們把兩江的局面談好了它。』

話雖如此，文祥憂心國事，不敢偷閒，當天晚上又到鑑園，跟恭王細談。他是久已想整頓長江水師了——馬新貽被刺至今兩年，眞相逐漸透露，雖還不知道眞正主謀的是誰，但可決其必爲那些『立功將弁』，而且還有跟捻匪投降過來的，如李世忠等人勾結的情事在內。同時因爲天津教案一再委屈讓步，說到頭來，是力不如人；了解軍務的都有這樣一個看法，陸上還可以跟洋人周旋一番，談到海上，一點把握都沒有。現在全力講求洋務，自己造船造炮，漸有成就；但長江水師如果依舊那麼腐敗，則雖有堅甲，兵仍不利。以前只爲有曾國藩坐鎭東南，無形中庇護著黃翼升，不便更張；此刻卻是一個整頓的良機，正好與兩江總督的人選一起來談，省得『一番手腳兩番做』。

『這倒也是。』恭王深以爲然，『但是找誰去整頓呢？』

『自然是彭雪琴。』

水師的前輩，只有楊岳斌與彭玉麟；楊岳斌解甲歸田，早絕復出之想。彭玉麟從同治八年奉旨准回原籍衡陽，爲他死去的老母補穿三年孝服，一直不曾開兵部侍郎的缺，此刻服制將滿，正該復起。而且長江水師章程，是他與曾國藩會同訂定，本旨何在，了然於胸，亦唯有他才能談得到『整頓』二字。

『那好！』恭王欣然讚許，『這一下江督的責任輕了，人就容易找了，不如就讓何小宋幹著再說。』

『我也是這個意思。好歹等過了大婚典禮再來商量，也還不遲。』

提到大婚，文祥又不免皺眉，太息表示，十年苦心經營，方有此崇尚樸實，勵精圖治的模樣，經此踵事增華，用錢如泥沙的一場喜事，只怕從此以後開了奢靡的風氣，上恬下嬉，國事日壞。

說到內務府官員的貪壑難塡，文祥大爲憤慨，聲促氣喘，衰象畢露；恭王看入眼中，心便一沉，京外一個曾國藩，朝中一個文祥，在他看來就是撐持大局的兩大支柱，一柱已折，豈堪再折一柱？所以極力勸他，鬱怒傷肝，凡事不必過於認眞，忠臣報國，首當珍惜此身。又說曾國藩自奉太儉，事必躬親，以致不能克享天年，在他固然鞠躬盡瘁，死而無憾；但後死者卻會失悔，當時不該以繁劇重任，加之於衰病老翁的雙肩。

文祥亦有同感，然而他無法聽從恭王的勸告；這天晚上仍舊談得很多，從洋務到練兵，他沒有一件事不關心，也沒有一件事不認眞。恭王不願他過於勞神，一再催他回家，總算在四更天方始告辭。

第二天中午，軍機大臣應約赴恭王的午宴——一年難得幾天不進宮；恭王蓄意想逍遙自在一番，取出珍藏的書畫碑帖，古墨名硯，同相賞鑒；無奈常朝雖輟，各衙門照常辦事，軍機大臣都有部院的本職，本衙門的司官紛紛攜帶公牘，趕到恭王府求見堂官，結果只有恭王一個人在書房裡，對著滿目琳瑯發楞。

好不容易才能把一大群司官打發走；肅客入席，喝著酒談正事。恭王把跟文祥商定的辦法說了一遍，作爲兵部尙書的沈桂芬，首先表示贊成，但認爲不必讓黃翼升太過難堪，一切都等彭玉麟實地視察過了再作道理。

『那就讓彭雪琴事畢進京，一切當面談。』

於是兩天以後，根據恭王的意思，擬了旨稿，面奏裁決，分別廷寄：

『長江設立水師，前經曾國藩等議定營制，頗爲周密，惟事屬創舉，沿江數千里，地段綿密，稍不加察，即恐各營員奉行故事，漸就懈弛。黃翼升責任專閫，無可旁貸，著隨時加意查察，務使所屬各營，恪守成規，勤加操練，以重江防。原任兵部侍郎彭玉麟，於長江水師一手經理，井井有條，情形最爲熟悉；該侍郎前因患病回籍調理，並據奏稱，到家後遇有緊要事件，或逕赴江皖，會同料理，是該侍郎於長江水師，頗能引爲己任。家居數載，病體諒已就痊，著湖南巡撫王文韶傳知彭玉麟，即行前往江皖一帶，將沿江水師各營，周歷察看，與黃翼升妥籌整頓，簡閱畢後，迅速來京陛見，面奏一切。並將啓程日期，先行奏聞。』

這道上諭中，有意不說彭玉麟回衡陽補行守制的話，因爲恭王對漢人把三年之喪看得那麼重，毫無商量的餘地，頗爲頭痛；深怕彭玉麟也要等服滿才肯出山，所以乾脆抹煞這件事。

上諭到江寧，正是轟轟烈烈在替曾國藩辦喪事的時候，大樹一倒，立刻就見顏色，想起蔭覆之恩，湘軍舊部，越發傷感。

曾國藩身後的哀榮，在清朝前無古人。祿位之高，勳業之隆，猶在其次；主要的是因爲他的故吏門生遍天下，總督當中一個兩廣的瑞麟，巡撫當中一個雲南的岑毓英，算是素無淵源，此外的封疆大吏無不當過曾國藩的部屬，或者受過曾國藩的教，此時各派專差，攜帶聯幛賻儀，兼程到江寧代致弔唁。

督撫的專差，第一個到江寧的，是直隸總督李鴻章所派的督標中軍副將史濟源，送來一副輓聯，二千兩銀子的賻儀；曾紀澤遵照遺命，收下輓聯，不受賻儀。那副輓聯，上聯是『師事三十年，火盡薪傳，築室忝爲門生長』，公然以曾國藩的衣缽傳人自命；下聯卻不是門生的口氣，『威震九萬里，內安外攘，曠世難逢天下才』，是爲蒼生惜斯人，佔了宰相的身分。

但是，使曾國藩的家屬幕僚，最感到欣慰的是陝甘總督左宗棠的那副輓聯：『知人之明，謀國之忠，自愧不如元輔；同心若金，攻錯若石，相期無負平生』，開頭那兩句話，左宗棠因為用兵陝甘，曾國藩派劉松山幫他的忙，深為得力，老早就在奏摺上說過，此時再用一次，加上『自愧不如元輔』六字，足見傾服之意。下聯則解釋過去不和，無非君子之爭，不礙私交。大家認為左宗棠這樣致意，曾國藩死而有靈，在九泉之下，亦當心許。

開弔的日子商量了好久。因為開過弔就是『出殯』，孝子扶柩還鄉，得走水路；由水師的炮艇拖帶，要等春水方盛時才能啓行；同時全眷回湘，也有許多瑣碎的家務要料理，所以定在四月十六。輓聯素幛，從靈堂掛到東西轅門，只有一副不曾懸掛；那就是湘潭王闓運所送的一副。

王闓運一代文豪，但不甘於身後入『儒林傳』或『文苑傳』；他的為人，權奇自喜，知兵自負，以為可以助人成王成霸。這一路性格很配肅順的胃口，所以奉之為上賓；但在謹飭自守的曾國藩，就絕不敢用他。曾國藩延攬人才，唯恐不及，獨對王闓運落落寡合；而他亦一向是布衣傲王侯的氣概，所以別人輓曾國藩，無不稱頌備至，只有他深表惋惜。

惋惜的是曾國藩的相業與學術：『平生以霍子孟、張叔大自期，異代不同功，戡定僅傳方面略；經學在紀河間，阮儀徵之上，致身何太早？龍蛇遺憾禮堂書！』這是說曾國藩，雖想學漢朝的霍光，明朝的張居正，可惜時世不同，際遇各異，只能做到底定東南，勳績不過方面一隅；以宰相的職位，沒有機會能像霍光、張居正那樣，有繼往開來，籠罩全局的相業。

下聯是用的鄭康成的典故，說曾國藩在經學方面的造詣，超過乾隆年間的紀昀和嘉慶年間的阮元，可惜像鄭康成那樣，因為『歲至龍蛇賢人嗟』，合當命終，來不及把他置在習禮堂上，殘缺不全的書籍，重新整理，嘉惠後學。換句話說，曾國藩倘能晚死幾年，必有一些經學方面的著作傳留下來。就事論事，這才是眞正的輓聯；可是曾家及曾家的至親好友，不是這麼看法，認爲王闓運語中有刺。

多數的看法是，王闓運持論過苛，近乎譏嘲，曾國藩既無相業，又無經術，則『三不朽』的立功、立言，先已落空。這如何是持平之論？也有少數人覺得這副輓聯雄邁深摯，實爲傑作，但究以措詞質直，與當前的場面不稱，不便多說甚麼。

於是就談到這副輓聯的處置了，當然不能退回，但也絕不能懸掛，那就只有擱置；等開弔過後，與其他上千副的輓聯，一起焚化。

開弔的時候，已在曾國藩死後兩個多月；曾紀澤、紀鴻兄弟，哀痛稍殺，已能照常讀書辦事。而黃翼升卻是憂傷特甚，一則感於曾國藩的提拔蔭庇之恩；二則是擔心著彭玉麟復起，一定會雷厲風行，令人難堪！所以日夕所希望的是，一向不喜歡做官的彭玉麟『堅臥不起』，那才是上上大吉。

彭郎巡江

黃翼升到底失望了——湖南巡撫王文韶奉到上諭，立即整肅衣冠，傳轎下鄉去拜彭玉麟。此人做官，有名的圓滑；揣摩人情世故，更爲到家。如果是別人，他開口一定稱『恭喜』；而對彭玉麟不同，一見了面便頓足說道：『雪翁，不知是誰多的嘴；不容你長伴梅花，逍遙自在了。』

『老公祖，』彭玉麟問道：『此話從何而起？』

『請看！』他把軍機處的『廷寄』遞了過去。

『原來如此！倒是避不掉的麻煩。』

一聽這話，王文韶放心了，卻還不敢催促，『春寒料峭，等天氣回暖了再啓程，也還不遲。』他說，『上頭倚畀正深，少不得要嚴旨催問，歸我來替雲翁搪塞。』

『多謝盛情！』彭玉麟拱手答道：『即日啓程，自然不必；但也不宜過遲，總在三月中動身，就請老公祖照此覆奏好了。』

『是，是！我明天就拜摺。』

『我要請教老公祖一事，』彭玉麟指著『廷寄』問：『我這趟簡閱水師，是何身分？』

『那還用說，自然是欽差！』王文韶說：『簡閱完畢，「迅速來京陛見，面奏一切」，這就是欽差回京覆命。所以過幾天雪翁榮行，我照侍侯欽差的規矩辦理。』

『不敢，不敢，絕不敢驚動老公祖。』彭玉麟又說：『朝命要我「周歷察看」，我從荊州開始，一個營、一個營看過去；如果一擺欽差的排場，那就甚麼都看不到了。』

『話雖如此，朝廷的體制不可不顧……』

『不，不！』彭玉麟搶著說：『千萬不必費心！餞別、送行那一套，完全用不著。這樣吧，老公祖覆奏，只說我定三月十六啓程好了；或早或遲，差一、兩天也沒有關係。到時候我也不到署裡來辭行了。』

聽這一說，王文韶落得省事，但口中還說了許多客氣話。告辭回城，又具了一個請柬請彭玉麟吃飯；帖子只發一份，沒有陪客。廚子聽得消息，到上房來請示，請多少客，備甚麼菜？王文韶回答，一概不用。果然，彭玉麟回信懇辭，這桌客也就用不著請了。

到了三月十六，彭玉麟如期動身，一隻小船，一個奚僮，另外是兩名一直追隨左右，已保到都司的親信衛士。

一葉輕舟，沿湘江北上，恰遇薰風早至，風足帆飽，渡過萬頃波濤的洞庭湖，很順利地到了『朝暉夕陰，氣象萬千』的岳陽。

岳陽是湘軍水師發軔之地，襟江帶湖，形勢衝要；城北八里的城陵磯，爲洞庭湖匯合湘、資、沅、澧四水，注入長江之處，市鎮雖小，極其熱鬧。彭玉麟悄悄到了這裡，帶著個小書僮上岸，找了家茶館，挑了當門的桌子，坐下喝茶。看他穿一件半新舊灰布夾袍，持一根湘妃竹的旱煙袋，樣子像個三家村的老學究；誰也沒有把他放在眼裡。

彭玉麟希望的就是如此；他是學他的本家，『彭公案』中三河知縣彭朋微服私訪的故事。黃翼升的轄區，自湖北荊州到江蘇崇明，全長五千餘里；下分六，設總兵五員，如果要『周歷簡閱』，頗費時日；彭玉麟心裡是這樣在想，如果由岳陽往西，自荊州從頭開始視察，一去一來，又要耽擱，不能早早趕到江寧。因此作了這樣一個打算，在岳陽微服私訪，打聽打聽荊州水師的情形，倘或口碑不壞，那就暫且放過，揚帆東去。否則，破費功夫也就無可奈何了。

坐到日將正中，還不曾聽到些甚麼，正待起身回船，只見行人紛紛走避，接著便聽見馬蹄聲、腳步聲，彷彿如春蠶食葉一般；彭玉麟抬頭一望，一乘八抬大轎，轎前頂馬，轎後小隊；四名紅、藍頂子的武官扶著轎槓，緩緩而來，儀從好不煊赫！

莫非是湖廣總督李瀚章出巡到岳陽？彭玉麟正在躊躇，是不是要迴避一下，免得爲李瀚章在轎中看到，識破行蹤，諸多不便；而一個念頭不曾轉完，已看透了底蘊，士兵穿的是水師的『號褂子』，那麼，除了黃翼升，還有甚麼人有此威風？

他料得不錯，八抬大轎中端然而坐，顧盼自喜的正是黃翼升。他自從得到彭玉麟復出的消息，立即從江寧動身，溯江西上，一則是要預先告誡沿江各水師官兵，船破了的該修；吃了空額的，設法補足；紀律太壞的，稍微收斂些；訓練不足的，臨時抱一抱佛腳。二則是曾國藩的靈柩，由炮艇拖帶回湖南，沿路接應護送，正好順便親自部署一番。就這樣，趁一帆東風，在三天前就到了岳陽，正派專差南下，去打聽彭玉麟的行蹤。

專差未回，想不到無意相遇。黃翼升趕緊吩咐停下；出了轎子，疾趨而前。茶店裡的茶客，茶店外的行人，無不詫異，不知道這位紅頂花翎的一品大官，要幹些甚麼？

『宮保！你老哪一天到的？』黃翼升一面說，一面按屬下的規矩，當街便替彭玉麟請安。

這一下四周的閒人，越發驚愕不止！猜不透這個鄉下土老兒是何身分？彭玉麟對黃翼升的排場，大爲不滿；但看千目所視，就不爲黃翼升留面子，也要爲朝廷留體統，所以客氣一句：『請起來，請起來！』

『是！』黃翼升站起身來，向那四名武官吆喝：『來啊！扶彭大人上轎！』

『不必！』彭玉麟從袖子裡掏出二十文制錢，會了茶帳，起身就走。

黃翼升知道彭玉麟的脾氣，不敢固勸，只好用徵詢的語氣說：『宮保想來住在船上？且先請到我那裡歇一歇腳；我派人到船上去取行李。』

『你的公館打在哪裡？』彭玉麟站住腳問。

『一個姓吳的紳士家。』

聽得這一聲，彭玉麟拔步就走；一面走，一面說：『你自己已經是客，再找個客去打擾他；沒有這個道理！我還是住我的船；給人家下人的賞錢都可以省掉了。』

黃翼升沒有想到，借住民居也會惹他不滿！不過此時此地不宜申辯；更不宜再坐八抬大轎，只好步行跟隨。彭玉麟春袍布履，腳步輕捷；黃翼升光是一雙厚底朝靴就吃了虧，加以養尊處優，出入騶從，迥非當年出沒波濤的身手，所以有些追隨不上。路人只見一位紅頂花翎的達官，氣喘吁吁地彷彿在攆一個清矐老者，無不詫爲怪事。

幸好離碼頭還不太遠，而且有黃翼升的材官帶著彭玉麟的小書僮先一步趕到，驅散閒人，搭好跳板，讓他們毫無耽擱地上了船。

『昌期！』彭玉麟指著佔滿了碼頭的儀衛說：『楊厚庵做陝甘總督，戴草笠，騎驢子；不想你是這麼闊綽的排場。』

做此官，行此禮，節制五員總兵，掌管五千里水路的提督，威權亦不遜於督撫，這樣的排場並不見得過分！黃翼升心裡這樣在想，卻不敢直說，唯有表示慚愧：『宮保訓誨得是！』

『曾文正去世前，可有遺言？』

『沒有。』黃翼升答道：『一得病就不能說話了。』

接著便細談曾國藩的生前死後，以及當初平洪楊艱險困苦的往事。這時岳陽知州及水師營官，已得到消息，紛紛趕到碼頭，遞手本秉見；彭玉麟一概擋駕，卻留客小酌敘舊。談到日落西山，一直不及正事！這使得黃翼升無論如何忍不住了。

『宮保，』他問：『你老甚麼時候到營裡去看？我好教他們侍侯。』

『我要先看紀律，聽輿論，不一定到營裡去看；如果要看，我自己也會去，不必費事。』

『是！』黃翼升躊躇著又說：『宮保好像沒有帶人，我派兩位文案來，有甚麼筆墨要辦，比較方便。』

『這也不必。』彭玉麟說：『倘有奏摺諮劄，我自己動手；交驛站送到督署，借印代發就可以了。』

見此峻拒的語氣，黃翼升大為擔心；上諭上原說會同『妥籌整頓』，現在看樣子是他要獨行其是，連自己也在被『整』之列。既然如此，多說無益，只好走著再看。

彭玉麟是預備先到湖口迎祭曾國藩，算算日子將到，沿途不敢耽擱，兼程趕路。一過田家鎮，將入江西境界，是屬於湖口總兵的轄區——長江水師四鎮，岳州、漢陽、湖口、瓜州，以湖口最大，其他三鎮，都只有四營，獨有湖口五營；這時派了一名參將，特地趕來迎接。

這名參將名叫何得標，原是彭玉麟的親兵，積功保升，也戴上了紅頂花翎；見了彭玉麟猶是當年光景，禮數雖恭，態度親切，見面磕了頭，不提來意，先致問起居，然後替他倒茶裝煙，彷彿忘掉自己是客人的身分，更不記得他的官銜品級。

彭玉麟卻有極多的感慨，對他那一身華麗的裝束，越看越不順眼，到底忍不住要說話了。

『何得標，』他說：『你這雙靴子很漂亮啊！』

何得標微帶得意地笑了，抬起腿，拍拍他那雙烏黑光亮的貢緞靴子，答道：『這還不算是好的。』

『這還不算好？噢，噢！』彭玉麟又問：『你還記不記得當初穿草鞋的日子？』

『怎麼不記得？』何得標答道：『那時都虧大帥栽培；我不記得，不就是忘恩負義嗎？』

『我並非要你記著我。我想問你，那時穿草鞋，現在穿緞靴；兩下一比，你心裡總有點感想吧？』

『感想？』何得標不解，『大帥說我該有甚麼感想？』

『那要問你，怎麼問我？』彭玉麟爲他解釋，『你沒弄懂我的意思，我是說，你現在穿著緞靴，回想到當初穿草鞋的日子，心裡是怎麼在想？』

『噢，這個！』何得標不假思索地答道：『不是當初穿草鞋吃苦，哪裡會有今天的日子？』

彭玉麟語塞，覺得他的話不中聽，卻駁不倒他。本來也是，說甚麼『天下之志』，原是讀書有得的人才談得到；此輩出生入死，無非爲了富貴二字。但從功名中求富貴，猶有可說；富貴自不法中來，則無論如何不可！轉念到此，覺得對這些人不必談道理，談紀律就可以了。

於是他又指著何得標的右手大拇指問：『你怎麼戴上個扳指？』

『噢！』何得標說：『這兩年的規矩，上操要拉弓，不能不弄個扳指。』

『拉弓在哪裡拉？』

何得標一楞，『自然是在營盤裡。』他說。

『營盤在哪裡？』彭玉麟問：『是江上，還是岸上？』

『岸上。』何得標說：『在船上怎麼拉弓？』

『哼！』彭玉麟冷笑，『水師也跟綠營差不多了。』

何得標不知道彭玉麟爲何不滿？見他不再往下問，自然也不敢多問，只奉侍唯謹地陪到湖口。

湖口碼頭上高搭綵綢牌樓，兩旁鼓吹亭子；等彭玉麟一到，沿江炮船，一齊放炮，夾雜著細吹細打的清音十番，場面十分熱鬧。等彭玉麟的坐船一過，牌樓上的綵結，立刻由紅換白，準備迎靈。第三天中午，江寧的一隊官船，由一隻炮艇拖帶著，到了湖口；這場面比迎接彭玉麟又熱鬧了好幾倍。

拜靈一慟，祭罷了曾國藩，彭玉麟又去慰問孝子，曾紀澤已聽說彭玉麟對黃翼升不滿，想有所進言，勸他得饒人處且饒人，但不等他開口，彭玉麟先就提到當年他如何與曾國藩籌議水師章程的苦心，以及曾國藩一再說過的『水師宜隨時變通，以防流弊，不可株守成法』的話，認爲目前積弊已深，有負曾國藩的初心，非痛加整頓不可。

這番表白，封住了曾紀澤的嘴；居喪期間，亦不宜過問公事，只好私下告訴黃翼升，多加小心。彭玉麟總算看曾家的面子，當曾國藩靈柩還在湖口的那幾天，並無令黃翼升難堪的行動；等曾家的船一走，可就不客氣了，從湖口開始，由黃翼升陪著認眞校閱。

湖口曾是彭玉麟揚眉吐氣之處，咸豐七年秋天，湖北全境肅清，胡林翼親督水陸諸軍，下圍九江，分兵進攻湖口。太平軍據湖口數年，守將名叫黃文金，外號『黃老虎』，紫面白鬚，驍勇善戰；鐵索橫江，戒備極其嚴密，又在蘇東坡曾爲作記的石鐘山，列炮轟擊。彭玉麟分軍三隊，血戰攻克湖口，乘勝進窺彭澤。那裡的地名極妙，東岸叫彭郎磯，西岸叫小姑洑，江心有座山，就叫小姑山，『黃老虎』用它作爲炮台，炮口正對官軍的戰船；照常理說，不易攻下，但畢竟爲彭玉麟所佔，當時他有一首傳播遠近的詩：『書生笑率戰船來，江上旌旗耀日開；十萬貔貅齊奏凱，彭郎奪得小姑回。』

因此，彭玉麟對湖口的形勢，異常熟悉，先看了沿江的防務，再召集鎮標營將點名；名冊一到手，立刻就發現了怪事。

『昌期，』他問：『你可記得長江水師章程第十五條，兵部是怎麼樣議定的？』

這一問把黃翼升問住了。不是答不出，是不便回答；兵部原議：『水師缺出，不得攙用別項水師人員』；而此刻名冊上，不但有非長江水師出身的人，甚至還有根本不是水師出身的人，與定制完全不符，叫黃翼升如何回答？

『這冒濫，太過分了。我不能不嚴參。』彭玉麟說：『當初原以長江水師人員，立了功的太多，勇目保到參將、游擊的都很多，爲了讓他們也有補實缺的機會，所以議定長江水師缺出，必得就原有人員之中選補。你弄些不相干的人來佔缺；百戰功高的弟兄們，毫無著落，你倒想想看，對不對得起當年出生入死的袍澤？』

說完，彭玉麟把名冊上非長江水師出身，或者已經犯過開革而又私自補用的，一概打了紅槓子，預備淘汰。

點過名又看經費帳冊，這裡面的毛病更是層見疊出，營裡的紅白喜事，甚至於祭神出會，都出公帳，由地方攤派；彭玉麟大爲搖頭。

『看這筆帳，』他指著帳簿說：『一座綵牌樓出兩筆帳！攤派已經不可，還要報花帳，這成何話說。』

這座綵牌樓還未撤去，迎接彭玉麟是這一座；迎接曾國藩也是這一座，把綵結由紅綢子換成白綢子，便算兩座。事實俱在，黃翼升也無法爲部下掩飾了。

於是那名管庶務的都司，也被列入彭玉麟奏劾的名單之內；同時提出警告，再有任意攤派，騷擾地方的情事，他要連黃翼升一起嚴參。

當著許多部屬，彭玉麟這樣絲毫不給人留面子，黃翼升自覺顏面掃地，既羞且憤；當夜就託詞有病，開船回安徽太平府的水師提督衙門。第二天一早，湖口鎮總兵到彭玉麟座船上來稟知此事；彭玉麟微微冷笑，只說得一句：『他也應該告病了！』

那總兵不敢答腔；停了停問道：『今天請大人看操，是先看弓箭，還是……』

一句話不曾完，彭玉麟倏然揚眉注目，打斷他的話問：『你說甚麼？看弓箭？』

『是。請大人的示下，是不是先看弓箭？』

『甚麼看弓箭？我不懂！』彭玉麟說：『旗下將領，拿《三國演》義當作兵法；莫非你們也是如此？』

不知他這話甚麼意思？那總兵硬著頭皮說道：『求大人明白開示！』

『我是說，你們當如今的水師，還用得著「草船借箭」那一套嗎？我問你水師弁勇分幾種？』

這還用問嗎？分槳勇和炮勇兩種，槳勇是駛船的水手，炮勇是炮手；打仗就靠這兩種弁勇，此外都是雜兵。彭玉麟豈會不知？問到當然別有用意，那總兵便又沉默了。

『我不看弓箭！不但不看，我還要出奏，水師從今不習弓箭！你想想看，如今都用洋槍火炮，弓箭管甚麼用？這都是你們好逸惡勞，嫌住在船上不舒服，借操練弓箭，非得在陸地上設垛子爲名，就可以捨舟登岸。好沒出息的念頭！』

就這樣一絲不苟，毫不假借地，彭玉麟從湖口一直看到長江入海之處的崇明島；風濤之險，溽暑之苦，在他都能忍受；不能忍受的是，黃翼升把他和楊岳斌苦心經營，有過赫赫戰績的長江水師，搞得暮氣沉沉，比綠營還要腐敗——綠營兵丁在岸上還不敢公然爲盜，長江水師則官匪不分；水師炮船的長龍旗一卸，士兵的號褂子一脫，明火執仗，洗劫商船，這樣的盜案，報到地方衙門，自然一千年都破不了的了！

因此，過安徽太平府時，他就暗示黃翼升，應該引咎告退。話說得很露骨，而黃翼升裝作不解。賴著不走，原是比任何解釋、關說更來得厲害的一著；哪知彭玉麟比他還要厲害，竟代擬了一通自請開缺的奏稿，封寄黃翼升。到此地步，還想戀棧，就得好好估量一番了；彭玉麟此行奏劾的水師官員，總計兩百八十餘員，或者治罪、或者革職、或者降調，無不准如所請，聖眷如此之隆，就破了臉也搞不過他，不如見機為妙。於是黃翼升嘆口氣，拜發了奏摺，準備交卸。

這時已是三伏天氣，彭玉麟從崇明島回舟，在南通借了一處寓所，高樓軒敞，風來四面，一洗五千里的征塵，靜下心來，獨自籌劃整頓長江水師的辦法。

辦法一共五條；花了十天功夫，才寫成一道奏摺，另附兩個夾片，專差送交江寧，請署理兩江總督何璟代為呈遞。

五千里江湖，一百天跋涉，到此有了一個交代；身心交瘁的彭玉麟，決定在這洪楊劫火所不到的南通州多住幾天。他的下榻之處名為白衣庵；照名字看，應該是供奉白衣大士的尼庵，而其實是僧寺。寺後一樓，其名『環翠』，正當狼山腳下，面臨東海；夜來潮聲到枕，鼓盪心事，不由得又想起少年綺夢，輾轉不能闔眼。

每遇這樣萬般無奈之時，他有個排遣的方法，就是伸紙舒毫畫墨梅；這夜亦不例外，喊醒小書僮，點燈磨墨，自己打了一壺酒，對月獨酌，構思題畫的詩。到得微醺時候，腹稿已就，興酣落筆，眞如他自己所說的『亂寫梅花十萬枝』。畫成題詩，卻是兩首『感懷』：

少小相親意氣投，芳蹤喜共渭陽留。
劇憐窗下廝磨慣，難忘燈前笑語柔；
生許相依原有願，死期入夢竟無由。
黃家山裡冬青樹，一道花牆萬古愁。

皖水分襟十二年，瀟湘重聚晚晴天。
徒留四載刀環約，未遂三生鏡匣緣；
惜別惺惺情繾綣，關懷事事意纏綿。
撫今追昔增悲梗，無限傷心聽杜鵑。

這兩首詩中，彭玉麟概括了他的少年蹤跡，一生恨事。他原籍衡陽，卻出生在安徽安慶。他的父親彭鳴九，在原籍受族人欺侮，隻身流浪江南，以賣字爲生，積了幾個錢，捐了個佐雜官兒，選補爲安徽懷寧三橋鎮的巡檢，後來調任合肥；巡檢管捕盜賊，彭鳴九當差極其勤奮，深得縣大老爺的賞識，把女兒許了給他，生了三個兒子，長子就是彭玉麟。

彭玉麟從小住在安慶城內黃家山的外婆家。不久王大老爺死在任上；他是紹興人，因爲身後蕭條，眷屬無力還鄉，便流落在安慶。王大老爺有個兒子，就是彭玉麟的舅舅，由於是紹興人的緣故，便在安徽遊幕。

彭玉麟的外祖母，有個養女，年齡跟彭玉麟相彷彿；名爲姨母，實際上是青梅竹馬的伴侶。他這位名義上的姨母，小字竹賓，性好梅花，跟彭玉麟『窗下廝磨』、『燈前笑語』，早已『生許相依』，無奈名分有關，彼此都不敢吐露心事，所以『一道花牆萬古愁』。

在彭玉麟十七歲那年，祖母病故；彭鳴九報了丁憂，攜眷過洞庭湖回衡陽。不久，彭鳴九也一病而亡。彭玉麟以長子的身分，負起一家的生計；做過當鋪的夥計，又在營裡當司書，境遇極其艱苦。到了十二年以後，也就是道光二十三年，他的在安徽遊幕的舅舅也死了；沒有兒子，又窮得無以為生，彭玉麟接到消息，悉索敝賦地湊了一筆盤費，派他的弟弟到安慶，把他那位年將九旬的外祖母，和已近三十，貧而未字的竹賓姨母，接到衡陽。當時他有四首七絕哭舅舅，說是『阿姨未字阿婆老，忍使流離在異鄉』；這也就是所謂『皖水分襟十二年，瀟湘重聚晚晴天』的由來。可是在彭玉麟已是『還君明珠雙淚垂』，因爲早已娶妻生子了。

彭玉麟的妻子姓鄒，這位鄒氏夫人，除卻忠厚老實以外，一無可取；樸拙不善家務，難得婆婆的歡心。至於彭玉麟雖是寒士，但詩酒清狂，頗有名士派頭，娶妻如此，閨房之中，自無樂趣可言，所以生下一個兒子，在『不孝有三，無後爲大』這句話上有了交代，夫妻便不同房；到咸豐初年，彭玉麟的母親一死，更是從此連面都不見。而那位『姨氏』，不愧取義歲寒三友的『竹賓』其名，玉骨姍姍，清如梅萼；繡餘吟詠，亦頗楚楚可觀。如果跟彭玉麟相配，也可說是神仙眷屬，怎奈血統無涉，名分所關；一關名分，便關名教，這是個解不開的結，眞正『乾坤無地可埋愁』！

過了兩年，九十歲的老外婆，死在衡陽；『彭郎奪得小姑回』，卻留不住『竹賓姨氏』，嫁後即死，死於難產。從此彭玉麟只以畫梅抒寫懷抱；和淚潑墨，一往情深，那些迷離恍惚的詩句，到底是寫紙上梅花，還是夢中竹賓，有時連他自己都不分明。

這一夜當然是低徊往事，通宵不寐。到得第二天，接到一封信，是他平生第一好友俞曲園寄來的；俞曲園單名樾，浙江德清人，是曾國藩的門生，由編修外放河南學政，考試生童出了個截搭題，爲一個姓曹的御史所彈劾，說他『割裂經義』，因而得了革職的處分。罷官南歸，主持書院，先在蘇州紫陽書院當山長，現在主講杭州詁經精舍。他是講漢學的，上承乾嘉的流風餘韻，長於訓詁，精於考據；所以作諸侯的座上客，不似理學家開口閉口『明心見性』那樣乏味。加以著作甚富，而又是曾國藩的門生、李鴻章的同年、彭玉麟的至交，所以名重東南，彷彿當年的袁子才。袁子才有隨園，他有『西湖第一樓』，此時正掃榻以待彭玉麟。

爲民除虎

於是收拾行裝，渡江而南，取道江陰、無錫，順路看了太湖的水師，由蘇州沿運河南下，嘉興一宿，下一天到了呂留良的家鄉石門；遇著浙江巡撫楊昌濬派來迎接的差官。

那差官姓金，是撫標參將，尋著彭玉麟的船，遞上楊昌濬的信；說是已在岸上預備了公館，請他移居。

『不用，不用！』彭玉麟搖手說道：『我住在船上舒服。還有件事要託你。』

『不敢！』金參將惶恐地答道：『有事，請彭大人儘管吩咐。』

『你只當不曾見到我，不必跟這裡的縣大老爺提起。我年紀大了，懶得應酬，更怕拘束；你只不用管我，遞到了楊撫台的信，你的差使就辦妥了。明天，我跟你走；見了楊撫台，我自然說你的好話。』

彭玉麟的脾氣，軍營中無不知道；金參將便答一聲『恭敬不如從命』，又指點他自己的船，說『隨時聽候招呼』；交代了這一句，告辭而去。

他一走，彭玉麟也悄悄上了岸。帶著小書僮，進了北門，一走走到城隍廟前，找了家小館子，挑了後面臨河的座頭落坐。一面喝酒，一面閒眺，漸漸有了詩興；正在構思將成之際，只見三名水師士兵，敞著衣襟，挺胸凸肚地走了進來。

這三個兵的儀容舉止，固然惹人厭惡，但跑堂招呼客人的態度也好不到哪裡去，彭玉麟只見他拉長了臉，彷彿萬分不願這三個主顧上門。那是甚麼緣故？他不免詫異。但轉臉看到牆上所貼的紅紙條：『前帳未清，免開尊口』，也就不難明白了。

於是他冷眼留意，要看這三個人到底是不是惡客？倘或店裡不肯再賒，他們又如何下場？但看起來似乎又不像存心來吃白食的人；健啖豪飲，談笑自如，絲毫不爲付帳的事擔心。

看了半天，看出怪事來了，只見坐在臨河的那人，偷偷兒把大大小小的碟子，一個接一個沉入河中。顯然地，這勾當他幹了不止一次；手法異常迅捷隱祕，碟子沿河磯悄悄落下，沒入水中，只有極輕的響聲，不注意根本聽不出來。

彭玉麟恍然大悟。開館子這一行原有憑盤碗計數算帳的規矩；這三個人吃了白食，還毀了別人的傢伙，用心卑鄙，著實可惡！不過他心裡雖在生氣，卻不曾發作；士兵擾民，都怪官長約束不嚴，且等打聽了這裡水師營官的職銜姓名，再作道理。

看跑堂忍氣吞聲地爲那一桌客算帳，彭玉麟頓覺酒興闌珊；草草吃完，會帳離去。中元將近的天氣，白晝還很長；紅日啣山，暑氣未退，這時船艙裡還悶熱得很，便又閒逛了一番；走得乏了，隨意走進一家茶館，打算先歇一歇足，順便打聽了水師營官的姓名再回船。

一走到裡面，才知道這是家書場；那也不妨，既來之則安之，但一眼望去，黑壓壓一廳的人，彭玉麟便截住一個夥計說道：『給找個座位！』

『對不起！你老人家來得晚了。』那夥計搖著頭說：『這一檔「珍珠塔」是大「響檔」，老早就沒有位子了。明日請早！』

『那不是？』小書僮眼尖，指著中間說。

果然，『書壇』正前方有一張五尺來長，三尺來寬的桌子空著；但彭玉麟還未開口，那夥計已連連搖手，『不行，不行！那是水師營張大人包下的。』

一聽這話，彭玉麟就越發要在那裡坐了，『那張桌子，至少可以容得下五個人。』他說：『加我一個也不要緊！』

『不要緊？』那夥計吐一吐舌頭，『你老說得輕鬆！』說完竟不再答理，管自己提著茶壺走了。

彭玉麟略略想了一下，覺得小書僮在身邊礙事，便即問道：『你一個人回船，認不認得路？』

『認得。』

『那你就先回船去。』

『我不要！』小書僮嘟著嘴說：『我要跟老爺聽書。』

『好吧！你就跟著我。可不許你多說話，只緊跟著我就是。』

於是，小書僮跟著彭玉麟逕趨正中空位；這一下立刻吸引了全場的視線，那夥計慌慌張張趕上來阻止，『坐不得，坐不得！』他的聲音極大，近乎呵斥，『跟你說過，是水師張大人包下來的。』

『不要緊！』彭玉麟從容答道：『等張大人一來，我再讓就是了。』

主顧到底是衣食父母，不便得罪；再看彭玉麟衣飾寒素而氣概不凡，那雙眼睛不怒而威，也不敢得罪，唯有再叮囑一句：『你老就算體諒我們，回頭張大人一到，千萬請你老要屈讓一讓！』

彭玉麟點點頭不響。四周卻有人在竊竊私議，替他捏一把汗；也有人認爲這老頭子脾氣太橛，是自找倒楣。但就是這樣帶責備的論調，也還是出於善意。其中有個特別好心的人，覺得必須再勸他一勸。

『你老先生不常來這裡聽書吧？』

『這裡是第一回。』彭玉麟答道：『我是路過。』

『怪不得呢！「老聽客」我無一個不認識；石門地方小，外鄉朋友不認識總也見過，只有見你老先生是眼生。請教尊姓？』

『敝姓彭。』

『喔，彭老先生，恕我多嘴。我勸你老人家還是換個位子的好，到我那裡擠一擠，如何？』

『承情之至！』彭玉麟了解他的用意，十分心感，『請你放心，我只歇一歇足，等那位張大人一到，我自然相讓。不過，我也實在不明白，茶樓酒肆，人來人往，捷足者先得，何以有空位我就坐不得？』

『這……也不是一天的事了；不必問吧！』

『喔，』彭玉麟乘機打聽，『這張大人魚肉地方已久？』

『不要那麼說！』那人神色嚴重地，壓低了聲音說：『老人家走的世路多，莫非「是非只爲多開口，煩惱皆因強出頭」這兩句話都記不得？』

話剛說完，只見門口一亮；那人神色陡變，站起身來就走——門口是兩盞碩大無朋的燈籠，引著『張大人』來聽書；他一共帶了四名衛士，前導後擁，昂然直入，走過甬道，有個孩子避得晚了一步，持燈籠的衛士，順手就是一掌，把那孩子打倒在地。

耳聞目睹，這『張大人』簡直就是小說書上所描寫的惡霸！彭玉麟嫉惡如仇，一見恃勢欺人的事，就會想起當年父親死後，孤兒寡婦受族中欺凌，幼弟幾乎被人活活淹死，自己亦不得不從鄉間躲到衡陽城裡去避禍的仇恨，頓時覺得胸膈之間，血脈僨張，非爲世間除惡不可。

正在這樣暗動殺機之際，人已到了面前；當頭那個衛士，暴喝一聲：『滾開！』『混帳東西！』那『張大人』瞪著一雙黃眼珠也罵：『你瞎了眼，這裡也是你坐的地方？這麼熱的天，把板凳坐得火燙，我還坐不坐？』他越說越氣，揚起頭來吼著問道：『這裡的人呢？』

書場的夥計，趕緊從人叢裡擠了過來，臉都嚇白了，只叫：『張大人，張大人，千萬不必動氣！』然後轉臉向彭玉麟，臉色異常難看：『跟你說了不聽，你是存心跟我過不去嘛！』

彭玉麟本待跟『張大人』挺撞，一則怕當時連累了那夥計，再則看小書僮已經受了驚嚇，便先忍口氣，起身讓座；書當然也不聽了，出了書場，立即回船。

一到船上，彭玉麟立刻派隨從持著名帖，請石門知縣到船敘話。城池不大，原是幾步路就可以走到了的；只是一縣父母官，參謁欽差大員，不便微服私行；雖然入夜不宜鳴鑼喝道，但一對『石門縣正堂何』的大燈籠前導，轎子直出北門，已頗引人注目，不知何大老爺這麼晚出城幹甚麼？因而便有人跟著去看熱鬧的。

彭玉麟的座船，停在河下一家油坊門前；何大老爺也就在那裡下轎。遞上手本，彭玉麟立刻接見。這位何大老爺也是湖南人，單名一個穆字；上一年辛未科的三甲進士，本來要就職爲禮部主事，是個苦缺，何穆年過四十，母老家貧，所以託了人情，改爲知縣，分發浙江。會試榜下即用的知縣，俗稱『老虎班』，遇缺即補，最狠不過；稟到的第三天，台州府屬的仙居知縣，被劾革職，藩司掛牌，要何穆爲『摘印官』，照例就署理這個遺缺。仙居是個斗大山城，地方極苦，賦額極微，而民風強悍，與鄰縣的天台，都喜纏訟；縣大老爺如果輿情不洽，照樣告到府裡、道裡、省裡，甚至『京控』，因此浙江的候補州縣有一句口號：『寧做烏龜，莫做天仙』。何穆到了那裡，苦不堪言，幸好巡撫楊昌濬是同鄉，託人說話，才得調任魚米之鄉的石門。

此人雖是科甲出身，但秉性循良柔弱；聽說彭玉麟性情剛烈，只當是他到縣，自己不曾迎接，禮數缺略，有所怪罪，所以叩頭參見以後，隨即惶恐地賠罪，說馬上預備公館；又說馬上預備酒席，只是時候晚了，怕沒有甚麼好東西吃。

『唉！』彭玉麟不耐煩地，『我找你來不是談這些。我有話問你，你請坐吧！』

『是！謝座。』何穆屁股沾著椅子邊，斜簽著身子，等候問話。

『這裡的水師，是不是歸「嘉興協」該管？』

『是。』

『那姓張的管帶叫甚麼名字？是何官職？』

『張管帶叫張虎山，是把總；不過他已積功保到千總。』

把總不過七品武官，部下只管一百兵丁，便已如此橫行，這簡直不成世界了！彭玉麟便問：『聽說這張虎山劣跡甚多；你是一縣的父母官，總該清楚！何以也不申詳上台，爲民除害，豈不有愧職守？』

問到這一句，正觸及何穆的傷心之處，頓時涕泗橫流，一面哭，一面說：『大人責備得是！我到任至今，不足一年，眼看張管帶以緝私捕盜爲名，擅自拷打百姓，勒索財物，只以不屬管轄，無奈其何！清夜思量，自慚衾影，痛心之至。』

彭玉麟勃然變色：『怎說無奈其何？你難道不能把他的不法情事報上去？』

『回大人的話。事無佐證。』何穆又說：『我曾叫苦主遞狀，苦主不肯，怕他報復；一年前有人告了一狀，結果父子二人，雙雙被殺，連個屍首都無尋處。前任爲了這件命案，誤了前程。所以百姓寧受委屈，不肯告狀。』

『有這等事！』彭玉麟想了想吩咐隨從：『請金參將來！』

金參將一到船上，看見何穆也在，面帶淚痕；而彭玉麟則是臉色鐵青，怒容可畏，不知是怎麼回事，心裡不免也有些嘀咕，怕遭遇了甚麼麻煩，自己處置不了，這趟差使便辦砸了。

『金參將！』彭玉麟說道：『浙江的營制，我不甚清楚；何以駐守官軍，竟像無人約束。這是甚麼道理？』

這話問得金參將摸不著頭，虧得何穆提了句：『彭大人是說這裡的水師張管帶。』

金參將也聽說過，駐石門的水師營把總張虎山是個有名的營混子，但自己是撫標參將，只管杭州的左右兩綠營，水陸異途，轄區不同，自己沒有甚麼責任可言，答語便從容了。

『回彭大人的話。』他說：『浙江的提督駐寧波，對浙西未免鞭長莫及。嘉興營張副將，對部下也未免太寬厚。不過，也只有水師如此——浙江的水師，自然比不上長江水師的紀律。』

最後一句話是對彭玉麟的恭維，但也提醒了他；這一次奉旨巡閱長江水師，只限於湖南、湖北、安徽、江西、江蘇五省，才能行使職權。浙江只有太湖水師營，因湖跨兩省，兼歸江蘇水師節制。如果自己有欽差的『王命旗牌』也還好辦；就算越省管這閒事，至多自劾，不過落個小小的處分，張虎山這一害總是除掉了。無奈雖有欽差之名，並無『王命旗牌』，這擅殺職官的罪名，卻承受不起。

金參將見他沉吟不語而怒容不解，便知他動了殺機，於是替他出了個主意：『彭大人何不辦一角公文，諮會浙江？一方面我回去面稟楊撫台，將張虎山革職查辦，至少逃不了一個充軍的罪名。』

『哼！充軍？』彭玉麟冷笑道：『我要具摺嚴參！不殺此人，是無天理。』

『回大人的話。』何穆接口說道：『今年因爲大婚，停勾一年。』

『啊！』彭玉麟又被提醒了，大婚典禮，不管刑部秋審，還是各省奏報，死刑重犯，一律停止勾決；張虎山如果革職查辦，即使定了死刑，今年亦可不死；而明年是否在勾決之列，事不可知，像這樣的人，必有許多不義之財，上下打點，逃出一條命來，那才眞的是無天理了！

這怎麼辦？愁急之下，忽然醒悟，自己沒有『王命旗牌』，浙江巡撫楊昌濬有啊！如果楊昌濬不肯請出王命旗牌來立斬此人，那就連他一起嚴參，告他有意縱容部屬爲惡！

想到了這個主意，精神一振，『金參將，』他說：『我要託你件事，我有封信致楊中丞，請你連夜派人遞到省城；明天下午，我要得回信——說實話與你，我要請楊中丞把王命旗牌請來！』

『喔！』金參將瞿然答道：『這得我親自去走一趟。』

於是彭玉麟即時寫了封親筆信，『石泉中丞吾兄大人閣下』開頭，立即就敘入本文；要言不煩，一揮而就。金參將當夜就親自騎了一匹快馬，趕到杭州去投信。

第二天下午果然有了回信——只是一封回信；金參將不曾來。楊昌濬的回信是派專差送來的，信中首先表示慚愧，說屬下有如此縱兵殃民的水師官員，失於考察；接著向彭玉麟道謝，為他振飭紀律。至於張虎山罪不可逭，決定遵照彭玉麟的意思，請王命誅此民賊，正在備辦告示和諮文，稍遲一日仍舊派金參將送到。最後是希望彭玉麟事畢立即命駕，早日到杭，一敘契闊。

有這樣的答覆，彭玉麟頗為滿意。當時便把何穆請了來，告知其事，囑咐他密密準備。何穆謹慎膽小，既怕風聲外洩，張虎山畏罪潛逃，又怕他到時候恃強拒捕，甚至鼓動部下鬧事。憂心忡忡地回到了縣衙門，不回上房，先到刑名老夫子那裡，悄悄問計。

『張某人耳目眾多，這件事倒要小心！此刻先不必聲張；等明天金參將到了再說。』

『金參將不知道甚麼時候到？到了又怎麼動手？』

『算他明天一早從杭州動身；不管水陸還是陸路，到石門總在下半天。如果來不及，只好後天再說。』

『就怕夜長夢多。』何穆皺著眉說：『最好明天就了掉這件事。』

刑名老夫子沉吟了一會，點點頭說：『那就這樣，請東翁今天就發帖子，請他明天下午議事，晚上吃飯。另外再邀幾位陪客；邀地方上的紳士。到時候彭大人如果要提審，就請他們做個原告或者見證。』

『這計策好。不過，議事得要找個題目。』

『現成就有一個。』刑名老夫子說：『中元快到了，張虎山以超度殉職水師官兵為名，想斂錢做水陸道場；明天請地方紳士來，就是講攤派。張虎山對這件事一定起勁。』

『好！』何穆拱拱手說：『好，一切都請老夫子調度。』

當天就發了帖子，約在第二天下午三點鐘見面。到了時候，張虎山便衣赴會，隨帶四名揹了洋槍的衛士；刑名老夫子暗中早有了佈置，等把張虎山迎入後園水閣，便有相熟的差役把那四名衛士邀了去喝茶休息，隔離在一邊。隨後便請典吏到彭玉麟船上去侍侯；同時傳齊了吹鼓手等接王命，暗中關照了『三班六房』和劊子手，等著『出紅差』。

外面劍拔弩張，如臨大敵，裡面水閣中卻正談得很熱鬧；談到紅日沉西，說定了攤派的數目，忽然聽得放炮，接著是『咪哩嗎啦』吹嗩吶的聲音。張虎山詫異地問道：『這是幹甚麼？』

何穆自然明白，供奉『王命旗牌』的龍亭，已經抬進大堂，這一下心裡的一塊石頭落地；便匆匆站起身來說道：『大概是恭行大婚典禮，大赦天下的恩詔到了。我得趕緊去接旨，各位請坐一坐！』

他是信口胡說，張虎山卻被矇住了。等了不多一會，只見何穆貼身的一個聽差，匆匆而來，打個千說道：『敝上請張老爺到花廳裡坐，有位貴客想見見張老爺。』

『喔！』張虎山用遲疑的聲音問道：『是哪個？』

『聽說是張老爺的同鄉。』

又是貴客，又是同鄉，張虎山便興沖沖地跟了去了。

張虎山未到，彭玉麟已先在花廳中等候；因爲接王命的緣故，特爲穿著公服，布袍布靴，相當寒酸，但有三樣東西烜赫，一樣是珊瑚頂子，一樣是雙眼花翎，還有一樣更顯眼：黃馬褂。然而這還不足爲奇，威風的是記名總兵，實缺參將，也是紅頂子的武官爲他站班；金參將之下是縣大老爺何穆，這時也換了公服在侍侯差使。

『張虎山帶到！』金參將隨帶的一名武巡捕，入廳稟報。

這話傳到廊下，張虎山的神色就變了；帶入廳中，向上一望，大概認出獨坐炕床的大官，就是那天在書場爲自己所呵斥的鄉下土老兒，頓時有些發抖，雙膝一彎，跪倒在地。

『張虎山！』金參將冷峻地發話，『欽差彭大人有話問你，你要照實答供。』

『是，是！』張虎山磕著頭，自己報明職銜姓名。

『張虎山，』彭玉麟問道：『你本來在哪裡當差？』

『一直在嘉興，沿運河一帶駐防。』

『在營多少年了？』彭玉麟又問：『是何出身？』

『在營八年，行伍出身。』張虎山略停一下又說：『先是弁目，後來補上司書；因爲打仗的功勞，升了把總。』

『你當過司書？那麼，你也知書識字？』

『是！』張虎山說：『識得不多。』

『你在營只有八年，自然沒有打過長毛。又是司書，怎麼會有打仗的功勞？』

這句話似乎把張虎山問住了，結結巴巴地好半天，才勉強道：『是保案上來的。』

彭玉麟當年奉母命避禍之時，一面在衡陽石鼓書院讀書；一面在衡州協標下支馬兵的餉當司書，深知其中的『奧妙』。司書在有些不識字的營官看來，就是『軍師』；弟兄們則尊稱之爲『師爺』，有甚麼剿匪出隊的差遣，事後報功，都靠司書，把自己帶上幾句，誇獎一番，事所必然；張虎山的所謂『保案上來的』把總，就是這麼回事。

『原來你不曾打過仗！這也不去說它了。我且問你，你到石門幾年了？』

『三年不到。』

『三年不到。噢！』彭玉麟自言自語地點點頭；停了一會問道：『你有幾個女人？』

這一問，不但張虎山顯出疑懼的神色，金參將也大爲詫異；只有何穆心裡明白，就這一句話上，殺張虎山的理由便夠了。

『說啊！』彭玉麟雙目炯炯地看著張虎山，『我倒要聽你怎麼說！』

『我……』張虎山很吃力地說了出來：『我有四個女人。』

『你聽聽，』彭玉麟看著參將說：『一名把總，要養四房家眷！』

金參將直搖頭：『吃空也吃不了這麼多啊！』

『就是這話囉。』彭玉麟看著張虎山又問：『我再問你，你那四個女人，都是甚麼地方人？最小的那個是怎麼來的？』

張虎山臉色灰敗，大概自己也知道要倒大楣了！

『是，是花錢買的。』

『我也知道你是花錢買的。不過，』彭玉麟釘緊了問：『人家是不是願意賣呢？』

這一下張虎山說不出來了，只是磕頭如搗蒜，『求彭大人開恩！』他說：『我一回去就把我那四個女人遣散。』

『遣散！你當這是裁勇？』彭玉麟冷笑，『倒說得輕鬆！看中意了，人家不肯也不行；不要了，給幾個錢送走。世界上哪裡有這麼自由的事！』

『那請彭大人示下，我該怎麼辦？』張虎山低著頭說：『我知道錯了，請彭大人治罪。』

『光治你一個強買民婦，逼死本夫的罪就夠了！你知道石門百姓對你怎麼想？恨不得寢皮食肉！』說到這裡，轉臉喊一聲：『金參將！』

『喳！』金參將肅然應諾。

『楊大人跟你怎麼說？』

『說是請彭大人代爲作主。縱兵殃民的營官，無需多問。』

『好吧！』彭玉麟說：『請王命！』

張虎山這時已面無人色，癱軟在地；金參將努一努嘴，立刻便有人上來，將他連拖帶拉地弄了出去。何穆也疾趨而出，向在廳外待命的刑名老夫子重重地點一點頭，表示開始動手。

於是『侍侯請王命』的傳呼，一直遞到大堂；大堂正中一座龍亭，裡面供著一面二尺六寸長的藍緞長方旗，和一面七寸五分大小的朱漆圓形椴木牌，旗和牌上都有滿漢合璧的一個金色『令』字，上面鈐著兵部的大印。這就是金參將專程從杭州賫的『王命旗牌』。

等彭玉麟在鼓樂聲中向龍亭行完三跪九叩的大禮站起身來；石門縣的刑房書辦，已帶著差役抬過來一張公案，文房四寶以外，是一張楊昌濬與彭玉麟會銜的告示和一道斬標。彭玉麟站著勾了硃，將筆一丟；大門外隨即轟然放炮，接著是『嗚嘟嘟、嗚嘟嘟』吹號筒的聲音，夾雜鼎沸的人聲，似乎寧靜的石門縣，從來就沒有這麼熱鬧過。

監斬官是金參將。他早就跟刑名老夫子商量過了，怕的是張虎山手下的士兵會鬧事；刑名老夫子告訴他不必擔心，自從馬新貽被刺以後，在軍營紀律中，對於以下犯上，特別注意；同時他已派了三班六房的差役，在刑場多加戒備。再說，老百姓個個樂見張虎山被斬，水師士兵就想鬧事，也要顧慮眾怒難犯，不敢造次。金參將聽他說得有理，便放心大膽地蒞臨刑場，奉行差使。

彭玉麟仍舊由何穆陪著，回到花廳休息，靜等金參將來繳令。一踏進門，只見石門縣的那幾名紳士環跪在地，拜謝彭玉麟爲民除害，感激之忱，溢於詞色。

『多虧得楊撫台。』彭玉麟有意推美楊昌濬，『像張虎山這種無法無天的行爲，楊撫台是不知道；如果知道，早就下令嚴辦了。』

『飲水思源，全靠彭大人爲我們作主。』爲首的老紳士說：『但願彭大人公侯萬代！』

地方士紳實在是出自衷心的感激，所以在彭玉麟到大堂行禮的那時，已經作了一番商量，要攀轅留他三天；星夜到杭州邀戲班子來演戲助觴，公宴申謝。又要湊集公份，打造金牌，奉獻致敬。當然，金參將和縣大老爺那裡也有意思表示。但彭玉麟堅絕不受；再三辭謝，不得要領，唯有星夜開船，一溜了之。

到了杭州，下榻在俞曲園的『西湖第一樓』，除卻楊昌濬以外，官場中人，概不應酬；本意詩酒流連，到八月初再進京，叩賀大婚，哪知第三天便看到兩道明發上諭，一道是指責黃翼升顢頇，『本應即予懲處，姑念該提督從前帶兵江上，屢著戰功，從寬免其置議』；長江水師提督自然幹不成了，『准其開缺回籍』。接替的人，出於彭玉麟的密保，是曾國荃下金陵，首先登城十將之一，得封男爵，而以建功狂喜，放縱過度，得了『夾陰傷寒』而死的李臣典的胞弟李成謀，由福建水師提督調任。

另外一道是批答彭玉麟『酌籌水師事宜請旨遵行』的摺子，說他『所陳四條，切中時弊，深堪嘉尚』，連夾片附奏『請停止水師肄習弓箭』，共計五項興革，一概批准。

感激皇恩，彭玉麟便想提早入京：恰好兩江總督衙門派專差遞到一封信，是軍機大臣兵部尚書沈桂芬出面寫來的，催他早日陛見。這一來，自更不願再耽擱，他的行蹤一向簡捷飄忽，說走就走，接信第二天就動身了。

冠蓋京華

這時離大婚吉期，只有一個多月，京城裡自乾隆五十五年高宗八旬萬壽以來，有八十年沒有這麼熱鬧過了。有些是像彭玉麟那樣，奉准陛見，兼賀大婚的地方大僚；有些是解送貢品或者勾當『傳辦事件』的差官；有些是趁捐例大開，特為進京『投供』，順便觀光找門路的捐班官兒；有些是想抓住機會來做一筆好生意的買賣人；有些是甚麼也不為，只為趕上百年難遇的皇帝大婚，來看熱鬧。因此，大小客棧、會館、廟宇，凡可以寄宿的地方，無不滿坑滿谷。

但是，也有逃難來的人。直隸在前一年就鬧水災，災區之廣，為數十年所未有，朝廷特意降旨各省勸捐；光是杭州的富商胡雪巖，就捐了棉衣一萬件。直隸總督李鴻章一面辦賑濟，一面請款動工，整治永定河，已經奏報『全河兩岸堤，均已培補堅厚』；照例辦『保案』嘉獎出力人員；哪知夏末秋初，幾番風雨，永定河北岸竟致潰決，保定、天津所屬州縣，亦都發了大水；沒有水的地方又鬧蝗蟲，然而這不能像上年那樣，可以請賑，因為事情一鬧開來，必要追究決河的責任，便只好盡量壓著；於是苦了災民，無可奈何，四出逃難，就有逃到京師來乞食的。

偏偏清苑縣地方的麥子長得特別好，一棵麥上有二個穗，這稱為『麥秀兩歧』，算是祥瑞；李鴻章想拿它來抵消永定河的水災，特為撿了『瑞麥』的樣品，專摺入奏，這一下惱了一個御史邊寶泉，教李鴻章討了好大一個沒趣。

邊寶泉是漢軍，屬鑲紅旗；他是崇禎十五年當陝西米脂縣令，以掘李自成祖墳出名的邊大綬的後裔。同治二年恩科的翰林；他的同年中，張之洞、黃體芳都是議論風發，以骨鯁之士自名的人，對李鴻章的不滿，由來已非一日。但翰林如不補『日講起注官』，不能直接上奏言事；邊寶泉則是恰好補上了浙江道監察御史，名正言順的言官，便由他出面來糾彈李鴻章。

這篇奏疏，經過好幾個文名極盛的紅翰林，字斟句酌，文字不深而意思深，所以一到皇帝手裡，立刻就被它吸引住了；一開頭『祥瑞之說，盛世不言，即「豐年為瑞」一語，亦謂年穀順成，民安其業，以是為瑞耳！未聞水旱頻仍，民生凋敝之餘而猶復陳嘉祥、談瑞應者也！』就讓皇帝脫口讚道：『說得實在！』

再看下去是引證史實說麥子一莖兩歧甚至七、八歧，不足為奇，北宋政和二年，就有這樣的事；皇帝心想，政和是亡國之君宋徽宗的年號，照此說來，麥秀兩歧，算甚麼祥瑞？於是又不知不覺地說了句：『豈有此理！』接著便喊：『小李，你查一查今年的「縉紳」，邊寶泉是甚麼地方人？』

小李查過答道：『是漢軍鑲紅旗。』

『他從小住在甚麼地方？』皇帝指著奏摺唸道：『「臣少居鄉里，每見麥非甚歉，雙歧往往有之。」這「少居鄉里」是哪兒啊？』

小李大為作難，但是他有急智，略想一想隨即答道：『不是山東，就是直隸。反正絕不是江南。』

『你怎麼知道？』

『江南不出麥子。』

『說得有理。』皇帝表示滿意；把視線仍舊回到奏摺上。

這下面又是引經據典，說馬端臨的《文獻通考》，舉歷代祥瑞，統稱為『物異』，祥瑞尚且稱為異，現在『以恆有無異之物而以為祥，可乎？』接著便談到直隸的水災，在『雙歧之祥，抑又何取』這一問之後，說直隸州縣『逢迎諛諂，摭拾微物，妄事揄揚』，李鴻章對『此等庸劣官紳，宜明曉以物理之常，不足為異，絕其迎合之私；豈可侈為嘉祥，據以入告？』憂慮『此端一開，地方官相率效尤，務為粉飾，流弊有不可勝言者！』因此『請旨訓飭，庶各省有所儆惕，不致長浮誇而荒實政。』

此外又附了個夾片，請求撤消永定河合龍的『保案』。皇帝一看，毫不遲疑地提起硃筆，便待批准。

『萬歲爺！』小李突然跪下說道：『奴才有話！』

皇帝詫異，擱下筆很嚴厲地說：『你有甚麼話？你可少管我批奏摺！』

『奴才哪兒敢！』小李膝行兩步，靠近皇帝，低聲說道：『前兒慈安太后把奴才找了去，叫奴才得便跟萬歲爺回：奏摺該怎麼批，最好先跟慈禧太后回明了再辦。』

皇帝不響，面色慢慢陰沉了。小李自然了解他的心情，早想好了一句話，可以安慰皇帝。

『萬歲爺再忍一忍，反正最多不過半年功夫。』

半年以後，也就是同治十二年，皇帝便可以親政了。大婚和親政兩件大事，在皇帝就像讀書人的『大登科和小登科』，是一生得意之時。但對慈禧太后來說，眞叫是『沒興一齊來』！

為了皇帝選立阿魯特氏為后，慈禧太后傷透了心，倘或純粹出於皇帝的意思，還可以容忍；最讓她痛心的是，皇帝竟聽從慈安太后的指示。十月懷胎親生的兒子，心向外人，在她看，這就是反叛！而有苦難言，更是氣上加氣；唯有向親信的宮女吐露委屈：『我一生好強，偏偏自己兒子不替我爭氣！』

爭氣不爭氣，到底還只是心裡的感覺，看開些也就算了。撤下珠簾，交還大政；赤手空『權』那才是慈禧太后最煩心的事。一想到皇帝親政，她就會想到小安子被殺；皇帝不孝，未曾親政時就有這樣公然與自己作對的舉動，一旦獨掌大權，還不是愛怎麼辦就怎麼辦？『一朝天子一朝臣』，嘉慶親政殺和珅，先帝接位抄穆彰阿的家，都不知甚麼叫『仰體親心』，然而那是乾隆和道光身後的事，口眼一閉，甚麼都丟開，不知道倒也罷了；此刻自己還在，倘或皇帝不顧一切，譬如拿吳棠來『開刀』，叫自己的面子怎麼下得去？那時皇帝只聽『東邊』的話，所作所爲都不合自己的意，一天到晚儘生氣，這日子又怎麼過得下去？

爲此，自春到夏，慈禧太后經常鬧肝氣，不能視朝；入秋以後好了一陣，最近又覺精神倦怠，百事煩憂，索性躲懶，隨皇帝自己搞去。

然而慈禧太后實在是多心，慈安太后爲了殺安德海及立后這兩件事，一直耿耿不安。皇帝也常懷著疚歉；所以此時聽小李提出慈安太后的勸告，心裡雖不以爲然，卻絕無違背的意思，立刻就拿著奏摺，到長春宮去請示。

『言官的話，說得對自然要聽，督撫也不能不給面子。』慈禧太后帶點牢騷的意味，『你總要想想，怎麼才能有今天的局面？咱們是逃難逃到熱河的！曾國藩一死，人才更要珍惜；如今辦洋務，內裡是文祥、沈桂芬，外頭就靠李鴻章。有些話總署不便說，全虧李鴻章跟人家軟磨硬頂，你不能叫他子。

丟面子，在洋人面前也不好看！』

『是。』皇帝答道：『兒子先跟六叔商量。』

『對了！像這些摺子最好交議。』

於是當天就把邊寶泉的摺子交了下去；第二天奉侍慈安太后召見軍機，第一件事也就是談這個摺子。

『保案當然要撤銷。』恭王說：『至於不言祥瑞，下一道明發，通飭各省就是了。』

『永定河決口怎麼說？』皇帝問道：『何以不見李鴻章奏報。』

恭王心想，一奏就要辦賑，戶部又得爲難；大婚費用，超支甚巨，再要發部款辦賑，實在力有未及。所以不奏也就裝糊塗了。只是這話不便照實陳奏，只好這樣答道：『那應該讓李鴻章查報。』

『這才是正辦。讓他趕快據實具奏。』

接下來是談內務府與戶部的一件糾紛，從大婚典禮開始籌備之日起，內務府就成了一個塡不滿的貪壑；差不多萬事齊備了，還想出花樣來要一百四十萬兩銀子。管事的內務府大臣崇綸、明善、春佑都直接、間接在慈禧太后面前說得上話，恭王與寶鋆不能不想辦法敷衍，七拼八湊才勻出來六十萬兩，因此戶部覆奏，說在七、八月間可以撥出此數。向來跟戶部要錢，哪怕軍費，都有討價還價的餘地；一面說要多少，一面說能給多少，不敷之數，如何著落，就不必再提，也不會有人追問。

這個含混了事的慣例，內務府自然知道；誰知到七月間，戶部通知有六十萬兩銀子可撥，請內務府具領時，管銀庫的司員在『印領』末尾上加了一句：『下欠八十萬兩。』公事送到戶部，寶鋆大爲不悅；受了這份『印領』就等於承認戶部還欠內務府八十萬兩銀子，這不是兒戲的事。好在戶部侍郎兼弘德殿行走，教滿洲話的桂清，新補了內務府大臣，寶鋆就託他把這件案子，從內務府裡面爆出來。

於是桂清上了一個奏摺，歸咎於司員在辦理諮戶部的文稿時，未經堂官商定，擅自加入『欠撥銀兩』字樣，『意存矇混』，請予議處。

文稿雖由司員所擬，發出去卻必須堂官判行，稱爲『標畫』；桂清另有一個附片，即是專敘此事——內務府大臣一共六個，崇綸『佩帶印鑰』，自是居首，以下是明善、春佑、魁齡、誠明、桂清；畫稿那天，明善並未入直，春佑和魁齡說是雖畫了稿，一時未能查出；誠明也承認知道此事，而崇綸則表示，加入『下欠八十萬兩』的字樣，『是我的主意』。

『他出這個主意是甚麼意思？』皇帝很嚴厲地說：『他還摟得不夠嗎？』

這話恭王不便接口，停了一下說道：『臣的意思，讓他們明白回奏了再請旨，或是議處，或是申斥。』

『哼！』皇帝冷笑，『這些人才不在乎申斥，議處更是哄人的玩意，有過就有功，功過相抵有餘，照樣還得升官。』

皇帝的詞鋒銳利，恭王覺得很爲難；事情須有個了結，光聽皇帝發牢騷，不是回事。於是口中唯唯，眼睛卻看著慈安太后，希望她說一句。

就是恭王沒有這乞援的眼色，慈安太后也要說話了：『像這些事，總要給人一個申訴的機會。』這話是慈安太后在教導皇帝；接著便作了裁決：『就讓崇綸他們明白回奏吧！』

『是！』恭王答應著又請示：『內務府承辦司員，實在膽大自專，臣請旨先交吏部議處。』

這當然照准。等退了朝，慈安太后特地把皇帝找了來，告訴他說，聽政辦事，不可操之過急。多少年的積弊，也不是一下子整頓得來的。像今天這樣的事，給內務府大臣一個釘子碰，讓他們心存警惕也就是了。又說，在上者要體諒臣下的苦衷，桂清雖上了摺子，其實也不願崇綸的面子太難看；如果一定要嚴辦，彼此結了怨，桂清以後在內務府辦事做人，都很難了。所以爲桂清著想，也不宜處置太嚴。

皇帝心想，內務府的那班人疲頑不化，五月底因爲御史的參奏，將明善的兒子，內務府堂郎中文錫，撤去一切差使；這樣的嚴譴，不足以儆戒其餘，如果遇事寬大，此輩小人，越發肆無忌憚。無論如何宜嚴不宜寬！

因此，他不覺得慈安太后的話，句句可聽，但自有知識以來，就不曾違拗過她的意思，所以心不以爲然，口中卻仍很馴順地答應。而心裡不免有所感慨，做皇帝實在也很難，無法全照書上的話行事，種種牽掣，不能不委屈自己，這些苦衷都是局外人所不能了解的。

『還有你娘那裡，』慈安太后又說：『辛苦了多少年，眞不容易！你總要多哄哄她才是。』

聽到這話，皇帝又有無限的委屈。從殺了小安子以後，便有閒話，說皇帝不孝順生母；這些話傳來傳去，終於傳到了他耳朵裡，爲此跟小李大發了一頓脾氣。及至今年選后，鳳秀的女兒不能正位中宮，這些謠言便越傳越盛，甚至有個通政副使王維珍，居然上奏，說甚麼『先意承志，幾諫不違；孝思維則，基諸宮廷』，言外之意，彷彿皇帝眞個不孝。當時便想治他的罪；也是因爲慈安太后寬大，只交部嚴議，罷了王維珍的官，猶不解恨。現在聽慈安太后這樣措詞，隨即答道：『只要能讓兩位皇額娘高興的事，兒子說甚麼也要辦到。不過，我可眞不知道怎麼樣才能哄得我娘高興？』

慈安太后默然。不提不覺得，一提起來，想一想，皇帝也眞爲難。除非不管對不對，事事聽從，慈禧太后才會高興。無奈這是辦不到的事；她想掌權，難道就一輩子垂簾，不讓皇帝親政？

於是她只好這樣答道：『兒子哄娘，無非多去看看，陪著說說話，逗個樂子甚麼的。你多到長春宮走走，你娘自然就高興了。』

提到這一層，皇帝不免內愧。他自己知道，從小到今，在慈安太后這裡的時候，一直比在慈禧太后那裡來得多；雖然他有他的理由，但這個理由跟人說不明白，他也不願說：慈禧太后一直看不起兒子！在她跟前，不是受一頓數落，就是聽一頓教訓，令人不敢親近。

這個理由跟慈安太后是可以說的，可是這不是分辯自己錯了沒有的時候。現在是講孝順，順者爲孝；既然慈安太后這麼說，就照著辦好了。

於是，他站起身來說：『我這會兒就到長春宮去。』

『對了！』慈安太后欣然地，『你先去，一會兒我也去看看你娘。』

一到長春宮請過了安，皇帝把這天召見軍機的情形，都說了給慈禧太后聽。談到一半，慈安太后也來了；恰好內務府送來了粵海關監督崇禮進貢的大婚賀禮，於是兩宮太后將那些多半來自西洋的奇巧珍玩，細細欣賞了一番，重拾話題，忽然談到了在熱河的往事。

『當時也不承望能有今天！』慈禧太后摸著額上的皺紋，不勝感慨地說：『一晃眼的功夫，明年又該是酉年了！』

『這十一年，經了多少大事！』慈安太后是欣慰多於感歎，『如今可以息一息了！』

說的人只是直抒感想，聽的人卻彷彿覺得弦外有音；慈禧太后認爲慈安太后是在勸她拋卻一切，頤養天年——想到慈寧宮，她就覺得厭惡，那是歷朝太后養老的地方，一瓶一几，永遠不動；服侍的太監也是所謂『老成人』，不是駝著背，就是邁不動步。人不老，一住進那地方也就老了！

眼中恍然如見的，是這樣衰朽遲滯的景象；鼻中也似乎聞到了陳腐惡濁的氣息，慈禧太后忍不住大搖其頭。在慈安太后和皇帝看，這自然是不以『息一息』的話爲然。

那該怎麼說呢？皇帝不敢響，慈安太后卻不能不說，『妳也看開一點兒吧！』她的話很率直，『操了這麼多年的心還不覺得苦？操心的人，最容易見老！』

讓慈禧太后覺得不中聽的是最後一句話，難道自己眞的看起來老了？當時就恨不得拿面鏡子來照一照。

『趁這幾年，還沒有到七老八十，牙齒沒有掉，路也還走得動，能吃多吃一點兒，能逛多逛一逛，好好兒享幾年清福吧！』

這幾句話，殷殷相勸的意思就很明顯了。慈禧太后不覺啞然失笑，『咱們往後的日子，就跟那些旗下老太太一樣了！』她說：『成天叼個短煙袋，戴上老花眼鏡抹紙牌；從早到晚，在炕上一晃就是一整天。』

『那也沒有甚麼不好。』慈安太后說：『我倒是願意過那種清閒太平的歲月。』

『也要能太平才行！』慈禧太后說到這裡，便望著皇帝：『以後就指望你了！阿瑪說你天生有福氣，必是個太平天子。』

這兩句話又似期許，又似譏嘲；反正皇帝聽來，覺得不是味兒，趕緊跪下答道：『不管怎麼樣，兒子總得求兩位皇額娘，時時教導，刻刻訓誨！』

『兒大不由娘！你這麼說，我這麼聽；將來看你自己吧！』

『你啊！』慈安太后是存著極力爲他們母子拉攏的心，所以接著慈禧太后的話，告誡皇帝：『總要記著有今天這個局面，多虧得你娘！許多委屈苦楚，只怕你未必知道！』

『是。』皇帝很恭敬地答道：『兒子不敢忘記。』

『說皇帝未必知道，倒是眞的。』慈禧太后對慈安太后說：『大小臣工，自然更加不知道了！現在皇帝長大成人，立后親政，咱們姊妹倆，總算對得起先帝；對天下後世，也有了交代。我想，得找個日子，召見六部九卿、翰詹科道，把先帝賓天到如今的苦心委屈，跟大家說一說。姊姊，妳看呢？』

『好呀！』

『不過，』慈禧太后忽然又生了一種意慾，『養心殿地方不夠大。』

『那就另外找地方。』慈安太后毫不遲疑地回答。

於是，隔不了幾天，在召集惇王等近支親貴『曲宴』以前，慈禧太后說了這番意思，大家都表示應該這麼辦。

『在哪兒召見呢？養心殿地方不夠大……』

剛說到這裡，恭王霍地站起身來，響亮地答一聲：『喳！』打斷了慈禧太后的話，他才接下去說：『慈寧宮是太后的地方。』

這是恭王機警過人，看透了慈禧太后的用意，是想御乾清宮召見臣工——乾清宮是內廷正衙，向無皇后或皇太后臨御的道理；兩宮太后雖以天津教案，曾在乾清宮題名『溫室』的東暖閣召集過御前會議，但偏而不正，又當別論。倘或世祖親題『正大光明』匾額的正殿，得由皇太后臨御，那是大違祖制之事。垂簾聽政是不得已的措施，當時曾引起絕大風波；如今皇帝即將親政，皇太后如果還有此僭越禮制，違反成憲的舉動，惹起朝野的糾諫譏評，還是小事，萬一皇太后的權力由此開始擴張，以懿旨干涉政務，所關不細！將來推原論始，責有所歸，自己以懿親當國，不能適時諫阻，成了大清朝的萬世罪人，這千古罵名，承受不起；所以不等慈禧太后說出口來，他先就迎頭一攔。

果然，慈禧太后確是那樣的想法。讓恭王這一說，封住了口，無法再提臨御乾清宮正大光明殿的話；即時意興闌珊，不想開口。

大婚盛典

秋風一起，宮裡上上下下，精神格外抖擻。慈禧太后親手用硃筆圈定禮部尚書靈桂、侍郎徐桐爲『大徵禮』的正副使，討個『桂子桐孫』的吉利口采。

『大徵』就是六禮中的『納徵』，該下聘禮。日子是在八月十八，聘禮由內務府預備，照康熙年間的規矩，是二百兩黃金，一萬兩白銀；金銀茶筩、銀盃；一千疋貢緞；另外是二十匹配備了鞍轡的駿馬。聘禮並不算重，但天家富貴，不在錢財上計算，光是那一萬兩銀子，便是戶部銀庫的爐房中特鑄的，五十兩一個的大元寶，凸出龍鳳花紋，銀光閃閃，映日生輝。二十匹駿馬也是一色純白，是古代天子駕車的所謂『醇駟』，大小一樣，配上簇新的皮鞍，雪亮的『銅活』，黃絃轠襯著馬脖子下面一朵極大的紅纓，色彩極其鮮明。爲這二十匹馬，上駟院報銷了八萬銀子，還花了三個月的功夫，把馬匹調教得十分聽話，不驚不嘶，昂首從容，步子不但踩得整整齊齊，而且還能配合鼓吹的點子——光是這個馬隊，就把六、七十歲的老頭子，看得不住點頭，說是『活了這麼多年，還是第一趟見！』

此外還有賜皇后祖父、父母、兄弟的金銀衣物，也隨著聘禮一起送去。到了后邸，皇后的尊親兄弟，早已候在大門外——賽尚阿從立后第二天出面上謝恩摺子，碰了釘子以後，已經知道自己有三件無論如何及不上兒子的事，一是狀元的頭銜；二是承恩公的爵位；三是上三旗的身分，所以這天很知趣，讓崇綺領頭，自己跪在兒子肩下。

等把持節的正使、副使迎入大門；正廳前面還有班人在跪接，那是崇綺的夫人瓜爾佳氏和她的小姑子、兒媳婦。皇后卻不在其內，要到納徵的時候，方始露面。

『大徵』的禮節，當然隆重，但以辦喜事的緣故，自然不會太嚴肅，趁安排聘禮的當兒，靈桂和徐桐先向崇綺道賀。

在他們寒暄的那片刻，大徵的儀物聘禮，已經安設停當，正中一張桌子，供奉著朱緞金字的制敕和使臣的龍節；左右兩張長桌，一張空著，一張陳設儀物，二十匹駿馬，則如朝儀的『仗馬』一般，在院子裡相向而站，帖然不動。

於是皇后出臨了，從皇帝親授如意，立為皇后，鼓吹送回家的那一天起，阿魯特氏與她的祖父、父母、兄嫂，便廢絕了家人之禮。首先是一家人都跪在大門外迎接，而她便須擺出皇后的身分，對跪著的父母絕不能照樣回禮，至多點一點頭。等進入大門，隨即奉入正室，獨住五開間的二廳；同時內有宮女貼身侍候，外有乾清宮班上的侍衛守門，稽查門禁，極其嚴厲，尤其是年輕男子，不論是怎麼樣的至親，都難進門。所以這半年多來，崇綺家除了祭祀吃肉以外，平日幾乎六親皆斷。

在裡面，崇綺要見女兒，亦不容易；數日一見，見必恭具衣冠。她的母親、嫂子，倒是天天見面，但如命婦入宮，侍奉皇后。每天兩次『尙食』，皇后獨據正面；食物從廚房裡送出來，由丫頭傳送她的長嫂，長嫂傳送母親，母親親手捧上桌，然後侍立一旁，直到膳畢。開始幾天，阿魯特氏如芒刺在背，食不下嚥；半年下來也習慣了，但爲了不忍讓母親久立，一頓飯總是吃得特別快，無奈每頓總有二、三十樣菜，光是一樣樣傳送上桌的功夫，就頗可觀。

當然，皇后是除了二廳，步門不出的。半年當中只出過二廳一次，是納采的那天；這天是第二次，由宮女隨侍著，出臨大廳受詔。

聽宣了欽派使臣行大徵禮的制敕，皇后仍舊退回二廳。於是靈桂和徐桐二人分立正中桌後的東西兩面，崇綺率領他父親賽尙阿以下的全家親丁，跪在桌子前面，徐桐宣讀儀物的單子，靈桂以次親授；崇綺跪著接下，轉授長子，捧放著西面的長案上。

等授受完畢，崇綺又率領全家親丁，向禁宮所在的西北方向，行三跪九叩的大禮謝恩。接著，匆匆趕到門外，跪送使臣。典禮到此告成，而麻煩卻還甚多。

主要的麻煩是爲了犒賞。在行納采禮那天，已經鬧得不可開交；納采照例賜宴后家，由內務府和光祿寺會同承辦。名爲賜宴，自然領了公款，筵席分爲兩種，上等的每席五十兩銀子，次等的每席二十四兩銀子，一共兩千二百多兩銀子，后家須照樣再出一筆。另外犒賞執事雜役，由總其成的一個內務府主事出面交涉，講好五千兩銀子『包圓兒』；結果禮部、光祿寺、鑾儀衛等等執事，又來討賞。問到經手人，他說五千兩銀子『包』的是內務府，別的衙門他管不著，也不敢管。這明明是個騙局，但鬧開來不成話；崇家只好忍氣吞聲，又花了三、四千銀子，才得了事。

因爲有這一次的教訓，所以崇家的『帳房』，不敢再信任內務府，決定分開來開銷；帳房設在西花廳，此時坐著好些官員在軟討硬索。

崇家請來幫忙辦庶務的，是個捐班的主事，名叫榮全，行四；在大柵欄、珠市口這些熱鬧地方，有許多市房，每月有大筆房租收入，日子過得很舒服。爲人熱心好朋友，三教九流，無所不交；所以茶樓酒館，提起『榮四爺』，無不知名。因爲熱心而又喜歡熱鬧的緣故，專門給人幫忙辦紅白喜事，提調喜慶堂會，久而久之，成了大行家。崇家慕名，託人延請；榮全也欣然應命，自覺幫人辦了一輩子的喜事，到底熬出來一個名堂，說起來，這場再大不能大的喜事，『宮裡是歸恭王和寶中堂主持；皇后家就是榮四爺辦的！』那是多夠味、多有光采的一件事。

然而一拿上手，不知道這場喜事的難辦，不在規模大，在於根本與任何喜事不一樣。他要應付的不是飯莊子和槓房；難侍侯的也不是出堂會端架子，紅遍九城的名角兒，爲的是大小衙門的老爺！納采禮讓內務府的人坑了一下，害崇家多花了幾千銀子，把他的『榮四爺專辦紅白喜事』的『金字招牌』，砸得粉碎，當時便向主家『引咎請辭』。崇家倒很體諒他，事情本來難辦，另外找人未見得找得到；就找到了，頭緒萬端，一時也摸不清。多花錢不要緊，大婚典禮出了錯不是當耍的事，所以一再安慰挽留，榮全也只好勉爲其難。

『榮四爺』的字號，這時候喊不響、用不著，那就只有軟磨；他和他的幫手，分頭跟內務府、禮部、鴻臚寺、鑾儀衛、上駟院的官員說好話，從午前磨到下午三點鐘，才算開銷完畢。

這一場交涉辦下來，榮全累得筋疲力盡，但他無法偷閒息兩天；大徵禮一過，馬上得預備大婚正日的慶典。光是皇后的妝奩進宮，就非同小可，其中有無數玉器、玻璃器皿、大大小小的鏡子，碰壞一點就是不吉利，怎麼向崇家交代？爲此榮全日夜擔心，魂夢不安！

但是大大小小的官員，卻是喜氣洋洋，輕鬆的居多；各衙門雖不像『封印』以後那麼清閒，但也絕不像平日那樣認眞，公事能擱的都擱了下來，等過了大婚喜期再說。朋僚相聚，談的總是如何相約找個適宜的地方去看皇后的嫁妝，或者如何結伴入宮瞻禮。這樣到了八月底，奉准入覲的官員紛紛到京，便另有一番趨候應接的酬酢，大小衙門，越發冷冷清清了。

彭玉麟也就在這時到了京師，一進崇文門，先到宮門遞摺請安；當天便賞了『朝馬』，傳旨第二天召見。

召見是在養心殿的東暖閣——皇帝雖未正式親政，但實際上已開始親掌政務。所以這天也是皇帝問的話多，垂詢了從湖南啓程的日期，周閱長江各地的情形，皇帝說道：『看你的精神倒還不壞！』

彭玉麟率直答道：『臣有吐血的毛病，晚上也睡不好，難勝煩劇。』

『這一趟巡視長江，你很辛苦了。足見得身子還很好。』

『是！』彭玉麟答道：『臣不敢不勉效馳驅。』

『這才是！朝廷全靠你們老成宿將。』皇帝有些激動，『現在洋人狂妄得很！彭玉麟，你要替我辦事，把長江水師整頓好了，還要替我籌劃海防！』

皇帝這樣在說，一旁帶班的恭王，頗爲不安。因爲海防是另一回事，歸直隸總督兼領的北洋大臣，與兩江總督兼領的南洋大臣分別負責；尤其是北洋大臣李鴻章，海防事宜實際上由他一手在經理，其中牽涉到洋務與船政，與彭玉麟無涉。倘或皇帝年輕氣浮，貿貿然面諭，眞個叫彭玉麟去籌劃海防，那時既不能奉詔，又不能不奉詔，豈不是要平添無數麻煩？

幸好，彭玉麟很有分寸，『江南的江防，跟海防的關係密切，江陰與吳淞兩處，防務更爲緊要。

臣已面飭守將，格外當心。』他略停一下又說：『凡江南江防，與海防有關聯的各處，臣請旨飭下新任長江水師提督李成謀，加意整頓。至於南北洋海防，臣向來不曾過問，實在無可獻議。臣此次進京，在天津曾跟李鴻章見面，亦曾聽他談起北洋海防，處置甚善。請皇上仍舊責成李鴻章加緊辦理，數年以後，必有成效。』

這一說提醒了皇帝，連連點頭，不再提到海防，『你保舉的李成謀，才具怎麼樣？』

『李成謀是李臣典的胞弟，他在福建的官聲甚好，不尙浮華，肯實心辦事。目前長江水師的習氣甚深，須有誠樸清廉的人去整頓；臣因此保舉李成謀。』

『嗯，嗯！』皇帝又問：『你在湖南的時候，與曾國荃可有往來？』

『臣居鄉廬墓，足跡不出裡門，與曾國荃難得見面。不過常有書信往來。』

『他的精神怎麼樣，是不是很好？』

『是！』彭玉麟答道：『曾國荃帶兵多年，習於勞苦，精神很好。』

『既然精神很好，就該出來替我辦事。』

這一說，恭王又在心裡嘀咕。曾國荃因爲參了官文的緣故，旗下親貴，對他異常不滿；一時沒有起用的可能。皇帝不知道這些恩恩怨怨，想到誰就要用誰，將來一定會惹出許多風波，得怎麼樣讓他明白其中的窒礙顧慮才好。

『楊岳斌呢？可常見面？』皇帝又問：『你跟他共事多年，想來一定常有往來？』

這一問又見得皇帝對過去的情形欠熟悉，楊岳斌與彭玉麟都由水師起家，楊在前而彭在後，以後彭玉麟改了文職，反可以節制楊岳斌，因而生了意見。楊彭不和，連慈安太后都知道，就是皇帝懵懵懂懂，問出這樣的一句不合的話，令人適背會來後好笑。

然而在彭玉麟卻不是好笑，而是有些困惑，不知道皇帝問這話，是甚麼意思？當然，此時唯有簡簡單單地回答，說跟楊岳斌不常見面。

皇帝的話問的不得體，慈禧太后早就覺察到了；再問下去，還不知道會有甚麼笑話，因而此時接過話來，將彭玉麟慰勉了一番，說他不辭勞怨，實心可嘉。又勸他節勞保養，莫負朝廷倚重之意，然後吩咐：『跪安吧！』

彭玉麟還是初次覲見，早已請教過人，知道這就是召見已畢的表示，當即免冠碰了頭。又因為聽說過左宗棠覲見，把大帽子遺忘在御前的笑話，所以特別檢點，總算順順利利地完成了『面聖』的一件大事。

回到下榻之處的松筠庵，已有好幾位同鄉京官在等著，應酬了一陣，分別送走。剛換下官服想休息，從人來報：『軍機沈大人來拜！』

這當然不會是泛泛的官場客套。彭玉麟經過天津時，已從李鴻章口中，相當深入地了解了朝中的『行市』：兩位漢軍機大臣，已成南北對峙，各張一幟的形勢。看起來是李鴻藻的聲勢來得壯，以帝師而提倡『正學』，尤其是在倭仁死後，徐桐雖想接他的衣鉢，無奈『太上感應篇』比起程朱的『太極圖說』，究竟不可同日而語，所以衛道之士，直諫之臣，隱隱然奉李鴻藻為宗主。但是，這可以鞏固他的地位，卻不能增加他的權力。

李鴻藻得的是虛名；實權遠比不上沈桂芬。沈桂芬出於文祥所薦，而文祥人和政通，不但受兩宮太后的信任和恭王的倚重，並且外而督撫將軍，內而部院大臣，無不對他尊敬。沈桂芬有此奧援，加以在總理衙門支持寶鋆，迴護董恂，十分盡心，因此，除了洋務以外，像寶鋆專管財政那樣，綜攬軍務亦幾乎成了沈桂芬的專責。

爲此，彭玉麟對這位軍機大臣來訪，十分重視；請在楊繼盛當年草疏彈劾嚴嵩的『諫草亭』中相見。沈桂芬雖是江蘇吳江人，寄籍宛平，是在京城裡長大的，一口低沉而帶磁性的京腔，配上他那清臞儒雅的儀表，令人覺得肫摯可親；他的清廉也是有名的，一品當朝而服飾寒素，這一點更合彭玉麟的胃口，所以一見便道傾倒之意。

沈桂芬首先轉達了恭王的意思，想請他吃飯，作個長談；無奈大婚期近，忙得不可開交！特意託沈桂芬致歉，等過了慶典，再發帖子奉邀暢敘。接著又說，恭王對他十分尊重，所以凡有所請，無不依從。

提到這一點，彭玉麟確是感激，對長江水師整頓的章程，彈劾的官吏，保薦的人選，請無不准，除掉曾國藩，朝廷沒有這麼給過面子。當然，其中也有沈桂芬斡旋的力量；轉念到此，便正好趁這時候道謝。

『都虧經翁玉成。』他拱拱手說：『感何可言！』

『不敢，不敢！』沈桂芬平靜地答禮，『大功告成，軍心不免鬆懈，驕兵悍將，日益難制；朝廷要借重雪翁清剛正直的威名，整頓出一個榜樣來。聖意如此，軍機上當然力贊其成。皇上對雪翁尤其看重，剛才面諭，無論如何，不可高蹈。只怕日內就有明發。』

『這──，』彭玉麟試探著問：『皇上不知道是怎麼個意思？』

『想留雪翁在京供職。不過眼前還沒有適當的缺，只怕要委曲雪翁。』沈桂芬又說：『今天擬大婚執事的名單，派了雪翁「宮門彈壓大臣」的差使，明天就要演禮；完了事，請到軍機上來坐一坐。』

彭雪琴心裡有數，派甚麼缺，明天就可定局。聽這口氣，大概是回任兵部侍郎。以前不能幹，現在自然更不能幹；且到時候再說。

第二天一早，各衙門大小官員，都趕進宮去看熱鬧；這天是禮部堂官率領司官演習大婚儀禮，准許各衙門官員仰瞻盛典。彭玉麟也早早到了太和殿前。

這天演禮，主要的是排百官朝賀的班次，亂糟糟的沒有甚麼好看，但彭玉麟卻捨不得走，他是平生第一次進京，自然也是第一次瞻仰九重宮闕。仰頭瞻望著二丈高的殿基上，十一楹寬、五楹深的太和殿，心中生出無限感想，甚麼建牙開府、起居八座？不到這裡，不知人間甚麼叫富貴！這樣轉著念頭，越覺此身渺小，把功名也看得更淡了。

就在這時氣喘吁吁地趕過來一名『蘇拉』，彭玉麟昨天見過，知道他在隆宗門當差，軍機處和南書房有甚麼需要跑腿的差遣，就是他的職司。看樣子是衝著自己來的，因而定睛望著。

果然，那蘇拉到了面前，先長長喘口氣，然後說道：『恭喜彭大人！』接著便請了個安，從靴頁子裡掏出一張紙，遞了過去：『沈大人叫我送來的。』

『喔，多謝！』彭玉麟接過那張紙來看，上面抄著一道上諭：

『彭玉麟著署理兵部右侍郎，童華毋庸兼署。前據彭玉麟奏懇陛見後回籍養痾，此次召見時復再三陳情；彭玉麟辦事認眞，深堪嘉尚，刻下傷疾已痊，精神亦健，特令留京供職，用示朝廷倚重至意。毋得固辭！』

『沈大人還關照，請彭大人這會兒就到軍機；六王爺等著見面。』

『好，我此刻就去。』

於是沿著一路高搭的彩棚，從中右門進後右門，越過三大殿進隆宗門到軍機處；等通報進去，立刻傳出話來：『請彭大人在東屋坐。』

這一坐坐了有半個時辰，才看到恭王，一見面便連連拱手：『得罪，得罪！』然後請他『升匟』，態度十分謙和。

彭玉麟知道他極忙，能抽出這片刻功夫來接見，已是很大的面子，所以不敘客套，率直問說：『王爺召見，不知有甚麼吩咐？』

『上頭的意思，昨天經笙已經轉達；上諭下來了，不知道看見了沒有？』

『是！』彭玉麟說：『蒙皇上的恩典，只怕……』

『雪翁！』恭王搶著說道：『你總要勉爲其難！就是缺分太委屈了一點兒，先將就著；等明年親政大典過後，我一定想法子替雪翁挪動。』

『多謝王爺栽培。只是不瞞王爺說，我有三層苦衷，要請王爺體諒，第一、才具不足，兼以體弱多病，難當重任；第二、賦性愚戇，不宜廁身廟堂；第三、從未當過京官，儀注不熟，處處拘束。總求王爺代爲婉轉陳奏，放歸田里；將來倘有可以報答之處，萬死不辭。』

恭王聽他的話，不斷點頭，但雙眉皺得很緊；略停一下，這樣答道：『眼前也無從談起。等過了慶典，我們從長計議。只是，雪翁，上頭的意思很殷切，你不可辜負。』

『不敢！』彭玉麟趕緊站起身說：『唯其皇上不棄菲材，我不敢講做官，只講辦事。若於大局有益，赴湯蹈火，亦所甘願；書生報國，原不必居何名義！』

恭王又點頭：『你的意思我懂了！』

接著，恭王又告訴彭玉麟，派他『宮門彈壓大臣』的差使，完全是爲了方便他觀禮。如果精神不濟，可以不必當差。又說大婚儀禮是百年難逢的大典，適逢其盛，不可錯過。言詞溫煦親切，等彭玉麟告辭時，又親自送到廳門，絲毫不見親貴王公那種眼高於頂的驕倨之態；因而使彭玉麟想起那些水師陸營將官的濫作威福，越覺厭惡。

等回到松筠庵，立刻便有一位官員來拜，是近年來慈禧面前的紅人，工部侍郎兼步軍統領衙門左翼總兵榮祿，名帖上自稱『晚生』。彭玉麟久聞其名，自然要見；迎出門來，大爲訝異，榮祿似乎還不到三十歲，生得如玉樹臨風，俊美非凡，加以服飾華貴，益顯得濁世翩翩佳公子般，令人生羡。

微笑凝望的榮祿，一見彭玉麟，先自作揖；迎入門內，揖讓升階，正式見禮時，請了極漂亮的一個安，稱主人『老前輩』，很恭敬地寒暄了一番，才道明來意，說是接到內務府的通知，彭玉麟是『宮門彈壓大臣』；而大婚典禮彈壓地面，維持秩序，歸他負責，所以『特意來侍侯老前輩當差』。

『不敢，不敢！』彭玉麟也很率直，把奉派這個差使的原意，告訴了榮祿。

『上頭是體恤老前輩，不過說眞個的，晚生倒是想借重老前輩的威望。』榮祿的神態顯得很懇切，『大婚典禮，早就轟動各地；這個把月，京城裡總多添了二、三十萬人，茶坊酒肆、大小客棧，無不大發利市。其中自然也有趁此機會來找外快的；昨天一天就抓了上百的扒兒手。江湖上的所謂「金、皮、彩、掛」，三教九流，各路好漢，來了不知多少！別的都還好辦，可有些散兵游勇，晚生惹不起！』

『怎麼呢？』彭玉麟奇怪地問：『散兵游勇滋事，儘管逮捕法辦。何以說是惹不起？』

『不瞞老前輩說，像今兒早上演禮，有位貴同鄉，身穿賃來的破舊花衣，頭上卻是紅頂子，楞往宮裡闖；問起來，他是保到都司，賞過二品頂戴的。』榮祿作出充分同情而無可奈何的神態說：『老前輩請想，都是替朝廷出過力，建過功的人；又是這樣子的大喜事，能有甚麼辦法？自然只有用好話敷衍；敷衍得下來，也就罷了，就怕有一肚子牢騷的，越扶越醉，在宮門之前，眾目睽睽之下，大吵大鬧，豈不有傷體統？』

『原來如此！』彭玉麟心想，裁撤的湘軍，心懷不平的人很多；如果他們作踐老百姓，自己不能不問，此外就犯不著來管這閒事了，不過榮祿既然虛心求教，又似乎不便峻拒。這樣沉吟了一會，想到了一個主意，『仲華兄，』他說：『既然體念到那些人是出過力，建過功的；亦當體念他們如今窮無所歸，有滿腹牢騷。聽說這一趟大婚，花了一、兩千萬銀子；從中漁利的不知凡幾，何妨也想想別人的苦楚，事先略有安排，把他們的氣平了起來，豈不是弭患於無形的上策？』

『是，是！』榮祿被提醒了，連連拱手致謝：『老前輩見教得極是，心感之至。晚生馬上派人分頭去辦，好好安撫。不過，這幾天還得借重老前輩的威望，坐鎮宮門。』

說到頭來，這也是自己的差使，彭玉麟不便再辭，很爽快的答應了。

於是榮祿又深深致謝，告辭回衙。一面選派神機營平日慣於探事的幹員，分頭到西河沿、打磨廠等處的小客店中，打聽那些窮極無聊，有意來訛詐尋事的湘軍、淮軍，找上爲頭的人，下館子，套交情，送上一筆盤纏，買個平安。一面派了一名漢軍旗的步軍校，帶領十六名兵丁，到松筠庵供彭玉麟差遣。

到第二天，就是皇后妝奩進宮的日子；照滿洲的婚禮，發嫁妝在吉期前一天，只以皇后的妝奩有三百六十檯，連發四天，所以提早開始。這天是重陽，卻無風雨，吃罷花糕，不選高處去登臨，都擠到大街上來看這天下第一份的嫁妝。自然，路線是早就打聽好了的；皇后妝奩進大清門，出長安左門，由東折而往北，進東安門；再由東華門入宮。飛檐翼宇的大清門是皇城正門，門前空地成正方形，石欄隔繞，形如棋盤，所以名爲棋盤街，又稱天街；清曠無塵，最宜玩月。此時自是看熱鬧的第一個好去處。

一大早，步軍統領衙門和屬於禁軍的內務府三旗護軍營、驍騎營，以及該管地帶朝陽門內的鑲白旗，崇文門內的正藍旗，便已派出大批人馬，沿路佈防，維持秩序；大興、宛平兩縣的差役，當然更加不敢怠慢。只是平日可以拿著皮鞭，盡量威嚇，有不聽話的，還可以抽上兩鞭，但這一次是大喜事，兩宮太后早有話下來：普民同慶的好日子，不許難爲百姓！因此，那些穿了簇新青緞褂子，腳穿薄底快靴，頭戴紅纓帽的差役可就苦了；使盡吃奶的力氣，將洶湧的人潮，盡量往後壓，口中不斷喊著：『借光，借光！』一個個都把喉嚨喊啞，累得滿頭大汗，才能騰出天街中心兩丈寬的一條通路。

到得日中將近，終於聽見了鼓樂的聲音，但見綿延無盡的黃緞綵亭，迤邐而來；綵亭中的首飾、文玩、衣服、靴帽，不甚看得清楚，好看的還是儀仗隊伍，抬妝奩的校尉，一色紅緞繡花短褂，燦若雲霞。這時候大家才知道，何以江寧、蘇州的織造衙門，動支的費用要上百萬。

五、六十檯黃緞的綵亭過後，便是數十檯木器；這是兩廣總督瑞麟和粵海關監督崇禮辦的差，桌椅几案，都用紫檀，打磨光滑，不加髹漆；尺寸當然特大，雕鏤的花樣非龍即鳳，都與民間不同。只是木器之中，獨獨缺少一張床；有些人不免失望，因爲早有傳說，皇后陪嫁的是一張八寶象牙床，原來並無其事。然則皇后皇帝合巹，難道連張床都不用？

床自然是有的，當發妝奩的那一刻，四個特選的『結髮命婦』，正在坤寧宮東暖閣鋪喜床；床是早就在建宮的同時就安好了的，安在兩根合抱不交的朱紅大柱之間，其名爲床，實在別成天地，裡面有燈燭几案；一切房幃之內所需要的什物，都可以藏置在內。帳子本用黃緞，此時則換成紅色。

那張『床』也可以說是一個間，所以沒有床頂，只有雕花的橫楣，懸一塊紅底黑字的匾，四個大字：『日升月恆』。西面朱紅大柱下，置一具景泰藍的大薰爐；東面柱旁，則是雪白的粉壁，懸著『頂天立地』的大條幅，畫的是『金玉滿堂』的牡丹。下置一張紫檀茶几，几上一對油燈，油中還加上蜂蜜，期望皇帝和皇后，好得『蜜裡調油』似地。

『鋪床』的四位結髮命婦，以跟榮祿一樣，近一、兩年才走紅的貝勒奕劻的夫人爲首，都是按品大妝，由內務府從宮女特選的四名女官，襄助著奉行故事。四命婦各站一角，將一重重簇新的織錦褥子鋪設整齊，然後從女官手裡接過四柄鑲玉如意，鎭壓在四面床角。接著，四名女官又捧進一件『龍鳳同和』袍、一方『百子九鳳』花樣的紅緞蓋頭，以及不脫龍鳳、雙喜、如意等等形態的珠玉頭飾，用方繡鳳黃袱包得整整齊齊，這是預備送到后邸，等吉期那天讓皇后穿戴了上鳳輿的。

四位命婦鋪床的禮俗，到此告一段落；四名女官卻還有一樁很特別的差使，這樁差使在她們四個人，一想起來就會臉紅心跳，甚至手腳發冷。有時害臊，有時又覺得新奇；有時犯愁，也有時興奮；嘀嘀咕咕好幾天，這晚上的差使到了。

也不過天剛微黑，從內務府包衣眷屬中選來的『精奇嬤嬤』，帶著這四名臨時加上官名，以做『司燈』、『司帳』、『司衾』、『司枕』的女官，到了養心殿向小李報到。

『全來了？』他笑嘻嘻地問。

『這不全來了嗎？』精奇嬤嬤指著那四名女官一一報名。

小李逐一打量，燕瘦環肥，各有妙處：表情卻都一樣，微紅著臉，盡量裝出莊重的樣子，借此掩飾尷尬的神色。

『妳可都教會了沒有？』小李問道，『到時候她們要是不會，那就糟了——萬歲爺也不會！』

小李恃寵無忌，帶著些開玩笑的意味，那精奇嬤嬤卻不敢拿皇帝取笑，正色答道：『我可是盡心教了，不能不會。李大爺要不放心，你就問問她們。』

小李吐一吐舌頭，『好傢伙！侍候萬歲爺的，我能瞎問嗎？』他又補了一句，『再說，我也不會！』

等他走轉身進去回話，那精奇嬤嬤望著他的背影，咕嚕了一句：『甚麼不會！乾脆說，你就叫不成！』

有個女官『噗哧』一聲笑了，趕緊閉上嘴，綳住臉；於是精奇嬤嬤再一次叮囑，不要害怕，可也不能輕狂，要顧到禮數。最要緊的是千萬不能彆彆扭扭，惹得皇帝不高興。

她還在絮絮不斷地教導，小李已經回了出來，傳旨召見。精奇嬤嬤帶領四名女官，進了西暖閣，行過大禮，奏陳姓名，隨即退了出來。於是雙扉緊閉，『司枕』的安枕，『司衾』的展衾，『司帳』的放帳子，最後『司燈』的滅了燈——四名女官就在黑頭裡現身說法，教導皇帝如何做個男人。

以此『教導』之功，那四名女官雖不曾作了鳳凰，但確已飛上枝頭，成了妃嬪中低等級的『常在』，另有一份遠比宮女的待遇來得豐厚的『月例』。此生有沒有再承雨露的恩幸，雖是渺茫之事；至少可以遷出與監獄相似的『永巷』，不再吃御膳房黑心廚子的腐臭飯食，也不必再受管轄太監的呵斥剝削，那就無異登仙了！

皇后當然也有人教導，就像民間閨女出閣那樣，總是在上轎之前，由嫂子陪伴著，在枕上密語。到了十三那天，發完妝奩，皇后就得準備做新娘子了——吉期雖選定九月十五，儀典卻從十三半夜裡便已開始，太和殿前，陳設全副鹵簿，丹陛大樂，先冊封，後奉迎；十四寅初時分，皇帝御殿，親閱冊寶，冊封皇后的制敕，是內閣所撰的，一篇典雅堂皇的四六文，鑄成金字，綴於玉版，由工部承製，報銷了一千多兩黃金。『皇后之寶』亦用赤金所鑄，四寸四分高，一寸二分見方，交龍紐、滿漢文，由禮部承製，也是報銷了一千多兩金子。

冊封的使臣，仍舊是靈桂和徐桐，早已在丹墀東面待命，聽得鴻臚寺的鳴贊官傳宣，便由東階登殿，行了三跪九叩的大禮；跪聽宣制官傳制——任何欽差，上諭必稱『該大臣』；只有這樣差使，稱呼格外客氣：『卿等以禮冊封』。等正使靈桂、副使徐桐，受命下殿時，供奉玉冊金寶的龍亭，便由鼓吹前導，抬出太和門，冊封專使跟隨而出，再後面就是校尉所牽的兩匹馬，要到大清門外，專使方能騎乘，直趨后邸。

崇家此時，裡外燈火輝煌，門外人聲如沸；皇后的全副儀仗，一直排出兩面胡同口，喜事大總管榮全奔進奔出，忙得滿頭大汗。等正副使剛進了胡同，他便通知，『請皇后的駕！』自然，崇綺是早就率領他的父親和子姪，恭候在門；鼓吹喧闐聲中，冊寶龍亭停了下來，正使副使，一個捧冊、一個捧寶，徐步進了大門。

大門口是崇綺率領全家親丁跪接，二門中是崇綺夫人率領子婦女兒跪接，等在大廳上安放好了冊寶，皇后方始出堂，正中向北面跪下，聽徐桐宣讀冊文；駢四儷六的文章，用的大半是『尚書』上的典故，而且抬頭的地方極多，看起來十分吃力，以致於徐桐唸不斷句，也唸了好幾個別字，費了好大的勁才唸完。

於是靈桂把玉冊遞給左面的女官，跪著接了，轉奉皇后；皇后從左面接來，往右面遞出，另有一名女官接過，放在桌上。金寶也是這樣一套授受的手續。冊立大典，到此告成，靈桂和徐桐，隨即回宮覆命。

這就到了該奉迎的時候了。一吃過午飯，文武百官，紛紛進宮，在太和殿前，按著品級排班；申初時分，皇帝臨殿，先受百官朝賀，然後降旨發遣陳設在端門以內、午門以外的鳳輿，奉迎皇后。奉迎的專使是兩福晉、八命婦；兩福晉是皇帝的嬸母，惇王和恭王福晉，八命婦原來都應該是一品夫人，但既要結髮，又要有子孫，而且年紀不能太大，那就只好用二品的來湊數了。

遣發鳳輿時，還有一項非常重要的儀注。大婚的儀禮，原是滿漢合參；而『六禮』中最重親迎，帝后比於天地，亦是敵體，則皇帝大婚不親迎皇后，於禮有悖。但果眞親迎，不但儀制上會生出無法折衷調和的麻煩；而且帝后究竟不同，大駕臨御，剛要做新娘子的皇后，還得跪接，世上自然沒有這個道理，因而想出一個代替的辦法。

這個辦法是用一柄龍形的如意代替，當惇王和恭王的福晉，率領八命婦承旨奉迎皇后時，跪進硃筆，由皇帝在如意正中，硃書一個『龍』字；然後將這柄如意放在鳳輿中壓轎，那便是『如朕親臨』的表示，作爲親迎的代替。

奉迎的儀節，又以滿洲的風俗爲主。開國之前，在白山黑水之間，滿洲人無論男女老幼，都會騎馬；迎親亦是如此，新娘子是騎著馬到夫家的。皇后自然不能騎馬進宮，但迎親的兩福晉，八命婦，猶依康熙年間的成例，必須騎馬。當時入關未幾，舊俗未廢，王公內眷乘騎往來，不足爲奇，兩百年下來，旗下貴族的福晉、夫人都坐八抬大轎；尤其是恭王福晉，跟著她的久任督撫的父親桂良，到東到西，平日起居，與漢人的大家小姐無異，不要說是騎馬，連馬鞍子都沒有碰過。這時突然說要騎馬，而且在萬人空巷的百姓圍觀之下，招搖過市，眞是提起來就怕；好幾次跟恭王提到，最好改作乘轎或者坐車，不然就豁免了這個差使。

這兩個要求都辦不到。大婚盛典，兩宮太后欽派的奉迎專使，說起來還是一大恩典，不能不識抬舉，請求豁免。若說改變舊例，不但儀制早定，無法更張；就算能夠，恭王也不肯這麼做，因爲這會引起譏評，甚至言官會上奏參劾，安上個『徇私亂法』的罪名，說不定又一次搞得灰頭土臉。

萬分無奈，只好現學。虧得她的長子載澂，在少年親貴中，騎射最精；兩福晉、八命婦學騎，歸他一手教導。載澂親自在上駟院中選了十匹最馴良的棗紅馬，找了他的堂兄弟載漪等人做幫手，在恭王府的後苑中，整整教了一個月，才將他母親教得敢於放心大膽，騎著馬上街。

到了奉迎的這一刻，恭王福晉才知道這一個月的苦頭，眞沒有白吃；出午門上馬，等龍亭前導，鳳輿後隨，她便與她五嫂並駕齊驅，讓載澂最得力的一個『馬把式』，穿上鑾儀衛校尉的服飾，牽著馬款款而行，由端門經天安門，通過天街，安安穩穩地直出大清門；只見夾道聚觀的百姓，指指點點，相顧驚異，心裡非常得意地在想：這一趟風頭可是出足了！

到了后邸，崇綺全家依然有一番跪接的儀注；等把鳳輿在大堂安置好，十位福晉命婦到正屋謁見皇后，然後侍侯梳妝。事先早已約定，這個差使歸崇厚的夫人承擔；她也刻意要把這個差使當好，有幾樣東西是外間從未用過的——崇厚出使法國帶回來的脂粉，粉是水粉，與江南的鵝蛋粉不同，抹在臉上，片刻就乾，又白又光又勻。然後梳頭，梳的是雙鳳髻，一邊插一枝雙喜如意碧玉簪。

裡面靜悄悄地在梳妝，外面卻又有報喜的到了——這是崇綺自長女貴為皇后後，第三次蒙受恩榮。最初是封三等承恩公；公爵照例該有一份內廷行走，或者扈從儀駕的差使，所以第二次被授為散秩大臣，這是閒散宗室例授的職銜，無俸無祿，亦不需當差，好聽的就是『大臣』二字。

此刻第三次加恩，對崇綺來說，相當實惠，內閣所奉的上諭是：『委散秩大臣三等承恩公崇綺以內閣學士候補。』他原來是翰林院侍講，五品官兒；這一下連升三級，內閣學士是二品，等一補實，照例還可以兼禮部侍郎，外放必是巡撫；如果當京官，則在各部轉來轉去，都是『堂官』。這一道恩旨，相當於十年的經歷，崇綺自然感激天恩。

除了崇綺，還有鳳秀，在同一道恩旨上，以四品京堂候補，轉眼也在『小九卿』之列，可以參與『廷議』了。他家此時的熱鬧，亦不輸於崇家。但盈門賀客，想法大不相同，一種是因為他家也是滿洲世家，上兩輩子的交情在，純粹照世俗禮法行事，屬於普通的應酬。一種是因為鳳秀的女兒，本該正位中宮，卻委屈地降級為妃，此刻特地來慶賀，兼有安慰道惱的意思。再有一種目光銳利，從夾縫中看出慧妃這位妃子，非比等閒，一則是慈禧太后所看中的，而慈禧太后即使撤簾歸政，對親生兒子的皇帝，一定仍舊有『怎麼說便得怎麼依』的力量，而慧妃又在慈禧太后面前說得動話，這樣就是一條很好的門路；再則，慧妃的豔麗，誰都不能不承認非皇后所及，皇帝目前聽了慈安太后的話，立了阿魯特氏為后，但將來得寵的必是慧妃。如果蒙古皇后夭年不永，慧妃自然繼位中宮，鳳秀也還有封公爵的時候；等那時再來巴結，可就晚了。

但是，儘管慧妃也是欽派大臣為正使、副使持節冊封的，奉迎的典禮，卻是不可同日而語，慧妃不過八對宮燈、一頂黃轎，由東華門抬進宮去；而皇后進宮，光是宮燈就有三百對，由身穿紅緞繡花褂子的校尉持著，照耀得亮如白晝，以致九月十四將滿的月亮，黯然失色。

鳳輿是子初一刻出后邸的，『導子』早就在戌時便已出發，全副皇后的儀仗，旌旗宮扇，平金繡鳳，在三百對宮燈和無數喜字燈籠中，閃耀出令人眩目的異彩；然後便是御前侍衛扶著轎槓的鳳輿，後面跟著無數馬匹，兩福晉八命婦之後，是扈從的王公大臣。整個肅靜的行列中，也只有這一部分馬蹄歷亂，偶爾夾雜著馬嘶和噴鼻的聲音，正如『鳥鳴山更幽』的境界一樣，有了這些聲音，反更顯得奉迎儀杖的莊嚴肅穆。

在這萬民如醉，目眩神迷的當兒，皇帝卻在乾清宮閒得發慌，也許是等得不耐煩，也許是跟天下做新郎的人一樣，必有這種忐忑不安的心情。反正皇帝只覺得時間過得太慢。

『甚麼時候了？』他問小李。

小李還未及回答，只聽自鳴鐘已響起寬宏悠揚的聲音，看一看，長短針相交在正中，小李便笑嘻嘻地跪下，高聲說道：『這會兒正交子正。九月十五，萬歲爺的大喜吉期！』

在殿外待命的八名少年親貴，以載澂爲首，正也因爲時交九月十五的正日，進殿叩賀；同時報告一個消息，說慧妃已經進宮，安置在長春宮後面的咸福宮。

皇帝沒有說甚麼，依然是關注著皇后進宮的時刻，正想發問時，只聽午門樓上——五鳳樓的鐘鼓齊鳴，這表示母儀天下的皇后，已由大清門進宮了。

『是時候了！』載澂請個安說：『請旨啓駕。』

『好，走吧！』皇帝點點頭說。

於是傳旨領侍衛內大臣伯彥訥謨詁，準備啓駕到坤寧宮，作爲迎候皇后的表示。在御用的軟轎前面，由那八名少年親貴執著宮燈引導，御前大臣和御前侍衛扈從著，在禮部堂官照料之下，皇帝出乾清門，再折回東一長街，入景和門，進坤寧宮，在大婚洞房的東暖閣前殿休息。

這時皇后的鳳輿，已經由御道到了乾清門，抬過一盆極旺的炭火，四平八穩地停好，皇后在兩福晉、八命婦及女官護持著，跨出轎門，只見她一手拿一個蘋果；隨即有女官接了過去，同時惇王福晉捧著一個紅綢封口的金漆木瓶，交到皇后手裡，裡面盛著特鑄的『同治通寶』的金銀線和小金銀錠、金玉小如意、紅寶石，以及雜糧米穀，稱爲『寶瓶』。

等皇后捧穩了『寶瓶』，奉冊寶的龍亭方始再走，沿著御道經過乾清宮與昭仁殿之間的通路，進入乾、坤兩宮之間的交泰殿。這個殿不住人，只有兩項用處，一項是『天地交泰』爲帝后大婚行禮之地；一項是儲藏御寶。這天晚上，兩項用處都有；禮部堂官先奉皇后冊寶入藏，然後在殿門前另作了一番佈置，橫放硃漆馬鞍一個，鞍下放兩顆蘋果——就是從皇后手裡取來的那兩個；上面再鋪一條紅毯。

六對藏香提爐，引導著皇后跨過『平平安安』的蘋果馬鞍，被引導到西首站定；這就到了拜天地的時刻——皇帝這面也是算好了時刻的，等皇后剛剛站好位置；皇帝也由坤寧宮到了，站向東首與皇后相對而立，在繁密無比的鼓吹聲中，一起下拜，九叩禮畢，成爲『結髮』。

拜了天地拜壽星，拜完壽星拜灶君；灶君在坤寧宮正殿，而坤寧宮的正殿，就彷彿缸瓦市『沙鍋居』的廚房，每天都要煮兩頭豬。這裡不但是廚房，而且還是宰牲口的屠場；一進門便是 張包鐵皮的大木案，地上鋪著承受血污的油布；桌後就是稱爲『坎』的一個長方形深坑，坑中砌著大灶，灶上兩口極大的鐵鍋，每口鍋都可整煮一頭豬，鍋中的湯，自砌灶以來，就未曾換過，還保存著兩百多年前的餘味。

這是皇家保存著滿洲『祭必於內寢』的遺風；在所有的宮殿中，只有坤寧宮的規制，與前代完全不同，是照太祖天命年間，盛京清寧宮的式樣重建的。在俎案鍋灶以外，神龕就設在殿西與殿北兩面，殿西的神龕懸黃幔，所供的神是關聖帝君，享受朝祭；殿北的神龕懸青幔，所供的神，尊名叫『穆哩罕』，享受夕祭。

照規矩說，無論朝祭、夕祭，都應該皇帝皇后親臨行禮，但日子一久，成為虛文，除了大祭以外，日祭都由太監奉行故事，執事太監分為司香、司俎、司祝，殺豬就是司俎的職司。

無分晴雨寒暑，每天半夜裡必有一輛青布圍得極嚴的騾車，停在東華門外；門一開，首先進宮的就是這輛車，到了坤寧宮前，卸下兩頭豬來，經過一番儀式，殺豬拔毛、洗剝乾淨，放在那兩口老湯鍋中去煮，只加香料不加鹽，煮熟了祭神。除非是二月初一，賜王公大臣吃肉；在平常日子，這些福胙照例歸乾清門侍衛享受。

坤寧宮是皇后的正寢，而主持中饋是主婦的天職，因此，拜灶君亦只有皇后行禮。同時禮部和鴻臚寺等等外廷的執事，恭襄大禮，到此作一結束；坤寧宮以內的繁文縟節，與這些人無涉，可以退下了。

三叩禮拜了灶君，皇帝皇后在坤寧宮東暖閣行坐帳禮，吃名為『子孫餑餑』的餃子；煮餃子的是禮王福晉，一下鍋就得撈起來，呈上帝后；餃子還是生的，但不能說生，咬一口吐出來，藏在床褥下面，說是這樣就可以早『生』皇子。

於是皇帝暫時到前殿休息，等候福晉命婦爲皇后上頭；這仍然是崇厚夫人的職司，在滿洲人，叫作『開臉』，用棉線絞盡了臉上的汗毛和毿毿短髮，然後用煮熟的雞子剝了殼，在臉上推過，立刻便出現了容光煥發的婦人的顏色。這一樣功夫，講究膚髮之間黑白分明，截然如利刃所切，稱爲『四鬢刀裁』。

然後是重新梳頭。雙鳳髻只是及笄之年的少女裝束；此刻改梳爲扁平後垂，無礙枕上轉側的『燕尾』；仍舊插戴雙喜如意簪，另外插一朵紅絨所製的福字喜花。這樣打扮好了，方始抬進膳桌來開宮裡稱作『團圓膳』的合巹宴。

這時的皇帝，只有太監照料了。小李引入御駕，兩福晉和八命婦一起請安迎接；皇帝不知是喜氣還是靦腆，臉紅得厲害，向兩位福晉虛扶一扶，帶些窘意地笑著道乏。

『五嬸、六嬸，這陣子把妳們累著了。』

『借皇上的喜氣，一點兒都不累。』惇王福晉看一看她弟婦說：『咱們跪安吧！』

惇王福晉兩妯娌，領著崇厚夫人她們跪安退出，卻不曾走遠，在殿前遙遙凝視；不久，看到太監和女官亦都退了出來，東暖閣的槅扇，輕輕地被閤上了。

於是一對結髮侍衛在殿前廊上，擊著檀板用滿洲語高唱『合巹歌』；那對『蜜裡調油』的『百子雙喜香油燈』，在雪白的窗戶紙上，蕩漾出膩人的霞光，然後聽得皇后彷彿也在唱著甚麼。

『妳聽！』惇王福晉詫異地，『幹甚麼來著？』

恭王福晉凝神靜聽；恰好那對『結髮侍衛』唱完了『合巹歌』，一靜下來，皇后的聲音便很清楚了。

『……王侯第宅皆新主，文武衣冠異昔時；直北關山金鼓振，征西車馬羽書遲。魚龍寂寞秋江冷，故國平居有所思！』稍停一停，又聽得清越的長吟：『蓬萊宮闕對南山，承露金莖霄漢間，……』

恭王福晉不知道那是杜甫的『秋興八首』，但是在吟詩是聽得出來的，便掩口笑著，推了她五嫂一把，輕輕說道：『皇上在考皇后呢！』

這一說大家都懂了，『虧得是狀元家的小姐！』惇王福晉指指西面，也放輕了聲音，『換了那面的那一位，洞房花燭可就要出乖露醜了！』

這是指慧妃而言。只爲當初輸了一著，這天的光彩，盡爲『狀元小姐』所奪；在她自然覺得委屈，不過她倒也想得開，比起崇家的另一位小姐——皇后的姑姑；她覺得應該滿足了。尤其使她感到安慰，甚至可以說是得意的是，她比皇后先見到『婆婆』。

這位『婆婆』自然是慈禧太后。照當年滿漢合參的大婚儀禮，皇后入宮，拜罷天地，即是合巹禮；第二天才謁廟謁太后，與民間新婦入門就拜見翁姑，完全不同。但妃嬪就沒有這些講究了，因此，慈禧太后等慧妃進宮，賜過喜筵，隨即傳懿旨召見。

不過，她這樣做，卻並不是因爲禮法上並無明文規定，可以變通行事；這樣做有好幾個原因，獨獨不曾想到合不合禮法！爲了安慰慧妃，也爲了喜愛慧妃，當然迫不及待地要看一看她，而最主要的，還是要跟慈安太后爭一口氣；也是爲她自己西宮出身爭一口氣。

因此，當盛裝的慧妃剛開始行三叩九拜的大禮時，她便特假詞色，『行了，行了！光磕一個頭好了。』接著又吩咐宮女：『妳們攙慧妃起來！』

等攙了起來，慧妃又請個安，感激地說：『太后的天恩，叫奴才報答不過來！』

『好了，不必再行禮了。妳過來，我看看妳！』

慧妃很穩重地走到慈禧太后身旁，肅然侍立；慈禧太后便伸出手來握著她，偏著頭，含著笑，儘自打量，眞是慈祥的婆婆的樣子。

看了半天，慈禧太后忽然轉臉問道：『看秦祥在哪兒？』

秦祥是長春宮的老太監，一直替慈禧太后管理銀錢帳目，人最安分謹愼，一天到晚守著帳簿銀櫃，閒下來便是數著佛珠唸佛，爲『主子』祈福。

等把秦祥找了來，慈禧太后問道：『秦祥，你看慧妃像誰？』

跪在地上的秦祥，抬起頭來，神情嚴肅地瞻望著慧妃；看了一會，他磕頭答道：『奴才不敢說。』

『不要緊！怕甚麼？』

『那，奴才就斗膽了！』秦祥答道：『慧妃跟主子當年有點兒像。』

聽這一說，慧妃趕緊跪了下來，『奴才怎麼敢跟主子比！』她惶恐地說。

這次是慈禧太后親手把慧妃扶了起來，教拿個矮凳給她坐；又不教她謝恩，她也無法行禮，因爲一隻手一直被慈禧太后握著。等矮凳來了，便緊挨著寶座坐下，恰是『依依膝下』的樣子。

慈禧太后沒有說話，望著裡裡外外的燈綵，心裡浮起一片沒來由的淒涼，想起兒子，彷彿隔得非常非常遠，只看到一個模糊的影子。而那個模糊的影子，還帶走了她的權力！如今兩手空空，還有甚麼？

轉到這個念頭，把慧妃的手握得更緊了——慧妃卻害了怕；直勾勾的兩眼，一手心的汗，太后是怎麼了？

就這遲疑不定之際，再凝神看時，慈禧太后的臉色又變過了，變得很平靜地，放鬆了她的手，看著她問道：『妳阿瑪當過外官沒有？』

『回太后的話，奴才的父親一直在京裡當差。』

『怪不得！』慈禧太后說：『妳的京話，一點都沒有變樣兒。』

這是誇獎的話，慧妃不知道該怎麼樣回答，但在家已經被教導過，皇太后皇帝說話，不能不答，只好低著頭輕輕回一聲：『是！』

接著，慈禧太后便問她有沒有弟兄之類的話，絮絮不斷地，讓慧妃感到驚奇，不知她何以有這麼大的興致來閒聊？尤其讓慧妃迷惘的是，東面的鼓吹喧闐，不斷隨風飄來；這樣的大喜事，竟像跟她毫不相干似地，豈不可怪？

籌備三年，動用一、兩千萬銀子的大婚盛典，終於告成。論功行賞，普沛恩施，由惇王賞紫禁城內坐四人轎、恭王恢復了『世襲罔替』、醇王晉封親王，到抬轎的校尉賞給銀兩，不論大小官員吏役，只要跟大婚二字沾上點邊的，無不被恩。甚至像張之洞那樣，以翰林院編修，撰擬樂章的份內之事，也賞加了『侍讀』的銜。不過對皇帝來說，最好的是，他藉此可以召見載澂，賞了『御前行走』的差使。

皆大歡喜之餘，各衙門慢慢都恢復了常態。皇帝也把丟了好些日子的書本翻了開來——弘德殿的功課照舊，即使在明年正月二十六親政以後，也仍舊得上書房；這是已奉了明發懿旨的。

母子失和

當然，皇帝的日常起居是有變化的，變化的痕跡都留在敬書房的日記檔上，皇帝哪一天住在哪個宮裡，哪一天召幸哪個妃嬪，都記載得明明白白；因爲這在皇后妃嬪懷了孕，可以把得孕的日子推算出來。

但慈禧太后用不著看日記檔，便知道皇帝朝夕的行蹤，因爲每天都有她指定的太監去打聽清楚了向她回奏；一后一妃兩嬪，計算起來，皇帝跟皇后在一起共度良宵的日子最多，其次是色冠後宮的瑜嬪，再次才是慧妃，至於皇后的姑姑珣嬪，一個月下來，還未承雨露。

慧妃雖然不是『背榜』，慈禧太后仍然覺得她太委屈了；躊躇了幾天，決定插手干預。

『你看你，』她慈愛地呵責皇帝，『好瘦！』

婚後的皇帝，已老練得多，聲色不動地摸一摸臉，『兒子覺得精神倒是挺好的。』他說：『天天晚上看書，總要看到起更才睡。』

『哼！』慈禧太后自嘲似地微微冷笑，『也就是你這麼說，我這麼聽吧！』

像這樣子彷彿人家槍花掉得太多，再也不能信任的話頭，皇帝早就聽慣了，平日不以爲意，這時卻認了眞。

『是每天唸到起更。兒子用不著騙額娘！』皇帝說——他把『是』字唸得極重，聲音也相當硬，顯得在心裡不服。

慈禧太后有些冒火，把臉一沉，用急促的聲音叱斥：『你就這樣子跟我說話！』

皇帝還不知道自己錯在何處？回想一遍，才發覺自己的語氣欠恭順，但也不願認錯，只是不響。

『你是翅膀長硬了，哪裡還記得娘！』提到這話，自己觸發了記憶，越覺得心裡充滿的怨氣，『你幾時曾聽過娘一句話？十一年的大風大浪，不是我擋著，你能有今天？還沒有親政，就不把娘放在眼裡了，幾天的功夫，是誰教得你這樣子？』

聽到最後這兩句話，皇帝又驚駭，又氣惱；『沒有幾天功夫』，不是說大婚剛剛滿月？然則下面那句『誰教得你這樣子？』當然是指皇后。這不是沒影兒的事！無端猜忌，而竟出之於生身之母的口中，皇帝覺得太可怕了！

『兒子不敢！』他跪了下來，但仍是受了冤屈，分辯講理的聲音，『沒有人敢教唆兒子不孝；兒子也絕不會聽。額娘說這話，教兒子何以爲人，何以爲君？』

『你這一說，我是冤枉了你？』

『冤枉兒子不要緊——。』皇帝突然頓住；發覺下面這句話說不得，然而晚了！

慈禧太后倏然抬眼，眼中再也找不到作爲一個女人常有的柔和的光，一瞪之下，讓皇帝的心就一跳；然後她揚著臉問：『怎麼著？冤枉你不要緊，冤枉誰是要緊的？你倒告訴我聽聽！』

皇帝知道壞了，嚥一口唾沫，很吃力地說：『兒子說錯了。額娘別生氣！總是兒子不孝。』

慈禧太后無法再疾言厲色地發脾氣；同時也不便公然指斥皇帝衛護皇后，只是連連冷笑，心裡只在猜疑皇后在枕上不知跟皇帝說了些甚麼話？盤算著該如何去打聽，反倒把原來想說的話忘掉了。

賠了好些不是，說了許多好話，才算把這場風波平息下來。皇帝一個人回到乾清宮，深感懊惱，獨坐在西暖閣窗下，好半天不說話。

小李先不敢作聲，等皇帝的臉色好看了些，才提醒他這天還沒有到鍾粹宮去過；意思是要讓他陪慈安太后去聊聊天——凡是皇帝身邊的人都知道，只要是在慈安太后跟前，皇帝的煩惱，自然就會消除。

皇帝被提醒了，決定到鍾粹宮去訴訴委屈，但他不曾想到，反倒讓慈安太后慈愛地責備了他幾句。

『聽說你跟你娘頂嘴了？』

『也不是頂嘴。』皇帝拉長了嘴角說：『我也不知道我娘為甚麼跟我發那麼大的脾氣。』

『總是你有不對的地方。』慈安太后說：『你也該體恤你娘；凡事順著她一點兒，不就沒事了嗎？』

『順也要順得下來。每一趟我都是特別小心，可就不知道哪句話說得不對，當時就把臉放了下來！』皇帝怨懟地，『我實在怕了。誰能教我一個法子，哄得我娘高興，我給他磕頭都可以。』

『何用如此？』慈安太后笑道：『你替我磕個頭，我告訴你一個法子。』

這是開玩笑的話，而皇帝眞的跪了下來磕頭；慈安太后一伸手把他拉了起來，讓他坐在自己身旁，慈愛地握著他的手，略有些躊躇，彷彿不知道自己的那句話，該不該說？

由於皇帝的敦促的眼光，她終於說了出來：『你娘是個閒不住的人，不像我，看看閒書，蹓躂蹓躂就把一天給打發了。你要哄得你娘高興，只有一個法子，找件事讓她有得消遣，那就天下太平了。』

皇帝一面聽，一面深深點頭。『倒有一個法子，』他說：『把園子給修起來，請兩位太后頤養天年。』

慈安太后的表情很複雜，好像是嘉許皇帝的孝心，又好像深悔失言。『這談何容易？』她說：『花的錢，怕比大婚還多。』

著。』

『哼！』皇帝冷笑，『婚禮的錢，一大半落在別人的荷包裡；將來要修園子，可眞得好好兒管

『等你親了政再說吧！』慈安太后說：『我倒是想做件事，可又怕花錢。從你阿瑪下葬以後，還沒有到陵上去看過。就是外頭窮家小戶，雖不說一年兩季，按時祭掃，隔個三、兩年總得上上墳。所以，我想明年春天，到定陵去一趟。』

『是！我也該到阿瑪陵上去磕頭。』皇帝不但因爲不忍違背慈安太后的意思，而且自己也覺得這一行必不可少，所以很起勁地說：『這也花不了多少錢。明天我就跟他們說。』

『他們』是指恭王和軍機大臣。到第二天『見面』，皇帝首先就提到這件事；慈禧太后覺得深可人意，因而支持皇帝，說是十二年垂簾聽政，幸喜蕩平巨寇，金甌無缺，不負先帝付託，亦可以告慰列祖列宗。所以主張先謁東陵，後拜定陵；日子就定在明年清明前後。

這一下，理由和辦法都有了，恭王不需再說，答應著擬旨，命欽天監在明年清明之前，排啓蹕的日子。至於蹕道所經，橋樑道路和一路上的行宮，該如何修治，那歸直隸總督辦差，有李鴻章在，亦可以不必費心。

等把這件事作了交代，就該恭王陳奏取旨，他有兩件事必須奏請上裁，一件是彭玉麟不肯就兵部右侍郎的職務，恭王認爲不必勉強；建議由彭玉麟幫著新任長江水師提督李成謀，將江防佈置妥善後，准予回籍養病。以後每年由彭玉麟巡閱長江一次，准他專摺奏事；並由兩江、湖廣兩總督，替他分籌辦公經費。兩宮太后和皇帝，都覺得這個由沈桂芬所擬的辦法很好，然而不同意。

另一件事就麻煩了，各國使臣要求覲見。這本來是載明在條約上的，不過以前可以用中國禮俗，

聽政的兩宮太后不便接見男賓而拒絕；等皇帝親了政，這個理由就不存在了。

一番奏陳，不得要領，而各國使臣都等著聽回話，恭王不得不召集總理通商衙門各大臣會議，商量對策，覲見本無不可，不可的是覲見時不磕頭；所以會議要商量的，也就是這一點。

要議自然要『找娘家』。覲見的條文，明定於咸豐八年的中英天津條約，『大英欽差』覲見大清皇帝，『遇有礙於國體之禮，是不可行』，這就是指跪拜之禮而言。咸豐十年，因爲『換約』引起戰事；文宗逃難到了熱河，桂良議和不成，英法聯軍進兵通州，行在不得已，改派載垣與穆蔭二人在通州與英法重開和議；於是英國公使愛爾金，就提出要求，覲見大清皇帝，面遞英國女王的國書。恭王就從這裡談起。

『當時載垣和穆蔭，答應了英國的翻譯官巴夏禮，可以照辦。哪知奏報行在，奉嚴旨訓斥；載、穆二人只好飾詞翻案，然而話已出口，成爲把柄。以後我主持撫局，費了好大的勁，才把愛爾金的要求打消。』恭王接著又說：『爲此，同治七年到了「十年修約」之期，總理衙門特爲開具條說，諮行各省督撫將軍，第一條就是「議請覲」，曾滌生、李少荃、左季高都認爲不妨准其入覲。只有一個人反對，就是官文；他的屍骨未寒，我也不便說他。事到如今，不讓各國使臣入覲，是辦不到的了！我看少荃的辦法，或者可行，咱們先看看他的原摺。』

於是便叫一名章京，朗誦同治六年年底，李鴻章『披瀝上陳』的奏摺，第一條也是『議請覲』，他說：『如必求覲，須待我皇上親政後，再爲奏請舉行。屆時權衡自出聖裁，若格外示以優容，或無不可。』又說：『聞外國君臣燕見，幾與常人平等無異，即朝賀令節，亦不過君坐臣立，似近簡褻。不得已權其適中，將來或遇皇上升殿、「御門」各大典，准在糾儀御史侍班文武之列，亦可不拜不跪，隨眾俯仰，庶幾內不失己，外不失人。但恐彼必欲召對為榮施耳！』

唸到這裡，恭王揮手打斷，面向與議諸人問道：『少荃這個取巧的法子，看看行不行？到親政大典那天，讓各國使臣，在贊禮執事人員當中排班，那不就可以不跪了嗎？』

這個辦法近乎匪夷所思，但恭王有表示贊成之意，大家不便正面駁回，面面相覷，久久無言；最後是負責與各國公使交涉的崇厚，不能不硬著頭皮說話。

『辦法倒好，不過就是李少荃自己說的話：「彼必欲召對為榮施。」各國使臣早就有這麼個想法：他們是客；主人始終不肯接見，是不以客禮相待。照我看，要他們磕頭是辦不到的，如今該議的只有兩條路子，一條是能不能想一計，不教他們入覲？一條是能不能勸得皇上，格外示以優容？』

『就算皇上優容，也還有人說閒話。』董恂搖著頭發牢騷：『清議，清議！不知值多少錢一斤？』

等他們兩個人一開了頭，議論便多了，七嘴八舌，莫衷一是。最後只有拖延一法，讓崇厚再去回報各國公使，說是親政之時尚早，到時候再談。

一場會議，就此無結果而散。但白日無情，一天天過得很快；轉眼到了冬至，大祀圜丘，是一年的大典。為了親政在即，兩宮太后與王大臣議定，就從本年開始，由皇帝親祀，『以嚴對越，而昭敬誠。』所以按照規定的儀節，期前齋戒，皇帝獨宿在齋宮，派了『御前行走』的載澂，在寢殿陪伴。

天子父天母地，所以冬至祀圜丘，夏至祭方澤，是極嚴肅的大典。齋戒一共三天，前兩天宿在乾清宮東面的齋宮，最後一天宿在天壇成貞門外的齋宮。摒絕嬪御，禁酒蔬食，不張宴，不聽樂；在高年的皇帝，這清心寡欲的三天，於頤養有益，而對當今十七歲的皇帝來說，這是寂寞難耐的三天，虧得有載澂作伴，才能打發漫漫長夜。

而在載澂，卻是一大苦事。章台走馬，千金買笑的結果，爲他帶來了一種不可告人的隱疾，小解頻頻，不耐久侍，陪皇帝談得時候長了，站在哪裡，身上不住『零碎動』，眞如芒刺在背似地。

『怎麼了？』皇帝發覺了，忍不住問：『你好樣兒不學，學伯彥訥謨詁的樣！』

伯彥訥謨詁生來就有那麼個毛病，愛動不愛靜，哪怕在御前站班，隔不了多大功夫，就得把腳提一提，肩扭一扭，載澂何至於學他？但亦很難解釋，只答應一聲：『是！』自己盡力忍著。

然而內急是沒有辦法忍的，到了實在忍不住的時候，只得屈一膝請安，脹紅了臉說：『臣跟皇上請假！』

『你要幹甚麼？』

『臣，臣要方便。』

皇帝忍不住笑了，跟載澂是玩笑慣了的，便即罵道：『快滾！別溺在褲子裡！』

第一次還不足爲異，到第二次，皇帝恍然大悟，『敢情你是有病啊！』他關切地問：『怎麼會有這個病？』

載澂絕頂聰明，早就知道瞞不住，皇帝遲早會疑惑發問，因而預先想好了回答的話，『臣這個病，自古有之，就是淳于意說的：「民病淋溲。」』載澂侃侃然地，『只要一累了，病就會發。』

『怎麼搞上這個窩囊病？』皇帝皺著眉說：『那你就回家吧！』

載澂一聽這話，請安謝恩，但又表示並不要緊，只要去看一看醫生，一服『利小水』的藥，就可無事。於是皇帝賞了半天假；載澂找著專治花柳病的大夫，診治過後，帶著藥仍舊回到齋宮當差。

『怎麼樣？』皇帝不愉快地說：『我倒是有好些話跟你談，你又有病在身，得要歇著！』

『臣完全好了！』載澂精神抖擻地，『皇上有話，儘管吩咐。』

皇帝點點頭，『你跟洋人打過交道沒有？』他說：『是不是紅眉毛，綠眼睛？』

『眼睛是有綠的，紅眉毛沒有見過。』

『喔，洋人的規矩你知道不知道？』皇帝問道：『譬如小官兒見了上司，怎麼見禮？』

『這個，臣倒不曾見過。』載澂答道：『洋人的規矩，好像是女尊男卑，到哪兒都是女人佔先；譬如說吧，一屋子的客，有男有女，若是有個大官來了，男的都得站起來，女的就可以坐著。』

『怎麼？眞的是男女混雜不分？』

『是！』載澂答道：『洋女人不在乎！不但男女混雜不分，摸一摸洋女人的手也不要緊；甚至還有親嘴的。』

聽見這話，十七歲的皇帝大感興趣。但分屬君臣，又値齋戒，談洋女人摸手親嘴，自覺不合『敬天法祖』的道理。倘如不談，卻又心癢癢地實在難受。遲疑了一會，終於還是問了出來，只是問話的語氣，不像聊閒天。

『你摸過洋女人的手沒有？』皇帝板著臉問；聲音倒像問口供。

載澂當然了解皇帝的心理，也把臉繃得絲毫不見笑意，挺著腰用回答甚麼軍國重務那樣正經的聲音答道：『臣摸過。有一次美國公使夫人帶著她女兒，來看臣的母親，臣不知道，一下子闖了進去，一看是女客，臣趕緊要退出來；哪知道美國公使夫人會說中國話，叫住臣別走，跟臣握手。等一握上了，臣心裡直發痲：因爲洋女人手背上全是毛。』

『那不就像猴兒嗎？』

『是!』載澂一本正經地答道：『比猴子長得好看。』

皇帝差一點笑出聲來，趕緊假裝著咳嗽了兩聲，才掩飾過去；隨即又極感興味地問：『洋女人還會說咱們中國話?』

『是!會得不多。』

『她怎麼說?』

載澂想了一下，學舌答道：『她跟臣說：「大爺，大爺!不要緊，你不要走!」』

載澂從小就淘氣透頂，在上書房學他師傅林天齡的福州官話，隔屋聽去，可以亂眞；有一次讓倭仁聽到了，連那樣『一笑黃河清』的老古板，都被逗得笑了。此時學著洋女人說中國話，四聲不分，怪模怪樣，皇帝可眞忍不住了，笑得緊自揉著肚子。

皇帝自己也知道，這不成體統，可再不能開玩笑了。於是談論正經，『載澂，我問你，』他說：『洋人見我不磕頭，你說，該怎麼辦?』

這讓載澂很難回答，他知道他父親正爲此煩心，自然不能再慫恿皇帝，說非磕頭不可：但也不敢說可以不磕頭，因爲那就是『大不敬』，想了一下，只得推託：『臣不明中外禮節的歧異之處，不敢妄奏。』

這話當然不能使皇帝滿意，但也無可深責；因爲連曾國藩、李鴻章談到這個難題，都沒有一句切實的話，載澂自然不可能會有甚麼好主意。

『我再問你，』皇帝換了個話題，『我想把園子修起來，你看行不行?』

『沒有甚麼不行，』載澂在皇帝面前的時候一久，態度語氣就隨便了，『只要有錢。』

『就因爲沒有錢。』

『那就得想個沒有錢也能修園子的辦法。』載澂又說：『皇上不妨召見內務府的堂官，讓他們拿良心出來，好好兒想個主意。』

皇帝也覺得唯有如此，才是正辦，不過無論如何要等親了政才談得到；眼前無從說起。

『皇上請早早歇著吧！』載澂跪安說道：『明兒還有大典。』

第二天一早，便是祀天大典，在王公大臣陪祀之下，舉行繁文縟節的儀禮，由『初升』到『謝福、送神』，整整費了半天功夫，始告禮成。

啓駕還宮，自然先到兩宮太后面前請安。深宮跟民間正好相反，民間嚮往著皇宮內院，不知是如何地富麗；而深宮卻嚮往著民間，不知是如何地熱鬧。因此，皇帝出宮一趟，自然有在御輦中所看到的九城風景，細細說來娛親。鍾粹、長春兩宮各坐了許多時候，方始回到養心殿。

這時皇后已經奉召，先在等候，望見皇帝一進西暖閣，隨即踩著極穩重的步伐，不慌不忙地先以親切的微笑目迎，然後垂著手請安，口中說道：『皇上回宮了！』

『早就回來了。』皇帝也像民間新婚的夫婦那樣，三天不見，在感覺中像過了多久似地，一定要仔細看一看妻子的臉，好知道這『多久』的日子中，有了甚麼改變？

皇后也是一樣，然而她不能像皇帝那樣毫無顧忌地盯著他的臉看；甚至還要避開他的平視——當著太監、宮女，她必得擺出統率六宮的威儀，因此收斂了笑容，用很清朗的聲音向左右說道：『侍候萬歲爺更衣！』

『喳！』小李先自答應一聲，隨後便領著『四執事太監』，走向西暖閣三希堂後面的梅塢——那是皇帝更衣穿戴之處。『兩位太后都吩咐了，今兒個不須侍膳，我得好好兒歇一歇。』皇帝一面換上棗兒紅緞面的白狐皮袍，一面向小李吩咐，『你到膳房看看，有甚麼好吃的東西沒有？』

『奴才已經去看過了，有關外進的銀魚、野雞，甘肅進的黃羊，安徽進的冬筍，浙江進的醉蟹，奴才讓他們預備了一個頭號的火鍋。』

『好！』皇帝望著彤雲密佈的窗外，『「晚來天欲雪，能飲一杯無？」你通知膳房，回頭等皇后侍膳回來再傳！』

『是！』小李又說：『今兒晚膳，皇后是上鍾粹宮侍侯。』

那就更好了，慈安太后體恤皇后——實在也是體恤皇帝，每次侍膳，總是不等她自己吃完，便催皇后回宮，好讓他們小夫妻團聚，不過皇后一定盡禮，總不肯先走，這就反害得慈安太后不能慢慢享用了。

『妳別那麼膠柱鼓瑟！』皇帝這天特意囑咐皇后，『讓妳回宮，妳就跪安；今兒個早些回來，別讓我挨餓！』

皇后笑了，看宮女站得遠遠地，便輕聲說道：『說得那麼可憐！這兩天吃齋，怕眞的是餓著了？』

『可不是！今兒得好好找補一補。』

於是皇后這天眞的等慈安太后開口一催，立即跪安回到養心殿；變通平常傳膳的那套例行規矩，屋內留下兩名宮女，廊上只是小李侍侯，皇后陪侍著皇帝，淺斟低酌，笑聲不斷地用了一頓十分稱心如意的晚膳。

這樣的辰光不多；一到年下，宮內有許多儀節，從更換擺飾到奉侍兩位太后『曲宴』，都得皇后操心。皇宮在外廷也有太廟、奉先殿、『堂子』行禮，以及賜宴等儀典。等過了『破五』，又有一件大事，要著手準備：禮部、太常寺、鴻臚寺、內務府佈置太和殿，演禮設樂，靜待正月二十六皇帝臨御太和殿，躬親大政。到了那一天，百官進宮，又另是一番心情——兩宮『同治』的時期結束了；得看皇帝如何來挑這副重擔？

躬親大政

皇帝正式在養心殿召見軍機，是正月廿七的事。恭王與文祥等人早就看出，慈禧太后歸政以後，一定有許多奢靡的舉動；內務府的開支，將會大量增加，所以經過多次密議，決定趁政權轉手之際，以裁抑內務府爲手段，希望達成節用的目標。在皇帝問政的第一天，就授意戶部上了個奏摺，同時預先擬好了一道明發上諭：

『戶部奏：「部庫空虛，應行存儲款項，請照初議另款封存」一摺，四成洋稅銀兩，前經總理各國事務衙門奏明，解交部庫，另款存儲。近因各衙門奏支之款，絡繹不絕，正項不敷，隨時挪借，殊與初議不符。著該部遵照奏准原案，全數封存。以後各海關報解四成洋稅，隨到隨封，連前所存，一概不准擅動。如庫存正項，一時不敷周轉，惟八旗兵餉及神機營經費，暨隨時緊要軍需，准由該部奏明，暫借四成洋稅開放；仍俟正項充裕，照數撥還，其餘一切放款，概不准奏借此項，致啓挪移之漸。另片奏：內府外庫，定制攸分，各宜量入爲出，不可牽混。又片奏：內府經費，仍照舊添撥各等語。內務府供應內廷一切用項，本有粵海關、天津、長蘆應解各款，及莊園頭租銀，加以戶部每年添撥經費，量入爲出，何至用款不敷？著總管內務府大臣於一切應用之需，覈實撙節，並嚴飭各該司員，認眞辦理；毋得任意開銷，致涉浮冒！其各省關例解款項，如逾限不到，或仍前拖欠，即由該大臣等奏明，將該督撫、監督運使等，嚴予處分，以儆玩褻。至由部奏撥之六十萬兩，現經戶部奏明，仍按年籌撥，是內府用款不至過絀。嗣後不得再向戶部借撥，以符定制，將此各諭令知之。』

當然，皇帝這時所看到的是戶部的奏摺，其中也曾提到當年奏准的原案；洋稅除了用作擔保左宗棠西征軍費所借的『洋債』以外，所餘的四成，專戶存儲，預備將來籌辦海軍。此是經國的百年大計，關係異常重要；恭王唯恐皇帝還不能有此深遠的考慮，特爲面陳雍正年間的故事。

世宗在位的時候，綜核名實，凡是不急之務，一概停罷，除了河防、海塘以外，沒有甚麼『大工』。積餘的款項，交存設在內閣之東的『封樁庫』；末年積蓄到三千多萬兩銀子，倉儲糧米，亦可供二十年之用，此所以才有乾隆的盛世。

提到『封樁庫』，讀過宋史的皇帝懂了，『啊！』他深有領悟，『沒有雍正的封樁庫，就沒有乾隆的「十大武功」！這是要緊的。』

『是！』恭王欣然應聲，不覺就誇讚了兩句，『皇上聰明睿智，將來必能媲美雍、乾，重開盛世。』

『內務府每年由戶部撥六十萬兩，這案子是怎麼來的呢？』皇帝又問。

『是分兩次定的案，同治四年，奉旨年撥三十萬兩；同治七年又加撥三十萬兩。』恭王答道：『按規矩說，是儘夠用了！』

『既然夠用了，爲甚麼老要挪借呢？』皇帝問道：『借了還還不還哪？』

恭王始而默然，繼而回答了皇帝後面的那句話：『還是沒有法兒還了！只有不借。』

『當然！以後不准再借。』皇帝仍舊放不過內務府；由此開始痛責，說內務府的人『都沒有天良』，而且『貪心不足』，富了還想貴，去年借大婚的名目，濫邀保舉，聲色俱厲地吩咐：『吏部以後絕不能再徇私！太不成話了！』

恭王唯唯稱是，他原希望皇帝親政之初，就有這麼一番表示，好讓內務府的人知道，皇恩浩蕩以外，也還有不測的雷霆之威，稍存警惕，略微收斂。但到皇帝說得有些激動，主張清理內務府的爛帳時，恭王心裡不免發慌；內務府的爛帳何能清理？一抖出來，牽涉太廣，甚至慈禧太后的面子上，也會不好看，因而不能不想辦法攔阻。

『內務府積重難返，許多流弊，由來已非一日。糜費自然有之，「傳辦事件」稍微多了些，也是實情。』恭王停了一下又說：『皇上親政伊始，相與更新；內務府上上下下，必能洗心革面，謹愼當差。』

『傳辦事件多了些』這句話，皇帝自然明白；這一來就不能再往下說了！他想了一下問道：『現在兩位太后的「交進銀」，每年是多少？』

『每年十萬，端午、中秋各交三萬；還有四萬年下交。』

『兩位太后，今後優遊頤養，賞人的地方很多。我看，交進銀該添了！』皇帝說道，『雖不說「以天下養」，可也不能讓兩位太后覺得委屈。』

這是所費無幾的事，而且恭王已體會到皇帝此舉，是希望慈禧太后以後少叫內務府辦差；所以立即這樣答道：『這是皇上的孝心，就算部庫再緊，也絕不能少了兩位太后的用途。請皇上吩咐一個數目，臣等遵旨辦理。』

『我看加一倍吧！』

『是。』恭王回頭向寶鋆說道：『你記著，馬上叫戶部補了進去。』

這個消息，很快地就傳入深宮，兩位太后對於皇帝的孝心，自然欣慰，不過慈安太后覺得用不了這麼多錢；而慈禧太后則雖不嫌多，但覺得跟皇帝大婚、親政兩次『恭上徽號』一樣，應該謙抑爲懷，有一番做作。於是等皇帝在漱芳齋侍膳時，便表示不必增加。皇帝自然極力相勸，最後再是打了個折扣，兩宮太后每年的『交進銀』定爲十八萬，端午、中秋各交五萬，年下交八萬。

接著便談起醇王的一個奏摺——醇王管神機營管了十年以上，忽然上摺，請將由八旗挑選而得，集中在神機營操練的禁軍，仍舊撥歸原旗，說是『以復舊制』。皇帝頗爲困惑，不知道他爲甚麼要『摔紗帽』？

『還不是爲了餉嗎？』慈禧太后雖已歸政，仍舊每天在看上諭，戶部所奏『部庫空虛』的摺子，說各衙門奏支挪借，除了內務府以外，就是神機營。想來醇王爲此不快，所以奏請『復舊制』，餉歸各旗開支，神機營就不必空擔奏支挪借之名了。

這樣一點明，皇帝方始恍然，醇王必是預先已經知道戶部的原奏，有意『鬧脾氣』；對這位『七叔』，皇帝並不怎麼樣敬服，但因爲是慈禧太后的親妹夫，不能不另眼相看。好在根據戶部原奏所下的明發上諭，已經特別敘明，『八旗兵餉及神機營經費，暨隨時緊要軍需，准由戶部奏明，暫借四成洋稅開放』，醇王的面子有了，氣也應該消了，只要再下一道上諭，一仍其舊，事情就可了結。

慈禧太后當然同意他的處置，只是發覺皇帝僅僅不過敷衍面子，並未了解自己培植醇王的深意——

——培植醇王是爲了對抗恭王。從同治四年以後，恭王處處謹慎收斂，慈禧太后認爲只要自己掌權，一定可以拿他制服：而皇帝年輕，經驗不夠，日久天長，恭王說不定故態復萌，漸起驕矜之心，就會演變成跋扈不臣。這樣看來，今後要培植醇王，更比過去來得緊要。這一點必得讓皇帝了解。

話雖如此，怎麼樣跟皇帝說，卻費躊躇，因爲說得含蓄了，怕他不明白；說得太顯露了，又怕引起猜嫌，變成自擾。想來想去，覺得不妨先從正面來談醇王。

『你七叔的才具，自然不及你六叔。不過他爲人忠厚正直，交給他辦的事，不會私下走了樣。』慈禧太后又說：『他還有一樣好處，待人誠懇，屬下都肯死心塌地替他辦事，像榮祿那樣，都是頂能幹的人。有這些人在那裡，他就才具短一點兒，也不要緊。』

『是！』皇帝很恭敬地答道：『將來辦海軍，一定得借重七叔。』

『對了！』慈禧太后很欣慰地說：『軍務交給你七叔，政務交給你六叔。這就好比你的左右兩隻手；你能好好用你這兩隻手，包管太平無事。』

話只能說到這裡，不能再說用那隻『掌軍務的左手』來看住『掌政務的右手』；反正只要兵權在忠誠可靠的人手裡，外而李鴻章、左宗棠，內而恭王等等親貴，誰也不敢起甚麼異心。

當然，皇帝不會想得那麼多、那麼深；他只是緊記住了慈禧太后所說的『像榮祿那樣，都是頂能幹的人』這句話，打算著有機會要好好重用這些人。

一存下這個念頭，便接連兩次召見榮祿；問的是謁陵的路途中，如何警蹕。榮祿語聲清朗，奏對從容，一切部署，答得井井有條，皇帝相當滿意。

到了三月初五，皇帝奉侍兩宮太后啓鑾，恭謁東陵。儀駕出朝陽門，先到東嶽廟、慈雲寺燒香；

然後按站駐蹕預先修理佈置好了的行宮。王公親貴隨扈的雖多，最重要的只有兩個人，一個恭王、一個醇王；醇王以御前大臣的身分帶著榮祿打前站，一路出警入蹕，歸他綜領全責。恭王則帶著沈桂芬及一班軍機章京，隨攜『行寶』，每天晚膳後，請見皇帝，奏對承旨，照常處理軍國大事。

當然，每天是在轎子裡的時候多；御轎雖大，到底還是氣悶，皇帝視爲苦事，得要想個消遣的辦法。

他想下來騎著馬走，但春雨如油，又是山道，載澂不敢答應，看看勸不住，只好去稟報醇王；醇王趕來苦苦相勸，最後說要『面奏太后定奪』，皇帝才怏怏作罷。

這樣就只好坐在轎子裡找消遣了。這原有乾隆的成法可循，這位很懂得享福的皇帝，最喜書畫古董，南巡時往往攜了精工縮製的法書名畫，在轎中展玩。師傅們用膳休息的懋勤殿，就有這樣一箱子『小玩意』；皇帝本來也想取幾件在轎中用來遣悶，只是徐桐認爲『玩物喪志』，奏諫不從；卻攜了一大堆聖經賢傳，皇帝一直未動，此時也不想拿來看，於是找了載澂來商量。

『轎子裡實在坐不住。』他說：『你想法兒去找兩部閒書來給我消遣。』

『臣專差到京去取《太平廣記》來呈閱。』

『那書，』皇帝搖搖頭，『沒有意思。另外呢？應該很多吧？』

『是！閒書多得很。』載澂放低了聲音說：『不過，臣不敢進呈。』

『怕甚麼？我在轎子裡看，誰也不知道。看完了交給小李藏著，他不敢不當心。』

載澂想了一下，面有笑容，『臣馬上去辦。』他說：『今兒是不成了，最快得明兒晚上。』

『好吧！能多快就多快。』

到了第二天晚上，駐蹕隆福寺行宮，這已經到了東陵了，白天在獨樂寺、隆福寺拈香；晚膳以後，召見軍機，因為京裡的『包封』未到，無事可辦，恭王只回了幾句話就退了出去。時候尚早，皇帝正閒得無聊，只見載澂神色怡然地進寢殿請安。皇帝看到他手中的藍布包，便知閒書到了，吩咐太監都退了出去，只留下小李侍候。

『是那玩意吧？』

『皇上看了就知道了。』

載澂解開藍布包，裡面是兩函書；一看封面題籤就皺眉了，『誰要看甚麼《貞觀政要》？』皇帝把那部書往外一推。

載澂一言不發，把那部書取了一本，翻開第一頁，屈膝上呈；皇帝接到手裡，看不了幾行，帶著些歉意地，不好意思地笑了。

『原來是個障眼法兒！』他說：『這部甚麼《品花寶鑑》，我連名字都不知道。那一部呢？』

那一部書封面是高士奇扈從聖祖東巡，記口外風物的『松亭行紀』；內頁是談明末秦淮名妓的『板橋雜記』。皇帝得到這兩部書，如獲至寶，但卻給小李帶來了很大的麻煩，不但平時收藏要謹密，而且皇帝每每看到二更天還不忍釋手。晚上不睡，第二天寅卯之間，如何起身？所以每夜都得軟磨硬騙，費好大的勁，才能把皇帝手中的書奪下來。

等回鑾以後，皇帝自然不敢把閒書帶到書房裡去。但不論讀書做文章，神思只要略微疏忽，就想到《品花寶鑑》中所描寫的乾嘉年間的梨園豔屑，或者明末秦淮河舫的旖旎風光上面去了——當然，皇帝不用功，李鴻藻不能再像以前那樣『動聲色』，只有好言規諫。

這不僅因爲皇帝已經親政，而且也因爲皇帝已經大婚；成婚就是成人，自然不能再用近乎訓督童子的態度來授讀。而且，皇帝的態度也自然而然地變過了，以前是凡事求教，即使有何見解，也是出於商榷的語氣；自親政以後，講書之際，涉及實際政務，皇帝常用召詢軍機的口吻，讓李鴻藻陳述意見，便帶著些考問的意味。這使得李鴻藻不能不愼重回答，因爲一句話的出入，立刻就有影響；如果與恭王的意見相反，就會引起很大的誤會，疑心他以帝師的地位，在不該奏陳政務的場合，侵奪軍機的權柄。倘或有此情形，必遭大忌；以致李鴻藻常有左右爲難，無所適從之苦。

最麻煩的，自然是總理衙門的事務；隨班進見時，他可以不說話，而在弘德殿有所垂詢，他便無所閃避。從謁陵回京，各國使臣要求覲見一事，到了拖無可拖、推無可推的時候，而禮節上一直未能定議；這天皇帝拿了一個李鴻章的摺子給『師傅』看，上面是這樣寫著：

『先朝召見西使時，各國未立和約，各使未駐京師，各國國勢雖強，不逮今日，猶得律以升殿受表常儀。然嘉慶中，英使來朝，已不行三跪九叩禮；厥後成約，儼然均敵，未便以屬禮相繩。拒而不見，似於情未洽；糾以跪拜，又似所見不廣，第取其敬有餘，當恕其禮不足。惟宜議立規條，俾相遵守，各使之來，許一見，毋再見；許一時同見，毋單班求見，當可杜其覬覦。且禮與時變通，我朝待屬國有定制，待與國無定禮，近今商約，實數千年變局，國家無此禮例，德聖亦未預定，禮經是在酌時勢權宜，以樹之準。』

讀完這道奏摺，李鴻藻拿它放回御案，最好能夠不陳述意見，但皇帝不放過他，『師傅，』他問：『你看李鴻章的話，有可取之處沒有？』

李鴻藻很清楚，這個摺子中的意見，必是跟恭王預先商量好的；內外一致，已有成議，要想教各國使臣向皇帝磕頭，是萬萬辦不到的事了。倘或不行跪拜禮便拒而不見，則原摺的所謂『於情未洽』，是句很含蓄的話，實際上怕會引起極大的糾紛，度時量力，似乎不能不委屈求全。

李鴻藻雖講理學，但也信服『爲政持大體』這句話，在這樣的情形之下，只有捐棄成見，表示贊成：『臣以爲「取其敬有餘，恕其禮不足」，說得很好。不過如何是「敬有餘」？總當誠中形外，有所表見才是！』

皇帝細想了一會，不置可否；他心裡並不以李鴻藻的話爲然，只是尊重師傅，不肯說出口來。李鴻藻當然亦不便再有甚麼陳奏。於是，李鴻章的摺子，依然只有交總理衙門會議奏覆。

覲見的事又拖下來了，皇帝也樂得不聞不問，有空就看載澂去覓來的閒書，倦了便跟皇后聊聊閒天，但這樣平靜的日子過不了好久。

『萬歲爺！長春宮召見。』

看見小李那惴惴不安的神色，皇帝心裡有些嘀咕，『怎麼了？』他問：『看你那樣兒！』

小李知道瞞不住了。他的心情很矛盾，一方面氣忿難平，想把實情和盤托出；一方面又怕惹出是非來，『吃不了，兜著走。』此時多想一想，還是謹愼小心爲妙；這樣，說話的態度就越顯得惶恐了。

『剛才上頭把皇后傳了去了，聽說受了責備；到底爲了甚麼，奴才沒有能打聽得出來。』小李接著用哀告的聲音說：『萬一是爲了皇后，上頭說兩句重話；萬歲爺千萬忍一忍！這話，奴才本來不配說；只是一片赤膽忠心，不說，奴才心不安。萬歲爺就看這一點兒愚忠，聽奴才一句話。』

皇帝沒心思聽小李自矢忠悃，只是驚疑著皇后不知如何忤犯了『上頭』——自然是指慈禧太后。

這得先打聽明白了，才好相機應付。

於是他問：『皇后呢？快去看，在哪兒？』

『還在長春宮。』

這就沒有辦法了。自己跟皇后先見一次面，或者派小李去打聽，都已不可能。只有硬著頭皮去見慈禧太后。

一到長春宮，只見皇后和慧妃都侍立在慈禧太后左右，看神氣都還平靜，皇帝略微放了些心。於是他先給太后行禮，接著是后妃爲皇帝行禮。

『妳們都回去吧！』慈禧太后這樣對皇后和慧妃說。

顯然的，她要跟皇帝說的話，不願讓后妃聽見；這也就可以想像得到，事與后妃有關。

果然，慈禧太后一開口便說：『皇后進宮半年多了，到現在還不大懂規矩，得好好兒的學一學！』

她把最後那句話說得格外重，彷彿無限痛心似地。

皇帝不知道皇后是哪些『規矩』錯了？只是她很用心學宮中的儀制，是他所深知的；然而他不敢爲皇后辯解，唯有恭恭敬敬地答道：『是！我告訴她。』

『用不著！你要體諒她，就得替她勻出功夫來，少到她哪兒去，好讓她學著做個皇后。』

當著宮女太監，這個釘子碰得皇帝臉上有些掛不住，但依然只能忍氣答一聲：『是！』

『你別看慧妃年紀輕，她倒是很懂事。到底還是滿洲舊家出身，從小受的規矩就好。你下了書房要用功，也不能沒有一個人侍候，就上慧妃哪兒去好了。』

說了半天，原來爲此！皇帝不由得在心裡冷笑，當時就作了個決定：偏不到慧妃宮裡去！

『好了，我要告訴你的，就是這兩句話。你回去吧，我也要歇著了。』

等回到養心殿，皇帝越想越氣；氣的是慧妃，照他的想法，不是慧妃在慈禧太后面前有怨言，何致於會有這一次的召見。狐假虎威，著實可惡！得要想法子出這口氣，心裡才能舒服。

他還在這樣暗中盤算，外面卻已有傳言，說慈禧太后跟皇后婆媳不和，皇帝夾在中間，兩頭為難。說這些話的，是內務府的人；他們的消息靈通，心思靈活，聚在一起喝酒閒聊，就能聊出一條生財大道來。

『差不多了，是時候了！』內務府堂郎中貴寶說：『一興大工，高高興興的，哪兒還有功夫淘閒氣啊？』

『皇上以仁孝治天下；奉養兩宮太后的天年，除掉修園子，哪兒再去見孝心？』另一個內務府郎中文錫接著說：『就是平民百姓，家業興旺了，總也得修個花園，蓋個別墅，承歡老親；何況天子富有四海？』

座中就是他們兩人的官職大，說的又是這樣義正辭嚴的大道理，那就不止於隨聲附和了，而是各陳所見，誠心誠意想有所獻替。這件事已談了不知多少次，但以前是海闊天空，不著邊際地談；這一次卻是看出『事在必行』，一本正經地談『可行之道』。

可行之道只有一條，『叫有錢的出錢，沒有錢的願意出錢。』但這話對外面可以這麼說，自己人關起門來說眞心話，這條路子不見得行得通；因爲錢不嫌多，叫人掏荷包，怎麼樣也是件招怨的事。

『事情不能想得那麼遠，咱們是吃紅蘿蔔，吃一節，剝一節，只要把場面拉了開來，難不成半途而廢？』貴寶說到這裡，重重地加了一句：『不會的！到時候，六爺跟文中堂、寶中堂不能不管！』

聽見這話，一個個咂嘴舐唇，細辨味道；話外有話，味中有味，大家都會意了。以報效爲名，把『場面拉了開來』，然後把這副擔子卸在恭王、文祥和寶鋆身上，硬叫戶部籌款，不管是動用四成洋稅，還是開捐例，或者在釐金雜稅上加派，總而言之，規復舊制，頤養兩宮，絕不能說沒有錢就停工！

於是由此開始，商定了步驟，第一步當然是先回明內務府的堂官；第二步是打通小李，跟皇帝進言。而最要緊的是，只可暗中進行，千萬不能招搖，怕風聲太大，讓恭王知道了，攔在前面，那就連場面都擺不開來了。

商量停當，分配職司，有個候補筆帖式成麟，跟小李很熟，很快地接上了頭。小李跟安德海不同；他自己倒不想攬權，只是處處替皇帝著想，同時也像皇帝那樣，年輕愛熱鬧，覺得這件大工一興，一則可以解消慈禧太后和皇帝母子之間的隔閡；再則經常會奉旨去察看工程進度，是件很好玩的事。所以拍胸脯擔保，一定可以把事情說成。

『不過，這件事不能急。萬歲爺這一陣子心裡正煩，等萬歲爺「挪動」了以後再說。』

宮中遷移住處叫『挪動』，又叫『挪屋子』；皇帝的挪動，是跟慈禧太后賭氣。當然，也怪慈禧太后干預兒子的房幃，太過分了些，經常派人窺伺皇帝和皇后的動靜；皇帝遷怒到慧妃身上，說甚麼也不肯到她宮裡。但母命難違，既然說跟皇后常在一起，妨礙她『學規矩』，那就連皇后那裡也不去，託詞要靜下來用功，搬到乾清宮西暖閣去獨宿。

掛字畫，換擺飾，整整忙了兩天，才挪動停當。皇帝倒是眞的想以文翰怡情，好忘掉因慧妃爭寵而引起的不愉快。每天晚上在乾清宮西暖閣看書做詩；做成了一首，便自己寫個『斗方』，用針釘在壁上，自我欣賞。

看皇帝的神思靜了下來，有足夠閒逸的心情來談不急之務了；小李才特意把一部雍正《御製圓明園四十景詩集》，與皇帝日常瀏覽，隨手取用的一些書籍擺在一起，讓他自己去發現。

皇帝喜歡詩詞，自然不會放過；詩集放上去不到一整天的功夫，便已看到，自己取了來打開；一面圖一面詩，邊看邊讀，讀不到一半便喊小李。

『可有沒有圓明園的詳圖？找來看！』

有關的圖籍，早就預備好了的，而小李卻還有一番做作，『奴才去找。』他說：『一時可不知道找得著找不著？』

『快去找！我等著要。』

那就不敢故意耽擱了，去不了半個時辰，小李笑嘻嘻地捧來一個手卷，說是在昭仁殿找到的；展開來看，是極細的工筆，千花百草，金碧樓台，遠比詩集上木刻墨印的插圖，更爲動人。

皇帝從頭到尾，細細看完，靠在椅子上發楞。從他迷惘而微帶興奮的眼神看，小李知道皇帝一定會先提到修園子的話，故意不去理他，管自己去捲起手卷。

『不忙收！』皇帝指著畫說。

『是。』

『你查一查，當時洋人燒圓明園的時候，看守的人是誰？』皇帝向來性急，所以又加一句：『趕快去查！我等著。』

這可讓小李作難了，他不知道從哪裡去查？時已入夜，宮門下鑰，不然倒是找著內務府的人一問，就可明白。此刻只有在文件中去查了。

於是把咸豐實錄取了出來，翻到英法聯軍內犯的咸豐十年八月，一頁一頁往下查，終於找到一條線索，總管內務府大臣寶鋆有個奏報圓明園被焚的情形的摺子；小李隨即又到敬事房找到原摺，上面清清楚楚地寫著：『總管內務府大臣文豐、明善，遵旨照料圓明園』。而文豐在八月二十二日，『夷匪』火燒圓明園時，已投福海殉難。

『照這麼說，知道當時情形的，只有一個明善了？』

『是！』小李答道：『寶中堂大概也知道。』

『不用找他！』皇帝連連搖手，『你明兒一早傳旨，等我下了書房召見明善。』

小李答應著又問：『萬歲爺是垂詢甚麼？要不要預先告訴他，好教他先預備著？』

『我問問他，當時是怎麼燒起來的？是不是全燒光了？如果要修，先修哪兒？』

小李一聽這話，此時就不必再多說甚麼。第二天一早趁皇帝在養心殿跟軍機見面時，趕到內務府，逕自去找明善，陳述了旨意。同時揣測皇帝的意思，告訴他不必跟寶鋆說起；這也就是要瞞著恭王。明善自然會意，暫且連同官面前都不提，等召見過後再說。

議興土木

這一次召見，費了兩點鐘之久。明善回到內務府，先找掌印鑰的崇綸，關起門來，把皇帝的意思告訴了他；說是已經決定興修，奉旨先密密查勘，該先修何處，後修何處，哪一筆款子可以挪用而不致引起恭王等人的反對？商量好了，『遞牌子』請見面奏。

崇綸早年是能員，如今年紀大了，錢也有了，很想明哲保身，安分當差；而且經得事多，看出眼前的財力物力，都還不能興這件大工，所以內心頗不以此事爲然。但如率直表示異議，首先得罪了皇上，其次得罪了慈禧太后，最後還要得罪內務府的同官及屬下；因爲那些人無不興致勃勃，認爲發財升官以及巴結太后、皇帝的大好機會已到，倘或兜頭一盆冷水，未免太殺風景，自己這個掌印鑰的總管內務府大臣，十有八九不保。

爲此，他口中所說的，便與心中所想的不同，『皇帝既有旨意，咱們不能不仰體聖心，盡力去辦。』崇綸說到這裡，拱拱手：『這件大事，必得仰仗賢喬梓，多多費心，多多偏勞。』

『不敢，不敢！』明善謙謝著，『咱們還得請大夥兒一起來談一談才好。』

『好！』崇綸立刻同意，『今兒晚上在我那兒聚會。』

說著，馬上叫進一個筆帖式來寫知單：『即日申刻，潔樽候光』，下面就開名字；內務府大臣在崇綸以次，按資歷次序是春佑、魁齡、明善、誠明，接下來該是弘德殿的『諳達』，以戶部右侍郎兼任內務府大臣的桂清。

『慢著！』明善攔住那筆帖式往下寫；抬眼跟崇綸商議：『我看，不必通知桂蓮舫吧？』

桂清人如其名，以薑桂之性，有清正之名；一到內務府就不顧同官的面子，參劾內務府司員跋扈擅專，以致崇綸得了『降二級留任』的處分，其餘春佑等人因爲對司員擅自添註的文稿，『不加查察，隨同畫行』，各罰俸一年，所以跟同官格格不入。

崇綸心裡在想，此事如果教桂清與議，他一定獨唱反調，會弄得滿座不歡；而且以『弘德殿行走』

的身分，爲皇帝講授滿文時，說不定會相機進諫。說起來是在崇綸家集議，得知其事，不但奉密旨的明善會受斥責；自己或亦不免爲皇帝所遷怒，所以接納了明善的建議，不請桂清。

到了這天散值，各自回家換了便衣，準備赴約。這是京城裡第一等的闊人聚會，像臨潼鬥寶似地，各人都帶著新得的古董、珍玩，或者罕見的字畫赴會，相與觀賞品評一番；然後開宴入席，手把酒杯，細商大計。

說是細商，其實也等於閒談；話題越扯越遠，一直談到乾隆年間，如何每南巡一次，便仿照江南的名園勝景，在圓明園改建。這樣到了席散，只談出一個決定，而且這個決定不談也不要緊；那就是由明善先勘查了目前的情形再說。

過不了兩天，明善找了一批司官、工匠，出西直門往北，直馳海淀，去勘查殘破的圓明園；費了兩天功夫，走遍了總名圓明，實際上有圓明、長春、萬春三園的每一個角落。三園之中除了最有名的『四十美』以外，還有上百處的景致，而勘查結果，還像個樣子的，只有十三處。

勘查雖有結果，覆奏卻還不到時候，因爲不能只說一句『尙存十三處』就可了事；這十三處座落何處，是否相連？如果遷就這十三處來修，是如何修法，工款幾何，款從何而出？不能詳詳細細奏報，總也得說出一個大概來，所以需得好些日子才能覆奏。

好在皇帝這一陣子也無心來問到此；各國使臣覲見一事，搞得皇帝煩透了。每次召見軍機，一談到這上面，便有許多他不愛聽的話聽到，不是說日本的由『外務卿』出任『全權公使』的副島種臣，態度傲慢，諸般要挾，就是說英法有兵船開到上海，如果使臣不能入覲，恐怕會興問罪之師。皇帝年輕氣盛，總是咄咄逼人地問：主人不願見惡客，爲何不能拒之於門外？而每次問到這句話，都不能得到甚麼確實的答覆。無可奈何，只有讓總理衙門跟各國使臣磋商；見是遲早要見的，日期遲早，只看在禮節上能不能爭得『順眼』些。

當然，恭王跟文祥比皇帝更覺心煩；一方面受皇帝的詰責，一方面要應付各國使臣，而額外還要安撫『清議』。朝士茶餘酒後的放言高論，還可以裝聾作啞，表面不理，暗中疏通；但公然上了摺子，對那些『義正辭嚴』的責備，就不能當作耳邊風了。

摺子是翰林院編修吳大澂所上的，他是同治七年的庶吉士，三年教習期滿，留館授職編修。因為不是『日講起注官』，所以奏摺由翰林院掌院學士代奏，措詞相當委婉，一開頭先拿恭王及李鴻章等人恭維了一頓，但提到入覲禮節，話就說得很硬了，『我國定制，從無不跪之臣，若謂賓禮與外藩不同，必欲執泰西禮節行之於中國，其勢萬不能行。夫朝廷之禮，乃列祖列宗所遺之制，非皇上一人所得而私也！若殿陛之下，儼然有不跪之臣，不獨國家無此政體，即在廷議禮諸臣，問心何以自安？』

看到這個『交議』的摺子，恭王唯有苦笑，傳觀各總理大臣，大都默然，只有董恂，憤懣之色，溢於言表。

『書生誤國，往往如此，都為了他們好發高論，這件事不能定議；如今就算能夠入覲，各國使臣已存芥蒂，「修好」二字也要大打折扣。這就好比做買賣，明知這筆交易非做不可，爭論價錢也佔不到便宜，何不乾乾脆脆，放漂亮些？也圖個下回的買賣——。』

董恂的話有些擬於不倫，文祥聽不入耳，便揮手止住了他，『咱們談正經吧！』他說：『清議自然不可不顧。他們的話雖不免隔靴抓癢，亦是由於隔閡之故；唯有開誠佈公，把局中人的難處都說給他們聽，或者可以取得諒解。吳清卿這個摺子，既然是併案交議，將來可以在一案中奏覆，眼前暫且不必管它。照我看，事情到了非定議不可的地步，各國使臣的意見，「萬國公法」的條款，都得說給上頭聽；皇上聰明天縱，只要知道了其中的窒礙，聖心亦自然會體諒的。我看，這件事還得託蘭蓀從中斡旋，進講時隨機開陳，庶乎有濟。』

李鴻藻這天不在恭王那裡。第二天到了軍機，恭王把他請到僻處，親自提出要求。

『蘭蓀！』恭王徐徐說道：『你久值樞庭，也是局中人；局外人不諒，局中人應該深知甘苦。積弱之勢，非一朝一夕而成，如今度勢量力，是不是能跟洋人周旋；或者如雍乾盛世，海內富足，可以閉關自守，封樁庫不說，戶部就經常有兩、三千萬銀子存在庫裡，不必指著洋稅作擔保，籌西征的軍費，倘或洋人不就我的範，儘可以不相往來。蘭蓀，你說，如今的形勢，有一於此否？』

這是無需問得的，但以親王的體制尊貴，明知故問亦不得不規規矩矩地回答：『沒有。』

『那不就說到頭了！如果有一於此，何須言路侃侃而言？在我這裡先就過不去，肯跪拜，我奏請准許入覲；不肯跪拜，就教不行，哪怕他拿「下旗歸國」作要挾，我只答他兩個字：請便！』恭王停了一下又說：『蘭蓀，我再跟你說句掏心肝的話，各國公使不肯跪拜，第一個委屈的是我。你想想，如果派我陪著入覲，洋人給皇上鞠躬，我可得跪在那裡，相形之下，你想我心裡是甚麼味兒？』

這番話使得李鴻藻相當感動。他講理學並不像倭仁那麼滯而不化，更不會像徐桐那樣冥頑不靈，只是名心甚重，極講究大節出入；看洋人雖還不免存著『夷狄』之見，但平心靜氣想一想，洋人勢利重於道義則有之，待人接物，到底跟張騫通西域時所見的人物不同，所以對總理衙門諸大臣，其實也是相當諒解的。現在聽了恭王的話，更不能不承認他是『忍辱負重』，既同在政府，也不能不爲他分勞分謗。

於是他很誠懇地答道：『王爺的苦心，我不但諒解，而且欽佩。王爺若以為我有可以效勞之處；或者說句放肆的話，非我不可之處，儘請吩咐！』

『承情之至。』恭王極欣慰地拱手道謝，『蘭蓀，有件事還是非你不可，覲見的章程，最近就可以定議，一旦奏上，要請你在御前相機開陳，多為皇上譬導。如今時世不同，千萬不要以為有「不跪之臣」，就是受辱。』

這是個難題，從四書五經到前朝實錄，哪裡也找不出一個事例可用來譬解天子有不跪之臣，但既然已經承諾幫忙，不得不硬著頭皮答應一聲：『是！』

這一聲很勉強，恭王自然聽得出來，所以緊接著解釋：『你請放心！我跟博川與洋人交涉，雖做不到叫他們行跪拜之禮，但一定比他們見本國之君的禮節來得隆重。』

『喔！』李鴻藻精神一振，『乞示其詳！』

『各國公使見他們本國之君是三鞠躬，將來見大清國大皇帝是五鞠躬。這一層，我已下定決心，如果做不到，寧願決裂。』

『嗯，嗯！』李鴻藻不由得說了句：『這也罷了！』

『細節上自然還有得爭的，總之能多爭是一分，等定議了，你自然先曉得。這且不去說他，還有一事想奉託，吳清卿上了個摺子，義正辭嚴，頗難應付；既不便留中，也不便批覆，得要疏通一下子。』

『王爺，』李鴻藻笑道：『此事就無可效勞了。而且也用不著我。』

『怎麼說用不著你？』恭王問道：『你們不常有往來嗎？』

『我跟吳清卿的交往不多。其實，甚麼人也不用託，吳清卿不是董韞卿的門生嗎？』董恂是同治七年戊辰科會試的『總裁』之一；算起來是吳大澂的『座師』，所以李鴻藻的意思是，只要董恂把他的這個門生找來說一聲，事情就可以了結。

哪知不提還好，提起來恭王嘆氣：『我看董韞卿的門生，都要「破門」了！』門生不認老師，自摒於門牆之外，叫作『破門』；董恂的官聲不佳，他的門生凡是有出息的，多不以老師爲然，所以恭王有此感慨。

李鴻藻是方正君子，聽得這話，不便再出以嬉笑的態度，怕是菲薄了董恂；只這樣答道：『王爺找潘伯寅吧，他們既是同鄉，又是講究金石碑版的同好。』

『對，對！』恭王被提醒了，『我找他。』

要找潘伯寅——潘祖蔭很方便，他是南書房的翰林，就在軍機處對面入值，一請便到，而且一談便妥；恭王表示吳大澂的摺子，可能會含糊了之，這是出於不得已，請代爲解釋。潘祖蔭滿口答應，一定把招呼打到，包管無事。

於是到了三月十四，恭王正式奏報准許各國使臣覲見的章程，除卻破天荒的五鞠躬，所有的條款，都被解釋爲『恩出自上』，在呈國書、致賀辭以外，各國公使只能問一句：『大皇帝安好？』皇帝不會有所『垂問』，不能亂開口，這是依照召見的規矩。同時行鞠躬禮時，皇帝『坐立唯意』；因爲依照中國的規矩，在殿廷覲見，皇帝絕不會立而受禮。這一點在交涉時，亦曾費了許多唇舌，最後是在中國多年的英國公使威妥瑪聽出了因頭，文字上如此規定，實際上『恩出自上』，一定會站著接受各國公使的致敬，才算定議。

爲了有這麼一個掩耳盜鈴的圓面子的規定，李鴻藻進言便覺困難；找到機會，造膝密陳，用極委婉的措詞，才獲得皇帝的許可，定期六月初五在紫光閣准許各國使臣『瞻覲』。

期前有一次演禮，以日本特命全權公使副島種臣爲首的美、俄、英、法、荷六國使臣，未覲大清皇帝，先瞻西苑之勝——紫光閣在中海西岸，是狹長的一區，中有馳道，可以走馬。明世宗在西苑修道求長生之暇，往往在這裡校閱禁軍的弓馬，所以在北面造一高台，上面是一座黃頂小殿；前面砌成城牆的式樣，由左右兩面的斜廊，沿接而上，其名叫作『平台』，後來改名紫光閣。到了崇禎朝，打流寇，抗清兵，命將出師，總在平台召見，封爵賜宴的。

入清以後，這裡仍舊叫作紫光閣，是出武狀元的地方。乾隆皇帝把它當作漢明帝的『雲台』，改葺新閣，自平定伊犁回部到大小金川，畫了『前後五十功臣』的像在紫光閣，御製題贊，陳設俘獲軍器，因而又定爲藩屬覲見之地，用意在耀武揚威，震懾外藩。

照文祥的原意，本想在永定門外廿里的南苑，定爲皇帝接見之地，但那個元朝稱爲『飛放泊』，明朝稱爲『南海子』的遊獵之地，到底太荒涼了，不足以瞻『天朝威儀』，所以一度提議，旋即作罷。而定在紫光閣接見，仍有以藩屬看待各國的意味在內，這樣安排，至少在皇帝心裡會好過些。

皇帝的心情是不會好的，年輕好面子，偏偏從古以來，就自己有不跪之臣！雖然師傅一再沉痛地諫勸，忍一時的委屈，圖千秋的大業，端在奮發自強；而他始終著有難以言宣的抑鬱。演禮過後，日子一天近一天；慈禧太后倒是看出了兒子內心的痛苦，勸他早兩天移住瀛台去避暑散心。

瀛台在南海之中，明朝叫作『南台』。三面臨水，楊柳參差，在康熙年間，每到夏天，聖祖喜歡移駐此地聽政；皇帝讀過聖祖的詩集，其中有一首五言古風，詩題叫作『夏日瀛台，許奏事諸臣網魚攜歸詩』，註釋中有一條康熙二十一年六月的上諭：『朕因天氣炎烈，移駐瀛台。今幸天下少安，四方無事，然每日侵晨，御門聽政，未嘗暫輟。卿等各勤執掌，時來啓奏；曾記宋史所載，賜諸臣於後苑賞花釣魚，傳爲美談，今於橋畔懸設罾網，以待卿等遊釣；可於奏事之暇，各就水次舉網得魚，其隨大小多寡，攜歸邸舍，以見朕一體燕適之意。誰謂東方曼倩割肉之事，不可見於今日也？』

此時重新展讀，皇帝的感慨更深，想到兩百年前的盛世，益覺此日難堪。因此，到了六月初五六國公使覲見那天，皇帝面無笑容，一言未發，等著坐受禮和聽取了賀辭，只向御前行走的載澂，說得一句：『帶他們出去賜茶！』隨即起駕回瀛台。

六國公使大失所望，而皇帝卻如釋重負；爲了想盡快忘掉這個不愉快的記憶，他頗思找一樣新奇有趣的消遣——這一下，就讓小李遇到難題了。

『西苑地方也挺大，萬歲爺就在這兒逛逛散散心吧。』

『看來看去這幾處地方，都膩了。』

『有一處，』小李突然想到，『萬歲爺好幾年沒有去過了：寶月樓。』

寶月樓在南海之南，是高宗納回妃藏嬌之地；這個回妃是摩罕默德的後裔，也就是俗傳爲香妃的容妃。入宮以後，言語不通，而高宗又不願她跟其他妃嬪住在一起，因此在西苑的最南端，與瀛台隔著南海相對的皇城根，修建一座寶月樓，作容妃的香閨。憑樓俯望，皇城外面就是西長安街；爲了慰藉容妃的鄉思，高宗又特地下令，將歸順的回民，集中在西長安街居住，俗名『回子營』，還建築了回教禮拜堂，讓容妃朝夕眺望，如在家鄉。

因爲如此，這裡是大內唯一可以望見民間的處所。皇帝從瀛台下船，直駛南岸，上岸就是寶月樓；拾級而登，從小李手裡取過一具『千里鏡』，入眼便是兩座寶塔。

『那是甚麼地方?』

『那叫雙塔慶壽寺。』小李答說。

於是小李自西往東指點著，雙塔慶壽寺過來是乾隆皇八子永璇的儀親王府，然後是通政使署——這些王府、衙門，皇帝覺得沒有甚麼看頭；使他覺得有趣的是，西長安街的景象，高槐垂柳，蟬聲聒耳，樹蔭下行人不絕。皇帝注視著一個穿白布短褂褲的老者，見他一手擎著三籠鳥，一手牽著五、六歲大的一個男孩，想來是祖孫倆。走著走著，小男孩不肯走了，老者便俯下身去，一老一小不知說了些甚麼?但見小男孩歡然跳躍著奔向一個藍布棚子下的小食攤；老者也慢條斯理地在攤子上放下鳥籠，坐了下來，一面跟攤上的人招呼，一面照料孫子吃點心。那份恬然自適的天倫之樂，皇帝都覺得分享到了。

『小李!』皇帝有著無比的衝動，『咱們溜出去逛逛，怎麼樣?』

小李大吃一驚，不忙答奏，先轉過身去查看，是不是有人聽到了皇帝的話。總算還好，隨侍在身旁的，除他沒有別人；皇帝的聲音也不高，其他遠遠在侍侯的太監，不致於聽見。

『怎麼樣?』皇帝放下千里鏡，又問了一句。

『萬歲爺!』小李跪了下來，哭喪著臉，拍著後腦勺說：『奴才的腦袋，在脖子上安不穩了。』

『去你的!』皇帝踢了他一腳，不過是笑著罵的。

這句話就此不提了。小李卻是大有警惕：皇帝的心情，沒有比他再清楚的，一個人獨宿乾清宮，強自以做詩寫字排遣，那就像吃齋似地，偶爾來一頓，覺得清爽可口，日子一長，如何消受得了?同時，他也發覺，皇帝對皇后，敬多於愛；他眞正傾心喜愛的是長身玉立，膚白如雪的瑜嬪。但召幸瑜嬪，敬事房必須面奏皇后許可，或者有皇后鈐蓋了小玉印的『手諭』爲憑。而每遇到這樣的情形，皇后總是勸皇帝到咸福宮去——這是皇后賢德的表見，無奈皇帝始終賭氣不願跟慧妃在一起；那就只好連瑜嬪都不親近了。

這是個一時解不開的結，小李也曾勸過皇帝，不妨敷衍敷衍慧妃。皇后如此說，皇帝只是心不謂然；等小李這樣說時，便是忠言逆耳，除了遭受一頓嚴厲的申斥以外，不會有何效果。因此，他要替皇帝遣愁排悶，必須另闢蹊徑。

於是又想到修圓明園這件事；找了個空，他到內務府去探聽消息。

『你來得正好！』候補筆帖式成麟笑嘻嘻地把他拉到一邊，低聲說道：『有個好消息，你先放在肚子裡，得便跟皇上回一回；如今有個姓李的候選知府，是個大「木客」，他在雲貴的深山裡，有無數木料，願意報效；就在這兩天可以談妥。修園子光有錢也不行，最要緊的是「棟梁之材」，現在天從人願，眞正是太后、皇上的洪福齊天。』

『靠得住，靠不住？』小李疑惑地問。

『當然靠得住！一談妥了，我馬上來通知你。』

話是如此說，其實成麟也還沒有把握；要等見了面才知道——見面是在前門肉市的正陽樓，由貴寶出面請客，唯一的這位主客名叫李光昭，自稱是廣東嘉應州人，但不說客家話，說得一口字正腔圓的湖北話，問起來才知道久居漢陽。

報效木植

據李光昭自己說，他是嘉應州的監生，二十歲以後，隨父移居漢陽，他家做兩項生意，一項木材，一項茶葉，在這二十年中，足跡遍及兩湖、雲貴、四川。同治元年經過安徽，因爲受了一名巡檢的氣，一怒之下，在臨淮軍營報捐了一個知府，但他從未穿過官服，因爲他覺得還是做個無拘無束的商人，來得舒服。

這番話聽得貴寶肅然起敬，豎起大拇指讚一聲：『高！』接著便敬了一杯酒，改口稱李光昭爲『李大哥』。

『不敢，不敢！』李光昭謙虛著，又問：『貴大爺去過西南省份沒有？』

『慚愧得很！』貴寶答道：『從來沒有出過直隸。』

於是李光昭便大談西南的名山大川；山水如何雄奇，風俗如何詭異，滔滔不絕，把在座的人聽得出了神。

『說實話，』李光昭說：『我繼承父業，做這個買賣，就爲的是生性喜歡好山好水。貪看山水，也不知花了多少冤枉錢：但想不到今天倒用上了。眞正是一大快事！』說著，舉壺遍酌座客，同時解釋他自己的話，何以說是『花了冤枉錢』；又如何說是『用上了』？

他說，既入深山，不能空手而回，土著又知道他是大木商，自然也放不過他，因此買了許多『山頭』，而交通不便，雖有大批木材，無法運下山來，等於貨棄於地，所以說是花了冤枉錢。

這一說，下面那句『用上了』就不難索解；報效園工，當然是『用上了』。然而既然交通不便，運不下山來，又如何用得上？

問到這話，李光昭笑了。『貴大爺，』他說：『這一點你都想不明白？我是個候選知府，見了督撫還得磕頭，說請他修條路，讓我運木植，誰聽我的？』

『啊——』貴寶『拍』地一聲，在自己額上打了一巴掌，『真正教你問住了！』他連連點頭，『好，好，這一點不用你費心。李大哥，我要請教，你有些甚麼木植？在哪些地方？總值多少？預備報效多少？想要點兒甚麼？』

『甚麼都不想要！』李光昭很快地接口，『仰賴兩宮太后和皇上的洪福，打平了長毛、捻子；左爵帥西征，大功也快告成了。老百姓能過太平日子，還不該盡點心報效？再說，那些木植，在我原是用不上的；說句不敬的話，叫作「惠而不費」，何敢邀功？』

表白了這一篇話，李光昭從靴頁子裡取出一個經摺，送到貴寶手裡，打開一看，所列的盡是合抱不交的香楠香樟、柏椿梓杉等等高貴木植；貴寶與成麟等人，一面看一面不斷地發出『哦、哦』的輕呼，驚喜之情，溢於詞色。

『好極了，好極了；各處大殿的橫梁跟柱子，都有著落了。』貴寶又說：『在山上買，就花了十幾萬銀子，運到京裡，怕不值幾十萬？』

『是的！我全數報效。』

談到這裡，就應該有進一步的行動了；貴寶當時就帶了他去見內務府大臣誠明。李光昭是早有準備的，先到東河沿客店裡，帶上兩包土儀，獻上誠明，然後恭恭敬敬地請安問好。

籌備修復圓明園這件大工程，內務府大臣中，自己商定了職司，木植的勘估採辦，是歸誠明負責；貴寶事先也曾回過，誠明對於李光昭的來意，已有所知，所以敘禮過後，要言不煩，一下就談入正題。

『老兄深明大義，兄弟萬分欽佩。』誠明很客氣地說，『不過，凡事一經入奏，要變動就很難了；所以寧願我們私下多破費點功夫，談妥了再跟上頭去說，辦事就順利了。』

這話往深處去體味，是有些不大相信李光昭；貴寶深恐他不明旗人喜歡繞彎子說話的習性，聽不出其中的深意，所以特爲點了一句。

『李大哥，你把你那些木植，存在甚麼地方，細細跟誠大人說一說。』

『好！我來說給誠大人聽。』李光昭數著手指：『先打湖北說起，在「九道梁」那裡……』第一個地名，誠明就不知道；以下李光昭講了一連串山名，在誠明幾乎是聞所未聞。但看他如數家珍似地，熟極而流，諒來不假，誠明的疑惑消失了一大半。

接下來便是貴寶爲他作了補充，然後又說：『難的是木植出山不容易。將來勘查好了，是由內務府動公事，還是請上頭降旨，徵工開路，只能到時候再斟酌了。』

『嗯，嗯。』誠明又問：『照老兄看，這些木植幾年可以運完？』

『那……』李光昭想了想答道：『山路崎嶇，材料又大，總得十年才能運完。』

『十年？緩不濟急了！』誠明相當失望，『雖說這一樁大工，總也得好幾年，可是不能說十年以後才動用木植。』

『那當然！』李光昭趕緊解釋，『我是說十年運完。第一批總在三年以後，就可以運進京來。』

『是三年以後起運，還是三年以後運到京？』

『三年以後運到京。』李光昭很肯定地說。

誠明點點頭：『那還差不多。』

貴寶看他們談到這裡，便插嘴說道：『運下山是一回事，運進京又是一回事；這裡頭還很麻煩呢！』他臉向李光昭一揚，『有甚麼話，李大哥你可趁早說。』

『我想，這件事當然得我親自照料，請誠大人派人會辦，沿途關卡，也好免稅放行。』

『當然，當然！那當然是免稅放行的。』

『爲了報運方便，最好請誠大人給一個甚麼名義，刊發關防；那可以省很多事，也可以省很多運費。』

誠明一想不錯，剛要開口允許，突然想到安德海在山東的遭遇，便改了口了。

『這件事我可答應不下來。得要請旨。』

向皇帝請旨，一時也不能有確實的結果。皇帝還不敢獨斷獨行，無論如何先要稟告兩宮太后。找了個在御花園消夏的機會，他閒閒地提了起來。

『英法使臣都遞過國書，算是和好了；園子可還荒廢在那兒。』皇帝這樣說道：『總得想法兒把它修了起來，兩位太后也有個散散心的地方。』

慈禧太后聽這話便有喜色，『難爲他還有這番孝心！』她向慈安太后說。

慈安太后報以不明意義的一笑。這態度就很奇怪了，不但慈禧太后，連皇帝都有些嘀咕不安。

當然，慈安太后看得出他們母子殷切盼望的眼色；然而她不敢輕易開口。這件事她不知想過多少遍了，每一次想到最後，總是懊悔自己當初不該跟皇帝出那個主意：爲慈禧太后找件可供消遣的事。當皇帝召見內務府大臣談論修園時，她已微有所聞，卻不知工款從何著落？同時也不知道修一修要多少錢？但有一點她是知道的，這筆工程款絕不會少；而且一提修園，必有許多人反對，恭王也許還可以商量，文祥一定不肯答應。那一來，安安靜靜的日子就過不成了！

慈安太后所求的就是『安靜』二字，女人一入中年，而且守寡這許多日子，心情特異；燈前月下，壓抑那份莫可言喻的悵惘，凝神悄思，才體會到甚麼叫『古井重波』，心裡已經夠亂了，再自尋些煩惱出來，這日子怎麼過？

不過她也知道，她像麗貴太妃以及後宮永巷中許多安分老實的妃嬪宮眷一樣，但願風調雨順，吃口安閒茶飯，夏天在廊上，冬天在匟上；白天在窗下，晚上在燈下，用消磨五色絲線來消磨黯淡的日子；而慈禧太后不同，她平生最怕的就是『寂寞』，要熱鬧不要安閒，因爲安閒就是寂寞。爲了替她設想，慈安太后卻又不忍說甚麼掃興的話。

想了一會，她這樣問道：『這得多少錢吶？』

口氣總算鬆動了，皇帝也鬆了口氣，順嘴答道：『花不了多少錢。』

這見得他缺少誠意，慈安太后頗爲不悅，用呵責的語氣說：『那麼大一個園子，花不了多少錢？修一座宮門都得報幾十萬兩銀子！』

『那是內務府胡鬧！』皇帝定定神說：『我已經叫他們去估價了。工款當然不是小數，不過他們另外有個籌款的辦法。』

『又是按畝派捐？』

『不是，不是！那怎麼行？』皇帝使勁搖著手說：『絕不能幹那種傻事。』

『那麼，我倒聽聽，』慈安太后說：『聰明人出的主意有多麼高？』

『事情還在談，如果沒有把握，當然我也不敢冒失。內務府的意思是，他們願意報效；自己商量著定個章程，有錢的多拿，錢不多的少拿，沒有錢的不拿，集腋成裘，湊一筆整數也不難。』

『哼！』慈安太后微微冷笑，『說得容易！誰肯拿呀？』

『有！』皇帝很認眞地，帶著爭辯意味地，『別說咱們旗卜，漢人都有願意報效的。』

於是皇帝把李光昭的情形說了一遍，慈安太后有些將信將疑；慈禧太后卻大爲興奮，『這姓李的，』她說：『話是說得好聽，當然也是有圖謀的。園工一成，出力的人，當然都有恩典。上頭難道白使他的木植？所以眼下落得說漂亮一點兒。』

『是！』皇帝被提醒了，很大方地說：『只要他眞的實心報效，將來賞他一個實缺；哪怕就是漢陽府呢，也算不了甚麼。』

聽他們母子倆談得如此起勁，慈安太后亦被鼓舞，心思便有些活動，覺得能夠把已經燒掉了的圓明園，規復舊觀，也是件很有面子的事；對泉下的先帝，大堪告慰。於是她不知不覺地也參與其事了。

這天一下午的商談，消息很快地傳到內務府，除掉一個桂清以外，無不大爲興奮。『這是通了天了！』貴寶向他所管的司官和筆帖式說：『好好兒幹吧！只要能把圓明園修起來，這場功勞就跟曾中堂兄弟克復金陵一樣。』

曾氏兄弟克復金陵，封侯拜相，內務府的司官，自然不敢存此奢望；但乾隆六十四年，幾乎無一日不是在修圓明園，這樣一座園林要修得像個樣子，非十年八年的功夫不可，如果踵事增華，盡皇帝這一輩子，也還不能完工，天天營造，日日報銷，『銷金鍋』中能出無數『金飯碗』，好日子眞個過不完了。

於是內務府管事的大臣和司官，對修園大工的職司，重新作了一個分配，實際負責的是貴寶和文錫二人；經常帶了工匠到海淀去勘察估價，同時不斷通過小李有所陳奏和請示。

『儘聽他們說，怎麼樣，怎麼樣，我也搞不清楚。』皇帝這樣跟小李說：『我得親自去看一看才好。』

『是！』小李不知道如何回答，唯有先答應著再說。

『你跟他們去商量，看是怎麼去法？』皇帝又說：『我看是悄悄兒去溜一趟的好；一發上諭，又鬧得六神不安！』

這是微服私行，小李又嚇一跳，但轉念一想，奉旨跟內務府去商量，天塌下來有長人頂，輪不到自己倒楣，那就不要緊了。

於是他笑嘻嘻地答道：『是！奴才馬上去跟他們商量。』

找到貴寶，一說經過；貴寶的膽子甚大，滿口答應：『既有旨意，自然遵辦。我先去安排；請你奏報皇上，看是哪天去？』

『你哪一天安排好，就哪一天去。』小李問道：『你是怎麼個安排？說給我聽聽。』

『那天當然不能「有書房」，等下了朝；請皇上換便衣出中正殿角門，我帶一輛車在那兒等。』等回去奏明了，皇帝喜不可言，但他要騎一匹吉林將軍所進，賜名『鐵龍駒』的黑馬。這一下，小李可不敢答應了。

『萬歲爺饒了奴才吧！』小李跪下來說：『沒有「壓馬大臣」，奴才不敢讓萬歲爺騎馬，萬一碰破了一塊油皮甚麼的，奴才有八個腦袋也不夠砍的。』

『那麼，』皇帝讓步了，『在園子裡，我可得騎馬。』

小李固有怕皇帝墜馬受傷的顧慮，而主要的還是怕在街上乘騎，爲人識破御駕。在園子裡騎馬，反正不是疾馳；牽著馬慢慢走，決計不能出事，所以他答應了下來。

到了第三天，風日晴和，秋光可人，皇帝越覺得興致勃勃，依照預定計畫，換了便衣，悄悄出宮；貴寶跨轅的一輛簇新的後檔車，安安穩穩地把皇帝送到了圓明園。

到了那裡，皇帝才知道騎馬不合適，因爲不能聽人講解，便步行著視察各處。

由於轄區遼闊，不要說走遍全園，僅是進『大宮門』和出入『賢良門』，看一看『福海』以西『正大光明殿』、『勤政親賢殿』以及『前湖』與『後湖』之間的『九州清晏』一帶的廢址，就花了兩個時辰；看看日影偏西，小李一再催請返駕，皇帝因爲初次微行，也不敢多作逗留，仍舊由貴寶護送回城，從紫禁城西北角的便門入宮。

回到乾清宮的第一件事，就是找總管太監張得喜來問，宮中有何動靜？張得喜與小李是有默契的；心知皇帝微行，不便說破，只是奏報『無事』。

無事便是福！小李心中一塊石頭落地。這夜燈下奉侍皇帝閒話，少不得又談圓明園；談得夜深了，第二天想多睡一會，因而囑咐小李傳諭：『無書房。』

秋涼天氣，正宜用功，而皇帝無緣無故放了師傅和諳達的假，首先李鴻藻就大感失望，而且相當不滿，但亦無可奈何，只有回到軍機處去當值，打算著跟恭王商量，是不是該上個摺子？有所諫勸。

剛出弘德殿，只見桂清腳步匆遽地趕了來，李鴻藻便喊住他說：『蓮舫，不必進去了，今兒沒有書房。』

聽得這話，桂清一楞，然後搖搖頭，黯然地說：『不是好徵兆！』

『何出此言？』李鴻藻驚疑地問：『甚麼徵兆不好？』

『請過來，』桂清把他拉到一邊，悄悄說道：『外面流言藉藉，說皇上昨天微行。』

『不會吧！』李鴻藻將信將疑地。

『我也不甚相信，然而此刻倒不能不疑心了。』桂清問道：『何以忽然「撤」了書房？』

『啊——！』李鴻藻失聲輕呼，『事出有因！』接著他急急又問：『外面怎麼說？微行何處？』

『到海淀看園子去了。是有內務府的人扈從。』

『那，蓮舫，你怎麼事先不知道呢？』

『哼！』桂清苦笑，『我還算是內務府大臣嗎？』

『這可眞的不是好徵兆！』李鴻藻想了想，找來一個蘇拉，『託你去看一看，榮大人進宮了沒有？在不在內左門？』

榮大人是指榮祿，他每天進宮，總在內左門的侍衛値班房坐；蘇拉趕去探視，不曾看見榮祿，卻打聽到了榮祿的消息，說是奉『七爺』飛召，騎著馬趕到太平湖醇王府去了。

李鴻藻的用意，是要向榮祿打聽此事；果然屬實，榮祿不能不知道。因爲他以步軍統領衙門左翼總兵的身分，雖只管東城的治安，但神機營的密探，滿佈九城內外，凡有大小新聞，無不明瞭，何況是御駕微行。如今既然找不到榮祿，那就只有暫且擱下，不便四下去亂打聽，免得駭人聽聞。

回到軍機，首先就遇到文祥，見他形顏清瘦，咳嗽不止，問起來才知道昨天咯血的舊疾復發。就在這時候忽然外面來報，說醇王到了，是特爲來看恭王的。

這顯見得有了緊要大事，不然，他們弟兄在私邸常有見面的機會，甚麼話不好談，何必此時趕到軍機處來？

恭王得到消息，自然也有突兀之感；迎出屋來，醇王第一句話就是：『六哥，咱們找個地方說話。』

『上這兒來吧！』恭王指著一間空屋子說。

於是蘇拉掀開門簾，兄弟倆一前一後走了進去；那間屋是恭王平時歇午覺的地方，十分清靜。醇王環目四顧，看清了沒有閒人，隨即神色凝重地說：『昨兒皇上溜到海淀去了！六哥可知道這回事兒？』

『我不知道啊！』恭王大為詫異，『載澂怎麼不告訴我？』

『載澂昨兒請假。』

這一說恭王越發困惑，皇帝微行的事還未弄清楚，又發現兒子瞞著自己請假，自然也是在外面鬼混；一時心中混亂，楞在那裡說不出話來。

『六哥，』醇王不明白他的心事，只當他聽說皇帝溜到海淀，驚駭得如此，便放緩了聲音說：『事情還是頭一回。咱們商量一下子，看怎麼著能夠讓皇上知道這不同兒戲；可又不傷皇上的面子。』

『喔！』恭王定定神，要從頭問起，『你這話是聽誰說的？』

『有人來告訴我；我找了榮仲華來問，果然不錯。』醇王又說：『是一輛後檔車，貴寶跨轅；午前去的，到下午四點鐘才回宮。』

『可惡！』恭王頓一頓足。

『是的，眞可惡！我得上摺子嚴參。』

『慢一點！』恭王把他拉到匟上坐下，湊過頭去低聲問道：『你知道不知道，又在打主意要修園子了？』

醇王何得不知？不過礙著慈禧太后，在這件事上不便表示反對，只點一點頭，不置可否。

但恭王卻放不過他，逼緊了問：『聽說有這麼個章程，要讓大家捐款報效。倘或上頭這麼交代下來，你報效不報效？』

這話把醇王問住了，搖著頭說：『很難！這會兒沒法說，到時候再看了。』

『對！』恭王點點頭，『就是這話。皇上溜出去看過了也好，聽內務府的人胡說八道也好，咱們守定一個宗旨，「見怪不怪，其怪自敗！」這會兒就裝作不知道；把這檔子事兒陰乾了它。』

醇王不喜歡採取這種無所作爲、聽其自然消弭的辦法，但像這樣的事，必須取得恭王的支持，方可有所行動，所以無可奈何，只能暫且聽從。

『不過，』他覺得有句話不能不說，『內務府也鬧得太不像話了！得要殺殺他們的威風才好。』

『那得看機會。』恭王微喟著，『凡事關礙著兩位太后，事情就難了。』

醇王無語，乘興而來，敗興而歸。只回去告訴榮祿，以後倘遇著皇帝微行的情事，必須立即馳報。這是用不著關照，榮祿也會這樣做的；當即多派密探，在神武門一帶晝夜查察。總算還好，一個多月過去，不曾發現皇帝再有這樣輕率的舉動。

欲取姑予

外面沒有動靜，宮裡卻爲籌議修園，正談得熱鬧，不但皇帝經常召見內務府大臣；慈禧太后也每每在漱芳齋傳升平署演戲，趁內務府大臣到場照料的機會，有所垂詢及指示。初步的工程，大致已經決定，兩座宮門當然要修；聽政的正大光明殿、勤政殿及百官朝房，自也不能沒有；安佑宮供奉列代御容，亦非修不可。九州清晏一帶爲帝后的寢宮，也就是修園的本意所在，更不待言，此外就只好說『斟量修理』了。不過，『天地一家春』是慈禧太后當年承恩邀寵之處，撫今追昔，無限思慕，所以特地在慣例上專爲頤養太后的萬春園中，挑一處地方重修，沿用『天地一家春』的舊名。

就這簡單的幾處，已有三千多間屋子，估計工費就要一千萬兩銀子。依照內務府的算盤，王公大臣的捐輸以外，兩廣總督瑞麟和四川總督吳棠，受恩深重，必當本諸天良，盡心報效。而這兩處又是富庶地方，也報效得起。此外兩江、直隸、湖廣，當然也不會落人之後。而況一千萬兩銀子，並不是一下子要用，如以十年爲期，每年只攤一百萬兩銀子；十名總督、十五名巡撫，平均計算，每人每年僅出四萬兩銀子，實在算不了一回事。

這一來就只等頒發上諭了。凡事開頭要順利，所以這道上諭在何時頒發，卻大有講究，主要的是要挑一個最適當的時機。

到九月底，看看是時候了，順天鄉試已過，最愛評論時政的舉子，已經出闈散去；又放了一批學政，清議所出的一班名翰林，張之洞弄了個肥缺，提督四川學政，此外黃體芳到山東、吳大澂到陝西、章鋆到廣東、王文在到湖北，他們不在京裡，就不會上疏阻撓。而最妙的是，文祥請了病假，回盛京休養去了。

於是皇帝親筆寫了個硃諭：

『朕念兩宮皇太后垂簾聽政十一年以來，朝乾夕惕，備極勤勞，勵精以綜萬機，虛懷以納輿論，聖德聰明，光被四表，遂政海宇升平之盛世。自本年正月二十六日，朕親理朝政以來，無日不以感戴慈恩爲念。朕嘗觀養心殿書籍之中，有世宗憲皇帝御製《圓明園四十景》詩集一部，因念及圓明園本爲列祖列宗臨幸駐蹕聽政之地；自御極以來，未奉兩宮皇太后在園居住，於心實有未安，日以復回舊制爲念。但現當庫款支細之時，若遽照舊修理，動用部儲之款，誠恐不敷；朕再四思維，惟有將安佑宮供奉列聖聖容之所，及兩宮皇太后所居之殿，並朕駐蹕聽政之處，擇要興修，其餘遊觀之所，概不修復，即著王公以下京內外大小官員，量力報效捐修。著總管內務府大臣於收捐後，隨時請獎；並著該大臣等覈實辦理，庶可上娛兩宮皇太后之聖心，下可盡朕之微忱也。特諭。』

這道硃諭，先下軍機處，應該錄案『過硃』，再諮送內閣明發。但值班的『達拉密』，對此例行手續，不敢照辦；飛騎出宮，到大翔鳳胡同鑑園，去向恭王請示。

恭王讀完硃諭，唯有付之長歎；他原來一直打算著慈禧太后和皇帝會知難而退，自己打消原意，則於『天威』無損——這就是所謂『陰乾』的策略，誰知陰乾不成，終於紙裡包不住火！看起來是自己把這件事看走了眼了。

『請六爺的示下，是不是馬上送到內閣去發？還是壓一壓？』

『照你看呢？』恭王問『達拉密』說：『壓得住，壓不住？』

『皇上處心積慮，已經好多日子了，我看壓不住；硬壓反而不好。』

恭王沉吟著，慢慢地點頭，是大有領悟的神情；壓不住就只有用一個『洩』字訣，將皇帝的這股子勁洩了它，然後可以大工化小，小工化無。

『對！硬壓反而不好。馬上送到內閣去發。』

不等內閣明發，消息已經外傳；沈桂芬首先趕到恭王那裡，接著是李鴻藻、寶鋆，以及『五爺』、『七爺』還有其他王公，紛紛來到鑑園。不過來意不同，軍機大臣是商量如何打消此事；惇、醇兩王，要看恭王是何態度；此外的王公則是來探詢『行情』，該捐多少？

恭王很沉著，『咱們要仰體皇上的孝心。不過這件事辦得成，辦不成，誰也不敢說。』他向惇王說：『五哥，你先請回去，咱們回頭在老七那兒見面再說。』

此外的王公都是這樣應付，先請回府，再聽信息。等把大家都敷衍走了，才回到書房裡，跟軍機大臣密談。

『麻煩來了，想推也推不開。各位是怎麼個意思？都說吧！』恭王又加了一句：『不用顧忌。』

『皇上到底是怎麼個主意？』沈桂芬乘機拿話擠李鴻藻，『最清楚的，莫過於蘭蓀；想來早有所聞了吧？』

『是的，』李鴻藻內心相當悲痛，眼圈紅紅地，顯得相當激動，與恭王的沉著，沈桂芬的冷靜，寶鋆的彷彿無動於衷的神態都不同。『皇上曾經跟我提過，我亦不止一次造膝密陳；對皇上的孝心，自然不敢非議，我說：兩宮太后方在盛年，慈幃承歡之日方長，不必急在一時。至於民生疾苦，國用不足的話，也不知陳奏過多少回，誰知聖衷不納，如之奈何？』

『也不能徒呼無奈。總得想個法子，探明皇上的意思才好。』沈桂芬說：『如果只是爲了在孝心上有交代，事情好辦；倘或皇上自己就有遊觀之興，可就大費周章了。』

『當然是自己有遊觀之興；而且皇上年輕好勝，一心想規復舊制，所以說要把此議打消，只怕辦不到。我看，只有到甚麼時候說甚麼話。』寶鋆看著恭王問道：『六爺打算不打算報效？』

恭王想了想笑道：『有句話請諸位擺在心裡：「將先取之，必先予之」，我打算報效兩萬銀子。』

大家都默喻了，無不點頭。於是，第二天便有恭王所派的護衛，拿著一張兩萬銀子的銀票，送到內務府，面交貴寶——內務府的人，大爲興奮，恭王首先捐輸，便是支持修園的表示；意料中大小官員的捐款會源源而至。

這是內務府司官以下的人的想法，幾個內務府大臣，一則年齡較長，見得事多；再則常有跟王公大臣接觸的機會，比較了解其中的微妙，覺得此事還未可樂觀，無論如何有探一探恭王的口氣的必要。

於是明善特地夜謁鑑園——他是常客，哪怕恭王睡下了，都可到床前傾談；這夜恭王恰有閒情逸致，親自在洗一方新得的端硯，短衣便履，待客之禮甚爲簡慢，但也可說是親切。

說了些閒話，明善心裡開始著急，不知如何能把話頭引到正題上去？幾個月來不知見過多少次，明善有意不談園工，恭王也有意不問；此時忽然提到，未免突兀。想來想去，明善覺得唯有開門見山一個說法，比較合適。

『今兒個有件事，得跟六爺請示。』他說：『皇上忽然下了那麼一道旨意，內務府都抓瞎了！到底該怎麼辦。總得六爺有句話，大家才好跟著走。』

恭王早知他的來意，也早有準備；他跟沈桂芬已經仔細研究過那道上諭，『現當庫款支絀之時，若遽照舊修理，動用部儲之款，誠恐不敷』這幾句話中，安著一個伏筆，言外之意，如果庫款富裕，則必當動用部儲之款；換句話說，就是以報效捐修爲名，將來一副千斤重擔，仍要卸在當政者頭上。

所以由眼前開始，就要遠遠躲開，教他們沾惹不上；到了內務府計窮力竭的時候，自然罷手。雖然半途而廢，必須虛擲幾十萬銀子，但通扯計算，也還是値得的。

因此，恭王這時裝得很起勁地答道：『你們不用問我。硃諭寫得明明白白，你們好好兒去幹吧！我這一向手頭緊，先捐兩萬；等十月裡，幾個莊子上繳了租息來，我還捐。能夠靠大家報效，把園子修了起來，何樂不爲？太好了，太好了！』

聽得這話，明善倒抽一口冷氣；恭王的態度很明白，私人報效可以，公事上不必談。看樣子要想架弄到戶部堂官頭上，還得大費一番周折。

話不投機，無須多說，明善答應一聲：『是！』又泛泛地敷衍了幾句，敗興而歸。

還有敗興的事，報效捐獻的，寥寥無幾；而且有御史上疏奏諫——陝西道御史沈淮，他那個奏摺十分簡略：

『竊思圓明園爲我朝辦公之所，原應及時修葺，以壯觀瞻，惟目前西事未靖，南北旱潦時聞，似不宜加之興作；皇上躬行節儉，必不爲此不亟之務，爲愚民無知，紛紛傳說，誠恐有累聖德，爲此披瀝直陳，不勝冒昧惶悚之至。』

皇帝看了，拍案大怒。聽從小李的建議，決定來個『下馬威』，好教後繼者畏懼卻步。於是第二天召見軍機，首先就向恭王問到沈淮的出身經歷。

恭王跟沈淮很熟，因爲他原是軍機章京；軍機章京都有木職，哪怕升到三品的『大九卿』，照舊可在軍機上當差，唯一的例外是考取了御史必須出軍機，這也是尊重言官，不敢屈以筆札之役的一種表示。

於是恭王奏報了沈淮的履歷，他的號叫東川，寧波人；道光二十九年的舉人，由內閣中書考取軍機章京，在咸豐十年入值。

說到這裡，恭王急轉直下地加了一句：『這沈淮是個忠臣。』

就這一句，戛然而止，聽來格外令人注意；皇帝隨即問道：『何以見得？』

『那年先帝秋狩熱河，他因爲不及扈從，感於君辱臣死之義，投井自盡；等救了起來，死志依然很堅決，他家裡的人，晝夜看守，直到得了先帝安抵熱河的消息，沈淮才進飲食。』

皇帝聽得這話楞住了，心裡不辨愛憎，只覺得異常尷尬沒趣。同時也相當困惑，何以巧得如此？偏偏第一個上奏的，就是這麼一個奈何他不得的『忠臣』！莫非是有意安排，教他來『打頭陣』！

一時心裡極亂，自覺手足無措，定一定神才想到一句話：『教他明天「遞牌子」，我有話問他。』

『是！』恭王對沈淮諫停園工的事，已有所聞；所以要問的話，自然不脫園工，只是皇帝的意思如何，不能不探問明白，所以接下來又說：『祖宗的家法，不輕於召見言官；有事都是降旨，著其「明白回奏」。皇上召見沈淮，是何垂諭？似乎宜於事先宣示。』

『那你就看吧！』皇帝把手邊的沈淮一奏，交了下來；等恭王大聲唸過一遍，讓其他三個軍機大臣都聽明白了，皇帝才憤憤地又說：『哪裡有甚麼「愚民無知，紛紛傳說」？我倒要問問他，百姓是怎麼說我？』

聽皇帝的語氣還緩和，恭王知道自己表揚沈淮忠臣這一計見效了。於是退值以後，立刻找了沈淮的同年，還在入值的軍機章京江人鏡來，請他去傳諭召見，同時教沈淮放心，不會有甚麼處分。

見著沈淮，轉達了恭王的話，江人鏡自己有一番同年好友的私話，說恭王和部院大臣都有默契，皇帝正在興頭上，不便澆以冷水；等事情冷一冷，再來設法打消。既然園工一定會停，自以靜默爲宜。

『是的。』沈淮答道：『我亦不過如骨鯁在喉，不得不言而已！』

『說過了，就不必再說了。東川，』江人鏡很懇切地說：『皇上很有孝心的，聽說你有身殉先帝的那番往事，一定不會難爲你。不過，明天召見，難免有所訓斥，你不必跟皇上爭辯；最好學吳中大老祕傳的心法，多磕頭，少說話！』

『是，是！』沈淮連聲答應，心裡卻另有打算，還要剴切陳詞，希望感格天心，能夠即時下詔停止園工。

話雖如此，無奈他一向短於口才；第二天單獨召見，咫尺天顏，大聲呵責，又難免惶恐，這一下滿肚子的話，就越艱於說出口，只是不斷重複著說：『興作非時，誠恐有累聖德！』

皇帝用『大孝養志』的話，將沈淮訓斥了一頓；果然收起了『下馬威』。同時沈淮的奏摺既不能留中，亦不能說他不對，所以爲了敷衍清議，還不得不有所讓步。

皇帝的讓步，就是重新自申約束；承認沈淮言之有理，表明『朕躬行節儉，爲天下先，豈肯再興土木之工以滋繁費？』只是爲了『聖慈頤養』，不得不然；最後自道『物力艱難，事宜從儉』，所以選擇安佑宮等處非修不可的地方，『略加修葺，不得過於華靡。其餘概毋庸興修，以昭節省。』

這道上諭是恭王承旨，轉知軍機章京所擬；原稿自我譴責的意味很重，皇帝已改動了很多。但就是這樣措詞，他已覺得非常委屈；而朝士中有人由『不得過於華靡』這句話中，生出警惕，認爲園工一開始就會停不下來，要趁此機會，設法打消；同時聽說下一年『太歲衝犯』，凡是南北向的房屋，都不宜開工，所以只要能設法拖過年，那麼明年不能開工，修園一事就不停而自停了。

於是沈淮的同僚，福建道監察御史游百川，再接再厲上了一道奏摺。諫勸要有理由，煌煌上諭，既以盡孝作題目，又一再以節省爲言，似乎很難駁倒；游百川焦慮苦思，才找到一條立言之道，是在洋人身上做文章。

他是以皇帝的安全著眼，認爲深居九重，宿衛周密，安全莫過於皇宮；至於圓明園的門禁，絕不能如內城那樣嚴密，而『近年西山一帶，時有外國人遊騁其間，萬一因我皇上駐蹕所在，亦生瞻就之心，於圓明園附近處所，修蓋廬舍，聽之不可，阻之不能，體制既非所宜，防閒亦恐未備，以臣愚悃，不無過慮。』

這道奏摺一上，皇帝把從沈淮身上所生的悶氣，一股腦兒加在游百川頭上；只是經一事，長一智，有了沈淮的前車之鑒，他不肯操切從事，先把小李找了來，打聽游百川的出身。

小李別無所知，只知道：『這游御史是杜師傅的同鄉。』

『杜師傅？』皇帝把上書房的師傅一個個數過來，詫異地問：『哪個杜師傅？』

『先帝爺的師傅。』

『喔，你是說杜受田杜師傅。那有甚麼相干？』皇帝加重了語氣說：『我還是要革他的職！』

聽得這話，小李暗暗稱快，但也有些擔心，這年把侍侯皇帝看奏摺，他也頗懂政事了，知道革言官的職，是件非同小可的事，或者會引起軒然大波。

『革職歸革職，動工歸動工。』皇帝的意思是將生米煮成熟飯，迫得大家不能不遷就事實，所以又問：『內務府預備哪一天開工？』

『選的日子是十月十五……』

『不行！』皇帝打斷他的話說：『你趕快去問，明天能不能開工；時候越早越好。』

內務府當然照辦。好在開工動工，不比上樑，非愼重選擇大吉大利的日子時辰不可；拿皇曆來看了看，選定第二天──十月初八，深秋『寅卯不通光』的卯時開工。同時不待奏定，立即召集執事官員、工匠伕役出城，連夜籌劃；到了晨光熹微的卯初時分，動手清理地面，出運渣土，這就算開工了。

於是皇帝召見恭醇兩王和游百川──召見醇王是因爲他也有一通密奏，諫停園工；皇帝故意叫他來聽聽，也是殺雞儆猴的手法。

三人一起進養心殿，召見卻不是同時，恭王和醇王先見皇帝；然後太監傳諭，引領游百川上殿，行過了禮，跪著回話。

『你是同治元年的翰林？』皇帝問。

『是！』

『那麼，那時候你在京城裡，對兩宮皇太后怎麼樣操心國事，轉危爲安，自然耳聞目見，清楚得很囉？』

『是！』游百川答道：『兩宮皇太后旋乾轉坤，保護聖躬；垂簾聽政，十一年來苦心操持，始有今天的局面。盛德巍巍，前所未有。』

『既然你知道這些，那麼我問你，崇功報德，頤養承歡，拿圓明園擇要興修，有何不可？』

『臣不敢妄言不可。』游百川想了一下答道：『上諭煌煌，天下共喻。只是西山一帶，時常有外國人往來，怕他們也在那裡蓋房子，於觀瞻不宜。』

『難道留著破破爛爛那一片地方，倒不礙觀瞻？』

游百川想說：留著那一片破破爛爛的地方，正可資爲當年戰敗的警惕。但這話未免過於耿直，皇帝一定聽不入耳，於事無補。所以這樣答道：『圓明園雖已殘破，不修則正可示中外以儉德。』

『照你這樣說，我要盡孝承歡的話，都是徒託空言了！』

以皇帝的說法，不修圓明園便無盡孝之道？這話就顯得強詞奪理了，游百川唯有不答。

『你說外國人常常往來西山，難道京師九城內外，就沒有外國人？』

『臣的奏摺上，已經說過。』游百川答道：『宮牆高峻，外國人難睹天顏；與圓明園的情形不同。』

『怎麼不同？難道外國人就能隨便闖進園來？』皇帝有些憤慨，『天下是大清朝的天下，因爲有外國人在這裡，我倒要處處避他；你說的是甚麼話，講的是哪一本書上的道理？』

『臣愚昧。無非怕外國人生瞻就之心，褻瀆天威；而且聖駕至重，防閑亦宜愼密。』

『哼！』皇帝冷笑，『你們專會斷章取義，一個時候說一個時候的話，不想想自己前後矛盾！既然如此，今年夏天，外國人求覲見，你何不奏請不許？』

這又是講不清的道理了！游百川只好講他奏摺上的另一個理由：『興作有時，今年勿遽動工，似欠愼重。將來天時人事，相度咸宜之時，臣必不敢諫阻。』

『這又是你言不由衷！果然到了那個時候，你一定又有話說。』皇帝說到這裡，似乎不想再作爭辯，便把先想好的結論說了出來：『總而言之，你上這個摺子，無非要讓天下知道，你已經盡了言責；用心在沽名釣譽，何嘗體會到我的孝心？如果我准了你的奏摺，天下後世，說我是納諫之君；這樣子就變成我在沽名釣譽，假作盡孝，上欺兩宮皇太后！你想想我成了甚麼人？如今國計民生，該興該革之處甚多，不見你們有所建言。偏偏要阻攔我的盡孝之心。兩宮皇太后朝乾夕愓，削平大亂，難道就值不得修座園子，以娛晚年？你們的天良何在？』

看皇帝說話激動，臉色白中發青，恭王怕游百川不知眉高眼低，說一、兩句耿直的話，正好碰在皇帝的氣頭上，那時有甚麼『嚴譴』，便很難挽救。所以緊接著皇帝的話說：『游百川！你要緊記著皇上的訓諭。』

皇上訓諭，沒有置諸腦後的道理，游百川自然答應一聲：『是！』

『你跪安下去吧！』恭王又說：『回去候旨。』

等游百川跪安退出，皇帝餘怒未息，對恭王說道：『這游百川比沈淮可惡得多！你把這道硃諭拿下去照辦。』

皇帝又有一道硃諭，是前一天晚上在燈下費了好大的功夫才寫成的。學的是雍、乾兩朝的御筆——雍正和乾隆都自負才辯，喜歡跟臣下打筆墨官司；御筆上諭動輒千數百言，析理纖微，而遇到轉不來彎時，便臨之以威，所以沒有一道諭旨，看來不是理直氣壯。皇帝也是如此，硃諭以『自古人君之發號施令，措行政事，不可自恃一己之識，必當以群僚適中共議，可行則行，不可則止』開頭，大兜大轉，最後落到這樣一個結尾：『著將該御史游百川即行革職，爲滿漢各御史所警戒，俟後再行奏請暫緩者，朕自有懲辦！』

聽恭王朗聲唸完，醇王先就忍不住；他的性情比較率直，這兩年又頗以風骨自命，所以大聲說道：『臣啓奏皇上，古語有云：「言者無罪」……』

聽醇王開口便是頂撞的話，恭王趕緊接口：『臣也有話，』他擋住了醇王，才從容說道：『游百川不辨事理，誠然可惡，不過後天就是聖母皇太后萬壽，普天同慶，皇上似不宜在「花衣期內」行此重譴。臣請旨，是否暫時將硃諭繳回，過了慶典再議？』

皇帝一聽這話，默然無語。要想立個『下馬威』，偏偏這麼不湊手，前一次是遇奈何不得的人；這一次遇到奈何不得的時候。萬般無奈，只有准奏，『好吧！』他說：『先把硃諭拿回來！』

這一道硃諭一繳回，恭王便不肯讓它再發下來了。當天就叫六福晉進宮，以預祝萬壽爲名，抽空跟慈安太后奏明；說皇上的孝心固然可敬，但修園子是高高興興的事，搞到革言官的職，未免殺風景。慈安太后自然聽從，便又跟慈禧太后去說。

『皇帝胡鬧！』慈禧太后很清楚，這道硃諭一發，天下必歸怨於兩宮太后，所以大不以爲然。『等我來跟他說。』當天慈禧太后便召見皇帝，索取硃諭，看完以後，誇獎他寫得好，但不同意他這麼做，因爲於修園一事，有害無益。於是硃諭和游百川的奏摺，便一起都『淹』了！

慈命難違，皇帝掃興無比；那幾天便很有人倒楣，章奏面陳，稍有不合，就碰釘子。幸好，不多幾天，來了一樁大喜事——陝甘總督左宗棠飛騎入奏，肅州克復，回亂首腦馬文祿被誅；白彥虎逃到哈密。遷延十載，用兵五年的關隴回亂，終於敉平了。

論功行賞，左宗棠也拜了相，以協辦大學士留任陝甘總督；並由騎都尉改爲一等輕車都尉世職。左宗棠則推崇劉松山的戰績，願將世職改歸劉松山的嗣子承襲。朝廷便又加賞劉松山一個一等輕車都尉。此外劉松山的姪子劉錦棠，以及豫軍出身，隨左西征的張曜、宋慶等將領，無不大加恩賞。

但是，關隴用兵收功，最高興的不是左宗棠，也不是西征將士，而是貴寶、文錫他們那批內務府的官員；除了來自肅州的提報以外，恰好秋已過，各地紛紛奏報『安瀾』，諫停園工的那些人，所持的兩大理由，都消失了。

『不是說「西征軍事未靖，南北旱潦時聞」嗎？』貴寶興高采烈地，帶著些揚眉吐氣的得意，『這會兒看他們還說些甚麼？』

在宮裡也是這麼個想法，首先慈禧太后就覺得，這該輪到皇家花錢了！平洪楊、平捻匪、平回亂，由釐金借到洋債，不知道肥了多少將領；大婚雖說花的錢多，是大家的面子，皇家不曾落得實惠。如今省下西征一年數百萬的軍餉，把圓明園先小規模地修一下，有何不可？因此，她開始親自參與園工；別處地方她不關心，關心的是『天地一家春』的工程——這是圓明園中路的舊路，移建於『三園』中，專屬於太后的萬春園，建成一座『四捲殿』，東西另闢兩座院落，各繞遊廊，與正殿相通。原址北面臨水，有一座問月樓，改爲水閣，錫名『澄光榭』。西邊靠近升平署的地方，建一座看戲殿，有戲台、扮戲房、承應伶工休息的屋子，名爲兩宮太后頤養之處，其實全由慈禧太后一個人作主；甚至裝修隔間、雕琢的花樣，都是她親手畫的。

當然奏諫的還是有，只是出於外官。有個以編修外放山西學政的謝維翰，上了一個摺子，因爲已知道『行情』，所以針對著慈禧太后，動之以情。他說：『庚申之事，臣下所不忍言，亦皇太后皇上所不忍回想。近日臣民經過其地，見其林莽荒翳，猶且欷歔淚下，蓋忠憤所積，先皇帝恩德感人深也。今大仇未報，一旦修葺其地，皇太后皇上乘輿，每歲駐臨，凡一台一榭，昔時流連經歷之地，風景頓殊，而先皇帝當日憂勞艱危情事，一一如在目前，皇太后之心必有感慟非常，不可一朝居者矣！

本欲藉此怡悅兩宮聖懷，而反使觸景傷情，隱抱無窮之憾；娛目轉致傷心，承歡適以增戚，返之皇上平日孝養初心，必更愀然難安，久且生悔。』

在這段措詞委婉的諫勸以後，謝維翰又提出以『經營西苑』代替修復圓明園的建議。話說得很合情理，無奈天意難迴，只是亦不足爲罪，唯一的處置，就是『留中』不答。

由於慈禧太后和皇帝是這樣的態度，所以，報效捐修的款子雖只有十四萬八千兩銀子，而內務府有恃無恐；不過銀子隨時都有，木料卻難叱嗟立辦。第二年『太歲衝犯』，不宜開工；必須趕在年內上樑，欽天監挑的日子是十二月十六，安佑宮、正大光明殿，以及萬春園的清夏堂、天地一家春，四處都需有棟樑之材，才可以趕上第二年十月，慈禧太后四旬萬壽以前落成。爲此，內務府的司官，只好奏請拆用圓明園的船塢，將大柁改爲正樑，以爲應急之計；一面不斷與李光昭商量，如何將他報效的木植，盡快運進京來，及時派上用場。

『說實話，』李光昭看出是時候了，這樣對候補筆帖式成麟說：『要想用我的木料，至少得在三年以後。』

『那，那，』成麟急得話都說不俐落了，『你不是開玩笑！這事豈是可以鬧著玩的？』

『成三哥，』李光昭不慌不忙地答道：『你先不要急，我自有計較。天下的路，都是人走出來的，奉旨修園，又有太后在上面主持，你還怕沒有木植？』

成麟不曾經過大事，所以容易著急；此時聽李光昭說得這麼毫不在乎，看他的態度，先就像吃了顆定心丸似地。細想一想他的話，果然不錯；便有沉不住氣的自慚，陪笑說道：『你也莫怨我急！遇見了你，算我造化，指望在這樁差使上補個實缺；誰知道你竟說三年以後才能用你的木植，那一來明年慈禧太后萬壽怎麼辦？我何能不急！』

『嗐！』李光昭帶些埋怨地，『原來，成三哥你想補缺；怎麼早不跟我說？』

『跟你說了怎麼樣？』成麟問道：『莫非你另有路子？』

『不是另有路子。你早跟我說了，我那個自願報效木植的稟呈，添上你一個名字，就說其中有你多少，一起報效；內務府幾位大人一高興，不就馬上替你補缺了嗎？』說到這裡，李光昭又跌腳嗟歎：『咳！眞正錯過機會；你想想，惠而不費的事！』

官迷心竅的成麟，果然大爲懊喪，拉長了臉，皺緊了眉，咳聲嘆氣，久久不絕。

『不必，不必，不必如此。成三哥，官運有遲早；不過遲也遲不了多少時候。』李光昭說：『我在各省的木植，雖要在三年以後，才能用得上；另有一條路子，至遲明年夏天，就源源不斷有得來。這要多花我十幾萬銀子，也說不得了。』

『太好了！』成麟把剛才的憂煩，拋到九霄雲外，趕緊追問，『是怎麼條路子？快快，請快說！』

『你知道的，我跟洋商有往來，或者漢口，或者上海，或者福州、香港，我設法湊十幾萬銀子，買洋木進口，不就完了嗎？』

成麟喜心翻倒，眞想給李光昭請個安道謝，但事機的轉變太順利，反令人不能相信，所以他牙縫裡不自覺地爆出一句話來：『眞的？』

這句話問壞了，李光昭的臉色就像黃梅天氣，層雲堆積，陰黯無光；再下來就要打雷了！

『對不起，對不起！』成麟深悔失言，慌忙道歉，『我有這麼個毛病，這兩個字是句口頭禪，一不小心就出來了。不相干，你別生我的氣。』

『自己弟兄，我生甚麼氣？』李光昭慢慢恢復了平靜的臉色；卻又忽然放出很鄭重的態度，『有句話，我得先說在前，最早得年底出京，木料買好運到，總在明年秋天。』

明年秋天就趕不上用了，他這話不是明明變卦？追問再三，李光昭才表示盤纏已經花光，得要寫信回去寄錢來，所以要到年底才能成行。

『這好辦！』成麟拍著胸脯說。

也不知他是如何好辦？只約了幾個內務府的好朋友，請李光昭在廣和居吃飯，奉為上賓，輪流敬酒。

應酬之際，成麟特地為李光昭介紹一個陪客，說是他的表兄，是個漢軍，旗名叫巴顏和，漢姓是李，正好跟李光昭認作同宗，兄弟相稱。巴顏和行五，比李光昭年輕，名正言順叫『大哥』；而李光昭看他一身配件，翡翠扳指，打簧金錶，『古月軒』的鼻煙壺，知道是個有錢的主兒，便不肯以大哥自居，禮尙往來，叫他一聲『五哥』。

等酒醉飯飽，成麟約了李光昭和他表兄，一起到家。重新煮茗敘話，巴顏和對李光昭的家世經歷，似乎頗感興趣，斷斷續續地問起；李光昭仍是以前的那套話，又有意無意地，說是到京買了一大批『花板』，已經啓運，現在只等漢陽的信到，立刻就走。話中隱約交代，資斧告絕，是因為買了花板；漢陽信到自然是匯銀子來。

於是巴顏和向成麟使了個眼色，兩人告個罪，避到廊下，咕咕噥噥，講了半天；再回進來時，成麟笑容滿面，而巴顏和隨即告辭，顯然地，這是為了便於成麟跟李光昭密談。

『李大爺，』成麟問道：『我給你預備了五百兩銀子，你看夠不夠啊？』

五百兩銀子回漢陽，盤纏很富裕了，但李光昭喜在心裡，卻不肯露出小家子氣來。略一沉吟，徐徐答道：『也差不多了！好在明年還要進京，想買點兒吉林人參、關東貂皮送人，都再說吧！』

成麟是跟他『放帳』的表兄借來的錢，已經說停當了，無法再借，所以這樣答道：『不錯，不錯！這得慢慢兒訪，才有好東西；今年來不及了，明年我替李大爺早早物色。』

『拜託了！』李光昭煞有介事地拱拱手，『價錢不要緊，東西要好。』

『是的。』成麟問道：『李大爺，你看哪一天動身，我好收拾行李。』

這意思是他要跟著一起出京；李光昭的腦筋很快，覺得這一下正好壯自己的聲勢，因而很快地答道：『我沒有事了，說走就走。』

於是商量行程，決定由天津乘海輪南下，但不能『說走就走』，內務府還得辦公文，奏明皇帝，諮行有關省份，敘明有此李光昭報效木植一事；將來啓運以前，由李光昭向該管州縣報明根數長短、徑大尺寸，轉請督撫，發給護照；每逢關卡認眞查驗，免稅放行。

『這是奉了旨了！』成麟拿著內務府批覆李光昭的公事說：『就跟欽差一樣。』

李光昭當差也很高興，備辦了一身光鮮的衣裳，用了一個十分玲瓏的跟班，和成麟出京而去。

木植的來路雖還渺茫，而內務府辦事卻快得很，已經接頭了六家包商，分包圓明園的工程；奏摺一上，慈禧太后特地傳諭召見明善，細問究竟。明善面奏，工程共分二期進行，第一期是安佑宮、天地一家春和清夏堂，年內就要上樑；第二期是大宮門、正大光明殿、勤政殿、上下天光等處，這得明年春天開工。

『明年不是「太歲衝犯」，不宜開工嗎？』慈禧太后問說。

『跟聖母皇太后回話，』明善答道：『只要不動正樑就不礙。再說，「聖天子百神呵護」，明年又是聖母皇太后四旬萬壽，萬萬無礙。』

慈禧太后也是頗爲相信風水的，心裡一直有些嘀咕，現在聽明善這兩句話，覺得合情合理；是啊，她在想，太歲衝犯，也得看看地方，太后、皇帝的事，太歲也不能不講情面。怕甚麼？

不過天地一家春和淸夏堂，都屬於萬春園的範圍，算是爲兩宮太后所興修，皇帝也應該有他自己的燕息之地；慈禧太后起了愛子之心，便即問道：『上下天光要明年才能興工，眼前得先替皇帝修一兩處地方，明年夏天好住。』

『是！』明善答道：『奴才幾個已經敬謹籌劃過了，好的是「雙鶴齋」沒有動甚麼，想盡快修起來，讓皇上駐蹕之用。』

『雙鶴齋？』慈禧太后靜靜回憶著，記起那就是『圓明園四十美景』中的『廓然大公』，在圓明園最大的一個池沼『福海』以北，背山面湖，除了正殿雙鶴齋以外，還有規月橋、峭蒨居、影山樓、披雲徑、倚吟堂、啓秀亭、韻石淙等等名目，一共湊成八景。她還記得，雙鶴齋後面有個大池，西北的水榭名爲靜嘉軒；有一年夏天，常在那裡憑欄觀荷。

於是她問：『池子裡的荷花，怕早就沒了吧？』

『是！』明善答道：『奴才已經派花兒匠補種。還有中路的樹，也在補種了。』

『對了！樹要多種，沒有樹成甚麼園子。』慈禧太后說到這裡，突然問道：『大家報效的款子，有了多少了？』

提到這一層，明善便上了心事；上諭一下，反應極其冷淡，但此時只有照實回答：『眼前還不到十萬銀子。』

『還不到十萬銀子?』慈禧太后大爲訝異,『報效的倒是些甚麼人啊?』

『六爺領頭報效兩萬;奴才不敢不盡心,可也不敢漫過六爺去,也是兩萬。』明善這樣回答,隱然表示對恭王不滿;這就像和尚化緣『開緣簿』一樣,第一筆寫得少了,一路下來都多不起來,如果恭王報效二十萬,他就絕不止於只捐獻兩萬。

『還有呢?』

『崇綸一萬、春佑三千、魁齡四千、誠明三千、桂清兩千、文錫一萬五。』明善磕一個頭說:『奴才幾個蒙天恩委任,恐懼不勝,只有盡力去辦,就怕辦不好。工程實在太大了!』

慈禧太后沉吟了好一會,斷然決然地說:『你們只要盡心盡力去辦,沒有辦不通的。』

明善是試探,而試探的結果,應該說是可以令人滿意的;慈禧太后的言外之意,是不顧一切,非要把園子修起來不可!有此支持,不患料款兩絀。明善便以工部左侍郎的本職,放手辦事;一大車一大車的木料磚瓦,盡往海淀運去,工料款先欠著再說。

這樣大興土木,京城裡自然視作大新聞,茶坊酒肆,都在談論;但看過邸鈔中那道飭令大小臣工報效園工的硃諭的人不多;了解內幕的人更少,因此,稍知各衙門辦事規制的人,無不奇怪,這樣的人工,工部及戶部兩衙門,何以毫無動靜?

戶部和工部都是有意不管,但暗中有人力持正論,想設法打消此事,一個是工部尙書李鴻藻,一是個戶部右侍郎桂清。這兩個人都入值弘德殿,部裡的事不大管;工部滿缺尙書是佩內務府印鑰的崇綸,自然支持明善父子,凡是與園工有關的撥款發料的公文,能瞞著李鴻藻,盡量瞞著。可是他們瞞不過桂清；因爲他是內務府大臣之一。這一來就連李鴻藻也瞞不住了，他們倆的私交本來極好，由於對園工一事的看法相同，過從更密，內務府的一舉一動，只要桂清知道的，李鴻藻亦無不瞭然；幾次造膝密陳，苦口諫勸，說大亂甫平，正當與民休息，重開盛世，不可爲此不急之務。又說聖學未成，必須刻苦向學；痛陳玩物喪志及光陰不再的大道理。甚至痛心疾首地切諫，此舉大失人心，如果不及時停工，恐怕大亂復起。

這些道理是皇帝所駁不倒的；而且對於開蒙的師傅，隱然有著如對嚴父的感覺，就能駁也不敢。唯有報以沉默；或者很吃力地想出話來搪塞。這使得皇帝深以爲苦；召見貴寶，問起李鴻藻如何得能了解園工的細節，才知道出於桂清的洩漏。

那就很好辦了，皇帝決定把桂清攆走；恰好盛京工部侍郎，出於聖祖第二十二子允祜之後的宗室奕慶，因爲高年不耐關外苦寒，進京謀幹，想調個缺，皇帝便命他留京當差，遺缺以桂清調補。桂清留下來的戶部右侍郎一缺，皇帝提拔了『老丈人』，由崇綺以內閣學士調任。

皇帝對自己的這個安排很滿意。果然，李鴻藻講話的次數少了；就是有所諫勸，因爲對內情隔膜，也比較容易搪塞。而最主要的是，皇帝自覺權力收放由心，無所不可；因而能夠放開手來做自己愛做的事。

像慈禧太后一樣，他也親自參與園工細節的策劃，經常用硃筆畫了房屋格局、裝修花樣，交到內務府照辦。同時很想再去看一次工程；順便逛一逛鬧市。

一動這個念頭，首先就想到小李；只要跟他說了，他一定不肯痛痛快快答應，皇帝實在有些不耐煩，所以預先想了一個制他的辦法。

這兩天沒有書房，沒有『引見』；傳完午膳才十一點鐘，皇帝把小李找了來，輕聲說了句：『去找車來，到海淀去看看。』

小李跪了下來，剛說得一聲『萬歲爺』，便讓皇帝打斷了話。

『少嚕囌！你倒是去不去？你不去，我另外找人。』

小李從未見過皇帝對他有這種不在乎的態度。他知道有好些人妒忌他得寵，無時無刻不是在找機會巴結；只要自己再遲疑一下，皇帝立刻就會另外找人，而且不愁找不到人。

『是！』小李非常見機，先痛快地答應著再說。

天子微行

小李一面悄悄分派車輛，通知內務府接駕；一面在暗中打主意，看樣子皇帝絕不止於以圓明園之行爲滿足，如果說要『上街去逛逛』，應該如何應付？有哪些地方是可以逛的；哪些地方是皇帝逛了以後會覺得有趣的？

這是兩回事。小李認爲車子在街上走一走，或著逛個野廟古寺的，也還不妨，但皇帝未見得會有此興致。那麼皇帝是想逛些甚麼地方呢？破題兒第一遭的事，小李一點邊都摸不著；想來想去，只得四個字的主意：隨機應變。

回到寢宮，只見皇帝已換了一身便衣，穿一件玫瑰紫黃緞的猞猁猴皮袍；上罩黑緞珊瑚套扣的巴圖魯背心；腰間繫一條湖色紡綢腰帶，帶子上拴著兩個明黃緞的繡花荷包；頭上緞帽、腳下緞靴，帽結子是一塊紅寶石。這副打扮是皇帝跟載澂學的，翩翩風度，不及載澂來得英俊，卻比載澂顯得儒雅。

小李笑嘻嘻地把皇帝打量了一番，立刻就發現有一處地方露了馬腳，便跪下來抱著皇帝的腿說：『奴才斗膽，跟萬歲爺討賞；求萬歲爺把腰上的那對荷包，賞了給奴才。』

皇帝立刻會意，一面撈起嵌肩下幅，一面問道：『你敢用？』

『這個包兒，誰也不敢用！萬歲爺賞了這對荷包，奴才給請回家去，在正廳上高高供著；教奴才家裡的人，早晚一炷香，叩祝萬歲爺長生不老，做萬年太平天子。』

皇帝笑著罵道：『猴兒崽子！有便宜就撿。』說著依舊撈起嵌肩下幅。

這意思是准了小李的奏請，讓他把荷包解了下來；小李喜孜孜地替皇帝換了對藍緞平金的荷包，又叩頭謝賞。

『你也得換衣服啊！』

『是！』小李問道：『不就上圓明園嗎？』

到圓明園去，小李就無需更衣；他這樣問是一種試探，皇帝老實答道：『先到街上逛逛；回頭有功夫再說。』

『這……』小李不敢顯出難色，只這樣說：『就怕巡城御史或者步軍統領衙門知道了；許多不便。』

『怕甚麼，有我！』皇帝又說：『京城裡那麼大，「萬人如海一身藏」，只要你當心一點兒，誰也不知道。』皇帝接著又問：『甚麼叫「廟市」？我想去看看。』

廟市怎麼行？小李心想，遊人極多，難免有在內廷當差，見過天顏的，就此洩漏眞相，才眞是『許多不便』；而且常有地痞滋事，萬一犯了駕，那就死無葬身之地了。

然而這絕不能跟皇帝說實話；說了實話一定不聽，只好騙一騙。『今兒不巧，』他故意數著手指說，『廟市是初二土地廟、初三花兒市、初四初五白塔寺、初六初七護國寺、初八初九隆福寺；今兒初十，正好沒有。』

『那就上前門外去逛逛。我得看看「茶樓」是個甚麼樣子。』

『奴才可不知道「茶樓」在哪兒。』

『到那兒再打聽，打聽不著也不要緊。』

有了這句話，小李就放心了；換了一身衣服，陪著皇帝，悄悄地從西北角門出宮，從東面繞回來，一直出了旗人稱爲『哈達門』的崇文門。

大駕出城，一直是走雖設而常關的正陽門，出警入蹕，坦道蕩蕩，一直不曾見過雜亂喧譁的鬧市景象，因此皇帝撥開車帷一角，目不轉睛地看著；心裡也像車外一樣地亂，說不出是好奇、困惑還是有趣？但有一個念頭，常常泛起：百聞不如一見，書本上所描寫的市井百態，常常無法想像，如今親眼一看，差不多都明白了。

正在窺看得出神的時候，那輛藍呢後檔車，忽然停了下來；皇帝便輕輕叫一聲：『小李！』跨轅的小李跳下車來，也正要跟皇帝回話；他撥開車帷，輕輕說道：『奴才去打聽「茶樓」。』

『嗯！』皇帝點點頭，又說：『有人的地方，可別自稱「奴才」；也別叫我「萬歲爺」。那不露了馬腳？』

『那，那，』小李結結巴巴地說：『那就斗膽改一個字，稱「萬大爺」？』

『大爺就是大爺！還加上個姓幹甚麼？』

『是！大爺。』

小李答應著，管自己去打聽『茶樓』。皇帝這時候比較心靜了，默默地背誦著一首詩：

春明門外市聲稠，十丈輕塵擾未休。雅有閒情徵菊部，好偕勝侶上茶樓；紅裙翠袖江南豔，急管哀絃塞北愁！消遣韶華如短夢，夕陽簾影任勾留。

一面默唸，一面想像著紅裙翠袖，急管繁絃的光景，恨不得即時能作茶樓的座上客。

『打聽到了。』小李掀開車帷說；聲音很冷淡。

『在哪兒？』

『敢情就是肉市的廣和樓，』小李說道：『實在沒有甚麼好逛的。』

『不管了！去看一看再說。』

於是車子轉西往南，剛一進打磨廠，只聽人聲嘈雜，叫囂怒罵，彷彿出了甚麼事似地；皇帝從未聽見過這種聲音，一顆心立刻就懸了起來。掀帷外望，只見路中心對峙著兩輛極華麗的車子，兩名壯漢戟指相斥，幾乎就要動武，四下看熱鬧的人，正紛紛圍了上來。

『走，走！往回走！』他聽見小李急促地在喊。

然而已然晚了，後面的車子湧了過來，塞住來路，只得『擱車』；過了一會，小李又來回奏，說是禮王府和貝勒奕劻家的車爭道，互不相下，兩家的主人都喝不住。

『那不要反了嗎？』皇帝很生氣地說。

一句話未完，只聽『叭噠、叭噠』的響聲，極其清脆地傳了過來；小李立刻欣慰地說：『好了，好了！巡街御史到了！』

果然，豪門悍僕，甚麼不怕，就怕巡街御史；一聽『響鞭』聲，顧不得相罵，各自上車趕開。霎時間，車走雷聲，散得無影無蹤；而小李則比那些人還要害怕，深怕洩漏眞相；催著車伕，從東河沿回城。茶樓始終沒有看到，不過皇帝倒體諒小李，雖白跑了一趟，並不怪他。

一回宮皇帝就聽總管太監張得喜奏報，說皇后違和；於是皇帝便又到承乾宮去探視皇后。病是小病，只不過玉顏清瘦，並未臥床。

要藥方來看，已有四張，皇帝才知道皇后病了好幾天了；雖是感冒微恙，究竟疏於慰問，內心不免歉然，所以問長問短，顯得極其殷勤。

等皇后親手奉茶的時候，皇帝忽然說道：『我看妳換個地方住吧！』

好端端地，如何想出這話來？皇后微感詫異，便即問道：『皇上看得這裡，哪兒不好？』

『我怕這屋子……』

皇帝縮口不語，因爲怕說出來會使皇后心生疑忌——承乾宮是東六宮中很有名的一座宮殿，在明朝一向爲貴妃的寢宮，崇禎朝寵冠一時的田貴妃就住在這裡；到了順治年間，相傳爲董小宛的董鄂妃，也住在這裡，這異代的兩位寵妃，都不永年。道光年間，皇帝的嫡親祖母孝全成皇后，大正月裡暴崩於此，死時才三十三歲，宮中相傳是得罪了恭慈皇太后，服毒自殺的。總而言之，在皇帝的感覺中，『這屋子不大吉利』！

皇后自然猜不到他的心思，但也不便追問，只覺得承乾宮近依慈安太后的鍾粹宮，慈愛蔭拂，沒有甚麼不好，因而含笑不語，無形中打消了皇帝的意思。

『妳阿瑪到差了沒有？』皇帝問。

問到后父，皇后再一次謝恩，但崇綺是否到了差？皇后不會知道；同時覺得皇帝這話問得奇怪，『我在宮裡，』她這樣笑道：『哪兒知道啊？』

皇帝想想不錯，『倒是我問得可笑了。』他說：『也是妳阿瑪運氣好，正好有這麼一個缺；戶部堂官的「飯食銀子」，每個月總有一千兩。』

『那都是皇上的恩典。』皇后又說：『聽說桂清爲人挺忠心的；有機會，皇上還是把他調回來的好。』

『哼！』皇帝冷笑，『本來是看他在弘德殿行走的勞績，有意讓他補戶部侍郎的缺，調劑調劑他；誰知道他不識抬舉，專愛搗亂。』

『喔，怎麼呢？』皇后明知故問地。

『他跟李師傅攪和在一起，專門說些讓人不愛聽的話。』

『話不中聽，心是好的。』皇后從容答道：『史書上不都說，犯顏直諫是忠臣嗎？』

『就爲了成全他自己忠臣的名聲，把爲君的置於何地？』皇帝搖著手說：『盡信書不如無書！書上有些話，都故意那樣子說說的，根本沒有那回事兒。』

『是！』皇后先答應一聲，看皇帝並無太多的慍聲，便又說道：『史書上記那些中興之主的嘉言懿行，皇上可不能不信。』

皇帝默然。沉吟了一會，忽然問道：『妳說說，妳願意學哪一位皇后？』

『歷代的賢后很多，』皇后想了一下，『唐太宗的長孫皇后；明太祖的馬皇后，都了不起。』

『本朝呢？』

『本朝？』皇后很謹慎地答道，『列祖列宗，都該取法；尤其是孝賢純皇后。』

這等於把皇帝擬作高宗。皇帝一向最仰慕這位得享遐齡的『十全老人』，聽了皇后的話，自然高興。

就這樣談古論今，而出以娓娓情話的模樣，皇帝感到很少有的一種友朋之樂。皇帝有時是世界上最寂寞的人，他沒有朋友；勉強有那麼點朋友味道的，只有一個載澂，然而載澂雖比他大不了一、兩歲，卻比他懂得太多，因此，皇帝跟載澂在一起，常有爭勝之心，而有時又得顧到君臣之分，這樣就很難始終融洽，暢所欲言。

跟皇后不同，皇帝認為『狀元小姐』自然是才女，學問上就輸給她也不要緊，而況又沒有外人聽見，不必覺得羞慚。當然，皇后受過極好的教養，出言非常謹慎，從不會傷害到皇帝的自尊心；只是相機啓沃，隨事陳言，如果皇帝沉默不答，她亦很見機，往往就此絕口不提。而遇到皇帝有興趣的話題，即使她無法應答，也一定凝神傾聽，讓皇帝能很有勁地談下去。

談到起更，宮女端上來特製的四色清淡而精緻的宵夜點心；皇后親自照料著用完，宮女來奏報，說宮門要上鑰了。

這意思是間接催問皇帝，是不是住在承乾宮？皇后懂她的用心，卻不肯明白表示，只說：『再等一會兒！』

皇帝自然也知道。應該是順理成章的事，他卻頗為躊躇；想到慈禧太后，又想到慧妃，再想到皇后，如果這一天住在承乾宮，明天說不定又被傳召到長春宮，要聽一些他不愛聽的話；而皇后則至少有三、五天的臉色好看。一想到慈禧太后對皇后那種冷淡的臉色，皇帝就覺得背上發涼。

『我還是回去吧！』皇帝站起身來，往外就走，頭也不回；他怕自己一回頭，看到皇后就會硬不起心來。

一回到乾清宮，在皇帝頓如兩個天地；迢迢良夜，世間幾多少年夫婦，相偎相依，輕憐蜜愛，而自己貴為天子，卻必得忍受這樣的清冷淒寂，如何能令人甘心？

『萬歲爺請歇著吧！』小李悄然走來，輕聲說道：『奴才已經叫楊三兒在鋪床了。』

楊三兒是個小太監，今年才十四歲；生一雙小爆眼，唇紅齒白，伸出手來，十指尖尖，像個女孩子。這一夜就是他關在屋裡，侍侯皇帝洗腳上床。

第二天就起得晚了，在書房裡，覺得頭昏昏地，坐不下去；託詞『肚子不舒服』，早早下了書房。跟軍機見面，也是草草了事；另有兩起『引見』，傳諭『撤』了。

詞臣得寵

轉眼到了年下，園工暫停，各衙門封印；這年京裡雨雪甚稀，所以清閒無事的官員，在家圍爐納福的少，在外玩樂飲宴的多。最普通的玩法，就是約集兩三至好，午後聽完徽班，下館子小酌，日暮興盡而歸。

因此，飯館跟戲園都是相連的；而每家飯館，無不預備胡琴鼓板，為的客人酒酣耳熱之際，要

『消遣』一段，立刻可以供應。前門外幾家有名的飯館，廣和居、福興居、正陽樓、宣德樓、龍源樓，入夜無不大唱皮簧；唱得好的，可以使行人駐足，有個翰林王慶祺就有這樣的魔力。

這天是他跟一個同僚張英麟，聽完程長庚和徐小香的『鎮潭州』，在宣德樓吃飯，一時技癢，張英麟操琴，王慶祺學著徐小香唱了一段小生戲。

王慶祺在小生戲上，頗有功夫；又是天生一條翎子生的嗓子，清剛遒健，眞有穿雲裂帛之概。『力巴看熱鬧，行家看門道』，王慶祺又不僅嗓子讓外行欣賞；咬子運腔，氣口吞吐，廢寢忘食地，下過不少琢磨的苦工。加上張英麟的那把胡琴，因爲常在一起『消遣』的緣故，襯得嚴絲合縫，把王慶祺的長處，烘托得如火如荼，而偷巧換氣的地方，包得點水不漏。所以一曲既罷，左右雅座和簾外傾聽的食客、跑堂，喝采的喝采，讚歎的讚歎，都巴望著再聽一段。

王慶祺和張英麟，也都覺得酣暢無比，但京師是藏龍臥虎之地，切忌炫耀，講究的是『見好就收』。王慶祺倒還興猶未盡，而張英麟自覺這段戲，這段胡琴，都頗名貴，『人間哪得幾回聞』？因而不待王慶祺有所表示，便將弓往軸上一搭，拿胡琴套入一個佈滿垢膩的藍布套中；順手取一塊手巾，使勁擦著手。

就這時門簾一掀，闖進一個十八歲的華服少年；後面跟著個穿了簇新藍洋布棉袍的俊僕；張英麟始而詫異，繼而惱怒，這樣擅闖客座，是極不禮貌的行爲，正想開口叱斥，只見王慶祺已在跟那少年搭話了。

『尊駕找誰？』

『找那唱「鎮潭州」的。』華服少年答說；聲音平靜從容，但聽來字字如斬釘截鐵，別具一種威嚴。

王慶祺看到那少年的帽結子是一塊紫紅寶石，心想大概是哪家王府中的子弟，蔭封的鎮國公之類；公爵的頂戴，不就是寶石嗎？

有此警覺，王慶祺不敢怠慢，『喔，就是我。』他說：『偶爾消遣，不中繩墨，貽笑了！』

華服少年點點頭：『不必謙虛。唱得很好；弦子也托得好。』

『那是敝友。』王慶祺指著張英麟說。

華服少年看著他微微笑了一下，接著轉臉又對王慶祺說：『你能不能再唱一段我聽？』

王慶祺回臉去看張英麟，他臉上是困惑好奇的神色，也沒有發覺王慶祺的徵詢的眼色；那就不管他了。『可以！』王慶祺說：『我再唱一段二六，請教！』

張英麟這時有些如夢方醒的模樣；既然王慶祺已經答應人家，自然不能不算，便拿起胡琴，坐了下來。那傢僕卻不待主人遜座，自己動手端了張椅子，放在王慶祺對面，用雪白的一塊手絹擦乾淨，才叫一聲：『大爺！』

大爺便毫不客氣地坐了起來。聽胡琴『隆得兒』一聲，王慶祺張口就唱，同時把一條腿蹺曲著，做成一個『金雞獨立』的姿勢；兩手合在一起搓弄著，是要手銬上的鏈子的『身段』，這就不用聽，便知王慶祺唱的是『白門樓』。

王慶祺因爲有知音之感，這段『白門樓』唱得格外用心；把窮途末路，萬般無奈，以及猶存萬一之想的貪生的哀鳴，曲曲傳出。等唱完了，放下腿來，拱拱手矜持地笑道：『見笑，見笑！』

『眞不錯。』華服少年問道：『你在哪個衙門當差啊？』

『我在翰林院。我叫王慶祺。』

『喔！』華服少年問道：『你是翰林嗎？』

『對了！』王慶祺答道：『翰林院檢討。』

『那麼你是戊辰科的囉？』華服少年問——他的算法不錯；王慶祺應該是同治七年戊辰科的進士，點爲庶吉士；到同治十年大考、散館、留館，授職爲檢討，不然就該轉別的職位了。

但王慶祺卻不是，『我是庚申科的。』庚申是咸豐十年。『中間因爲先父下世，在籍守制，所以耽誤了。』

華服少年又指著張英麟問：『他呢？』

『這是張編修。』王慶祺代爲回答。

『你們是同年？』

『不是！』這次是張英麟自己回答：『王檢討是我前輩，我是同治四年的。』

『你是山東人？』華服少年問他。

『山東歷城。』

『名字呢？』

這話問得很不客氣，張英麟佛然不悅，但就在這時候，王慶祺拋過一個眼色來，他便忍氣答道：『張英麟。』

華服少年點點頭，轉臉向他的俊僕看了一眼；彷彿關照他記住了這兩個人的名字似地。

『今天幸會。』王慶祺將手一伸肅客，『不嫌簡慢，何妨同飲？』

『不必！』華服少年搖搖頭又問：『你的小生戲是跟誰學的？』

『我是無師自通。喜歡徐小香的路子，有他的戲，一定去聽；有時也到他的「下處」去盤桓。日積月累，自覺還能道得其中的甘苦。』

『「下處」？』華服少年回頭問他的傔僕：『甚麼叫「下處」？』

『戲班子的所在地叫「大下處」。』王慶祺答說，『成名的角兒，自立門戶，也叫下處。』

『喔，那就是說，你常到他家去玩兒？』

『對了。』

『最近外頭有甚麼新戲？』

『很多。「四箴堂」的盧台子，編了好幾齣老生戲……』

『我是說小生戲。』華服少年打斷他的話說：『生旦合串的玩笑戲。』

『這……一時倒想不起來。』

談到這裡，一直侍立在旁的傔僕開口了，『大爺！』他說：『請回吧！別打攪人家了。』

華服少年點點頭，站起身來把手擺了兩下；似乎不教主人起身送客。然後，踏著安詳的步伐，回身走了。

『這是甚麼路道？』張英麟不滿地，『好大的架子！』

『輕點！』王慶祺說：『我猜是澂貝勒。』

『不對。澂貝勒我見過。』

『反正一定是王公子弟。慢慢兒打聽吧。』

話雖如此，王慶祺年下要躲債，避到他山東的一個同鄉家，沒有閒心思去打聽。送灶那天，張英麟不速而至，一見面就說：『我找了你好幾天！眞把我累壞了！』他又放低了聲音，叫著他的號說：『景琦！你知道咱們那天在宣德樓遇見的是誰？』

『是誰？』

『是皇上。』張英麟唯恐他不信似地，『千眞萬確是皇上。』

王慶祺又驚又喜，只是不斷眨眼發楞；張英麟卻有些惴惴然，看見王慶祺的神態，越發不安，於是把他特地找了來，想問的一句話說了出來。

『景琦，』他小聲說道：『這會不會是一場禍事？』

『禍事？』王慶祺翻著眼反問：『甚麼禍事？』

『咱們倆這麼在飯莊子裡拉胡琴唱戲，不是有玷官常嗎？』

『嗐！你是怎麼想來的？』王慶祺覺得他的話可笑，『照你的想法，那麼皇上微服私行，又該怎麼說呢？』

這話自是教張英麟無從置答，然而他也不能釋然；雖不知禍事從何而來，總覺得這樣的奇遇，過於反常，絕非好事。

王慶祺覺得他這樣子，反倒會鬧出禍來，便多方設譬，說這事只有好處，沒有壞處。但應持之以鎮靜，視如無事，則簡在帝心，不定哪一天發現名字，想起舊事，皇帝會酬宣德樓上一曲之緣，至少放考差、放學政，一定可以佔不少便宜。

『是的，「持之以鎮靜，視如無事。」千萬不能亂說，否則都老爺聞風言事，你我就要倒大楣了！』

『對了！天知地知，你知我知；不可讓另外人知道，切記，切記。』

等張英麟如言受教而去，王慶祺一個人坐著發呆。他那表叔只見他一會兒攢眉，一會兒微笑，跟他說話，答非所問，支支吾吾，甚麼也沒有說出來，便有些害怕了。

『景琦，』他推著他問：『莫非你得了痰症？年近歲逼，你可千萬不能替我找麻煩！』

這一下王慶祺才醒悟過來，定定神說道：『表叔，我要轉運了！』他把遇見皇帝的經過說了一遍。

他那表叔嚇一大跳：『眞有這樣的事？』

『你不看我那朋友，大年下四處八方找我，爲了甚麼？就爲了告訴我這個消息。事情一點不假，機會也是太好了，就看我能不能抓住這個機會。』王慶祺說：『抓住了，好處多的是；說不定一遷一轉，明年就能放個知府好缺，一洗窮翰林的寒酸。』

聽他說得這樣子確鑿不疑，他的表叔也代他高興；於是王慶祺就要借錢，因爲他要出門辦事，而一出門就可能會遇見債主，非還帳不能過關。

借到了錢，有一百兩銀子揣在身上，王慶祺便去找兩個人，一個姓李，是個獨眼龍，取『一目了然』之意，自號『了然先生』，而別人都喊他『李五瞎子』；另一個姓孫，行三。李五和孫三，跟盧台子一樣，都能編戲，王慶祺就是想跟他們去弄幾個小生戲的本子過來。

私房祕本，自然不肯出手。王慶祺是早就算到了的，另有一套說法；說是奉密旨繕進，交升平署搬演。宮內一演，外面必定流行，豈不是一炮而紅？同時答應將來抄出大內崑腔的本子，供他們改編皮黃之用，以爲交換。

這一下說動了李五和孫三，每人給了一個祕本；王慶祺便到琉璃廠的南紙店，買了上好的宣紙，叫店裡的夥計，打好朱絲格，帶回他親戚家，聚精會神地用端楷謄正，再送到琉璃廠用黃絲線裝訂成冊。

這兩個本子，一個是李五瞎子所編的『悅來店』，取材於一個沒落的旗下達官所寫的《兒女英雄傳》，安公子在悅來店巧遇俠女何玉鳳的故事。另一個名爲『得意緣』，描寫落魄書生盧昆杰，爲『山大王』看中，許以愛女狄雲鸞。後來盧昆杰發覺老丈人竟是打家劫舍的『寨主』，不甘辱身盜窟；而狄雲鸞倒也深明大義，爲成全夫婿棄暗投明的意願，臨時授以『雌雄鏢』絕技，盧昆杰得以一路擊退守路的頭目，安然下山。這兩個本子，都是小生戲，都有旦腳；允文允武。場子相當熱鬧，王慶祺揣摩皇帝的意旨，認爲一進呈必蒙嘉許。

但是，進呈得有條路子，最簡捷有效的，是找御前當差的太監，不過得要花錢；錢數多少，視身分而定。王慶祺心想，這非得找張英麟不可；他是哪裡得來的消息，便由『哪裡』設法進呈。

『路子倒有，我怕惹禍。』

『你無須怕！』王慶祺指著那兩個裝潢得異常精緻的本子說：『你看看後面！有禍我獨當，有福則必是同享。』

張英麟翻到最後一頁，只見末尾寫著一行蠅頭小楷：『臣王慶祺跪進』。便點點頭說：『也罷！我找人去辦。』

他找的是一個他的同鄉，開飯莊子的郝掌櫃，跟宮中的太監很熟；講明四十兩銀子的使費，一定進到乾清宮，不過日子不能限定，要看機會。

『可以，可以。』張英麟特別叮囑：『可要說清楚，是翰林院王檢討王慶祺所託。銀子請你墊上，年內一定歸還。』

『銀子小事。』郝掌櫃好意問道：『不過你何必買了花炮給別人放？』

張英麟不敢說怕惹禍的話；因爲這一說，郝掌櫃可能會遲疑顧慮，事情就辦不成了。『其中有個緣故，』他說：『改天得閒，我跟你細談。』

郝掌櫃倒眞是熱心人，經手之際，自作主張，說明是王慶祺跟張英麟兩個人『對皇上的孝心』。受託的那個太監，便找了乾清宮的太監梁吉慶，轉託小李進呈。

『你拿了人家多少錢？』小李笑道：『跟我說了實話，我替你辦。』

『包裡歸堆四十兩銀子，你也看不上眼，我也不忍心要。你瞧著辦吧，能行就行，不行把東西退給人家。』

話說得相當硬，小李頗爲不悅，眞想把『東西退給人家』；但打開本子一看，改變了念頭，這是皇帝的好消遣，何妨留下。

『好吧！我瞧著辦。』

轉眼間過了年，上燈那天，有道明發上諭：

『翰林院編修張英麟、檢討王慶祺，著在弘德殿行走。欽此！』

這道上諭一發抄，頓時成了朝士的話題；『弘德殿行走』就是師傅，張、王二人，不論資望、學問，都夠不上資格在弘德殿行走，何以忽有這樣的旨意？是不是出於哪位大老的舉薦？大家都想打聽一下。

談到弘德殿當差的人的進退，最了解的自無過於李鴻藻，所以有那好事的，特地向他去打聽。

李鴻藻已經知道內幕，但不肯明言，因爲一則他是方正君子，說破了張、王二人的進身之階，不獨有損聖德，而且近乎背後論人短長；二則因爲諫勸園工，皇帝對他有點『賭氣』的模樣——年前因爲皇帝親政後，初遇元旦，而這年又逢慈禧太后四旬萬壽，特地以『家人』的情誼，加恩近支親貴，由孚郡王奕譓開始，直到醇王的兒子載湉，賞銀子、賞頂戴、賞花翎，讓大家高高興興過個年。此外在臘月芒又特頒一道上諭，表明兩宮太后及皇帝最看重的『中外王大臣』：

『明年恭逢慈禧端佑康頤皇太后四旬大慶，並朕親政後初屆元旦令辰，業經加恩近支王貝勒等，因思中外王大臣有勤勞素著者，亦宜特沛恩施，恭親王、文祥、寶鋆，均著交該衙門從優議敘；沈桂芬著賞給御書匾額一方；科爾沁親王伯彥訥謨詁、多羅貝勒奕劻、公景壽，均著賞穿帶素貂褂；大學士兩廣總督瑞麟、大學士直隸總督李鴻章、協辦大學士陝甘總督左宗棠，均著交部從優議敘，用示宣綸錫羨至意。』

軍機大臣中，無不蒙恩，獨有帝師李鴻藻例外；只是皇帝又賞李鴻藻的生母姚太夫人匾額一方，御筆『錫類延齡』四字。這意思就很明白了，皇帝對李鴻藻頗致不滿，賞那方匾額，無非『面子帳』；同時也是隱隱譏責：自己盡孝不可阻攔皇帝盡孝——凡是諫阻園工者，皇帝和內務府的那班人，都認爲是在打擊皇帝的孝心。

爲此，李鴻藻不能不格外謹言愼行。這雖是明哲保身之計，實在也是爲了大局；如今近臣之中，能夠對皇帝剴切陳詞而使得皇帝無可如何，不能不稍存忌憚之心的，還只有這麼一位爲他開蒙的師傳。倘或操之過急，師弟之間破了臉，就更難進言了。

當然，李鴻藻不肯說，自有人肯說，不久，張、王二人蒙皇帝『特達之知』的來歷，傳播人口，已不成其為祕密。有跟張英麟、王慶祺熟識的，直言相詢；張英麟覺得頗為受窘，而王慶祺卻不在乎，笑笑不答。

由於兩人的想法不同，所以張英麟一到弘德殿，便覺侷促不安，特別是看見徐桐那副道貌儼然，總是瞟著眼看他和王慶祺的樣子，更如芒刺在背，迫不得已，只好常常告病假。

王慶祺則當差當得很起勁，對李鴻藻和徐桐，坦然執後輩之禮；而遇到侍讀時，卻當仁不讓。他是代替翁同龢的一部分職司，為皇帝課詩文；每次入值，總有些題外之話，形跡相當親密，使得徐桐既妒且羨，就越發沒有好臉嘴給王慶祺看了。

『稗官說部，雖小道亦有可觀焉！』皇帝有一天跟王慶祺說：『采風問俗，亦宜瀏覽。不知道有甚麼好的沒有？』

『是！』王慶祺答道：『容臣到琉璃廠訪查回奏。』

『好！』皇帝又叮囑一句：『明天就要回話——有話你跟他們說好了。』他們是指小李及乾清宮的總管太監張得喜等人。

王慶祺名為『師傅』，其實已成佞臣；因而已無法保持翰林的清望，與皇帝左右的太監常有交往。當時體會得皇帝的意思，是覓幾部談風花雪月的小說，交給太監轉呈；於是便又到琉璃廠去溜了一趟，買了一部《花月痕》、一部《品花寶鑑》，等小李來討回話時，隨手帶了進去。

皇帝如獲至寶，當天就看到深夜，還不肯釋手。第二天起得晚了，誤了『書房』；索性又看，看到七點鐘，才看奏摺，第一個就是文祥銷假請聖安的摺子，心裡便有些嘀咕；怕這天軍機見面時，他有一番令人不入耳的話要說。

正在發楞，小李用銀盤托進一根『綠頭籤』來，是內務府大臣明善請見。皇帝便問：『他有甚麼事？』

『聽說是爲雙鶴齋的工程。』

雙鶴齋限期一個月內修好，是皇帝在十天以前所下的手諭；明善爲此有所奏請，不能不見，點點頭說：『叫他來吧！』

這一召見，使得皇帝大不痛快。明善奏報京內外報效園工的款子，一共才得十四萬八千兩；而雙鶴齋雖是小修，亦需二十萬兩銀子。因爲限期趕修，特向戶部商量借款，哪知戶部一口拒絕，有了『難處』，所以來面奏取旨。

『當初你們是怎麼說來的？』皇帝厲聲詰責，『如今左一個「有難處」，右一個「有難處」，教我怎麼辦？』

『不是奴才敢於推諉，實在是大家不肯同心協力；奴才幾個商量，總要皇上有一道切實的上諭，事情才會順利。』明善又說：『至於雙鶴齋的工程，奴才哪怕傾家蕩產，也要上報鴻恩，趕在皇上萬壽之前先修出來。』

因爲有後面這段輸誠效忠的話，皇帝的氣平了些，想了想說：『你先下去！等我看看再說。』

等明善退下，就到了御養心殿接見軍機的時刻。對文祥自然有一番慰問；文祥久病衰弱，說不動話，只說：『奴才有個摺子，請皇上鑒納。』

他的奏摺，當天下午就遞了進來，是文祥的親筆：

『上年十月間，奴才在奉天恭讀邸鈔，「修理圓明園」諭旨，仰見我皇上奉養兩宮太后，曲盡孝思，無微不至。奴才雖知此舉工程浩大，難以有成，惟業經明降諭旨，自不容立時中止。而中外臣民皆以當茲時勢，不宜興此巨工，眾論譁然，至今未息。伏查御史德泰，前曾奏請加賦修理圓明園工程，當經恭親王及奴才等與內務府大臣會議後，於召對時蒙兩宮皇太后聖明洞鑒，以及加賦斷不可行，即捐輸亦萬難有濟，是以未經舉行。天下臣民，恭讀諭旨，莫不同聲稱頌；茲當皇上親政之初，忽有修理圓明園之舉，不獨中外輿論以為與當年諭旨，迴不相符，即奴才亦以為此事終難有成也！蓋用兵多年，各省款項支絀，現在被兵省分，善後事宜及西路巨餉，皆取給於捐輸抽釐，而釐捐兩項，已無不搜括殆盡，園工需用浩繁，何從籌此巨款？即使設法捐輸，所得亦必無幾，且恐徒傷國體而無濟於事也。』

讀到這裡，下面是兩句甚麼話，不用看也就知道了。皇帝嘆口氣，把文祥的奏摺一丟，站起身來，往外走去；殿廷高敞，而在他的感覺中，沉悶得令人透不過氣來，幾乎不可片刻居了。

後院中月色溶溶，從梨花、玉蘭之間，流瀉在地，映出濃濃淡淡的一片暗陰。春夜的風味如酒，皇帝靜靜地領略了一番，忽然想到瑜嬪；正想開口，只聽交泰殿的大鐘響了起來，緩重寬宏的鐘聲，共是九下，宮門早已下鑰；而且召幸瑜嬪得要皇后鈐印，輾轉周折，過於費事，不由得意興闌珊，嘆口氣仍舊回到東暖閣。

『萬歲爺歇著吧！』小李這樣勸說；對於皇帝的百無聊賴的情狀，他自然看得很清楚，心裡也很難過，只是想不出可以為皇帝遣愁破悶的方法。

這一夜皇帝依然是看小說消磨長夜。文祥的奏摺，留中不批，明善的面奏，自然亦無卜文。這樣等了兩天，才由太監口中傳出話去，要皇帝向軍機面諭，或者降旨明定由戶部設法撥款興修圓明園，是絕不可能的事；因爲皇帝已經很清楚，說了也無用，無非徒惹一場閒氣！

這對內務府來說，自是令人沮喪的消息；然而事情並未絕望，京裡不行，京外還有辦法可想。明善等人原來就有打算，凡是富庶的省份，都得報效；只是第二步的辦法，不能不提前來用而已。

於是仍舊由明善進宮面奏，請求皇帝授權內務府，行文兩湖、兩廣、四川、浙江各省，採辦楠木、柏木、陳黃松等大件木料各三千根，所需工料款，准各省報部作『正開銷』；並在一個月內報明啓運日期，以資急用。

這當然可行。明善回到內務府立即辦理諮文，開明清冊，到兵部請領了火牌，用專差分遞。一個月限期將到，浙江巡撫楊昌濬首先有了覆文，但不是報明啓運日期，是說『浙省無從採辦，請飭內務府另行設法。』他說：『浙省向無大木，例不責令辦解』；如果浙江有大木可辦，『斷不敢飾詞諉卸，無如限於地利，窮於物產，實非人力所能強致。』同時他又舉了一個實證，上年奉准建造『海神廟』，所用樑柱，是在上海採辦的洋木，倘或浙江出產大木，戔戔之數，何必外求？又說：『杭州省城內外，向多寬大廟宇，爲列聖南巡臨幸之所，軍興以後，盡成焦土，迄今十餘年之久，並無一處起造，雖因民力未充，而其購料之難，亦可概見。』言外餘音，大有此時不宜興修園林之意。

接著是四川總督吳棠的奏摺。他說，道光初年，奉旨採辦楠柏四百餘根，是在距省城數十站的打箭爐，一處『老林』中開廠砍伐，那裡離水路甚遠；中間隔著崇山峻嶺，披荊斬棘，開闢運道，費了好幾年的功夫才能搬運出山。這一次所需的數量，比前次多出數倍；而深山之中，因爲經過兵火，燒的燒，砍的砍，成材巨木，極爲罕見。必須多派幹員，分赴夷人聚居之處，帶同樵夫嚮導，深入老林尋覓；如有合適的木料，又要勘查道路，倘或中間隔著懸巖深澗，插翅難渡，便不得不加以放棄。即令能夠運出山去，還要顧慮水路，嘉定雅州以上，都爲山谿小河，舟楫不通，大木必須逐根漂放到嘉定大河，方能紮筏東下。

這兩個摺子，皇帝左看右看，找不出可以駁斥的地方，只好批了個『著照所請』。內務府的人，得到消息，急得跳腳；都是這樣一通奏摺，便輕輕卸除了千鈞重擔，圓明園拿甚麼來修？尤其是四川總督吳棠，身受慈禧太后天高地厚之恩，內務府諒他說甚麼也要竭誠報效，所以抱著極大的希望，哪知亦來這麼一套推諉的說詞。所謂『懇請展緩限期』原是句試探的話，如果嚴限辦理，則吳棠掏私囊現買大木料，當亦在所不惜；如今『著照所請』，這一『展限』就遙遙無期，不用指望了。

皇帝到底年輕，處事不夠老練；明善等人，憂心忡忡，發覺此事做得相當冒失，大有難乎爲繼之勢，然而已是騎虎難下！於是幾個堂官召集得力的司官，悄悄聚會，密籌應付之道。

『事情到了頭上了，說不上不算，只有硬頂著！』總司園工監督的貴寶，心中抱著孤注一擲的想法，希望把園工搞大，到不可收場之際，能把慈禧太后搬動出來，主持大計，所以這樣極力主張。他說：『前年大婚，開頭那會兒，不也是困難重重，這個哭窮，那個不肯給錢，到臨了兒，還不是照樣轟轟烈烈辦得好熱鬧！』

崇綸比較穩重，搖著頭說：『大婚是大婚，而且有六爺跟寶中堂在那兒主持，各省督撫說甚麼也得賣面子。如今，這兩個主兒，』他做了一個六、一個七的手勢，意指恭王和醇王，『都在等著看熱鬧，咱們別弄得不好收場！』

『二大爺！』貴寶就像那恃寵的子姪，放言無忌，『你老這話可說得遠了！奉旨辦事，上頭還有兩宮太后；難道說大家眞的一點兒不管？如果打咱們自己這兒就打了退堂鼓，還能指望人家起勁嗎？』

『起勁也得看地方，瞎起勁，管甚麼用？』崇綸又說：『咱們先得看看，到底有哪幾處款子跟木植是靠得住的？量入爲出，穩紮穩打。』

『要穩住就很難了。』明善接口說道：『廣東瑞中堂那兒是靠得住的；粵海關也是靠得住的，不過就是那麼一碗水，這會兒喝了，回頭就沒了！』粵海關的收入，向例撥充內務府經費，所以明善這樣說。

『回頭再說回頭的。』春佑出了個主意，『我看用不著百廢俱舉，咱們先修一、兩處，弄出個樣兒來，有現成的東西擺在那裡，就比較容易說話了。』

這個建議，在座的人，無不首肯；決定先集中全力，興修兩處，一處是皇帝限期趕修的雙鶴齋，一處是供奉列代御容的安佑宮。

『那個李光昭怎麼樣了？我看有點靠不住吧？』崇綸這樣問說。

『不管靠得住，靠不住，反正有這麼一個人替咱們出去張羅，總是好的。』

貴寶這話說到頭了，崇綸默然。於是當天就把工程範圍，重新安排了一下，到了三月初，雙鶴齋和安佑宮，大致就緒，奏報皇帝；由小李傳諭：定於三月十二日，赴安佑宮行禮。當然，這是一個藉口。

到了那天，皇帝命駕出宮；帶了『御前行走』的一班少年親貴，內務府的官員和小李等人，在圓明園很周詳地視察了一番，在雙鶴齋傳晚膳之前，召見崇綸、春佑、明善、貴寶，有所垂詢。

巡視的時候，都是皇帝的話，這裡的裝修要奇巧玲瓏，那裡的樓梯要藏而不露，扈從的內務府官員，無不鄭重其事地表示『遵旨』。但到了召見時，就盡是跪在皇帝面前的那四個人的話了。

說來說去還是錢，捐款總數還不到三十萬；各處的硬裝修，用花梨木或紫檀雕花，一堂稱為一槽，總計五十二槽，向粵海關『傳辦』三分之二，其餘三分之一的小件，在京招商承辦。此外的木植，除了四川總督吳棠，有一句口惠而實不至的『展緩限期』的承諾以外，其餘各省，無不臚舉理由，表示『非敢飾詞推諉，實為窒礙難行』。估算要幾百萬銀子的工料款，從何著落？

皇帝越聽越心煩，最後只有這樣吩咐：『你們瞧著辦，哪一筆款子可以動用，只要跟各該衙門說通了，我一定照准。』

這話等於未說，如果各該衙門說得通，又何必上煩宸衷？內務府三大臣一司官回城以後，趕緊又召集會議，將內務府及工部每年例修的經費，一筆一筆仔細估量，能夠動用的都列了出來，也不過二十萬兩銀子，戔戔之數，無濟於事；只有盡量先用在慈禧太后常在查問進度的『天地一家春』上面。

騙局初露

過了皇帝萬壽，貴寶聽說成麟已經回京；剛要派人去找，成麟自己到內務府報了到，帶來了一段呂宋洋木的樣子，說是李光昭已經在香港定購了三萬二千尺的洋木。這自然是一個好消息；三萬二千尺洋木，比實際需要的，還差得很多，但有這樣一個急公好義的商人，能報效數萬銀子，足以杜塞悠悠之口，拿他作個榜樣，勸令捐輸，所以貴寶非常興奮。

延入室內，略作旅途安好的寒暄，成麟未談正題，先要求貴寶左右迴避；同時臉色陰鬱，一看就知事情不妙。

『貴大爺，』成麟第一句話就是：『咱們上了那個姓李的當了！』

由於心理上先有準備，貴寶不致於大吃一驚，沉著地問道：『怎麼呢？你慢慢兒說。』

『姓李的話，十句當中只好聽一句；簡直就叫荒唐透頂！』成麟哭喪著臉說：『貴大爺，我可眞不得了！將來繩子、毒藥，不曉得死在哪一樣東西上頭。』

這一說，貴寶不能不吃驚，『何致於如此？』他強自鎭靜著，『你說說，那姓李的是怎麼一個人？』

李光昭是廣東客家人，寄居海口多年，倒是認識好些洋人，但專以詐騙爲業；騙到了溜了之，打聽到洋人已離海口，才又出現。

兩年前李光昭跟洋人做了一筆生意，把襄河出口之處的一片荒地，賣了給洋人；洋人上了當，心有不甘，跟李光昭提出交涉，要求退回原款。李光昭騙來的錢，一半還債，一半揮霍，早已光光大吉。於是跟洋人商量，說可以築一道堤，使得那片低窪荒地，不生水患，而且也帶了洋人實地去勘察過，只要能把堤築起來，這片荒地確可成爲有用之地。

等他裝模作樣，雇了幾名土工，打線立樁，立刻便有人出面干涉，這個人是當地的紳士，名叫吳傳灝。

吳傳灝是受地方委託，向李光昭提出交涉，那片濱水荒地，是襄水宣洩之區；根本沒有甚麼人承糧管業，等於是無主公地，如果築上一道堤，襄水大漲時，沒有出路，必致泛濫成災，漢陽三鎭的老百姓，豈不大受其害？

李光昭何嘗不明白這番道理，但爲了對洋人有所交代，仰起臉大打官腔，非要築堤不可；當時幾乎動武，還是洋人勸架，才不曾打得頭破血流。而李光昭的這些近乎苦肉計的做作，吳傳灝當然不會了解，只覺得此人不可理喻，唯有控之於官；於是由漢陽縣到漢陽府，再從漢黃德道告到巡撫、藩司、臬司『三大憲』那裡，無不貼出煌煌告示，嚴禁築堤，以保民生。

『我們大清國是有國法的，』李光昭對洋人說：『朝廷是講道理的，地方官吏一定敷衍地方士紳。不要緊，我到京裡去告，非把官司打勝了不可。』

李光昭就此借『京控』爲名，擺脫了洋人的羈絆；也是他如何到了京師的去脈來龍。貴寶一聽，倒抽一口冷氣；不過內務府的人做事，向來顧前不顧後，所以貴寶轉念一想，這個李光昭倒有些本事，且聽聽下文再說。

『李光昭是早就打聽好了的，知道洋人已經認倒楣回了國，才敢回漢口。』成麟又說：『在路上他印了一張銜條：「奉旨採運圓明園木植李」；又做了兩面旗子，要在船上掛出來。我看這樣子要出事，把當年小安子讓丁宮保砍了腦袋的事一說，才算把他攔住。這個人的花樣眞多，膽也眞大；跟洋人極熟，也許闖得出甚麼名堂來。』

事多話長，成麟講得又不甚有條理，因此貴寶一時頗感茫然，但最後這句話卻是很清楚，成麟見聞所及，對李光昭的信心未失。但何以前面又說得他那樣不堪？前後對照，成麟到底是甚麼意思，倒要問他一問。

『到漢口一打聽，木植如果現伐，得三年才能出山。』成麟未待貴寶開口，先就講他回京的原因：

『李光昭跟我說，不如到香港買洋木。到了香港，跟一個洋商定了三萬二千尺洋木，就是我帶回來的樣子；李光昭付了定洋，說要兩下湊錢，我特地趕回京來籌款。貴大爺，』老實的成麟以一種十分難看奇異的表情說：『爲了補缺，我也顧不得了，我能湊多少就買多少洋木，作爲我的報效；那時要貴大爺作主，別埋沒了我的苦心。若是我叫李光昭騙了，也要請貴大爺替我伸冤。』

貴寶一聽這話，只覺得他可憐，便安慰他說：『不致於那樣！你的辛苦，上頭都知道，小心謹愼去辦吧！』

得了這兩句微帶嘉許的話，成麟的勇氣又鼓了起來。便下了個帖子，約請了幾個至親好友，在西河沿的龍源樓便酌，預備請大家幫忙，湊一筆整款借給他去報效木植，好補上筆帖式的實缺。

約的是下午五點鐘，一到那裡，發覺情形有異，兩、三個便衣壯漢，在門口靠櫃台站著，雙目灼灼，只是注意進出的食客。接著瀓貝勒到了，直接上樓，有個壯漢便攔著成麟，不許他踏上樓梯，成麟越覺困惑。

一樣地，樓上侍候靠東雅座的跑堂也大惑不解，瀓貝勒他是認得的，卻不知另一個華服少年是誰？看瀓貝勒彎腰耳語，似乎此人來頭不小。

正在張望得起勁，那位貴客隨帶的俊僕，一扭臉發現了跑堂，立刻就把眼一瞪，其勢洶洶地奔了過去。

『你懂規矩不懂？』他將跑堂的往外一推，低聲喝問。

跑堂的偷窺顧客的動靜，是飯館裡的大忌；那人自知理屈，趕緊陪笑哈腰地道歉：『二爺別生氣！是我看得剛才進來的那位大爺眼熟……』

『甚麼眼熟眼生的！』他搶著說道：『你這兒如果打算要這個主顧，就少嚕囌。拿帳來！』

跑堂答應著到櫃上算了帳，用個小紙片寫個銀碼，回到樓上，只見那俊僕還在等著；便請教『主家』尊姓，以便掛帳。那俊僕搖搖頭付了現銀。跑堂的再三說好話不肯收；那是京裡的風俗，非得這樣才能拉住主顧，主顧堅持付現，便是看不起那家飯館，不屑往來之意。所以跑堂的相當著急，以爲眞是爲了剛才的行動失檢，得罪了貴客。

就這一個要給銀子，一個不肯收的當兒，只見澂貝勒已陪著華服少年出了雅座，俊僕隨即跟在後面，一引一從，逕自下樓；龍源樓門前停著一輛極其華麗的後檔車，等華服少年上了車，澂貝勒親自跨轅，絲鞭揚處，絕塵而去，惹得路人無不側目。

到這時候，那些壯漢才揚長而去；成麟亦方得上樓，心裡只是猜疑，估不透那華服少年是誰？倒把自己的正事都忘掉了。

他來得太早了些，經此耽擱，客人尚還一個未到；跑堂的沏上茶來，成麟便跟他閒聊，問起華服少年。由於他是熟客，跑堂的抓開門簾，看清沒有人偷聽，才湊到他身邊，用極低的聲音說道：『我跟你老說了吧，你老可千萬放在肚子裡。那位十八、九歲，長得極清秀的小爺，是當今皇上。』

成麟嚇一大跳，『你別胡說！哪有個皇上下館子吃飯的？』話是這麼說，他也並不是堅絕不信；因爲想到澂貝勒已加了郡王銜，而竟替那人跨轅，則身分的尊貴，起碼是個親王，如今哪有這麼一個皇子？

『一點都不假。』那跑堂又說：『是鴻臚寺的立五爺說的；立五爺還在西頭那間雅座，他常在宮裡當差，不知見過皇上多少回，錯不了！』

事。

成麟舒了口氣，心裡異常好奇；看樣子是不假，但皇上溜出宮來，微服私行，總是件不可思議的

看他還似不信，跑堂的便又舉證：『宣德樓的那段新聞，你老總該知道？』

『宣德樓出了甚麼新聞？』成麟問道：『我去年出京，這兩天剛回來，一點都不知道。』

『那就怪不得了！』跑堂的說：『翰林院的張老爺、王老爺，在那兒遇見了皇上，皇上還讓王老爺唱了一段白門樓，誇他賽似活呂布。一過了年都升了官了。』

愈說愈奇，也愈教成麟不能相信；然而無法再往下追問，因為他所請的客人，已陸續來赴約了。這些客人包括成麟的表兄巴顏和在內，聽得成麟相邀，當他跟李光昭出京，大功已成，設宴慶賀；所以一見面紛紛道賀——越是恭維得好聽，成麟心裡越難過，也越著急，因為借錢的話，更難出口了。

好不容易，成麟才把話引入正題，說是自己也打算買一批洋木報效，希望大家先湊一筆錢出來。

『老三，』巴顏和不等他畢其詞，就性急地問：『那李知府不是說，能湊十幾萬銀子買洋木嗎？』

『不錯！』成麟趕緊接口，『不過他是他的，我是我的。』

『這話就不對了！』巴顏和疑雲大起，『當初原是這麼說的，一起出京辦木植，他出錢，你出力；將來勞績的保案上去，優敘大家有分，只要他補上了實缺知府，你起碼也能補上一個九品筆帖式，何用你花錢報效？』

這話把成麟問得張口結舌，原形畢露；於是有人敷衍著說：『成三哥犯不上花這錢。即使眞要報效，等李知府的木植運到，勻出多少，歸你的名下；該多少價款，我們想法子湊了還他。』

成麟心裡有數，這還是人家顧他面子的說法；倘不知趣，再說下去，就要盤詰李光昭的底細，會弄得很難堪。所以裝作很感激地拱手說道：『這樣也很好。到時候眞要那麼辦，我再請各位幫忙。』

這頓飯，在客人自是吃得索然寡味；做主人的則是『賠了夫人又折兵』，不但官夢震醒，而且還得應付巴顏和的索債：他經手替李光昭代借的五百兩銀子。

這裡所謀成空，李光昭卻還在廣州盼望。看看資斧不繼，後路茫茫；一不做，二不休，悄悄在廣州置辦了動用物品，帶著他那名十分玲瓏的跟班，名叫李貴的到了香港。

一到就住進香港最大的得利客棧，包了兩間房，一間作臥室，一間作起坐，房門上貼出一條梅紅長箋，大書『欽派圓明園工程監督李寓』；命李貴在跟別人談到他時，稱爲『欽差』。又弄了幾口大皮箱，裡面不知道裝的甚麼東西，外面貼著『奉旨採辦圓明園木植李』的銜條，放在起坐間裡，進門客人，一望而知。同時雇了一頂綠呢大轎，每天穿起公服，戴一副大墨晶眼鏡，招搖過市。

這一下，立刻便有人來兜生意；因爲兩廣總督衙門和粵海關有圓明園工的『傳辦事件』，是香港商場都知道的；所以都不疑李光昭假冒。談生意照例先拜會，後邀宴，有此一番酬酢，才講到正題；李光昭便天高皇帝遠地大吹特吹，提到木植，說是既買洋木，便得跟洋商直接打交道，免得中間剝削。別人不知道他是騙慣了洋商的，都當他精明能幹；便眞的替他找洋商的路子。

結果找到一個法國人，名叫安奇；一談之下，十分契合。李光昭決定買三萬尺的洋木，談好價錢，要付定金的時候，李光昭連連冷笑，說是像這樣的生意，只有買主先孝敬經手人的，如何先要定金？大清皇帝買洋木，還怕少了他的價款？等木植運到天津，驗明貨樣，自然照價發款；內務府辦事的規制一向如此。

於是簽了約——自然，安奇有安奇的打算。

安奇在中國已有多年，但運氣不好，經商迭遇風險，在廣州和香港，欠下了好些債，能有這筆大生意，可以一蘇涸轍，所以格外遷就。至於李光昭的來歷，他雖也懷疑，卻認爲不致遭受任何損失；因爲他對中國的官場，極其了解，天津教案發生時，曾親歷其境，看透了中國人辦洋務，只講保住虛面子，暗地裡多大的虧都肯吃的。如今李光昭所簽的約，有『圓明園李監督代表大清皇帝立約』字樣，果然屬實，則等貨到天津，一經驗收，不怕拿不到錢；倘或假冒，則可請求領事提出交涉，一口咬定大清皇帝悔約。他深知直隸總督兼北洋大臣李鴻章是最會做官的，必不肯爲了上十萬銀子，鬧出大清皇帝悔約的糾紛，貽笑列國，顏面不保。

在李光昭，也有一個如意算盤。他在廣州的時候，已經知道圓明園工程欲罷不能，而最困難的是，缺乏木料；慈禧太后萬壽期近，需求甚亟，只要有一船洋木到了天津，不怕內務府的人不聽自己的話——他預備這樣說：洋木總值是三十萬，自己答應過報效十萬銀子，扣除以外，應找二十萬兩。付掉安奇的價款，起碼還能多十萬銀子。拿這筆錢在吏部加捐一個『大花樣』，把沒有『部照』的候選知府，弄成個眞的；等獎敘的旨意下來，再打點打點，搞個『不論雙單月』，遇缺盡先補的名堂，然後走路子指明分發到湖北，那就揚眉吐氣了。

兩個人各有打算，彼此湊合，簽下了一紙英文的合同。安奇認爲照商場的慣例，不付定金，合同無效，堅持要『意思，意思』，哪怕一塊錢都行。李光昭倒也慷慨，付了十塊銀光閃亮的墨西哥鷹洋。

合同很簡單，口頭談得詳細。安奇表示他在小呂宋有人替他辦貨，由香港打電報到加爾各答；再由倫敦轉到小呂宋，至多半個月功夫，貨色就可運到香港，然後一起隨船到天津，交貨領價。

這筆交易一做，李光昭成了香港商場上的知名人物，有人想做內務府的生意；有人想捐官；有人為打官司準備『京控』要找路子，都來拜託。李光昭來者不拒，無不拍胸保證，一定幫忙；於是有人為他惠客棧的帳，有人送『程儀』，眞有如魚得水，左右逢源之樂。

哪知樂極生悲，就在洋木將到香港的前一天，安奇喝酒大醉，在九龍到香港的渡船上，失足落海，等撈救上船，已經一命嗚呼；債主聞訊齊集，分掉了那一船洋木。

李光昭得到信息，大驚失色，趕到安奇的洋行裡去打聽，得知大家分配洋木抵償債務的經過，還想挽救；勸安奇的債主們，仍舊把洋木運到天津，照約行事，保證所得到的現款，比此刻瓜分木料來得划算。無奈合同的一方已經亡故，契約責任，自然歸於消滅；倘或出了糾紛，打官司不能傳安奇到案，必輸無疑。所以任令李光昭說得舌敝脣焦，大家只是搖頭不允。

這一下害得李光昭進退維谷，大為狼狽。繞室徘徊了一夜，終於恍然大悟，『安奇死了，還有別人。洋商不曾死絕，何妨照樣再來一次！』他欣喜地自語著，『對！就是這麼辦。』

這一次找到的也是一個法商，名叫播威利；洋行設在福州，因而談妥了便到福州去簽約。

播威利專門經營木材，在中國的業務，委託福州美商旗昌洋行代理，所以這張合同，亦由旗昌洋行出面代訂，播威利連帶簽署負責。合同中載明訂購洋木三船，共計三萬五千英尺，連運費在內，每尺銀圓一元五角五分，總計五萬四千二百五十元，在三十天內運到天津，立即驗收給價，每船每遲延一日，津貼泊船費用五十元。至於定金，照安奇的成例，只付了十塊鷹洋。

辦好手續，李光昭攜帶英文合約和木樣，坐海輪北上，一到天津，先稟呈直隸總督兼北洋大臣李鴻章，根據內務府奏准的原案，請求飭令天津海關，免稅放行；一面向內務府呈報，說是『親自航海，運來大木，將抵天津大沽，請派員點收』，同時附呈木樣。至於木植數量價格，李光昭因爲京中官員不懂英尺大小，也不曉得洋木價格，索性濫報，說第一船洋木共有五萬五千五百餘洋尺，總值三十萬兩。

正好，兩廣總督瑞麟，亦專差解到一批洋木的木樣，擺在內務府內，看著能否合用，如果合用，『即行購買運解』；內務府的官員，拿李光昭的木樣，放在一起驗看，認爲統通合用，分呈奏報皇帝『請旨』。

對廣東的處置，比較簡單，只是說明情形，請旨飭令兩廣總督、廣東巡撫，迅速購辦，解運進京；關於李光昭的那一部分，卻有些疑問，因爲有懂洋木行情的，說洋尺比中國的『三元尺』來得小，而五萬五千多洋尺的木植，也不需三十萬銀子。因此，內務府大臣決定請旨『飭下直督，就近派員，按李光昭所稟根件數目尺寸，驗收造冊諮送臣衙門；一面由該督迅速設法，運赴圓明園工程處查收，再由臣等查驗，是否與所報相符，核實估計價值，奏明請旨，格外恩施，以昭激勵。』

這樣做法，另有深意，首先是一筆運費，著落在李鴻章身上，不管他將來如何報銷，內務府可以不必花錢：再是在李光昭身上留下一個伏筆，就憑『核實估計價值』這句話，就有許多好處。

皇帝自然『依議』。於是內務府抄錄原奏及李光昭的原呈，辦公文諮請直隸總督衙門照辦。經此周折，已是一個月過去；播威利運到天津的第一船洋木，已經在碼頭上停泊了二十天，而且洋商跟播威利已經發生糾紛了。

在福州，李光昭可以吹得天花亂墜；一到天津，不見碼頭上有任何官員，來照料這批由大清皇帝派人代表立約訂購的木料，押運的洋商，便起疑心。催著李光昭收貨給價，李光昭只是支吾敷衍；幾天以後，連他的人影子都見不到了，於是向美國駐天津領事署申訴，提出交涉。

就在這時候，神武門出了一個亂子；皇帝微服遊幸，日暮歸來，拉車的一匹馬不知怎麼受了驚嚇，由神武門狂奔入宮，直到景運門，才經守衛宮門的護軍攔住。這件事被當作新聞一傳，皇帝的荒唐行徑，連帶地也播傳人口了。李鴻藻忍無可忍，決定犯顏直諫；而造膝密陳，因為體制攸關，畢竟不能暢所欲言，所以親自繕了一通密摺，當面遞給皇帝。

李鴻藻跟皇帝是師弟的情誼，十三年來，除卻母喪守制那三年，幾於無日不見。所以皇帝的性情如何，只有他最了解。外和而內剛，好面子，重感情，秉性又極其機敏；諫勸之道，只有相機開陳，或者取瑟而歌，暗中譬喻。這年會試，李鴻藻以副主考入闈，第三場文題：『孟子曰：「君仁莫不仁，君義莫不義。」』，以及試帖詩，『賦得無逸圖，得勤字五言八韻』的題目，就出於他所擬，而意在諷勸。此刻所上的密摺，措詞仍是淺明而婉轉。首先引用上年皇帝親政，兩宮太后在養心殿召見親貴大臣，面諭輔助皇帝，知無不言的訓諭，作為建言的根據，接著便『瀝陳愚悃』，說的是：

『伏思皇上親政以來，一年有餘矣！刻下之要務，不可不亟講求者，仍不外讀書、勤政二端，敢為我皇上敬陳之：前數年皇上日御弘德殿讀書，心志專一，經史記誦甚熟，讀書看摺，孜孜討究，論詩楷法，亦日見精進；近則工夫間斷，每月書房不過數次，且時刻匆促，更難有所裨益，不幾有讀書之名，而無讀書之實乎？夫學問與政事相為表裡，於學問多一分講求，即於政事多一分識見，二者誠不可偏廢也。伏願我皇上懍遵皇太后懿旨，每日辦事之後，仍到書房，計眞討論，取從前已讀已講之書，逐日溫習，以思其理；未讀未講之書，從容考究，以擴其識，詩論必求其精通，字畫必求其端整。沉心靜氣，涵養聖德，久而久之，自受益無窮矣。皇上親政之初，凡仰蒙召對者，莫不謂天稟聰明，清問周至，欽佩同深，氣象爲之一振。邇來各部院值日諸臣，未蒙召見，人心又漸懈矣！咸豐年間，文宗顯皇帝每日召見多至八、九起，誠以中外利弊，非博採旁諮，無以得其詳細也。若每見不過一、二人，每人泛問三數語，則人才之賢否，政事之得失，何由得悉乎？夫臣下之趨向，視朝廷爲轉移，皇上辦事早，則諸臣莫敢不早；皇上辦事細，則諸臣莫敢不細！不如是則相率偷安，苟且塞責，其流弊有不可勝言者。伏願我皇上仰法祖宗定制，辨色視朝，虛心聽言，實事求是；於披覽章奏之際，必求明其所以然，則事理無不貫通矣。而又勤求法制，屏無益之遊觀；軫念時艱，省無名之興作。』

通篇文章，要緊的就是最後這兩句話，但擺在數百言論讀書勤政之道以後，文字就顯得不夠力量。皇帝看完，不以爲忤，卻也沒有擺在心上。

李鴻藻則是一心盼望著，皇帝會虛己以聽，或者召見，或者見諸行動，有改悔的跡象；結果甚麼都沒有！自然大感失望。他所聽到的是許多流言，其中最離奇的一說是，皇帝曾出現在陝西巷、韓家潭一帶；那裡是有名的『八大胡同』，猶如唐朝長安的平康坊，『蘇幫』的『清吟小班』集中之區，豈是萬乘天子所能駐駕的地方？因此，李鴻藻說甚麼也不能相信。然而驚疑莫釋，只好去請教一個人。

這個人就是榮祿，跟李鴻藻是至交，他由工部侍郎調任戶部左侍郎，兼管『三庫』；但始終是醇王手下的一員『大將』，負著保護京師的重任。

『有這回事。』榮祿對李鴻藻無所顧忌，直言相告，『不但到了八大胡同，還有下三濫的地方。』

李鴻藻大驚失色，話都說不俐落了：『那，那是甚麼地方？』

言語便給的榮祿，遲疑未答，因爲一則李鴻藻不會知道那些地方，解釋不明白；再則亦眞不忍言！想了想，這樣答道：『四哥，你就甭問了！』

李鴻藻心如刀絞，坐在那裡，半晌作聲不得；思潮激蕩之下，擠出一句話來：『怎麼跑到那些地方去了呢？』

『不能老逛八大胡同啊！』榮祿答道：『清吟小班是內務府那班闊大爺的天下，多在內廷當過差，全都認得，撞見了怎麼辦？』

『你遇見過沒有？』

『沒有。』榮祿答道：『我也不敢！四哥，你想，眞要遇見了，我怎麼辦？只有暗中保護，不敢露一點兒痕跡。』

『唉！』李鴻藻長歎一聲，不知不覺地滾出來兩滴眼淚。

『園工非停不可了！』榮祿面色凝重地說：『日本人居心叵測，如果不免一戰，軍費就很爲難；哪經得住再興大工？』

天象示警

人事如此，天象可慮。欽天監的官員發現西北出彗星；夜夜觀察，經歷十天不滅，跡象是『紫微藩衛爲彗星所掃』。

彗星俗名『掃帚星』，見之不祥，何況亙曆十日不滅，而且掃著作爲『帝星』的紫微星的藩衛，則出警入蹕，大爲可虞。所以在弘德殿行走的徐桐和廣壽，正好籍此立言，說皇帝屢次巡幸圓明園，視察工程，是孝養心殷，非一般遊觀可比，但炎暑之際，風雨不時，海淀路遠，十分勞累，萬一馬驚獸逸，有失敬身之道。皇帝負宗廟社稷之重，承兩宮太后之歡，不宜再有臨幸巡視園工的舉動。

就在這時候，李光昭與洋商發生了糾紛。當福州旗昌洋行的代表，自從押運木料到達天津，找不到李光昭，便向美國領事署，提出申訴。副領事畢德格，將旗昌洋行的信，交了給天津海關道孫士達，其中詳細說明了合約內容，三船木料，總值不過銀洋五萬四千餘元；已到的一船，連同遲延貼補的費用，應付一萬五千元。

這一下李光昭的西洋鏡，完全拆穿。李鴻章聽取了孫士達的報告，勃然大怒，但一時還不預備抓他辦罪，只叫孫士達通知李光昭，趕緊跟洋商將帳目結算清楚。

洋商找不到李光昭，孫士達也找不到；轉託天津道丁壽昌派人四處查訪，才在一處客棧裡把他尋著，當面交付了海關道的公事。

李光昭已經悄悄到京裡去了一趟，目的是找成麟去借錢；照他的想法，一萬五千銀元，折算不過一萬一千銀子，成麟無論如何，可以籌措得到。哪知成麟不但不肯替他想辦法，而且還追著他要年前所借的五百兩銀子。李光昭看路數不對，連夜溜回天津，四處跟人套交情，拿著內務府的公事和洋商的合同，想找到一個肯墊款的人，交款取貨，然後再跟內務府去打交道；如果沒有確切的結果，不能先撥幾萬銀子出來，他打算私下賣掉這一批木料，溜之大吉。

李光昭最大的本事，就是能把死的說成活的；而況有公文、有合同、還有停泊在新關的貨色，自更易於措詞，居然有個長蘆鹽商，願意借錢給他，不要利息，只要將來內務府奏請獎勵時，爲他加上一個名字。有此成議，李光昭有恃無恐，想好一套說法，從從容容地去見孫士達。

『老兄太不成話了！』孫士達一見面便開了教訓，『既稱報效，何以欠了人家的貨價不給？趕快去了結！別丟人現眼了。』

『回大人的話，』李光昭不慌不忙地答道：『貨價我早已預備妥當，隨時可付。只是不能付！爲甚麼呢？因爲木植的尺寸，與原議不符。欽命要件，不敢草率從事。我請大人照會美國領事，轉飭旗昌洋行，交出原訂的尺寸底單；一看就可以明白。』

『底單？』孫士達也是辦洋務的，知道與洋商貿易的規矩，想了想問：『底單彼此各執一份，你的呢？』

『我的在這裡。』李光昭從靴頁子裡取出一張紙，恭恭敬敬地雙手呈上。

『是個抄件？』

『是。』李光昭答道：『原本是洋文，我特爲譯了出來；大人看了，才會明白。』

『喔！』孫士達問道：『你會洋文？』

『是！我能說能寫。』

孫士達聽他這一說，倒不敢小覷他，點點頭作了個嘉許的表示。

於是李光昭把握機會，要求孫士達跟美國領事提出交涉，說木料延誤已久，必須嚴飭洋商，限期照原訂底單的尺寸，趕運到京，以便解到圓明園應用。

孫士達接受了他的要求，跟美國領事署交涉，要他們轉飭旗昌洋行交出底單。押運的洋商，不曾料到有此變故，自然不會把合同帶在身上；這一來便變成李光昭有理了。美國領事署仔細研究案情，發覺貿易的主體是在法國木商播威利身上，旗昌洋行不會受多大的損失；既然如此，犯不著爲法國的利益跟中國起交涉，因而採取了一個很明快的措施，一面叫洋商向法國領事署去申訴；一面通知孫士達，此案美方已經不管，歸法國領事處理。

於是法國領事狄隆，照會天津海關道，說明案情，要求『設法拘留』李光昭；理由是怕他逃走。孫士達很幫李光昭的忙，不但拒絕法領事的要求，而且將李光昭所送的『底單』抄了一份，隨著覆照一起送達，希望『公平成交』。

狄隆辦事，不像美國領事署那樣和平，立刻提出一件措詞強硬的照會，說是『此案本擬秉公會審，茲關道據李光昭一面之詞，胸有成見，只可另行控辦。』孫士達還在維護李光昭，據理辯駁，但總督衙門的洋務文案，知道了這件事，頗生憂慮，因爲照狄隆的照會來看，是預備向總理衙門提出交涉。是非曲直，姑且不論，爲了一個商人，萬把兩銀子貨款的地方事件，搞成兩國政府之間的糾紛，這辦的是甚麼洋務？

因此，總督衙門通知孫士達，不必打筆墨官司，約集法國領事會商，和平了結。孫士達遵照命令，帶著譯員與法國領事署的代表，面對面坐下來談判。無奈雙方各執一詞，一面說木料尺寸短小；一面說木料尺寸與合同所訂相符。但合同在福州，一時無從攤開在桌子上公評，就無論如何也談不出一個結果了。

這些情形皇帝都還不知道。李鴻章雖對李光昭異常不滿，但其中關係著『欽命』和內務府的人，能夠讓他付了價款，運木進京，是爲上策；所以對孫士達迴護李光昭，亦就聽他去了，能將眞相瞞得一天是一天。這樣到了七月初，終於不能再瞞了。

不能瞞是出於兩個原因，一是李光昭的行徑，雖還未上達天聽，卻已成了宮廷以外的一件大新聞。由此又引起修園的奏諫，除了兩江總督李宗羲明請停園工，暗勸絕微行的一疏以外，南書房翰林李文田，還爲此跟寶鋆起了言語衝突。

李文田原來放了江西學政，三年任滿，本來要『告終養』，回廣東順德原籍侍奉老母；就因爲京裡有大興土木之舉，特地入京覆命，仍舊派在南書房行走。有一天遇見寶鋆，李文田責備他不能及時匡救；寶鋆從哪方面來說，都是李文田的前輩，受此指責，臉上自然掛不住，便這樣答道：『你在南書房，亦可以講話。何必責備軍機？』

『對！』李文田也頂了過去：『此來正是如此，無勞相勉！』

這樣不歡而散以後，李文田第二天就上了一道奏摺，以彗星的『天災』，說到『人害』，對內務府以及近臣太監，有極嚴厲的攻擊，引《大學》中的話，『聚斂之臣，不如盜臣』，指『左右近習與夫內務府大小臣工，皆聚斂之臣而盜臣者也』；說『皇上以天下爲家，今欲削皇上之家，以肥其家』，其『自爲之計，於皇上何益？』

這樣引經據典寫下來，結論自然是歸於請停園工。皇帝看了，學明神宗的辦法，既不接納，亦不加罪，將原摺丟開了事；李文田卻還師法古人『焚諫草』之義，有人問到，只說『摺底燒掉了』。但同在南書房的潘祖蔭是知道的，由他傳了出去，頗有人見賢思齊，預備跟著上摺，犯顏直諫。京中的清議，李鴻章非常注意，知道了這種情形，認爲拿李光昭一案掀出來，可爲桴鼓之應，大家合力做一篇熱鬧文章，說不定能把皇帝和慈禧太后的興致硬壓了下去。

再有一個原因是，新任通永道英良請訓出京時，皇帝面諭，轉知李鴻章將李光昭所報效的木植，趕緊啓運進京。當初奉旨驗收，因爲李光昭未付貨價，驗無從驗，收無從收，成爲懸案；此時奉旨催促，如果再無一個了結，如何說得過去？

因此，李鴻章便囑咐文案，辦了一個相當詳細的奏摺，將李光昭與洋商的糾紛，及與美、法領事署交涉的經過，撮要敘明，加上這麼一段議論：『李光昭在內務府呈稱，購運洋木報效値銀三十萬兩，木價即浮開太多，銀兩亦分毫未付，所謂報效者何在？』

天顏震怒

就這麼一句一針見血的指責，惹得皇帝震怒，召見春佑開缺以後，已升爲內務府大臣的原任堂郎中貴寶，拍案痛斥。同時下了兩道上諭，一道諭內閣，是『明發上諭』，說李光昭『膽大妄爲，欺罔朝廷，不法已極，著先行革職，交李鴻章嚴行審究，照例懲辦。所有李光昭報效木植之案，著即註銷。』

另外一道諭軍機大臣的，是轉發李鴻章的『廷寄』，因爲原奏中說李光昭『在外招搖，出言不愼』，雖是輕描淡寫的話，卻看得出來大有文章，拿甚麼人來『招搖』？可能是皇帝和皇太后；這於朝廷體面，更有關係，因而以近乎頒發密旨的手續，『著李鴻章確切根究，按律嚴辦，不得稍涉輕縱。』

但就是前一道『明發上諭』，已經騰笑四方，只是議論不一；有的說，皇帝到底少不更事，似此破綻百出，形同兒戲的『報效』，居然亦會相信。於是已因微服私行，涉足平康而受傷害的『天威』，益發大損。有的則責備軍機大臣，像這樣的案子，竟任令其演變至今，幾乎引起涉外糾紛；不知袞袞諸公，所司何事？當然，這些譏評，都是出以異常沉痛的心情；認爲長此以往，十幾年艱難力戰，費了多少民脂民膏所換來的平洪楊、平捻、平回亂三大武功，都要毀在當今皇帝手裡了。

於是醇王第一個忍不住，先徵詢他那一班的御前大臣的意見；御前大臣一共五個，都是頂兒尖兒的親貴重臣，帶班的是惇王，接下來的是醇王、伯彥訥謨詁、景壽和郡王銜的貝勒奕劻。

『五哥，』醇王激動地說：『咱們可不能不說話了。照這樣子，咱們將來都是大清朝的罪人！』

『難！』惇王大搖頭道，『說得輕了，不管用；說得重了，又怕皇上掛不住。』

『良藥苦口利於病，非重不可！』醇王向伯彥訥謨詁和景壽問：『你們倆怎麼說？』

這兩個人的性情不同，一個沉默寡言，向來喜怒不形於顏色，一個有不耐久坐的毛病，不斷繞屋徘徊，一靜一動，大異其趣，而此時卻是不愛說話的六額駙景壽開了口。

『咱們得跟六爺談一談吧？』他說：『最好再連師傅們一起列名，就更有力量了。』

『對！』惇王表示贊成，『這就好比一家人家，小主人不學好，先不必驚動外人，自己家裡管事的、帳房、教書匠先合起來勸一勸；主人一看他左右的人，全在這兒了，不能不給一個面子。』

話雖俚俗，譬喻卻也還適當，醇王點頭同意。當時便去看恭王，他毫不考慮地答應了；於是把文祥、寶鋆、沈桂芬、李鴻藻都請了來，商定了要說的話，一共六款，推舉奕劻起草，李鴻藻潤色。

其時翁同龢母喪孝服已滿，由常熟回京銷假，仍舊派在弘德殿行走；連銜上摺的事，由他跟徐桐和廣壽去說明。他心裡就很奇怪，王慶祺正是『罪魁禍首』，而又讓他列名奏諫，不是開玩笑嗎？

果然，第二天變卦了。恭王等人也想到了王慶祺，卻又不便單獨將他剔出，因而決定由惇王領銜，五御前、五軍機合疏。這十個人不是皇帝的叔伯，便是椒房長親，所以措詞不用講婉轉，重在痛切，一開頭就坦率直言：

『當此兵燹之餘，人心思治久矣！薄海臣民，無不仰望皇上親政，共享升平，以成中興之治。乃自同治十二年皇上躬親大政以來，內外臣工感發興起，共相砥礪，今甫經一載有餘，漸有懈弛情形，推原其故，總由視朝太晏，工作太繁，諫諍建白未蒙討論施行，度支告匱，猶復傳用不已，以是鯁直者志氣沮喪，庸懦者尸位保榮，頹靡之風，日甚一日。値此西陲未靖，外侮方殷，乃以因循不振處之，誠恐弊不勝舉，病不勝言矣！臣等日侍左右，見聞所及，不敢緘默不言，茲將關係最重要者，撮其大要，臚列於後；至其中不能盡達之意，臣等詳細面陳。』

『面陳』是恭王、醇王和文祥的意思；因爲有許多話，不便形之於筆墨，但即令如此，奏摺中已經『言人所不敢言』了。

『關係最重要』的話，一共六款，第一款是『畏天命』，以彗星出現，天象示警，說到『各國洋人盤踞都城，患在心腹；日本又滋擾台灣，海防緊要，深恐患生不測。』勸皇帝『常求敬畏之心，深宮中倍加修省，以弭災異。』

第二款是『遵祖制』，說視朝辦事，皆有常規；服用起御，務崇儉樸；太監不准干預政事，宮禁更當嚴肅。這便有許多弦外之音；接下來『愼言動』一款，就說得相當露骨了：

『皇上一身爲天下臣民所瞻仰，言動雖微，不可不愼也。外間傳聞皇上在宮門與太監等以演唱爲樂，此外訛言甚多，駕幸圓明園察看工程數次，外間即謂皇上藉此喜於遊觀。臣等知其必無是事，然人言不可不畏也。至召見臣工，威儀皆宜嚴重，言語皆宜得體，未可輕率，凡類此者，願皇上時時留意。』

這一款自是就微行而言。後半段則是隱指王慶祺；外人不會明白，他們相信皇帝會懂得其中的深意。

以下還有三款，其中『納諫章』、『重庫款』，是全篇奏章的重心：

『中外大小臣工，呈遞封奏，向來皆發交軍機大臣閱看，請旨辦理。近來封口摺件，往往留中不發，於政事得失，所關非細。若有忠言讜論，一概屏置，不幾開拒諫之風乎？嗣後遇有封奏，伏願皇上仍照舊發下，一廣言路。戶部錢糧爲軍國之需，出入皆有定制，近來內廷工作太多，用款浩繁，內務府每向戶部借款支發，以有數之錢糧，安能供無窮之糜費？現在急宜停止者，乃在園工一事。伏思咸豐十年，文宗顯皇帝由圓明園巡幸熱河，至今中外臣民，言之無不痛心疾首。兩宮皇太后、皇上皆親見其事，念及當日情形，何忍復至其地乎？即以工程而論，約非一、兩千萬不辦，此時物力艱難，何從籌此巨款？願皇上將臣等所奏，在兩宮皇太后前，委婉上陳。若欽奉懿旨，將園工即行停止，則兩宮皇太后之聖德與皇上之孝思，皆趨越千古矣！』

六款諫勸之中，唯獨這一款是兼勸慈禧太后，意思不可晦澀，但更不可明豁，這番措詞，煞費苦心，十重臣的往返討論，也都集中在這一款上面。最後『勤學問』一款是陪筆；皇上只要能接納前面五款，則進德修業，勤求學問，自爲必然之事。

重臣交諫

在恭王府斟酌妥善，十重臣都在摺底上具了名，然後由奕劻親筆謄正，交到軍機處，特為派一名軍機章京，送交內奏事處，說明是關係重大的要件，要即刻呈進御前。

皇帝已經得到消息了，說是御前大臣與軍機大臣，頻頻集會，將有一番很痛切的奏諫；這些人要說的話是甚麼，皇帝已可以猜想得到，而語氣一定不中聽，亦可想而知。因此，看到那封奏摺，就像看到債主的信那樣，心裡先存怯意，一直不願打開來看。

也因此，十重臣空等了一天；原摺裡面『其中不能盡達之意，臣等詳細面陳』的話，皇帝根本不知道，自然也不會召見。這樣到了第三天，在軍機照例跟皇帝見面時，恭王忍不住便問：『臣等前天有一封聯名的奏摺……』

『我正在看！』皇帝搶著說道：『另有旨意。』

恭王心想，『另有旨意』，自然是召見，不妨再等一等，所以不再多說甚麼；通知惇王等五御前大臣，下一天一早在軍機處會齊，聽候消息。

哪知下一天見面，皇帝依舊隻字不提。恭王退出養心殿，回到軍機，立即派人去打聽；得回的報告是：皇帝根本就沒有看那道奏摺。

『怎麼樣？』他向惇王問。

『還能怎麼樣？』醇王接口，『遞牌子吧！』

十根綠頭籤遞了上去，皇帝派人傳諭：『今天累了！明兒再說。』

大家商量的結果，認為不容皇帝拖延；這一天非謁見不可！因而第二次再遞牌子。

第二次遞牌子，依然不准；這也在意中，恭王叫人再遞。第三次奏達御前，皇帝既著慌，又憤怒，思潮起伏地考慮了好一會，知道這是一道難關，非闖不可，便沉著臉說：『好吧！看他們說點兒甚麼！』

於是十重臣由惇王領頭，一個個面色凝重地，出了軍機處。這天是七月十八，『秋老虎』還很厲害；養心殿固然涼爽，但以心情沉痛，所以就像黃梅天進入通風不良的小屋子那樣，不獨汗流浹背，而且令人有窒息之感。文祥病勢虛弱，更感難支；只覺眼前金蠅亂飛，喘息不止，由一名太監扶著，勉強隨班進殿。

一進殿，恭王就吩咐養心殿的總管太監：『拿十個墊子來！』

總管太監一楞，惇、恭、醇三王是皇帝的胞叔；早就奉旨：『召對宴，免行叩拜禮』，何用拜墊？心裡存疑，自然不敢去問；只答應著取了兩條紅氈條，十個龍鬚草的墊子，鋪設停當，然後悄悄退下，密密叮囑殿外侍立的太監說：『今兒怕有大風波！各自小心。』

不久，聽得沙沙的腳步聲，由遠而近；也聽見了皇帝咳嗽的聲音，於是惇王領頭，在殿外站班，只見皇帝臉色蒼白，而雙眼有些發紅，手裡拿著一道封口的奏摺，下了軟轎，逕自往殿裡走去。等他升了寶座，惇王領頭跟了進去，分兩排跪下，自東至西，第一排是惇親王、恭親王、醇親王、襲科爾沁親王伯彥訥謨詁、襲一等勇毅公額駙景壽；第二排是郡王銜貝勒奕劻、軍機大臣體仁閣大學士文祥、軍機大臣協辦大學士吏部尚書寶鋆、軍機大臣兵部尚書沈桂芬、軍機大臣工部尚書李鴻藻。

皇帝微感愕然，心裡更生警惕；等十重臣行了禮，他說：『都起來！』

『是！』惇王答應一聲，依舊跪著不動，『臣等十人，前天有個聯名的奏摺，恭請皇上俯納，明降諭旨，詔告天下。』

『喔，』皇帝已盤算了好幾遍，有意要做作得不在乎，此時很吃力地裝出微笑，『我還沒有看呢！』

說著，便親手用象牙裁紙刀，挑開封口，取出奏章，拿在手裡，看不了幾行，把奏章放了下來，臉色已經變了，是那種負氣的神色。

『我停工如何？你們還有甚麼好嚕嗦的？』

惇王無以爲答，只側臉看了一下；於是恭王便說：『臣等所奏，不止停工一事，容臣面讀。』說著，便從懷中取出摺底來，跪直了身子，從頭唸起；唸完了前面一段『帽子』，便開始陳說那具體奏諫的六款，反覆譬解，由於激動的緣故，話越說越重，講到最後『勤學問』一款，使有些教訓姪子的意味了。

皇帝的臉色大變，一陣青、一陣紅；然而十重臣都看不見，恭王是摺底遮著眼睛，其餘都按規矩不敢仰視，只聽得恭王講到最激昂痛切之處，陡然有擊案的暴響，一驚抬頭，才發覺皇帝的臉色青得可怕。

他指著恭王，厲聲說道：『我這個位子讓你好不好？』

說出這樣負氣的話來，十重臣無不驚愕失色，文祥一聲長號，因爲受的刺激太深，昏倒在地。這一下，皇帝大驚，自悔失言；而殿外的太監，也顧不得儀制，趕緊奔入殿內，將文祥扶了起來。

『先攙出去吧！』皇帝這樣吩咐。

等扶起來時，文祥已發出呻吟之聲，殿上君臣都鬆了一口氣，總算未曾昏厥過去。但就是這樣，已是一件令人震動之事，從開國以來，兩百年間，從無國家的元老重臣，爲了君上失德，憂慮沉痛到這樣近乎五內崩裂的程度！因此，皇帝不免氣餒，而留在殿上的九重臣，則越覺得事態嚴重，如果不能切實奏諫，挽回天意，只怕人心渙散，天下要解體了。

其中最激動的是醇王，他也是異常好強爭勝的人，一方面恨總理衙門軟弱，一方面又恨恭王當國十三年，只是講求洋務，在軍備上未曾十分著力，以致外侮迭起，而無奈其何。如果皇帝有勵精圖治之心，則臣下絕不敢這樣子懈怠；所以說來說去，總要皇帝自己爭氣。

於是，他提高了聲音說：『文祥公忠體國，力疾從公，如剛才的光景，皇上豈能無動於衷？倘或拒諫飾非，聖德不修，誠恐國亡無日！』

『「萬方有罪，罪在朕躬！」』皇帝又有些來氣，『我親政才一年半；莫非就這一年半，把國事搞得糟不可言？所有的責任，都推在我一個人身上？』

『臣等不敢推諉責任。只要皇上進德修業，人心日奮，雖然內憂外患，交替迭生，總還有措手之處；大小臣工，亦絕不敢敷衍塞責，營私自肥。天下者，皇上之天下；如果皇上不以社稷爲重，大小臣工，何能勤奮效力？這是再明白不過的事。』

『我不懂你的話！』皇帝憤憤地說：『從哪裡看出來，我不以社稷爲重？』

『聖躬繫四海之望，乘輿輕出，就是不以社稷爲重。』

『還有呢？』

『聖學未成。皇上如今第一件大事，就是勤求學問。皇上踐祚之年，與聖祖仁皇帝差不多；聖祖十四歲擒鰲拜，除大患，在皇上這個年紀，已經著手策劃撤藩。御門聽政，日理萬機之餘，不廢聖學，不但常御經筵，而且沒有一天不跟南書房的翰林，討論學問；皇上請細想，可曾能像聖祖那樣勤學？』

醇王接著又說：『李師傅在這裡，就拿這個月來說好了，皇上一共上了幾天書房？』

於是李鴻藻接口陳述：『初一是皇后千秋節，兩天沒有書房；初三引見拔貢，無書房；初四召見完事才巳正二刻，傳旨無書房；初五午初傳無書房；初六傳兩天無書房；初八又傳：本日及十一日至十五日無書房。算起來半個月功夫，只初九、初十兩天臨御弘德殿。前天、昨天，依舊是無書房。』

『昨天！』皇帝算是找著理了，『昨天是甚麼日子？不要行禮嗎？』

『昨天是先帝忌辰。』醇王正好接口；觸景生情，感念文宗，不由得雙淚交流，『先帝棄天下，就爲了洋人燒圓明園，憂憤而崩；皇上如果還記不得這個創巨痛深的奇恥大辱，臣不如隨侍先帝於泉下。』說罷放聲大哭。

皇帝又窘又惱，不便好言安慰，也不願好言安慰，只繃著臉，大聲說道：『這不是哭的事，有話儘管說；只要說得有道理，我當然會聽。』

於是醇王收淚，一款款地往下再談。召見的規矩，皇帝不曾問到，固不應擅自陳奏；就是同班召見，亦要分地位高低，不能越次發言，所以醇王說過，才輪著伯彥訥謨詁開口。他是提到李光昭一案，攻擊內務府矇蔽皇帝，以致於流言藉藉，中外都傳爲笑談。願皇帝大振乾綱，英察果斷，勿爲左右近侍所包圍。

再下來就該景壽說話，他一向沉默寡言；自從牽入肅順的案子裡，搞得灰頭土臉，更加不願對大政有所主張。御前、軍機聯名奏諫，雖爲他所贊成，但要說的話大家都說過了，他只泛泛地以聖駕至重，不宜輕出，說了幾句。然後又說：『臣侍先帝之日，曾承面諭：前明神宗，對臣下奏諫、各部院衙門議奏事項，往往留中不報，最是失德。皇上天亶聰明，必能切記先帝的遺訓。』

皇帝覺得拿他比作明神宗，無論如何不服氣，所以冷笑說道：『哼！擬於不倫！明神宗數十年不視朝，我哪裡有他這樣子？至於奏摺留中，是我保全上摺子的人，一發下去，就必得處分。』

這一下，醇王可也忍不住了，抗聲說道：『臣聽說頗有人直言奏諫，如李光昭一案，早在上年年底，大理寺少卿王家璧，就曾密奏，指李某「跡近欺罔」，如今果如所言。倘或皇上當時就拿王家璧的摺子發下來，軍機不敢不查辦，何致於有今天的笑話？』

『李光昭的案子，我已經叫李鴻章嚴辦，不必再說了。』皇帝又說：『奏諫無非要我採納；有些我已經接納了，摺子發不發下去，沒有甚麼關係。』

『是。臣但願皇上能虛衷以聽。』醇王又說：『臣昧死上言，從今以後，易服微行之事，千萬不可再有。』

『那是謠言，何嘗有此事？』

『皇上說謠言就是謠言。』

這句話中有著無可形容的不屑與言的意味，皇帝心裡異常不舒服；估量醇王也不敢對此事過境遷，形跡不留的情事，堅持其必有，因而振振有詞地問：『你說呀！我到了些甚麼地方，是哪一天，遇見了哪些人？』

『皇上自己知道就是。』

這愈顯得醇王的話是捕風捉影之談，皇帝更要追問了，『不！』他說：『你非說不可；不然就是你造謠。』

造皇帝的謠，這事非同小可，醇王逼得無法，只好實說。哪一天在宣德樓小酌，哪一天在龍源樓午膳，哪一天在八大胡同流連，哪一天在琉璃廠買『閒書』。這都是榮祿接得報告，轉報了醇王的；不但有日子，有地方，甚至在飯館裡要了些甚麼菜，花了幾兩銀子都說得一清二楚。

這一下不但皇帝目瞪呆拙，無話可答；伯彥訥謨詁、景壽、沈桂芬等人，亦有聞所未聞之感。一時殿中如風雨將來之前的沉寂，令人惴惴不安。

『別的都好說。停園工，我得面奏太后；這件我做不了主。』

終於得到皇帝這樣一句話，都認爲差強人意；於是由惇王領頭，跪安退下。皇帝自己也是汗流浹背，回乾清宮剛抹了身；太監來報：慈禧太后召見。

到了長春宮，只見慈禧太后的臉色陰沉；皇帝先就膽寒了。

『聽說軍機跟御前，有個聯名的摺子。』慈禧太后問道：『說的甚麼呀？』

『還不是那些老生常談。』皇帝想把奏摺取給慈禧太后看，已經探手入懷；轉念警覺，這是『授人以柄』，便又把手伸了出來。

『怎麼叫老生常談？裡頭不是幾句要緊話，何致於約齊了來見你？摺子呢？』慈禧太后將手一伸。

皇帝心想，如果說不曾帶來，說不定就會吩咐：派人去取。取不來豈非顯得自己撒謊？無可奈何，只好把奏摺交了過去。

慈禧太后看摺子，雖非一目十行，卻比皇帝快得多，一面看，一面冷笑，看完把摺子往匟几上一丟，啞然半晌，帶著異常失望的語聲說：『有些事，我竟不知道！』

皇上心虛，深怕慈禧太后問起微行的事，便這樣掩飾：『就是看了幾次工程，外面就有謠言，眞可恨！』

『你好好兒的，別人打哪兒去造謠？』慈禧太后注視著他問：『你知道不知道，這六款說的是一件事！』

這一件事自然是停園工；皇帝心想，讓慈禧太后自己說出來，事情就好辦得多了，因而躬身答道：『求皇額娘開導。』

『都爲的你不好生唸書。你想想，這個月你才上了幾天書房？』慈禧太后緊接著又說：『如果你能上進，好好兒用功，心自然就會靜下來，自然就知道「畏天命」、「遵祖制」，說話行事，都有規矩；奏摺也看下去了，也肯聽人勸了。只要你能這個樣子，修個園子讓你安心唸書，也算不了甚麼！』說到這裡，慈禧太后欲言又止，但終於還是說了出來，『有句話，我說了你心裡一定不服，你親政才一年多，何致於弄成這個樣子？我給你說穿了吧，外頭是瞧你不起！嘴裡答應著，心裡在冷笑；你以爲看摺子，跟軍機見面，是件容易的事嗎？你早得很呢！』

這幾句話說得皇帝面如死灰，心裡難過得無可形容；想頂句嘴，卻又不敢，只好低著頭使勁咬嘴唇。

『文祥是怎麼回事？』

這一問又是皇帝難以回答的，想了想才答：『他身子不好！要開缺就讓他開吧！』

『胡說！』慈禧太后畢竟發怒了，『你簡直沒有長眼睛。』

皇帝又把頭低了下去，自己恨自己笨拙，何以會說出這樣的話來？

慈禧太后倒有些不忍了，放緩了聲音問道：『現在你的意思是怎麼樣？總要有個交代啊！』

『皇額娘不是說了嗎？』皇帝帶些委屈的聲音說：『我多上書房就是了。』

『也要你誠心向學才好。』

『翁同龢回來了；我倒是願意聽他講書。』

這是句眞心話，慈禧太后也知道；點點頭表示嘉許。停園工的事，就此不再談了。皇帝回宮倒是細細想了一番；無奈想起書房，心裡便生怯意。再想想別的，從對日的交涉到慈禧太后對皇后的態度，無一件事，可以使得心裡妥帖；煩躁之下，坐臥不寧，唯有帶著侍從，又走了一趟圓明園，心情才能略微舒散些。

園工實際上已瀕於停頓，因爲李光昭的案子一發作，既有煌煌上諭嚴辦，則引進經手的人，豈能沒有責任？所以湖廣道監察御史，同治元年的傳臚，江蘇儀徵籍的陳彝首先發難，嚴劾內務府大臣『辦事欺蒙，請予處分』。接著是陳彝的同年，山東濰縣人的江南道御史孫鳳翔，上了一個奏摺，說『上年李光昭呈請報效木植，及此次呈進木植，皆係現任內務府大臣貴寶署理堂郎中任內之事；貴寶蒙混具稿呈堂，並與李光昭交通舞弊，請嚴加懲處』。這兩個摺子已由皇帝批交吏部議奏，處分在所不免；同時十重臣哭殿，已傳爲九城的新聞。看樣子停止園工，是遲早間事，所以不但內務府的人悄然罷手，就連園工的包商，亦不能不停下來觀望風色。

事情有成爲僵局的模樣，皇帝不知何以爲計，拖得一日是一日；十重臣則更爲著急，頻頻集會，在長吁短歎之中，決定了幾個旁敲側擊的步驟，首先是拿貴寶『開刀』，吏部兩尚書寶鋆與毛昶熙議定，貴寶應照溺職例革職。

如果沒有十重臣那六款奏諫，皇帝不會多心；有了『納諫章』這一款，皇帝認爲是恭王等人，利用言官來箝制他，心裡很不舒服。然而李光昭一案，也實在氣人，所以終於還是批准了吏部的建議。

貴寶是圓明園工程的總辦，這一革職，『蛇無頭不行』，園工完全停止；皇帝開始感到事態嚴重，第一是對慈禧太后無法交代；第二是威信有關。左思右想，只有找一個人商量。

這一個人就是李鴻藻。皇帝只有在啓蒙的師傅面前，說心裡的話才不會覺得傷害了做皇帝的威嚴。『師傅，』他說：『別人不知道我的難處，你應該知道。當初降旨修園，是爲了娛養兩宮皇太后；皇太后召見內務府大臣，召見「樣子雷」，親自畫了圖樣交下來，這些情形，你總知道吧？』

李鴻藻當然知道，隨即問道：『七月十八召見御前跟軍機，曾蒙面諭，停園工一節，轉奏兩宮太后定奪。想來皇上已經面奏？』

皇帝聽得這一問，立即顯出異常爲難的神色；好半晌才說了句：『我不知道怎麼跟兩位太后去回。』

說是說『兩位太后』，其實只是一位：慈禧太后。皇帝處於生母而兼嚴父的慈禧太后的積威之下，常常嚇得連話都說不清楚，這是李鴻藻所深切了解的。

因此，皇帝的苦衷，也就從他的這句話中，表露無遺。李鴻藻當時在心裡就定下了主意，但不知道恭王等人的意思如何，不便在皇帝面前作何承諾，只這樣答道：『皇上的孝思，臣等無不體仰。容臣等密籌妥善辦法；必有以抒廑慮。』

於是當天他就跟恭王談到皇帝召見的經過；恭王約了五御前大臣和全班軍機在鑑園集議。這一議，意見就多了；李鴻藻陳述的情形，爲大家打開了心頭的蔽境，爲了匡正皇帝的行爲，各種路子都走過，唯獨最主要的一條路子不曾去走——請兩宮太后出面干預，才是釜底抽薪，打開僵局的唯一善策。

『我看，』恭王說道：『就煩蘭蓀擬個密摺，公上兩宮，大家看使得使不得？』

這正就是李鴻藻的主意，而且他也有了腹稿，不過在此場合，他不能不這樣說：『如何措詞，請先商量定規。』

『你看呢？』恭王反問一句。

『我以爲應從理與勢兩方面立論，說園工不得不停的緣故。』

『好，請你先寫下來；看了稿子再斟酌。』

『不但論理、論勢，還要揭破眞相。』文祥說道：『要說內務府的人，明知道工程浩大，完不了工，無非藉此敷衍，好從中上下其手。以「西邊」的精明，當然不肯給人做斂錢的幌子。要這樣說，才有用！』

『是！』李鴻藻衷心傾服，『三哥看得眞透。』

於是丫頭安設了筆硯，李鴻藻坐在一旁握筆構思。像這些奏疏，無需講求詞藻，只要說得婉轉透徹就好；因爲李鴻藻把文祥的話，湊合他的腹稿，有了全篇大意，立刻文不加點地寫了下去。寫完看一遍，改動了幾個字；站起身來，捧向恭王。

『就勞你駕，唸一遍吧！』

李鴻藻答應著，朗聲唸道：

『園工一事，皇上承歡兩宮皇太后，孝思純篤，未肯收回成命，而當此時事艱難，論理論勢，皆有必須停之者，敬爲皇太后陳之：咸豐十年，文宗顯皇帝由圓明園巡幸熱河，爲我朝二百餘年非常之變，至今天下臣民，無不痛心疾首，兩宮皇太后與皇上念及當日情形，亦必傷心慘目，何忍復至其地？且前內務府大臣文豐，曾殉節於斯，不祥之地，更非駐蹕所宜，此理之不可不停者也。現在西路軍事孔亟，需餉浩繁，各省兵勇，欠餉纍纍，時有譁變之虞；加以日本滋擾台灣，勢甚猛悖，沿海各口均須設防，經費尚不知如何籌措？以戶部而論，每月兵餉，不敷支放；江蘇四成洋稅，已奏明停解捐輸，釐金亦已搜索殆盡，內外諸臣，方以國帑不足爲憂，而園工非一、兩千萬莫辦，當此中外空虛，又安得此巨款辦此巨工乎？此勢之不能不停止者也。

『皇上當以宵旰勤勞，又安寰宇，仰慰兩宮皇太后之心，爲孝之大者。若竭天下脂膏，供園庭之工作，以皇太后之至聖至仁，當必有所不忍也！十餘年來，皇太后皇上勵精圖治，髮捻各匪，次第掃除，良由政令修明，故人心團結。今大局粗安，元氣未復，當匱乏之時，爲不急之務，其知者以爲皇上之孝思；其不知者將謂皇上漸耽安逸，人心有不免渙散者也。

『在承辦諸臣，亦明知工大費多，告成無日，不過敷衍塞責；內而宦寺，外而佞人，希圖中飽，必多方畫策，極力贊成，如李光昭者，種種欺蒙，開干進之門，啓逢迎之漸，此尤不可不愼者也。雖日不動巨款，而軍需之捐例未停，園工之勸捐繼起，以有限之財，安能給無窮之用？臣等以爲與其徒斂眾怨，徒傷國體，於事萬難有成，不如及早停工，以安天下之人心乎！伏願皇太后明降懿旨，停止園工，則皇太后之威德，皇上之孝思均超越千古矣！』

靜靜聽完，都說婉轉懇切，是大手筆。唯有沈桂芬提出疑問，『有一層似乎不能不顧慮，』他說：『圓明園誠然是傷心之地；此時亦無此巨款興此巨工，如果地非圓明園，工款又不必如此之巨，那又怎麼說？』

『著！』寶鋆與沈桂芬氣味相投，凡事桴鼓相應，而沈桂芬的看法，亦確是很深很細，所以他大爲稱賞。『我聽著是覺得有那麼一點兒不妥，經笙一說就對了。咱們得爲上頭籌個退步的餘地。』

大家細想一想他們兩人的話，包括李鴻藻在內，亦都認爲有見地；不過惇王性子直，指著寶鋆說道：『一向是你管荷包，你說這話，倒琢磨琢磨，能夠籌個多少銀子？沒有百兒八十萬的，你那話趁早別說。』

『我不說也不成啊！』寶鋆答道：『修個甚麼地方，娛養兩宮太后，這話從沒有人敢駁過。既然這麼著，皇上如果說要修三海，就不算苛求。』

『唉！』恭王有些厭煩了，看著醇王和文祥，用徵詢的語氣說：『就修三海吧！反正總得給點兒甚麼。』

『也不能這麼容易就給。』文祥慢吞吞地說：『這還得商量。』

『我看也不用商量了，既然是奏請兩宮太后明降懿旨，何妨看看兩位太后的意思再說。』

『七爺說得是。』李鴻藻極力贊成，因爲這樣做法，不失奏請兩宮太后出面干預的原意，『我看，就此定議吧！』

恭王點點頭，重新作了個結論：『先把摺子遞到長春宮再說。萬不得已，就拿修三海作退步。』

『這話大家擺在心裡。』文祥作了補充，『能不修最好不修，一傳出去，先就有人起哄，何苦又給人開一條生財大道？』

這是指內務府而言。大家點頭稱是，紛紛散去。唯有醇王不走，還有話要跟恭王密談。

『翁叔平回來了。』他說：『咱們想辦法把那姓王的攆出去，六哥，你看行不行？』

『這不更掃了咱們那位小爺的面子了嗎？再說，也容易動人的疑，不必多事了。』

第一個建議被打消，醇王提第二個建議，認爲既然驚動了兩宮太后，那就要辦得徹底；修圓明園固然是爲了庫款、人心兩大端，也是爲了杜絕皇帝借視察園工爲名，便服微行。這些情形大家都瞞著兩宮太后不敢說，於今不妨揭穿，讓兩宮太后知道，興園工還有這麼一個大害處。

這個建議，恭王深以爲然；他還有更進一層的想法，這樣奏明太后，見得大家反對園工，有不便明言的隱衷，更能獲取對修園深感興趣的慈禧太后的諒解。

『那就勞弟妹的駕，進宮走一趟吧！』

『讓她跟著六嫂一起去，』醇王又說：『或者再約一約五嫂。』

『不必！我看弟妹一個人去就夠了。』

醇王聽出恭王的意思，由於載澂也在外面胡鬧，恭王福晉對皇帝的微行，實在也不便說。於是毅然答應了下來；第二天就讓醇王福晉進宮，見慈禧太后有所密陳。

摒去宮女太監，姊妹密語。醇王福晉將皇帝每一次視察園工以後，易服微行，流連在前門外鬧區的情形，細細地告訴了慈禧太后；又說恭王、醇王等人，異常憂慮，計無所出，迫不得已，唯有請求皇太后作主。

慈禧太后既驚且怒，也有無限的傷心和失望，只見她太陽穴上青筋躍動；每遇到這種神情，便是她內心激動，生了大氣的表示，連醇王福晉看了都有些害怕。

『皇太后也不必太責備皇上。』醇王福晉惴惴然地勸解，『皇上到底成人了，慢慢兒勸他，一定會聽。』

慈禧太后不作聲，她的心思很亂，想得很多；皇帝怎麼會弄成這樣子？總由於大婚之後，宮闈之間，缺少情趣，一個人獨宿在乾清宮，寂寞難耐的緣故。如果沒有皇后，皇帝不致於賭氣不理慧妃；推原論始，在立后的那天，便種下了今天的禍根。這樣一層層想到最後，便恨不得以懿旨將皇后廢掉。

『咳！』她長歎一聲，神色轉爲黯然，『當初是我不好。』

她的意思是，在立阿魯特氏爲后一事上，自己的警覺不夠，執意不堅，手段不高，遊移踟躕之間，鑄成大錯。這在醇王福晉自然猜不到；她的使命，就是來說明其事，任務已畢，無需流連，隨即告辭出宮。

議停園工

就在這時候，十重臣公上兩宮太后的密摺，遞到了宮裡；慈禧太后細細看完，內心有著難以言宣的不快。所說的『理』與『勢』，她不盡同意；而在興致上，更覺得受了很大的打擊，四十歲的整生日，原可以好好熱鬧一番的，誰知搞成這樣的局面！怪來怪去，只怪兒子不爭氣，倘或不是如此胡鬧，怎會惹出如許不中聽的話。

一個人生了半天的氣，等情緒略略平復，重新再看奏摺，覺得應該與慈安太后商量；等把她請了來，拿摺子唸了給她聽，又提到醇王福晉的話，只是搖頭嘆息。

慈安太后倒相當沉著，雖然內心震動，臉色蒼白，卻能說出一句極有力的話：『園工不能不停了！』

慈禧太后始終不願說這句話，但也無法堅持，只這樣說道：『修園不是用的懿旨；如今又何必用懿旨停工？』

『那就告訴皇帝，讓他降旨。』慈安太后又說：『前天我聽說，准了沈葆楨的奏，跟英國銀行借二百萬兩，拿到台灣去修炮台；左宗棠又要借三百萬兩的洋債。這樣子下去，怎麼得了？』

慈禧太后默然。好久，搖搖頭說：『眞是煩人！』

慈安太后看她如此，便喊了聲：『來呀！』等宮女應聲趨近，她這樣吩咐：『看看皇上在哪兒？』

『是！』宮女問道：『光是看一看來回奏，還是把萬歲爺請了來？』

『請了來！』

皇帝奉召到了長春宮，一看兩宮太后的臉色，便知不妙，硬著頭皮，陪笑請安。兩位『皇額娘』都不大理他，只慈安太后把那通密摺指了指，示意他拿去閱看。

看不到兩行，皇帝便來了氣，『豈有此理！』他氣急敗壞地說：『爲甚麼要驚動兩位皇太后？』

『人家不錯！』慈安太后冷冷地答了一句。

慈安太后跟皇帝說話，很少用這種語氣。所以雖是冷冷的一句，他心裡便很難過，越覺得十重臣上疏已撤簾歸政的兩宮太后，於理不合。

再看下去，皇帝又大起反感，『這叫甚麼話！陳芝麻、爛穀子都搬出來了！文豐殉節是十幾年前的事，到現在還來說「理」？』他憤憤地說：『日本人在台灣鬧事，也有些日子了，他們辦洋務辦成這個樣子，不引咎自責，反倒擺出忠臣的臉嘴，豈有此理！』

因為有此成見，皇帝對於這個摺子中的話，沒有一句能夠聽得進去；匆匆看完，咬著嘴，眨著眼，在思量對策。

『我得問問他們。』皇帝用很有決斷的聲音說：『理也好，勢也好，都是去年秋天以前的事，早就該見到了，當初為甚麼不說？六叔還領頭捐銀子，那時候怎麼就不想一想，圓明園非「駐蹕所宜」？』

這幾句話卻是理直氣壯，慈安太后無話可說；慈禧太后對停工一事，並不熱心，但對皇帝的微行，認為必須追究——她隱隱然有這樣一種想法，倘或皇帝能夠表示改悔，收心用功，則停工之事，就可暫時不談；一步一步設法湊款，好歹要把圓明園弄得像個樣子才罷。

於是她微微冷笑著說：『有些話，不好見筆墨。你也鬧得太不像樣子了！你自己做的事，自己知道。』

皇帝心裡一跳，大概慈禧太后聽到風聲了；微行一事，不能承認，但不能不略加解釋，想了想答道：『也不過去了幾趟海淀，那也不是甚麼大不了的事。』

『光就是海淀嗎？』慈禧太后問：『沒有到過前門外，沒有在外面吃過飯？』

『沒有！』皇帝硬賴，『誰在皇額娘面前造的謠言？』

這句話把慈禧太后的氣又勾了上來，『誰敢在我面前造謠？』她厲聲問道：『七福晉為甚麼要造你的謠？』

這一下皇帝不作聲了，而心裡對他人議論他的微行，痛恨萬分。七福晉當然是聽醇王所說；醇王是聽何人所說？必得查了出來，狠狠懲罰，一則出心頭的氣，再則也可以教別人看了有所畏懼，從此不敢再胡說八道。

『你十九歲了，我還能說甚麼？』慈禧太后這樣含含糊糊地暗示，『你自己惹出來的麻煩，自己瞧著辦吧！』

於是第二天一早，皇帝傳諭召見醇王；御前大臣伯彥訥謨詁回奏：『醇親王到南苑驗炮去了，今兒個怕不能回城；請旨：是不是派專人去宣旨？』

皇帝想了想答道：『不用了，先見了軍機再說。』

例行的見面，總是恭王先根據交下去的摺子，逐一面奏處置的辦法；皇帝的答覆，也總是三言兩語，簡單得很。有時恭王自覺說得不夠明白，打算著皇帝還會追問；而他卻常是不求甚解，含糊點頭，所以每天軍機見面的時間，比過去短得多了。

處理了摺件，便是恭王主動陳奏取旨。最近的大事，除卻停園工，無非台灣事件；恭王與李鴻章之間，每天都有專差往來，傳遞信件，這天一早接到李鴻章的信，說日本派來的談判專使內務卿大久保利通，已經到達天津，並且與李鴻章見了面。據大久保利通說，他希望盡快到京，跟總理衙門開議。

『那個大久保，他的來意，到底是甚麼？』皇帝問。

『大久保利通是日本薩摩島人，跟在台灣的日將西鄉從道是同鄉。』恭王答道：『大久保此來，據說要定和戰之計，態度很硬；不過照臣看，還是想要兵費。』

『跟咱們要？』

這是多餘的一問；恭王應一聲：『是！』聲音極輕，幾乎等於不答。

『他派兵佔了中國的地方，還要中國賠兵費，這叫甚麼話？』

『皇上責備得是！』恭王乘機答道：『總緣力不如人，唯有暫時委屈。日本學西法以致強盛，不過幾年的事；得力於上下一心，實事求是。臣等私下打算，託天之福，洪楊、捻匪次第削平，西路軍事，委左宗棠以全責，亦必可收功。如今正該修明政治，整軍經武，師夷人之長以制夷，則委屈一時，必有重申天威之一日。臣等這一番打算，故去的胡林翼、曾國藩；現任的李鴻章、左宗棠、沈葆楨，都是這樣看法。自道光末年以來，國步艱難，日甚一日；先帝憂國而棄天下，十三年來上賴兩宮皇太后聖明，外恃先朝的深仁厚澤，有曾國藩、胡林翼、僧格林沁、多隆阿，以及李鴻章、左宗棠等人的公忠體國，得以轉危爲安。只是內憂雖平，外患未已，剝復禍福之機，全在皇上常存敬畏之命，聖德日明，勵精圖治，不然，只恐國亡無日！』

前面一段話都說得還動聽，就是最後一句逆耳，皇帝面無表情地說：『空言無補事實。總署跟日本使臣交涉的經過，你寫個摺子來！』

『是。』恭王看著沈桂芬說：『你記著。』

『李光昭的案子，李鴻章辦得怎麼樣了？』皇帝吩咐：『催一催他。』

『正在辦。』恭王答道：『現在奉旨在查，李光昭跟貴寶有無勾結；李鴻章得要行文內務府，往返較費周折。臣遵旨，先通知李鴻章辦結了李光昭一案再說。』

『嗯！』皇帝問道：『你們還有甚麼事？』

『吏部有個摺子，皇上還沒有交下來。』

皇帝想了一下，『一概革職，處分太重了！』他說：『再留著看一看吧！』

『李光昭一案，騰笑中外，臣在總署，外國使臣每每問起，臣眞無地自容。』恭王堅持著，『內務府大臣，矇混入奏，咎有應得，臣請皇上無論如何要准奏。』

皇帝越感不快，認爲恭王跡近挾持，但終於忍氣把御案上的一個奏摺，往外推了推，說一聲：『你說怎麼辦就怎麼辦，不依也不行！』

於是擬旨上呈，內務府大臣由於陳彝參劾、吏部議奏，除魁齡告假以外，崇綸、明善、春佑一律革職。

等軍機見面完畢，全班皆退時，皇帝特爲把恭王留了下來，『說我在前門外閒逛，』他問：『你是聽誰說的？』

恭王脫口答道：『臣子載澂。』

皇帝臉色大變，連連冷笑，起身就走。

重譴恭王

這天晚上的皇帝，情緒激動異常，平日逃避著不肯去細想的心事，此時都兜上心來。太后的詰責、重臣的勸告、言官的議論，似乎把所有的過失都推在他一個人頭上；最使他不甘服的是，明明是早就該說，以前不說就無需再說的話，偏偏在這時候用來作『欲加之罪』；而恭王不能約束兒子，反來管別人的閒事，更令人齒冷。還有，載澂居然敢如此，等於出賣自己人，其情尤爲可惡。

『眞是有其父必有其子！』皇帝握拳搗著御案，『非好好兒出這口氣不可！』

睡過一夜，餘怒未息，強自抑制著召見軍機。恭王陳述了沈葆楨赴台，大久保利通已自天津啓程，準備如何交涉之類的有關總理衙門的事務以後，拿出一張白紙，捧上御案，是調補崇綸等人遺缺的名單。

『戶部左侍郎魁齡擢授工部尚書。』皇帝看到這第一行，立刻便覺氣往上衝，幾乎不可抑制，『這不太便宜了嗎？同樣是內務府大臣，一個革職，一個升官！』皇帝這樣冷笑著說。

『臣等公議，循次推遷。實在不知聖諭意何所指？』

這等於公然挺撞，皇帝又是一氣，冷笑著問：『魁齡有些甚麼資歷？』

『魁齡是咸豐二年的進士，同治四年就當內閣學士兼禮部侍郎了。』

恭王的意思是，魁齡早就是二品大員；皇帝當然懂他的話，故意又問：『我即位的時候，他幹甚麼？』

『那時，』恭王照實答道：『他是工部郎中。』

『喔！四年的功夫，由郎中升到侍郎，是靠誰啊？』

恭王一聽語氣不妙，趕緊這樣答道：『自然是出自天恩。』

『哼！』皇帝又問：『他跟你老丈人桂良是同宗不是？』

魁齡姓瓜爾佳氏，滿洲正紅旗人，這是瞞不了的，恭王只好硬著頭皮答一聲：『是！』

『好，好！』皇帝越想越不舒服；把前後的經過參照對看，認為魁齡先被派出去修陵工，隨後告假，全是受了恭王的指使，有意規避，不理園工。如今將崇綸革了職，又正好補他的私人，居心是何等陰險？

這樣一想，多少天來的積怨，一下子發作，血脈僨張，臉脹得通紅；自己忍了又忍，還是忍不下去，咬一咬牙決定痛痛快快幹他一場。

於是一言不發，振筆疾書，寫好一張硃諭，大聲說道：『把御前大臣都找來！』

御前五大臣，日日在內廷當差，這幾天更不敢疏忽；一聞宣召，全班進見。皇帝自我激動得手在發抖，一面將硃諭遞給惇王，一面急促地說：『恭親王無人臣之禮，我要重重處分！』

惇王接到手裡一看，大驚失色；硃筆寫的是：

『傳諭在廷諸王大臣等：朕自去歲正月二十六日親政以來，每逢召對恭親王時，輒無人臣之禮；且把持政事、離間母子，種種不法情事，殊難縷述；著即革去親王世襲罔替，降爲不入八分輔國公，並撤出軍機，開去一切差使，交宗人府嚴議具奏。其所遺各項差使，應如何分簡公忠幹練之員，著御前五大臣及軍機大臣會議奏聞。併其子載澂革去貝勒郡王銜，毋庸在御前行走，以示懲儆。欽此！』

還未看完，惇王已經跪了下去，不知是驚恐，還是憤慨，用枯澀發抖的聲音說道：『臣不敢奉詔！』

聽惇王這一說，可以猜想得到，必是恭王遭受嚴譴，所以其餘諸人，包括恭王在內，一起跪下磕頭；皇帝自己也是中心激蕩，不能維持常度，有許多話要說，卻說不出口，唯有不顧而起，逕自下了御座，頭也不回地出了東暖閣。

這時惇王才把硃諭遞了給恭王，大家也顧不得儀制了，一起圍著看；自是無不既驚且詫，五中如焚。

倒是恭王反而比較沉著，『皇上給我甚麼處分，我都甘受。就是這「無人臣之禮，把持政事，離間母子」三句話，說甚麼我也不能承認。』

『六爺，』寶鋆怕這話又忤皇帝之意，著急地說：『你就少說一句吧！咱們請五爺主持，怎麼想辦法，請皇上收回成命。』

於是一面退到月華門的朝房，一面派人先去打聽皇帝的動靜。須臾得報，皇帝在養心殿西暖閣休息，氣似乎生得好些了。

『再遞牌子！見不著皇上，咱們不走。』文祥說著便四處張望，意思是要找奏事太監。

『不用遞牌子！』醇王搖搖頭，『我們五個人上西暖閣去就是了。』

所謂『五個人』是指御前五大臣，也算是屬於皇帝最親近的侍從，原可以隨時進見的。惇王認爲這話不錯，便領頭又進遵義門，帶往養心殿西暖閣，命總管太監進殿奏報。

『慢一點！』惇王忽然喊住總管太監，將皇帝的那道硃諭一摺爲二，交了給他：『你跟皇上回奏：硃諭恭繳！』

『五爺，』奕劻勸他，『這麼做不合適，還是見了皇上，面奏陳情的好。』

大家亦都覺得繳回硃諭，是明白表示不奉詔。再來一個『無人臣之禮』，連惇王亦受處分，事情就會鬧得更不可收拾，因而亦都同意奕劻的見解。

等總管太監入殿不久，只見伯彥訥謨詁的兒子，醇王的女婿，御前行走的貝勒那爾蘇，掀開簾子往邊上一站，大聲宣示：『皇上駕到！』

皇帝一閃而出，手裡捏著一張紙；御前五大臣就在院子裡的青石板上跪了下來。皇帝不等他們禮畢，就說：『那爾蘇，你把這道硃諭交給惇親王，轉給軍機。』

那爾蘇接過硃諭，走下來交到惇王手裡，看上面寫的是：

『已革總管內務府大臣崇綸、明善、春佑，均著加恩改爲革職留任。欽此！』

『臣遵旨轉給軍機。』惇王說道：『恭親王平日言語失檢，也是有的。請皇上念他當差多年，加恩免議，臣等同感天恩。』

皇帝將臉一沉，『你打算不遵旨嗎？』

『臣不敢！』惇王答道：『臣是爲大局著想。』

這一下正好替醇王想好的話，作了啓導，他緊接著說：『惇親王所奏甚是。如今日本特使大久保利通，已自天津進京，日內就可以到。和戰大計，決於這一次的談判；文祥體弱多病，恐怕不足以應付，要靠恭親王全力周旋。如果革去親王，降爲不入八分輔國公，彷彿閒散宗室，日本使臣必以對手爵秩不隆，不肯開議；日本的用心奸刁，處處挑剔，枝節橫生，恭親王、文祥和李鴻章，謹愼應付，猶恐不周，豈可再授人以隙？伏祈皇上以大局爲重，收回成命。』

聽得這一番陳奏，皇帝有如夢方醒之感；想想不錯，但也更不甘心，種種牽纏，眞個就動恭王不得？

正在這樣沉吟著，伯彥訥謨詁說了話：『今年慈禧皇太后四旬萬壽，恩綸沛施，普天同慶。唯有恭親王獨遭嚴譴，恐非慈禧皇太后慈祥愷惻，優遇大臣的本心。』

這以下就該景壽開口，他訥於言卻不盲於心，知道皇帝的意思已被打動，不妨等一等，看他是何表示，再作道理。

皇帝改變了主意，用那種屈己從人的語氣說：『好吧！把它拿回來！』

『喳！』惇王響亮地答一聲，疾趨而前，繳回硃諭。

『你們只要說得有道理，我無有不聽之理。』皇帝借題發揮，『應該早說的話不說，到木已成舟再來大放厥詞，把罪過都推在我一個人頭上，我不受！就像翁同龢，到京銷假一個月了，承值書房，一句關於園工的話也沒有說過。這是以臣事君的道理嗎？』

『翁同龢回京不久，或者情形還不甚明瞭的緣故。』

對於惇王的解釋，皇帝並不滿意，『你們下去，我另有旨意。』說完，轉身入內；那爾蘇跟在後頭，等皇帝隱沒在簾子後面，他回頭望了一下，搖一搖手，不知是警告皇帝正在火頭上，諸事愼重。還是表示：不要緊，放心好了！

醇王機警，趕緊招一招手；那爾蘇向裡面看了看，很快很輕地走了過來，先總請一個安，然後又到醇王面前請安——因爲還未過門，他仍舊叫醇王：『七叔！』

『玉柱子，』醇王喊著他的小名，悄悄叮囑：『萬一皇上勸不住，到時候你想法兒，趕緊通個消息給兩宮太后！』

『我明白。』那爾蘇又說：『請七叔通知載澂，讓他馬上銷假當差。』

醇王懂了，皇帝雖革了載澂的爵位，心裡仍舊是喜歡他的；這至少也是緩和局勢的一助，便連連點頭：『我知道。你趕快進去吧！』

『是！』那爾蘇又回身向伯彥訥謨詁請個安說：『阿瑪，我今兒不能回家了。』

『不要緊。好好當差去吧。』

於是那爾蘇進入西暖閣，御前五大臣仍舊回到月華門朝房候旨，但恭王革爵的硃諭雖已收回，停園工的明詔卻還未下，所以心頭都沉重異常。

『奉旨：即刻召見軍機大臣、御前大臣。』

一個太監傳了旨，第二個又緊接著來：『奉旨：再添上翁師傅。』

這天因爲臨時由太監口傳：『無書房』，所以翁同龢正與南書房翰林潘祖蔭，在庋藏祕籍孤本的昭仁殿，展玩『宋元精槧』，賞心愜意，深喜眼福不淺之際；忽然聽得蘇拉傳報，說皇帝指名召他與軍機大臣、御前大臣一起進見，始而詫異，繼而欣喜，終於疑慮了。

詫異的自然是弘德殿行走的師傅，罕有與軍機、御前一塊兒『叫起』的前例；欣喜的是，弘德殿的師傅、諳達，只有自己奉召，而疑慮者亦在此！皇帝與十重臣之間的格格不相調合，是他所深知的；如今添上自己一個，說不定會遭甚麼池魚之殃。

因此，他急急趕到月華門王公朝房，十重臣都在，翁同龢最熟的是李鴻藻、沈桂芬與恭、醇兩王，要問，當然是問李鴻藻。

『皇上的意思怎麼樣？』他低聲探詢：『爲甚麼召見要添上我一個？』

『大致是爲了園工責備大家，何不早說。』李鴻藻說：『連帶提到你，說這一次回京，何以一句話也沒有？』

聽這一說，翁同龢放了一半心，略想一想問道：『蘭翁，道路傳聞之詞，可否入奏？』

『不妨！』李鴻藻答道：『非激切危言，不足以動天聽。』

有了這句話，翁同龢的膽便大了；默默坐著，想好了一套話。等到午正時分，太監到軍機處傳旨召見，同時交下了一封硃諭，撤消了魁齡等人的任命，說另有旨意。

等翁同龢隨班進見，果然，皇帝第一個就問到他：『翁同龢，你到京多日，應有所見，何以一句話都不告訴我？』

『這一個月，皇上到書房才七天；六天作詩作論，辰光緊迫，不容臣有所獻議。』翁同龢又說：『臣此次進京，道路聽聞，流言甚多；說皇上的孝思誠可格天，可惜有人不能仰體聖意，假公濟私，種種欺蒙，園工一興，將數十年不能完工，動支國帑，何止一、兩千萬？爲了戡平大亂，籌措軍餉，百姓吃苦，都以爲值得；如果爲了飽少數人的私囊，慾壑難填，百姓覺得苦不出頭了。長此以往，人心渙散，非同小可！』

他的語氣平和，所以皇帝點點頭沒有說甚麼，只看著恭王問：『捐輸銀兩，不是你領頭的嗎？』

『是！』恭王答道：『臣要顧皇上的面子。臣總以爲皇上天亶聰明，必以爲事不可爲，有下詔停工之一日；則天下歸美於君，豈非盛事？』

『你的話倒說得好聽！當面一套，背後又一套；甚至驚動兩宮皇太后，告我一狀，這不是離間母子嗎？』

這話牽涉到醇王福晉，醇王便磕頭說道：『臣等絕不敢。臣等仰體聖心，爲盡孝思，不願下詔停工，因而奏請兩宮皇太后作主。兩宮與皇上慈孝相應，豈是臣下所能離間？』

由此展開激辯，皇帝面紅脖子粗地大罵言官沽名釣譽，恭王與醇王自恃長親，渺視皇帝，話越說越多，也越離譜了。

最末一名的翁同龢，看皇帝的勁道發洩得差不多了，便把握機會說道：『今日之事，須有歸宿。請聖意先定，臣下始得承旨。』

皇帝想了想，氣虎虎地問：『等十年、二十年之後，四海平定，庫藏充裕了，你們准不准我修園？』

『是，是！』有好幾個人齊聲回答，最後仍舊是恭王發言；『如天之福，到那時候一定把圓明園修起來。』

『好了！順了你們的意了！你們可也得替我想一想，「感戴慈恩」，如今不就成了空話了嗎？』皇帝悻悻然地說。

『感戴慈恩』是上年九月二十八所下，重修圓明園詔諭中的話，這是討價還價，好得早有準備；恭王因爲這件事鬧得太大，急於收束，所以很乾脆地答道：『三海近在咫尺，房子差不多也都完好，斟量修理，所費不多，亦勉強可以作娛養兩宮太后，以及皇上幾暇，涵泳性情之處。』

『你們瞧著辦吧！』皇帝冷笑一聲，『反正都聽你們的了！』

說完，揮一揮手，把臉都扭了過去；醇王還想說甚麼，他身後的沈桂芬拉了他一把，示意勿語。於是十重臣，一師傅，回到軍機處。因爲同承旨，便得同擬旨；這次是沈桂芬動『樞筆』，聚精會神，目不旁瞬，顯得很矜重地在擬稿。

『好傢伙！』惇王把帽子取下來，扔在匟几上，一面自己抹汗，一面讓聽差替他寬補褂，嘴裡還不肯閒著，『費盡九牛二虎之力，才算頂下來！』

『這叫「九牛二虎頂一龍」！』一向沉默寡言的景壽，忽然說了這麼一句；大家把他的話想了想才明白，正好是十一個人，合『九牛二虎』之數。

『還不知道頂得住、頂不住呢！』伯彥訥謨詁說：『剛才抽空兒跟玉柱子說了兩句話，據他說皇上的氣生得不小。』

了。』

『那可顧不得了。』惇王看一看壁上的鐘說：『快未正了，咱們先開飯吧！』

『對了！』沈桂芬嫌大家吵，無法精心構思，所以接口說道：『諸公吃完飯，我的稿子也就好了。』

於是軍機處的小廚房備了極精緻的午飯；惇王自己帶著藥酒，用個扁平銀壺盛著，一面大口吃烙餅，一面喝藥酒。吃完，大家回到原處，沈桂芬剛剛脫稿，只見上面寫的是：

『上諭：前降旨諭令總管內務府大臣，將圓明園工程擇要興修，原以備兩宮皇太后燕憩，用資頤養，而遂孝思。本年開工後，見工程浩大，非剋期所能蕆功；現在物力艱難，經費支絀，軍務未盡平定，各省時有偏災，朕仰體慈懷，甚不欲以土木之工，重勞民力，所有圓明園一切工程，均著停止。俟將來邊境乂安，庫款充裕，再行興修。因念三海近在宮掖，殿宇完固，量加修理，工作不致過繁。著該管大臣查勘三海地方，酌度情形，將如何修葺之處，奏請辦理。將此通諭知之。』

『挺好！』恭王指著『均著停止』那四個字說：『這兒改爲「均著即行停止」吧！』

『是的。』沈桂芬隨手添註。

『外面流言很多，我看，皇上親閱園工，還是把它敘進去的好。』

大家都以醇王的意見爲然，於是在『本年開工後』之下，加了『朕曾親往閱看數次』，暗示所謂『微行』，實爲親閱園工的誤會。

『該管大臣的字樣如何？』寶鋆這樣泛泛地問。

『有何不妥？』沈桂芬反問一句。

『是不是仍舊交內務府籌辦……』

『算了，算了！』惇王大聲打斷，『都是內務府惹出來的麻煩，還找他們幹甚麼？』

寶鋆的原意是修三海要內務府自己設法，移東補西，弄成個樣子算數；聽惇王這樣堅決反對，就不便再往下說了。

於是定稿謄正，隨即遞上；大家都還等著，要等皇帝核定交了下來，才能散去。這一等等了一個鐘頭，不見動靜，都不免在心裡嘀咕，怕事情變卦；倘或平地又生風波，就不知何以爲計了！

果然，平地起了風波；三點一刻，內奏事處交來一個盒子，裡面不是剛遞上去的停園工的詔旨，是一道硃諭，封緘嚴密，上面寫明：『交軍機大臣文祥、寶鋆、沈桂芬、李鴻藻共同開讀。』

這是密諭；而軍機大臣的職權是不可侵犯的，所以首先就是恭王站起身來說：『我們退出去吧！讓他們四位處置密諭。』

連恭王自己在內，都知道特爲撇開他，則此密諭，自與恭王有關；文祥拿著那個封套，在手掌心裡敲了幾下，慢呑呑地說道：『事出異常，各位先到朝房坐一坐。』

『我不必了！』恭王一半留身分，一半發牢騷，『潘伯寅送了我一塊好端硯，擱在那兒三天了；我得看看去。』

『也好！』文祥點點頭，『六爺就先回府吧！回頭再談。』

於是恭王上轎出宮，五御前、一師傅就在隆宗門旁邊，領侍衛內大臣辦事的屋子休息。文祥拆開硃諭一看，寫的是：

『傳諭在廷諸王大臣，朕自去歲正月二十六日親政以來，每逢召對恭親王時，語言之間，諸多失檢，著加恩改爲革去親王世襲罔替，降爲郡王，仍在軍機大臣上行走。併載澂革去貝勒郡王銜，以示懲儆。』

『欽此！』

『到底還是饒不過六爺！』文祥茫然地望著窗外，『至親骨肉，何苦如此！』

寶鋆一言不發，走出去告訴軍機處的蘇拉：『遞牌子！』

遞了牌子，文祥等人到養心殿門外等候；總管太監傳諭，只有兩個字：『不見！』

『怎麼辦？』文祥想了想說：『只有頂上去了。』

於是重回軍機處，仍由沈桂芬執筆上奏；軍機處用『奏片』，不需那些套語，秉筆直書，爲恭王求情。遞了上去，原奏發回；這四個人的心思相同，非全力挽回此事不可。於是再上奏片，說有緊急大事，這天一定得進見面奏。

皇帝還是不見，但態度似乎緩和了，派太監傳諭：『今天太晚了，明天再說。』同時把停園工的詔旨發了下來，一字無更改。

『馬上送內閣發！』文祥這樣告訴値班的『達拉密』；同時通知惇王等人，請先回府，晚上另外束約，有事商談。

這樣安排好了，四個人一起到了恭王那裡。

因爲天意難回，文祥等人相當著急；惇、醇兩王則不但同氣連枝，休戚相關，而且同爲皇叔，皇帝對『六叔』可以如此，對五、七兩叔，當然亦可這樣子無情無禮，因而還不免有兔死狐悲之感。

但恭王卻顯示出極可敬愛的涵養。這一次與同治四年，慈禧太后剝他的臉面，大不相同，那一次他確有摧肝裂膽的震動；而這一次難過的是皇帝不成材，對於他自己的遭遇，夷然不以爲意，因爲他覺得不能跟少不更事的姪兒皇帝，一般見識。

『總算有個結果，停園工的明旨下了，咱們算是有了交代。』他平靜地說：『我一個人的榮辱，無所謂！』

當然，他也知道，皇帝這道硃諭，在他不足爲辱，而且必可挽回。而別人跟他的想法不同；不爲恭王自己打算，也得替大局著想，一人之下的懿親重臣，忽然受此嚴譴，威信掃地，號令不行，何能再爲樞廷領袖？

同時，眼前就有一個極大的不便；大久保利通在八月初一就要到京，一到便得開議，而對手則是大清皇帝所不信任的臣子，即使別人不好意思提，自己也會感到尷尬，又何能侃侃折衝，據理力爭。

爲此，必得請皇帝收回成命，是一致的結論，但採取怎麼樣的途徑？卻有兩派不同的意見，一派主張請出兩宮太后來干預，把皇帝硬壓下來；一派的態度比較和緩，認爲不宜操之激切，還是見了皇帝，當面苦求，比較妥當。

就這爭議不決之際，宮裡又傳出消息，說皇帝原來的硃諭，措詞極其嚴厲，有『諸多不法，離間母子；欺朕年幼，奸弊百出』等等的話。後來交給文祥的硃諭，已經重新寫過，緩和得多了。

恭王這時才有些著急；急的不是由親王降爲郡王，而是皇帝的話，令人難堪。這原來的一道硃諭，如果『明發』，『奸弊百出』這句話，要洗刷乾淨就很難了。

因此他這樣搖著手說：『萬萬不能再驚動兩宮了！皇上耿耿於懷的，就是「離間母子」這一句；如果再搬大帽子壓皇上，豈不是坐實了有此「離間」的情形？』

大家都覺得這話看得很深。同時也有了一個很清楚的看法，爲恭王求情是國事；倘或搬請兩宮太后出面，有『離間母子』這四個字在，便搞成鬧家務；而鬧家務，外人是不便干預的，這一來除卻懿親，四軍機就成了不能說話的局外人，那是自失立場的不智之舉。

因此，一個沒有結論的結論是：拖著再說！到了第二天，恭王照常入値；全班軍機都是宰相之度，見了皇帝，渾如無事，根本不提那道硃諭，恭王照常詳奏對日交涉的準備情形。寶鋆陳奏李鴻章在天津辦理海防，決定要求四川總督吳棠，籌撥歷年積欠協餉二十萬兩銀子。此外請旨的事件還很多；一一面奏取旨，見面兩個鐘頭才退了下來。

這兩個鐘頭之中，皇帝卻頗有忸怩之感；一回到宮裡，細細一想，覺得是受了極大的欺侮。他在這兩個鐘頭之中，始終有這樣一個感覺，大家都當他是個不懂事的少年，根本沒有把他放在眼裡。不然，豈能有這樣視如無事的神態？

轉念到此，覺得自尊心受了屈辱，是件絕不可忍的事！同時他也想到了降恭親王爲郡王的硃諭，照規矩，昨天就應該『明發』；昨天不發還可以說是時候太晚，不及擬旨進呈，而這天見面，何以沒有明發的旨稿？這是有意不奉詔，而且是約好了來的，故意不提，故意裝糊塗，打算著把這件事『陰乾』了它。這個手段如果管用，以後自己說甚麼話都不管用了！

由此一念，生出無窮怨怒，渾身的血似乎都已化成熱氣，燒得他耳面皆赤，雙眼發紅，自己想盡辦法，按捺不住心頭的那股突兀不平之氣。

『都混帳！都該滾！』他拍著桌子罵，大踏步在寢宮裡走來走去；心裡不斷在思索，怎麼樣才能大大地出一口氣？

在軍機處，十重臣又作了一番集議，認爲皇帝的硃諭，不宜擱置不辦；而要皇帝自己開口收回成命，已是不可能之事，苦求亦未見得有用——寶鋆忽有開悟，認爲去求皇帝，即蒙允許，亦會討價還價，加恩賞還親王，毋庸世襲罔替，吃虧的還是恭王。倒不如發了下去，見了明諭，兩宮太后不能不知道，也不能沒有表示，是間接敦促皇太后出面干預的一條途徑。

這番意見，私下跟文祥說了，他亦頗以爲然；恭王反正多少已有置之度外的態度，不加可否。於是擬旨呈閱，準備明發。

這並不能使得皇帝消氣，他認爲是他們得到了消息，發覺他爲此震怒，不能不勉強順從。由此更可以看出，有權在手，不可不用；如果早就作了這樣嚴峻的措施，軍機大臣也好，御前大臣也好，早該就範了。

從這個了解開始，皇帝把心一橫，一切都不顧慮，親筆寫好一張指五軍機、五御前，『朋比爲奸，謀爲不軌』，盡皆革職的硃諭；第二天一早派太監傳旨，召見六部堂官、左都御史、內閣學士。這是仿照慈禧太后在『辛酉政變』中所用的手法，自然瞞不過內廷的大小官員；歷來的規矩，國家有大舉措要宣佈，才用這樣的方式，而召集一、二品大員中，獨無軍機，明顯著是皇帝要越過這一關，親自執行政務。更爲事出非常的特例，所以相顧驚疑，惴惴不安！

兩宮干預

在皇帝左右，有專爲慈禧太后探事的太監；一看這情形，趕到長春宮去回奏，慈禧太后一聽大驚，立即吩咐把慈安太后請了來。

『皇帝要鬧大亂子了！』慈禧太后簡略地說了經過，分析利害給慈安太后聽，『這一下，甚麼事都不用辦了！祖宗以來，從無這樣的事；換了妳我，也不能不寒心吧！』

『太不成話了！鬧成這個樣子，眞正是教人看笑話。現在該怎麼辦呢？』慈安太后著急地說：『好不容易才有今天這個局面，一下子教他毀得乾乾淨淨。』說著，便流下了眼淚。

『妳也別難過。虧得消息得到早！來啊！』慈禧太后一面派長春宮的總管太監去阻止皇帝，召見在京一、二品大員；一面傳懿旨御弘德殿，召見軍機大臣及御前大臣。

弘德殿與乾清宮密邇，皇帝聽得小太監的奏報，急急趕來侍候，慈禧太后一見便問：『六部的起撤了沒有？』

其實還沒有撤銷，但皇帝不能不這麼說：『撤了！』

慈禧太后點點頭，轉臉向跪了一地的重臣說道：『十三年以來，沒有恭親王沒有今天，皇帝年輕任性；昨天的那道上諭，我們姊妹倆不知道，恭親王跟載澂的爵位，還是照常。文祥！』

『臣在。』

『你寫旨來看！』

『是！』文祥磕了個頭，退了出去。

於是恭王磕頭謝了恩，又說：『臣實在惶恐得很！皇上的責備，臣不敢不受。不過「心所謂危，不敢不言」，如今對日交涉，日本有索賠兵費的打算，如果園工不停，日本使臣必以爲我庫藏豐盈，難免獅子大開口，這交涉就難辦了。』

『喔，』慈禧太后問道：『日本使臣到京了沒有？』

『是昨天到的。』

『預備哪一天開議？』

『日子還沒有定。』恭王答道：『臣打算在聖母皇太后萬壽之期以前，一定得辦出一個起落來。』

『這意思你只好擱在心裡，讓對方知道了虛實，恐怕會要挾。』

『是！皇太后聖明。臣與文祥盡力去辦；萬一交涉不能順利，臣先請罪。』

『只要盡心盡力去辦，沒有辦不好的。』慈禧太后又說：『三海的工程，預備交給誰去辦？』

『臣請旨先派勘估大臣，核實勘查以後，再請旨辦理。』

『噢！』慈禧太后點點頭，『總要節省才好。皇帝不妨再下一道上諭，申明這一層意思。』

於是皇帝跪下來答一聲：『是！』

等他站起來，文祥已經進殿。諭旨是軍機章京擬的，他雙手捧上皇帝；皇帝看了，轉上慈禧太后；慈安太后便說：『你唸一遍給大家聽吧！』

皇帝答應著唸道：

『諭內閣：朕奉慈安端裕康慶皇太后、慈禧端佑康頤皇太后懿旨：皇帝昨經降旨，將恭親王革去親王世襲罔替，降爲郡王，並載澂革去貝勒郡王銜，在恭親王於召對時，言語失儀，原屬咎有應得，惟念該親王自輔政以來，不無勞績足餘，著加恩賞還親王世襲罔替；載澂貝勒郡王銜，一併賞還。該親王當仰體朝廷訓誡之意，嗣後益加勤慎，宏濟艱難，用副委任。欽此！』

『臣叩謝天恩。』恭王斜著向上磕頭，表示向兩宮皇太后及皇帝謝恩。

『三海工程，盡力節省，兩位皇太后的意思，你們已經聽見了，軍機寫旨來看。』皇帝又轉臉問兩宮太后：『兩位皇太后可是還有話要問？』

『就是這兩句話。』慈禧太后說：『時勢艱難，總要靠上下一心，盡力維持。千萬不要存甚麼芥蒂。』

『臣等不敢。』恭王又說：『臣也絕無此意。』

由於談到了三海工程，皇帝命御前大臣及翁同龢先行退出，只留下軍機大臣承旨；始終未曾說話的慈安太后，認爲應該再降一道諭旨，申明務從簡約，尤其要力戒浮冒，同時問起，前一天諭旨中的『該管大臣』，是不是指內務府大臣而言？

『內務府大臣，當然也是該管。』恭王答道：『不過奉宸苑兼管大臣，應該是專管。』

『那麼，你們看三海工程，到底應該派誰管呢？』慈安太后率直地說了她的顧慮，『可別再鬧得跟修圓明園一樣，教外頭說閒話。』

這是極中竅要的顧慮，內務府的慣技就是小題大做，如果名義上由圓明園換爲三海；實際上仍舊搞出各樣各目，要花幾百萬銀子，那就大失群臣力爭的本意了，所以恭王這樣建議：『要說工程，自然以內務府主辦，工部襄助爲宜。但爲力戒浮冒，核實工費起見，似宜簡派王大臣一員，負責監督。』

『這話說得不錯。』慈禧太后說道：『五爺的差使不多，將來就讓他來管吧。』

『是！』

話說到這裡，出現了沉默，慈禧太后倒是有許多話想問；但這一來便似越權干政，所以不便多說。只命李鴻藻傳諭翁同龢，說他講書切實明白，務必格外用心，以期有益聖學，隨即便結束了這一次例外的召見。

這天是八月初一，每月朔望，照例由皇帝侍奉兩宮太后，臨幸漱芳齋傳膳聽戲。皇帝鬧得一天星斗，結果風清月白，甚麼事也沒有，自己想想也灰心；所以在漱芳齋一直面無笑容。慈安太后了解他的心意，特爲叫他坐在身邊，一面聽戲，一面勸了他好些話。皇帝的滿懷抑鬱委屈，總算在慈母的溫煦中，溶化了一大半。

等散了戲回寢宮，只見載澂閃出來請了個安，笑嘻嘻地說：『臣銷假。給皇上請安。』

一見他的面，皇帝心裡便生怨恨，沉著臉說：『載澂，你跟我來。』

『是！』

到了殿裡，皇帝的脾氣發作：『你給我跪下！我問你，你在你阿瑪面前，說了我甚麼？』

載澂敢於銷假來見皇帝，便是有準備的，跪下來哭喪著臉說：『臣爲皇上，挨了好一頓打。』

這話使得皇帝大爲詫異，聲音便緩和了，『怎麼啦？』他問。

『請皇上瞧！』說著，載澂把袖子往上一捋，露出半條，一條膀子伸了出去。

『起來，我看！』

一看之下，皇帝也覺惻然；載澂膀子上盡是一條條的血痕。『這是臣的父親拿皮鞭子抽的，非逼著臣說不可；「不說活活打死」，臣忍著疼不肯說。臣的父親氣生得大了；大家都說臣不孝，不該惹臣的父親生這麼大氣。臣萬般無奈，不能不說。臣該死，罪有應得。』說著他又跪了下來，『臣請皇上治臣的罪。』

皇帝聽罷，半晌無語；然後嘆口氣說：『唉！起來。』

皇帝跟載澂的感情，與眾不同；到此地步，怨也不是，恨也不是，而且還捨不得他離開左右，連

『御前行走』的差使，都不能撤，直教無可奈何。在載澂，自己也知道闖了大禍，雖然使一條『苦肉計』搪塞了過去，歉仄之意，卻還未釋，所以格外地曲意順從。就這兩下一湊，眞如弟兄吵了架又愧悔，抱頭痛哭了一場那樣，感情反倒更密了。

在外廷，一場迅雷驟雨的大風暴，已經雨過天青；停園工的詔令，如溽暑中的一服清涼散，就是內務府以及跟內務府有關的營造商，亦有如釋重負之感。碰了釘子的內務府大臣，自感無趣，但轉眼慈禧太后四旬萬壽，必有恩典，革職的處分，必可開復；而修理三海，不論如何力戒浮冒，諸事節省，仍有油水可撈。這樣想著，便依舊精神抖擻了。

唯一可以說是倒楣的，怕是只有李光昭一個人。皇帝對停園工一事，想了又想，最氣不忿的就是此人，所以在八月十二特地又下一道手諭：『迅速嚴訊，即行奏結，勿再遷延！』

諭旨到達直隸總督衙門，正也就是審問屬實，快將結案的時候，於是加緊辦理，在中秋後一天出奏，敘明經過事實以後，李鴻章這樣評斷：

『該犯冒充園工監督，到處誑騙，致洋商寫入合同，適足貽笑取侮，核與「詐稱內使近臣」之條相合。其揑報木價，尙屬輕罪，自應按照「詐傳詔旨」及「詐稱內使近臣」之律，問擬兩罪，皆係斬監候，照例從一科斷；李光昭一犯，合依「詐傳詔旨者斬監候」律，擬斬監候，秋後處決。該犯所稱前在軍營報捐知府，是否屬實，尙不可知。但罪已至死，應無庸議。查該犯素行無賴，並無家資，實藉報效爲名，肆其欺罔之計，本無存木，而妄稱數十年購留；本無銀錢，而騙惑洋商到津付價；本止定價五萬餘元，而浮報銀至三十萬兩之多，且猶慮不足以聳人聽聞，揑爲「奉旨採辦」及「園工監督」名目，是以洋商竟有稱其「李欽使」者，足見招搖謬妄，並非一端。迨回津後，惡跡漸露，復面求美領事代瞞木價，致法領事照請關道，將其拘留，誠如聖諭：「無恥之極」，尤堪痛恨。此等險詐之徒，只圖奸計得行，不顧國家體統，跡其欺罔朝廷，煽惑商民，種種罪惡，實爲眾所共憤，本非尋常例案所能比擬，若不從嚴懲辦，何以肅綱紀而正人心！』

皇帝看完這道奏摺，心裡便想，本年慈禧太后四旬萬壽，停止勾決，斬監候就得等到明年秋後處決，讓李光昭多活一年，猶覺不甘，所以批了個『著即正法』。

修圓明園一案，隨著李光昭的人頭落地而結束。眼前的大事，就只有兩件了，一件是對日交涉——日本的專使大久保利通，在八月初四在總理衙門，與恭王、文祥等人當面展開交涉，首先就辯論『番地』的經界，大久保利通的目的，是想『證明』台灣的『生番』，不歸中國管轄，這都是毛昶熙一句話惹出來的禍；恭王和文祥當然不能同意，就這樣反覆辯論，一拖拖了半個月。

第二件大事，就是慈禧太后四旬萬壽的慶典；而這一件大事，又與第一件大事有關——恭王等人都知道，停止園工，慈禧太后內心不免觖望；爲了讓她的生日過得痛快些，應該將對日交涉，早日辦結，只是這層意思，絕不能透露，否則爲對手窺破虛實，就可以作爲要挾的把柄了。

在大久保利通，亦急於想了結交涉。因爲看到中國在這一重糾紛上，已用出『獅子搏兔』的力量，一方面派沈葆楨領兵入台，大修戰備，不惜武力周旋；一方面李鴻章在天津與美、法公使，接觸頻繁，爭取外交上的助力。原本是自己理屈的事，遷延日久，騎虎難下；眞的打了起來，未見得有必勝的把握，不如見風使帆，早日收篷，多少有便宜可佔。

因此，大久保利通，表面強硬，暗中卻託出英國公使威妥瑪來調停；就在這時候，沈葆楨上了一個奏摺，說是『倭備雖增，倭情漸怯，彼非不知難思退，而謠言四佈，冀我受其恫嚇，遷就求利。倘入彼彀中，必得一步又進一步，但使我厚集兵力，無隙可乘，自必帖耳而去。姑寬其稱兵既往之咎，已足明朝廷逾格之恩，倘妄肆要求，願堅持定見，力爲拒卻。』恭王與文祥都覺得他的話有道理，所以當威妥瑪轉述日方的條件，要求賠償兵費三百萬圓時，文祥答得極其乾脆：『一個錢不給！』

調停雖然破裂，恭王卻密奏皇帝，說交涉一定可以成功。聽得這話，皇帝樂得將此事置之度外；巡視三海，巡幸南苑，駐蹕行圍，看神機營的出操，看御前王大臣及乾清門侍衛較射，到九月初才回宮。

惡疾初起

就在回宮的那一天，小李侍侯皇帝沐浴時，發現兩臂肩背等處，有許多斑點，其色淡紅，豔如薔薇，不覺失聲輕呼：『咦！』

『怎麼了？』皇帝叱問著。

這是不用瞞，不敢瞞，也瞞不住的，『萬歲爺身上，』小李答道：『等奴才取鏡子來請萬歲爺自己瞧。』

小李取來一面大鏡子，跪著往上一舉；皇帝才發覺自己身上的異樣，『這甚麼玩意？』他頗爲著慌，『快傳李德立！』

傳了太醫李德立來，解衣診視，也看不出甚麼毛病，問皇帝說：『皇上身上癢不癢？』

『一點兒不癢。』

不癢就壞了，而李德立口裡的話，卻正好相反，『不癢就不要緊。』他說：『臣給皇上配上一服清火敗毒的藥；吃著看。』

『怎麼叫吃著看？』

『能讓紅斑消掉，就沒事了。』

皇帝對這話頗爲不滿，『消不掉呢？』他厲聲問說。

李德立因爲常給皇帝看病，知道他的脾氣，趕緊跪下來說：『臣一定讓紅斑消掉。皇上請放心！這服藥吃下去，臣明兒個另外再帶人來給皇上請脈。』

於是李德立開了一張方子，不過輕描淡寫的金銀花之類；從表面看彷彿比疥癬之疾還要輕微，而暗中卻大爲緊張，直如懷著鬼胎一般，想說不敢，不說不可。

想想還是不敢說，本來不與自己相干，一說反成是非，且等著看情形，有了把握，再斟酌輕重，相機處理。

這樣過了幾天，忽又傳召；這次是在養心殿西暖閣謁見，皇帝意態閒豫，正逗著一群小獅子狗玩，見了李德立便說：『你的藥很靈，我身上的紅斑全消了；你看看，還要服甚麼調理的藥不要？』

接著解衣磅礴，讓李德立細細檢視，果然紅斑消失，皮膚既光又滑；李德立便替皇帝賀喜，說是：『皇上體子好。甚麼調理藥也不用服。』

等他叩辭出宮，跟著便是太監來傳旨，賞小卷寧綢兩疋，貂帽沿一個；李德立謝了恩，開發了賞錢，同僚紛紛前來道賀，他也含笑應酬，敷衍了一陣，獨獨將一個看外科很有名的御醫，名叫張本仁的，留了下來。

『我跟你琢磨一宗皮膚病。』李德立說：『肩上、背上、膀子上，大大小小的紅斑，有圓的，有腰子形的，也不癢，那是甚麼玩意？』

『這很難說。』張本仁問：『鼓不鼓？』

『不鼓。』李德立做了個撫摸的手勢，『我摸了，是平的。』

『連不連在一塊兒？』

『不連。一個是一個。』

『那不好！』張本仁大搖其頭，『是「楊梅」！』

雖在意中，李德立的一顆心依然猛地下沉；鎮靜著又問：『這楊梅疹，多少時候才能消掉？』

『沒有準兒，慢則幾個月，快則幾天。』

『壞了！』李德立頹然倒在椅子上，半晌作聲不得。

『怎麼回事？』張本仁湊過去，悄然問道：『是澂貝勒不是？』

『不是！是他倒又不要緊了。』

『那麼……？』張本仁異常吃力地說：『莫非……？』

兩個半句，可以想見他猜想的是誰；李德立很緩慢地點了點頭。

『有這回事？』張本仁大搖其頭，『敢情是你看錯了吧？』

『我沒有看錯。除非你說得不對。』李德立又現悔色，『我錯了！當時我該舉薦你去看就好了。』

『嗬！』張本仁一躬到地，『李大爺，咱們話可說在前頭，你要舉薦我，可得給我擔待。』

李德立不解，翻著眼問：『怎麼個擔待？』

『這是個治不好的病！實話直說，還得掉腦袋，你不給擔待怎麼行？』

『我知道，你說，要我怎麼給你擔待？』

『仍舊是你主治，我幫著你看；該怎麼治，我出主意，你拿主意。』

李德立不響，過了好久才問：『那要到甚麼時候才又會發作？』

『這可不一定，也許幾個月，也許幾年，也許一輩子不發。』

『謝天謝地，但願就此消了下去，一輩子別發吧！』

『就算一輩子不發，將來生的皇子，也會有胎毒。』

張本仁黯然嘆息，『我看大清朝的氣數快到了。』

李德立沒有那樣深遠的憂慮，只在考慮眼前，這個自古所無的『帝王之疾』，要不要稟報；如果要，應該跟誰去說？

一個人坐困愁城，怎麼得了？李德立想來想去，必須找一個人商議；這個人自然應該是莊守和。太醫院院使懸缺，莊守和是右院判，李德立是左院判；平日他大權獨攬，很少理莊守和，茲事體大，不能不讓他知道，也不能不讓他出個主意，將來好分擔責任。

『只好裝糊塗。』莊守和要言不煩地說：『這件事是天大的忌諱，病家要諱疾，醫家也要諱疾。』

『這話固然不錯，就怕將來鬧出來，上頭會責備，何不早說？』

『早說也無用，是個醫不好的毛病。』莊守和又說：『而且也決計不會鬧出來！萬乘之尊的天子，怎麼能生這種病？』

李德立通前徹後地考慮了利害關係，終於下了最後的決心：『對！裝糊塗。』

於是皇帝的病，就此被隱沒下來。他本人亦不覺得有何不適，每日照常辦事；召見軍機第一件事就是垂詢對日交涉——交涉幾乎破裂，大久保利通提出了『限期五日答覆』的最後通牒，恭王不理他；便又自動延長三日，三日一到，正值重陽，大久保又到總理衙門，與恭王作第五次會談，要求賠償兵費二百萬兩銀子；恭王堅持不談『兵費』二字。大久保利通便改口要求『被難人』的撫恤。至此地步，便只是談錢數了。

到了九月十四，談判決裂，大久保利通告訴英國公使館，說是決定兩天以後離京；於是英國公使威妥瑪，再一次出面調停，百般恫嚇，將病骨支離的文祥，累得頭昏眼花，答應給五十萬兩銀子；這是天津教案，賠償各國被難領事、教士的數目，不過算法不同，十萬兩銀子是撫恤，四十萬兩銀子作爲收買日軍自番社撤退後所遺下的房屋道路。並且在九月廿一，簽訂了三條『中日北京台事專約』。大久保利通此行的最大收穫，不在五十萬兩銀子，而是『專約』之前的一段序言：『茲以台灣生番，曾將日本國屬民妄爲加害，日本國本意惟該番是問，遂遣兵往彼，向該生番等詰責』；被害的是從明朝洪武五年以來，就爲中國藩屬的琉球漁民，一下子變成了『日本國屬民』；而恭王、文祥和李鴻章還被蒙在鼓裡。

就在簽約的那天，神武門出了個亂子，一輛馬車從神武門直闖進宮——拉車的馬受了驚，失去控馭；守宮門的護軍大驚失色，紛紛出動攔截，一直到景運門，才將那匹口吐白沫，亂踢蹄子的黑馬的嚼環拉住。

帶班的護軍大驚失色，大爲光火，衝著車把式吼道：『你給我滾下來！混帳東西，你知道這是甚麼地方呀？』

車把式也知道闖了禍，急得臉色發白，無言以答；扎什色越發冒火，拿佩刀平拍著車槓，一疊連聲地威喝；就這不得開交的當兒，車帷一掀，探出一顆腦袋來，用鄙夷不屑的聲音說：『幹嘛呀，拿刀動杖，大呼小叫的；誰不知道這是甚麼地方！何用你來問。』

扎什色一看是皇帝面前得寵的太監小李，頓時氣餒，『我不過問一聲，』他說：『那也不要緊呀！』

『本來就不要緊。好了好了！』小李也不敢恃強，這樣揮著手說：『你去吧！沒事。』

這場意外的糾紛，皇帝根本不知道，因爲他坐的是轎子，由神武門進宮，自北面逕回乾清宮；馬車驚逸到景運門，沿路搞得大呼小叫，如臨前敵的光景，在遼闊的宮廷中，根本無從知道。

直到第二天看到領侍衛內大臣參劾值班護軍的奏摺，他才驚訝，『怎麼回事？』他問小李，『昨兒個馬車怎麼了？』

『奴才在車子裡頭，也不知道怎麼回事？等車停了，才知道車子一衝衝到了景運門。』小李又說：『護軍開口就罵，拿刀把在車槓上拍得「叭噠、叭噠」響，嘴裡還罵人。』

『自然該罵。』皇帝笑著說了這一句，在領侍衛大臣的奏摺上批示：『著加恩，免議。』

看完奏摺上書房——本來打算停一天，但想到王慶祺昨天許下的話，興味勃然，打消了『賴學』的念頭。

詞臣媚主

等翁同龢講完『杜詩』，該輪到王慶祺講『明史』。君臣之間，有不足爲外人道的話，礙著翁同龢在旁邊，諸多不便；於是皇帝想了一條『調虎離山』之計。

『翁師傅！』

坐在西壁下的翁同龢站起來答應：『臣在。』

『你給我找一本書來。』

『是！』翁同龢略停一下，見皇帝未作進一步的指示，便又問道：『皇上要找甚麼書？』

皇帝是在思索著出一個難題，好絆住翁同龢，所以一直不曾開口；這時聽他催問，不便再作耽擱，隨口說道：『我記得《圖書集成》裡面，有專談三海建置的，你找一找看。』

『那應該在『考工典』裡面。臣去找一找看。』

等翁同龢一走，皇帝便小聲問王慶祺：『你昨天說的東西，全帶來了沒有？』

『臣找了幾本。』王慶祺也以同樣低微的聲音回答：『只是來不及恭楷重繕，怕印刷得不好，字也小，皇上看起來很累。』

『不要緊，拿給我。』

王慶祺眼神閃爍地看一看左右，從懷中掏出一個小布包，遞給皇帝；同時不斷看著在書架上找書的翁同龢，似乎深怕他發覺了似地。

皇帝卻無這些顧忌，把小布包放在膝上，打開來一看，是『巾箱本』的七、八本小書；最上面一本是磁青連史紙封面，書名『燈草和尚』。皇帝隨意翻開一頁，看不了三、四行，便覺臉熱、心跳、口渴，很快地闔攏了書，將包書的布隨意一裹，整個兒塞在屜斗裡。

『我看看再說。』皇帝一本正經地，臉上找不出一絲笑容；倒像是拒諫的神情。

王慶祺輕聲答道：『這些書，文字講究的不多；容臣慢慢訪著了，陸續進呈。』

『有好的「畫」，也找些來。』

『是！』王慶祺說：『這還比較容易。』

『有了這些東西，你不必帶到書房來；密封了交給「他們」就可以了。』

『他們』是指專門承值弘德殿的太監，王慶祺會意，答應著還想說甚麼，見翁同龢捧了書來，便住口改講明史；正講到『佞倖傳』。

翁同龢取來的書，除了《圖書集成》中『考工典』裡的有關記載以外，還有些別的談三海的書；皇帝本意是藉此將他遣開，但看他慎重將事，不能不作敷衍，一面翻著書，一面隨口問道：『瀛台不就是明朝的南台嗎？』

『是！』翁同龢答道：『天順朝名相李賢的《賜遊西苑記》，就曾提到南台。』

『本朝可有賜大臣遊園的情事？』

『有！』翁同龢答道：『康熙二十一年六月，曾有上諭，聖祖仁皇帝，因爲天時炎熱，移駐瀛台。雖然天下無事，但每日御門聽政，未嘗少息。聖祖因爲宋史所載，賜諸臣後苑賞花釣魚，傳爲美談，特在橋邊設網，任令大小臣工遊釣；准在奏事之餘，各就水次舉網，得魚攜歸私第，以見君臣同樂，一體燕適的至意。』

皇帝聽得不勝神往，『這眞是太平盛世的光景！』他說：『這樣的日子，不知道還有沒有？』

『自然有！』翁同龢答道：『皇上嚮往盛世，盛世必臨；全在聖衷一念之間。聖祖與皇上即位之年彷彿，文治武功，皆發軔於二十歲前，願皇上念茲在茲，以聖祖爲法。』

話是好話，但皇帝頗有自知之明，要趕上聖祖仁皇帝是不可能的；不過他也有自我譬解之處，當時聖祖誅鰲拜，乾綱大振，以後才能指揮如意。現在事事聽人擺佈，不容他出個主意，卻要求他能有聖祖的文治武功，豈非過分？

這樣想著，便懶得跟翁同龢再談下去；只是功課未了，不便早退——這天是輪著做詩的日子，他的心思在那幾本『巾箱本』上，詩思艱澀，便取個巧說：『你們各做一首七律，讓我觀摩。』

『是！』王慶祺不待翁同龢有所表示，便即答道：『請皇上命題。』

皇帝舉目四顧，想找個詩題；一眼望見簾外黃白紛披，菊花開得正盛，正好拿來作題，『就以「菊影」爲題吧！』他手指著說。

『請限韻。』

『不必限了。限韻拘束思路。』

於是變了學生考老師——當然，這是考不倒的；不過刻把鐘功夫，兩個人都交了卷。

『很好！』皇帝唸著翁同龢的詩稿說：『「無言更覺秋容淡，有韻還疑露氣浮」，這才是寫菊影，不是寫菊花。我帶回宮中去看。』

一回宮剛想找個清靜地方去看王慶祺所進的書，慈禧太后派人傳召；到了長春宮，只見一群太監，捧著貢緞金珠等物，進宮來請慈禧太后過目——這是臣下爲她上壽的貢物，最多的是緞子；一疋總要五十兩銀子，起碼進兩疋，就去了一百兩，皇帝倒覺得於心不忍，但亦不便諫阻。

『你看看，』慈禧太后遞了一張紙給皇帝，『他們打禮部抄來的儀注。我看，不必費這麼大的事。』

是太后逢四十整壽的儀注，從賜宴到加恩大臣的老親，刊了長長的一張單子；皇帝仔細看完，很恭敬地說：『兒子明天就叫軍機辦！』

『不！』慈禧太后搖搖頭，『本來熱鬧熱鬧，倒也可以，偏偏教日本人鬧的！算了，就咱們在裡頭玩兩天吧！』

『這也是大家的孝心。皇額娘就依了兒子，照單子上辦……』

『不好！不好！但願你爭氣，再過十年，好好給我做一個生日。』慈禧太后接著便作了具體的指示：十月初十在慈寧宮行禮；禮成以後，只在內廷開宴。所有照例的筵宴，無需舉行。在宮外的公主，以及福晉命婦，進慈寧宮行禮後賜宴。

於是第二天便下了上諭；此外又有加恩大臣老親的恩詔，說的是：

『本年十月初十日，恭逢慈禧端佑康頤皇太后四旬萬壽，慶洽敷天，因思京內外實任文武一、二品大員老親，有年屆八十以上者，康強逢吉，祿養承恩，洵爲盛世嘉祥，允宜特加賞賚。著吏部、兵部、八旗都統，即行查明，分別諮報軍機處，開單呈覽，候旨施恩。』

其實這是不需查報的，京內外一、二品大員，有老親在堂，高年幾何？軍機章京那裡，有張很詳細的單子；開了上去，第一名是大學士直隸總督李鴻章、湖廣總督李瀚章的老母李太夫人。

『這可眞是有福氣的老太太了！』慈安太后讚歎著說：『兩個兒子都是總督，只怕少見。』

『這還不足爲奇。』慈禧太后說：『兄弟前後任，做娘的在衙門裡不用動窩兒，這就少見了。』

『對了！李瀚章接他兄弟的湖廣總督。』

『這個總督太夫人是大腳。』慈禧太后笑道：『有這麼一個笑話，她從合肥坐船到武昌就養，滿城文武都到碼頭上跪接；總督老太太提著旱煙袋，也不用丫頭扶，「蹬、蹬、蹬」地就上了岸。坐上總督的八抬綠呢大轎，那雙尺把長的大腳，一半露在轎簾外面；李鴻章扶著轎槓，看看觀之不雅，就衝轎裡說了句：「娘，把一雙腳收一收。」你知道他娘怎麼回答他？』

『怎麼回答？必是一句笑斷人腸子的話！』

『可不是！』慈禧太后自己先掩口笑了，笑停了說：『他娘說：「你老子不嫌我，你倒嫌我！」』

慈安太后大笑，『這倒跟《紅樓夢》上的劉姥姥差不多。』她說：『漢人的官宦人家，像她這麼大腳的，還怕不多，只怕是偏房出身。』

聽得這一句，慈禧太后就不作聲了，臉色像黃梅天氣，驕陽頓斂，陰霾漸起；慈安太后爲人忠厚，心裡好生懊悔，不該觸及她的忌諱，便訕訕地問：『這該怎麼加恩？是妳的生日，妳拿主意好了。』

慈禧太后定的是，每人賜御書匾額一方，御書福壽字，文綺珍玩等物；當然是名次在前的多，在後的少。

這下南書房的翰林就忙了——名爲御書，其實是潘祖寅、孫詒經、徐郙這些在『南書房行走』的人代筆，先擬詞句後揮毫，寫好了鈐蓋御璽，然後送到工部去製匾，一律是綠底金字。

皇帝的書房當然停了，白天召見軍機以外，就忙著兩件事，一件是勘察三海，怎麼修、怎麼改，得便就又到前門外去溜一趟；再一件便是親自參預慈禧太后萬壽的慶典。

慶典中最重要的一項，不是皇帝率領臣工行禮；也不是內廷賜宴，而是唱三天戲——自從王慶祺奉派在弘德殿行走，皇帝對這方面的『學問』，大有長進了，君臣之間，雖不便公然研究如何行腔運氣，但『四大班』的淵源和優劣長短，有些甚麼後起之秀，甚麼戲正流行，皇帝大致都能瞭然；他一直覺得升平署的那些崑戲『瘟得很』，令人昏昏欲睡。所以三天萬壽戲，很想把外面的那些名角兒都傳了來，辦它個天字第一號的大堂會。

等把這層意思透露給王慶祺聽，他力贊其成，『慈禧皇太后四旬萬壽，普天同慶；讓外面的班子，也有個盡孝心的機會，正見得皇上以仁孝治天下的至意。』王慶祺自己發覺這段話說得有些牽強，便又補了一句：『傳名伶供奉內廷，在唐宋盛世，亦是有的。』

於史有徵，皇帝的心就越發熱了，但亦還有顧忌：『就怕那些腐儒，又上摺子說一篇大道理，把人的興致都給滅了。』

『皇上下了停園工的詔，聖德謙沖，虛懷納諫，臣下頗有愧悔不安者。像這樣的小事，再要饒舌，天良何在？』王慶祺又說：『而況王府堂會，傳班子是常事……』

這就不必再說下去了。皇帝深深領悟，如果恭王他們敢說甚麼，正好這樣詰責：『就准你們聽戲，不准皇太后聽戲，這叫甚麼話，莫非要造反？』

『臣還有愚見，』王慶祺想到貴寶和文錫等人，一再重託，相機進言，正好利用這個機會，『貴寶、文錫，常跟臣說，受恩深重，不知如何圖報？臣愚昧，代乞天恩，這個差使，合無請旨，交貴寶、文錫承辦，必能盡心。』

『好！你讓他們明天一早遞牌子。』

『是！』

王慶祺得了皇帝這句話，退値以後，立刻去訪貴寶；貴寶正在借酒澆愁，一聽經過，七分酒意，醒了五分，將王慶祺納於上座，就手便請了個安。

『王大哥，你幫我這個忙，可幫大了！』他拍著胸說：『你請放心，都交給我，包你有面子。』

『你別高興，』王慶祺笑道：『那班爺們都難侍侯，萬一推三阻四，莫非你拿鏈子鎖了他們來？』

『這算甚麼本事？』貴寶笑道：『王大哥，不信你就試試看，你派出戲來，看我能不能把那些爺們都搬了來唱給你聽。』

『好呀！』這一說，王慶祺大爲高興——一個愛好此道的，能夠想聽甚麼就聽甚麼；想叫誰唱就叫誰唱，那是多痛快的事！

『來，來！咱們喝著、聊著；先把戲碼兒琢磨好了，我連夜去辦。』貴寶摸著下巴，先就躊躇滿志了，『看我辦這趟差，非讓兩宮太后跟皇上誇獎我不可。』

『只要你有把握就好。』王慶祺笑道：『起復有望了！』

於是取了筆硯來，一面喝酒，一面商量著派戲，雖說可以從心所欲，到底不能不以慈禧太后和皇帝爲主，慈禧太后喜愛生旦合演，情節生動，場子緊湊的『對兒戲』；皇帝則比較更愛以花旦爲主的玩笑戲和武戲，因此擬的戲碼，也就偏重在這母子倆的興趣上面。

『日子可很緊促了，我得巴結一點兒。』貴寶問道：『王大哥，你是跟我一起到「四大徽班」去走一趟；還是你在這兒喝著酒，聽我的信息？』

王慶祺以帝師之尊，到底不好意思公然出面去辦這種差，所以這樣答道：『你一個人去好了！我也不打擾了，明兒一早宮裡見吧！』

『是，是！明兒一早，我在內務府朝房；我不便上弘德殿，請你抽空來一趟，我好把今晚上接頭的情形，跟你先回明了。』

『那也不必了。等召見下來，如果還有甚麼話要我替你轉奏，你派個人招呼我一聲就是。』王慶祺又勉勵他說：『好好兒下一番功夫。把差使巴結好了，趁太后的萬壽，必有恩典。』

『那都是王大哥的栽培。此刻我先不必說甚麼，等事成了，我必有一番人心。』

『自己弟兄，說這個幹甚麼？我走了。』

貴寶殷殷勤勤地將王慶祺送出大門，也不再入內，立等套車，揣著那張擬好的戲單，趕到宣武門外——四大徽班，各有總寓，名爲『大下處』，春台在百順胡同，三慶在韓家潭，四喜在陝西巷，和春在李鐵㭊斜街，相距都不甚遠。貴寶最熟的是四喜掌班梅巧玲，是唱旦腳的，人長得很豐碩，外號叫『胖巧玲』；爲人仗義疏財，極講究外場，貴寶跟他不是泛泛之交，所以首先找他。

等說明來意，自是一諾無辭；梅巧玲又說宮裡傳差，是向所未有之事，只怕各班都會獅子大開口，要的戲價甚高，勸他耐心細磨。貴寶則表示：錢不在乎，只要痛快。不但說唱甚麼，就是甚麼，而且還要唱得好。

只要錢不在乎，事情就好辦了。唱得好更不在話下，御前獻技，誰不希望出類拔萃，壓倒同行，博得天語褒獎。因此，半夜功夫下來，四大徽班都說好了；但花的錢也很可觀，因爲這三天的戲，早由戲園子貼出海報去了，現在進宮當差，便得告訴戲園子回戲，還得貼補一筆損失。

回到家，貴寶還不能休息，連夜恭楷繕好三份戲單；略微歇一歇，也就到了進宮的時刻。在內務府朝房一坐，舊日同僚，看他滿面春風，又聽說皇帝召見，看來起復有望，所以紛紛前來問訊應酬；

與一個多月前，奉到革職嚴旨後所遭遇的冷落，完全兩樣了。

牌子是一進宮就遞了進去的，直到近午時分，方見小太監來傳旨，說在乾清宮西暖閣召見。等磕過頭、請過安，皇帝先開口問：『聽說你已經把戲碼兒都擬好了？拿來看。』

『是！』貴寶把一份戲單捧了上去；小李接著，轉呈皇帝。

『只要兩天就可以了。』皇帝略看一看，便這樣吩咐：『初九、十一，傳外面；正日那天不用，仍舊用升平署的「承應戲」。』

一聽這話，貴寶才發覺自己做事，太欠考慮。內務府中，繼自己的遺缺，署理堂郎中的文錫，為了承辦十月初十的慶典，也預備了三天的戲，光是升平署的行頭和砌末，就花了十萬銀子，這是自己知道的；既然知道，就該預作安排，如今自己排了三天的戲，擠得人家一天都不剩，似乎不替人留餘地，太說不過去了。

在自己這方面，三天的戲縮成兩天，而且擠掉的那一天，戲碼格外精采，不但棄之可惜，同時對戲班子也不好交代。想來想去，只有這樣處置；拿正日那天的戲，勻到初九跟十一兩天去演。但加戲就得多耗辰光，如果搞到上燈才歇鑼，那是宮中從未有過的創例。

一時竟無善策，卻又不容他細思慢想，只好先把自己的想法回奏了再說。

『戲眞是好！』皇帝與貴寶同感，『撤掉也可惜，就勻到初九、十一來唱。次一點的就不要了；誰是「雙齣」的改為單齣，這麼通扯著增減一下子，也不太過費時候。』

說著，皇帝親自動硃筆，改戲碼；同時宣召文錫，說明其事。文錫面承諭旨，自然遵辦，但一退回內務府，便與貴寶大吵了一架。

『你巴結差使，可也得給個信兒啊！』文錫出語便尖刻，『素日相好，想不到這麼砸我！』

『我砸你幹甚麼？』貴寶答道：『昨兒晚上王師傅來傳的宣，連夜辦事，一宵沒有得睡。今兒一早進宮，可也得有功夫給你信息啊！』

這是強辯，何致於派人送個信的功夫都沒有？文錫連連冷笑：『好，好，算你狠！三天的戲，擠掉我兩天，一大半心血算是白費；新製行頭、砌末的款子，怎麼報銷？這還說不是砸我！』接著便冷嘲熱諷，大怨貴寶不夠朋友。

貴寶在內務府的資歷，本來比文錫高，但自己此刻正在倒楣之際，而文錫在慈禧太后面前的聖眷正隆，所以只得忍氣吞聲聽他的。受了一肚子的氣，心裡在說：走著瞧，等起復的恩旨下來了，看你是怎麼個臉嘴！

有恩旨的消息，在十月初七就得到了，是成麟來報的喜。

『貴大爺，貴大爺！』他氣急敗壞地奔了來，又喘又笑，好半天才開得口：『給你老叩喜！剛才宮裡的消息，就這兩天就有恩旨，你老官復原職，還是總管內務府大臣。』

雖在預期之中，畢竟事情來得太順利，難免令人無法置信，『靠得住嗎？』他按捺激動的心情，矜持地問。

『靠得住，靠得住，太靠得住了。』成麟又笑嘻嘻地說：『我的處分也撤消了。將來補缺的事，貴大爺，你可無論如何得幫我的忙，栽培栽培我。』

『怎麼呢？你的處分怎麼撤消的？有特旨？』

『嘿！你老說得好。憑我一個候補筆帖式，皇上還上特旨，配嗎？』成麟又放低了聲音說：『聽說是慈禧太后有意買好兒，萬壽加恩，所有王公大臣，京內京外文武官員，現在議降、議罰；以前有革職留任、降級、罰薪之類處分的，一概豁免。』

『這是好事！』貴寶以手加額，『慈禧太后積的這分德，可就大了！』

雖然成麟言之鑿鑿，貴寶畢竟不大放心，得要親自去打聽一下；等成麟一走，一個人思前想後，把通盤的情勢估量下來，發覺自己有一著棋非走不可，同時走這一著棋，也可以探聽出成麟的消息是眞是假。

這著棋就是走恭王的門路——他原是恭王府中的熟人；在內務府堂郎中任內，一切方便，所以日用什物，時鮮珍果，經常供應無缺；那裡要修個窗子添個門，亦總是他帶著工匠去辦。這樣密切的關係，只是慫恿皇帝修圓明園，爲恭王所深惡痛絕，下令門房，不准爲他通報，才慢慢地疏遠了。

於今園工已停，自己也得了革職的處分，等於前愆已贖，正宜重求矜憐。大不了聽恭王訓斥一頓，自己低聲下氣，賠個不是；以寬宏大量，素重感情的恭王，絕不致於還存著甚麼芥蒂。

這樣打定了主意，立即套車到正陽樓，揀了一簍江南來的極肥的陽澄湖大蟹，親自帶著，到了恭王府。那裡的侍衛、聽差，以前都是熟人，見了他都說：『稀客，稀客！』讓到門房裡喝茶。

內務府的旗人，都有一套與眾不同的應酬功夫；哪怕前一天吵架吵得要動刀子，第二天只要覺得有套交情的必要，那神情便能做得像多年不見的知交一樣，親熱非凡。貴寶又有一套獨特的手法，隨身總帶著許多珍貴新鮮的小玩意，拿出來展玩誇耀，等有人看得眼熱，便拿起來向人手裡一塞，還雙手將對方的手掌捏一捏攏，說一聲：『留著玩兒！』就這樣教人從心底感覺到痛快，切記著他的一份人情，得要想法補報。

因此，他周旋不到片刻，便有人自告奮勇，伸出手來說：『拿名帖來，趁王爺這會兒沒有客，我替你去回。』

『不，我今兒不見王爺；見福晉。』

『咦！這是怎麼講究？』

『我先見福晉，求她先替我跟王爺說上兩句好話，可以少挨兩句罵。』貴寶取出一張名帖拱拱手說：『勞駕你連這簍蟹，一塊兒送到上房；見了福晉，就這麼說。』

那人笑著去了。不多一刻，走了回來，將嘴一努，『上去吧！』他說：『大概還是少不了挨罵。』

一引引到恭王的書齋，『我可告訴你，』恭王一見面就說：『這一次修三海，你再要胡出主意，搞得不能收場；你看著吧，你就甭想喝玉泉山的水了！』

貴寶剛剛雙膝跪倒，一聽這話，竟忘了磕頭；略想一想，喜心翻倒，恭王的暗示，不但可以官復原職，而且仍舊承辦三海工程。那句警告的意思是，當差當不好，再出了紕漏，就會充軍；自然就喝不成玉泉山的水。這可以不去管他。

『王爺！』這時他才磕頭，『我甚麼話也不用說。就衝王爺這句話，我怎麼樣也得弄出個好樣兒來。』

果然，到了十月初十，皇帝率領臣屬，在慈寧宮行完禮；王公大臣仍照前一天的時刻，於辰正時分進榮壽宮聽戲時，皇帝卻在養心殿召見軍機，頒下好幾道恩旨，第一道就是成麟所說的，京內外官員正在議降、議罰的處分，一概豁免。第二道是貴寶官復原職。第三道是異數，內務府堂郎中文錫，五品官兒，賞給頭品頂戴。

等慈禧太后的萬壽一過，皇帝好好休息了兩天；等精神恢復過來，卻又動了遊興；十月下半月的天氣，『小陽春』一過，接著便該下雪結冰了，遠處不能去，只能到三海逛逛，順便勘察工程。

辦三海工程的，依然是貴寶與文錫——這兩個人又和好如初了；文錫又升了內務府大臣，自然格外巴結差使，冒著凜冽的西北風，每天帶著工匠在三海轉。諸事齊備，呈上圖樣，皇帝恰好想到三海，便吩咐：十月廿一臨幸南海。

天子天花

這天西北風甚緊，皇帝身體虛弱，受了涼，當天夜裡便發寒發熱，立刻召了李德立來請脈。

『來勢雖兇，不過一、兩天的事。』李德立毫不在乎地說：『皇上是受了涼；這幾天天氣又不好，「苦寒化燥火」，所以皇上聖躬不豫，這帖藥趁熱服下，馬上就可以退燒。』

『怎麼說？沒有那麼快吧？』

『只要是感冒，臣的方子，一定見效。』

這就是說，倘不見效，一定不是感冒，這話好像近乎瞎說；而其實意在言外，只皇帝不覺得而已。

一夜過去，寒熱依舊，這下連兩宮太后都驚動了，皇帝只在枕上磕頭，說是兩宮太后垂念勞步，於心不安。

『我看讓皇帝挪回養心殿吧，那兒還暖和些。』慈安太后說。

『這話不錯！』慈禧太后附和著，立刻命人動手，將皇帝移置到養心殿西暖閣。

先只當普通的感冒治，無非退燒發散，但一連三天，長熱不退，只是喊口渴、腰疼、小解不暢；李德立摸不透甚麼毛病，而心裡總在嘀咕，因爲皇帝有著不可言宣的隱病，而此隱病到發作時，卻又不是這等的徵象。細心研究，唯有靜以觀變。

過了兩天又加上便祕的毛病，同時頸項肩背等處，發出紫紅色的斑塊，莊守和認爲是發疹子；李德立看看也是，算是找著了皇帝的毛病。

這時外面的『風聲』已經很大了，不但軍機和王公大臣頗爲不安，兩宮太后亦覺得皇帝這一次的病，與平時不同——皇帝體弱多病，但總是外感之類，一服藥下去，立刻便可見效，而這一次兩名太醫一直支吾其詞，每日嚴詞督責，搞得李德立支支吾吾，汗流浹背；這一天召見時，比較輕鬆。

『回兩位皇太后的話，』李德立說：『皇上是發疹子，內熱壅盛，所以口渴便結，小解短赤，如今用清解之劑，只要內熱發透了就好了。』

『發疹子？不是痲疹吧？』慈禧太后問。

『不是痲疹，』李德立比著手勢說：『痲疹的顆粒小、勻淨，顏色鮮紅，最好辨不過。』

『你有把握沒有？』

『是疹子就必有把握。』

慈禧一聽，這不成話！聽他的口氣連病都沒有搞清楚，但宮中的傳統，對甚麼人都能發脾氣，就是對太醫不能。倒不是怕他們在藥裡做甚麼手腳，有謀逆犯上的行爲；而是顧慮他們凜於天威，張皇失措，用錯了藥。因此慈禧太后心裡雖覺不滿，口頭上還得加以慰勉：『你們盡心去治！多費點神。

等皇上大安了，我會作主，替你們換頂戴。』

『是！臣等一定盡心盡力，請兩位皇太后放心。』

『那麼，』慈安太后問道：『你們打算用甚麼藥？』

『皇上裡熱極盛，宜用白虎化斑湯。』

『是白虎湯嗎？』慈安太后嚇一跳。

『與白虎湯大同小異，白虎湯加玄參三錢、犀角一錢，就是白虎化斑湯。』

『都說白虎湯是虎狼之藥，你們可好好斟酌。』

這一說，李德立也有些心神不定了，退下來跟莊守和商議，打算重新擬方，正在內奏事處小聲琢磨時，聽得廊下有兩個太監在低語：『我看皇上是見喜了。』

『別胡說！』另一個太監呵斥著，『宮裡最怕的，就是這玩意！』

李德立和莊守和都聽見了，面面相覷，接著雙雙點頭，都認爲那太監說『見喜』是頗有見地的話。

『再請脈吧？』莊守和說。

李德立考慮了一下，重重點頭：『對，再請脈。』

等向新任總管內務府大臣沒有多少時候，已經在宮裡很紅的榮祿一說，他先問道：『皇上如果問，剛請了脈，爲甚麼又要請脈，該怎麼答奏呀？』

『因爲皇太后不主張用白虎化斑湯，得再仔細看一看，能用更好的藥不能。』

『好！』榮祿領導先走，『跟我來。』

一半是那太監的話如指路明燈，一半是就這個把時辰之間，徵狀益顯，一望便知，果然是天花。率直叫『出痘』，忌諱叫『出天花』。據說這是胎毒所蘊，有人終身不出；出過以後，就不再出，此為呱呱墜地直到將近中年的一大難關。凡事要從好處去想，難關將到，自是可慮，但過了這一道難關，便可終身不虞再逢這樣一道關，也是好事，所以討個口采，天花要當作喜事來辦。

『跟皇上叩喜！』李德立和莊守和，就在御榻面前，雙雙下跪，磕頭上賀。

榮祿卻是嚇一大跳，但也不能不叩喜；磕罷頭起身，再仔細看一看，皇帝頭面上已都是紫色發亮的斑塊，但精神卻還很好，只聽他問李德立說：『到底是發疹子，還是天花？』

『是天花無疑。』

『那，該用甚麼藥？』皇帝在枕上搖頭，搥著胸說：『我胸裡跟火燒一樣，又熱又悶。』

『皇上千萬靜心珍攝，內熱一發散，就好過了。那也不過幾天的事，請皇上千萬耐心。』

『你預備用甚麼藥？』

『自然是涼潤之品，容臣等細心斟酌，擬方奏請聖裁！』

於是李、莊二人退了出來；榮祿帶頭在前面走，一出養心殿，他止步回身，兩道劍樣的眉，幾乎擰成一個結，以輕而急促的聲音問：『怎麼樣？』

『榮大人，你親眼看見的，來勢不輕。』

『我知道來勢不輕，是請教兩位，要緊不要緊？』

『「不日之間，死生反掌。」』李德立引用《內經》的話說，『豈有不要緊的？』

再怎麼說呢？莫非是問：有把握治好沒有？問到這話，似乎先就存著個怕治不好的心，大為不妥。榮祿只好不作聲了。

李德立和莊守和，自然也沒有心思去追究他是如何想法？兩個人仍舊回到內奏事處去斟酌方子；未開藥，先定脈案，李德立與莊守和仔細商量以後，寫下的脈案是：

『天花三日，脈沉細。口渴、腰疼、懊惱，四日不得大解；頸項稠密，色紫滯葩豔，證屬重症。』

『這樣子的徵狀，甚麼時候可以消除？』

『不一定。』

答了這一句，李德立提筆，繼續往下寫藥名，用的是：蘆根、元參、蟬衣、桔梗、牛蒡子，以及金銀花等等。方子擬好，捧上榮祿，轉交御前大臣伯彥訥謨詁。

『你看怎麼辦？仲華！』伯彥訥謨詁，坐立不安的那個毛病，犯得更厲害了，一手拿著藥方，一手直拍右股，團團打著轉說：『是送交六爺去看，還是奏上兩宮太后？』

『我看要雙管齊下。』

『對，』他把方子遞了過去，『勞你駕，錄個副！』

錄副是預備恭王來看，原方遞交長春宮，轉上慈禧太后；隨即傳出懿旨來，立召惇、恭、醇三王進宮。同時吩咐：即刻換穿『花衣』，供奉痘神娘娘。

三王未到，宮門已將下鑰；慈禧太后忽又覺得不必如此張皇，而且入暮召見親王，亦與體制不合，所以臨時又傳旨，毋庸召見。但消息已經傳了出去，惇王與醇王，還有近支親貴，軍機大臣，不約而同地集中在恭王府，想探問個究竟。

要問究竟，只有找李德立，而他已奉懿旨在宮內待命，根本無法找他去細問經過；因此話便扯得遠了，都說皇帝的體質不算健碩，得要格外當心。獨有惇王心直口快，一下子揭破了深埋各人心底的隱憂。

『我可眞忍不住要說了，』他先這樣表白一句，『順治爺當年就是在這上頭出的大事。』

眞所謂『語驚四座』，一句話說得大家似乎都打了個寒噤，面面相覷，都看到別人變了臉色，卻不知道自己也是如此。

『那裡就談得這個了！』恭王強笑道，打破了難堪的沉寂，『照脈案上看，雖說「證屬重險」，到底已經在發出來了。』

『要發得透才好。』一向不大開口的景壽說：『剛才我翻了翻醫書，天花因爲其形如豆，所以稱爲痘瘡。種類很多，有珍珠豆、大豆、茱萸豆、蛇皮、錫面這些名目，輕重不等。皇上的天花，大概是大豆。』

『甚麼叫大豆？』惇王問。

『顆粒挺大。』景壽掐著指頭作手勢，『這麼大，一顆顆挺飽滿的，就叫大豆。』

『那不是已經發透了嗎？』

『對了！所以這算是輕的；最輕的是珍珠豆，其次就是大豆。』

『這一說，不要緊囉？』寶鋆問。

『如果是大豆，就不要緊。』

『那麼，怎麼樣才要緊呢？』

『醫書上說：最重的叫作錫面。顧名思義，你就知道了，發出來一大片，灰白的色兒，就跟錫一樣。那是……』景壽嚥了口唾沫，很吃力地說：『那是死證。』

『不相干！』寶鋆大聲說道，彷彿夜行怕鬼，大嗓門唱戲，自己壯自己的膽似地，『脈案上說的是「紫滯兢豔」，跟錫面一點都扯不上。』

『不過……』

『嘚！五哥。』恭王搶著打斷他的話，『這會兒胡琢磨，一點不管用。明兒個早早進宮請安，看今兒晚上請了脈是怎麼說，再作道理。』

這一說等於下了逐客令。等大家散走，又有一個客來專訪，是內務府大臣榮祿；他是怕恭王不放心，特地來報告，說皇帝黃昏時睡得很舒服。李德立亦曾表示，照眼前這樣子，雖險不危，他有把握可以治好，就怕發別的毛病。

『別的毛病！』恭王詫異：『甚麼毛病？』

『我也這麼問他。他有點兒說不上來的樣子，好半天才說，不外乎外感之類。』

『出天花總是把門窗關得挺嚴的，哪兒會有外感？』

恭王又問：『明兒進宮，還有些甚麼儀注？』

『就是花衣、懸紅。』榮祿說：『有人說奏摺該用黃面紅裡，還是順治年間留下來的規矩。等六爺明兒進了宮再拿主意吧！』

到了第二天，宮中的景象，大異平時；各衙門均已奉到口傳的詔令，一律花衣，當胸懸一方紅綢，皇帝的正寢乾清宮，內外都鋪猩紅地毯。內廷行走的官員，則又得破費，要買如意進獻；一買就是三柄，兩宮太后和皇帝各一柄。一切都照喜事的規矩來辦，但這場『喜事』跟大婚、萬壽，完全不同，個個面有慼容，怎麼樣也找不出一絲喜色。

病假中的文祥也銷了假，一早入宮，先到內奏事處看脈案；然後到軍機處，只見李德立正在向恭王回話。

『大解已通，昨天進鴨粥兩次，晚上歇得也安。喉痛已減，皮色亦漸見光潤。』李德立的語氣，相當從容，『種種證象，都比前天來得好。』

聽這一說，無不舒眉吁氣，彷彿心頭的重壓，減輕了許多。

『不過，』李德立忽用一句轉語，『天花前後十八天，天天有險，但願按部就班，日有起色，熬過十八天，才能放心。』

於是又個個皺眉了，『證狀到底如何？』恭王問道：『你的脈案上說，「證屬重險」，重到甚麼程度？』

『重不要緊，只怕逆。王爺請寬心，逆證未見。』

景壽正在看醫書，對這些證狀特感興趣，因又問道：『怎麼樣才叫逆證？』

『天花原是胎毒所蘊，等發出來，就要發得愈透愈好，故而發燒、咳嗽、舌苔黃厚、大解不通、小解短赤、口渴喉疼、精神煩躁，都是必有的證象，不足為慮。倘或手腳發冷、乾嘔、氣急、大解洩瀉、無汗，就是蘊毒不出，有一於此，皆為逆證。』

『見了逆證怎麼樣呢？』

『那……』李德立悚然肅然，垂手低聲：『我就不敢說了。』

『李卓軒！』恭王倏然起立，握著拳有力地頓了兩下，重重說道：『這十八天你片刻不能放鬆，無論如何不能見逆證；過了這十八天，我保你一個京堂。』

太醫院官員，是雅流官兒，做到首腦，不過五品；若能以京堂補缺，由小九卿而大九卿，進一步就是學士、侍郎的紅頂子大員，李德立自然感奮，連聲答道：『遵王爺的諭，我必刻刻盡心。』

等李德立一退了出去，隨即便有太監來傳旨，兩宮太后在漱芳齋召見軍機大臣及御前大臣；到了那裡，從殿廷中望進去，只見慈安太后默然沉思，慈禧太后在廊上『繞彎兒』。於是恭王等人站住了腳，等太監傳報，兩宮太后升了座，才帶頭入殿，趨蹌跪安。

『皇帝有天花之喜，今天好得多了。』慈禧太后說：『靠天地祖宗神靈保佑，這十八天總要讓它平安過去。皇帝這兩天不能看摺，要避風，也不能跟你們見面；中外大政，你們好好商量著辦。務必和衷共濟，不能鬧意氣。我們姊妹倆，這兩天心裡亂得很；外面的事，不便過問，就能問，也照顧不到。六爺，你們多費心吧！』

『是！』恭王答道：『臣等今日恭讀脈案，也傳了李德立到軍機，細問經過，證象雖重不險，兩位皇太后請寬聖慮。』

慈禧太后是這樣暫時委諸重臣，協力治國的打算，但皇帝卻另有安排，特命李鴻藻『恭代繕摺』，意思奏摺應如何處理，仍由皇帝在病榻親裁，口授大意，由李鴻藻代筆，而實際上代爲批示；當然，這不會與軍機的權力發生衝突，李鴻藻批摺，有『成語』可用，無非『閱』、『知道了』、『該部知道』、『交部』、『依議』之類，絕不會長篇大論，自作主張，眞的如大權在握。

這樣相安無事的日子，只過了兩、三天。因爲慈禧太后在想，皇帝的症候，即令順順利利過了十八天，靜心調養，亦得一百天的功夫，大政旁落，如是之久，縱使不會久假不歸，而上頭一定已經隔膜；同時在這一百天中，有些權力，潛移默轉，將來怕難以糾正收回。這樣轉著念頭，內心怦怦然；以前那些每日視朝，恭王唯唯稱是的景象，都浮現在記憶中，嚮往不已，通宵不寐。

第二天是十一月初七，自鳴鐘快七點時請脈；算起來是得病的第八天，天花應該像『大豆』那樣發得飽滿才是，但細細看去，不如預期；同時切脈，發現了不妙的症候，最可憂的是，皇帝有腎虧之象。李德立內心警惕，認爲該當有所透露，於是寫了兩百多字的脈案，開頭是說天花初起，『是重險之後，惟喜陰分尙能布液，毒化漿衣，化險爲夷，』寫到這裡，發現『夷』字犯忌諱，在雍正、乾隆時，是可以丟腦袋的大錯誤，因而撕去重寫，改爲『化險爲平』，接著又說：

『現在天花入朝，漿未蒼老，咽痛、音啞、嗆咳，胸堵腰酸等，尙未驟減；若得腎精不動，胸次寬通，即爲順象。敬按聖脈，陰分未足，當滋陰化毒。』

因此開的方子就有『當歸』、『元參』、『沙參』等等滋陰的補劑。擬好繕呈，慈禧太后看得非常仔細；看完沉思久久，下了決心。

『今天的脈象不好。』她憂形於色地告訴慈安太后，『要「胸次寬通」，才是順象；如今皇帝咳嗽、胸口發堵，這就不好。而且陰分不足，本源就虧了；這跟打仗一樣，外敵雖強，只要自己有精兵良將，也還不怕。皇帝的底子不好；我看將來眞得要好好調養。』

『自然。』慈安太后眞是慈母之心，此時對皇帝唯有憐惜心疼，將他平日的荒唐行徑，一古腦兒抛卻，『他平時也太累了，等脫了痂，讓他好好玩一玩吧！傳個戲甚麼的，諒來外頭也能體諒，不會說甚麼。』

『這話也要先跟他們說明了才是。』慈禧太后又說：『我擔心的是這一百天下來，內外大事，甚麼都弄不清楚了。那時候重新開始辦事，摸不著一點頭緒，豈不糟糕？』

慈安太后何能看出她話中的微意？只深以爲然地點點頭問：『是啊！那該怎麼辦呢？』

『當然要叫老六他們想辦法。』慈禧太后站起來說：『咱們走吧！看看去。』

兩宮太后傳軟轎到了養心殿；皇帝剛剛睡著，慈禧太后不叫驚動，傳了總管太監孟忠吉來問話。

『昨兒晚上，「大外」行一次；進了半碗多鴨粥，又是半碗三鮮餡兒的元寶湯。』孟忠吉這樣奏陳皇帝的起居。

『「花」怎麼樣？』

『「花」挺密，比昨兒發的多得多了。李大夫說，花密是密了，發得還不透，要看明兒怎麼樣。』

孟忠吉又說：『奴才幾個一天三遍拜佛；想皇上福大如天，一定蒙佛爺保佑，平平安安，順順利利。』

『等平安過去了，我自然有賞。』慈禧太后又正色警告，『你們躲懶大意，侍候得不周到，我可饒不了你們！』

『奴才萬萬不敢。』

『皇后今天來看過皇上沒有？』慈安太后問。

『今兒還沒有。』孟忠吉答道：『昨兒晚上來給皇上請安了，歇了一個鐘頭才回宮。』

『喔！皇后說了些甚麼？』慈禧太后問。

『皇后吩咐奴才，盡心侍候。說皇上胃口不開；若是想傳甚麼，通知皇后的小廚房預備。』

『嗯！』慈禧太后遲疑了一會，終於問了出來，『皇后待了一個鐘頭，跟皇上說了些甚麼？』

『皇后跟皇上說話，奴才不敢在跟前。不過……』

孟忠吉自覺失言，趕緊縮口，但已不及；慈禧太后自然放不過他，厲聲問道：『怎麼啦？』

這不能再支吾了，否則慈禧太后一定翻臉，孟忠吉硬著頭皮答道：『皇后彷彿淌過眼淚。』

『哼！』慈禧太后的臉色陰沉得可怕；向慈安太后說了句：『妳看看！』

慈安太后不作聲。心裡又拴上一個結；慈禧太后對皇后的不滿，愈來愈甚，是她所深知的。曾經想勸，又怕慈禧太后疑心她袒護皇后，心起反感，誤會更深；而不勸則更不是辦法。就這遲疑躊躇之間，有太監來報，說皇帝已醒。這一打岔，便不容慈安太后有開口的機會，忙著去看皇帝要緊。

皇帝臉上、手臂、肩項等處，全是紫色的斑疱，『花』發得果然甚密，但不是鼓鼓地凸了起來；而且也不是顆粒分明，有些地方亂糟糟連成一大片，這都不算有利的徵候。

兩宮太后並坐在御榻前，少不得有一番安慰的話，勸他安心靜養。皇帝表示，上煩兩宮太后睿慮，深感不安；又說不能親自看摺，頗為著急。

『我也知道你著急，總得想辦法。』慈禧太后轉臉向慈安太后說道：『我看也該讓他們進來看看。』

這『他們』，當然離不了軍機大臣；其次是御前大臣。正好太監來請旨，說翁同龢請示，可否進見，於是慈禧太后傳諭，與軍機、御前一起進殿。

進了養心殿，正間供著佛，大家一起磕了頭；然後孟忠吉打簾子，由恭王領頭，一起進了東暖閣，跪下行禮；光線甚暗，看不清楚，只聽皇帝小聲在問：『是哪些人？』

『軍機跟御前，還有翁師傅。』慈禧太后又吩咐：『拿蠟來！』

孟忠吉答應一聲；立即派人取來兩支粗如兒臂的，明晃晃的紅燭，站在御榻兩旁。燭光映照之下，越顯得皇帝的臉色如醉了酒一般。

這時，慈禧太后已親自伸手，將皇帝的左臂，從錦被中挪了出來，揎擄衣袖說道：『你們看！花倒發得還透。』

於是惇王首先上前，一面看那條佈滿痘疱的手臂；一面說著慰勸的話。惇王看了是恭王，恭王看了是醇王，一個個看過來，最後一個是翁同龢。皇帝眞像酒醉了似地，兩眼似開似閉，神態半睡半醒，始終不曾開口。

當著病人，甚麼話都不便說，因而諸臣跪安退出，兩宮太后亦無訓諭。但等軍機、御前剛回原處，孟忠吉立即又來傳懿旨，說皇太后在養心殿召見。

這一次召見是在養心殿正屋，佛壇用極大的一張黃幕遮住；幕前只設一張寶座，僅有慈禧太后一個人臨御。

這就是不平常之事。向來召見臣工，垂簾之時也好，撤簾以後也好，總是兩宮同尊，除非有一位皇太后的聖躬不豫；但此刻不聞慈安太后有病，然則就有疑問了，是慈禧太后有意避開慈安太后呢；還是此一召見，未爲慈安太后所同意，不願出見？

不論原因爲何，有一點卻是很清楚的，這不是一次尋常的召見，慈禧太后一定有出入關係極大的話要說。

十一個人個個明白，個個警覺，特別是恭王，因爲必然是由他代表大家發言，所以心裡格外嘀咕；磕罷了頭，微微側耳，凝神靜聽。

『皇帝的情形，你們都看見了。』慈禧太后的聲音低沉，說得極慢，見得她自己也很謹愼地在措詞，『現在上上下下都著急，皇帝自己更著急。這七、八天，各衙門的章奏，都是些例案，多少大事，擱著沒有辦；都因爲皇帝不能親自看摺拿主意。他著急的就是這些個。養病要安心，不能安心，就有好方子，效驗也減了。照李德立說，要過了百日，才能復元：這不是十天八天的事，你們要想辦法。事情明擺在那裡，應該怎麼辦，我想外頭自有公論。』

恭王拿她的話，每一個字都聽入耳中，記在心頭；咀嚼體味，很快地聽出了眞意，慈禧太后是要親自接管大政；卻又怕再度垂簾爲清議所不容，『要想辦法』就是要想一個教『外頭自有公論』的辦法。

『再有一層，』慈禧太后接著又說：『等過了十八天，靜心調養，也不能說整天坐著，不又悶出病來了嗎？皇帝到底年紀還輕，總要找點消遣，如果偶爾串串戲甚麼的，想來外頭能夠體諒，不會有甚麼議論。』

這話原是慈安太后的意思，而在此時來說，慈禧太后是要表示皇帝在這百日之內，既然要以絲竹陶冶性情，自是難勝煩劇；所以垂簾之舉，必不可少。她的用意甚深，在別人都能體會；唯有粗疏的惇王，全然不懂；只聽說皇帝要找消遣，串串戲甚麼的，心裡大起反感。一年多來，搞得烏煙瘴氣，結果搞出這麼一場『天花之喜』，就是『找消遣』找出來的！

他是想到要說就一定要說，自己管不住自己的性子；因此膝行向前，仰臉說道：『臣請皇太后要好好兒勸勸皇上，消遣的法兒也多得很，種花養鳥，玩玩古董字畫，哪一樣也能消遣老半天的。宮裡三天兩頭傳戲，外頭亦很有議論。』

一聽最後這兩句話，慈禧太后便覺得刺耳，因爲她的喜愛聽戲是宮內無人不知的，所以當惇王的話是專對她而發，臉色便不好看了。

『外頭是怎麼個議論？』

『宣宗成皇帝儉德可敬。臣願皇太后常唸祖訓。』

『列祖列宗的遺訓，我都記著。』慈禧太后質問：『宣宗成皇帝儉德可敬，高宗純皇帝呢？』

惇王語塞，便又說道：『臣所奏不止一事。外面的傳言亦很多，臣實在聽得不少，好比骨鯁在喉；如像皇上微行，都因爲皇上跟皇后難得親近的緣故。皇上大婚才兩年，在民間，少年夫婦，正該好得跟蜜裡調油似地；所以皇上跟皇后這個樣子，不免有人奇怪。』

『我覺得你的話，倒教人奇怪。』慈禧太后更爲不悅，『你的意思是，我們當上人的，沒有把兒子、兒媳婦教導得好，是不是？』

『臣不是這意思。』

『那是甚麼意思呢？』慈禧太后厲聲詰責，『你們是御前大臣，皇上的起居行動，歸你們照料。他一個人溜出去逛，我不怪你們疏忽，你們反來怪我，不太昧良心嗎？』

這一指責，相當嚴厲，五個御前大臣一齊碰頭；軍機大臣也不能說沒有責任，所以陪著謝罪，這一來翁同龢也就只好跟著碰頭了。

『我們姊妹的苦心，連你們都不明白，無怪乎外頭更要有議論了。』慈禧太后一半是傷心，一半是做作，揮淚說道：『先帝只有一個兒子，在熱河即位的時候，肅順他們那樣子欺負孤兒寡婦，上了殿指手畫腳，歪著脖子直嚷嚷；皇帝嚇得溺在慈安太后身上，這些，你們不是不知道。我們姊妹倆，總念著先帝只有這麼一株根苗，他身子又不好，常常鬧病；不敢管得太緊，可也不敢放鬆。就這麼輕不得、重不得地把他帶大了，你們想想，得費多少心血？我們姊妹倆在宮裡，外頭的情形不大明白；皇帝行爲越軌，全靠你們輔助。你們不拿出眞心來，教我們姊妹倆怎麼辦？』

說著，淚如泉湧，聲音也哽噎了。群臣不知是慚愧，還是惶恐，唯有伏地頓首；等她說得告一段落，恭王才說了聲：『皇太后的訓諭，臣等無地自容。如今聖躬正値喜事，一切章奏，凡必得請旨的事件，擬請兩宮皇太后權代皇上訓示，以便遵循。』

這幾句話其效如神，立刻便將慈禧太后的眼淚止住了，『你們的意思我知道了。』她說：『寫個摺子來，等我跟慈安太后商量。』

『是！』恭王答道：『臣等馬上具摺請旨。』

於是跪安退出，一個個面色凝重地到了軍機處，惇王取下紫貂帽簷的大帽子，頭上直冒熱氣；一面拿手巾擦汗，一面埋怨大家：『你們怎麼也不幫著說一聲兒？』

『今天不是說這些話的時候。有你這幾句，也儘夠了！』恭王回頭問文祥，『你看這個摺子怎麼上？』

『軍機、御前，』文祥的聲音低微；看了看翁同龢說：『弘德殿諸公，是不是也要列名？大家斟酌。』

太后垂簾始終被認作國家的大忌，所以雖是短局，亦必惹起清議不滿，因此，這個摺子一上，定有人在背後批評，是阿附慈禧太后，有失大臣之體。既然如此，則分謗的人越多越好，所以寶鋆接著文祥的話，大聲說道：『這該當家務辦，不但師傅該列名，而且得把九爺也拉在裡頭。』

『九爺』就是孚郡王，他不在軍機，不在御前；照『家務來辦』，就得重新排名，惇王領頭，以次是恭王、醇王、孚王；然後是作爲皇室『外甥』的伯彥訥謨詁、額駙景壽、貝勒奕劻、四軍機、四弘德殿行走，按照官位以左都御史，翁同龢的把兄弟廣壽爲首，以次爲徐桐、翁同龢，而以最近正走紅運，居然主持挑選南書房翰林，而爲翁同龢尊稱爲『王公』的王慶祺殿尾。

摺子是沈桂芬起的草，『合詞籲懇靜心調攝』，俟過百日之期，到明年二月十一日以後，再照常辦事。幾句話的事，等於寫個邀客的便條，一揮而就，送交恭王看過，找了總管太監孟忠吉，命他呈了上去請旨。

兩番叫起，到了此時，已經午後，紛紛散去，但就在恭王上了轎時，孟忠吉飛奔而來，一路跑，一路喊：『停轎，停轎，還有起！』

於是恭王停了下來，再召軍機和御前；惇王這天騎了馬來的，早就走了，特派侍衛傳旨，等把他從半路上追了回來，交泰殿的大鐘正打兩點。

會齊到了養心殿，慈禧太后在西暖閣召見——她是經過一番冷靜考慮，覺得此事不可冒失，因爲皇帝的意向，難以把握，而慈安太后事先不知道此事；等單獨召見後，才跟她談起，慈安太后不但不甚熱心，並且隱約暗示，此舉怕傷了皇帝的心，以打消爲妙。

這一來就很顯然了，倘或皇帝接到群臣合奏，稍有遲疑，慈安太后一定會幫著他說話。照慈禧太后看，『東邊』是成事不足，敗事有餘；所以釜底抽薪的辦法，是必得先在皇帝那裡設法說通了。否則事情不成，有損自己的威嚴。

當然，對恭王他們，她另有一套說法，『此事體大，總宜先把利害關係說明白了才好。』她把原奏交了下來，『你們要先口頭奏明皇帝，不可以就這樣子奏請。』

『是！』恭王慢吞地回答，是在心裡打主意。他知道慈禧太后是怕碰釘子，如果措詞未妥，眞的碰了釘子下來，慈禧太后一定會遷怒；而且再要挽回，相當困難，那不是自己給自己出了難題？因此，他這樣答道：『聖躬未安，不宜過勞，容臣等明天一早請安的時候，面奏請旨。』

這個想法正符慈禧太后的心意，『對了！』她很露骨地暗示：『該怎麼跟皇帝說，你們好好兒想一想吧！』

等退了下來，恭王一言不發就上轎走了。到了傍晚時分，李德立請過了脈，開了方子，帶著藥方草稿去見恭王；面陳皇帝的病狀，說是剛才所見，不如以前之『順』。

不順即逆，恭王大吃一驚，『怎麼呢？』他一伸手說：『拿脈案來我看。』

脈案上說天花『浸漿皮皺』，即是不夠飽滿；而且『略感風涼，鼻塞咳嗽，心虛不寐』，有了外感更麻煩了。

再看方子，用的是當歸、生耆、茯苓等等益中補氣的藥，恭王越覺憂慮，『皇上的身子怎麼樣？』他說：『你照實講，無庸忌諱！』

『腎虧！』李德立說：『本源不足，總吃虧了。現在不敢太用涼藥。』他接著又說：『今天大解三次，有點拉稀的模樣，這也不是好徵候。此外……』

聲音漸漸低了下去，終於消失，而臉色憂疑不定，雙眉蹙然，完全是有著難言之隱的神態。恭王的心也懸了起來，『卓軒！』他用相當威嚴的聲音說：『有話你這時候不實說，將來出了亂子，是你自作自受！』

這個警告出於恭王之口，十分嚴重；李德立考慮了一下，毅然下了決心，『王爺！』他向左右看了一下，『有句話，不入六爺耳。』

恭王很快地站起身：『你來！』

鑑園的隙地上，新起了一座小洋樓，恭王在那裡佈置了一間養靜深思的密室；他帶著李德立沿雨廊走到小洋房，經過一條曲曲折折的甬道，進入一間構築嚴密的書齋。有個聽差進來倒了茶，立即退了出去，隨手將一扇洋式門帶上，『喀』地一聲，似乎下了鎖。

說一句不能落入第三者耳中的話，也儘有隱祕的地方，而恭王特地帶他到這裡，是表示格外慎重，好教李德立放大膽說實話。果然，李德立覺得這裡才是吐露祕密的好地方；於是將皇帝生了『大瘡』的徵象，源源本本說了一遍。

恭王聽得傻了！臉色灰敗，兩眼發直，最後出現了淚光；只見他盡力咬牙忍住，拿一隻食指，抹一抹眼睛問道：『這個病怎麼治？』

『緩證或有結毒腫塊，用「化毒散」，以大黃爲主；急證用「搜風解毒湯」。不過，王爺，這個病，斷不了根的。』

『談甚麼斷根？能不發，或者發得輕一點，就很好了。』恭王又問：『這個病會不會在這時候一起發了出來？』

『這也難說，從來還不曾聽說過這樣的病例。』

恭王的臉色又沉重了，低著頭踱了好一陣方步，突然站住腳問：『卓軒，如今該怎麼治？』

『自然是先治天花，今天這服藥保元補氣，能幫著皇上灌漿起頂，即是順症，往後就易於措手了。』

恭王深深點頭：『膽欲大而心欲細，先把天花治好了再說。聽說那個病，多在春天發，眼前大概不要緊。』他又問道：『這話你還跟誰說過？』

『就只敢稟告王爺。』

『我知道了。你先不必聲張。』恭王搖頭微喟，說了一個字：『難！』

幸好李德立這天的方子很見效：一夜過去，皇帝的天花，果然『灌漿起頂』，發得相當飽滿；精神也好得多了，雙眼炯炯，氣色甚盛，即使是虛火上升，也總比兩眼半開半閉，神色委靡困頓好得多。

卯正叫起，先叫軍機；皇帝已經坐了起來，等恭王等人行了禮，皇帝將手臂一伸，『你們看！發得很好。』

天花確是發得很好，顆粒分明，一個個鼓了起來，即所謂『起頂』；昨天皺皮的那種現象消失了。

『聖躬大安，天下臣民之喜。』恭王徐徐說道：『臣等每日恭讀脈案，也曾細問李德立，說皇上的天花之喜，來勢甚重，千萬疏忽不得，總宜靜心調攝。臣等公議，憂能傷人，總要設法上抒睿慮才是。』

『說要調養百日。』皇帝問道：『日子是不是太長了？』

『日子從容，調養得才好。只要皇上調養得體力充沛，百日亦不算多。』恭王緊接著說：『臣等公具奏摺，請皇上俯納微衷。』

『甚麼摺子？拿我看。』

於是恭王將前一天從慈禧太后那裡領回來的、沈桂芬執筆的奏摺，遞了上去；小李持燭照著，皇帝匆匆看完，放下奏摺在沉吟。

『你們先退下去吧！』皇帝不即接受，但也不曾拒絕，『等我想一想再說。』

母后攝政

等退下不久，復又叫起，這次是召見奏摺上列名的十五個人；兩宮太后在御榻左右分坐，臉色都很沉靜，恭王就知道皇帝已經准奏了。

推測得一點不錯，皇帝是這樣說：『天下事不可一日鬆懈，李師傅代爲繕摺，是權宜的辦法，這百日之內，我想求兩位太后代閱摺件；等百日之後，我照常好生辦事。』

『是！』恭王代表大家領旨。

『恭親王要敬事如一。』皇帝用很嚴厲的聲音說：『萬萬不可蹈以前故習！』

恭王依舊只能應一聲：『是！』

接著便是慈禧太后開口：『昨天你們上摺子，我因爲茲事體大，不便答應，要你們先奏明皇帝。』說到這裡她轉臉向皇帝解釋：『昨天西暖閣召見，是軍機、御前請見；當時我怕你心裡煩，沒有告訴你。』

這是當面撒謊，好在沒有一個人敢去拆穿，皇帝亦信以爲眞，連連點頭，彷彿感激她的體恤。

『你不必再煩心。』慈禧太后目光掃過，先看慈安太后，再看恭王等人，最後仍舊落在皇帝臉上，哄小孩似地說：『你放心養病好了，當著大家在這裡，我答應下來就是了。』

意思是『勉徇所請』，皇上和諸臣還得表示感激慈恩。等退了下來，一面擬旨；一面商量——皇太后與皇帝到底不同，看摺以及跟軍機見面，固無二致，但一般官員的引見，以及祭享典禮，皇太后無法代行天子之職，得要想個章程。

『馬上就過年了，年底太廟祭享；得要遣派親王恭代。』寶鋆一一指明：『元旦朝賀，免是不免？京內外官員引見，怎麼變通？各種差考，誰來出題？』

『元旦朝賀，經筵等等儀典，自然暫緩舉行。郊壇祭享，臨時由禮部奏請皇太后欽派人員恭代行禮。差考出題，由軍機辦理。只是京內外官員引見，』恭王想了想說：『改為驗放如何？』

也只好如此。因為皇太后到底不便召見外廷臣子；而且看摺也不是攝行皇帝之職。於是照恭王的意思擬定四條，連同沈桂芬所擬的上諭，一起送上去請旨。

旨稿很快地核可了，只改動了少許字樣；拿下來立即送內閣明發，當天就是『邸鈔』，是這樣『通諭中外』：

『朕於本月遇有天花之喜，經惇親王等合詞籲懇，靜心調攝。朕思萬幾至重，何敢稍耽安逸？惟朕躬現在尚難耐勞，自應俯從所請。但恐諸事無所稟承，深虞曠誤；再三籲懇兩宮皇太后，俯念朕躬正資調養，所有內外各衙門陳奏事件，呈請披覽裁定。仰荷慈懷曲體，俯允權宜辦理，朕心實深感幸，將此通諭中外知之。』

於是從第二天起，兩宮太后便在漱芳齋辦事，批閱章奏；在養心殿西暖閣召見軍機，裁決軍國大事，這又回復到垂簾的光景了。

當然，慈禧太后大權在手，樂得收買人心，再度聽政的第一天，就問起瑞麟的遺缺——瑞麟死在九月裡，留下兩個缺，一個是兩廣總督，這個缺因為有許多收入與宮廷及內務府有關，非萬不得已，不補漢人，特調安徽巡撫英翰升任；另一個是內閣首席的文華殿大學士，照規矩應該由資序較次的大學士遷轉殿閣，騰出一個大學士缺，歸協辦大學士寶鋆升補，但皇帝因為停園工的案子，跟恭王鬧脾氣，而寶鋆是恭王的心腹密侶，便有意擱置不理。此刻慈禧太后一提起來，自然是照規矩辦事，李鴻章由武英轉文華；文祥由體仁轉武英；寶鋆大拜，榮膺體仁閣大學士。

這一下便連帶有了變動，寶鋆的吏部尚書，為六部之首，例規是協辦大學士的候補者；有人該升協辦，便得先調吏部。論起來兵部尚書英桂的資格夠了，因而寶鋆改為『大學士管部』，仍管吏部；而以英桂調任吏部尚書。英桂的遺缺，由弘德殿行走的廣壽，以左都御史調補。空出來的一個缺，與尚書同等，為『八卿』之一；慈禧太后問恭王：『你看補誰呀？』

恭王因為皇帝的告誡，記憶猶新，在這些加官晉爵的事上，要避把持的嫌疑，所以這樣答道：『臣心目中並無合適的人，請懿旨辦理。』

『左副都御史，是新補的，當然不能馬上就坐升左都御史；照規矩應該在侍郎裡頭挑。現在倒是些甚麼人呀？』

六部侍郎，共計二十四人之多，恭王也記不清楚；寶鋆原是吏部尚書，自然唸得出全部名單，所以他回頭說道：『你跟皇太后回奏。』

於是寶鋆便唸：『吏部左侍郎魁齡……』

『對了！』剛唸了頭一個，就讓慈禧太后打斷：『就讓魁齡去吧！』

這是間接示惠於恭王。魁齡曾在七月底由恭王保薦，升任工部尚書，已經擬旨奉准；就因爲停園工之故，皇帝一怒收回成命；此刻到底當上一品官兒了。

再有兩個升官的，就是太醫院的左右院判，李德立以三四品京堂候補；莊守和以四五品京堂候補。旨意一下，在太監中就引起竊竊私議，說李、莊兩人升官升得出了格，而且值不值得如此酬庸，也大成疑問，因爲皇帝的天花，不見得治得很好；飲食甚少，『歇著』的時候也不多，整夜能夠熟睡的，只不過亥子之交的個把時辰。

照李德立的診斷說，這是『元陽不足，心腎不交』的證象，所以用的藥是『保元湯』，有鹿茸、有肉桂，這也引起好些太監，特別是年紀較長，略知藥性的人的非議，說皇帝才十九歲，血氣方剛，不宜用這些熱性的補劑。

外廷的大臣，當然比太監要明理得多，他們所重視的是脈案，既然『元陽不足』，則用『保元湯』是理所必然之事。但十九歲的少年，何以有此證象？以前的脈案中，也曾一再指出『腎虧』，這是少年放縱，酒色斲喪，進入中年才有的現象，而竟出現在十九歲的少年身上，是件很難索解的事。

於是，『天花之喜』所帶來的憂慮，反而擱在一邊，擔心的是皇帝的體質；而眞知了解『病情』的，卻又有難以言說的隱憂，覺得皇帝的病情，要比已知的情形嚴重得多；李德立如此處方，便隱然存著卸責的餘地。

這些看法，兩宮太后自是毫無所聞，亦毫無所知，所看重的仍是皇帝的天花；認爲危險未過，唯在普施恩澤，感召天和，猶之乎民間所說的，『做好事，積陰功，』庶幾逢凶化吉，遇難成祥。所以慈禧太后先用皇帝的名義，爲自己加『徽號』，作爲起端，由軍機承旨，發了這樣一道上諭：

『朕於本月遇有天花之喜仰蒙慈安端裕康慶皇太后、慈禧端佑康頤皇太后調護朕躬，無微不至，並荷慈懷曲體，將內外各衙門章奏代披覽裁定，朕心實深欣感，允宜崇上兩宮徽號，以冀仰答鴻慈於萬一，所有一切應行典禮，該衙門敬謹辦理。』

緊接著又連下三道恩詔，第一道以『奉懿旨』的名義，將慧妃晉封為皇貴妃，瑜嬪、珣嬪晉封為妃。第二道是『優加賞賚內廷行走』，第一名是惇王『賞食親王雙俸』；第二名是恭王，本已賞食雙俸，再賞加一分。王公親貴之後是軍機大臣，都賞戴雙眼花翎；再下來是內務府大臣，或者賞雙眼花翎，或者賞『宮銜』，或者兩者得兼。

之後就是『弘德殿行走』諸臣及南書房翰林，亦各蒙榮典。此外『所有王公及京外大小官員，均賞加二級；京師八旗及各營兵丁，均賞給半月錢糧』。凡此都表示『行慶推恩至意』。

第三道恩詔是惠及囚犯：

『奉皇太后懿旨，所有刑部及各省已經結案監禁人犯，除情罪重大，及常赦所不原者外，著軍機大臣會同刑部，酌量輕重，分別請旨減等發落。其軍流徒杖以下人犯，一併分折減等完結。俾霑寬大之恩，勉圖自新之路，用示子惠兆民，法外施仁至意。』

在慈禧太后及軍機大臣是如此『推恩』的想法；蒙恩的大小臣工，當然亦覺得感奮，但有些比較冷靜的，卻有異樣的感覺；感覺不祥，因為似此普遍推恩，像是『易代』之典——新君登基，才會頒發這樣的恩詔。

除了尊崇太后，推恩臣工以外，還有對鬼神的崇功報德；在十一月初一診斷確定為天花那天起，慈禧太后就根據內務府的建議，在大光明殿供奉痘神。痘神或稱『痘母』，宮裡稱為『痘神娘娘』；

又簡稱『娘娘』。皇子、皇女出天花，照例要上祭，由皇子、皇女的生母行禮。這一次是天子出天花，更非同小可；最初有人翻出陳年老帳來建議，說『順治爺出天花的時節，曾經下詔，禁止民間炒豆燃燈。似宜照行。』結果碰了一鼻子灰，慈禧太后最忌諱的，便是拿『順治爺』來比當今的皇帝；『順治爺』就是出天花駕崩的，如何好比？

當初是否供過痘神，已不可考；不過供奉了『娘娘』，皇帝的天花出了出來，足見已獲保佑，所以慈禧太后在十一月十二日，特地又將『娘娘』從大光明殿接到養心殿；預定供奉三天，恭送出宮。『娘娘』啓駕，要用轎馬；內務府弄了九副紙紮的龍船，陳設在乾清宮。在這三天之中，宮內『一片喜氣』：只見到處都是紅地毯、紅對聯。

『聖天子百神呵護』，所以還有許多祭儀，照太監的說法，到處都有日久成精的神怪；到處在保護皇帝，自然須有酬報，上祭以外，內務府特地行文禮部，請奏請將諸天眾聖，普加封號。禮部接到諮文，頗爲爲難，因爲供例無據，事涉怪誕，但亦不便公然駁覆，只有擱著不辦，好在還不是出於慈禧太后的本意，擱置也就擱置了。

到了十一月十五那天，是送聖的日子，諸王貝勒，皆有執事，一早進宮，先到內奏事處看脈案及『起居單』，李德立前一天上午的診斷是：

『前數日痂結外剝腐爛，故用溫補峻劑，令化險爲平；痂疤漸紅，徵候大佳。惟氣血不充，心腎交虧。』

下午的診斷是：

『除毒未清，兩脈浮大，此係感涼停食之症。憎寒發熱，胸堵氣促，務須即解爲安。』

雖有外感，天花的症狀還算是正常的；於是諸王貝勒，先趕到景山壽皇殿，侍候兩宮太后行禮，遞了如意。然後又趕到大清門外去『送娘娘』。

不祥之兆

慈禧太后特別禮遇『痘神娘娘』，用皇太后的全副儀駕鼓樂前導，引著九條紙紮龍船，以及無數紙紮的金銀玉帛，送到大清門外；那裡已預先搭好一座土壇，『龍船』送上壇去，由惇王領頭行了禮，然後舉火焚燒，一霎時烈燄飛騰，紙灰四散，樣子很像『祖送』。

『祖送』是大喪的儀節之一，是滿俗的舊俗，稱爲『小丢紙』、『大丢紙』；當皇帝初崩，百官哭臨，首先就是焚燒大行皇帝御用的袍褂靴帽，器用珍玩，稱爲『小丢紙』；到了『金匱』出宮，奉安陵寢時，儀仗中有無數龍亭，分載大行皇帝生前御用的衣物，等奉安以後，一火焚淨，稱爲『大丢紙』。送娘娘焚燒龍船的景象，與大小丢紙，正相彷彿，因此無不竊竊私議，認爲又是一個不祥之兆。

到此只剩下三天，就過了十八天最危險的時期；上上下下都鬆了口氣，因爲最後這三天結疤落屑，實亦等於脫險了。

奇怪的是十六那天，內奏事處既無脈案、藥方；亦無起居單，而且奏事太監孟忠吉口傳諭旨：『不用請安！』照這樣看，竟是喜占勿藥，但李德立卻照常進宮請脈，然則沒有脈案、藥方；莫非有不便示人之處？

他人不在意，翁同龢人最細心，看出其中大有蹊蹺，頗想仔細打聽一番，略想一想，覺得有兩個人好找，一個是新補了內務府大臣的榮祿；從慈禧太后代閱章政、裁決大政的詔旨下達，便奉懿旨：『多在內廷照料』，是新興的大紅人之一。翁同龢跟他很談得來，如果找到了他，養心殿是何光景，一定可以明瞭。無奈他奔走於長春宮、養心殿之間，一時碰不著面。

那就只有找李鴻藻了。翁同龢還特地找個因由，翻了翻很僻的醫書，抄了些痘後調養的方子，帶到李家，預備請李鴻藻得便口奏。

一見面便看出他的神色有異，眉字間積鬱不開，不斷咬著嘴唇，倒像哪裡有痛楚，竭力熬忍似地。

等翁同龢說明來意，李鴻藻接過方子，略看一看，沉吟不語；這是根本沒有心思來管這些方子的態度，翁同龢倒奇怪了。

『蘭翁！』翁同龢說：『如果不便口奏，無妨作罷。』

『說實話吧，天花是不要緊了。』

這一下，翁同龢立刻想到無脈案、藥方、無起居單那回事；同時也驚駭地發覺自己的猜測，多半不錯，果眞有不便示人之處。

『唉！』李鴻藻搖頭嘆息，頓一頓足說：『我竟不知從哪裡說起？』

『是……？』

『一波未平，一波又起，這突起的波瀾，不但萬分意外，而且也令人難信。然而，不信卻又不可。』李鴻藻的情緒算是平靜了些，拿出一張紙來遞給翁同龢說：『你看！』

接來一看，是抄出來的三張脈案，一張是：

『脈息浮數，痂落七成，肉色紅潤，惟遺泄赤濁，腰疼腿痠，抽筋，係毒熱內擾所致。用保元清毒法。』

第二張寫的是：

『痂已落、洩漸止，而頭暈發熱，腰腿重疼，便祕抽筋，係腎虛停食感寒所致。』

第三張註明，是這天酉刻的方子：

『頭暈發熱，餘毒乘虛襲入筋絡，腰間腫疼，作癰，流膿，項脖臂膝，皆有潰爛處。藥用保元化毒法，另以膏藥敷之。』

所開的藥有生耆、杜仲、金銀花、款冬之類；翁同龢看完驚疑不止。

『何以突然生了癰了呢？』他說：『莫非餘毒所化？』

『不是天花的餘毒。』李鴻藻搖搖頭。

天花的餘毒可轉化爲癰，在翁同龢從未聽說過；所以當李鴻藻很吃力地透露，皇帝身上的潰爛之處，可能是梅毒發作時，他頗有恍然大悟之感。

然而這到底是一件駭人聽聞，不易置信的事，『蘭翁，』他必得追問：『是聽誰說的？』

『李卓軒。』

『他不會弄錯了吧？』

『不會的。』李鴻藻說：『這是甚麼病，他沒有把握，敢瞎說嗎？』

『眞是！』翁同龢還是搖頭：『教人不能相信。』

『我也是如此!』李鴻藻說,『夏天聽榮仲華說起,不但到了八大胡同的清吟小班,還有下三濫的地方,當時我心裡就嘀咕;據李卓軒說,早在八月裡就有徵候了。此刻的發作,看似突兀,細細想去,實在其來有自。』

『那麼,李卓軒怎麼早不說呢?』

『他不敢。前幾天悄悄兒跟恭王說了;這會兒看看瞞不住,才不能不實說。』李鴻藻又說:『其實早說也無用,這是個好不了的病。』

『不然!諱疾總是不智之事;早說了,至少可以作個防備,也許就不至於在這會兒發作。照常理而論,這一發在痘毒未淨之際,不就是雪上加霜嗎?』

李鴻藻覺得這話也有道理,然而,『你說諱疾不智,』他黯然說道:『看樣子還得諱下去。』

『難道兩宮面前也瞞著?』

『就是爲此爲難。』李鴻藻問:『你可有好主意?』

『我看不能瞞。』

『大家也都如此主張。難的是這話由誰去說?誰也難以啓齒。』

『李卓軒如何?』

李鴻藻想了半天,也是拿不定主意;好在這也不是非他出主意不可的事,只能暫且丟開,跟翁同龢悽然相對,嗟歎不絕。

到了第二天,下起一場茫茫大雪,翁同龢雖無書房,卻不能不進宮請安;依然一大早衝寒冒雪,到懋勤殿暫息一息,隨即到內奏事處去看了脈案,是跟前一天的情形差不多。由於昨天從李鴻藻那裡，了解了皇帝的病情；他便不肯盡信脈案，決定到內務府朝房去看看，如果榮祿在那裡，便好打聽，到底被諱的眞相如何？

『別處都不要緊，就是腰上麻煩。』榮祿皺著眉，比著手勢，『爛成這麼大兩個洞，一個是乾的，一個流膿；那氣味就不能談了。』

翁同龢聽這一說，越發上了心事；楞了好一會問道：『李卓軒怎麼說呢？』

『他一會兒就來，你聽他說。』

李德立是每日必到內務府朝房的，開方用藥，都在那裡斟酌；這天一到，但見他臉色憔悴不堪，可想而知他爲皇帝的這個病，不知急得如何寢食不安——一半急皇帝，一半是急他自己；皇帝的病不好，不但京堂補缺無望，連眼前的頂戴都會保不住。

『脈息弱而無力。』李德立聲音低微，『腰上的潰腫，說出來嚇人。』

李德立很吃力地敘述皇帝的『癰』，所談的情形，跟榮祿所見的不同，也遠比榮祿所見的來得嚴重，腰間腫爛成兩個洞是不錯，但不是一個流膿一個乾；乾是因爲剛擠過了膿。

『根盤很大，』李德立雙掌虛圈，作了個飯碗大的手勢，『正向背脊蔓延。內潰不能說了。』

『原來病還隱著！』榮祿問道：『這不是三天兩天的病了。你是怎麼治呀？總有個宗旨吧？』

『內潰是這個樣子，壓都壓不下去；硬壓要出大亂子。』李德立茫然望著空中，『我眞沒有想到，中毒中得這麼深。』

榮祿和翁同龢相顧默然。他們都懂得一點病徵方劑，但無非春瘟、傷寒之類，皇帝中的這種『毒』，就茫然不知了。

『皇上氣血兩虛，腎虧得很厲害，如今只能用保元托裡之法，先扶助元氣。』

『外科自然要用外敷的藥。』榮祿問道：『這種「毒」，有甚麼管用的藥？』

『沒有。』李德立搖搖頭：『只好用紫草膏之類。』

談到這裡，只見一名蘇拉來報，說恭王請榮祿談事——一共兩件事，一件是文祥久病體弱，奏請開缺，慈禧太后降諭，賞假三月。恭王吩咐榮祿，年下事煩，文祥又在病中，要他多去照應。這是他義不容辭，樂於效勞，而且並不難辦的事。

難辦的那件事，就是前一天李鴻藻和翁同龢所談到的難題；恭王經過多方考慮，認爲跟慈禧太后去面奏皇帝所中的『毒』，以榮祿最適當，因爲他正得寵，並且機警而長於口才。

榮祿是公認的能員，任何疑難，都有辦法應付，這時雖明知這趟差使不好當，也不能顯現難色，壞了自己的『招牌』。當時便一口應承了下來。

『你預備甚麼時候跟上頭去回？』恭王問說。

『要看機會。第一是上頭心境比較好的時候；第二是沒有人的時候。』榮祿略想一想說：『總在今天下午，我找機會面奏。』

『好！上頭是怎麼個說法，你見了面，就來告訴我。』

『當然！今晚上我上鑑園去。』

照恭王的想法，慈禧太后得悉眞相，不是生氣就是哭；誰知榮祿的報告，大不相同。慈禧太后既未生氣，亦未流淚，神態雖然沉重，卻頗爲平靜；說是已有所聞，又問到底李德立有無把握？

『這奇啊！』恭王大惑不解，『是聽誰說的呢？』

『我想，總是由李卓軒那裡輾轉過去的消息。』榮祿又說：『慈禧太后還問起：外面有沒有好的大夫？倘或有，不妨保薦。』

『我看李卓軒也像是沒有轍了！如果有，倒眞不妨保薦。』

『是的。我去打聽。』

榮祿口中這樣說，心裡根本就不考慮，這是個治不好的病，保薦誰就是害誰；萬一治得不對症，連保薦的人都得擔大干係。這樣的傻事，千萬做不得。

談到這裡，相對沉默，兩人胸中都塞滿了話，但每一句話都牽連著忌諱，難以出口；這樣過了一會，恭王口中忽然跳出一句話來：『皇后怎麼樣？今兒崇文山來見我，不知道有甚麼話說？我擋了駕。』接著加上一聲重重的嘆息：『唉——！』

提到這一點，榮祿腦際便浮起在一起的兩張臉，一張是皇后的，雙目失神，臉色灰白，嘴總是緊閉著，也總是在翕動，彷彿牙齒一直在抖戰似地；一張是慈禧太后的，臉色鐵青，從不拿正眼看皇后，而且眼角瞟到皇后時，嘴角一定也斜掛了下來。世間有難侍侯的婆婆，難做人的兒媳婦，就是這一對了。

『皇后的處境……』榮祿很率直地用了這兩個字：『可憐！』他說：『只要皇上的症候加了一、兩分，慈禧太后就怨皇后——那些話，我不敢學，也不忍學。』

恭王又是半晌無語，然後說了聲：『崇家的運氣眞壞！』

『還有句話，』榮祿湊近恭王，放低聲音，卻仍然遲疑，『我可不知道怎麼說了？』

『到這個時候，你還忌諱甚麼？』

『太監在私底下議論——我也是今天才聽見，說皇上的這個病，要過人的；將來還有得麻煩。』

果然將這種『毒』帶入深宮，是曠古未有的荒唐之事，恭王也眞不知道怎麼說了。

『又說：慧妃反倒撿了便宜。敬事房記的檔，皇上有一年不曾召過慧妃。』

如說慧妃『撿了便宜』，不就是皇后該倒楣？恭王也聽說過，凡中了這種『毒』的，所生子女，先天就帶了病來；皇嗣不廣，已非國家之福，再有這種情形，眞正是大清朝的氣數了。

賢王憂國

因此，這天晚上，他百感交集，心事重重；等榮祿走後，一個人在廳裡蹀躞不停。十三年來的往事，一齊兜上心來——這個『年號』怕會成爲不祥之讖；當時覺得『同治』二字擬得極好，一則示天下以上下一心，君臣同治；再則有『同於順治』，重開盛運之意，誰知同於順治的，竟是天花！果眞同於順治，還算是不幸之大幸，順治皇帝至少還有裕親王福全和聖祖兩個兒子；當今皇帝萬一崩逝，皇位誰屬？

這是最大的一個忌諱。恭王無人可語；連寶鋆都不便讓他與聞，唯一可以促膝密談的，只有一個文祥，偏偏又在神思衰頹的病中。同時將來爲大行皇帝立嗣，亦須取決於近支親貴的公議，他不知道他的一兄一弟，曾經想過這件大事沒有？如果想過，屬意何人，最好能夠先探一探口氣。

這樣心亂如麻地想到午夜將過，恭王福晉不能不命丫頭來催請歸寢；因爲卯正入宮，寅時就得起身，已睡不到一、兩個時辰。但等上了床依舊不能入夢，迷迷糊糊地聽得鐘打四點；丫頭卻又躡手躡腳來催請起身。問到天氣，雪是早停了，卻冷得比下雪天更厲害；上轎時撲面寒風，利如薄刃，恭王打了個寒噤，往後一縮。這一縮回來，一身的勁洩了個乾淨，幾乎就不想再上轎；他覺得雙肩異常沉重，壓得他難以舉步。

然而他也有很高的警覺，面對當前的局面，他深知自己的責任比辛酉政變那一年還要重；那一年內外一心，至少還有個慈禧太后可以聽自己的指揮行事，而如今的慈禧太后已遠非昔比，自己要對付的正是她！只要有風聲傳出去，說恭王筋疲力竭，難勝艱巨，對野心勃勃的慈禧太后而言，正是一大鼓勵；得寸進尺，攫取權力的企圖將更旺盛，那就益難應付了。

因此，他挺一挺胸，迎著寒風，坐上轎子，出府進宮。一到先看脈案和起居單；病況又加了一、兩分，潰腫未消，脈息則滑緩無力；此外又添了一樣徵候，小解頻數，一夜十幾次之多。

『人呢？』他問徹夜在養心殿照料的榮祿，『精神怎麼樣？』

『委頓得很！』榮祿答道：『據李卓軒說，怕元氣太傷，得要進溫補的藥。』

『我看，』寶鋆在一旁接口，『李卓軒對外科，似乎不甚在行；得要另外想辦法，或者在太醫院找，或者在外頭訪一訪，看有好外科沒有？』

『是！』榮祿深深點頭，『兩宮太后也這麼吩咐。而且，李卓軒自己也有舉賢的意思。』

恭王用舌尖抵著牙齦，發出『嗞嗞』的聲音；心中又添了些憂煩，李德立『舉賢』是沒把握的表示，如果有幾分把握，替皇上治好了病，是絕大的功勞，他再也不肯讓的

『請懿旨吧！』他說：『讓李卓軒在養心殿聽信兒；有甚麼話，叫他當面說。』

等到『見面』時，只見慈安太后淚痕未乾，慈禧太后容顏慘淡；提到皇帝的病症，她說：『不能

再耽誤了！聽說太醫院有個姓韓的外科，手段挺高的；你們看，是不是讓姓韓的一起請脈？』

『臣也聽說過。』恭王答道：『不過，臣以為還是責成李德立比較穩妥。』

恭王的用意是怕李德立藉此卸責，兩宮太后雖覺得他的本事有限，但聖躬違和，一直是他請脈；十幾年下來，對於皇帝的體質，了解得極清楚，似乎也只有責成他盡心療治之一法，因而同意恭王的建議，是不是要韓姓外科一起請脈，聽由李德立作決定。

李德立也是情急無奈，只要能夠將皇帝的病，暫時壓了下去，他為了維持自己的地位，亦不願讓屬下插手。只是已到了心力交疲，一籌莫展的地步，只好把太醫院的外科韓九同一起找了來請脈。外科是外科的說法，一摸腰間紅腫之處，知道灌膿灌足了，於是揭開膏藥，輕輕一擠，但見膿汁如箭激一般，直向外射；擠乾了敷藥，是輕粉、珠粉之類的收斂劑。內服的藥，仍是黨參、肉桂、茯苓之類；等煎好服下，到了夜裡，皇帝煩躁不安，只嚷口渴，而且不斷乾嘔。當時傳了李德立來看，只見皇帝虛火滿面，再一請脈，越發心驚，陽氣過旺，陰液不生，會出大亂子，頓時改弦易轍，用了涼潤的方劑。

第二天諸王進宮，一看脈案和藥方，溫補改為涼潤，治法大不相同，無不驚疑；找了李德立來問，他的口氣也變了，說溫補並未見效，反見壞處，唯有滋陰化毒，『暫時守住，慢慢再看』。

初議立嗣

這『守住』兩字，意味著性命難保；那就要用非常的手段，也就是要考慮用人參了。人參被認為是『藥中之王』，可以續命；用到這樣的藥，傳出消息去，會引起絕大的驚疑，因此，連兩宮太后在內，都認爲『風聲太大』，以緩用爲宜。而李德立亦從此開始，表示對皇帝的病症，實無把握。至於韓九同則更有危切之言；當然，他只能反覆申言，痘毒深入肌裡，不易洩盡，無法說出眞正的病根。

『老六，』惇王悄悄向恭王說：『我看得爲皇上立後吧？』

爲了宗社有託，此舉原是有必要的，恭王內心亦有同感，但此議絕不可輕發，因爲一則對皇帝而言，此是絕大的刺激，於病體不宜；再則是立何人爲皇帝之後，大費考慮。

要立，當然是立宣宗的曾孫。宣宗一支，『溥』字輩的只有兩個人；宣宗的長孫，貝勒載治有兩個兒子，依家法只能將他的第二子，出世才八個月的溥侃，嗣繼皇帝爲子；但是載治卻又不是宣宗的嫡親長孫。

宣宗的長子叫奕緯，死於道光十一年，得年二十四歲；他原封貝勒，諡隱志，文宗即位後，追贈他的這位大哥爲郡王。隱志郡王沒有兒子，宣宗不知怎麼挑中了乾隆皇三子永璋的曾孫載治，嗣繼奕緯爲子。而載治又不是永璋的曾孫；永璋無子，以成親王永瑆第二子綿懿爲子，綿懿生奕紀，奕紀生載治，因此，如果以溥侃立爲皇帝之後，則一旦『出大事』，皇位將轉入成親王一支；鑒於明朝興獻王世子入承大統爲嘉靖皇帝，結果連孝宗都被改稱爲『皇伯父』的故事，則以乾隆皇十一子成親王永瑆之後嗣位，將來『追尊所生』，連仁宗的血祀，亦成疑問。因而可以想像得到，兩宮太后和仁宗一支的子孫，如惠郡王奕祥等人，一定不會贊成。

『再看看吧，』恭王這樣答道：『得便先探探兩宮的口氣。』他又向惇王提出忠告：『五哥，這件事忌諱挺多的，你還是擱在肚子裡的好。』

於是恭王又上了一重心事。萬一皇帝崩逝，自然要爲大行立後；看起來，遷就事實，還只有載治的兒子可以中選。那時的皇后便成了太后，依舊是垂簾聽政，而成了太皇太后的慈禧太后，未見得肯交出大權。如果說，這位太皇太后，像宋神宗的曹太皇太后、宋哲宗的高太皇太后、明英宗的張太皇太后，以及本朝的孝莊太后那樣，慈愛而顧大體，則宮闈清煦，也還罷了；無奈慈禧太后與皇后已如水火，將來一定多事，而且是非臣下所能調停的嚴重爭執。

說來說去，唯有盼皇帝不死！爲此，恭王對皇帝的病勢，越發關心；一天三、四次找李德立來問，所得到的答覆，卻盡是些不著邊際的游詞。

總結李德立的話，皇帝的病情，『五善』不見，『七惡』俱備，而最棘手的是，本源大虧，用濫補則恐陽亢，用涼攻又怕傷氣。而眞正的病根，無人敢說；只是私底下有許多流言，甚至說是皇帝的精神已經恍惚，入於彌留之際了。

奇怪的是，在皇帝左右的太監，卻總是這樣對人說：『大有起色了！』『昨天的興致挺好的，還坐起來說笑話呢！』聽了外面的流言，再聽這些話，越令人興起欲蓋彌彰之感；因此，恭王便向兩宮太后面奏，應該讓軍機、御前、近支親貴、弘德殿行走、南書房翰林經常入宮省視，庶幾安定人心。

兩宮太后雖接納了建議，但一時並未實行——這是慈禧太后的主意，要挑皇帝精神較好的時候，再宣旨傳召。

這天軍機見面剛完太監來報，說皇帝醒了；於是慈禧太后傳旨：准軍機大臣、御前大臣、內務府大臣及弘德殿行走的師傅和諳達，入養心殿東暖閣問安。只見皇帝靠在一名太監身上，果然精神甚好；十幾個人由惇王領頭，一一上前瞻視，腰間潰處看不見，只見痘痂猶有一半未落。

『今兒幾時啦？』皇帝這樣問；聲音有些嘶啞。

『今兒十一月二十九。』恭王回答。

『月大月小？』

『月大。』

『後天就是臘月了。』皇帝說：『臘月裡事多。』

『臣等上承兩宮皇太后指示，諸事都有妥帖安排，不煩聖慮。』恭王說道：『如今調養，聖心宜靜。』

『靜不下來！』皇帝捏著拳，輕搥胸口，『只覺得熱、口渴。』

『心靜自然涼。』慈禧太后說了這一句，向恭王看了一眼。

恭王默諭，跪安退出東暖閣。因爲未奉懿旨退出養心殿，所以仍舊在明間侍侯。

不久，慈禧太后一個人走了來，站著問道：『皇帝流「汁」太多，精神委頓，你們看，可有甚麼好辦法？』說著，拿起手絹去撫眼睛。翁同龢因爲不滿李德立，有句話很久就想說了：『臣有愚見，聖躬違和，整一個月了，十八天之期已過；如今的症候是外症，宜另行擇醫爲上。』

『這話，我跟榮祿也說過。』慈禧太后問道：『外面可有好大夫？』榮祿磕頭答道：『臣請懿旨，是否傳來請脈？』

『有一個叫祁仲的，今年八十九歲，治外症是一把好手。』

『八十九歲，見過的症候，可真不少了。就傳來看吧！』

到了午間，祁仲被傳召到宮，由兩名蘇拉扶著下車，慢慢走到養心殿；看他鬚眉皤然，料想一定見多識廣，能夠著手回春，所以無不重視，靜靜等在殿外，聽候結果。

祁仲是由李德立陪著進東暖閣的；約莫過了半個時辰，方始診視完畢，隨即被召至西暖閣，兩宮太后要親自問話。

祁仲倒是說出來一個名堂，他說皇帝腰際的潰爛，名爲『痘癰』，雖然易腫易潰，但也易斂易治。大致七日成膿，先出黃白色的稠膿，再出帶血的『桃花膿』，最後出淡黃水，這時腫塊漸消，痛楚亦減，就快好了。

慈安太后一聽這話，頓現喜色，迫不及待地問道：『你是說，皇上的這個痘癰不要緊？』

八十九歲的祁仲，腰腿尚健，眼睛也還明亮，就是雙耳重聽；當時由榮祿大聲轉述了慈安太后的話，他才答道：『萬歲爺的痘癰，來勢雖兇，幸虧不是發在「腎俞」穴上；在腎俞之下，還不要緊。』

『喔，』慈安太后又問：『腎俞穴在哪兒啊？』

榮祿連朝侍疾，每天都跟李德立談論皇帝的病情，甚麼病，甚麼方劑，頗懂得一些了；腎俞穴恰好聽李德立談過，此時因爲祁仲失聰，轉述麻煩，便逕自代奏，指出俞穴在『脊中對臍，各開寸半』處，正是長腰子的地方，所以叫作腎俞。

這就明白了，如果是發在腎俞穴上，則腎亦有潰爛之虞，『總算不幸中大幸』，慈禧太后亦感欣慰，要言不煩地問：『那麼，該怎麼治呢？』

祁仲的答奏是，以培元固本爲主，本源固則百病消，即是邪不敵正的道理。這跟主張溫補的說法相同，慈禧太后便吩咐拿方子來看。

看方子上頭一味就是人參，慈禧太后便是一楞；但以慈安太后等著在聽，所以還是唸了出來：

『人參二錢、白朮二錢、茯苓二錢、當歸二錢、熟地三錢、白芍二錢、川芎錢半、黃芪三錢、肉桂八分、炙甘草一錢。』

等唸完，慈禧太后失聲說道：『這不是「十全大補湯」嗎？』

祁仲聽不見，沒有作聲；恭王答了聲：『是！』

就這一下，君臣上下，面面相覷；最後仍是慈禧太后吩咐：『讓他先下去！等皇上大安了，再加恩吧。』

『喳！』榮祿答應著，向值殿的太監努一努嘴，把祁仲攙扶了下去。

『溫補的藥都不能用，怎麼能用「十全大補湯」？』慈禧太后異常失望地說：『我看這姓祁的，年紀太大嘍！』

她是想罵一聲：『老背晦！』只是在廟堂之上，以太后之尊，不便出口——其實，祁仲一點都不悖晦；他行醫七十年，外科之中，甚麼稀奇古怪的疑難雜症都見過，皇帝的『病根』，他在未奉召以前，就曾聽人談起；及至臨床『望聞問切』，知道外間的流言，不盡子虛。如果是平常人家，說得一聲『另請高明』，拱拱手就得上轎；在宮中卻不能。他心裡想，這個病只要沾上手，無功有過；這麼大年紀，吃力不討好，壞了自己一世的名聲，何苦來哉？因此想了這麼一套說法，有意讓藥方存案，無功無過，全身而退；反正到過深宮內院，瞻仰過太后皇上，這一生也算不白活了。

他是這樣的打算，卻害『薦賢』的榮祿，討了個老大的沒趣；臨到頭來，還是奉了懿旨：『讓李德立仔仔細細地請脈。』

仔細請脈的結果，卻又添了新的徵候，雙頰和牙齦，忽然起了浮腫，仍是陽氣過旺所致；同時又患洩瀉，一晝夜大解二十次之多，聽之可駭，而李德立卻欣然色喜，說是有此一瀉，餘毒可淨，確有把握了。

這話傳到深宮，無不奔走相告；這天恰逢臘月初一，平時每逢朔望，皇帝在漱芳齋侍膳，照例有戲，這天卻是由皇后妃嬪侍從，遍歷各宮的佛堂拈香。

第一處是在寧壽宮後殿之東，景福門內的梵華樓和佛日樓；第二處是在慈寧宮，這裡有好幾處佛堂，兩宮太后常來的頂禮的是，設在正殿前面，徽音左門東廡的那一所；此外還有三座，以雨華閣爲主，在凝華門內，閣凡三層，上層供歡喜佛五尊、下層供西天番佛，這還是前明的遺跡，內有腦骨燈、人骨笛等等法器，在慈安太后看，近乎邪魔外道，平時絕跡不至，但這時候要百神呵護，爲了祈求皇帝早占勿藥，她心甘情願地拈香磕頭，唸唸有詞地禱祝了許久。

一早開始，由東到西，拜遍了各式各樣的佛，到此已近辰正，該是軍機『叫起』的時候，慈安太后一則有些累了；再則政務已近乎停頓，陪著並坐，也覺得無聊，便託詞『頭疼』，由皇后陪侍著，巡回自己的鍾粹宮。

這是她們婆媳難得單獨相處的一個機會。平時侍膳，有慈禧太后在，行止言語，處處需要顧忌；雖然每天一早到鍾粹宮問安，亦是單獨見面，但慈安太后知道『西邊』刻刻偵伺，體恤皇后，不肯讓她多作逗留。自從皇帝出天花以來，她積著無數的話想跟皇后細談；所以有此片刻，便脫略顧忌，不肯輕易放過了。

『有皇后在這兒侍候，妳們散了去吧！』

這是慈安太后有意遣開左右；宮女們自然會意，紛紛離去，卻仍在走廊上守著，聽候招呼。有兩個機警的，便走到宮外看守，用意是防備長春宮的人來窺探皇后的行動。

皇后在這一個月之中，無日不以淚洗面，但在慈禧太后面前，卻不敢有任何哀傷的表示；此時當然不同，當慈安太后剛嘆口氣，一聲『可怎麼好呢』還沒有說完，兩滴眼淚已滾滾而下。想起這是忌諱，趕緊背身拿手背去拭擦，卻已瞞不住慈安太后了。

『妳痛痛快快哭吧！』慈安太后自己也淌了眼淚。

話雖如此，皇后不敢也不忍惹她傷心，強忍眼淚，拿自己的手絹送了過去，還強笑著說：『皇額娘別難過！太醫不是說，有把握了嗎？』

慈安太后不作聲，擦一擦眼睛，發了半天的楞，忽然說道：『妳過來，我有句要緊話問妳。』

『是！』皇后答應著，躬身而聽。

慈安太后卻又不即開口，而臉上卻越變越難看，說不出是那種絕望、悲傷還是恐懼的神色。最後，終於開口了，語聲低沉而空曠，令人聽來覺得極其陌生似地，『皇上萬一有了甚麼，該有個打算。』她說：『我得問問妳的意思。』

皇后只聽清半句；就那前半句，像雷轟似地，震得她幾乎暈倒。

慈安太后卻顯得前所未有的沉著，『妳別傷心，這會兒也還不到傷心的時候，』她捉住皇后的手，使勁搖撼了幾下，『妳把心定下來，聽我說。』

『是！』皇后用抖顫的聲音回答；拿一雙淚光熒然的眼望著慈安太后；嘴角抽搐著，失去了平日慣有的雍容靜穆。

『咱們也不過是作萬一的打算。』慈安太后知道自己的態度和聲音嚇著了皇后，所以此時盡量將語氣放得緩和平靜，『平常百姓家，有「沖喜」那麼一個說法，先挑一個過繼過來，也算是添丁之喜。我隱隱約約跟皇上說過，他說要問妳的意思。』

這兩句話格外惹得皇后傷心——兩年多的功夫，在一起相處的日子，加起來怕不到兩個月；然而她知道皇帝的心，七分愛、三分敬，只是誰也沒有想到，中間會有人作梗！她不但體諒皇帝的處境，而且還深深自咎，覺得事情都由自己身上而起，如果不是對自己有那樣一份深情，皇帝也不致於對慧妃那樣負氣。

因爲負氣才在乾清宮獨宿；因爲獨宿才會微行；因爲微行，才會有今天的這場病。從父親熟讀過女誡閨訓的皇后，一直有這樣的一種想法：不得姑歡是自己德不足以感動親心。唯有逆來順受，期望有一天慈禧太后會破顏一笑，說一、兩句體恤的話，那時就熬出頭了。

但就是這樣一番苦心，如今亦成奢願，皇帝一崩，萬事皆休；二十一歲的皇后，撫養一個並非親生的兒子，在這陰沉沉的深宮中，這日子怎麼『熬』得下去？

這樣想著，彷彿就覺得整個身子被封閉在十八層地獄之下的窮陰極寒之中，求生不得，求死不能，億萬千年，永無出頭之日。這是何等可怕！皇后身不由主地渾身抖戰；若非森嚴的體制的拘束，她會狂喊著奔了出去。

『妳怎麼啦？』連慈安太后都有些害怕了，『妳怎麼想來著？』

皇后噤無一語，但畢竟還不到昏瞀的地步，心裡知道失禮，就是無法訴說；雙膝一彎，仆倒在慈安太后膝前。

『來人哪！』

在窗外侍侯的宮女，就等著這一聲召喚；慈安太后的語聲猶在，已有人跨進殿門，走近來才看清楚，皇后的臉色又白又青，像生了大病似地。這就不用慈安太后再有甚麼囑咐了，四、五個宮女，七手八腳地將皇后扶了起來。

『扶到榻上去！』慈安太后指揮著，『看有甚麼熱湯，快端一碗來！』

鍾粹宮小廚房裡，經常有一鍋雞湯熬著；等端了一碗來，慈安太后親手捧給伏在軟榻上喘息的皇后。她還要下地來跪接，卻讓慈安太后攔住了。

這一來皇后才得大致恢復常態——不是宮女照料之功，是這一陣折騰，能讓皇后暫忘『境由心造』的恐怖。

『也不知怎麼了？』皇后強笑著說了這一句，忽又轉爲悽然之色，『總是皇額娘疼我；我沒有別的孝順，只替皇額娘多磕了幾個頭。』

這一個至至誠誠的頭，磕得慈安太后滿心愧歉。當初選中這個皇后，雖說是皇帝自己的意思，而實在是自己一手所促成。哪知『愛之適足以害之』，兩年多來，眼看慈禧太后視皇后如眼中釘，既不能調和她們婆媳的感情，又不能仗義執言，加以庇護，甚至也不能規勸皇帝謹身自愛，以致於造成今天這個局面；一旦龍馭上賓，第一個受無窮之苦的，就是皇后。想想眞是害得她慘了。

轉念及此，慈安太后心如刀割，渾身也就像要癱瘓似地；但想到『一誤不可再誤』這句話，興起彌補過失的責任心，總算腰又挺了起來，能夠強自支持下去了。

『還是談那件大事吧！』慈安太后說：『道光爺一支，溥字輩的就只有載治的兩個兒子，照說，該過繼小的那個；妳若願意要大的那個，也好商量。妳的意思怎麼樣呢？』

到這時，皇后才開始能夠考量這件事——這是件頭等大事，不是挑一個兒子，是挑一位皇帝，關係著大清朝的萬年天下；皇后想到這一層，頓覺雙肩沉重，而且心裡頗有怯意，就像一個從未賭過錢的人，忽然要他將整個家業，選一門作孤注一擲那樣心慌意亂。

『說話呀！』慈安太后鼓勵她說：『妳也是知書識字，肚子裡裝了好些墨水的人；該妳拿大主意的時候。妳就得挺起胸來。』

這一說，提醒了皇后，想起書本上的話，脫口答道：『國賴長君，古有明訓。』

慈安太后一楞，然後用遲疑的語氣問道：『話倒是不錯，哪裡去找這麼一個溥字輩的「長君」？連嘉慶爺一支全算上，也找不出來；要嘛只有再往上推，在乾隆爺一支當中去找。可有一層，找個跟妳年紀差不多的，妳這個太后可怎麼當啊？』

『太后、太后！』皇后自己默唸了兩句，覺得是件不可思議的事！怎麼樣也想像不出，二十一歲的太后該是怎麼一個樣子？

看皇后容顏慘淡，雙眼發直，知道又觸及她的悲痛之處；看樣子是談不下去，慈安太后萬般無奈地嘆口氣說：『眞難！只好慢慢兒再說吧！』

等跪安退出，慈禧太后已經從養心殿回到了長春宮，派人傳召皇后，說是立等見面。

一聽這樣的語氣，皇后立刻就覺得脊梁上冒冷氣，想到剛到鍾粹宮去過，也想到自己的淚痕猶在，越發心慌；然而不敢有所遲疑，匆匆忙忙趕了去；看到慈禧太后的臉色如常，心裡略略寬了些。

『一交臘月，就該忙著過年了！』

『是！』皇后很謹愼地答應著。

『妳已經料理過兩個年了，那些規矩，總該知道了吧！』

『是。』皇后答道：『若有不明白的地方，還得求皇額娘教導。』

『我要告訴妳的就是這句話。該動手的，早早兒動手。』

皇后奉命唯謹，當天就指揮宮女、太監，從長春宮開始，撣塵糊窗子，重新擺設，佈置得煥然一新。

此外歲末年初的各項儀典，亦都照常辦理；只是要皇帝親臨主持的，像寫『福』字遍賜京內外大臣的常年例規之類，自然是停止了。

因此，統攝六宮的皇后，在表面上看來，格外是個『當家人』的模樣，明知內務府事事承旨於慈禧太后，早已有了安排，卻不能不細心檢點，處處操勞；怕萬一照顧不到，又看『西邊』的臉色。

咫尺天涯

人是忙著『不急之務』，皇后的一顆心卻總懸懸地飄蕩在養心殿東暖閣。她跟皇帝住得不遠，就在養心殿西面的體順堂，但是近在咫尺，卻遠如天涯；禮法所限，不能像尋常百姓家的夫婦，來去自如。而且晨昏省視，當著一大堆太監、宮女，也不能說甚麼『私話』。所以對於皇帝的病情，她亦是耳聞多於目睹。

得力的是個名叫二妞的宮女，每天是她去探聽了各式各樣的消息，隨時來奏報皇后；她幹這個差使很適宜，因爲她不曾選進宮來以前，家住地安門外，有個常相往來的鄰居，便是醫生；耳濡目染，頗懂醫藥，可為皇后備『顧問』。

『萬歲爺嘴裡的病不好。』二妞憂形於色地說：『太醫說了，怕是「走馬牙疳」。』

『走馬牙疳？』皇后驚訝地問：『那不是小孩兒才有的病嗎？』

『天花不也是？』

一句反問，說得皇后發楞；好半天才問：『要緊不要緊？』

二妞不敢說『要緊』；幾天之內，就可以令病人由昏迷不醒，譫妄致死，她只這樣答道：『這個病來得極快，不然，怎麼叫「走馬」呢？』

『太醫怎麼說？』

『說是溫補的藥，萬不能進；萬歲爺內裡的毒火極旺，只有用清利的方子，大解多，可以敗火，可又怕萬歲爺的底子虛。』所以，二妞話到口邊，欲止不可：『太醫也很為難。』

皇后深知宮中說話的語氣，這樣的說法，就表示對病症沒有把握了，一急之下，起身就說：『我看看去。』

這時是晚膳剛過，自鳴鐘正打過五下；冬日晝短，已經天黑，不是視疾的時候，但皇后既如此吩咐，不能不聽，於是先派人到養心殿去通知首領太監，然後傳喚執事，打著燈，引領皇后直向養心殿東暖閣而去。

殿中一片淒寂，燈火稀微，人影悄悄，只有濃重的藥味，隨著尖利的西北風散播在陰沉沉的院落中；皇后打了個寒噤，哆嗦著問小李：『皇上這會兒怎麼樣？』

『這會兒剛歇著。』小李跪著答奏，『今兒的光景，又不如昨天，左邊臉上的硬塊抓破了，流血水。太醫說，怕要穿腮。』

『穿腮？』皇后想一想才明白；明白了卻又大驚，穿腮不就是在腮上爛成一個洞？『這，這麼厲害？』

小李不答，只磕個頭說：『皇后請回宮去吧！』

這是勸阻皇后，自然是怕皇后見了病狀傷心。意會到此，她的眼淚就再也忍不住了。但如說要皇后空走一趟，就此回去，論責任不可，論感情不忍，所以她拒絕了小李的奏勸，斷然答道：『不！我在這兒等一會。』

『那就請進去看一看。』

『也好。』

『花盆底』的鞋，行路『結閣』有聲，皇后怕驚醒了皇帝，扶著二妞的肩，躡著足走。東暖閣甚大，磚地硬鋪，是個不宜於安設病榻的地方；又因為皇帝熱毒滿身，特地把暖爐撤走，越發覺得苦寒可畏。皇后每次一走進來，總是從心底起陣陣瑟縮之意；這天比較好些，因為新設了一道黃緞幃幕，畢竟擋了些寒氣。但也就是因為這道幃幕，氣味格外令人難聞；皇帝腰間的癰，不斷作膿，而走馬牙疳，由於口腔糜爛，氣息特重，都為那道幃幕阻隔難散，掀起幃幕，一聞之下，幾乎令人作嘔。

皇后趕緊放手，嚥口唾沫，回身向小李說道：『這怎麼能住？好人都能住出病來！也不拿點香來薰薰！』

『原是用香薰了，萬歲爺說是反而難聞，吩咐撤了。』

彼此的語聲雖輕，還是驚醒了皇帝，含糊不清地問道：『誰啊？』

小李趕緊掀幃入內，略略提高了聲音答道：『皇后來瞧萬歲爺。』

他的話不曾完，皇后已跟著入幕；依然守著規矩，蹲下來請了個安。

皇帝在枕上轉側著，兩道遲鈍的眼光，投向皇后；也讓皇后在昏黃晃的燭光下，看清了他的臉，虛火滿面，雙頰腫得很厲害，左面連著嘴唇有個硬塊，抓破了正在滲血水；上下兩唇則都向外鼓著，看得出牙齦發黑，又腫又爛。

這可怖的形容，使得皇后在心裡發抖；令人不寒而慄的是想像，想像著皇帝一瞑不視，六宮號啕的光景，她幾乎又要支持不住了。

『怎麼不端凳子給皇后？』皇帝很吃力地說。

皇后沒有用凳子，是坐在床沿上，看一看皇帝欲語又止；於是小李向二妞使了個眼色，一前一後退了出去。

『妳看我這個病！』幕外的人聽得皇帝在說：『我自己都不相信我自己了。』

『皇上千萬寬心。』皇后的話也說得很慢，聽得出是勉力保持平靜，『「病來如山倒，病去如抽絲」，全靠自己心靜，病才好得快。』

『心怎麼靜得下來？』皇帝嘆口氣，『李德立簡直是廢物，病越治越多——』語氣未終，而終於無聲，隨後又是一聲長嘆。

『今兒看了脈案，說腰上好得多了。』

『好甚麼？』皇帝答道：『我自己知道。』

『皇上自己覺得怎麼樣？』

『口渴，胸口悶，這兒像火燒一樣。』皇帝停了一下又說，『前兩天一夜起來十幾遍，這兩天可又便祕。』

這時的皇帝，精神忽然很好了，要坐起來，要照鏡子；坐起來不妨，要鏡子卻沒有人敢給，痘疤不曾落淨，唇鼓腮腫，臉上口中，潰爛之處不一，這副醜怪的形容，如果讓平日頗講究儀容修飾的皇帝，攬鏡自顧，只怕當時就會悲痛驚駭得昏厥。所以，養心殿的太監，早就奉了懿旨，凡有鏡子，一律收藏；笨重不便挪動的穿衣鏡之類，則用紅緞蒙裡。此時皇后苦苦相勸，不便說破實情，只反覆用相傳病人不宜照鏡子的忌諱，作為理由，才將皇帝勸得怏怏而止。

逗留的時間，已經不少；即令皇帝是在病中，皇后要守禮法，亦不宜耽擱得久待。找個談話間的空隙，打算跪安退出，而皇帝不許。

『難得今兒有精神，妳還陪著我說說話吧！』皇帝說：『一個人睡不著，思前想後，盡是推不開的心事。』

皇后意有不忍，答應一聲：『是！』仍舊坐了下來。

『趁我這會兒能說話，有件事要問妳。』皇帝放低了聲音問：『鍾粹宮皇額娘，問過妳了？』一提此事，皇后便感到心酸；『趁這會兒還能說話』這一句，更覺得出語不祥，皇后就無論如何不肯談這件事了。

『這會兒還提它幹甚麼？壓根兒就是多餘。』

『人無遠慮，必有近憂……』

『皇上歇著吧！』皇后搶著說道：『何苦瞎操心？』

就這時小李闖了進來，帶著警戒的眼色看一看皇帝，然後直挺挺地跪下來說：『萬歲爺該進粥了。』

『吃不下。』皇帝搖搖頭。

小李原是沒話找話，用意是要隔斷皇帝與皇后的交談；因爲慈禧太后耳目眾多，正經大事以不談爲宜。他的心意，皇帝還不大理會得到；皇后卻很明白，便又站起身來：『宮門要下鑰了。皇上將息吧，明兒一早我再來。』

皇帝惘然如有所失，但也沒有再留皇后。這一夜神思亢奮，說了好些話，問到載澂，問到新任署理兩江總督劉坤一，問到剛進京的新任兩廣總督英翰，也問到奉召來京的曾國荃、蔣益澧、郭嵩燾等人。

這些情形在第二天傳了出去，有人認爲是皇帝病勢大見好轉的明證；也有人心存疑懼，私底下耳語，怕是『迴光反照』。不幸地，這個憂慮，竟是不爲無見；皇帝的徵候，很快地轉壞了，脈案中出現了『神氣漸衰，精神恍惚』的話。

這天是南書房的翰林、黃鈺、潘祖蔭、孫詒經、徐郙、張家驤奉召視疾；由東暖閣到西暖閣，兩宮太后垂淚相關，向這班文學侍從之臣問道：『你們讀的書多，看看可有甚麼法子挽回？』

因爲是與軍機大臣一起召見，南書房的翰林，除了孫詒經建議下詔廣徵名醫入京以外，其餘都不敢發言。

『孫詒經所奏，緩不濟急。』恭王這樣奏陳：『如今唯有仍舊責成李德立，盡心侍侯，較爲切合實際。』

『李德立到底有把握沒有呢？』慈禧太后悽然說道：『他說的那些話，我們姊妹倆也不大懂；你們倒好好兒問一問他。』

於是孟忠吉宣召李德立入殿，與群臣辯難質疑。

在李德立，這一個月眞是心力交瘁，形神俱疲，又瘦又黑，神氣非常難看。皇帝的病有難言之隱，而他亦確是盡了力，至於說他本事不好，那是無可奈何之事，所以兩宮太后和軍機大臣，都沒有甚麼詰責；孫詒經自然有些話問，只是不明病情，問得近乎隔靴搔癢，而且太醫進宮請脈，多少年代以來的不傳之祕，就是首先要在脈案、藥方上留下辯解的餘地，李德立又長於口才，這樣子就無論如何問不過他了。

說來說去是皇帝的氣血虧，熱毒深，虛則要『裡託』以培補元氣；而進補又恐陽亢火盛，轉成巨禍。李德立引前明光宗爲鑒，光宗以酒色淘虛了的身子，進大熱的補藥『紅丸』而致暴崩，是有名所謂『三案』之一，孫詒經對這重公案的前因後果，比李德立了解得還透徹，自然無話可說。

『那麼，』到最後，慈禧太后問：『如今到底該怎麼辦呢？』

『唯有滋陰益氣，敗火清毒，竭力調理，先守住了，自有轉機。』

『能不能用人參？』

『只怕虛不受補。』李德立道：『該用人參的時候，臣自當奏請聖裁。』

『妳看，』慈禧太后側臉低聲：『還有甚麼話該問他？』

慈安太后點點頭，想了一會才開口：『李德立！皇上從小就是你請脈，他的體質，沒有比你再清楚的。你怎麼樣也要想辦法，保住皇上。你的功勞，我們都知道，現在我當著王爺、軍機、南書房的先生的面說一句，將來絕不會虧負你！』

李德立聽到後半段話，已連連碰著響頭；等慈安太后說完，他又碰個頭，用那種近乎氣急敗壞，不知如何表達感激與忠忱的語氣答道：『臣仰蒙兩位皇太后跟皇上天高地厚之恩，眞正是粉身碎骨、肝腦塗地都報答不來。爲皇上欠安，臣日夜焦慮，只恨不能代皇上身受病痛。皇上的福澤厚，仰賴天恩祖德，兩位皇太后的蔭庇，必能轉危爲安。』

最後這兩句話，十分動聽，兩宮太后不斷頷首。這樣自然不需再有討論；恭王領頭，跪安退出。到了殿外，招招手將榮祿找了來，悄悄吩咐他去跟李德立討句實話：皇上的病，到底要緊不要緊？

『怎麼不要緊？』李德立將榮祿拉到一邊，直挺挺地跪了下來。

『咦！何以這個樣，請起來，請起來！』

榮祿急忙用手去拉，而李德立賴著不起來；說是有句話得先陳明，取得諒解，方肯起身。

『原是要你說心裡的話。你請起來！只要你沒有粗心犯錯，王爺自然主持公道。』榮祿已約略猜出他的心思，所以這樣回答。

『聖躬違和，是多大的事，我怎麼敢粗心？』李德立嚥口唾沫，接著又說：『皇上到底是甚麼病，只怕兩位皇太后也知道了。現在榮大人傳王爺的話來問我，我不敢不說實話，皇上眼前的徵候，大爲不妙。萬一有個甚麼，全靠榮大人跟王爺替我說話。』說完，雙手撐地磕了一個頭。

『起來，起來！有話好說。』榮祿提醒他說：『你的事是小事！』

意思是皇帝的病，才是大事；此時情勢緊急，哪裡有功夫來管他的功名利祿？李德立聽得這樣的語氣，雖因未得他的千金重諾，依然禍福難測，但也不敢再嚕嗦了。

『我跟榮大人說實話，』他站起身來，低聲說道：『皇上怕有「內陷」之危。』

『內陷！』榮祿既驚且惑，『天花才會內陷，天花不是早就落痂了嗎？』

『不然，凡是癰疽，都會內陷……』

李德立爲榮祿說明，如何叫作『火陷』、『乾陷』、『虛陷』，這三陷總名內陷；症狀是『七惡疊見』，最後一惡，也是最嚴重的一惡，『精神恍惚』已在皇帝身上發現了。

『何致於如此！你早沒有防到？』

這有指責之意，李德立急忙分辯，他先唸了一段醫書上的話：『「外症雖有一定之形，而毒氣流行，亦無定位，故毒入於心則昏迷，入於肝則痙厥、入於脾則腹疼脹、入於肝則喘嗽、入於腎則目暗、手足冷。入於六腑，亦皆各有變端。」』接著用手指敲敲自己的額角，低聲說道：『心就是腦，皇上的毒，到了這裡了。還有句話，我不敢說。』

『這還有甚麼不敢說的？』

『榮大人，你聽見過「梅瘋入腦」這句話沒有？』

榮祿不答，俯首長吁。然後用嘶啞的聲音問了句：『到底還有救沒有？』

『很難了。』李德立很吃力地說：『拖日子而已。』

『能拖幾天？』

『難說得很。』

天崩地裂

既說拖日子，則總還有幾天，不至於危在旦夕。榮祿這樣思量著，也就不再多問。哪知道當天下午，皇帝的病勢劇變，入於昏迷；榮祿趕緊派出人去，分頭通知，近支親貴、軍機大臣、御前大臣、夕殿行走的師傅以及南書房翰林，紛紛趕到；這時也顧不得甚麼儀制了，一到就奔養心殿，但見昏黃殘照，斜抹殿角；三、兩歸鴉，棲息在牆頭，『哇哇』亂叫，廊上階下，先到的臉色凝重，後到的驚惶低問。李德立奔進奔出，滿頭是汗。

忽然，有名太監匆匆閃了出來，低沉地宣旨：『皇太后召見。』

進入西暖閣，跪了一地的王公大臣；兩宮皇太后已經淚如泉湧，都拿手絹捂著嘴，不敢哭出聲來，只聽得李德立在說：『不行了！人都不認得了！』

『怎、怎麼辦呢？』慈禧太后結結巴巴地問。

跪在後面的翁同龢，抬起頭來，看著李德立，大聲問道：『爲甚麼不用「回陽湯」？』

『沒有用。只能用「麥參散」。』

就這時候，莊守和奔了進來，一跪到地，哭著說道：『牙關撬不開了！』

聽得這話，沒有一個人再顧得到廟堂的禮節，紛紛站起，踉踉蹌蹌奔向東暖閣。入內一看，只見皇帝由一名太監抱持而坐，雙目緊閉；有個御醫捧著一隻明黃彩龍的藥碗，另外一個御醫拿著一雙銀筷，都像傻了似地，站在御榻兩旁。

見此光景，一個個也都楞住了。群臣相見，有各種不同的情形，或在殿廷，或在行幄，都知道何以自處；唯有像這樣子，卻不知道該怎麼做？有的跪下磕頭，有的想探問究竟，獨有一個人搶上前去，瞻視御容；這個人是翁同龢。

這一看，一顆心便懸了起來，他伸出一隻發抖的手去，屏息著往皇帝口鼻之間一探，隨即便一頓足，雙手抱著頭，放聲大哭。

這一哭就是報喪。於是殿裡殿外，哭聲震天；一面哭，一面就已開始辦喪事，摘纓子、卸宮燈、換椅披，尚未成服，只是去掉鮮豔的顏色。而名爲『大喪』，實非大事；大事是嗣皇帝在哪裡？

大清朝自從康熙五十一年十月間，第二次廢太子允礽，禁錮咸安宮以後，從此不建東宮；嗣位新君，在大行皇帝生前，親筆書名，密藏於『金匱玉盒』之中。一旦皇帝駕崩，第一件大事就是打開這個『金匱玉盒』；但是同治皇帝無子，大清朝父死子繼，一脈相傳的皇帝系，到此算是中斷了！

『兩位皇太后請節哀！』一直在養心殿照料喪事的榮祿，找個機會到西暖閣陳奏：『國不可一日無君，如今還有大事要辦！』

這一說，慈禧太后放下李德立進呈的，『六脈俱脫，酉刻崩逝』的最後一張脈案，慢慢收了眼淚，看著養心殿的總管太監說：『都出去！』

『是！』

太監宮女，一律迴避，西暖閣內就是榮祿爲兩宮太后密參大計。這樣過了半個鐘頭，才見他匆匆出殿；回到內務府朝房，用藍筆開了一張名單，首先是近支親貴：惇親王奕誴、恭親王奕訢、醇親王奕譞、孚郡王奕譓、『老五太爺』綿愉的第五子襲爵的惠郡王奕詳、宣宗的長孫貝勒載治、恭親王的長子貝勒載澂、奕詳的胞弟鎮國公奕謨；然後是軍機大臣、御前大臣、內務府大臣、南書房翰林、弘德殿行走的徐桐、翁同龢，還有個紅得發紫，現在紫得快要發黑的王慶祺，一共二十九個，算是皇室的『一家人』。

名單開好，榮祿派出專人去傳懿旨，立召進宮。這二十九個人，起碼有一半還留在宮內；要宣召的，幾乎全是漢人，滿洲大臣中，只有一個文祥，因爲病體虛弱，又受了這『天驚地坼』的刺激，支持不住，回家休息去了。

不用說，這是商量嗣立新君。倉卒之間，不知如何定此大計？亦沒有私下商量的可能；擁立誠然是從古以來保富貴的絕好機會，但卻苦於無人可擁。一個個只是不斷在猜測，兩宮太后不知道可有看中了的人；如果有了，那是誰？大清朝並無兄終弟及的前例，然則一定是爲大行皇帝立嗣，看起來載治的兩個兒子，必有一個是大貴的八字。

這時的西暖閣，已換了個樣子，一片玄素，點的是肐膊般粗的白燭，光燄爲門縫中鑽進來的西北風，搖得不停。也不知是由於嚴冬深宵的酷寒，還是內心激動所致？只是一個個的身子都在哆嗦；牙齒震得格格有聲。

議立新君

就在這像雪封冰凍的氣氛中，聽得太監遞相擊掌，一對白紙燈，導引著兩宮太后臨御；只聽見『花盆底』踩著磚地的聲音越來越近，最後還能聽得『息率、息率』擤鼻子的聲音，兩宮太后並排出現，一式黑布棉旗袍，光禿禿的『兩把兒頭』，沒有花，也沒有纓子，眼睛都腫得杏兒般大。

站班迎候的王公大臣，隨著兩宮太后進了西暖閣，由惇王領頭行了禮；慈禧太后未語先哭，她一哭，慈安太后自然更要哭，跪在地下的，亦無不唏噓拭淚。

慈禧太后在一片哭聲中開口：『如今該怎麼辦？大行皇帝去了，我們姊妹怎麼再辦事？』

這一問大出意外，不談繼統，先說垂簾，似乎本末倒置；惇王、恭王和醇王，都不知如何回奏；首先發言的是伏在墊子上喘氣的文祥。

『邦家不幸，宗社爲重。唯有請兩位皇太后，擇賢而立；然後懇請垂簾。』

這意思是在載治的兩個兒子中，選一個入承大統；這時恭王才想到，正是該自己說話的時候了。就在皇帝駕崩到奉召入西暖閣的這段時間中，他在軍機大臣直廬中，已經跟人商量過，反覆辯詰，爲了替大行皇帝立嗣，也爲了維持統緒，唯有在載治的兩個兒子中，挑一個入承大統，所以這時便磕頭說道：『溥倫、溥侃爲宣宗成皇帝的曾孫，請兩位皇太后作主，擇一承繼大行皇帝爲子……』

他的語氣未完，惇王便緊接著說：『溥倫、溥侃不是宣宗成皇帝的嫡曾孫，不該立！』

不該立，該立誰呢？若論皇室的溥字輩，除了載治的兩個兒子，此外就更疏遠了，惇王向來是想到就說，不問後果的脾氣；而這一說恰好逢合著慈禧太后的本意。

『溥字輩沒有該立的人。』她的聲調顯得出奇地沉著，『文宗沒有次子，如今遭此大變，要爲文宗承繼一個兒子。年紀長的，不容易教養，實在有難處；總得從小抱進宮的才好。現在當著大家在這裡，一句話就定了大局，永無變更。』她指著慈安太后說：『我們姊妹倆商量好了，是一條心。姊姊，是不？』

慈安太后一面拿塊白雪絹擦眼睛，一面點了點頭。

『我現在就說，你們聽好了！』

說著，雙眼中射出異常威嚴的光芒，被掃到的人，不由得都俯伏了——在理應該如此，因爲宗社大計，生民禍福，就在她這句話中定局。

『醇親王的兒子載湉，今年四歲，承繼爲文宗的次子。你們馬上擬詔，商量派人奉迎進宮。』話還沒有完，肅然跪聆的王公親貴、元老大臣中突然起了騷動：只見醇王連連碰頭，繼以失聲痛哭，是絕望而不甘的痛哭，彷彿在風平浪靜的湖中，突然發覺自己被捲入一個湍急的漩渦中似地——本性忠厚的醇王，一直以爲『家大業大禍也大』，如今片言之間成爲『太上皇』，這禍是太大了！憂急攻心，一下子昏迷倒地；他旁邊就是他的同母弟孚王，同氣連枝，休戚相關，急忙上前攙扶；而醇王形同癱瘓，怎麼樣也不能使他好好保持一個跪的樣子。

於是匆匆散朝，顧不得慰問醇王，都跟著恭王到了軍機處。一面準備奉迎四歲的新皇帝進宮，一面商量，如何將這件大事，詔告天下。

有的說用懿旨，有的說應該在皇帝的遺詔中先敘明白。結果決定即用懿旨，也該在遺詔中指明。而新皇帝到底是以甚麼身分繼承皇位，又要先說明白，不然就會像明世宗以外藩繼統那樣，搞出尊崇『本生』的『大禮議』，遺患無窮。

『一定要說明白，新君承繼爲文宗之子。』潘祖蔭說：『這樣子統緒就分明了。』

『還要敘明是「嗣皇帝」，詔告天下，皇位由繼承大行皇帝而來。』翁同龢說：『這才不負大行皇帝的付託。』

大行皇帝臨終並無一句話，何嘗有所付託，但大家都明白，這是爲了永除後患，不得不有所假託的說法；尤其是在醇王震動、大失常態的景象，記憶正新之際，無不覺得潘、翁兩人的見解，十分正確。

『就這樣吧，』恭王作了結論：『承繼文宗爲子，接位爲嗣皇帝。』

於是分頭動筆，潘祖蔭、翁同龢受命撰擬遺詔；『欽奉懿旨』的『明發』，則是軍機所掌的大權，他人不便參預，同時也不便由值班的『達拉密』動筆，所以恭王囑咐文祥擬旨。

這樣分派定了，一屋子的人分做三處，翁、潘二人與南書房翰林在西屋商酌遺詔，文祥由榮祿陪著在東屋執筆寫旨，其餘的都在正屋商量喪儀。

『我不行！』病後虛弱，兼且受了重大的刺激的文祥，擱筆搖頭：『簡直書不成字了。』

『中堂！』榮祿自告奮勇，『你唸我寫。』

『好吧！你聽著。』文祥把座位讓給榮祿，自己在另一張椅子上坐下，略想一想，慢慢唸道：『「欽奉懿旨：醇親王奕譞之子載湉，著承繼文宗顯皇帝爲子，入承大統，爲嗣皇帝。」』

寫到一半，進來一個人，是沈桂芬；起先詫異，不知榮祿在寫甚麼？及至看清楚是在擬旨，頓時變色，心裡是說不出的那股不舒服，同時也有無可言喻的氣憤，覺得榮祿擅動『樞筆』，是件『此可忍、孰不可忍的事』！

然而此時何時？皇帝初崩，嗣君未立，爲了榮祿擅動樞筆而鬧了起來，明明自己理直，亦一定不爲人所諒，說是不顧大局。看起來竟是吃了個啞巴虧。

沈桂芬的氣量小是出名的。一次五口通商大臣崇厚從天津奉召入京，帶了好些海鮮，分贈軍機大臣及總理大臣，獨獨漏了沈桂芬一份；事後發覺，深爲惶恐，趕緊又備了一份補送，沈桂芬拒而不納。

又有一次是翁同龢宴客，陪客中有一個來自外省，京朝大老，素不識面；主人爲雙方引見時，那陪客一時忽略，未曾意會到『沈尚書』是『大軍機』，禮貌上不是如何了不得的尊重，沈桂芬亦大爲不快，竟致悻悻然不終席而去。

禮節細故，尚且如此，何況擅動『樞筆』？要發作實有未便；不發作心裡堵得發慌，所以在東屋坐立不安。而榮祿一向幹練機警，這時因爲新逢大喪，心裡有許多大事在盤算，竟不曾發覺沈桂芬的神色有何異狀。至於文祥，體力衰頹，心神受創，當然更顧不到了。

『行了！』文祥還將旨稿遞了給沈桂芬，『經笙，託你拿去跟六爺，還有幾位商酌一下，就遞了上去吧！』

到底找到了一個機會，沈桂芬答道：『仲華的大筆，自然是好的。何用再斟酌？』

壞了！榮祿恍然大悟，自己越了軍機的權，但此時不是解釋的時候，更不能說要回來撕掉，請沈桂芬執筆重寫，只好以後等機會再說。

於是扶著文祥走到外屋，只見恭王正與大家在字斟句酌，但不是『懿旨』是『遺詔』，最後定了稿，爲大行皇帝留下的話是：『朕蒙皇考文宗顯皇帝覆載隆恩，付畀神器；沖齡踐祚，寅紹丕基。臨御以來，仰蒙兩宮皇太后垂簾聽政，宵旰憂勞；嗣奉懿旨，命朕親裁大政。仰維列聖家法，一以「敬天法祖，勤政愛民」爲本，自維德薄，敢不朝乾夕惕，惟日孜孜？

『十餘年來，稟承慈訓，勤求上理，雖幸官軍所至，粵捻各匪，次第削平；滇黔關隴苗匪回亂，分別剿撫，俱臻安靖，而兵燹之餘，吾民瘡痍未復，每一念及寤寐難安。各直省遇有水旱偏災，凡疆臣請蠲請賑，無不立沛恩施。深宮兢惕之懷，當爲中外臣民所共見。

『朕體氣素強，本年十一月適出天花，加意調攝：乃邇日以來，元氣日虧，以致彌留不起，豈非天乎！顧念統緒至重，亟宜傳付得人。茲欽奉兩宮皇太后懿旨：「醇親王奕譞之子載湉，著承繼文宗顯皇帝爲子，入承大統，爲嗣皇帝。特諭！」嗣皇帝仁孝聰明，必能欽承付託。「天生民而立之君，使司牧之」，惟日矢憂勤惕勵，於以知人安民，永保我丕基；並孝養兩宮皇太后，仰慰慈懷。兼願中外文武臣僚，共矢公忠，各勤厥職；思輔嗣皇帝郅隆之治，則朕懷藉慰矣！

喪服仍依舊制，二十七日而除。佈告天下，咸使聞知。』

這一道懿旨，一道遺詔，性質都重在爲文宗承繼次子，爲國家立新君，算是喜事；而且又有御名在內，所以用黃面紅裡的護封。等安排妥當，御前大臣所擬的奉迎嗣皇帝的禮節，亦已用紅單帖寫就；於是遞牌子請起，面奏兩宮太后定奪。

當文祥與榮祿擬懿旨，南書房翰林擬遺詔的時候，恭王與親貴大臣，曾有成議，大行皇帝無子，將來嗣皇帝生了皇子，承繼大行皇帝爲子。這個打算與兩宮太后的意思，完全相同；因此懿旨重新修改，特爲加上了這一筆。

『奉迎嗣皇帝的禮節，臣等公議，』惇王面奏：『嗣皇帝穿蟒袍補褂，進大清門，由正路入乾清宮，到養心殿謁見兩位皇太后；然後在後殿成服。』

『可以！』慈禧太后問：『派誰去接？你們商量過沒有？』

『商量過了。想請旨派孚郡王率領御前大臣，到「潛邸」奉迎。』

『那就快去吧！』慈禧太后又說：『天氣太冷，可當心，別讓孩子著了涼。』

慈禧太后口中的孩子，就是嗣皇帝；今年才四歲，是醇王福晉，也是小名『蓉兒』的慈禧太后的胞妹所出，雖然行二，實同長子。他生下地不久，就被賞了頭品頂戴，一個月前又以大行皇帝的『天花之喜』，加恩親貴近臣，賞食輔國公俸；公爵是寶石頂，醇王福晉特爲替他做了一頂小朝冠，全套的小蟒袍、小補褂，預備新年進宮賀節之用；這時卻先派上了用場，老早將他打扮得整整齊齊，等候宮中派人來接。

午夜迎駕

奉迎新君的儀仗，是午夜時分出宮的，由孚王率領，直往太平湖的醇王府——這座曾爲八旗女詞人西林太清春吟詠之地的園林，人傑地靈，龍『潛』於此，如今得改稱『潛邸』；欽使到門，只見大門洞開，燈火輝煌，孚王捧詔直入，先宣懿旨，後敘親情。

『七嫂！』孚王請著安說：『大喜！』

醇王福晉不知道怎麼說了，又淌眼淚、又露笑容；自己都不分辨心中是何感覺。

『皇上呢？』孚王不敢耽擱，放下手裡的茶碗，站起身來說：『請駕吧？』

『奶媽呢？』醇王福晉問：『可是一起進宮？』

『內務府已經傳了嬤嬤了。』孚王答道：『一起進宮也可以，請懿旨辦吧！』

『千萬請九爺面奏皇太后，還是得讓奶媽照料孩子……』

『嗐！』一句話不曾完，醇王大聲打斷，『甚麼孩子？皇上！』

『一時改不過口來。』醇王福晉很費勁地又說：『皇上怕打雷，離不得他那奶媽。』

『是了！我一定拿七嫂的話，代奏兩位太后。』孚王回身吩咐：『請轎！』等一頂暖轎抬了進來，醇王福晉親手抱著睡熟了的『孩子』交與孚王；嗣皇帝就這樣睡在孚王懷中，進入深宮。

進宮叫門，交泰殿的大鐘正打三下，兩宮太后還等候在養心殿西暖閣；嗣皇帝熟睡未醒，所謂『謁見』也就免了。慈禧太后自道心緒不寧，四歲的新君，便由鍾粹宮的太監抱著，暫時歸慈安太后撫養。潛邸來的奶媽，跟著到鍾粹宮當差，可以教醇王福晉放心了。

這一夜宮中燈火錯落，許多人徹夜未眠，身有職司，忙忙碌碌在料理喪事的，固然甚多；枯坐待命，只好以閒談來打發漫漫長夜的，卻也不在少數，於是，有個離奇的傳說，便在這些太監的閒談中，很快地傳播開來。

傳說中皇帝的『內陷』，是由受了驚嚇所致。那天——十二月初四午後，皇后到養心殿東暖閣視疾。皇帝見她淚痕宛然，不免關切，問起緣故；皇后一時忍耐不住，把又受了慈禧太后責備的經過，哭著告訴了皇帝。

哪知慈禧太后接得報告，已接踵而至；搖手示意太監，不得聲張，她就悄悄在帷幕外面偷聽。聽得皇帝安慰皇后：『你暫且忍耐，總有出頭的日子！』慈禧太后勃然大怒，忍不住要『出頭』了。

據說她當時的態度非常粗暴，與民間無知識的惡婆婆的行徑無異，掀幕直入，一把揪住皇后的頭髮，劈面就是一掌！

皇后統率六宮，爲了維持自己的尊嚴，當此來勢洶洶之際，但求免於侮辱，難免口不擇言，所以抗聲說道：『妳不能打我，我是從大清門進來的。』

這句話不說還好，一說卻如火上加油——慈禧太后平生的恨事，就是不能正位中宮；皇后的抗議正觸犯她的大忌，於是一不做二不休，厲聲喝道：『傳杖！』

『傳杖』是命內務府行杖。這只是對付犯了重大過失的太監宮女的辦法，豈意竟施之於皇后！皇帝大驚，頓時昏厥；這一來才免了皇后的一頓刑罰，而皇帝則就此病勢突變，終於不起。

這個傳說，悄悄在各宮各殿傳佈，沒有人敢去求證，所以其事眞僞，終於不明。但慈禧太后在皇帝崩逝以後，定策迎取嗣皇帝進宮，始終不曾讓皇后參預，卻是有目共見的事實。今後皇后以新君的寡嫂，住在宮中；算是甚麼身分？統攝六宮的權職，究竟還存在不存在？這些都是絕大的疑問。

內廷如此，外間的議論，自然更多。就事論事，懿旨頗費猜疑，說是『皇帝龍馭上賓，未有儲貳，不得已以醇親王奕譞之子載湉承繼文宗顯皇帝爲子，入承大統爲嗣皇帝，俟嗣皇帝生有皇子，即承繼大行皇帝爲子』，則將來此一皇子，是繼嗣而不一定繼統。因此有人以宋初皇位遞嬗的經過爲鑒，憂慮著大行皇帝會成爲明武宗第二，而嗣皇帝就像明世宗那樣，自成一系，這一來將會生出無數糾紛；同時，居孀的皇后，也就永遠沒有出頭的日子。因爲嗣皇帝將來生有皇子，承繼大行皇帝爲後，同時承受大統，接位爲帝，則此時的皇后阿魯特氏，便是太后；否則便僅僅只有一個兒子，而不是有一個做皇帝的兒子。

這些是稍微多想一想就能明白的道理；等想明白了，便不免爲皇后不平。前朝帝皇，英年崩逝的例子不能算少，大致新寡的皇后總能受到相當的尊重，像這位同治皇后那樣，彷彿有罪被打入冷宮似地，卻是絕無僅有；特別是與醇王一家相比，榮枯格外明顯。在王公親貴中，頗有人存著這樣一個疑問；文宗的胞姪有好幾人，何以偏偏選中醇王福晉所出的這一個？因而懷疑慈禧太后與醇王早有聯絡一樣；就像十三年前，慈禧太后與恭王早有聯絡一樣，而居間傳話的人，自然是榮祿；醇王與榮祿的關係之深，是沒有一個人不知道的。

不知是由於眞的懷疑，還是妒嫉，或者遷怒，一時從親貴到朝士，對醇王持著反感的，大有其人。妒嫉與遷怒，都可以置之度外；如果是有所懷疑，醇王就無法保持緘默了。

不說前代，只談本朝，現成就有個『皇父攝政王』的稱呼在；醇王與多爾袞情況不同，但論身分，卻是名符其實的皇父。眼前雖由兩宮太后垂簾，但嗣皇帝總有親政的一日；如果他是像明世宗那樣『孝思不匱』，授以『皇父』的名號，畀以攝政的實權，那時就誰也不能想像醇王會如何生殺予奪，但憑愛憎地作威作福？

這些疑慮別人想得到，醇王本人當然也想得到；從西暖閣初聞懿旨的那一刻，他就想到了，因此才會震驚而致昏迷。事後越想越不安，深怕從此多事；決定自己先表明心跡，情願閒廢終身，不聞政事，所以寫了那樣一道奏摺：

『臣侍從大行皇帝十有三年，時値天下多故，嘗以整軍經武，期睹中興盛事，雖肝腦塗地，亦所甘心。何圖昊天不弔，龍馭上賓，臣前日瞻仰遺容，五內崩裂，已覺氣體難支，猶思力濟艱難，盡事聽命。忽蒙懿旨下降，擇定嗣皇帝；倉促間昏迷，罔知所措。迨舁回家，身戰心搖，如癡如夢，致觸犯舊有肝疾等病，委頓成廢。惟有哀懇皇太后恩施格外，洞照無遺；曲賜於全，許乞骸骨，爲天地容一虛糜爵位之人，爲宣宗成皇帝留一庸鈍無才之子。使臣受幪於此日，正邱首於他年，則生生世世，感戴高厚鴻施於無既矣。』

這在醇王是篇大文章，親筆寫成初稿，特爲請了幾位翰林來替他潤飾；情哀詞苦，看過摺底的

人，都覺得可以看出醇王的膽小、謹慎、忠厚——他所只要這

奏摺上達慈禧太后，提筆批了一句：『著王大學士六部九卿會同妥議具奏。』

內閣。

從十二月初六起，內閣大天會議。首先是醇王開去差使，還有成案可稽，不費甚麼事，議到醇王的這個摺子，是由恭王親自主持——其實醇王的原奏上面的，亦是恭王所擬，所以心裡都明白；恭王是個很爽快的人，不作惺惺之態，率直說道：『醇王所有的差使，宜乎即准所請。以親王世襲罔替。』

與議群臣，相顧默然；只有禮部尚書萬青藜說，准醇王開去所有的差使，他問：『醇親王的稱謂如何？』

這一問絕不多餘，相反地，正要有此一問，才能讓恭王有個表見的機會，他加重語氣答道：『但願千百年永遠是這個名號。』

這就是說：醇親王永遠是醇親王，不論將來用『皇父』的名號；也不會被追尊為皇帝——如果有此一日，那就是蹈了明朝『大禮議』的覆轍，絕非國家之福。

定議以後，少不得還有許多上下的議論，特別是翁同龢，許多人都說他有一病，進也不見，每每與軍機、御前『今起』，儼然亦東宮之列，而且又新奉懿旨，與於文、李諸軍機大臣、內務府大臣一起為皇帝穿孝百日，這更是太后把他看作十分親密的『自己人』的表示，因此，翁同龢不肯自己薄，覺得遇到自己該說話，可說話的時候，應當仁不讓。

他要說的話是：醇王所請，似可照准，但神機營不可使不可用，以為神機營是醇王一手所經理；

一樣；就像十三年前，慈禧太后與恭王早有聯絡一樣，而居間傳話的人，自然是榮祿；醇王與榮祿的關係之深，是沒有一個人不知道的。

不知是由於眞的懷疑，還是妒嫉，或者遷怒，一時從親貴到朝士，對醇王持著反感的，大有其人。妒嫉與遷怒，都可以置之度外；如果是有所懷疑，醇王就無法保持緘默了。

不說前代，只談本朝，現成就有個『皇父攝政王』的稱呼在；醇王與多爾袞情況不同，但論身分，卻是名符其實的皇父。眼前雖由兩宮太后垂簾，但嗣皇帝總有親政的一日；如果他是像明世宗那樣『孝思不匱』，授以『皇父』的名號，畀以攝政的實權，那時就誰也不能想像醇王會如何生殺予奪，但憑愛憎地作威作福？

這些疑慮別人想得到，醇王本人當然也想得到；從西暖閣初聞懿旨的那一刻，他就想到了，因此才會震驚而致昏迷。事後越想越不安，深怕從此多事；決定自己先表明心跡，情願閒廢終身，不聞政事，所以寫了那樣一道奏摺：

『臣侍從大行皇帝十有三年，時值天下多故，嘗以整軍經武，期睹中興盛事，雖肝腦塗地，亦所甘心。何圖昊天不弔，龍馭上賓，臣前日瞻仰遺容，五內崩裂，已覺氣體難支，猶思力濟艱難，盡事聽命。忽蒙懿旨下降，擇定嗣皇帝；倉促間昏迷，罔知所措。迨舁回家，身戰心搖，如癡如夢，致觸犯舊有肝疾等病，委頓成廢。惟有哀懇皇太后恩施格外，洞照無遺；曲賜於全，許乞骸骨，爲天地容一虛糜爵位之人，爲宣宗成皇帝留一庸鈍無才之子。使臣受幪於此日，正邱首於他年，則生生世世，感戴高厚鴻施於無既矣。』

這在醇王是篇大文章，親筆寫成初稿，特爲請了幾位翰林來替他潤飾；情哀詞苦，看過摺底的人，都覺得可以看出醇王的膽小、謹愼、忠厚——他就是要給人這樣一個印象。

奏摺上達慈禧太后，提筆批了一句：『著王公大學士六部九卿悉心妥議具奏。』交到軍機，轉諮內閣。

從十二月初六起，內閣天天會議。首先是議垂簾章程，這有成案可循，不費甚麼事；議到醇王的這個摺子，是由恭王親自主持——其實醇王的這個奏摺，主要的，亦是爲恭王而發，彼此心裡都明白；恭王是個很爽快的人，不作惺惺之態，率直說道：『醇王所有的差使，宜乎都開去。以親王世襲罔替。』

與議群臣，相顧默然；只有禮部尙書萬青藜說了話，但與開去醇王所有的差使無關。他問：『醇親王的稱謂如何？』

這一問絕不多餘，相反地，正要有此一問，才能讓恭王有個表達意見的機會，他加重語氣答道：『但願千百年永遠是這個名號。』

這就是說：醇親王永遠是醇親王。生前既不能用『皇父』的稱號；身後亦不會被追尊爲皇帝——如果有此一日，那就是蹈了明朝『大禮議』的覆轍，絕非國家之福。

定議以後，少不得還有許多私下的議論，特別是翁同龢的話多。自從皇帝一病，連番召見。每每與軍機、御前『合起』，儼然在重臣之列；而且又新奉懿旨，與近支王公、軍機大臣、內務府大臣一起爲皇帝穿孝百日，這更是太后把他看作皇室的『自己人』的表示；因此，翁同龢不肯妄自菲薄，覺得遇到自己該說話，可說話的時候，應該當仁不讓。

他要說的話是：醇王別項差使可開，管理神機營的差使不可開。因爲神機營是醇王一手所經理；

如果改派他人，威望夠的，未見得熟悉；熟悉的威望又不夠。然而這話他又不肯在閣議中說，怕恭王不高興；只在事後預備上一個奏摺，專門陳述這個建議。

這天晚上正在燈下寫摺子，聽差來報，說『崇公爺來拜』。這沒有不見的道理，於是翁同龢具衣冠，開正門，親自出迎。

崇綺貴爲公爵，但論科名比翁同龢晚，所以在禮節上彼此都很恭敬；吃臘八粥的日子，滴水成冰，大廳上太冷，延入書房款待。

崇綺新喪『貴婿』，心情自然不好，絕不會無因而至；翁同龢意會到此，便很率直地動問來意。

『聽說老前輩預備建言，留醇王在神機營？』崇綺這樣問說。

翁同龢很機警，話說半句：『有是有這個想法，還待考慮。』

『我勸老前輩打消此議。』崇綺說道：『神機營的情形，沒有比我再清楚的。』

接著，他便滔滔不絕地大談神機營的內幕，章程如何荒謬、人材如何蕪雜。他在他父親賽尙阿因貽誤戎機被革職時，連帶倒楣；以後在神機營當過文案，所說的話，雖不免張大其詞，卻非無的放矢，所以翁同龢不能不重視。

但是，崇綺的攻擊醇王，所爲何來？卻費猜疑。以他此刻的處境而論，眞叫『沒興一齊來』，韜光養晦，猶恐不及；無緣無故開罪醇王，豈非不智之至？

這就見得內中必有文章了。翁同龢便把那個未寫成的摺子擱了下來，第二天進宮，找著榮祿，把崇綺夜訪的經過，略略一提，向他徵詢意見。

如果說神機營腐敗，醇王固然不得辭其咎，榮祿卻要負很大的責任，因爲他一直是醇王最得力的助手。然而榮祿卻深沉得很，笑笑答道：『你等著看吧！』聽得這樣說，翁同龢自不便深問；敷衍了些閒話，已離了內務府朝房，預備回弘德殿時，榮祿卻又喊住了他。

『平翁，平翁！』榮祿將他拉到一邊，『我給你看一篇文章。』

說完，他從靴頁子裡取出一張素箋，遞到翁同龢手裡，打開來一看，是一份摺底，寫的是：

『竊維立繼之大權，操之君上，非臣下所得妄預。若事已完善，而理當稍微變通者，又非臣下所可緘默也。

『大行皇帝沖齡御極，蒙兩宮皇太后垂簾勵治，十有三載，天下底定，海內臣民，方將享太平之福。

詎意大行皇帝皇嗣未舉，一旦龍馭上賓，凡食毛踐土者，莫不顧天呼地；幸賴兩宮皇太后，坤維正位，擇繼咸宜，以我皇上承繼文宗顯皇帝爲子，並欽奉懿旨：俟嗣皇帝生有皇子，即承繼大行皇帝爲嗣，仰見兩宮皇太后宸衷經營，承家原爲承國；聖算悠遠，立子即是立孫。不惟大行皇帝得有皇子，即大行皇帝統緒，亦得相承勿替，計之萬全，無過於此。

『惟是奴才嘗讀宋史，不能無感焉！宋太祖遵杜太后之命，傳弟而不傳子，厥後太宗，偶因趙普一言，傳子竟未傳姪，是廢母后成命，遂起無窮駁斥。使當日后以詔命，鑄成鐵券，如九鼎泰山，萬無轉移之理，趙普安得一言間之？

『然則立繼大計，成於一時，尤貴定於百代。況我朝仁讓開基，家風未遠，聖聖相承，夫復何慮？我皇上將來生有皇子，自必承繼大行皇帝爲嗣，接承統緒；第恐事久年湮，或有以普言引用，豈不負兩宮皇太后詒厥孫謀之至意？

『奴才受恩深重，不敢不言，飭下王公、大學士、六部、九卿奏議，頒立鐵劵，用作奕世良謨。』翁同龢一氣讀完，對這道奏摺，雖不同意其中的看法，但覺得文字雅潔，立言有法，頗爲欣賞。自稱『奴才』，可知是旗人；隨即問道：『是哪位的摺子？』

『請你先不必問。我要請教，你看這個摺子怎麼樣？』

『遞了沒有？』

『沒有。』

『沒有遞，最好不遞。』翁同龢說：『如今頗有引用宋太宗、明景帝的故事的，其實情形不同；今上生有皇子，承繼大行皇帝爲子，則將來繼統的，仍是今上的皇子。傳子傳姪，是一回事。那天擬懿旨，我主張加上「嗣皇帝」字樣，即是繼文宗的統緒之意，應該很明白了，無須有此一摺，反成蛇足。』

『高明之至。』榮祿很欣慰地說了這一句；又悄悄囑咐：『不足爲外人道！』

『是的。』

『還有，你可知道王某人，這兩天作何光景？』

『不知道。』翁同龢說：『懶得提他。』

翁同龢是懶得提他——王慶祺，而茶坊酒肆，卻正拿他作爲話題；成了眾矢之的，因此，王慶祺不敢出門，只坐在家裡發呆。

皇帝的致命之疾，在十二月初五以前，是個絕大的忌諱，等一摘纓子，號啕痛哭之餘，少不得要問一聲，究竟是甚麼病而致『棄天下』？這一來就瞞不住了，首先太監喜談是非；內務府的官員好談宮禁以自詡其消息靈通。於是一傳十、十傳百，添枝加葉，把王慶祺說得異常不堪。

太監跟內務府的人說話，向來張大其詞，所以比較持重的人，還是存疑的態度；及至有個人說了一句話，連持重的人都不能不信，皇帝的送命，原來是由『寡人之疾』上來的！

這個人就是李德立。在龍馭上賓的第二天，就有個姓余的御史，奏劾『將醫員立予屏斥治罪』；屏斥則其勢有所不能，治罪卻不可免，降旨說是：『大行皇帝天花，李德立等未能力圖保護，厥咎甚重！太醫院左院判李德立；右院判莊守和均即行革職，戴罪當差。』

『大行皇帝駕崩，如果眞的是我不曾將天花治好，哪怕拿我綁到菜市口，沒有話說！列公也有在東暖閣瞻仰過御容的，天花不是落痂了嗎？』李德立在南書房發牢騷，『人人曉得，天花共是十八天，三天一期；到了落痂，已保平安。何嘗是我請脈不謹？』

『那麼，』有人問了一句：『「六脈俱脫」，總有個緣故在裡頭？』

『自然有緣故。』李德立指著南書房翰林孫詒經說：『最好請孫老爺去問貴同年。』

這就是指王慶祺。孫詒經跟王慶祺是同年，但鄙其爲人，不甚來往。當然，也有人跟他相熟，深知他的底細的；私下閒談，談出來一副對聯，上聯是：『宣德樓、弘德殿，德業無疆，幸喜詞臣工詞曲。』下聯是：『進春方、獻春冊，春光有限，可憐天子出天花！』

這副刻薄的對聯，隱括大行皇帝與王慶祺的一番『君臣遇合』，很快地傳遍九城的茶坊酒肆；連王慶祺自己都已聽到，那班『都老爺』自然不會不知道。頗有人早就想彈劾王慶祺，但這道奏章，就跟李德立的脈案一樣，有難言之隱，因而都躊躇未發。

斥退佞臣

有個湖廣道的御史叫陳彝，字六舟，揚州人，卻想出來一條路子；他是同治元年翁曾源一榜的翰林，有個同年叫謝維藩，在同治九年放過廣東副考官；正考官叫王祖培，就是王慶祺的父親——王祖培也是『詞臣』；道光二十年點了庶吉士，一直當窮翰林，爬到內閣學士，才放了一任廣東的考官；廣東的鄉試，因爲賭『闈姓票』的緣故，考官是個有名的美差。王祖培眼看兒子亦已點了翰林，並且先於他當過湖南考官；這一次廣東試差再滿載而歸，後半輩子就大可享享清福了。打算得倒好，無奈大限已到；走到江西地方，暴疾而亡。江西巡撫劉坤一飛章奏告，王慶祺得到消息，自然連夜奔喪。

謝維藩告訴陳彝的，就是王慶祺奔喪的故事：『父子兩翰林，又是考官，地方上照欽差接待，劉峴莊很替他斂了一筆奠儀。哪知王某人貪心還是不足。』

父母之喪是名教中的大事，尤其是衣冠中人，更應盡哀守禮；照規矩說，就該立即由江西盤柩北上，逕回直隸寶坻原籍，誰知王慶祺北轍南轅，到了廣東。

『到廣東幹甚麼？』聽到這裡，陳彝問道：『告幫？』

『你想還有甚麼別的事？』

『難道，』陳彝有些不信，『熱孝在身，就一點不怕人家忌諱，到廣州去亂闖轅門？』

『怕甚麼？打著翰林的招牌，少不得都要買帳。瑞制軍的慷慨你是知道的……』

瑞制軍是指瑞麟，他一生的笑話甚多，但一生官運亨通，得力在寬厚慷慨；凡有京官過廣州，一定應酬，何況是放到廣東來的考官病故，且『孝子』又是翰林？當時除掉自己致送一份豐厚的奠儀以外，又叫人授意這年辦『闈姓』，出身『十三行』的南海伍家，斂了一筆錢送給王慶祺。

『忘哀嗜利，一至於此！光憑這段劣跡，我就可以參他了。』

『光憑這一段是不夠的。』謝維藩說：『還有荒唐的事。』

『那就索性請教了！』

『我只知大概，不敢瞎說。你最好去請教請教河南的京官。』

『河南的京官？』

陳彝略想一想明白了。王慶祺同治九年夏天丁憂，三年之喪，照例只算廿七個月；同治十一年秋天服闋赴京，補上了翰林院檢討，這年冬天就有宣德樓的奇遇；第二年正月奉旨在弘德殿行走。夏天有『考差』，以近水樓台之便，放了一任河南考官。所以謝維藩所說的去問河南京官，必是指王慶祺上年在河南鄉試中玩了甚麼花樣？若是出賣關節，則有咸豐八年柏葰的前例在，是砍頭的罪名。生死出入，關係太大，陳彝倒有些躊躇了。

一打聽之下，並沒有那麼嚴重，但確是少見的荒唐；好幾個河南京官，異口同聲地告訴陳彝，說王慶祺在開封入闈，撤棘以後，微服冶遊；在甚麼地方，招呼的哪個姑娘，眞所謂『指證歷歷』，看來絲毫不假。

這一下陳彝可不必再躊躇了。字斟句酌地寫好一道奏摺，邀請至好公同商酌，無不大爲稱賞，認爲措詞得體，必可成爲一篇名奏議。

這道奏摺送到慈禧太后那裡，一看之下，覺得是從十二月初五以來，少有的痛快之事；當時就將慈安太后請了來，拿陳彝的奏摺唸給她聽：

『侍講王慶祺，素非立品自愛之人，行止之間，頗多物議。同治九年，其父王祖培典試廣東，病故於江西途次；該員聞喪之後，忘哀嗜利，復至廣東告助。去年王慶祺爲河南考官，撤棘後公然微服冶遊。舉此二端，可見大概；至於街談巷議，無據之詞，未敢瀆陳，要亦其素行不孚之明驗。』

唸到這裡，是一個段落；趁慈禧太后停頓之際，慈安太后問道：『「街談巷議」，指的是甚麼呀？』

『妳想呢，指的是甚麼？』慈禧太后緊皺著眉說：『妳再聽下去，就更明白了。』

下面一段是陳彝自敘心境，語意涵蓄，慈禧太后怕慈安太后聽不明白，唸得很慢：

『臣久思入告，緣伊係內廷行走之員，有關國體，躊躇未發；亦冀大行皇帝聰明天亶，日久必洞燭其人，萬不料遽有今日！』

唸到這裡，慈安太后的淚珠，已一滴滴往下掉；慈禧太后的眼圈也紅了，擤一擤鼻子，繼續唸道：

『悲號之下，每念時事，中夜憂惶。嗣主沖齡，實賴左右前後，罔非正人，成就聖德。如斯人者，若再留禁廷之側，爲患不細！應請即予屏斥，以儆有位。』

唸完，慈禧太后咬牙切齒地說：『王慶祺這個人！就要了他的腦袋都不爲過。想不到咱們大清朝吃虧在他手裡。這些日子，我一直在琢磨，怎麼樣才能治得了他？爲來爲去，爲的是「有關國體」這四個字，竟拿他沒奈何。如今好了，到底拿住了他的短處！咱們得狠狠兒的辦他！』

『怎麼辦呢？還能要他的腦袋嗎？』

慈禧太后沉吟著說：『論他「忘哀嗜利」、「微服冶遊」這兩款罪，當然不能處他的死；也不能交刑部議罪，只能革他的職，還是便宜他了。』

『我看，跟六爺他們商量商量……』

『有了。』慈禧太后突然說道：『革職，永不敘用，交地方官嚴加管束。也夠他受的了。』

慈安太后不置可否，把陳彝的奏摺拿起來看了一下，指著一處問道：『這句話怎麼講：「左右前後，罔非正人」。』

『這是說，在皇上身邊的人，要個個都是正派的，才能成就聖德。』

『這麼講就對了。』慈安太后說：『也不能全怪王慶祺一個人。』

『當然！』慈禧太后的那種目光如電，額間青筋隱隱躍動的，能令人不寒而慄的威顏又出現了，『小李那班人，都要嚴辦！』

『內務府的人，何嘗不應該辦？』慈安太后痛心疾首地說：『禍都是由修園子鬧起來的！三海的工程停了吧？』

慈禧太后默然半晌，終於點頭同意，而且舉一反三，很冷靜地察覺到，陳彝的奏摺中的所謂『街談巷議，無據之詞』，包括著許多不堪聞問的話。外頭可能認爲皇帝咎由自取，甚至死不足惜。搞出這種荒唐事來，眞正是天威掃地！如今再度垂簾，責任都在自己身上，最要緊的一件事，就是收拾民心，重建威信。

因此，第二天召見軍機時，她自動提到：三海一切工程，無論已修未修，盡皆停止。恭王自然唯命是從。

『進貢也停了吧！等三年以後再說。』

各省督撫、鹽政、織造、關監督，照例每年要進貢當地名產，稱爲『方物』，而進貢的又不僅僅止於御用的一份，由縣而府、由府而道、由道而省，層層騷擾分潤；送到京裡，還要應酬王公大臣，都派在百姓頭上，是一筆很大的負擔。因此這道上諭，可以說是恩詔。

接著便是談陳彝的那個奏摺，慈禧太后問道：『陳彝是甚麼出身？』

陳彝在李光昭那個絕頂荒唐的騙案中，曾經嚴劾過內務府的官員，已是響噹噹的『都老爺』；這一次搏擊天下隱憾所聚於一身的王慶祺，諫草未焚，傳遍都下，越發聲名大起。恭王早知其人，這兩天更聽好些人談過，對他的生平，頗有了解；此時扼要奏陳了他的履歷，接著又說：『他是同治元年壬戌的翰林，是先帝手裡造就的人才。』

提到先帝，便要垂淚；亦就因爲恭王的這句話，慈禧太后對陳彝更有好感，『他這個摺子寫得很好。』她將原摺交了下來，『看得出來是個忠臣！』

『是！』恭王乘機答道：『言官當中，固然有不明大義，爲人「買參」；或者不明大勢，膠柱鼓瑟的，不過讀書人到底可佩服的居多。如今人心鬱塞，大行皇帝之崩，天下臣民，更有難言之痛；臣請俯納陳彝一奏以外，更要請兩位皇太后，廣開言路，擇善而從，庶幾收拾人心，重開盛世，不負「光緒」的年號。』

『是的！』慈禧太后深深點頭，『回想同治初年，上下一心，到底也辦成了兩件大事。到後來——唉！』

她彷彿不忍言似地，只用一聲長歎作結。

軍機大臣都能默喻得到她的意思，國事是壞在大行皇帝手裡；再從深一層看，自然是大行皇帝年輕不懂事之故！如果不是那麼早親政，仍舊是垂簾之局，就不至於有今天。

懂是懂了，卻沒有誰敢附和『頌聖』；因爲女主聽政，始終是國之大忌。也就因爲這個原因，無論英察敏銳如恭王；老謀深算如文祥；細密謹微如沈桂芬，不約而同地有這樣一個看法，禁軍的兵權，不能再歸入慈禧太后的掌握——只有書生而躁進的翁同龢，看不到此。

這一天要談的大事，醇王交出神機營，正是其中之一，但首先要對陳彝的奏摺有個了斷，王慶祺革職永不敘用，恭王完全贊成；只是交地方官嚴加管束這一節，他認爲是蛇足。當然，這是不能率直而言的。

『王慶祺品誼有虧，已是本朝的廢物！』恭王這樣措詞，『臣以爲不如隨他自生自滅；交地方官嚴加管束，反倒留下一個痕跡。數年以後，萬一有那不知輕重的地方官，爲他奏請起復，反倒難於處置。』

『說得不錯！』慈禧太后很服善，『這一案就這麼了掉了，倒還落個耳不聞、心不煩。』

『是！』恭王接著從懷裡取出一張單子，『醇王奏請開去所有差使，已蒙兩位皇太后，念其至誠，准如所請。空出來的各項差使，臣等公議，分簡王公大臣接替，現在開了個單子，請兩位皇太后的旨意。』

單子呈了上去，慈禧太后先拿手按著不看；向慈安太后用徵詢的語氣說道：『醇王的差使，只有一個頂要緊；神機營得好好找一個人管。』

『是啊！』慈安太后順口回答。

『我看倒不如六爺自己管。』

這句話中，就有些分量了；慈安太后未及答言，恭王搶先回奏：『臣實在分身不開，而且軍務方面，臣亦隔膜。臣等公議，由伯彥訥謨詁跟景壽管理神機營；伯彥訥謨詁佩帶印鑰。』

這是獲得親貴重臣一致支持的一個決定，作用是防微杜漸，不讓慈禧太后有假手醇王，掌握禁軍的機會；伯彥訥謨詁是僧王之子，家世資望都還相當，而最重要的是籍隸蒙古，由他來掌管神機營，一則地位超然，彼此都可免於猜疑；再則是對蒙古人的一種安慰，表示他們雖失『貴婿』，朝廷依然優禮尊重——事實上在京的蒙古大臣，對此亦頗重視；由崇綺出面來向翁同龢疏通，不必堅持留醇王，正可以看出他們的公意。

其實慈禧太后自己，倒並沒有想掌握禁軍之意，她只不願意將神機營交給恭王一系，如今由伯彥訥謨詁佩帶印鑰，是個很妥當的安排，所以當時便表示同意，不過卻爲醇王留下了捲土重來的餘地。

『醇王經管神機營多年，很有成效；一切情形也都熟悉。』她說：『以後應興應革，比較有關係事，仍舊該跟他商量。這一層意思，也寫在上諭裡頭好了。』

恭王口中答應，心中冷笑，醇王好武，自命會帶兵，其實不懂剛柔相濟之道，對部下但以恩結，不用峻法，以致軍紀廢弛，簡直成了笑柄。這正也是恭王和一班比較有遠識的重臣，認爲不能再讓醇王管理神機營的原因之一。當然，伯彥訥謨詁受命之先，是有承諾的，答應一到了差，立即開始切實整頓。

詔諭一下，少不得還有一番謙讓，伯彥訥謨詁覆奏，『請簡派近支親王佩帶印鑰』；慈禧太后心裡明白，這是指惇王而言。換了別的近支親王，還有考慮的餘地；這位『五爺』，連慈安太后都覺得他的腦筋不甚清楚，自然仍持原議，『毋庸固辭』。

伯彥訥謨詁原來管著『火器營』，這也是很要緊的一個差使；改由親貴中正在走紅的禮親王世鐸和貝勒奕劻管理。交了那面的差使，接這面神機營的差使；由榮祿代表醇王，移交印鑰。伯彥訥謨詁接了事，隨即下了一張條子：神機營官兵嗣後出操，不准隨帶閒雜人等。所謂『閒雜人等』其實是那些『黃帶子』、『紅帶子』的『侍候大爺下操』的聽差，有的牽馬，有的管鷹，還有帶著鴉片煙槍的。

從這上頭，最可以看出新君嗣位所帶來的新氣象。不過此時中外所矚目的，還在整肅宮禁，王慶祺革職以外，嚴辦了好些太監；然後是御史參奏貴寶和文錫，『承辦公事，巧於營私』，亦都被革了職。

宮中還有件事，爲大家所注意的，那就是同治皇后的身分；從來兄終弟及，最尷尬的事，無過於處置這寡居的皇嫂。臣下亦曾議及，只是慈禧太后態度冷漠，大家就不敢多言；預備等到大行皇帝的尊謚和廟號議定了再說。

廟號的第二字，自然稱『宗』，第一個字，在閣議中，原來擬的是『熙』或『毅』；寶鋆和翁同龢都表示反對，說前朝只有一位金熙宗，酗酒妄殺，人人危懼，以後爲完顏亮所弒。至於『毅宗』，則是崇禎帝的廟號，亡國之主，更不可用。結果廟號擬的是『熙、肅、哲』三字；尊謚擬的是『順、穆』二字，奏請兩宮太后裁定。

這是一件大事，而且慈禧太后自覺不甚在行，所以召集軍機、弘德殿、南書房等處的臣子，公同商議。於是徐桐建議：廟號『穆宗』，尊謚則用『毅』字。

明朝也有個穆宗，年號隆慶；明世宗的第三子。這位皇帝，起用建言得罪諸臣，優恤死難，減賦息民，邊境寧靜，大體說來，是個繼體守文之主；可惜在位只有六年。與大行皇帝的不永年，情況相似。但明穆宗傳位神宗，卻享國四十餘年之久，這對當今的嗣君來說，是個好兆頭。而且神宗初年，太后垂簾，與張居正內外相維，重用戚繼光，蕩平倭患，在歷史上頗露光采。這些故事，慈禧太后曾經在以前南書房翰林許彭壽、潘祖蔭編纂的《治平寶鑑》中讀到過，所以欣然首肯。

皇后殉節

穆宗毅皇帝的稱號是定了，穆宗皇后，亦須有一封號；這用不著臣下參贊，慈禧太后在內閣擬呈的字樣中，用硃筆圈定了『嘉順』二字。熟悉宮闈的人說，這是對『嘉順皇后』的一個警告，順從始可嘉。但又有人說，即使順從，嘉順皇后以後的日子也很難過。直須逆來順受，熬到慈禧太后賓天，才有出頭之日。

在體順堂日夕以淚洗面的皇后，得此封號，不但不足以爲慰；而且別有一件傷心之事——在大行皇帝生前，皇后若有比較舒暢的心情，便是跟她的兩個大姑子相聚的那片刻，榮壽公主跟她同年；榮安公主比她小一歲，但仍舊得稱姊姊。兩個姊姊中，皇后又比較跟榮安公主更來得親近，因爲她嬌憨隨和，不似榮壽公主那樣有稜角。

由於捨不得她的生母麗貴太妃，榮安公主雖早已指婚給世襲一等雄勇公苻珍，卻直到上年八月，十九歲才下嫁。這年夏天傳出喜訊；當大行皇帝病重時，因爲身懷六甲，竟未能親臨探視。凶信一傳，姊弟情深，也不知哭了多少場；悲痛過度，竟致早產，嬰兒夭折。說也奇怪，產後跟大行皇帝一樣，得了天花，到了十二月廿八，醫生不肯開方子了。兩宮太后得報，親臨公主府視疾；榮安公主已經昏迷不醒，連一聲『皇額娘』都不會叫。延到除夕上午嚥了氣；府裡的人傳說：病中囈語，道是文宗相召，命她與大行皇帝同行，一起追隨於泉台──從此世間就沒有文宗的親骨血了。

於是愁雲慘霧的宮中，又添一個傷心人：麗貴太妃，與嘉順皇后相擁號啕，哭得死去活來──當然，這也須瞞著慈禧太后；因為這一天大年三十，不論如何，也得討個吉利。

這個年當然是過得滿目淒涼。到了二月二十，恰是四歲的嗣君，登極後的整整一個月，忽然傳出消息，說嘉順皇后在這天寅初，也就是半夜三更時分，香消玉殞。因何崩逝？卻不分明；問起來，說是嘉順皇后因為大行皇帝之崩，哀傷過甚，纏綿病榻已久。然則何以不見御醫請脈的藥方？這又有個解釋，說嘉順皇后拒絕醫療。這樣看起來，她是抱著必死之心的了。

翁同龢因為奉旨相度陵地，尚未覆命，不便入宮，但這天去拜了幾處客，每一處都在談著嘉順皇后，私底下的說法各有不同，一種說法是嘉順皇后在十二月初五，就曾吞過金屑自盡，遇救不死，所以判斷此番崩逝，依然是自裁。

另一種說法是，從大行皇帝一崩，慈禧太后就歸罪於嘉順皇后，甚至誣賴她房幃不謹，以致大行皇帝發生『痘內陷』的劇變。嘉順皇后遭遇了這樣難堪的逆境，無復生趣，懨懨成病，終於不治。

再有一說是慈禧太后決心置嘉順皇后於死地，尤其是廣安的奏摺一上，繼嗣繼統之爭，於大行皇帝是『身後是非誰管得？』而在嘉順皇后，則有一天或將會有個做皇帝的兒子；一為太后，總可以想出辦法來發號施令──慈禧太后從《治平寶鑑》中，聽過宋朝宣仁太后被誣的故事；所以持著戒心，認為嘉順皇后在世一日，便有一日的隱憂後患，因而祕密下令，斷絕嘉順皇后的飲食。

后妃的母家，照例是可以進食物的；嘉順皇后的得以不死，據說就因爲靠崇綺進奉食物，得以苟延殘喘。然而處境越來越艱困，嘉順皇后悄悄寫了一張紙條，祕密傳到母家，問她父親，她應該如何自處？

傳言中說：皇后絕命的那一天，接到母家的食物；擘開一個餑餑，裡面有一張小紙條，看得出是承恩公的親筆，寫的是：『皇后聖明』四個字。這是讓嘉順皇后自己拿主意；於是她方始恍然於孤立無援，因而拿定主意，追隨大行皇帝的在天之靈，也是跟她最談得來的大姑子大公主去作伴了。

大喪百日之內，又逢皇后之喪，這在以前還不曾有過這樣的例子，體順堂不是辦喪事的地方，內務府的官員，搞得手足無措；無可奈何之中，只好將大行皇后的『吉祥轎』先移到慈寧宮以西的壽康宮——這座宮與它後面的壽安宮，是專門安置先朝年老妃嬪之處；兩宮太后商量了一下，決定傳旨，就在壽康宮斂奠辦喪事。

除了乾清宮門外，如果左右各懸一面白旛，忒嫌喪氣，所以西首不再懸旐以外，大行皇后的喪儀算是隆重的，當天便有內閣發鈔的一道上諭，一道懿旨。上諭是這樣說：

『嘉順皇后於同治十一年作配大行皇帝，正位中宮，淑順柔嘉，坤儀足式。侍奉兩宮皇太后，承顏順志，孝敬無違。上年十二月，大行皇帝龍馭上賓，毀傷過甚，遂抱沉痾，於本日寅刻崩逝，哀痛實深。著派禮親王世鐸，禮部尚書萬青藜，總管內務府大臣魁齡，工部右侍郎桂清，恭理喪儀。』

另外一道懿旨，所敘的內容相彷彿，卻另有深意：

『兩宮皇太后懿旨：嘉順皇后孝敬性成，溫恭夙著，茲於本日寅刻，遽爾崩逝；距大行皇帝大喪，未逾百日，復遭此變，痛何可言！著於壽康宮行斂奠禮，擇期移至永思殿暫安。所有一切事宜，著派恭親王會同恭理喪儀王大臣，暨各衙門，查照例案，隨時妥籌具奏。』

同爲治喪一事，何以又發上諭，又發懿旨？而且既然派了禮王世鐸領頭辦理；何以又忽然加派恭王主持？因此又有許多議論和猜測。

一派是往好的方處去看，說加派恭王治喪，正見得兩宮皇太后重視嘉順皇后的身分地位。而另一派不以爲然，認爲正以事出非常，所以必得恭王照料；懿旨中不說『毀傷過甚，遂抱沉痾』；卻用『遽爾崩逝』的字樣，可見其中大有文章。而且皇后之喪，既然『查照例案』，又何必再『隨時妥籌具奏』？這也是其中必有隱情的明證。

這是永遠莫可究詰的宮闈祕密；而宮闈的祕密是永遠不會終止的，終止的只是一個年號——『同治』結束了；代之而起的是慈禧太后的獨裁。

慈禧前傳

清咸豐十一年，文宗在熱河駕崩，長子載淳繼位為同治皇帝。因皇帝年幼，文宗遺命由八位顧命大臣輔佐幼主，而這位幼主的母親就是中國近代史上最具影響力的——慈禧太后！早在初入宮做貴人、後被封為懿貴妃時，她就野心勃勃，時時想效法武則天，如今被奉為『聖母皇太后』的她，當然不會讓大權旁落大臣的手中……

玉座珠簾【上、下】

同治登基後，表面上大清朝似乎國運昌隆，事實上對外割地賠款，對內則爭鬥不斷。憂心忡忡的慈禧除了日理萬機，還得控制想奪回實權的皇帝。天命難測，一心要伸展鴻圖大志的皇帝竟得天花猝死，皇后也跟著香消玉殞，原因不明。宮闈內幕永遠成為秘密，恐怕只有坐在珠簾後的慈禧了然於胸……

清宮外史【上、下】

繼俄國擾境之後，法國也屢屢進逼越南，中法糾紛四起。慈禧面對法國的挑釁，一心主戰，然而軍機要臣恭王卻主張以和為重，兩人從此有了嫌隙。於是慈禧另指派醇王參政，最後更進一步罷黜了恭王。慈安暴崩，恭王被黜，慈禧從此再無忌憚，她要趁皇帝親政前，好好掌握這分大權……

慈禧全傳【精裝典藏版】

母子君臣

光緒十三年，十七歲的光緒皇帝終於親政。雖然他力圖振作朝綱，但是慈禧實際上仍大權在握，皇帝有名無實，母子之間漸生齟齬。光緒大婚後，美貌機敏的珍嬪備受寵愛，卻因此遭忌。慈禧聽信太監李蓮英的讒言，以為珍嬪從中遊說皇上爭權，勃然大怒！在這暗潮洶湧的宮廷內，一場『母子』之間的風暴儼然將至……

胭脂井【上、下】

光緒二十四年，皇帝決議變法維新，一時之間新政展佈，新黨氣勢愈盛。但慈禧怎能容忍自己大權旁落，因此假袁世凱之手先發制人，使得康有為出逃、譚嗣同等人被殺，新政一敗塗地，慈禧重新奪回大權！面對洋人處處進逼，皇帝蠢蠢欲動，慈禧聽信載漪、徐桐建言，縱容義和團進京，卻闖下幾近滅國的大禍！……

瀛臺落日【上、下】

八國聯軍落幕、兩宮回鑾後一年，軍機大臣之首榮祿因病辭世，善用權術的袁世凱順利接掌軍機處，而袁世凱也因此穩操大權。光緒三十年，日俄在中國東北開戰。此時慈禧已年逾七旬，卻仍心繫政權，眼見東北戰事吃緊，且袁世凱聲勢日益壯大，慈禧轉而動念支持立憲，企圖穩定內政，並一舉消除袁氏擁兵自重的危機……

國家圖書館出版品預行編目資料

玉座珠簾（下）（平裝新版）/ 高陽 著. -- 二版.
-- 臺北市：一皇冠, 2013. 06 面；公分. --
（皇冠叢書；第4315種）（高陽慈禧全傳作品集；3）

ISBN 978-957-33-2993-0(平裝)

857.7 102009770

皇冠叢書第4315種
高陽慈禧全傳作品集 3

玉座珠簾（下）（平裝新版）

作　　者—高陽
發 行 人—平雲
出版發行—皇冠文化有限公司
台北市敦化北路120巷50號
電話◎02-27168888
郵撥帳號◎15261516號
皇冠出版社(香港)有限公司
香港銅鑼灣道180號百樂商業中心
19字樓1903室
電話◎2529-1778　傳真◎2527-0904
美術設計—王瓊瑤
著作完成日期—1971年12月
二版一刷日期—2013年06月
二版三刷日期—2023年05月
法律顧問—王惠光律師

讀者服務傳真專線◎02-27150507
電腦編號◎434103
ISBN◎978-957-33-2993-0
Printed in Taiwan
本書定價◎新台幣350元/港幣117元

慈禧全傳

讀者回函卡

高陽是當代的歷史小説大師，讀者遍及全球華人世界，有人説『有井水處有金庸，有村鎮處有高陽』，足見高陽在華人社會的受歡迎程度。《慈禧全傳》是他的代表作，此次重新推出『精裝典藏版』，希望能讓更多讀者深入體會歷史的精彩豐美和大師的經典文采。

謝謝您購買本書，請您詳細填寫資料及意見並寄回皇冠（台灣讀者免貼郵票），讓我們能出版更完美的經典作品，提供大家品味收藏。

1. 請針對下列各項目為本書打分數

	5	4	3	2	1
A. 內容題材	□	□	□	□	□
B. 封面設計	□	□	□	□	□
C. 字體大小	□	□	□	□	□
D. 編排設計	□	□	□	□	□
E. 印刷裝訂	□	□	□	□	□

2. 您購買本書的動機？
   □封面吸引 □書名吸引 □內容題材 □作者知名度
   □廣告促銷 □其他
3. 您從哪裡得知本書的消息？
   □書店 □報紙廣告 □皇冠雜誌廣告 □書評或書介
   □親友介紹 □ 其他
4. 您最喜歡看哪一種類型的小說？
   □愛情 □武俠 □歷史 □恐怖驚悚 □偵探 □奇幻
5. 您希望哪些作家的作品重新推出精裝典藏版本？ ____________

讀者資料

姓名： 生日：____年____月____日

性別：□男 □女

職業：□學生 □軍公教 □工 □商 □服務業
　　　□家管 □自由業 □其他 ____________

通訊地址： □□□ ____________________

____

聯絡電話：（公）__________分機______（宅）__________

e-mail： ____________________

◎請沿虛線剪開、對摺、裝訂後寄出。

您對本書的其他意見：

◎請沿虛線剪開、對摺、裝訂後寄出。

北區郵政管理局登
記證北台字1648號
免　貼　郵　票
〔限國內讀者使用〕

105
台北市敦化北路120巷50號
皇冠文化出版有限公司　收